Roland Gramling

Tote foltern nicht

Kriminalroman

Querverlag

Für Christian und Stefan,
an deren Küchentisch die ersten Zeilen
dieses Romans geschrieben wurden.

Die Handlung, die Figuren und manche Schauplätze dieses Romans sind fiktiv. Ähnlichkeiten mit lebenden und toten Personen sind unbeabsichtigt.

Ein Personenregister befindet sich auf S. 566.

Erste Auflage September 2021

Lektorat: Rainer Hörmann

Umschlag und grafische Realisierung von Sergio Vitale unter Verwendung eines Fotos © shutterstock/Joao Kermadec.
Gesamtherstellung: CPI
ISBN 978-3-89656-299-9
Printed in Germany

Bitte fordern Sie unser Gesamtverzeichnis an:
Querverlag GmbH
Akazienstraße 25, 10823 Berlin
www.querverlag.de

Andreas

Lauf, Bambi! Lauf!

Ein Keuchen schrammte durch die Nacht. Zweige brachen knackend. Laub raschelte unter schnellen, schleppenden Schritten.

Er musste leise sein, wollte er entkommen. Ihm blieb nur die Chance, zum Schatten zu werden, sich in der Dunkelheit aufzulösen.

Immer, wenn er glaubte, seinen Verfolger abgehängt zu haben, hörte er ihn wieder, höchstens hundert Meter entfernt. Immerhin, die Lichter wurden heller. Er musste es bis zu den Häusern schaffen. Dann wäre er in Sicherheit.

Wenn er nur richtig rennen könnte!

Das Messer hatte sich tief in seinen Unterschenkel gebohrt. Diese Schmerzen würde er niemals in seinem Leben vergessen. Aber das musste er ignorieren. Sein Bein durfte jetzt nicht ausfallen.

Funktioniere! Bitte!

Er spürte seinen Verfolger herankommen. Sollte er riskieren zu schreien? Wer würde ihn um diese Uhrzeit, mitten im Park, hören? Wer konnte ihm schon zu Hilfe eilen, war töricht genug, sich selbst in Gefahr zu bringen?

In der Nacht. Im Tiergarten. Jeder kannte die Geschichten.

Mit einem Hilferuf würde er nur seine Position preisgeben. Also nicht. Lieber sich von der Nacht verschlucken lassen, um im Schutz der Finsternis belebte Ecken der Stadt zu erreichen.

Lauf, Bambi! Lauf!

Sein verletztes Bein streifte eine harte, weit hervorstehende Baumwurzel. Stechender Schmerz flutete seinen Körper. Ihm war sofort klar, dass er fallen würde.

Der Länge nach plumpste sein Körper mit einem dumpfen Ächzen zu Boden. Für den Bruchteil einer Sekunde spielte er mit dem Gedanken, liegen zu bleiben, sich der wohlig riechenden, feuchten Erde hinzugeben und einfach der Dinge zu harren, die da kommen würden.

Aufgeben! Aufgeben? Niemals!

Entschieden unterdrückte sein Überlebenswille diesen Impuls, zwang ihn, sich aufzurappeln, Schmerz und Erschöpfung zu ignorieren, weiterzurennen.

Nach wenigen Metern stolperte er erneut. Diesmal über Mauerreste. Die Überbleibsel eines alten Gartenpavillons.

Sollte er es riskieren?

Die Lichter der Häuser waren kaum nähergekommen. Und selbst wenn er sie erreichte, wer garantierte, dass sein Verfolger dann von ihm ablassen würde?

Unschlüssig horchte er in die Dunkelheit hinein. Nichts war zu hören. Stille. Fern war das nächtliche Rauschen des Autoverkehrs. Ein gelegentliches Rascheln durchzuckte die Nacht. Doch er wusste instinktiv, dieses Geräusch stammte nicht von einem Menschen. Wahrscheinlich wuselten Mäuse und Ratten im Unterholz umher, von seinem plötzlichen Eindringen aufgescheucht. Wohl mindestens ebenso sehr um ihr Leben bangend wie er um das seine.

Jäger und Gejagte. Ein ewig währender Kreislauf.

Hatte er ihn abgehängt? Sollte er sich im Schatten der Mauern verschanzen?

Kurz entschlossen kauerte er sich so tief, wie es ihm möglich war, an die niedrige Balustrade. Eine der Außenwände war vor Jahren eingestürzt. Neben der letzten verbliebenen Parkbank lag ein umgekippter Einkaufswagen mit allerlei Unrat. Kleidungsreste. Decken. Tüten. Müll. Die einstigen Besitztümer eines Obdachlosen.

Wie ein Embryo kauerte er sich auf den Boden, zog stinkende Lumpen über sich, im Rücken die kühle, feuchte Betonmauer.

Es war dunkel. Fast finster. Der Mond war nur eine hauchdünne Sichel. Wenn er sich nicht durch ein Geräusch verriet, konnte er hier unentdeckt bleiben.

Er versuchte seine Atmung zu regulieren. Sein Puls raste, das Herz pochte dröhnend. Doch er durfte nicht zu laut nach Luft hecheln und schnaufen.

Ruhig, Bambi! Ruhig!

Die Sekunden zogen sich quälend. Schnell verlor er jedes Zeitgefühl. Er konnte nicht sagen, wie lange er im Dreck lag. Ein paar Minuten? Eine halbe Stunde?

Er wagte nicht, sich zu bewegen, obgleich er gerne seine Stichwunde betastet und inspiziert hätte. Er verlor noch immer Blut. Ob er daran sterben konnte?

Seine Wahrnehmung wurde zunehmend schummrig und diffus. Müdigkeit drohte ihn zu übermannen. Oder war es eine Ohnmacht?

Plötzlich, ein Geräusch. Ein Ast knackte hart unter der Last eines Menschen. Es war wie ein bedrohliches Donnern in der Stille.

Das Laub raschelte verräterisch. Jemand schlich durch das Dickicht.

Sofort schaltete sein Körper wieder in den Alarmmodus. Die Sinne schärften sich.

Angestrengt lauschte er in die Dunkelheit, ohne sich zu bewegen.

Nichts. Doch diesmal war es keine beruhigende Stille. Sie wirkte trügerisch und gefährlich.

Schlagartig: Schritte! Ohne jeden Zweifel. Und sie kamen näher. Zielgerichtet, aber ohne jede Hast. Selbstsicher.

Sein Atem stockte. Er duckte sich tief auf den Grund.

Verdammt, ich will nicht sterben, schrie er stumm. Bitte!

Eine Welle des Selbstmitleids brach über ihm zusammen. Es war ein schreckliches Gefühl. Das konnte er sich jetzt nicht erlauben! Er musste sich darauf konzentrieren zu überleben.

Langsam wurden die Geräusche wieder leiser. Ob sich sein Verfolger entfernte? Hatte etwas anders seine Aufmerksamkeit erregt? Erleichtert ließ er seinen angehaltenen Atem entweichen.

In diesem Augenblick griff jemand nach seinem Bein. Finger bohrten sich in die Wunde am Unterschenkel. Er fuhr erschrocken hoch, jaulte vor Schmerz. Zappelte, schlug wild und panisch und blind um sich. Der nackte Überlebenswille übernahm die Kontrolle. Adrenalin wurde in seinen Körper gepumpt, ließ jeden Schmerz versiegen.

Er schrie erneut. Diesmal vor Wut. Er würde sich nicht kampflos seinem Schicksal ergeben!

Es gelang ihm, seinem Gegner einen Schlag in die Magengrube zu versetzen. Ein kurzes Stöhnen war zu hören.

Wankend rappelte er sich auf, versuchte aus seinem unsicheren Stand heraus, erneut zuzuschlagen. Doch sein verletztes Bein gab nach. Wie ein angeschossenes Stück Wild fiel er zu Boden, seinem Verfolger direkt vor die Füße.

Eine kalte Klinge durchbohrte seinen Oberarm, drang in den feuchten Boden darunter ein.

Er hörte einen gellenden Schrei. Es war sein eigener.

Hart wurde ihm ein Stofffetzen in den Mund gesteckt. Er schmeckte blumig, nach frisch Gewaschenem.

Schwere, schwarze Springerstiefel vor Augen, begann er flehentlich zu winseln, um sein Leben und um Gnade bettelnd.

Dann sauste das Messer erneut auf ihn herab.

Stirb, Bambi! Stirb!

Teil 1 – Ein Sturm zieht auf

1

Erhaben, wie eine Königin ihren Thron, bestieg die Sonne den Horizont, verführte die Stadt mit dem sanften Glanz eines anbrechenden Spätsommermorgens. Doch ihre selbstbewusste Schönheit konnte nicht darüber hinwegtäuschen, dass sie den Zenit der Macht für dieses Jahr längst überschritten hatte.

Es war Mitte September. Das Licht des Tages wurde unaufhaltsam von der Dunkelheit der Nacht in Schranken gewiesen.

Im Tiergarten standen die Nebelschwaden hartnäckig über den Kanälen und Teichen, kündeten vom nahenden Herbst. Bis weit in den Vormittag hinein benötigte die Sonne, um mit ihrer schwindenden Kraft den Dunst zu vertreiben.

Als Erstes kamen die Jogger. Noch mit dem frühen Vogelgezwitscher fielen sie über den Tiergarten her, jagten auf den Wegen und Pfaden entlang. Die Kaninchen in den von Tau besetzten Wiesen ließen sich von ihnen nicht aus der Ruhe bringen oder gar vom Mümmeln abhalten. Den Menschen mussten sie hier in dieser künstlichen Wildnis, wo das vibrierende Dröhnen der Stadt allgegenwärtig und zugleich unendlich weit weg schien, nicht fürchten.

In dem streng orchestrierten Ablauf eines Morgens folgten auf die Läufer die Fahrradfahrer. Der Berufsverkehr im Tiergarten war vor allem zwischen März und Oktober eine Zeit des hektischen Gewusels und konnte sich über mehrere Stunden hinziehen, bevor er ab neun Uhr unmerklich in den üblichen Besucherstrom aus Touristen und Spaziergängern überging.

Anders als die Kaninchen trollten sich die Obdachlosen mit dem Anbruch des neuen Tages. Sie verließen die Parkbänke, räumten die Schlafplätze und suchten ihre Bettelgründe in den geschäftigen Boulevards und Einkaufsstraßen auf. Bisweilen vermittelte die Hauptstadtpresse nach dem brutalen Raubmord an einer Frau den Eindruck, ein wahres Heer aus mindestens halbkriminellen Tunnichtguten, Strichern und osteuropäischen Arbeitsmigranten sei über Berlins bekanntesten Park hergefallen, habe ihn förmlich okkupiert. Ein Sumpf des Verbrechens sei der Tiergarten geworden, erklärten auch, um Wählerstimmen besorgt, die Lokalpolitiker. Regelmäßig räumten Ordnungskräfte und Polizei die Camps und Zeltlager, die sich verloren und armselig an die Mauern der Stadtbahntrasse kauerten. Doch das Elend war hartnäckig und kam nach jeder Säuberung schnell zurück, wie trotziger Schmutz nach einer Kehrwoche.

Sören Petersen war der Bodensatz Berlins nur allzu gut bekannt. Es gab sicher nicht wenige, speziell unter seinen Ex-Kollegen, die ihn selbst zum Abschaum zählen würden, wobei eine solche Einschätzung bei ihm nur ein müdes, von tiefer Gleichgültigkeit geprägtes Schulterzucken auslöste. Wenn überhaupt.

Von seinem momentanen Standpunkt aus betrachtet, wirkte der Tiergarten allerdings erstaunlich frisch, sauber und aufgeräumt. Was vor allem an Sörens Perspektive lag. Er befand sich im zwölften Stock eines der sogenannten Punkthäuser im südlichen Hansaviertel. Die Stadt lag ihm förmlich zu Füßen. Das weite Blätterdach des Parks bildete eine friedliche Insel. Ein Farbtupfer inmitten der grauen Häuserschluchten, die sich von einem Ende des Horizonts zum anderen vermeintlich endlos ausbreiteten.

Markanter Blickfang in dem sanft wogenden Meer aus Baumwipfeln war die Goldelse. Majestätisch schwebte sie auf ihrer Siegessäule über dem profanen Grün, funkelte verlockend in der Sonne.

Sören lauschte in die Stille des Zimmers und der fremden Wohnung. Nichts war zu hören. War er allein? Es machte ihn nervös, nicht auf einen inneren Plan der Räumlichkeiten zurückgreifen zu können. Er hatte keinen imaginären Grundriss, wusste höchstens vage und verschwommen, was ihn jenseits der geschlossenen Schlafzimmertür erwartete. Zugleich verspürte er nicht die geringste Lust, es sofort herauszufinden.

Unschlüssig wandte sich Sören vom Fenster ab. Um keine Aufmerksamkeit zu erregen, schlich er so leise wie möglich zurück zu jenem Bett, in dem er vor wenigen Augenblicken aus einem für ihn ungewöhnlich tiefen Schlaf erwacht, regelrecht hochgeschreckt war.

Über die Situation im Besonderen und sein Verhalten im Allgemeinen verwundert, schlüpfte er in Slip und Jeans. Egal was folgen würde, nun musste er dem wenigstens nicht nackt gegenübertreten.

Die Hose roch unangenehm nach kaltem Zigarettenqualm. Routiniert tastete er den Inhalt der Taschen ab: Schlüssel. Kreditkarte. Handy. Feuerzeug. Zigaretten.

Alles Wichtige noch da. Sehr gut. Beruhigend.

Jetzt konnte er sich seiner Umgebung widmen. Analytisch scannte er das Zimmer.

Breites Bett. Eine Daunendecke. Zwei Kissen. Roter Bezug. Flecken.

Nachttisch in Nierenform. Mit zwei Schubladen. Darauf eine futuristisch anmutende, ovale Lampe aus bläulich schimmerndem Glas. Kein Wecker. Stattdessen Ladekabel eines Smartphones in der Steckdose.

Schrank mit Spiegel. Ein Riss durchzog das Glas von rechts oben nach links unten. Ein weißer Kleidersack. In der Ecke neben der Tür Staubsauger und Besen.

Alle Möbel offensichtlich *Ikea*. Preiswerte Massenware.

Schlicht. Keine Auffälligkeiten, keine stilistischen Verbrechen. Aber auch keine Bilder oder Fotos, keinerlei Topfpflanzen oder gar persönliche Gegenstände. Anonyme Zweckmäßigkeit beherrschte den Raum. Sören kam der Gedanke, dass die Wohnung als möbliertes Apartment angemietet war.

Auf dem Boden, direkt neben dem achtlos abgestreiften und hingeworfenen Gummi, in dem sich aller Wahrscheinlichkeit nach noch sein Sperma befand, lag ein abgegriffenes Taschenbuch. Ein Drache oder ein Dinosaurier und ein kleiner Wicht in blauem Mantel zierten das Cover. *Jenseits der Feuerlande –*

den Titel hatte er nie zuvor gehört, was nichts zu bedeuten hatte. Sören hielt Harry Potter und all die anderen fantastischen Spinnereien für reine Zeitverschwendung. Er fand die Welt so, wie sie war, absurd und seltsam genug.

Nun gut, die entscheidende Frage war: Was machte er hier?

Und nicht weniger von Belang: Wie war er hier gelandet?

Er konnte sich erinnern, im Taxi gesessen und vor dem Wohnturm ausgestiegen zu sein. Er hatte dem Fahrer fünfzehn Euro zugesteckt, ohne auf das Wechselgeld zu warten.

Dann eine Fahrt mit dem Aufzug. Sie hatten geknutscht. Ihm war die Überwachungskamera in der linken, hinteren Ecke der Kabine aufgefallen. Wohnungsschlüssel, die erst scheppernd in dem langen, schummrigen Flur zu Boden fielen, ehe sie hektisch ins Schloss gepresst wurden.

Trotzdem: Wie kam er hierher? Wie hatte es dazu kommen können? Was hatte er sich dabei gedacht?

Nicht besonders viel, offenbar. Daran trugen die Wodka-Shots Schuld, die ihnen Mara Bella unentwegt ausgegeben hatte. Ob das ein abgekartetes Spiel war? Eine Verschwörung? Zuzutrauen wäre es ihr.

Plötzlich kam ihm die Luft verbraucht und schlecht vor, er rang nach Atem. Sein Herz fing an, unangenehm schwer zu pochen.

Hektisch taumelnd, stemmte er sich von der Bettkante hoch und versuchte die Balkontür zu öffnen. Sie klemmte. Ungeduldig zog er daran, befürchtete, sie aus den Angeln zu heben. Der Gedanke, seinem Gastgeber, dessen Name ihm dummerweise entfallen war, erklären zu müssen, er habe die Wohnung demoliert, ließ eine schambehaftete, auf sich selbst gerichtete Wut in ihm aufsteigen.

Endlich gab die Tür unwillig ruckelnd nach. Ein Schwall frische Morgenluft schlug ihm entgegen, schwappte in das kleine Schlafzimmer, vertrieb den feuchten, dicken Muff der vergangenen Nacht.

Laut schnaufend wie ein in die Jahre gekommener Ackergaul, trat Sören auf den Balkon. Langsam beruhigte sich sein Herzschlag. Er fühlte sich fiebrig. Kalter Schweiß rann von seiner Stirn. Doch er ignorierte das. Inzwischen war er geübter darin, mit diesen kurzen Attacken umzugehen, hatte sich an sie gewöhnt.

Erschöpft ließ er sich auf einen der beiden Teakholzstühle fallen. Auf dem dazu passenden Tischchen machte er dankbar einen überquellenden Aschenbecher aus. Mit zittrigen Händen kramte er sein Softpack aus der Hosentasche und angelte sich die letzte verbliebene Kippe. Nicht auszudenken, welche unangenehmen Folgen es nach sich gezogen hätte, wäre die Packung leer gewesen.

Mit einem erleichterten Seufzer zündete er sich die Zigarette an, inhalierte den Rauch tief, sog ihn gierig in sich auf und gab ihn widerstrebend frei, nur um sofort einen zweiten Zug zu nehmen.

Der Balkon ließ seine Theorie von dem kurzfristig angemieteten, möblierten Apartment wie ein missglücktes Kartenhaus in sich zusammenfallen.

Die Balustrade war mit fünf großen Blumenkästen bestückt, in denen dicht gedrängt Geranien, Astern und Lisianthus in direkter Nachbarschaft mit Minze, Basilikum, Petersilie, Salbei und Schnittlauch wucherten. Dazwischen spitzten Kerzen und Windlichter hervor.

Geschützt vor Wind und Regen, rankten prächtige Tomatenpflanzen, annähernd zwei Meter hoch, empor. Daran hingen hellrote, kleine Früchte. Direkt neben dem Tisch thronte eine riesige Sonnenblume, deren einstige Pracht, obwohl bereits im Abblühen begriffen, noch immer unverkennbar war. In einer Metalltonne wuchsen Efeu und Walderdbeeren, aus deren Mitte ein junger Kastanienbaum in die Höhe spross, mit wenigen, tellergroßen Blättern gierig nach Sonnenlicht fächernd.

Sein Gastgeber verwendete viel Mühe auf die Bepflanzung. Das war Sören sympathisch. Selbst wenn er die wilde, üppige Begrünung nicht mit dem spartanisch eingerichteten Schlafzimmer in Einklang bringen konnte.

Eine Böe fegte unvermittelt über den Balkon, ließ die Sonnenblume gefährlich wanken. Die Baumkronen unter ihm gerieten in Schwingung, rauschten sanft. Es waren die Vorboten des Sturmtiefs Beatrix, welches sich von den britischen Inseln näherte und dessen Ausläufer bereits die Küsten der Niederlande erreicht hatten. Der nationale Wetterdienst prognostizierte, dass der Sturm sich zu einem Orkan aufbauen und innerhalb des morgigen Tages mit Gewittern, Starkregen und Spitzenwindgeschwindigkeiten von 120 Stundenkilometern über Deutschland fegen würde. Umso trügerischer und scheinheiliger war dieser Sommermorgen.

Sören liebte den Wind, erinnerte er ihn doch immer an seine Kindheit in Nordfriesland. Und an seine Mutter. Er schloss kurz die Augen, versuchte sich ihre Stimme in Erinnerung zu rufen. Ihren Duft. Und den Geschmack der von Salz geschwängerten Meeresluft.

Der Wind, der Wind, das himmlische Kind …

Verärgert über sich selbst, entledigte er sich mit einem Schnippen des gefährlich langen Aschestiels seiner Kippe – und mit einem knurrenden Kopfschütteln der unerwünschten Erinnerungen.

Was war nur in ihn gefahren? Er saß auf dem Balkon eines Fremden und trauerte der Unschuld seiner Kindheit hinterher. Jedes Mal im Herbst dieselbe sich wiederholende Nummer. Dabei waren seitdem nun schon vier unendlich lange Jahrzehnte ins Land gegangen.

Missmutig und verstimmt über sich selbst, erhob sich Sören, drückte den Zigarettenstummel im voller werdenden Aschenbecher aus und ging wieder nach drinnen. Es war Zeit, sich der Welt jenseits der Tür zu stellen. Er streifte sein T-Shirt über. Es roch noch intensiver nach Alkohol und Zigaretten als seine Hose. Dann trat er leise, mit gespannter Vorsicht in den kleinen Wohnungsflur, der, ebenso wie das Schlafzimmer, mit rauem, graublauem Teppichboden ausgelegt war. Er stolperte mitten hinein in das Leben des anderen. Die gegenüberliegende Wand war mit gerahmten Fotos förmlich zugepflastert.

Lächelnde Menschen vor wechselnden Panoramen und in unterschiedlichsten Konstellationen.

Ein Leben in Bildern. Sören wandte schnell seinen Blick ab. Das war mehr, als er wissen wollte. Vielleicht sogar mehr, als er wissen sollte.

Stattdessen richtete er seine Aufmerksamkeit auf die voll beladene Garderobe neben der Eingangstür, an der er zu seiner Beruhigung die eigene Lederjacke hängen sah. Mit einem schnellen Griff in die rechte Innentasche fischte er sich sein zweites Zigarettenpäckchen heraus, das er für Notfälle immer dabeihatte. Man konnte nie wissen.

Plötzlich erklang das leise Klappern von Geschirr aus der Küche.

Er war also nicht allein.

Ob er Frühstück machte? Hoffentlich nicht.

Wobei, einen Kaffee würde er nicht ablehnen. Das leichte, aber beständige Brummen direkt unter seiner Schädeldecke setzte ihm allmählich zu. Ein kräftiger Koffeinstoß konnte nicht schaden.

Allerdings befürchtete er, diesen teuer erkaufen zu müssen; mit einer verkrampften Konversation oder dem peinlichen Austausch von Nebensächlichkeiten. Der klassische, schrecklich klischeebeladene Morgen danach.

Wer war dieser Mann, dessen Name ihm verflucht noch mal nicht einfallen wollte, so sehr er sich auch anstrengte? Was war er doch für eine unwürdige Witzfigur eines Privatdetektivs!

Kein Wunder, dass sein Geschäft seit einigen Monaten schleppend bis gar nicht lief. Einen finanziellen Kollaps konnte er bisher nur verhindern, indem er regelmäßig Zähne durch die Gegend chauffierte.

Er hatte über Mara Bella den Besitzer eines Zahntechniklabors kennengelernt, der ihm nur allzu gerne mit einem Job als Kurierfahrer aushalf. Er stand auf Sören. Leider ein sehr einseitiges Begehren.

Sören nahm die gut bezahlte Gelegenheit trotzdem wahr. Seitdem sich der vormals auf die US-amerikanische HipHop-Szene beschränkte Trend zu vergoldeten oder gar mit Diamanten besetzten Zahnspangen und Gebissen in Berlin ausbreitete, gab es mehr als genug zu tun. Das Labor hatte sich schnell einen Namen für diese ausgefallenen Zahnüberzüge gemacht. Mit den sogenannten *Grills*, die je nach Geldbeutel des Trägers den Wert eines Kleinwagens haben konnten, ließ sich deutlich mehr verdienen als mit dem üblichen Krankenkassen-Gestell.

Doch selbst wenn Sören anfangs das skurrile Gefühl genoss, mit einem Kleintransporter voller klappernder Prothesen durch Berlin zu rasen und die Zahnarztpraxen, extravagante Schmuckdesigner und Piercingstudios abzufahren, wurde diese Tätigkeit schnell ermüdend. Zudem zerrte der Berliner Stadtverkehr an seinen Nerven.

Den endgültigen Wendepunkt brachte ein Beinahe-Zusammenstoß mit einem Radfahrer, der eine rote Ampel missachtete. Von der Wucht der Vollbremsung flogen ihm die schlecht gesicherten Transportboxen durch den Laderaum. Die Deckel sprangen auf und ein Regen aus klappernden Gebissen fegte durch den Wagen.

In diesem Moment beschloss Sören, dass kein Weg daran vorbeiführte, sein ursprüngliches Geschäftsmodell endlich auf die Erfolgsspur – oder zumindest halbwegs zum Laufen – zu bringen.

Daher auch die Anzeige im Berliner Schwulenmagazin, die allerdings nicht so erfolgreich war wie erhofft. Dabei hatte er für das Motiv extra Mara Bellas Barkeeper-Kollegen engagiert. Der junge Muskel-Typ, Oberkörper frei und die Augen hinter einer verspiegelten Sonnenbrille versteckt, stierte herausfordernd in die Kamera, während er ein Schild hochhielt mit der Aufschrift *Detektei S.P. – Wir decken alles auf*. Sören fand Bild und Slogan gleichermaßen peinlich wie unlogisch, ließ sich aber von Mara Bella überzeugen, die Annonce trotzdem zu schalten.

„Wer soll dieses ominöse Wir sein? Es gibt nur mich. Und überhaupt, decke ich nichts auf. Ich bin ja kein verdammter Journalist“, beschwerte sich Sören knurrend bei ihr. Doch sie zeigte kein Einsehen.

So kam es, dass er ein Inserat schaltete. Das ihm zu allem Überfluss tatsächlich drei neue Kunden brachte, von denen immerhin zwei pünktlich ihre Rechnung bezahlten.

Es waren keine besonders komplizierten Aufträge: Eine Lesbe, die ihre Ehefrau verdächtigte, sie mit der besten Freundin zu betrügen – was sich recht schnell bestätigte. Eine russische Jüdin aus dem Westend, deren Sohn er aufspüren sollte. Der orthodoxe Ehemann und Vater war nach dem Outing des Familiensprosses ausgerastet und hatte ihn verprügelt. Der Junge, gerade erst volljährig geworden, haute daraufhin von zu Hause ab. Sören fand ihn in einer Obdachloseneinrichtung für Teenager und konnte ihn davon überzeugen, mit seiner Mutter Kontakt aufzunehmen, die dem Bengel, vom Herrn Papa unbemerkt, ein Apartment am Stuttgarter Platz besorgte.

Und schließlich ein Anwalt mit dubiosem Kundenstamm. Von allen dreien hatte er ihn am meisten überrascht. Und zwar nicht unbedingt, weil er trotz erfolgter Mahnung noch immer keinen Geldeingang verzeichnen konnte. Vielmehr fragte er sich, warum der Jurist auf jemanden wie ihn zurückgriff. Hatte er nicht ein eigenes Team von Rechercheuren und Schnüfflern?

Der Auftrag selbst war einfachste Routine. Er sollte Beweise sammeln, dass der Besitzer eines schmierigen Pornokinos in der Kurfürstenstraße seine Privatinsolvenz vorgaukelte, um zahlreiche Gläubiger um ihr Geld zu bringen.

Ähnlich wie bei der ehebrecherischen Lesbe sollte sich auch hier der Verdacht schnell und unkompliziert bestätigen. Sein Auftraggeber zeigte sich angesichts der zügigen Ermittlungsergebnisse äußerst zufrieden. Was jedoch die Zahlungsmoral trotzdem nicht hob.

Sören nahm sich vor, sein Bankkonto zeitnah zu kontrollieren, während er, noch immer unschlüssig, in dem kleinen, schummrigen Wohnungsflur herumlungerte; von einem Bein auf das andere tretend. Er hätte einfach leise davonschleichen können. Ein verlockender Gedanke. Wenn auch ein sehr unfreundlicher Abgang.

Sich davonzustehlen, das war für gewöhnlich nicht sein Stil. Genauso wenig wie diese missliche Situation insgesamt.

Plötzlich wurde die Küchentür schwungvoll aufgerissen – und Sören um eine Entscheidung gebracht.

„Dachte ich mir doch, dass ich dich gehört hab! Guten Morgen!“, begrüßte ihn der andere mit einem breiten Lächeln auf den Lippen. Eine Wolke verführerischen, warmen Kaffeedufts umwaberte ihn lockend. „Wolltest dich wohl eben grad einfach so davonmachen, wa?“

„Guten Morgen“, entgegnete Sören perplex, ohne auf den Vorwurf einzugehen.

„Es gibt Toast. Mit selbstgemachter Erdbeermarmelade. Ich an deiner Stelle würde es mir noch einmal überlegen. Aber ich will dich nicht überreden, mein lieber Sören.“

Der andere wusste nicht nur seinen Namen, sondern sprach ihn obendrein mit nebensächlicher Selbstverständlichkeit aus!

Das versetzte seinem ohnehin an diesem Morgen schon arg ramponierten Selbstbild einen weiteren schmerzhaften Stich.

„Wir machen das jetzt so, ich schmiere zwei Scheiben Toast mit Butter und Konfitüre. Derweil kannste überlegen, welche Tür du nehmen willst. Rechts“, er nickte in Richtung Ausgang, „oder links.“ Ein bedeutungsschwangerer Blick zur Küche. Dann machte der Namenlose auf dem Absatz kehrt und verschwand wieder.

Das Aroma frischen Kaffees hing weiter schwer und lauernd in der Luft. Sören gab sich einen Ruck und schlurfte wie ein gemaßregelter Schuljunge hinterher. Er musste zugeben, nicht nur die Aussicht auf ein Frühstück trieb ihn an, sondern auch gesteigerte Neugier. Der Typ war mindestens genauso sexy wie in seiner lückenhaften Erinnerung – und entwaffnend kokett. Aber vor allem war er nicht ansatzweise so nervtötend wie befürchtet. Zumindest nach dem ersten Eindruck zu urteilen. Und auf den neigte sich Sören zu verlassen. Jahrelange Erfahrung.

„Gute Entscheidung!“, wurde er, begleitet von einem zufriedenen, fast selbstgefälligen Gackern, gelobt.

„Das kommt darauf an, ob der Kaffee stark ist und die Marmelade wirklich so gut, wie du behauptest“, entgegnete Sören trocken, aber nicht unhöflich, von seiner eigenen Schlagfertigkeit durchaus überrascht.

„Du wirst nicht enttäuscht sein“, versprach der andere, während er zwei große Tassen füllte. Eine davon zierte ein riesiges, gelbes Smiley-Gesicht. „Ich nehme an, schwarz?“

Sören nickte stumm. Während sein Gastgeber mit ihrem Frühstück beschäftigt war, schaute er sich schnell und so unauffällig wie möglich in dem schmalen, schlauchartigen Raum um. Die Küchenzeile war, wie das Schlafzimmer, ein schwedisches Fabrikat. Schlicht und zweckmäßig. Auf dem kleinen Kühlschrank in der Ecke hingen mehrere von Magnetpins gehaltene Konzertkarten und Kinotickets.

Auf dem Klapptisch daneben lagen wild verstreut Zeitschriften, achtlos aufgerissene Briefumschläge und ungeöffnete Kuverts. Sören witterte seine Chance. Er schob sich, darauf bedacht, ihn nicht zu berühren, an dem anderen vorbei und gaukelte vor, aus dem kleinen Küchenfenster schauen zu wollen. Tatsächlich spähte er dabei jedoch angestrengt auf den Poststapel, um das Adressfeld in einem der bisher unbeachtet gebliebenen Schreiben lesen zu können.

„Die Aussicht ist nur halb so spektakulär wie vom Balkon. Aber ebenfalls ganz nett“, wurde er unnötigerweise aufgeklärt. Sören ließ sich davon nicht ablenken. Er fixierte seinen Blick, verfluchte sich, aus Eitelkeit beim Ausgehen seine Brille nie mitzunehmen.

Endlich wandelten sich die kleinen, verschwommenen Hieroglyphen zu lesbaren Buchstaben.

Kevin Müller.

Natürlich! Kevin! Das ultimative Namensklischee aus Brandenburg!

Der Name war wie ein kleiner Stein, der in seinem Gedächtnis eine Erinnerungslawine ins Rollen brachte. Der gestrige Abend lief vor seinem inneren Auge wie im Schnelldurchlauf noch einmal ab.

Er saß am Tresen. Über seinem Kristallweizen, dessen Schaumkrone längst zusammengefallen war. Mara Bella wuselte geschäftig umher, obwohl außer ihm nur eine Handvoll Gäste in der Bar waren.

Und dann tauchte er auf: *Kevin aus Brandenburg, jetzt Berlin.*

Er war eine Erscheinung. Er fiel auf. Und nicht nur, da an jenem Tag in der *Bar des Westens*, von Einheimischen *BdW* abgekürzt, wenig los war.

Als er die Tür öffnete und einen kurzen Moment regungslos auf dem Absatz stand, nicht mehr ganz draußen, aber längst nicht drinnen, schien es, als würde dem gesamten Raum der Atem stocken.

Für diese eine Sekunde richteten sich alle Augenpaare auf den Neuankömmling. Die Gespräche kamen zum Erliegen, nur um gleich darauf, als er den entscheidenden Schritt wagte, die *BdW* tatsächlich betrat, wieder auffällig unauffällig fortgesetzt zu werden.

Auch Sören musste sich eingestehen, dass er ihn heiß fand. Selbst wenn der Neuankömmling offenkundig viel zu jung war. Fünfundzwanzig vielleicht. Halb so alt wie er selbst.

Die rötlichen, ins Orange gehenden Haare waren an der Seite akkurat und hoch abrasiert, das Deckhaar zu einem kleinen Zopf zusammengebunden. Das schmale, hagere Gesicht zierte ein Wirbelsturm aus Sommersprossen und wurde von einem kleinen Nasenring gekrönt. Dezent, aber durchaus auffällig.

Wie selbstverständlich, als wäre es geübte Tradition, setzte er sich auf den Barhocker neben Sören, studierte mit seinen blauen Augen zunächst ernst und eingehend die Getränkekarte. Mit einem Kopfnicken in Richtung des Biers fragte er: „Vom Fass?"

„Vom Fass", bestätigte Sören, wissend, dass alle Männer in der Bar ihm, ohne zu zögern, ein Messer in den Rücken gerammt hätten, um seinen Platz einnehmen zu können.

Es folgte ein stockendes Gespräch, wobei Sören auf Fragen meist einsilbig antwortete, während „Kevin aus Brandenburg, jetzt Berlin", munter drauflos schnatterte. Wie konnte man nur so schnell und so ausschweifend erzählen? Ganze fünf Minuten berichtete er darüber, wie er den besten Döner der Stadt entdeckt hatte. Angeblich in einem Imbiss am Hansaplatz. Zwischendurch schneite Mara vorbei, spendierte Wodka-Shots. Als der Junge auf dem Klo verschwand, animierte sie ihn, proaktiver zu werden, zu flirten, seine Chance zu nutzen.

„Welche Chance?“, entgegnete er ungläubig.

„Das kleine Täubchen fliegt auf dich. Das ist doch offensichtlich.“

„Er sagt, er sei erst siebenundzwanzig. Ich fünfzig. Das kannst du vergessen.“

Mara lächelte vielsagend und stellte einen weiteren Schnaps vor ihm ab. „Du entsprichst eben voll dem Typus *sexy daddy*.“

Ab da wurden seine Erinnerungen lückenhafter, verschwommen und beängstigend uneindeutig.

„Wollen wir auf dem Balkon frühstücken?“

Kevins Stimme holte Sören aus seinen Gedanken.

„Ich habe aber nicht mehr viel Zeit. Muss dann los.“

„Ich deute das als ein Ja.“

Flink lud er die Teller mit Toasts, die randvollen Tassen und eine Schale geviertelter Äpfel und Birnen auf ein Tablett. „Trag das schon mal raus. Muss nur schnell pullern.“

Sören leistete keinerlei Widerstand. Kurz darauf saßen sie nebeneinander in der Morgensonne, knabberten schweigend an den wirklich köstlichen Marmeladenbroten. Er ließ den Blick über den Tiergarten und die Stadt schweifen, gestattete sich einen kurzen Moment der Zufriedenheit.

Später, als er dann tatsächlich aufbrach, nicht aufgrund eines Termins, sondern weil er es schlichtweg für notwendig erachtete, wurde er mit einem langen Kuss verabschiedet, der nach Kaffee und der vergangenen Nacht schmeckte.

„Ich ruf dich an“, sagte Kevin.

Sören nickte nur und fragte sich stumm, ob sie überhaupt Nummern getauscht hatten.

Er konnte sich nicht erinnern.

Aber er ließ es darauf ankommen.

Constanze Stark verabscheute es zu warten. Auch jahrelange Gewohnheit und damit einhergehendes, hartes Training in der Anfangszeit ihrer Karriere änderten daran nichts. Immerhin gelang es ihr inzwischen, mit derartigen Situationen besser umzugehen. Sie hatte sich so weit unter Kontrolle, nicht dauernd mit der Hand durch ihre glatten, dunkelblonden

Haare zu fahren oder nervös mit den Beinen zu wippen. Ein Tick, den sie vor vielen Jahren lernte zu unterdrücken, der aber tief in ihrer schlummerte, nur darauf wartend, dass ihre Selbstkontrolle heruntergefahren wurde, um dann hervorzubrechen.

Sie konzentrierte sich auf ihre Umgebung, die allerdings in diesem Fall nicht besonders viel Ablenkung bot. Der Empfang der Anwaltskanzlei Bergmann & Söhnlein wirkte geradezu antiseptisch. Die Wände waren mit glänzenden Chromplatten verkleidet. Kein Spiegel. Kein Fenster. Keine Bilder. Keine Kanten. Keine Ecken.

Sie kam sich vor wie in einem Raumschiff und nicht wie in einer renommierten, aber letztlich profanen Anwaltskanzlei mit Schwerpunkt Wirtschaftsrecht.

In dem ovalen Raum verteilten sich großzügig vier niedrige, weiße Ledersessel. Auf einem Nierentischchen stand eine kugelförmige Wasserkaraffe. Daneben japanisch anmutende Trinkbecher aus eierschalenfarbenem Porzellan. Auf einer überdimensionierten Wasserschale schwammen violette Lotusblüten. Die einzigen Farbtupfer.

Der eigentliche Tresen, der vor einem bodentiefen Panoramafenster stand, war der Eingangspforte zugewandt und durch einen schweren, weißen Raumteiler abgeschirmt. So konnte niemand, der die Kanzlei betrat, einsehen, wer im hinteren Bereich wartete – und umgekehrt.

Das perfekte Design war schnell ermüdend, bot dem Auge nichts, um sich darin zu verfangen.

Ihre Hand wanderte automatisch ins Haar. Mürrisch hielt sie mitten in der Bewegung inne und mahnte sich zur Konzentration. Ärger und Ungeduld waren die Feinde der Selbstbeherrschung. Diese Schwächen konnte sie sich jetzt nicht erlauben.

Warum ließ er sie warten? Ignoranz? Geringschätzung? Oder war es ein perfides Machtspiel?

Constanze schätzte es ungemein, von ihren Kunden und Auftraggebern sofort empfangen zu werden.

Jan Bergmann war in dieser Hinsicht eine betrübliche Ausnahme. Er schien sich nicht im Klaren zu sein, mit wem er es zu tun hatte. Und wie man mit ihr umzugehen pflegte. Sie neigte mit jeder Minute, die im Nichts verstrich, mehr dazu, aufzustehen und zu gehen. Doch ihre Neugierde ließ sie bleiben.

Und vielleicht auch ein wenig die eigene Prognose Bergmanns Zukunft betreffend. Sie hielt den Berliner Bundestagsabgeordneten für den aufstrebenden Mann der konservativen Partei. Nicht in der anstehenden Legislatur. Aber zukünftig. Die Kanzlerin und Parteivorsitzende hatte ihren Zenit überschritten. Selbst wenn viele Journalisten und Kommentatoren, all die selbstgekrönten Experten und medialen Klugscheißer, den Abgesang auf diese Frau bereits nach der letzten Wahl angestimmt hatten. Sie hatten sich geirrt. Und prophezeiten nun umso frenetischer ihren Untergang.

Inzwischen war der Machtverfall allerdings auch nicht mehr zu übersehen. Constanze war lange genug im Geschäft, um die untrüglichen Zeichen wahrnehmen zu können. Die Kanzlerin hatte in den vergangenen Monaten, zum ersten Mal nach über einer Dekade im Amt, Schwächen gezeigt. Sie ließ sich von Ministern der eigenen Regierung förmlich auf der Nase herumtanzen. Was sie früher niemals toleriert hätte. Und sie musste Niederlagen einstecken. Schmerzhafte Niederlagen wohlgemerkt.

Constanze konnte das einsetzende Siechtum förmlich riechen, das nach einer langen glanzvollen Ära in aller Regel einem politischen Tod vorausging. Es war eine Frage der Zeit, bis eine der mächtigsten Führerinnen Europas, wenn nicht der Welt, zur Geschichte werden würde. Dann sollte Bergmanns Stunde kommen.

Der liberale, gemäßigte Flügel innerhalb der konservativen Partei war längst in Rückzugsgefechte verwickelt. Auch wenn den meisten der Betroffenen die Weitsicht fehlte, dies zu erkennen. Die Hardliner übernahmen das Ruder. Sie hatten entscheidende Schlüsselpositionen innerhalb des Parteiapparats besetzt. Und auch wenn die Kanzlerinnen-Clique sie von den Töpfen der Macht fernhielt, so lauerten sie wissend und hungrig wie ein Hyänen-Clan auf eine Chance. Noch war die Löwin zu stark. Doch der Tag würde kommen.

Bis dahin schnappten, knurrten und fletschten Bergmann und Konsorten aus sicherer Distanz, um nicht von einem Prankenhieb niedergestreckt zu werden.

Insofern war dieser Termin eine Investition in die Zukunft. Eine Wette auf das, was kommen mochte. Kommen würde.

Constanze war immer darauf bedacht, nicht nur im Heute zu denken, sondern mit Weitblick zu agieren. Sicher, manch ein Kontakt, manch ein Auftrag hatte sich entgegen ihren Erwartungen nicht zu einer belastbaren Masche in ihrem Netz entwickelt, sondern zu einem losen Faden, der nutzlos und schlaff herabhing. Wie eine Tierart, die sich in eine evolutionäre Sackgasse manövriert hatte, gab es auch Menschen, die ins Abseits steuerten, deren Karrieren endeten, bevor sie richtig begannen. Manchmal trugen unglückliche Umstände dazu bei, die weit jenseits des für den Betroffenen Beeinflussbaren lagen. Dann empfand sie gelegentlich sogar Mitleid oder ließ zumindest Nachsicht walten.

Doch meist waren es selbstverschuldete Abgänge. Nicht selten Untergänge. Solchen Dilettanten war Constanzes ganzer Abscheu sicher. Diese Fäden schnitt sie rigoros ab, um ihr Netz sauber zu halten und nicht durch unnötigen Ballast zu destabilisieren.

„Herr Bergmann wäre dann so weit."

Die gekünstelte Stimme der Vorzimmerdame ließ Constanze aus ihren Überlegungen aufschrecken. Die junge, ausnehmend hübsche Assistentin stand vor ihr und beäugte sie abschätzig in gekünstelter Freundlichkeit. Das brünette Haar war kunstvoll hochsteckt und wurde nur von drei ebenholzfarbenen Stäben zusammengehalten. Das sachliche, graue Kostümchen war von Gucci oder Prada, mutmaßte Constanze. Der Minirock reichte nicht einmal bis zu den Knien. Bergmann hatte nicht nur beim Interieur ein Auge für Stil und Schönheit.

Constanze ließ ein Sekunde verstreichen.

Nur nicht aufspringen. Keine Eile. Wer sich zu bereitwillig den übergestülpten Zeitplänen anderer fügte, begab sich von selbst in eine schwächere Position.

„Wenn Sie mir bitte folgen würden", ergänzte die junge Frau drängend.

Constanze zwang sich zu einem freundlichen Lächeln. So elegant wie möglich erhob sie sich aus dem niedrigen Sessel, in den sie während der Wartezeit immer tiefer versunken war.

Die Assistentin deutete mit der Linken vage in den Korridor, der entlang einer beeindruckenden, bis zum Boden verglasten Fensterfront führte. Der Turm der Gedächtniskirche wirkte von hier oben wie der Bestandteil einer Modelleisenbahnanlage.

„Eine nette Aussicht haben Sie", stellte Constanze unnötigerweise fest. Sie hasste es, Offensichtliches auszusprechen. Doch zugleich suchte sie händeringend nach einem Anknüpfungspunkt zu der jungen Frau. Sie war aus Prinzip um ein gutes Verhältnis zu den Sekretärinnen und Referenten ihrer Auftraggeber bemüht. Das konnte einem die Arbeit, wenn es etwa darum ging, Termine zu vereinbaren, erheblich vereinfachen. Sie legte für die wichtigen Mitarbeiter all ihrer Klienten eigene, kleine Dossiers an. Namen, Geburtsdaten, Familienstand, persönliche Vorlieben und Hobbys, Wohnorte – all diese Daten fanden sich, soweit bekannt, darin. Bei manchen war es einfach. Es gab Sekretärinnen, die förmlich danach lechzten, ihre Geschichten, ein bisschen Klatsch und Tratsch, loszuwerden und die sich freuten über einen Anruf zum Geburtstag oder wenn sich Constanze nach dem Wohlergehen von Kindern, Enkeln oder Eltern erkundigte.

Andere hingegen – und hierzu zählte zweifelsohne Bergmanns attraktiver Vorzimmerdrache – waren schwer zu knacken. Allerdings sah Constanze in diesem Fall keinen besonderen Grund zur Eile. Noch war nicht einmal sicher, ob Bergmann ihr Kunde werden würde.

Die lobende Bemerkung über das Panorama mit Missachtung strafend, öffnete sie, ohne anzuklopfen, die Tür zum Büro ihres Chefs.

„Frau Stark", erklärte sie in das Zimmer hinein und bedeutete Constanze dann mit einem knappen Kopfnicken einzutreten.

„Danke Michèle." Constanze hörte die sonore Stimme Bergmanns, bevor sie ihn sah. „Bitte stell in der nächsten Stunde keine Gespräche durch. Ich rufe zurück."

Michèle. Er duzte sie. Das würde der erste Punkt in ihrem Mitarbeiterdossier werden.

Jan Bergmann stand vor einem großen, klassischen Schreibtisch aus Mahagoniholz, der wuchtig wie eine Festung den Raum dominierte und hinter dem sich sein Besitzer bei Bedarf jederzeit verschanzen konnte.

Er lächelte offen, aber auch etwas gekünstelt, machte dann drei Schritte auf sie zu und reichte ihr die Hand. Sein hellblaues Hemd saß wie eine zweite Haut über dem durchtrainierten Oberkörper, spannte jedoch um die Hüften besorgniserregend. Kein Jackett. Keine Krawatte. Beides wartete vermutlich griffbereit in dem kleinen, schmalen Garderobenschrank neben der Tür. Die Aussicht durch das Eckfenster hatte sich marginal zu jener im Flur verändert. Die Gedächtniskirche war nach rechts gerutscht. Zoopalast und Bikinihaus rückten ins Blickfeld des Betrachters.

Sein Händedruck war fest und zupackend. Aber nicht unangenehm.

Der Duft von Jean-Paul Gaultiers *Le Male* hing bedeutungsschwanger in der Luft.

„Constanze Stark", stellte sie sich unnötigerweise vor.

Sie registrierte, wie Michèle hinter ihr die Tür leise schloss. Von nun an waren sie ungestört. Unter vier Augen. Vor allem: unter vier Ohren.

„Jan Bergmann. Es freut mich, Sie persönlich kennenzulernen. Ich habe schon viel von Ihnen gehört."

Sie überging den letzten Teil der Begrüßungsfloskel, den er betonte, als hätte er Insiderwissen, geflissentlich, um seine Worte nicht unnötig aufzuwerten.

„Tatsächlich sind wir uns schon einmal begegnet. Auf dem Sommerfest Ihrer Partei. Vergangenes Jahr", stellte sie stattdessen trocken fest. Ein feiner Seitenhieb, um ihm zu verdeutlichen, wer hier den Überblick hatte.

„Ach … wirklich." Sein Lächeln gefror kurz zu einer Maske, die den Moment der Unsicherheit überspielen sollte. In Gedanken ging er wahrscheinlich alle Gespräche durch, die er an jenem Abend geführt hatte und an die er sich noch erinnern konnte.

„Allerdings nur sehr kurz. Wir standen gemeinsam mit dem Wirtschaftsminister am Büffet an", gestattete sie ihm einen gesichtswahrenden Ausweg.

„Ach, Rudolf! Wissen Sie, ich mag ihn wirklich sehr. Aber wenn man an einem solchen Abend gemeinsam mit ihm unterwegs ist, gleicht das einem Vorstellungsmarathon. Sie kennen sich gut?"

„Wie man sich eben so kennt, in Berlin Mitte", bestätigte sie, diskret lächelnd. Was für ein billiger Trick seinerseits, um zu checken, wer alles in ihrer Kundendatei war! Da musste er sich schon etwas Besseres einfallen lassen.

„*Anyway*. Ich habe viel von Ihnen gehört. Sie wurden mir von mehreren meiner Kollegen wärmstens empfohlen."

„Das freut mich zu hören."

Er musterte sie eindringlich, wie ein Raubtier, das die Stärke seines Widersachers einschätzte. Constanze lächelte leise und selbstsicher. Sie war eindeutig im Vorteil. Er wollte etwas von ihr, benötigte ihre Dienste, war sich aber nicht sicher, ob er ihr vertrauen konnte. Offenkundig fand er es problematisch, jemanden mit einer zutiefst delikaten Angelegenheit zu beauftragen, dessen Zuverlässigkeit und Diskretion er nur vom Hörensagen beurteilen konnte. Kluger Mann, dachte sie süffisant. Er war vorsichtig, abwägend, vielleicht sogar misstrauisch. Sicherlich nicht der schlechteste Wesenzug – sowohl für einen Politiker wie für einen Wirtschaftsjuristen.

„Setzen wir uns doch", beeilte er sich zu sagen, um die Stille nicht unnötig in die Länge zu ziehen. Er deutete einladend auf die kleine Sitzecke, die luftig vor dem Eckfenster arrangiert war.

Sie ließen sich beinahe zeitgleich in zwei frontal gegenüberstehende Sessel sinken. Nur der flache Glastisch trennte sie.

„Kaffee, Tee?", fragte er.

Constanze lehnte dankend ab. Er griff nach der Wasserkaraffe und befüllte zwei Trinkschalen. Sein Gesicht war ernst. Angespannt. Tiefe Furchen durchzogen seine Stirn. Die Augen waren zusammengekniffen.

Ein attraktiver Mann mit einem klassischen Profil. Die braunen, wahrscheinlich getönten Haare waren an den Seiten hoch ausrasiert. Das kurze Deckhaar ließ Locken erahnen, die er vermutlich hasste. Der Schnitt mutete militärisch an. Entgegen dem Berliner Hipster-Trend, der inzwischen längst im konservativen Mainstream angekommen war, trug er keinen Bart. Vor diesem Termin hatte sie sich einige Zeitungsartikel über ihn und ein halbwegs aktuelles Porträt in einem Wochenmagazin durchgelesen, Homepage und Facebook-Profil begutachtet. Die Bilder von ihm waren nicht mit Photoshop retuschiert, das konnte sie nun mit Bestimmtheit sagen.

„Aus der Leitung. Ist umweltfreundlicher. Ich hoffe, das stört Sie nicht", erklärte er und reichte ihr die Trinkschale.

„Keineswegs", entgegnete sie mit Bedacht und nahm, als wollte sie das Gesagte untermauern, einen Schluck.

Bergmann nutzte ihre Zustimmung für einen ausufernden Exkurs, erklärte zunächst die Vorzüge des deutschen Leitungswassers und wie überflüssig *botteled water* sei. Von hier war es nur ein kurzer Sprung zu Bestrebungen seitens Brüssel, die Wasserversorgung zu privatisieren. Ein Ansinnen, das nicht nur von den Liberalen, sondern auch von Teilen seiner eigenen Partei befürwortet werde.

„… und das alles gegen den Willen der Bevölkerung. Eine breite Mehrheit der Deutschen will keinen Staat, der sich aus diesem elementaren Bereich zurückzieht und das Geschäft privaten Investoren überlässt. Wer so etwas trotzdem durchsetzen will, am besten noch durch die Hintertür, der muss sich nicht wundern, wenn die Menschen anfangen, angeblichen Populisten ihre Stimme zu geben. Politikverdrossenheit ist das nicht. Im Gegenteil."

Bergmann stockte kurz, um Atem zu holen. Er hatte sich richtiggehend in Rage geredet. Seit über fünf Minuten, sie hatte immer wieder unauffällig auf ihre Armbanduhr gelugt, dozierte er nun schon. Er war ein Mann, der sich selbst gerne reden hörte. Gleichwohl Constanze ihm in diesem Bereich durchaus gewisse Fähigkeiten attestierte, dauerte ihr dieses Vorgeplänkel nun eindeutig zu lange.

„Herr Bergmann, Sie haben doch nicht um ein Treffen gebeten, um über Politikentwürfe oder die deutsche Wasserversorgung zu sprechen", nutzte sie die kurze Pause. Ihre Stimme war leise, der Tonfall allerdings bestimmt.

Er zuckte kurz zusammen, als hätte sie ihm einen Stromschlag versetzt. Sie konnte nicht sagen, ob er es nicht gewohnt war, unterbrochen zu werden, oder ob ihm bewusst wurde, dass sie jetzt zum eigentlichen Kern dieser Zusammenkunft vordrangen.

„Nein, natürlich nicht", stimmte er bedächtig zu, trank von seinem Wasser.

Er verschaffte sich Zeit, das war offensichtlich. Was immer der Grund war, warum er sie kontaktiert hatte, es musste eine in seinen Augen heikle Angelegenheit sein, auf die zu sprechen zu kommen er absichtlich hinauszögerte. Er rang mit sich. Sein Instinkt riet ihm ab, ihr zu vertrauen, obwohl klar war, es führte für ihn kein Weg daran vorbei. Schließlich hatte er sie angerufen. Er benötigte ihre Hilfe. Und zwar, so vermutete Constanze, ziemlich rasch.

„Selbstredend bleibt alles, worüber wir hier sprechen, unter uns. Sie können sich auf meine absolute Diskretion verlassen. Ich nehme an, wer auch immer mich Ihnen empfohlen hat, versäumte nicht, dies zu erwähnen."

„Nein. Tatsächlich sind Ihre", er zögerte kurz, „Referenzen in dieser Hinsicht einwandfrei."

Constanze gestattete sich ein kaum merkliches, verwundertes Stirnrunzeln. Kurz war sie geneigt, nur um ihre Neugier zu befriedigen, zu fragen, in welcher Hinsicht ihre Referenzen nicht einwandfrei sein sollten. Vermutlich hatte er mit jemandem gesprochen, von dem sie jüngst einen Gefallen eingefordert hatte. Dem Bundestagspräsidenten womöglich? Sie verwarf den Gedanken wieder. Soweit ihr bekannt, waren die beiden Männer sich in gegenseitiger, leidenschaftlicher Abneigung verbunden.

Oder Bergmanns Mentor und Förderer, der alte Calben? Sie hatte Gerüchte gehört, er sei schwer erkrankt und seit Wochen in einem Sanatorium. Krebs, wurde gemunkelt.

Unwichtig, rügte sie sich selbst und konzentrierte sich stattdessen wieder auf ihr Gegenüber. „Da das geklärt ist: Wie kann ich Ihnen helfen?"

„Sie müssen jemanden für mich finden."

Der Satz hing schwer und sperrig in der Luft. Bergmann fixierte sie mit bedrohlicher Eindringlichkeit, wie ein Schlangenbeschwörer eine Kobra. Sie schwieg, wartete unbeeindruckt ab.

„Sein Name ist Andreas. Andreas Daume."

Wieder eine gedehnte Pause.

Sie schlug die Beine übereinander. Ihr beigefarbenes Kostüm raschelte leise.

„Haben Sie die Gerüchte über mich gehört?"

Constanze musste ein Lächeln unterdrücken. Langsam kamen sie der Sache näher. Sie musste ihm nur noch einen sachten Schubs geben, dann wäre er bereit zu reden. Und sie würde endlich wissen, ob sich die Fahrt hierher gelohnt haben sollte. „Mir ist etwas zu Ohren gekommen. Offengestanden vermutete ich, Ihre sexuellen Präferenzen seien ein mehr oder weniger offenes Geheimnis."

„Das sind sie auch. Ich habe mich nie versteckt. Keine Pseudo-Freundin. Keine heuchlerische Homestory. Die meisten, vielleicht sogar alle, in der Fraktion wissen Bescheid. Die Kanzlerin. Viele meiner politischen Gegner. Die Hauptstadtjournalisten sowieso. Meine Mitarbeiter. Und in zwei Wochen der ganze Rest der Republik."

Constanze gestattete sich, fragend die Augenbraue hochzuziehen.

„Es wird ein großes Interview geben. In einer Boulevardzeitung. Gemeinsam mit meinem langjährigen Lebenspartner. Darin werden wir unsere Hochzeit ankündigen. Kommenden Sommer."

„Ich verstehe." Und das tat sie tatsächlich. Bergmann wollte eine offene Flanke schließen, bevor diese von einem Widersacher genutzt werden konnte – und er die Kontrolle verlor. Der Zeitpunkt war gut gewählt. Gerade noch rechtzeitig. Er bereitete sich auf den Sprung ins Zentrum der Macht vor und bereinigte sein Leben, fegte einmal kräftig durch.

„Ich nehme nicht an, dass Ihnen dieses Outing schaden wird. Die Zeiten haben sich geändert. Wir leben nicht mehr in den Achtzigern", befand sie schlicht. „Der Mann, den ich für Sie aufspüren soll, dieser Andreas Daume, ist das Ihr Partner?"

„Um Gottes willen, nein!", entfuhr es Bergmann ehrlich entrüstet. „Mein Freund ist Pierre Gaston. Vielleicht ist der Name Ihnen ein Begriff? Seinem Vater gehört das größte Casino-Franchise Deutschlands. Und Pierre hat seine eigene PR-Agentur."

Sie nickte. Selbstredend war der alte Gaston ihr ein Begriff. Sie war ihm jedoch nie vorgestellt worden. Der Unternehmer zählte seit Jahrzehnten zu den dicken Fischen in Westberlin. Auch wenn „Casino" für die schummrigen Spielhallen, meist in Bahnhofsnähe oder im Rotlichtmilieu gelegen, eine einigermaßen hochtrabende Bezeichnung war. Die Unternehmenszentrale residierte nahe dem Charlottenburger Schloss. Soweit sie sich erinnerte, wurden dem Glücksspielmagnaten in den neunziger Jahren Verbindungen zum organisierten Verbrechen nachgesagt. Von seinem Sohn hatte sie hingegen noch nie gehört.

Daume … Bergmann … Gaston … In ihrem Kopf begann sie die Namen miteinander in Beziehung zu setzen. Sie ahnte, um was es ging.

„Andreas Daume ist mein … Geliebter", wurde ihre unausgesprochene Frage beantwortet. „Dieser Begriff trifft es allerdings nicht ganz. Das Wort ist … so schrecklich heterosexuell vorbelastet."

„Ich fürchte, ich kann Ihnen nicht folgen", gestand Constanze widerwillig und zugleich leicht genervt ein.

„Pierre und ich sind seit sechs Jahren zusammen. Wir lieben uns und diese Hochzeit …" Er brach ab, rang nach den richtigen Worten.

Sie nahm einen weiteren Schluck Wasser. Plötzlich hatte sie doch Lust auf einen Kaffee, verkniff sich jedoch geflissentlich, danach zu fragen.

„Sicher, die Zeiten haben sich geändert", setzte Bergmann erneut an. „Aber es ist eine Sache, der monogame, verheiratete Schwule zu sein mit dem smarten Ehemann, der obendrein seine eigene erfolgreiche Agentur leitet. So etwas akzeptiert meine Partei gerne. Das passt ins Bild. Weniger angebracht ist es hingegen, eine offene Beziehung zu führen. Politiker dürfen gerne ihre Sekretärin ficken, sogar mit ihr ein Kind haben. Aber bitte nicht offiziell. Abgesehen davon gelten für Schwule doppelt hohe Ansprüche. So etwas könnte ich mir jetzt auf keinen Fall erlauben. Ich muss der nette, vorzeigbare Homo sein, den auch die siebzigjährige Tante Friede gerne als Nachbarn hätte."

Constanze pflichtete ihm mit einem Nicken bei. Doch er nahm sie gar nicht richtig wahr, stierte geradeaus, auf einen imaginären Punkt an der gegenüberliegenden, kahlen Bürowand. Wahrscheinlich fragte er sich gerade, wie er es so weit hatte kommen lassen können, und verfluchte seinen Schwanz.

„Doch damit nicht genug. Andreas Daume ist ein …", er zögerte, „manch Parteifreund würde ihn verächtlich als Gutmenschen bezeichnen. Nach seinem Medizinstudium arbeitete er für eine Hilfsorganisation im Jemen. Engagierte sich öffentlich für die Flüchtlingshilfe und plädierte jüngst in einem Interview für offene Grenzen."

Jetzt konnte sich Constanze ein kurzes Lächeln trotz größter Anstrengungen nicht verkneifen. Jan Bergmann wurde in seiner Partei dem *Law & Order*-Flügel zugerechnet. Ein Sheriff in Nadelstreifen. Der politischen Linken galt er als Hardliner, der vor Islamisierung und Überfremdung warnte. Strikte Grenzkontrollen, Verschärfung des Asylrechts, Auffanglanger und schnelle Rückführungen – das war die Klaviatur, die er bespielte. Da passte es in doppelter Hinsicht nicht ins Bild, wenn er sich einen idealistischen Weltverbesserer als Toy-Boy hielt.

Wie in Slow Motion schwebten die Puzzelteile zusammen, formten ein Bild.

Sie lehnte sich entspannt in ihrem Sessel zurück, die Kühle des Leders lag angenehm an ihren Handgelenken. Sie musste nichts mehr sagen, ihn nicht drängen. Er war bereit, sich ihr zu offenbaren. Constanze musste ihn einfach reden lassen.

Sie ahnte, in welche Richtung sein Auftrag gehen würde, und wusste bereits, wie die Antwort lautete. Auch wenn sie sich vielleicht etwas zieren sollte. Nur der Show wegen.

Bergmann knackte nervös mit seinen Fingern. Er hatte noch ein weiteres Detail draufzusetzen. „Andreas trägt den Nachnamen seines Vaters. Seine Mutter ist Rosemarie Zille."

„Das ist ein nicht ganz unwichtiges Detail", stellte Constanze mit ruhiger Stimme fest. Eine Untertreibung. Zille war Berliner Landesvorsitzende der Grünen Partei und Umweltsenatorin. In wenigen Tagen sollte sie zur Spitzenkandidatin für die anstehenden Wahlen zum Abgeordnetenhaus ausgerufen werden. Sie hatte damit durchaus realistische Chancen, Berlins nächste regierende Bürgermeisterin zu werden.

„Sie verstehen meine delikate Lage? Ich dachte, ich hätte die Sache mit Andreas unter Kontrolle. Das war ein Irrtum", gestand Bergmann leise flüsternd. „Bei unserem letzten Telefonat habe ich ihm von meinen Plänen mit Pierre berichtet. Von dem Zeitungsinterview. Meinem Outing. Und der Hochzeit."

Er verstummte, fuhr sich erschöpft mit den Händen über sein Gesicht.

Schweigen.

„Sie haben sich gestritten", half sie ihm auf die Sprünge, um einen mitfühlenden Tonfall bemüht. Welch eine alltägliche Geschichte! Ekelerregend klischeehaft. Einer Frau wäre das niemals passiert, befand Constanze nicht ohne Genugtuung. Männer waren doch alle gleich, egal, ob sie Mösen oder Ärsche fickten.

Bergmann seufzte laut. „Es war furchtbar. Ich hätte es ihm nicht am Telefon sagen sollen. Seitdem ist er verschwunden."

„Könnte er eine Dummheit begangen haben?"

Er zuckte hilflos mit den Achseln. Es war ein stilles Eingeständnis. „Was ist, wenn er sich etwas angetan hat. Oder wenn er mit der Geschichte an die Öffentlichkeit geht."

Sie vermutete instinktiv, letztere Option war jene, die Bergmann mehr fürchtete. Am katastrophalsten war hingegen eine Kombination aus beidem. Suizid mit einem alles erklärenden Abschiedsbrief.

Sicher würden die Medien zunächst stillhalten. Die Hemmschwelle, das Privatleben von Politikern in die Öffentlichkeit zu zerren, gar ein Zwangs-Outing, war in Deutschland nach wie vor hoch. Doch spätestens mit dem geplanten Interview beraubte sich Bergmann seines Schutzschilds. Sie sah die Schlagzeilen bereits vor sich. Zunächst die Erzählung einer großen Liebe, das Geschwafel von konservativen Werten in einer schwulen Beziehung, die Ankündigung einer Traumhochzeit.

Und dann, wenig später, Andreas Daume. Er würde mit seiner Geschichte zum Kronzeugen gegen die medial inszenierte Heuchelei eines konservativen Politikers. Ein gefundenes Fressen, das sich selbst seriöse Redaktionen nicht entgehen lassen konnten.

„Wann war dieses Telefonat?"

„Vor zwei Tagen. Gestern schrieb er mir eine Nachricht. Wir müssten uns sehen. Es sei dringend. Er hat mich außerdem nachts angerufen. Aber ich konnte nicht rangehen. Ich rief später zurück, erreichte allerdings nur die Mailbox. Auch heute Morgen keine Spur von ihm."

Constanze runzelte die Stirn. Das letzte, mutmaßliche Lebenszeichen in Form eines verpassten Anrufs lag keine vierundzwanzig Stunden zurück. Außerdem befand sich Andreas Daume offenbar in einem emotionalen Ausnahmezustand. Es wäre also nicht weiter verwunderlich, wenn er sich zugesoffen hätte und nun an einem unbekannten Ort ausnüchterte. Oder sich gar noch immer in einem Club den Tag um die Ohren schlug. Irgendwo war in dieser Stadt immer gerade *After Hour*. Die Polizei wurde in diesem Fall folglich nicht aktiv. Für eine Vermisstenanzeige war es viel zu früh. Außerdem kam diese Möglichkeit für Bergmann nicht infrage, da er kein gesteigertes Interesse daran hegte, den Fall aktenkundig werden zu lassen. So würde er nur riskieren, dass die Medien davon Wind bekamen. Die Mutter konnte er nicht anrufen. Gewiss nicht. Außerdem befand sich Zille, soweit sie informiert war, auf einem Kongress in New York.

„Ich weiß, wie sich das alles anhört", sagte er, ihre Überlegungen erahnend. „Aber verstehen Sie meine Lage. Ich kann nicht warten, bis etwas …"

Er führte den Satz nicht zu Ende. Das brauchte er auch gar nicht.

Sie erhob sich, umrundete mit bedächtigen Schritten die Sitzecke, ließ ihren Blick durch das Panoramafenster über den Bahnhof Zoo und die Hardenbergstraße schweifen.

Ihre Aufgabe würde darin bestehen, diese ganze unsägliche Geschichte unterm Deckel zu halten. So weit kein Problem. Sie hatte schon ganz andere Unfälle beseitigt. Und diese Sache war nicht einmal illegal oder kriminell. Im Gegenteil: Sie war erschreckend langweilig und profan. Der Knackpunkt bestand darin, diesen Andreas Daume überhaupt erst einmal ausfindig zu machen.

Im tragischsten Fall hatte er sich das Leben genommen. Aus Liebeskummer. Dann galt es, einen eventuell vorhandenen Abschiedsbrief verschwinden zu lassen, damit Bergmann nicht hineingezogen wurde. Doch sie rechnete nicht ernsthaft mit einem Suizid. Ein Teenager nahm sich womöglich wegen solch einer Sache das Leben. Doch ein Mann, der im Jemen arbeitete und mitten im Leben stand? Andererseits waren Menschen zu den absonderlichsten Dingen imstande.

„Ich kümmere mich um die Angelegenheit", sagte sie schließlich. Im Augenwinkel sah sie, wie Bergmann erleichtert tief Luft holte.

„Allerdings", fuhr sie einschränkend fort, „sind vermisste Personen nicht gerade mein Spezialgebiet. Ich muss jemanden anheuern."

Das stimmte nur zum Teil. Sie hätte die Suche nach Daume auch selbst übernehmen können. Doch das war simple und zeitintensive Laufarbeit. Sie hatte Besseres zu tun. Bergmann war nicht ihr einziger Klient. Und die meisten anderen Aufträge waren weitaus delikaterer Natur.

„Gewiss. Solange …“

„Diskretion versteht sich in diesem Fall von selbst“, sah sie seinen Vorbehalt voraus, weiterhin aus dem Fenster und auf ihr eigenes, undeutliches Spiegelbild darin starrend. „Verschwiegenheit ist in meinem Business die entscheidende Währung. Das wissen auch all jene, die für mich arbeiten. Niemand wird erfahren, dass Sie mein Auftraggeber sind.“

„Danke.“

Sie drehte sich abrupt zu ihm um, nahm ihn ins Visier. „Um mir zu danken, ist es zu früh. Aber ich will sehen, was ich tun kann. Je mehr Informationen und Details Sie mir über Ihren Geliebten geben können, umso besser. Wo wohnt er, was arbeitet er, wie verbringt er seine Wochenenden …“

Übereifrig sprang Bergmann auf, eilte zum Schreibtisch und holte aus der obersten Schublade einen braunen Umschlag hervor.

„Darin finden Sie alles Wichtige über ihn. Inklusive eines Fotos.“

Constanze nahm die Unterlagen schweigend entgegen, ohne hineinzuschauen. Sie wollte es von ihm hören. Das würde um einiges aufschlussreicher sein. Die Dokumente konnte sie später sichten.

Sie setzte sich wieder. Ohne es ihm bedeuten zu müssen, tat er es ihr gleich, realisierend, dass sie noch nicht fertig waren. Ihm war sichtlich unwohl dabei, über Daume sprechen zu müssen. Doch für falsche Scham war jetzt nicht der Augenblick. Sie war nicht sein Richter. Nicht einmal sein Henker. Im besten Fall war sie diejenige, die seinen Kopf aus der Schlinge ziehen würde.

Sie schenkte ein Glas Leitungswasser aus der Karaffe nach, schlug die Beine übereinander und schaute ihn erwartungsvoll an. Er verstand die stumme Aufforderung.

„Wie gesagt“, stammelte er unsicher. „Sein Name ist Andreas Daume. Er ist 35 Jahre alt. Seit seiner Rückkehr aus dem Jemen arbeitet er in einer Praxis nahe dem Nollendorfplatz. Schwerpunkt HIV. In der Schwulenszene kennen ihn viele unter dem Spitznamen Bambi.“

2

Nach einem weitgehend ereignislosen Donnerstag, den Sören mit etlichen Zigaretten und einem zu frühen Gin Tonic am späten Nachmittag – er trank aus Prinzip vor zwanzig Uhr kein Bier – in seinem Büro überdauerte, machte er sich widerstrebend auf den Weg zum Nollendorfplatz. Er war mit Mara Bella vor ihrem Schichtbeginn im *BdW* zu einem *Sun-Downer* verabredet.

Obwohl er sich aufgrund der vergangenen Nacht nach der Ruhe und Abgeschiedenheit seiner Wohnung sehnte, brachte er es nicht übers Herz abzusagen. Er hatte sie in den vergangenen Wochen immer wieder versetzt. Meist ohne richtigen Grund, sondern einfach nur, weil er nicht in der Stimmung war, sich ihrer guten Laune und ihrem sonnigen Gemüt auszusetzen.

Ich leide unter einer beginnenden Depression, schoss es ihm wie beiläufig durch den Kopf. Doch so schnell diese Selbsterkenntnis aufblitzte, so rasch versank sie wieder in den trüben Untiefen seines Verstands.

Er kannte Mara seit achtzehn Jahren. Damals hieß sie offiziell noch Hartmud und stand kurz vor Beginn ihrer Geschlechtsangleichung. Inzwischen kam ihre Beziehung einer Freundschaft ziemlich nahe. Wahrscheinlich hätte sie ihn auf Nachfrage als enge Vertrauensperson oder gar Familienersatz bezeichnet und wäre über Sörens einschränkende, zögerliche Zustimmung ehrlich entrüstet und verletzt.

Wer mit Mara verabredet war, musste sich auf mindestens fünfzehn Minuten Wartezeit einstellen. Gerne auch etwas mehr. Von daher machte es sich Sören zur Angewohnheit, leicht verspätet einzutreffen. Zugleich wählte er öffentliche Treffpunkte wie Bars oder Restaurants aus. Niemals eine Bushaltestelle oder Straßenkreuzung. So konnte er sich die Zeit immerhin mit einem ersten Getränk verkürzen.

Komme etwas später. Hatte bis eben Klavierunterricht im Grunewald.

Die Nachricht leuchtete auf, als Sören an einer Ampel am Nollendorfplatz stand. Er schmunzelte stumm in sich hinein. Übersetzt bedeutete das, sie war dabei, Schminke aufzulegen, und würde mindestens noch dreißig Minuten brauchen.

Alles wie immer.

Sören zündete sich eine Zigarette an und schlenderte gemütlich die Motzstraße hinunter zum *Hafen*, einer kleinen Bar im Herzen des schwulen Kiezes. Bereits auf dem Weg kam es ihm vor, als wären mehr Männer unterwegs als gewöhnlich. Vor allem Fetisch-Kerle in Lederhosen oder Uniformen.

Sein Eindruck bestätigte sich, als der *Hafen* in Sichtweite kam. Auf dem Bürgersteig hatte sich eine beachtliche Menschentraube gebildet.

Er bahnte sich einen Weg durch die Menschenmenge ins Innere.

„Was ist denn hier heute los?", fragte er den Barkeeper, einen blonden Adonis, der seine im Vergleich zum Oberkörper viel zu dünnen Beinchen in eine Röhrenjeans gezwängt hatte.

„Ey, am Wochenende ist Folsom Street Fair. Die ersten Touris sind schon in der Stadt", bekam er als Antwort, wobei der Tonfall des Jünglings verdeutlichte, wie unnötig er die Frage fand.

„Entschuldige meine Uninformiertheit", grummelte Sören, schnappte sich sein Bier und ging wieder nach draußen.

Das Folsom-Straßenfest hatte sich in den vergangenen Jahren zu einer festen Größe im schwulen Kalender der Stadt entwickelt. Anhänger des Fetisch-Kults aus aller Welt pilgerten dann nach Berlin, in das aktuell unangefochtene, globale Mekka dieser Szene. Die einschlägigen Clubs und Bars würden in den kommenden Tagen aus allen Nähten platzen. Wenngleich Sören kein Fan von Großveranstaltungen war – sein letzter Gaypride lag einige Jahre zurück und er war nur seinem Ex-Mann Than zuliebe hingegangen –, mochte er die erwartungsvolle Atmosphäre, die sich in den Tagen vor solchen Events wie ein feiner Nebelschleier über die Straßen rund um den Nollendorfplatz legte.

Berlin. Das war, nicht nur, aber gerade für Schwule aus aller Welt ein Sehnsuchtsort. Eine Pilgerstätte. Eine Verheißung. Etwas zwischen Tempel und Moloch. Und für nicht wenige auch ein Hort der Freiheit.

Während er sein Bier hinunterstürzte – das erste ging immer am schnellsten –, erfasste ihn eine zarte Andeutung von Glückseligkeit. Er sah in die Gesichter all dieser Männer. Sie waren vorfreudig, hoffend. Viele von ihnen waren extra für dieses Wochenende angereist, um ihren Vorlieben und Fetischen zu frönen, die sie zu Hause – egal, ob in der deutschen Provinz oder in der russischen Taiga – wenn überhaupt nur im Geheimen auslebten. Wer konnte schon sagen, was ihnen allen in den kommenden Tagen widerfahren sollte.

Enttäuschte Erwartungen und geplatzte Träume würden erst am Montagmorgen bittere Realität. Bis dahin war alles möglich, hier in Berlin, in dieser Stadt, in der jeder so sein konnte, wie er wollte. Und das nicht nur am Folsom-Wochenende.

Ja, die große Freiheit war an die Spree zurückgekehrt und zelebrierte ihr Comeback seit vielen Jahren voller Hingebung. Es wurde gefeiert, getanzt und gevögelt. Vor hundert Jahren war auf die Party ein böses, dunkles Erwachen gefolgt. Und Sören glaubte, Kulturpessimist wie er nun einmal war, auch heute wieder den aufziehenden Sturm zu spüren. Ewig konnte diese Sause nicht andauern. Jede Feier musste einmal zu Ende gehen. Die Frage war nur, wie schlimm der Kater am kommenden Morgen ausfiel.

„Was schaust du denn so grimmig?"

Maras Stimme beförderte ihn ins lärmende, gut gelaunte Hier und Jetzt der Motzstraße zurück.

„Wenn du mich warten lässt, muss ich eben über den unheilvollen Weltenlauf sinnieren", erwiderte er. „Du kennst mich doch."

Sie lächelte milde.

„Entschuldige die Verspätung. Aber ich musste mit dem kleinen Ben-Jonas noch ein Stück fertig proben. Er soll es beim Geburtstag seiner Großmutter zum Besten geben. Die arme Partygesellschaft!"

Sie setzte einen gequälten Gesichtsausdruck auf, um Mitleid oder zumindest Verständnis heischend. Um ihr Auskommen aufzubessern, gab Mara seit einigen Monaten Klavierunterricht. Durchaus erfolgreich. Dabei kam ihr sicherlich zugute, dass ihr altes Ich, in ihrem alten Leben, Musik studiert und jahrelang an einer Volkshochschule unterrichtet hatte.

„Jetzt muss also ein mittelmäßiger Nachwuchspianist schon als Ausrede für deine Verspätung herhalten", frotzelte Sören.

„Mittelmäßig? Das wäre ein Fortschritt. Ich befürchte, der Junge sollte sich später darauf konzentrieren, gut auszusehen und in seiner Indie-Pop-Band den Bass zu zupfen. Beides wird er sicherlich mit Bravour hinbekommen. Ganz anders als das Klavierspielen", erwiderte Mara streng.

So nett und verständnisvoll sie als Privatperson war, so unnachgiebig war sie gegenüber ihren Schülern.

Elegant, ohne sich wie Sören zum Tresen vorkämpfen zu müssen, schwebte sie davon, um eine Bestellung aufzugeben. Die Menschenmassen teilten sich vor der beeindruckenden Erscheinung wie das Meer im Angesicht eines Propheten.

Als sie mit ihrem Drink in der Hand wieder nach draußen kamen, fegte gerade eine Windböe durch die Baumkronen.

„Es scheint aufzufrischen", stellte Sören unnötigerweise fest.

Mara lachte glucksend. „Machst du Witze? Heute keine Nachrichten geschaut? Es gibt eine Unwetterwarnung für weite Teile Deutschlands. Ein Sturm zieht auf. Es soll heute Nacht und morgen in Berlin richtig abgehen. Starkregen. Gewitter. Hagel. Orkanböen."

„Kein gutes Wetter für das Straßenfest."

Sie zuckte mit den Schultern. „Ich kann bei jeder Witterung ficken und feiern."

Sören lachte glucksend. Daran hatte er keinerlei Zweifel.

„Da wir gerade bei Schlüpfrigkeiten sind: Ich habe heute erfahren, Deutschlands schwule Familie wird bald Zuwachs bekommen."

Sie benutzte diese Formulierung stets, um ein Promi-Outing anzukündigen. Wobei Sören in aller Regel mit den genannten Namen nichts anzufangen wusste. Zumeist waren es drittklassigen Stars und Sternchen aus schlechten Fernsehformaten. Oder schlimmer: YouTube-Influencer.

„Diesmal ist es ein echter Hammer!“, bekräftigte Mara, als hätte sie seine Gedanken gelesen. Verschwörerisch beugte sie sich zu ihm herüber und senkte ihre Stimme. „Ich war heute mit einem schwulen Journalisten Mittag essen. Sein Blatt bereitet eine große Homo-Homestory mit Jan Bergmann vor.“

„Der Politiker?“

„Genau der! Ich hatte zwar schon zuvor davon gehört, wäre aber niemals auf die Idee gekommen, er könnte öffentlich dazu stehen. Er hat sich in den vergangenen Jahren schließlich redlich um eine Positionierung als konservatives Arschloch bemüht.“

„Es wird *dich* vielleicht überraschen, aber *ich* bin nicht überrascht“, erklärte Sören mit mehr als einem Hauch von Genugtuung in seiner Stimme.

„Du wusstest es!“, kreischte Mara aufgeregt. „Hast du ihn gefickt?“

Er lächelte vielsagend und schüttelte genussvoll den Kopf. „Nope. Mehr kann ich nicht sagen. Dienstgeheimnis.“

Tatsächlich hatte Bergmann von einigen Jahren gegen einen Stricher Anzeige wegen schweren Diebstahls erstattet, diese jedoch schnell wieder zurückgezogen. Wahrscheinlich aus Angst, die Geschichte könnte an die Medien durchgestochen werden.

„Nicht dein Ernst! Du kannst mich nicht erst anfüttern und dann am ausgestreckten Arm verhungern lassen!“

„Wie gesagt …“

„Dienstgeheimnis“, äffte ihn Mara nach. „Ich seh schon, einmal Bulle, immer Bulle.“

Sören verspürte einen kurzen Stich. Er war seine Dienstmarke seit zwei Jahren los. Doch es tat noch immer weh. Auch wenn er damals, nach der Geschichte mit Than, freiwillig gegangen war.

Anfangs fühlte es sich an, als wäre ihm ein Körperteil amputiert worden, und er litt unter Phantomschmerzen. Die waren zwar inzwischen abgeklungen, doch er trauerte weiter, nicht nur in schwachen Momenten, der Vergangenheit hinterher.

Aber es wurde besser. Er gewöhnte sich daran, kein Polizist mehr zu sein. Genauso wie er sich daran gewöhnte, wieder allein zu sein.

Beides, so war ihm längst klar, hatte er sich selbst zuzuschreiben. Es waren keine ominösen Umstände und erst recht keine vom Universum oder Gott ausgeheckten Schicksalsschläge, die sein Leben in jene Bahnen gelenkt hatten. Er selbst war es gewesen. Er selbst, mit all seinen Unzulänglichkeiten.

„Apropos … Ist das dort drüben nicht ein ehemaliger Kollege von dir?“, fragte Mara neugierig und deutete zum unteren Rand der Menschenmenge.

Tatsächlich stand dort Richard van Dijk. Sören hatte mit ihm mehrmals im Drogenmilieu ermittelt. Damals war van Dijk im Rauschgiftdezernat. Inzwischen hatte er sich versetzen lassen und war in der Pressestelle des LKA gelandet. Burn-out, so wurde gemunkelt.

Er half Sören damals bei der Sache mit Than, erwies sich als loyaler Kollege. Obwohl er Gefahr lief, sich selbst wegen seines Verhaltens massive Probleme mit der Internen einzuhandeln. Das würde Sören ihm nie vergessen.

Richard war, was gemeinhin als Ledertunte bezeichnet wurde, und schien mit seinen knapp fünfzig Jahren einem Tom-of-Finland-Passepartout entsprungen – inklusive Schnauzer, lockig behaarter Brust und muskulösen Oberarmen. Die Gründe, warum es zwischen ihnen nach einer anfänglich durchaus vorhandenen gegenseitigen Anziehung nicht zu mehr gereicht hatte, konnte Sören nicht genau benennen. Doch er hatte einige Vermutungen darüber angestellt.

Der offensichtlichste war: *Don't fuck the office*. Doch derart prinzipientreu war Sören nicht, als dass es als alleinige Begründung reichte. Die Wahrheit lag etwas tiefer. Tatsächlich schüchterte ihn Richards offenes, gut gelauntes Wesen zu sehr ein. Das hatte ihn letztlich nicht nur davon abgehalten, eine Affäre mit ihm zu starten, sondern auch eine echte, tiefer gehende Freundschaft verhindert. Sie waren gute Kollegen, die manchmal zusammen trinken gingen aufgrund gleicher sexueller Präferenzen. Von einem solchen Feierabendausflug kannte Mara Richard. Sie waren gemeinsam in der *BdW* abgestürzt.

Manchmal, in seinen schwachen und dunkelsten Momenten, wünschte sich Sören, mehr so zu sein wie van Dijk und weniger wie er selbst.

Richard war laut und lustig, offenherzig und gut gelaunt. Es fiel ihm nicht schwer, auf andere zuzugehen, zu flirten, zu kokettieren. Trotzdem war er, nach zwei tragisch gescheiterten Beziehungen zu Kerlen, die ihn beide wie Scheiße behandelt hatten, noch immer Single. Er geriet immer an Typen, die ihn kleiner machen mussten, um selbst größer zu wirken.

Sören verachtete die beiden Ex-Freunde dafür, wie sie Richard behandelt hatten. Die ständigen Gängeleien und die in Ironie und Sarkasmus verpackten Erniedrigungen. Einer der beiden schlug ihn sogar.

So sehr er ihr Verhalten verabscheute, ihre vermeintliche Motivation dahinter konnte er nachvollziehen. Insgeheim befürchtete Sören, er wäre an ihrer Stelle in die gleichen Verhaltensmuster verfallen. Es musste auf Dauer unerträglich sein, einen derart perfekten Partner zu haben: liebenswert und sympathisch, das Leben unverschämt leichtfüßig meisternd und obendrein aufgrund seiner Ausstrahlung begehrt.

Immerhin, das hielt sich Sören zugute, erkannte er rechtzeitig, zu welchem egomanischen, eifersüchtigen Arschlöchern die Männer an der Seite eines solchen Traumprinzen mutierten. Er zog die Notbremse, bevor aus ihren Flirts etwas Tiefergehendes erwuchs.

Natürlich konnte er Mara nicht davon abhalten, Richard zuzuwinken und ihn auf ein Bier einzuladen. Eine Einladung, die dieser gerne annahm.

„Ich besorg uns schnell mal 'ne neue Runde, ihr süßen Täubchen“, entschuldigte sich Mara und verschwand in Richtung Bar.

Eine kurze Befangenheit machte sich zwischen den beiden Männern breit. Die wenigen Sekunden des Schweigens fühlten sich an wie eine halbe Ewigkeit.

„Schön, dich zu sehen!“, befand Richard mit einem Erzengellächeln.

„Find ich auch“, entgegnete Sören unbeholfen. Plötzlich stürmte sein Ex-Kollege einen Schritt nach vorne und umarmte ihn innig, klammerte sich beinahe an ihn. Sein dunkler, tiefer Körpergeruch kitzelte verführerisch in Sörens Nase. Sören sah ihn nackt vor sich. Im fahlen Schein einer Nachttischlampe zuckte sein Körper, während er ihn fickte.

Sie lösten sich voneinander. Der Duft verflüchtigte sich, wurde zu einem zarten, kaum wahrnehmbaren Hauch, der sich in der Luft auflöste wie ein Tropfen Farbe in einem Ozean.

„Und was gibt es bei dir Neues?“

Kurz erwog Sören, mit einer der üblichen, nichtssagenden und zugleich ausweichenden Floskeln zu antworten. Doch dann entschied er sich überraschenderweise dagegen und begann, nicht ohne eine unüberhörbare Portion zufriedenen Stolzes in der Stimme mitschwingen zu lassen, von der vergangenen Nacht mit „Kevin aus Brandenburg, jetzt Berlin“ zu berichten.

Ein kleines Stück schwuler Alltag. Damit würde er ihn beruhigen und sich zugleich auch seiner gut gemeinten, überaus penetranten Kuppelversuche entziehen können.

Mit Grauen erinnerte sich Sören leider nur zu gut an das letzte dieser Experimente, welches in ein gemeinsames Abendessen mit Richard und dessen bestem Freund Tom bei einem Italiener am Savignyplatz mündete. Es war kurz, viel zu kurz, nach seiner Trennung von Than. Das Essen an sich war durchaus kurzweilig und amüsant. Obgleich Tom ebenso wie Sören bewusst war, dass Richard sie krampfhaft füreinander begeistern wollte, meisterten sie die Situation mit der notwendigen Professionalität. Tatsächlich waren sie sich gegenseitig sympathisch und verabredeten sich zu einem Zweier-Date am darauffolgenden Wochenende. Ein Vorhaben, das gründlich schiefging. Zwangsläufig redeten sie dabei über ihre Vergangenheit, Ex-Freunde und Verflossene. Und nachdem Sören kurz umriss, warum seine Ehe mit Than in die Brüche ging, brach er vor seinem überteuerten Gin Tonic in einer angesagten Cocktailbar voller Hipster in Tränen aus und ließ sich von seinem Date trösten.

Tom meldete sich nach diesem Abend nie wieder. Sören war ihm dafür unendlich dankbar.

Ein derartiges Fiasko sollte sich unter keinen Umständen wiederholen. Daher bemühte sich Sören, so viel Normalität wie möglich vorzugaukeln.

Dabei war es insbesondere Normalität, an der es in seinem Leben mangelte. Erst hatte er Than verloren. Dann seinen Job. Und irgendwann sich selbst. Wie eine Eisscholle trieb er einsam auf einem viel zu warmen Ozean und wurde von der Sonne immer weiter aufgefressen.

Ganz abgesehen von dem Raubbau an seinem Körper: Er rauchte und trank zu viel, aß zu wenig und ungesund, schlief kaum fünf Stunden am Stück und wenn, nicht nachts. Es wurde zunehmend schwieriger, die Anzeichen seines Verfalls vor jenen Menschen zu verstecken, denen er, warum auch immer, etwas bedeutete. Er sah es ihnen an und hörte es aus ihren vorsichtig formulierten Fragen nach seinem Wohlbefinden. Dann war er gezwungen, zu lügen oder zumindest mit seinen Antworten die Wahrheit zu kaschieren. Was er nicht gerne tat und ihm auch nicht gut gelang. Deswegen traf er sich immer weniger mit den immer weniger werdenden Freunden und Bekannten.

Richard bildete keine Ausnahme. Je länger sie vor dem *Hafen* standen, ihre Bierflaschen umklammernd, quatschten und lachten, umso gefährlicher wurde es. Umso näher rückten jene Fragen, die Richard, Sören spürte das, dringend stellen wollte. Von denen er sich einbildete, sie stellen zu müssen, da er ein guter, ein besorgter Freund war.

Sobald ihr Gespräch sich diesen gefährlichen Untiefen näherte, riss Sören das Ruder mit einem zotigen Witz, einer anzüglichen Bemerkung, einer kleinen harmlosen Gemeinheit, jäh herum, steuerte entschlossen wieder seichtere Gewässer an.

Mara durchschaute sein Spiel. Natürlich. Ihr kritischer, missbilligender Blick ruhte auf ihm.

Richard folgte ihm hingegen bereitwillig. Für einen Pressesprecher und ehemaligen LKA-Ermittler, der beinahe wöchentlich von Journalisten ausgequetscht wurde und der früher bei Verhören für sein Nachhaken und Nicht-lockerlassen-Wollen gerühmt wurde, war er im Privaten erstaunlich handzahm. Anstandslos ließ er sich die Gesprächsführung entreißen. Das lag vermutlich schlicht daran, dass er bei Freunden keine hässliche Hinterlist erwartete, keine versteckte Agenda. Richard war, sobald er das Polizeipräsidium verließ, einfach Richard. Unverstellt und von fast schon kindlicher, auf jeden Fall naiver Unschuld. Ein kleiner Sonnenschein, der niemandem etwas Böses wollte.

Trotzdem war Sören erleichtert, als nach zwei Stunden und ihrem dritten Bier der Wind erneut merklich auffrischte und dicke Regentropfen auf den Asphalt klatschten. Allgemeine Aufbruchstimmung machte sich breit.

Mara musste zu ihrem Schichtbeginn ins *BdW*, die meisten Touristen zogen weiter in die umliegenden Bars und Clubs, in die dunklen Keller und Labyrinthe, während all jene Unglückseligen, auf die am kommenden Morgen die Arbeit wartete, sich langsam damit anfreundeten, den Abend an dieser Stelle zu beenden.

Auch Richard kündigte an, sich auf den Heimweg machen zu wollen, solange Sturm und Regen noch halbwegs erträglich waren. Er musste mit dem Rad bis zu seiner Wohnung am östlichen Rand des Tempelhofer Felds kommen.

Er umarmte Sören innig zum Abschied und säuselte ihm mit alkoholgeschwängerter Stimme ins Ohr, sie müssten sich bald wiedersehen, um mal in Ruhe zu reden. Am besten bei einem Abendessen.

Sören stimmte halbherzig zu und beeilte sich, ihn zu seinem abgestellten Fahrrad zu bugsieren. Er wollte es unter allen Umständen vermeiden, sich auf einen Termin für ihr nächstes Treffen festlegen zu müssen.

Als Richard gen Nollendorfplatz davonradelte, schaute er ihm mit bitterer Erleichterung hinterher. Das wäre geschafft. Sören zündete sich eine Zigarette an, gönnte sich einen tiefen, erschöpften Zug. Dann machte er sich gemeinsam mit Mara auf ins *BdW* – voller Vorfreude auf einen eiskalten Wodka.

Gerne auch zwei. Drei. Vier.

Um kurz vor dreiundzwanzig Uhr knipste Constanze Stark das Licht der Schreibtischlampe aus. Zufrieden lehnte sie sich in ihrem Stuhl zurück, streifte die beigefarben Stilettos ab. Durch die großen Fenster zum Garten und der Flusspromenade hin fiel der matte, sanfte Schein der Straßenlaterne.

Draußen tanzten die Schatten wild umher. Sie hörte das Pfeifen und Rumoren des Sturms, der ohne jede Hast aufzog. Kurz hoffte sie, die lästige Eibe vor dem Fenster mochte der Kraft des Windes nicht standhalten. Sollte das Unwetter ruhig vollbringen, wessen sich ihr Vermieter standhaft und trotz mehrmaliger Proteste verweigerte.

Erschöpft streckte sie ihre Glieder, stemmte sich dann aus dem Stuhl. Zeit, für heute Schluss zu machen. Sie zog ihr Smartphone aus der Innentasche des Blazers und orderte ein Taxi.

„Aufgrund des Sturms kann ich leider nicht genau sagen, wann ein Wagen bei Ihnen sein wird. Haben Sie bitte etwas Geduld“, erklärte die freundliche, aber schrecklich monotone Frauenstimme am anderen Ende der Leitung.

Constanze fluchte still in sich hinein: Egal, welche Witterung in dieser Stadt herrschte, nichts funktionierte. Dabei war einerlei, ob es schneite, regnete, heiß war oder stürmte. Das Wetter war stets eine willkommene Begründung dafür, warum etwas unmöglich war, nicht – oder allenfalls verzögert und fehlerhaft – gelang.

„In Ordnung. Ich warte.“ Missmutig legte sie auf, stieg elegant wieder in ihre Schuhe, schnappte sich Notebook und Tasche und verließ ihr Büro.

Der Empfangsbereich, dessen Zentrum ein hoher, futuristisch anmutender Tresen aus Milchglas bildete, lag dunkel und verlassen da.

„Es stürmt ganz schön dort draußen.“

Die Stimme ihres Assistenten ließ sie erschrocken zusammenzucken. Sie hatte nicht damit gerechnet, ihn noch anzutreffen. Erst jetzt fiel ihr auf, dass in der kleinen Bibliothek am gegenüberliegenden Ende des Flurs Licht brannte.

Als sie den fast quadratischen Raum mit den dunklen, bis zur Decke reichenden Bücherregalen betrat, erhob sich Alexander hastig. Auf dem kleinen Konferenztisch türmten sich Wälzer zur Justizgeschichte, Gesetzbücher aus mindestens drei unterschiedlichen Jahrhunderten oder lose Blättersammlungen.

„Ich dachte, Sie seien schon längst nach Hause gegangen", stellte er fest.

„Ging mir genauso."

„Sie sollten Ihren allabendlichen Spaziergang an der Spree heute ausnahmsweise ausfallen lassen. Mit diesem Sturm ist nicht zu spaßen. Inzwischen gilt eine allgemeine Unwetterwarnung für den Großraum Berlin. Die S-Bahnen haben ihren Betrieb eingestellt."

Abendliche Spaziergänge! Wie gut er doch inzwischen ihre Routinen und Vorlieben kannte. Beängstigend gut.

Es gab nicht viele Menschen, denen sie halbwegs vertraute. Wohl kaum eine Handvoll. Doch Alexander Brand gehört dazu. Selbstredend würde sie ihm niemals einen Blick in ihre innersten Abgründe und Geheimnisse gewähren. Gleichwohl mochte sie ihn. Zumindest irgendwie und ganz im Gegensatz zu seinen zahlreichen Vorgängerinnen.

Sie hatte Alexander auf dem Sommerfest eines Industrieverbandes kennengelernt. Er war ihr aufgefallen, da er den einzigen, wirklich lustigen Scherz des Abends machte. Und noch dazu einen der wenigen gutsitzenden Anzüge trug – mit passender Krawatte und Einstecktuch.

Brand arbeitete damals für *Kepp und Partner*, eine der größten Anwaltskanzleien Berlins, spezialisiert auf Vertrags- und Vergaberecht. Ein kleiner, unwichtiger Referendar, dem fraglos über Umwege eine der begehrten Einladung für den Sommerempfang zugeflattert war.

Sie kamen ins Gespräch, als er sich neben sie an einen der Stehtische gesellte, locker ein halbvolles Sektglas in der Hand balancierend. Er fragte nicht einmal, ob er sich zu ihr stellen durfte. Seine Augen wanderten von ihrem Teller mit drei

Frühlingsrollen und etwas Salat zur langen Schlange am Büffet.

Ob sie sich vorgedrängelt habe, fragte er mit einem herausfordernden Grinsen. Als sie trocken und nüchtern gestand, dass sie das selbstredend getan habe, musste er lachen.

Entgegen ihren anfänglichen Befürchtungen entpuppte sich das Gespräch als überdurchschnittlich unterhaltsam. Er berichtete erstaunlich offen über die halsabschneiderischen Konditionen bei *Kepp und Partner* und erklärte, dies sei der Grund, weswegen er in der darauffolgenden Woche kündigen würde. Spätestens jetzt war ihr Interesse vollends geweckt.

Ein junger Mann, der am Anfang seiner Karriere stand, aber wegen schlechter Konditionen bei einer angesehenen, bundesweit bedeutenden Kanzlei hinschmiss, ließ nur zwei Schlussfolgerungen zu: Entweder war er besonders clever oder besonders dumm. Zu ihrer Beruhigung stellte sich Ersteres heraus. Alexander wollte seine Dissertation endlich zu Ende bringen, was aber im Rahmen einer Achtzig-Stunden-Woche so gut wie unmöglich war.

Sein Thema war der Justizalltag im Berliner Westsektor der Nachkriegszeit. *Das* ließ jedes Eis förmlich wegschmelzen, schließlich hatte sie selbst zur Entwicklung des unabhängigen Justizwesens nach Ende des Dritten Reichs promoviert. Sie fand es faszinierend, wie es zahllosen Alt-Nazis gelungen war, sich über Seilschaften und Klüngeleien in die demokratische Bundesrepublik hinüberzuhangeln. Constanze fand, dass man aus deren Gebaren unglaublich viel über politisches Beziehungsmanagement lernen konnte. Ein Wissen, dem sie letztlich ihren späteren Erfolg verdankte.

Ihre Unterhaltung dauert mindestens eine halbe Stunde, bevor sich ein beamteter Staatssekretär aus dem Wirtschaftsministerium neugierig zu ihnen gesellte, dem Gespräch kurz lauschte, sich einmischte, das Thema wechselte und auf plumpe Arte und Weise ergründen wollte, ob Constanze gerade für seinen Minister tätig war.

Als sie kühl feststellte, die Antwort übersteige seine Besoldungsstufe, musste Brand, der den Wortwechsel schweigend verfolgt hatte, glucksend lachen, woraufhin der Staatssekretär möglichst gesichtswahrend die Situation zu retten versuchte. Er wandte sich Brand, den er zuvor keines Blickes gewürdigt hatte, Interesse heuchelnd zu.

„Kennen wir uns?“, fragte er zischend, beinahe bedrohlich. Und zugleich wohlwissend, dass die Antwort „Nein“ lauten musste, was ihm die Gelegenheit geben konnte, sich selbst vor- und vor allem darzustellen.

„Schöneberg. Fuggerstraße. Schwulenclub. Im Darkroom“, entgegnete Brand.

„Wie bitte?“

„Sie wollten wissen, ob wir uns kennen. Was ich bestätigte und um die Information ergänzte, woher: Schöneberg. Fuggerstraße. Schwulenclub. Darkroom.“

Konsterniert nach Worten ringend, zog sich der Politiker kopfschüttelnd und stammelnd zurück.

„Stimmt das?“, fragte Constanze, sobald sie wieder unter sich waren.

„Keineswegs. Ich habe das von meiner Verlobten übernommen. Die sagt das immer, wenn ihr schleimige Männer zu nahe kommen.“

„Das hätte mich auch wirklich überrascht. Soweit ich informiert bin, ist der Herr Staatssekretär nicht nur verheiratet, sondern auch regelmäßiger Gast in den Edelbordellen der Hauptstadt.“

Sie schauten sich kurz an und prusteten dann wie zwei Teenager los.

Zwei Wochen später fing Brand als ihr neuer Assistent an. Er war zwar jeden Tag mindestens acht Stunden anwesend, sobald allerdings seine Aufgaben erledigt waren, konnte er sich in die Bibliothek zurückziehen, um dort an seiner Dissertation zu arbeiten. Obwohl er regelmäßig bis in den späten Abend hinein dort saß und über alten Gesetzestexten brütete, war es selten, dass sie vor ihm das Büro verließ.

Er hielt sie vermutlich für einen echten Workaholic. Wobei Constanze mit diesem Begriff nichts anfangen konnte, setzte er doch voraus, Privat- und Berufsleben als getrennte Sphären zu betrachten. Bei ihr bildete beides eine Einheit, war ineinander verwoben, unmöglich, eine klare Grenze zu ziehen. Constanze lebte ihre Arbeit. Die Arbeit war ihr Leben.

Sie bildete damit im politischen Getriebe Berlins sicherlich keine Ausnahme, war aber trotzdem ein Extrem. Freunde oder Kollegen, Auftraggeber oder Kunden, Gegenspieler oder Verbündete – in diesen Kategorien pflegte sie nicht zu denken. Es gab nur Kontakte. Eine Ansammlung von Punkten, die durch ein wirres Geflecht aus Beziehungen zu einem Netzwerk wurden. Ihrem Netzwerk. Ihrem Leben.

Lediglich die Familie, dieses biologisch-soziale, aufgezwungene Konstrukt, existierte jenseits davon, wie eine weit entfernte Insel. Ein düsteres Eiland, das fortwährend von einem dichten Nebel umschlossen war.

„Soll ich ein Taxi rufen?" Brands Stimme riss sie aus ihren Gedanken.

„Nicht nötig. Das habe ich schon", entgegnete sie und wandte sich bereits ab, um zu gehen, als sie, einer plötzlichen Idee folgend, innehielt.

„Sie haben mir doch erzählt, dass Sie sich durch ihre Verlobte in schwulen Kreisen bewegen. Gelegentlich. Da kennt man sich doch. Oder?"

Ein kurzes Lächeln. Für den Bruchteil einer Sekunde waren diese süßen Grübchen zu sehen, die Constanze heimlich, ohne es jemals zu erwähnen, ein bisschen sexy fand.

„Ja. Wobei ich nun wirklich nicht behaupten möchte, jedem Schwulen in Berlin schon mal persönlich die Hand geschüttelt zu haben. Dafür sind es dann doch zu viele."

Constanze nickte abwägend.

„Wie darf ich Ihre Frage verstehen?", hakte er neugierig nach.

„Ich habe einen neuen Mandanten. Es ist ein recht gewöhnlicher, aber trotzdem delikater Auftrag. Im Schwulenmilieu. Ich brauche dafür einen Ermittler. Jemand, der sich umhören und ein paar Informationen eintreiben kann, ohne zu viel Aufsehen zu erregen. Er darf nicht mit mir oder, Gott behüte, gar mit dem Mandanten in Verbindung gebracht werden."

Wieder lächelte Brand. Diesmal durchaus nicht ohne Stolz.

„Wenn das so ist, habe ich eine Idee."

Er ging zu seinem Schreibtisch, öffnete eine Schublade und holte eine herausgerissene Magazinseite hervor.

„Wie es der Zufall will, ist mir neulich eine Anzeige aufgefallen. Sie stand in einer dieser einschlägigen Zeitschriften, die in *schwulen Kreisen*", er ahmte bei dem Wort ihren Tonfall nach und gestattete sich ein freches Lächeln, „gelesen wird. Ich dachte, vielleicht brauchen wir so einen mal."

„Sören Petersen. Privatdetektiv", las Constanze laut vor.

„Die Grafik ist billig und furchtbar stillos. Aber ich habe den Namen recherchiert. Ein ehemaliger Polizist. War Kriminalbeamter. Warum er dort nicht mehr ist, konnte ich nicht rausfinden. Aber wenn das Internet dazu nichts preisgibt, dann war er wenigstens nicht in einen richtig fetten Skandal verwickelt."

Constanze gestattet sich ein kurzes Gefühl der Rührung über die Eigeninitiative. Seine Vorgängerinnen hätten niemals so weit gedacht.

„Perfekt. Den werde ich mir morgen mal genauer anschauen."

Es klingelte. Ihr Taxi war da.

„Schönen Abend, Frau Stark."

„Den wünsche ich ebenso. Und machen Sie nicht mehr zu lange. Zu Hause werden Sie bestimmt schon erwartet."

Er lächelte. Leider war sein Gesicht im Halbdunkel der gedimmten Beleuchtung nicht zu sehen. Daher blieben ihr die Grübchen diesmal verwehrt.

3

Gewaltvoll fegte Beatrix in der Nacht über Berlin. Der Sturm entwurzelte Bäume, fegte Hausdächer hinweg, zwang Flug- und Bahnverkehr in die Knie.

Und nicht zuletzt ließ Beatrix eine Leiche verschwinden.

Pünktlich zum Sonnenaufgang erlahmte der Wind. Nicht, dass Beatrix die Puste ausgegangen wäre. Sie zog weiter gen Osten. In Richtung Polen. An ihrer Schleppe hingen dunkle Wolken, die sich am Morgen schwer und träge über die Stadt legten. Der milde Spätsommer, der noch tags zuvor geheuchelt hatte, niemals gehen zu wollen, war von Beatrix mit brachialer Gewalt vertrieben worden. Innerhalb einer Nacht sackten die Temperaturen auf nasskalte vierzehn Grad ab. Gegen Mittag setzte Nieselregen ein.

Zwar bestach der untere Teil der Potsdamer Straße selbst bei schönster Witterung nicht durch ihren reizvollen Charakter, doch bei kühlem Schauerwetter entlarvte sich eine allumfassende, abgründige Hässlichkeit, die ihren Ursprung in den achtziger Jahren hatte.

Zu jener Zeit regierten in Westberlin die Kahlschlagsanierung und der Planungswahn der autogerechten Stadt. Nur einigen standhaften Hausbesetzern war die Rettung von Teilen der Altbausubstanz zu verdanken.

Tagtäglich ergoss sich ein brüllender Blechstrom durch die Straße. Die Bürgersteige waren eng, manche Schaufenster leer und das Auge fand im Einerlei der von Imbissen, Handyshops und Gemüseläden gefüllten Blockrandbebauung wenig zum Festhalten.

Nach dem unvorhergesehenen Ende seiner Polizeikarriere war Sören auf der Suche nach passenden – sprich: günstigen – Büroräumen für seine Detektei hier fündig geworden.

Sören war der Kiez rund um die „Potse“, wie die Straße von Anwohnern verniedlichend genannt wurde, noch bestens aus seiner Zeit bei der Kripo vertraut.

Peter Stettling, der Besitzer des Sportwettengeschäfts gegenüber, hatte vor zehn Jahren im Vollrausch seine Geliebte erschlagen. Sören hatte ihn eingebuchtet. Ausschließlich durch einen windigen, aber guten Anwalt war er bereits nach drei Jahren wieder auf freiem Fuß. Glücklicherweise war Stettling nicht nachtragend. Er nahm es sportlich, was womöglich auch mit seinem Businessmodell zu tun hatte. „Wir waren in gegnerischen Teams. Aber jetzt spielen wir immerhin in der gleichen Liga", begrüßte er Sören beim Einzug spöttelnd.

Er war es sogar, dem Sören dann seinen ersten Auftrag verdankte. Es galt, einen säumigen Kunden aufzuspüren. Es stellte sich schnell heraus, dass der arme Wicht sich nach Brandenburg zu seiner Mutter abgesetzt hatte. Nicht einmal ansatzweise weit genug weg, um nicht gefunden zu werden.

Einen Block weiter betrieben König Kalle Wirsch mit seiner Ehefrau Tutulla einen halbwegs seriösen Stripschuppen. Die beiden hießen eigentlich Karl und Ursula. Nach Sörens Dafürhalten hatten sie Ursulas Ex-Mann, einen Züricher Geschäftsmann, auf dem Gewissen. Das Geld aus dessen Lebensversicherung diente ihnen als Startkapitel.

Leider war es Sören nie gelungen, das Paar der Tat zu überführen. Wirsch war gerade einmal eins sechzig groß, weswegen er sich nach dem Erdmännchenkönig aus einem Kinderbuchklassiker benannte, dessen beste Freundin eine Fledermaus namens Tutulla war. Das sollte wohl witzig und kreativ sein. Er grüßte Sören stets mit den Worten „Alles klar, Herr Kommissar!", wobei er glücklos Falcos Stimmlage nachahmte.

Selbst die Straßenhure, deren Stammrevier sich über die wenigen Quadratmeter grauen, vermüllten Bordsteins vor der Eingangstür zu Sörens Detektei erstreckte, kannte er. Sie hieß Natasha Fikdusi. Das war tragischerweise nicht einmal ihr Künstlername.

Sie zeigte vor einigen Jahren ihren Zuhälter wegen schwerer Körperverletzung an, zog die Anzeige später zurück und verweigerte eine Aussage. Der Kerl lief folglich noch immer frei herum, strich den Großteil ihres kargen Lohns ein und verprügelte sie zum Dank.

Unter all der zentimeterdicken Schminke, dem unangenehm roten Lippenstift und der nicht weniger unangenehm blonden Kunsthaarperücke war sie nach Sörens Dafürhalten von klassischer, beinahe antiker Schönheit. Anfangs schenkte er ihr stets ein aufmunterndes Lächeln, wenn er auf dem Gehweg vorbeiging. Doch die Freundlichkeit wurde immer wieder falsch interpretiert. Sie erinnerte sich nicht an ihn.

Also ließ er es irgendwann sein und bemühte sich nun, einfach durch sie hindurchzuschauen, so wie es die meisten Passanten taten, die nicht gerade an ihren Diensten interessiert waren.

Augenscheinlich war am Morgen nach dem Sturm alles wie immer. Sah man von einem Baum ab, der auf ein parkendes Auto gekracht war.

Und dann war da noch diese Frau. Sie fiel Sören sofort auf, als er das ehemalige Möbelhaus, in dem er sich eingemietet hatte, erreichte.

Sie stand unter dem Vordach eines geschlossenen Döner-Imbisses. Ihr heller, cremefarbener Mantel war dem Wetter eindeutig nicht angemessen. Sie war vermutlich mit einem Taxi gekommen. Darauf ließen die frisch polierten, braunen Stiefel schließen, die heute nicht durch Pfützen spaziert waren.

In der einen Hand hielt sie einen Starbucks-Becher, in der anderen ein Smartphone, auf dessen Display sie starrte. Die schulterlangen, blonden Haare brachte ein akkurater Seitenscheitel in Form. Sie waren bis in die kleinste Welle hinein sorgfältig und mit Bedacht zurechtgelegt.

Obwohl er die Frau im Vorbeigehen nur kurz mit seinen Augen streifte, während er in seiner Hosentasche nach dem Schlüssel kramte, nahm sein Unterbewusstsein sie instinktiv wahr, scannte sie und speicherte ihre Erscheinung unter der Rubrik „Seltsam“ ab.

Sören hatte nicht erst durch seine Arbeit bei der Mordkommission einen Blick für Details und Auffälligkeiten entwickelt. Diese Fähigkeit wurde zwar im Laufe der Dienstjahre geschärft, sie war ihm allerdings als Gabe in die Wiege gelegt worden. Bereits als kleiner Junge spürte er, wenn etwas nicht ins Bild passte. Oder wenn Erwachsene eine Geschichte beschönigten, veränderten, ihn schlichtweg anlogen.

Diese Frau passte nicht hierher. Alles an ihr brüllte der Szenerie entgegen: Ich gehöre nicht zu euch! Schaut mich an! Ich bin aus einem besonderen Grund da!

Er war deshalb nicht besonders überrascht, als sie keine fünfzehn Minuten später plötzlich vor ihm im Büro stand. Er hatte gerade Kaffee aufgesetzt und hinter dem Schreibtisch

Platz genommen. Sein Rechner war noch nicht einmal hochgefahren.

Sie verharrte zunächst auf der Türschwelle, schien ernsthaft in Erwägung zu ziehen, wieder zu gehen. Offenbar hatte sie etwas anderes erwartete. Womöglich eine Sekretärin. Oder gar ein geschäftiges Rudel von Angestellten. Oder schlichtweg keinen derart in die Jahre gekommenen, behäbig wirkenden Ex-Bullen hinter einem nicht weniger in die Jahre gekommenen Schreibtisch mit hässlich grüner Linoleumarbeitsplatte.

„Kann ich Ihnen helfen?", fragte er freundlich.

Die Kaffeemaschine röchelte dampfend und erbarmungswürdig. Er hatte sie bei einem Elektroschrotthändler erworben und selbst repariert. Nicht, weil er sich keine neue leisten konnte, sondern vielmehr aus Prinzip.

„Bin ich hier richtig bei Sören Petersen?"

„Das sind Sie. Kommen Sie nur herein", antwortete er so gut gelaunt wie möglich. Allerdings war das vor seinem ersten Koffeinschub nicht besonders glaubwürdig.

„Ich kann später wiederkommen, wenn es gerade ungünstig ist", schlug sie mit sanfter, leicht zittriger Stimme vor. Sören war sich nicht sicher, ob sie sich ein zweites Mal dazu würde überwinden können, ihn persönlich aufzusuchen.

„Möchten Sie einen Kaffee?", fragte er, wissend, dass sie ihren Starbucks-Becher wohl gerade draußen entsorgt hatte.

„Nein, danke!", antwortete sie, langsam den schlauchähnlichen Flur entlang schreitend, an den beiden Kundentoiletten und der kleinen, von ihm bis heute ungenutzten Büroküche vorbei.

„Leider habe ich Ihre Sekretärin …" Sie brach ab, als würde ihr die Absurdität dieses Einwands angesichts des sich ihr bietenden Anblicks schlagartig klar werden. „Ich habe telefonisch niemanden erreicht. Und im Internet stand, man könne sein Glück auch ohne Termin versuchen."

„Und Sie hatten Glück!", entgegnete Sören.

Ein kurzes Lächeln huschte über ihre schmalen Lippen. Sie legte den Kopf leicht schief, die Hände waren hinter ihrem Rücken verschränkt.

Es waren klassische Demutsgesten, eine Körpersprache, die Frauen gerne gegenüber Männern einsetzen, um Hilfsbedürftigkeit auszustrahlen und an ihren Beschützerinstinkt zu appellieren. Vielen war es nicht einmal bewusst, wenn sie diese Gesten bei einer Konfrontation gebrauchten. Sören hatte in unzähligen Verhören dieses Verhalten beobachten können. Egal, ob bei Hausfrauen, Nutten oder Managerinnen. Doch nie zuvor hatte es derart einstudiert auf ihn gewirkt. Nein, diese Frau war weder unschuldig noch hilflos. Mit ihrem vorgegaukelten, zögerlichen Gebaren wollte sie entweder täuschen oder testen.

„Setzen Sie sich doch“, sagte er und schaute ihr dabei herausfordernd in die Augen. Sie wich seinem Blick zwar aus, doch sie musste sich förmlich dazu zwingen.

Die Kaffeemaschine röchelte ein letztes Mal erleichtert auf. Sie hatte ihr Tagewerk erfüllt. Sören griff sich seine Tasse und spülte die eingetrockneten bräunlichen Flecken auf deren Boden mit frischem Kaffee hinweg.

Er entschloss sich, die Scharade ein wenig mitzuspielen.

„Gestatten Sie mir, mich vorzustellen. Mein Name ist Constanze Stark.“

„Freut mich, Frau Stark. Mein Name ist Sören Petersen. Wie kann ich Ihnen helfen?“

Er streckte ihr seine Hand entgegen und drückte die ihre absichtlich kräftig. Sie zuckte nicht zusammen, gestattete sich kein Zeichen der Schwäche. Sie spielte ihre Rolle gut, aber nicht gut genug. Wahrscheinlich hatte sie sich über die Jahre hin abgewöhnt, derartige männliche Überlegenheitsdemonstrationen mit einer Reaktion ihrerseits zu bestätigten. Gegen dieses harte Training kam ihre Schauspielkunst nicht an.

„Ich suche mein Patenkind.“

„Ihr Patenkind?“

„Kind ist in diesem Falle wohl nicht zutreffend. Er ist der Sohn einer Freundin. Und seit mehreren Tagen haben wir nichts von ihm gehört. Seine Mutter ist derzeit im Ausland. Ich habe versprochen, mich darum zu kümmern.“

„Wie sind Sie denn ausgerechnet auf mich gekommen?“

Berechnend senkte sie die Augen, schaute ihn dann unsicher an. „Ich habe Ihre Annonce in dieser Zeitschrift gesehen. Und mein Patenkind ist auch … Ich dachte, es böte sich an? Er verkehrt regelmäßig in diesen Kreisen. Dagegen habe ich nichts. Überhaupt nicht!“

Sören nickte. „Wie heißt Ihr Patenkind?“

„Andreas Daume.“

Sie sprach den Namen schnell und mechanisch aus. Ohne jede Gefühlsregung. Nicht ein Hauch echter Sorge schwang in ihrer Stimme mit.

Sören tat so, als mache er sich eine Notiz. „Alter?“

„Neunundzwanzig.“

„Haben Sie ein Foto auf Ihrem Smartphone?“

„Ich habe Ihnen eines ausgedruckt.“

Sie zog ein gefaltetes Stück Papier hervor und reichte es ihm. Ein schlanker, junger Mann in Trägershirt und Shorts. Im Hintergrund Palmen und ein Swimmingpool. Wahrscheinlich ein Profilbild, gezogen von einer Onlineplattform.

„Die Aufnahme ist leider sehr schlecht. Haben Sie keine andere?“

Sie war kurz irritiert, schüttelte dann entschlossen mit dem Kopf. „Leider nein.“

„Sie haben von Ihrem geliebten Patenkind, um das Sie sich angeblich so sehr sorgen, kein weiteres Bild zur Hand?“

„Ich habe gerade ein neues Smartphone erworben. Leider kann ich derzeit nicht auf alle meine Daten zugreifen. Aber ich kann Ihnen alsbald weitere Fotos zukommen lassen.“

Die Lüge kam auf seine Nachfrage wie aus der Pistole geschossen.

„Um ein möglichst genaues Bild von dem Gesuchten und seinen Lebensumständen zu bekommen, müsste ich natürlich mit seiner Mutter sprechen“, setzte Sören ihr weiter zu. Er hatte durchaus Spaß an dem Spielchen gefunden, fragte sich nur, wann sie ihre Maskerade aufgeben würde.

„Das ist leider nicht möglich“, erklärte sie bestimmt.

Sören nickte kurz, lächelte kaum merklich, schlürfte geräuschvoll Kaffee. Sein Blick hielt sie fest umklammert.

Sie hielt ihm stand, reckte trotzig das Kinn nach vorne.

Plötzlich straffte sich ihre gesamte Körperhaltung. Es war eine kaum merkliche, aber trotzdem bedeutsame Metamorphose. Die unsichere Dame blätterte von ihr ab wie der Putz von einer alten Hausfassade und legte einen gänzlich anderen Charakter frei.

„Gibt es noch etwas, das Sie mir sagen wollen, Frau Stark, sofern das Ihr wirklicher Name ist?"

„Das ist mein wirklicher Name", entgegnete sie kühl und mit fester Stimme. Sie zog eine Visitenkarte aus der Westentasche und schob sie ihm mit spitzen Fingern über den Tisch zu.

„Constanze Stark. Counselor", las er laut vor.

„Beraterin", übersetzte sie hilfsbereit.

„Habe ich durchaus verstanden. Wen und worüber beraten Sie denn?"

„Meine Kunden sind hier nicht von Belang."

Sören öffnete die oberste seiner klapperigen Schreibtischschubladen und holte eine Packung Zigaretten hervor.

„Auch eine?", fragte er.

Ein kurzes Zögern, kaum einen Sekundenbruchteil lange. Dann ein entschiedenes „Nein, danke".

Ehemalige Raucherin. Sören nickte zufrieden und zündete sich eine an. Wenn sie der Qualm störte, ließ sie es sich nicht anmerken.

„Ich höre. Was hat es mit diesem Andreas Daume auf sich?"

Schweigend schob sie ihm eine handschriftliche Notiz über den Tisch zu. „Seine offizielle Meldeadresse. Seit zwei Tagen ist er nicht mehr erreichbar. Wobei seine Mutter das noch nicht bemerkt haben dürfte. Sie ist auf einem Kongress in New York. Angeblich kennt man Daume im Schwulenmilieu auch unter dem Spitznamen Bambi. Außerdem …", sie zögerte kurz, „seine Mutter ist nicht irgendjemand. Er ist der Sohn von Rosemarie Zille."

Sören durchforstete sein Gedächtnis nach diesem Namen, von dem er überzeugt war, ihn schon einmal gehört zu haben. Erfolglos.

„Eine Politikerin der grünen Partei. Sie war mehrere Jahre Abgeordnete des Bundestags. Jetzt Berliner Umweltsenatorin."

Sören pfiff pseudo-beeindruckt.

„Für wen arbeiten Sie?", wiederholte er seine Frage.

„Wie gesagt, meine …"

„… Kunden sind hier nicht von Belang", äffte er sie lakonisch nach, nahm einen weiteren geräuschvollen Schluck von seinem Kaffee und ließ genussvoll einen tiefen Zigarettenzug entweichen. Rauchschwaden tanzten kunstvoll und unschuldig durch den grelle Lichtkegel seiner Deckenlampe.

„Wenn ich für Sie das verzogene Söhnchen einer Politikerin finden soll, dann möchte ich doch wenigstens wissen, wer mich beauftragt hat, bevor ich mich in die Scheiße reite."

„Zille hat mit dieser Sache nichts zu tun. Solange Sie nicht an die Haustür der Senatorin klopfen und nach dem Verbleib ihres Sohnes fragen, kann nichts schiefgehen. Der Rest hat Sie nicht zu interessieren."

Demonstrativ schob Sören die Notiz mit der Adresse wieder über den Tisch hinweg zu ihr.

„Unter diesen Umständen bin ich nicht der Richtige für den Job."

Sie schaute sich ungerührt in dem kleinen Büro um. „Wie ich die Sache sehe, haben Sie keine große Wahl. Mir scheint es nicht so, als könnten Sie sich vor lauter Aufträgen und Kunden kaum retten."

Mit einem Ruck erhob sich Constanze. Den Zettel ließ sie demonstrativ unangetastet. „Stolz und ein übergroßes Ego. Sie sind nicht der erste gefallene Held, dem diese toxische Mischung zum Verhängnis wird."

Er runzelte, nun zunehmend von ihrer rätselhaften Attitüde genervt, die Stirn.

Sie gönnte sich ein kurzes, wissendes Lächeln. „Warum haben Sie sich eigentlich niemals bei Manfred Krutscher entschuldigt? Oder wenigstens gegenüber der Polizeipräsidentin ein bisschen Reue gezeigt? Ich wette, Sie hätten in diesem Fall Ihre Marke behalten können."

Der Name ließ Sören zusammenzucken. Er war beeindruckt und zugleich fassungslos. Sie hatte sich informiert. Wen hatte sie angerufen? Zu dem Vorfall mit Krutscher gab es keine offizielle Verlautbarung. Er hatte, bürokratisch und disziplinarisch betrachtet, niemals stattgefunden. Sören wollte, einem ersten Impuls nachgebend, sie gerade fragen, woher sie davon wusste, als sie abwehrend die Hand hob.

„Ich erwarte Ihren Anruf morgen um vierzehn Uhr. Die Nummer steht auf meiner Visitenkarte. Vielleicht haben Sie den Jungen bis dahin gefunden. In Ihrem Mailpostfach finden Sie einige weitere Informationen. Gewohnheiten. Vorlieben. Es ist nicht viel. Aber ich denke, es hilft Ihnen weiter."

„Woher ...", setzt er an. Doch sie ließ ihn nicht ausreden.

„Über die Bezahlung machen Sie sich keine Sorgen. Wir werden schon zusammenkommen. Veranschlagen Sie pauschal das Doppelte Ihres üblichen Satzes. Aber behandeln Sie diese Sache prioritär."

Es gab nicht viele Menschen, denen es gelang, Sören zu überrumpeln. Das musste er ihr lassen. Trotzdem wollte er sie nicht einfach davonkommen lassen. Tief aus seinem Innern schwappte ein kräftiger, dunkler Schwall Wut empor. Was bildete sie sich ein, ihn derart unverfroren zu bevormunden? Ja, zu entmündigen. Und komplett ungeniert in seinem Leben herumzuschnüffeln.

„Sie scheinen gut über mich informiert zu sein. Vielleicht sollten Sie sich selbst auf die Suche nach diesem Jungen machen."

„Machen Sie sich nicht lächerlich", entgegnete Constanze gelangweilt

„Oder ich rufe bei unserer geschätzten Senatorin an und erkundige mich danach, warum sich eine sogenannte Beraterin für ihren vermissten Sohn interessiert."

Kaum hatte er diese unverhohlene, nicht wirklich ernst gemeinte Drohung ausgesprochen, bereute er sie bereits. Er wollte unbedingt wieder auf Augenhöhe mit ihr interagieren. Doch durch diese dumme Bemerkung vergrößerte sich nur das durch die Erwähnung Krutschers entstandene Machtgefälle.

Sie mustere ihn aus ihren zusammengekniffenen, katzengleichen Augen, wirkte allerdings nicht im Geringsten beunruhigt. Ein abgeklärtes Lächeln.

„Sehr gut. Sie geben sich nicht so einfach mit einer Niederlage zufrieden. Ich mag Typen wie Sie. Kämpfer. Stehaufmännchen. Vielleicht sogar Helden. Aber ich warne Sie nur einmal: Unterschätzen Sie mich nicht. Niemals." Sie hauchte das letzte Wort nur aus. Es hatte schon eine erotische Note. „Also, haben wir einen Deal?"

Sören zögerte. Die Bezahlung war verlockend. Mindestens ebenso verlockend wie die Aussicht, für dieses seltsame Schattengewächs vor ihm tätig zu sein. Allemal besser, als Gebisse auszufahren.

„Deal", bestätigte er. „Zumindest fürs Erste."

Sie lächelte zufrieden.

„Wir hören uns morgen. Ich freue mich auf Ihren Anruf", sagte sie im Hinausgehen. Dann war sie durch die Tür verschwunden wie eine cremefarbene Fata Morgana. Nur ihr kühler Duft hing noch in der Luft. Sie roch nach Schnee und Winter.

Er schenkte sich dampfend heißen Kaffee nach, zündete eine weitere Zigarette an. Dann googelte er zunächst ihren Namen sowie den des gesuchten Jungen. Sein Körper pumpte Adrenalin durch seine Adern. Zum ersten Mal, seit er den Dienst quittiert hatte, verspürte er wieder echte Neugierde. Ein Kribbeln kroch in ihm empor. Dieser Auftrag fühlte sich bereits jetzt an wie eine echte Ermittlung. Echte Arbeit. Vielleicht sogar eine wirkliche Herausforderung. Wahrscheinlich war das auch der Grund, weswegen er aller Vorbehalte ungeachtet so schnell angenommen hatte.

Sie weckte seine Neugier, seinen Jagdinstinkt, seinen Willen, sich in etwas zu verbeißen, nicht locker zu lassen. Wobei er zugeben musste, es war nicht der augenscheinlich verschwundene Junge, der ihn reizte. Er glaubte nicht an ein Verbrechen. Im tragischsten Fall hatte er es mit einem Suizid zu tun. Aber selbst diese Möglichkeit war angesichts der kurzen Zeitspanne seit Daumes Verschwinden reine, auf keinerlei Fakten fußende Spekulation.

Nein, was ihn wirklich an diesem Auftrag reizte, war sie.

Constanze Stark. Counselor. Das Internet spuckte kaum neue Informationen aus. Eine schlichte Website, die wenig mehr darstellte als eine virtuelle Visitenkarte. Keinerlei Zeitungsartikel oder Profile auf den gängigen Plattformen, beinahe so, als würde sie nur in der realen Welt existieren. Vorerst musste er sich wohl mit dem Wissen zufriedengeben, dass sie ganz offensichtlich gute Kontakte in die Berliner Polizei und Stadtpolitik hatte.

Wesentlich ergiebiger war hingegen seine Schreibtischrecherche zu Andreas Daume. Oder „Bambi“, wie sein Spitzname lautete und unter dem er nicht nur in den sozialen Netzwerken, sondern auch bei schwulen Dating-Portalen zu finden war. Laut diesen Profilen war er Single. Wobei der Beziehungsstatus auf Facebook mit „Es ist kompliziert“ wesentlich schwammiger umschrieben wurde. Er machte sich eine entsprechende Notiz. Ansonsten zeichneten die Suchergebnisse das Bild eines jungen, engagierten Mannes. Ein Gutmensch, ohne Frage. Vielleicht sogar ein Idealist. Eher links.

Bambi engagierte sich für Flüchtlinge, half bei der Aids-Hilfe. Er mochte Hunde und Kinder und schaute gerne anspruchsvolle Fernsehserien.

Wenn seine Angaben bei Gayromeo der Wahrheit entsprachen, praktizierte er ausschließlich Safer Sex, mochte SM, Leder und Uniform und war beim Ficken eher aktiv. Es gab mehrere Alben mit durchweg jugendfreien Fotos von Urlauben auf Malta, Australien und Südafrika. Außerdem Porträts, die ihn in Ledermontur sowie Tarnfleck zeigten. Beide Fotoserien waren in einem Abrisshaus aufgenommen. Die Betonwände waren mit knallig bunten Graffiti übersät. Im Hintergrund sah man den ausgenommenen Korpus eines rostenden VW-Golfs.

Auf Facebook und Instagram fanden sich nahezu tägliche Postings von ihm. Dann seit drei Tagen virtuelle Stille. Aufmerksam durchforstete Sören die Einträge der vergangenen Monate: Foodporn. Daume mit Freunden. Party-Pics. Strandaufnahmen von einem Ausflug an die Ostsee. Ein Städtetrip nach Kopenhagen. Skiurlaub. Bilder von seinen nackten Füßen nebst blühenden Lilien am Havelufer, im Hintergrund auf der anderen Flussseite spitzte der Grunewaldturm aus einem frisch-grünen Blätterdach hervor.

Weitgehend nichtssagend. Durchschnittlich. Unauffällig. Bis auf die regelmäßigen Disney-Cartoons, die alle im Zusammenhang mit Bambi standen und zu Beginn eines jeden Monats, gleich einem Kalenderblatt, gepostet wurden. Meistens passend zur Jahreszeit. Bambi im Schnee. Bambi im Blumenbett. Bambi beim Baden. Offenbar hatte Daume seinen Spitznamen gemocht, richtiggehend zelebriert.

Die versprochene Mail von Stark kam wenige Minuten, nachdem sie sein Büro verlassen hatte. Sie hatte die Informationen wahrscheinlich schon vor ihrem Besuch vorbereitet.

„Du warst dir deiner Sache sicher“, knurrte Sören mürrisch zu sich selbst. Ihn ärgerte die arrogante Selbstverständlichkeit, mit der diese Frau annahm, er würde den Job machen.

Er begann mit der üblichen Routine. Ein Anruf auf Daumes Handy wurde direkt zur Mailbox weitergeleitet. Leider keine persönliche Ansage, sondern ein freundlich-monotones „Der Teilnehmer ist derzeit leider nicht erreichbar. Bitte hinterlassen Sie eine Nachricht“. Daumes Stimme blieb ihm verborgen. Auch unter der Festnetznummer meldete sich niemand.

Nach diesen erwartungsgemäß erfolglosen Versuchen telefonierte Sören Krankenhäuser und Notaufnahmen ab, verlangte im Brustton der Überzeugung den Patienten Daume zu sprechen. Ohne Erfolg. Die meisten sagten, sie hätten keinen Mann mit diesem Namen in den Aufnahmen verzeichnet.

Nur die wenigsten seiner Gesprächspartner gaben an, aus Datenschutzgründen keine Auskunft erteilen zu können. Nach seinem Anrufmarathon blieb eine gute Handvoll, die er mit einem Fragezeichen versehen musste. Er maß ihnen geringe Priorität zu. Nur um dem Ausschlussverfahren genüge zu tun, würde er es allerdings zeitnah erneut probieren.

Wesentlich mehr Hoffnungen setzte er auf die Auskunft von Daumes Arbeitgeber. Er kannte die Praxis, in der er als Arzt angestellt war. Der Inhaber hatte sich auf Infektiologie und Geschlechtskrankheiten spezialisiert und sich strategisch günstig mitten im schwulen Kiez positioniert. Nur wenige Fußminuten von Petersens Detektei entfernt.

„Zeit für einen kleinen Spaziergang", befand Sören und ermahnte sich zugleich, dem verschrobenen Hang zu Selbstgesprächen wieder abzuschwören. Das riss langsam ein.

Die Praxis war in einem Jugendstilaltbau untergebracht und erstreckte sich über zwei Etagen. Ein Schild informierte die Patienten, dass seit Kurzem an sieben Tage die Woche Sprechstunden angeboten wurde. Ideale Öffnungszeiten für all die schwulen Partytouristen. Das anstehende Folsom-Wochenende würde sicherlich einträglich werden.

Hinter dem Empfang saß eine freundlich lächelnde Frau mit seltsam aus der Zeit gefallener Dauerwelle. Oder war dieser Look bei Berliner Hipstern wieder angesagt? Trends kamen und gingen inzwischen derart schnell, Sören verlor den Überblick.

Er gab sich als ein guter Freund Daumes aus. Fünf Minuten kostete es ihn, das abweisende, eingefrorene Gesicht der Praxismanagerin mit Schmeicheleien, schamlosen, aber überzeugenden Lügen und manipulierender Gesprächsführung aufzutauen. Dann war er endlich am Ziel.

„Der Doktor ist bei seiner kranken Großmutter auf dem Land. Er pflegt die alte Dame. Sie ist gestürzt", gab die Dauerwellen-Frau schließlich preis. Kaum hatte er ihr diese Information entlockt, verabschiedete er sich hastig. Er wollte ihr keine Gelegenheit geben, durch kritische Nachfragen sein Lügenkonstrukt zusammenbrechen zu lassen. Glücklicherweise hatte sich inzwischen eine lange Schlange wartender Patienten hinter ihm aufgestaut. Wenn alles gut lief, erinnerte sie sich am Ende ihrer stressigen Schicht lediglich verschwommen an ihn.

Den restlichen Freitag verbrachte Sören damit, herauszufinden, ob es Daumes kranke Großmutter wirklich gab. Es gelang ihm nicht. Dafür entdeckte er im Onlinearchiv eines Politikjournals ein Porträt über Senatorin Zille. Es war vor einigen Jahren erschienen, als sie den Landesparteivorsitz der Grünen übernommen hatte. Der Autor des Textes zeichnete das Bild einer jungen Powerfrau. Charmant, humorvoll, liebenswert, zugleich gierig nach Macht. Eine Politikerin mit Prinzipien, aber ohne Dogmen und lästige Ideologien. Sie könne zur „Versöhnerin der zerstrittenen Parteiflügel" werden, prophezeite der Journalist. Und lag damit, soweit es zumindest Sören beurteilen konnte, richtig.

Ein kurzer Absatz widmete sich ihrer Familie. Zumindest damals lebten die Eltern noch. Andreas Daume – im Text namenlos als „ihr Sohn" tituliert – wurde nur am Rande erwähnt. Ebenso wie sein Vater Holger, ein mittelständischer Unternehmer aus Oranienburg: „Die Ehe scheiterte drei Jahre nach der Geburt des gemeinsamen Kindes. Es war eine harmonische Trennung, kein Rosenkrieg, wie Zille betont. Wenige Jahre später starb ihr Ex-Mann nach kurzer, schwerer Krankheit. Ein Schicksalsschlag."

Gegen 19 Uhr, inzwischen hatte die Dämmerung eingesetzt, fuhr Sören seinen Rechner herunter und verließ die Detektei. Auf dem Heimweg erwog er kurz, auf ein Getränk in einer der Bars vorbeizuschauen, entschied sich jedoch dagegen. Sein Arbeitstag hatte ihn erschöpft. Ein fast vergessenes Gefühl.

Zu Hause angekommen, streifte er achtlos seine Schuhe ab, öffnete, mit Zigarette im Mundwinkel, eine Dose Bier. Mit einem Seufzer sank er auf das Sofa.

Die Frage, die ihn den ganzen Tag nicht losgelassen hatte, geisterte weiterhin in seinem Kopf herum: Wer war sein eigentlicher Auftraggeber? Gab es den überhaupt? Oder war das alles nur eine Finte dieser dubiosen Stark? Suchte sie etwas Belastendes gegen die Senatorin und der vermisste Sohn, der vielleicht tatsächlich bei seiner kranken Großmutter in irgendeinem verdammten Altenheim wachte, war nur ein Trick? Ein Vorwand?

Diese Vermutung hatte, befand Sören, zwar ihre Berechtigung, war aber zugleich wenig plausibel. Stark bewies mit der Erwähnung Krutschers eindrucksvoll, wie exzellent sie vernetzt war. Sollte sie tatsächlich Zille im Visier haben, benötigte sie sicherlich nicht die Hilfe eines abgehalfterten Privatschnüfflers.

Blieb also die Frage: Wer war ihr Klient? In welcher Verbindung stand er zu Daume? Ein Freund? Sein Freund? Ein Verwandter? Ein Patient?

Mit drei kräftigen Zügen leerte Sören sein Bier. Er ließ die zu Ende gerauchte Kippe in die Dose fallen, wo sie zischend verlosch. Dann dämmerte er bereitwillig weg. Einige Stunden später kam er zu sich, trank ein zweites und ein drittes Bier, rauchte, zappte durch das Fernsehprogramm. Am frühen Morgen rang er sich dazu durch, ins Bett zu gehen, fiel wieder in einen leichten Schlaf, der bis zum späten Vormittag anhielt.

Die übliche Routine. Sein Leben.

4

Als sich Sören am Samstagmittag auf den Weg zu Daumes Wohnung machte, hatte er durch seine Schreibtischrecherche ein ziemlich konkretes Bild davon, wen er eigentlich suchte. Sogar das entsprechende Gebäude war ihm dank Google Streetview vertraut.

Dafür liebte er das Internet. Die bequeme Möglichkeit, ohne lästigen Durchsuchungsbefehl oder richterlichen Beschluss alles über eine beliebige Person herauszufinden, hatte er schon als Kriminalbeamter zu schätzen gewusst. Und erst recht seit seiner Selbstständigkeit. Schließlich konnte ein Privatdetektiv nicht einfach beim Staatsanwalt anrufen und um entsprechende Unterstützung bitten.

Das zehnstöckige Apartmenthaus thronte direkt am Spreeufer auf der Stadtteilgrenze zwischen Moabit und Charlottenburg. Daumes Wohnung befand sich in der obersten Etage. Seine unmittelbaren Nachbarn waren laut Klingelschild Dagmar Wessel und D. Knorz.

Sören läutete, wartete, läutete erneut, wartete, läutete erneut.

Nichts geschah. Niemand zu Hause.

Keine Viertelstunde drückte er sich unauffällig in der Nähe des Eingangs herum, bevor er mit einem Austräger von Werbeprospekten hineinhuschen konnte. Zu seiner Erleichterung erspähte er keine Überwachungskameras.

Er entschied sich gegen den Aufzug. Seine Lungen verfluchten ihn für das Treppensteigen. Doch er wollte ein Gefühl für das Gebäude bekommen, um im Notfall möglichst ohne unerwartete Hindernisse verschwinden zu können. Nicht, dass er wirklich mit einem derartigen Szenario rechnete.

Er hatte sich im Vorfeld länger darüber den Kopf zerbrochen, wie er in Daumes Wohnung gelang, ohne eine Straftat zu begehen. Eine Lösung für dieses Dilemma fand er freilich nicht.

Mit dem Tag, an dem Sören seine zweite Karriere als Privatdetektiv startete, hatte er sich fest vorgenommen, Recht und Gesetz zu achten. Kleinere Ordnungswidrigkeiten mochten in Ordnung gehen. Notlügen und harmlose Scharaden sowieso. Aber Einbruch? Das war eindeutig eine andere Kategorie. Er würde damit eine Grenze überschreiten, die er für tabu gehalten hatte. Bis zu jenem Moment, als er das Apartmenthaus betrat, redete er sich ein, schon einen halbwegs legalen Weg zu finden. Während er schnaufend die Treppen emporstieg, Stockwerk für Stockwerk erklomm, wurde ihm hingegen klar, er machte sich etwas vor.

Natürlich gab es die Variante einer angelehnten Wohnungstür. Wenn Daume in großer Eile hatte aufbrechen müssen, mochte ein derartiges Versehen zwar im Bereich des theoretisch Möglichen liegen – mehr aber auch nicht.

Realistisch betrachtet führte kein Weg daran vorbei: Sören musste sich gewaltsam Zutritt verschaffen, wenn er es für unabdingbar hielt, einen Blick in Daumes eigene vier Wände zu werfen. Und das tat er.

Wie hoch war die Gefahr, erwischt und dann auch belangt zu werden? Verschwindend gering.

Kurz erinnerte er sich an den Vortrag einer Juraprofessorin, die vor einigen Jahren seine Dienststelle besuchte. Die junge Frau legte, eindrucksvoll untermauert durch Zahlen und Fakten, dar, dass härtere oder gar drakonische Strafen die Kriminalitätsrate nicht senken konnten. Vielmehr sei neben gesellschaftlichen Verhältnissen vor allem das hohe Risiko, erwischt zu werden, entscheidend.

Sören kannte die Aufklärungsquote für Einbruchsdelikte in Berlin. Folgerichtig beschloss er, im siebten Stockwerk angekommen, es zu versuchen, tastete in der achten Etage prüfend nach dem notwendigen Werkzeug in der Jackentasche, um in der neunten von Skrupel befallen zu werden, die in der zehnten schlagartig von ihm abfielen.

Daumes Apartment war das mittlere. Ein schneller Blick auf die beiden Türen zur Rechten und Linken. Nichts Auffälliges. Niemand zu hören, keine Geräusche aus dem Inneren der Wohnungen. Mit etwas Glück waren die Nachbarn nicht zu Hause. Schnell nahm er das Schloss in Augenschein. Standardmodell. Kein Problem. Er streifte Gummihandschuhe über, klingelte erneut, lauschte, das Ohr an der Tür. Nichts.

Vollkommen ruhig, als hätte er sein Leben lang schon Einbrüche begangen, holte er seinen Spanner hervor. Die Tür hielt seinen Bemühungen nicht lange stand und sprang mit einem leisen Klacken auf.

Daume hatte beim Verlassen der Wohnung nicht einmal abgeschlossen. Wie nachlässig manche Menschen doch waren. Oder hatte er keine Zeit gehabt?

Das loft-ähnliche Apartment sah aus, als hätte sich ein Kulissenbauer für nostalgische Agentenfilme ausgetobt. Eine weiße Küchenzeile dominierte den vorderen Bereich. Von der freistehenden Arbeitsplatte mit modernem Edelstahlgasherd ragte ein sanft geschwungener Tresen, gleich einem Wurmfortsatz, weit in den Raum hinein. In einem säulenähnlichen Regal standen Schnäpse, Liköre und andere Alkoholika in allen erdenklichen Farben und Geschmacksrichtungen. Die Ausstattung hätte jeder durchschnittlichen Cocktaillounge zur Ehre gereicht.

Die Wände zierten große, neonfarbene Gemälde von King Kong, Godzilla und Frankensteins Monster. Ein hellroter Plastikperlenvorhang teilte den Raum optisch in zwei Hälften, versperrte aber nicht die Sicht auf die weißen, niedrigen Schalensessel und das schwarze Ledersofa, ausgerichtet hin zu einem riesigen, leicht gewölbten Fernseher.

Langsam durchschritt Sören den Raum, ließ Interieur und Ambiente auf sich wirken. Alles war ordentlich. Beinahe penibel. Keine Wasserränder von unachtsam abgestellten Gläsern, keine Krümel auf dem Boden, kein Staub. In frei hängenden, wellenförmigen Regalen standen einige Romane. Die Buchrücken nach Farben sortiert. Jedes Ding auf dem explizit dafür ausgewählten Platz.

Ein ähnliches Bild bot sich im Schlafzimmer. Das Bett gemacht, die T-Shirts und Pullover lagen auf Kante in dem verspiegelten Kleiderschrank. Hemden und Hosen hingen faltenlos auf Bügeln. Selbst die Sockenschublade: sortiert und einer tieferen Ordnung folgend.

Vorsichtig darauf bedacht, nichts zu verändern oder unabsichtlich zu verrutschen, suchte er in den hinteren Ecken des Schranks nach etwas, was vor allzu neugierigen Blicken versteckt werden musste. Und fand: Dildo, Handschellen, Kondome, Gleitgel, Jocks.

So weit, so alltäglich. Zumindest in einem normalen Berliner Schwulenhaushalt. Vielleicht sogar unterdurchschnittlich. Selbstredend konnte er nicht ausschließen, dass weitere Sextoys in irgendwelchen Boxen und Fächern aufbewahrt wurden. Allerdings tickte die Uhr. Wenn ihn wider Erwarten doch ein Nachbar beobachtet und die Polizei informiert hatte, blieben ihm nur wenige Minuten für eine oberflächliche Inspektion. Gründlich durchsuchen konnte er die Wohnung höchstens bei einem weiteren, besser geplanten Besuch.

Keinesfalls durfte er Spuren hinterlassen. Sollte – entgegen seiner Vermutung – Daume Opfer eines Verbrechens geworden sein, würden seine ehemaligen Kollegen die Wohnung auf den Kopf stellen. Dann durfte die Spurensicherung unter keinen Umständen etwas finden, das zu ihm führte. Keine Fingerabdrücke. Keine DNA.

Er scannte hastig das kleine Badezimmer. Durch das Milchglas des Fensters fiel gedämpftes Tageslicht. Auch hier: penible Ordnung. In einem Becher stand einsam eine Zahnbürste. Haargel, Cremes, Rasierapparat und eine beeindruckende Sammlung Parfümflakons – alles vorhanden. Nichts deutete darauf hin, dass der Besitzer des Apartments verreist war.

Zu dieser Einschätzung passte auch der Zustand der Küche. In der Spüle stand verschmutztes Geschirr, auf dem Herd ein Topf. Er hob vorsichtig den Deckel an. Eine verhärtete und bereits gräulich wirkende Pasta Bolognese sprang ihm entgegen. Ein zutiefst ordentlicher Mann, wie Daume es ganz offenbar war, würde im Falle einer längeren, geplanten Abwesenheit niemals seine Küche derart hinterlassen. Er war folglich in großer Eile aufgebrochen. Möglicherweise gar panisch?

Aus einem unerfindlichen Grund jagte ihm dieser Gedanke einen Schauer über den Rücken. Was hatte sich hier abgespielt? Wo war Bambi? Langsam, aber beharrlich nagte der Zweifel an ihm. Sollte sein erster Eindruck doch falsch gewesen sein? Hatte er es womöglich gar nicht mit einem simplen, neuen Fall zu tun, sondern mit einem echten Verbrechen?

Zeit zu gehen. Als er die Türklinke bereits in der Hand hatte, wandte er sich um. Etwas störte ihn. Eine Kleinigkeit. Ein Detail, am Rande seiner Wahrnehmungsschwelle, welches sich mit sanftem Nachdruck bemerkbar machte. Sieh mich! Hasch mich! Hier bin ich!

Während er dastand, in das leere Apartment hineinstarrte, ging er im Geiste erneut und exakt in der Reihenfolge, in der er es zuvor getan hatte, die Zimmer ab.

Was entging seiner Aufmerksamkeit?

Plötzlich durchzuckte es ihn. Es gab keinen Rechner! Weder PC noch Notebook. Nicht einmal ein Tablet.

Sören ließ die Türklinke los, stürzte zurück, ging mit angestrengtem, suchendem Blick durch die Räume. Schaute im Kleiderschrank nach, ließ selbst das Badezimmer nicht aus. Nichts.

Natürlich lag es im grotesken Bereich des Möglichen, dass Daume nur ein Smartphone besaß. Besonders wahrscheinlich war das jedoch nicht.

Hatte er sein Notebook mitgenommen? Oder war es ihm gestohlen worden? Einbruch? Angesichts der aufgeräumten Wohnung und einer mehreren hundert Euro teuren Flakonsammlung im Badezimmer war das auszuschließen.

Ein Kribbeln erfasste ihn, stieg aus seiner Magengegend empor. Seine Intuition meldete sich zu Wort, bedrängte ihn förmlich und wollte ernst genommen werden. Er kannte diese Reaktion seines Körpers von alten Fällen während seiner Zeit bei der Mordkommission. Und auch wenn es ihm widerstrebte, auf sein Bauchgefühl zu hören, er lieber den objektiven Fakten vertraute, so wusste er, dass er sich darauf verlassen konnte. Jahrelang hatte er als Polizist diese seltsamen, sich sogar körperlich manifestierenden Ahnungen zu ignorieren versucht. Schließlich erhielt man nur wegen einer Wahrnehmung, eines nicht zu belegenden Eindrucks keinen Durchsuchungsbefehl, konnte weder einen Staatsanwalt und erst recht keinen Richter überzeugen. Es zählten nur Beweise oder zumindest Indizien.

Aber er war kein Kriminaler mehr. Er war Privatschnüffler. Er musste den Rechtsstaat nicht überzeugen. Nur sich selbst.

Angesichts des unstimmigen, lückenhaften Bilds, das ihm diese Wohnung bot, wurde Sören klar, dass er nur auf sein Gefühl hören konnte. Und das sagte ihm eindeutig: Irgendetwas an Daumes Verschwinden war faul, stank förmlich zum Himmel.

Ja, das war eindeutig ein Fall. Ein echter Fall.

Von dieser Erkenntnis seltsam überwältigt, verließ er geistesabwesend das Apartment. Kaum hatte er die Tür leise hinter sich geschlossen, hörte er das polternde Rattern des zum Halten kommenden Aufzugs. Hastig drehte er sich wieder um und bestätigte Daumes Klingel, tat so, als wartete er ungeduldig auf Einlass.

Nur einen Sekundenbruchteil später spuckte die Kabine eine zierliche, faltige Frau aus, die ihn über den Goldrand ihrer Brille hinweg mit skeptischen, wachen blauen Augen betrachtete. Ihre grauen, aufwendig toupierten Haare hatten einen leichten Lilastich.

Sie zog einen karierten Einkaufstrolley hinter sich her. An ihrer Seite ein kleiner goldbrauner Spitz, dessen frisiertes Fell eine überraschende Ähnlichkeit mit ihrer Frisur besaß.

Der Hund interessierte sich nur mäßig für ihn. Ganz anders als sein Frauchen.

„Kann ich Ihnen helfen?", fragte sie, wobei ihr Tonfall eher an ein „Wer sind Sie zum Teufel und was machen Sie in meinem Hausflur?" erinnerte.

„Guten Tag, Sie müssen Frau Wessel sein", antwortet Sören, in der Hoffnung, es auch tatsächlich mit der Nachbarin zu tun zu haben.

Kurz war sie überrumpelt. Sie hatte nicht damit gerechnet, dass er ihren Namen wusste.

„Ich bin Klaus. Ein Freund von Andreas."

„Der scheint verreist zu sein. Hab ihn seit Tagen nicht gesehen", erklärte sie. Nun einen Tick freundlicher und weniger misstrauisch.

„Das ist ja seltsam", murmelte Sören in sich hinein, aber laut genug, damit sie es hören konnte.

„Normalerweise sagt er mir immer, wenn er für längere Zeit weg ist. Damit ich mir keine Sorgen mache. Oder um nach der Post schauen zu können." Sie zuckte mit den Schultern.

„Er meinte, sein Computer sei kaputt. Ich sollte mir das mal anschauen."

„Ach, diese Technik! Da ist der Andreas ja immer auf dem neusten Stand. Das ist ja nichts für mich ... Aber die jungen Leute ..."

Ihr Spitz zog ungeduldig an der Leine, wollte endlich zurück in die Wohnung. „Gleich, Fridolin!", zischte sie, den Namen des Hundes ziehend, als würde er mit einem langen i geschrieben.

„Wirklich seltsam", wiederholte Sören und schüttelte dabei den Kopf. „Ist so gar nicht seine Art."

„Er hat aber auch wirklich viel Stress gehabt in letzter Zeit. Die neue Praxis ... Trotzdem hat er sich meinen Hautausschlag angeschaut", wusste sie eifrig zu berichten und beeilte sich nachzuschieben: „Ist nichts Ernstes. Eine Salbe hat er mir besorgt. Wollte nicht mal Geld dafür. Ja, der Andreas ist wirklich ein Guter. Solche müsste es mehr geben."

Sören nickte aufmerksam und interessiert.

„So engagiert. Wissen Sie, er kümmert sich um einen alten Mann. Auch einer, der so andersrum ist. Besucht ihn, geht mit ihm spazieren. Ein feiner Herr. Immer sehr gut angezogen. Leider etwas …", sie wedelte mit ihrer Hand vor dem Gesicht herum. „Ja, es ist kein Spaß, älter zu werden. Schlagartig will der Kopf nicht mehr. Oder der Körper. Oder beides."

„Na, Sie scheinen sehr rüstig zu sein."

Sie lächelte kurz stolz. „Ich halte mich fit."

„Das sieht man."

Wieder ein kurzes Lächeln. Sie setzte erneut zu einer längeren Ausführung an. Schweifte schnell ab, erzählte von den Beschwerlichkeiten des Alltags, dem verstorbenen Gatten und der undankbaren Tochter in Freiburg. Daume spielte keine Rolle mehr. Ihr Köter wurde immer unruhiger.

„Ja, mein Kleiner!", besänftige sie ihn, als er stärker an der Leine zog. „Ich muss los. Fridolin hat Hüngerchen. Soll ich Andreas etwas ausrichten?"

„Nicht nötig. Ich schicke ihm eine kurze Nachricht."

Sie überlegte kurz. „Wahrscheinlich ist er auf der Familiendatsche. Da fährt er öfter hin. Aber ich glaube, da ist schlechter Empfang für Telefone. Zumindest sagt er das immer …", wieder stockte sie kurz. „Offline gehen", erklärte sie, wobei sie das englische Wort seltsam deutsch betonte. „So nennt er das."

Der Hund fing an zu winseln.

„Ich muss jetzt los."

„Hat mich gefreut, Frau Wessel."

„Mich ebenso", entgegnete sie.

Dankbar, nicht ein zweites Mal nach seinem Namen gefragte zu werden, verschwand er im Aufzug und ließ sich nach unten bringen.

Als Sören wieder im Büro war, dämmerte es bereits. Er rief erneut Daumes Facebookprofil auf und musste nur einige Wochen zurückgehen, bis er ein Selfie fand, auf dem im Hintergrund eine blassrot gestrichene Datsche mit einem steil aufragenden Holzdach zu erkennen war. „Home, Sweet Second Home“, lautete der Eintrag. Sogar eine GPS-Koordinate hatte das Posting. Ortslage, Albrechts Teerofen. Mitten im ehemaligen Niemandsland zwischen Westberlin und der DDR. Dort würde er seine Suche nach Bambi fortsetzen.

Jan Bergmann betrachtete mit einer Mischung aus Abscheu und Widerwillen die Parteizentrale. Sie befand sich nur einen Steinwurf von seiner Kanzlei entfernt am Wittenbergplatz. Alles an dem Gebäude verströmte den muffigen Gestank der siebziger Jahre. Bereits die schmucklose Fassade aus Beton und Glas ließ den Muff erahnen, der hartnäckig in den kargen Fluren und Hinterzimmern hing.

Der Erfolg eines Menschen ebenso wie der eines Projektes, einer Bewegung, selbst einer Idee hing nach Bergmanns Dafürhalten maßgeblich von einer guten Präsentation ab. Charme, Charisma und Gestaltungsanspruch – nichts davon strahlte dieses Gebäude aus. Genauso wenig wie die Funktionäre, die darin residierten. Stattdessen erbärmliche, körperliche wie geistige Mittelmäßigkeit in schlechtsitzenden Anzügen, gespickt mit Alt-Herrenwitzen, vorgetragen unter einem anbiedernden, nach Bestätigung lechzenden Dauergrinsen, das gelbliche Zahnreihen offenbarte.

Kein Wunder also, dass die Konservativen angesichts dieser Zentrale in Berlin keinen Fuß auf den Boden bekamen. Seit Ende der neunziger Jahre dümpelten sie in der Opposition dahin. Manchmal hatte er den Eindruck, seine Parteifreunde verschanzten sich hinter diesen Mauern und badeten lieber in Selbstmitleid, trauerten vergangenen und nur vermeintlich glorreichen Zeiten hinterher, anstatt zu kämpfen, nach Höherem zu streben.

Doch so sehr Bergmann sie auch verachtete, war er doch auf sie angewiesen. Der Weg zur Macht war steinig und führte ihn durch dieses Tal, in dem die Gülle ganzer Jahrzehnte kniehoch stand. Das hatte er akzeptieren gelernt. Nur: Anfreunden konnte er sich damit nicht.

Bergmann faltete den Regenschirm zusammen, sobald er unter dem kleinen Vordach stand, schüttelte die Tropfen beiläufig ab und betrat das Gebäude. Der alte, übergewichtige Pförtner nickte ihm müde und desinteressiert zu, blickte kaum von seinem kleinen Fernseher auf.

Zufrieden lauschte Bergmann dem harten Klang seiner eigenen Schritte auf dem Marmorboden. Der zielgerichtete Gang eines Entschlossenen. Er liebte dieses Geräusch.

Der Aufzug trug ihn ruckelnd und ächzend in die oberste Etage. Das Stockwerk beherbergte die Büros der Parteioberen. Der Vorsitzende erwartete ihn bereits. Er saß hinter seinem Schreibtisch. Im einzigen Zimmer, in dem noch Licht brannte.

Ulf Hohmaier leitete die Geschicke der Partei in Berlin seit zwölf Jahren. Die alten und sorgfältig geknüpften Seilschaften, ein stabiles System aus gegenseitigen Abhängigkeiten und Loyalitäten, hielten ihn fest im Sattel. Nach Bergmanns Dafürhalten schon viel zu lange.

Nachdem Hohmaier bei zwei aufeinanderfolgenden Wahlen nicht als Spitzenkandidat angetreten war, schien er nun endlich willens und mutig genug, die Konservativen in die Wahl zu führen. Und in die sichere Niederlage. Es würde sein letzter Kampf werden.

Ob ihm klar war, dass er dann seine Posten räumen musste?

Vielleicht ahnte er den nahenden Sturz. Bergmann hielt es allerdings für plausibler, dass sich Hohmaier der Illusion hingab, er könnte sich in das Amt des Fraktionsvorsitzenden retten. Möglicherweise gar als Senator in eine Koalition mit den Sozialdemokraten oder den Grünen, sollte es rechnerisch für eine Mehrheit reichen. An diesen Strohhalm mochte er sich klammern. Nur an den Sieg glaubte er offensichtlich nicht. Und das war sein größtes Manko. Die gravierendste seiner zahlreichen Schwächen. Wer nicht davon überzeugt war, gewinnen zu können, der hatte schon verloren. Die Wähler rochen das, nahmen den Selbstzweifel instinktiv wahr und wendeten sich ab. Wer wollte schon einen schwankenden, unsicheren Anführer? Erschwerend kamen die Medien hinzu. Hatten sie erst einmal Witterung aufgenommen, ließen sie nicht mehr von einem ab, wie ein Raubtier bei der Hatz.

„Jan! Schön, dass du es so spät noch einrichten konntest!“, begrüßte ihn Hohmaier und stemmte sich halbwegs schwungvoll hoch.

„Kein Problem. Ich hatte sowieso in der Kanzlei zu tun.“

Ein feuchtwarmer, schlaffer Händedruck. Nur mühsam konnte Bergmann dem Bedürfnis widerstehen, seine Rechte am Hosenbund abzuwischen. Alles an diesem Mann war ihm zuwider. Sein ganzer Habitus kotzte ihn an. Ein Verlierer. Ein angegrautes, runzeliges Würstchen.

Sie setzten sich auf die alte Ledercouch in der Ecke. Zwei Flaschen Bier wurden geöffnet. Berliner Pils. Bergmann hasste die Plörre. So viel Provinz. So wenig Weltstadt. Fehlten lediglich durchgeweichte Schnittchen, Essiggürkchen und Mettigel.

„Nun, ich komme am besten gleich zur Sache“, setzte Ulf vorsichtig an.

Bergmann taxierte ihn durchdringend. Er hatte noch immer keine Ahnung, was der Vorsitzende von ihm wollte. Selbstredend hatte er seine Fühler ausgestreckt und einige Anrufe getätigt, nachdem er die Einladung zu diesem Vieraugengespräch erhalten hatte. Doch niemand konnte ihm weiterhelfen. Der eine oder andere wollte wohl auch nicht.

„Wie du weißt, werden wir unser Kompetenzteam in einer Woche vorstellen. Sobald sich der mediale Wirbel um Zilles Kandidatur gelegt hat, erhoffen wir uns dadurch einen Schwung Aufmerksamkeit und Berichterstattung. Ich bin mir sicher, dieser grüne Parteitag wird eine einzige, große Show. Und die Journaille steht auf Shows. Wir müssen ihnen daher etwas bieten, um wieder sichtbarer …“

„Ich weiß“, unterbrach ihn Bergmann ungeduldig. Schließlich war es seine Idee, das Kompetenzteam, in dem er für Inneres zuständig war, als potenzielles Schattenkabinett im Rahmen eines öffentlichen *Town Hall Meetings* im historischen Meistersaal nahe dem Potsdamer Platz vorzustellen. „Falls du dir Sorgen machst, kann ich dich beruhigen, Ulf. Es wird ein

Signal der Geschlossenheit von diesem Abend ausgehen. Wir sind wieder da! Daran wird kein Zweifel bestehen.“

Tatsächlich hatte Bergmann mit der Agentur die Choreografie der Veranstaltung bis ins kleinste Detail geplant. Eine perfekt gesteuerte Polit-Show, die an die großen Parteitage aus den USA erinnern würde, aber trotzdem eine sehr eigene, berlinerische Note besaß.

Begreiflicherweise hatte er Sorge getragen, eine entsprechende Rolle in diesem Schauspiel zugeteilt zu bekommen. Augenscheinlich stand Hohmaier mit seinem gesamten Team im Mittelpunkt. Doch er würde es sein, der in Erinnerung blieb. Durch seine Reden, seinen Auftritt, die Bilder und Gesten. Das alles diente nur dem einen Ziel, sich tief im Gedächtnis der Partei und der Öffentlichkeit zu verankern. Wenn nach der Wahlniederlage das große Aufräumen begann, sollte jeder an diesen glorreichen, perfekten und hoffnungsvollen Abend zurückdenken. Und an Bergmanns Auftritt.

Hohmaier wäre dann nur noch ein Schatten. „Damals hätten wir erkennen müssen, dass wir nicht mit dem besten Pferd im Stall ins Rennen gehen“, würden viele sagen – und ihn anrufen, ihn anflehen, den Karren aus dem Dreck zu ziehen: als neuer Landesvorsitzende.

Die Stunde der Niederlage seiner Partei sollte zu seinem persönlichen Triumph werden. Der Beginn eines unaufhaltsamen, kometenhaften Aufstiegs. Mit dem Berliner Landesverband im Rücken konnte er seine innerparteiliche Machtbasis festigen. Dann kamen sie nicht mehr an ihm vorbei. Selbst die Kanzlerin nicht.

Bisher war er davon ausgegangen, dem Alten fehle der Weitblick, diese Taktik zu durchschauen. Hatte er ihn am Ende unterschätzt? War das der Grund für ihr abendliches Gespräch?

„Ich habe mit Ricarda gesprochen“, setzte Hohmaier erneut an.

Nur mit Mühe konnte Bergmann verhindern, sein Gesicht zu einer genervten Grimasse zu verziehen. Ricarda war die Chefstrategin der Partei. Wahlkampfmanagerin. Engste Vertraute des Alten. Bergmanns Intimfeindin.

„Sie hat Sorge, man könne uns vorwerfen, ein inhaltsloses Spektakel aufzuführen. Eine reine Wahlkampfshow."

Diese dumme Fotze! Er setzte zu einer energischen Erwiderung an, doch Hohmaier schnitt ihm mit gebieterischer Handbewegung das Wort ab.

„Ich habe ihr gesagt, wie unbegründet diese Bedenken sind." Es folgte eine kurze Kunstpause. „Nichtsdestotrotz hat sie eine charmante Idee."

„Und die wäre?"

„Unser Wahlkampfslogan."

„Einhundert Prozent Berlin?"

Der Alte nickte übereifrig. „Wir werden dieses Motto an dem Abend auch personell umsetzen, mit Leben füllen. Ein Signal setzen. Wir sind Berlin. Wir sind für Berlin. Mit Leib und Seele."

„Was meinst du damit konkret?", fragte Bergmann mit zusammengebissenen Zähnen. Ihm schwante Übles. Er sah den Zug auf sich zurollen. Gefesselt lag er auf den Gleisen, ohne Chance, ihn aufhalten zu können.

„Wir alle. Ich meine, das ganze Kompetenzteam. Unser Schattenkabinett. Wir werden an diesem Abend eine Erklärung abgeben. Nämlich, dass wir zu einhundert Prozent für Berlin kämpfen und für die Bürger dieser Stadt da sein werden, egal, wie die Wahl ausgeht. Wir legen uns fest, bekennen uns und entsagen allen Fall-Back-Optionen. Keine Notfallpläne. Kein Herumeiern. Kein Zaudern. Ganz oder gar nicht."

„Sehr pathetisch", knurrte Bergmann. „Was erwartest du?"

Er ahnte die Antwort. Der Zug kam nicht zum Halt. Eine einsame, kleine Schweißperle rann ihm über die Stirn. Das einzige sichtbare Zeichen seiner Angespanntheit. In ihm drinnen brodelte es.

„Ich habe bereits mit einigen Leuten gesprochen. Nancy, Siegmund und Nicolas. Sie teilen meine Einschätzung und gehen diesen Weg mit. Ich will auch von dir die Bereitschaft, das öffentliche Bekenntnis, der Bundespolitik den Rücken zu kehren und sich ganz der Landespolitik zu verschreiben. Im Wahlkampf und später als gewählter Vertreter im Abgeordnetenhaus."

„Du willst, dass ich mein Bundestagsmandat abgebe?"

„Wenn wir gewinnen, wirst du Innensenator …"

„*Wenn*. Das ist der entscheidende Punkt."

„Bist du nicht immer derjenige, der sagt, Zweifel seien die Saat der Niederlage."

„Wage es nicht, mir meine Worte im Mund rumzudrehen!"

Hohmaier zuckte nonchalant mit den Achseln. „So oder so: Du hast einen sicheren Listenplatz. Du wirst ins Abgeordnetenhaus einziehen. Wenn du dich vor der Wahl nicht klar bekennst, werden dir die Wähler das als Taktiererei und Machtgeilheit krummnehmen."

„Ich vertrete als MdB die Interessen dieser Stadt. Ich bin schon heute zu einhundert Prozent für Berlin da."

Hohmaier schüttelte entschieden den Kopf. „Ich will, dass du öffentlich erklärst, dein Mandat niederzulegen. Selbst wenn es aufgrund der Konstellationen nach dem Wahlausgang nicht für einen Posten als Senator reichen sollte."

Hohmaier nahm einen geräuschvollen Schluck aus seiner Bierflasche. Bergmann hätte ihm am liebsten damit den Schädel eingeschlagen. Ruckartig erhob er sich, ging zum Fenster hinter dem Schreibtisch, ließ seinen Blick über den hell erleuchteten Wittenbergplatz schweifen, ohne die Szenerie wahrzunehmen. Er kochte vor Wut. Hass. Es war keine Wut. Es war ein unbändiger, tiefsitzender Hass auf diesen schleimigen, alten Sack.

„Das ist Erpressung. Ich habe hart dafür gekämpft …"

„Das ist keine Erpressung", unterbrach ihn Hohmaier barsch. „Ich stell dich vor eine Wahl."

„Eine Wahl, die keine ist", schrie Bergmann, ohne sich vom Fenster abzuwenden. „Ich bin Ausschussvorsitzender und …"

In seinem Rücken erklang ein glucksendes Lachen. „Glaubst du wirklich, ich hätte es nicht bemerkt? Deine Spielchen? Deine Stimmungsmache? Du überschätzt dich. Und du unterschätzt mich. Ich bin zu lange im Geschäft. Es ist mir nicht verborgen geblieben, wie du gegen mich Stimmung machst, an meinem Stuhl sägst. Hast du angenommen, ich würde diese Falle nicht sehen? Das ist mein Wahlkampf. Ich lasse nicht zu, dass du dich auf meinem Rücken profilierst und mich dann nach einer Niederlage hinwegfegst. Wir wissen beide, dieses Rennen ist für uns gelaufen, bevor es überhaupt richtig angefangen hat. Aber ich werde mich nicht opfern."

In Sekundenschnelle wog Bergmann seine Optionen ab. Er konnte sich unmöglich darauf einlassen. Er brauchte sein Mandat. Es sicherte ihm Einfluss, Aufmerksamkeit, Sendeminuten, Einladungen zu Talkshows. Es aufzugeben wäre bundespolitisch sein Aus.

Andererseits, wenn er ablehnte, sendete er parteiintern ein verheerendes Signal. Von der Öffentlichkeit ganz zu schweigen. Man würde es ihm als Flucht aus der Verantwortung auslegen, als Distanzierung von der eigenen Partei, als Angst vor einer Wahlniederlage.

Aus einer solchen Position heraus konnte er auch nach der Wahl, selbst wenn es zu einem Putsch gegen den Alten kommen sollte, das Amt des Landesvorsitzenden vergessen. Und im Bundestag würde er im schlimmsten Fall aufs Abstellgleis geraten. Ein unbedeutender Hinterbänkler, der bei der nächsten Wahl um einen sicheren Listenplatz ringen musste.

Wie er es auch drehte und wendete, es war eine Entscheidung zwischen Pest und Cholera. Aus einem ersten, wütenden Impuls heraus erwog er, dem Alten die ganze Scheiße vor die Füße zu werfen und zu gehen. Doch er gab diesem emotionalen Drang nicht nach. Er musste Zeit gewinnen, seine Truppen formieren. Eine Gegenstrategie entwickeln.

Er wandte sich Hohmaier zu, der selbstgefällig auf dem Sofa lümmelte und an seinem Bier nuckelte, ihn aus seinen kleinen, kalten Hamsteraugen heraus siegesgewiss anglotzte.

„Bis wann muss ich diese Entscheidung getroffen haben?"

„Alle anderen im Team haben mir bereits Rückendeckung gegeben."

Freilich, das waren sowieso alles nur Versager. Für kaum jemanden von ihnen stand bei dieser Abwägung wirklich etwas auf dem Spiel.

„Nur Nancy möchte sich vorher mit ihrer Familie beraten. Aus privaten Gründen. Ich habe ihr bis Anfang nächster Woche Zeit gegeben."

„Das sollte mir ebenfalls ausreichen", entgegnete Bergmann kühl, warf sich dann den Mantel über den Arm und griff nach seinem Schirm.

„Möchtest du nicht austrinken?", fragte Hohmaier mit geheuchelter Unschuldsmiene.

„Es heißt, viele Menschen machen in ihrem Leben nur das, was sie am zweitbesten können", entgegnete Bergmann, anstatt zu antworten. Die Karten lagen auf dem Tisch. Er musste sich nicht länger verstellen. Im Gegenteil. Er musste in die Offensive gehen. Und verbal galt es, jetzt sofort einen Pfosten einzurammen.

Der Alte musterte ihn verwirrt.

„Vielleicht ist es an der Zeit zu überlegen, welches deine Stärken jenseits der Politik sind. Was kannst du am besten?"

Der Alte lächelte müde.

„Drohst du mir?", stellte er betont gelassen in eine Frage verpackt fest.

„Ein Ratschlag. Mehr nicht", entgegnete Bergmann kühl und ging.

Er parkte den Wagen am Straßenrand. Kurz darauf setzte, gemeinsam mit dem Sonnenuntergang, der Regen ein. Schwere Tropfen prasselten laut auf das Autodach. Innerhalb kurzer Zeit war die Windschutzscheibe beschlagen. Er fluchte leise. Obwohl das Haus hell erleuchtet war und nur wenige Meter von seiner Position entfernt, konnte er nichts mehr erkennen.

Den Motor zu starten, um die Lüftung anschmeißen zu können, wäre zu riskant gewesen. In einer derart beschaulichen Wohngegend würde das zu schnell zu viel Aufmerksamkeit erregen. Er ließ stattdessen die beiden vorderen Fenster einen Spalt breit nach unten. Das half zwar gegen die angeschlagenen Scheiben, drückte jedoch auch die feuchte Herbstkälte in den Innenraum. Zum Glück hatte er einen Wollschal mitgenommen sowie eine Thermoskanne mit frisch aufgebrühtem und gut durchgezogenem grünem Tee.

Er hörte das Dröhnen der Düsentriebwerke lange, bevor er die blinkenden Signalleuchten in den Wolken ausmachte. Ein Flugzeug im Landeanflug auf Tegel zog donnernd über das Viertel hinweg.

Kurz erfüllte ihn klammheimliche Genugtuung. Die meisten Hausbesitzer hatten sich wahrscheinlich ihren Baugrund in dem neu aus dem Boden gestampften Vorort Spandaus in der Annahme gesichert, echte Filetstücke zu erwerben. Außerhalb des Berliner Molochs, aber nahe genug dran, um die Vorzüge der Metropole genießen zu können, wenige Schritte vom idyllischen Havelufer entfernt. Augenscheinlich beste Wohnlage. Niemand ahnte bei der Erschließung des Gebiets, wie viele Jahre sich das Eröffnungsdrama um den neuen Flughafen hinziehen würde. Dementsprechend hatte wohl keiner damit gerechnet, über derart lange Zeit vom Fluglärm betroffen zu sein.

Die neuen SUVs und Großraumlimousinen in den Carports, beinahe durchweg deutsche Markenfabrikate, passten perfekt zu der Kolonie aus Reihenhäuser-Klonen.

Hier saß Geld. Vielleicht nicht so viel wie im Grunewald oder in den Straßen Wilmersdorfs. Trotzdem verfügten die Haushalte über deutlich höhere Einkommen als der Berliner Durchschnitt. Ein bisschen Fluglärm gönnte er diesen wohlhabenden Spießern aus tiefstem Herzen.

Plötzlich ging die Außenbeleuchtung des Gebäudes an. Kurz darauf wurde die Haustür geöffnet. Eine blonde Frau trat heraus, streckte prüfend die Hand ins Freie und spannte dann hastig einen ausladenden, schwarzen Regenschirm auf. Sie trug einen hellen Mantel und hochhackige Schuhe. Er konnte ihr von sanften Locken umrahmtes Gesicht nur undeutlich erkennen, wusste trotzdem sofort, um wen es sich handelt: Sybille. Die Ehefrau.

Von ihrem Schirm geschützt, trat sie auf die Treppe hinaus. Unvermittelt tauchte *er* im Türrahmen auf: Henning.

Er trug Jeans und ein weißes T-Shirt, unter dem sich breite Schultern und ein durchtrainierter Körper abzeichneten.

Eine attraktive Erscheinung. Vielleicht etwas unscheinbar, fast langweilig. Trotzdem anziehend. Auf dem Arm hielt er ein kleines Mädchen im Pyjama. Sybille hauchte ihm einen Kuss auf die Wange, verabschiedete sich dann überschwänglich von ihrer Tochter.

Für einen kurzen Moment flammte Mitgefühl in ihm auf. Dann erinnerte er sich allerdings an seine Mission. Ein Gedanke, der jede Empathie im Keim erstickte. Er war hier, weil er hier sein musste. Das kleine Mädchen würde es schon verkraften. Sie war jung. Die Zeit würde ihre Wunde heilen oder zumindest vernarben lassen.

Ein zweiter Lichtkegel leuchtete auf. Ausgerechnet vor jenem Reihenhaus-Klon, an dem er geparkt hatte. Er duckte sich tief in den Fahrersitz, spähte vorsichtig über das Lenkrad hinweg.

Die eben beobachtete Szenerie wiederholte sich. Erneut trat eine Frau heraus. Ebenfalls eine Blondine in einem hellen Mantel. Auch sie spannte einen großen Regenschirm auf. In Ermangelung eines Ehemannes mit Kind verabschiedete sie sich von einem hässlich dreinschauenden Mops. Das Tier wollte sie offensichtlich begleiten, wurde jedoch von seinem Frauchen sanft zurück ins Haus geschubst. Sie schloss die Tür ab. Dann ging sie schnellen Schrittes über die Straße zu Sybille und Henning. Ihre Augen streiften seinen Wagen, verfingen sich jedoch nicht an ihm.

Die Frauen begrüßten sich herzlich. Mann und Kind winkten und verschwanden im Haus. Keine drei Sekunden dauerte es, bis ein Taxi vorfuhr. Es hielt direkt vor ihm. Der Fahrer, ein dunkelhäutiger Turban-Träger, blickte ihm direkt in die Augen.

Sein Herzschlag setzte aus. Panik ergriff ihn.

Was sollte er jetzt tun? Den Wagen starten und die Flucht ergreifen? Viel zu auffällig. Ob der Taxifahrer ihn registriert hatte? Und falls dem so war, nahm er ihn als Fremdkörper in dieser Vorstadt-Idylle wahr? Würde er die beiden Frauen auf ihn aufmerksam machen?

Im Kopf legte er sich eine halbwegs plausible Geschichte zurecht. Eine Ausrede auf die Frage, warum er hier wartete.

Keine besonders gute. Keine, die einer Überprüfung standhielt. Aber eine, die ihm immerhin Zeit verschaffen konnte.

Die Frauen stiegen ein.

Der Mann fragte sie etwas. Wahrscheinlich, wo die Fahrt hingehen sollte. Sie antworteten kurz und lachten. Ins Theater. In die Bar. Ins Kino. Wohin eben zwei befreundete Nachbarinnen an einem Samstagabend gingen.

Das Taxi brauste davon.

Er ließ den angehaltenen Atem entweichen. Seine Hand löste sich vom Schaft der Pistole, nach der er instinktiv gegriffen hatte.

Du bist nervös! Das ist nicht gut, schimpfte er sich selbst. Nervöse Menschen machen Fehler!

Dabei hatte er schließlich keinerlei Gründe, unsicher zu werden. Oder gar ängstlich. Der Abend verlief besser und vielsagender, als er zu hoffen gewagt hatte.

Er wusste jetzt, dass Henning und Sybille zumindest zu einer Nachbarin engeren Kontakt pflegten. Vielleicht war sie die Einzige. Wahrscheinlich war das jedoch nicht. Hier hatte jeder jeden und alles im Blick. Man passte aufeinander auf. Das bedeutete wiederum, vorsichtiger agieren zu müssen.

Er richtete seine Aufmerksamkeit erneut auf Hennings Haus. Die Tür war inzwischen zugezogen worden. Dafür war nun ein Fenster im ersten Stock hell erleuchtet. Nach rund fünfzehn Minuten wurde das Licht wieder gelöscht. Das Kinderzimmer. Papa hatte die Kleine ins Bett gebracht.

Wenige Minuten später trat Henning ins Wohnzimmer. Dank der bodentiefen Fenster konnte er ihn aus dem geparkten Wagen heraus aus perfekt beobachten.

Er hatte sich ein Bier aus der Küche geholt, ließ sich aufs Sofa fallen, schaltete die Glotze an. Die Szenerie wurde in das hektische Flimmern bewegter Fernsehbilder getaucht.

Henning zappte kurz durch das Programm, legte dann die Fernbedienung beiseite, griff nach seinem Smartphone

Er ahnte, welche App jetzt aufgerufen wurde.

Kurz tauchten verwackelte Bilder vor seinem geistigen Auge auf.

Er und Henning.

Zwei nackte Männer auf einem weiß bezogenen, breiten Bett in einem grell ausgestrahlten, ebenso zeit- wie konturlosen Raum.

Angeekelt vertrieb er die Vorstellung genauso schnell aus seinem Kopf wie zuvor das Mitleid mit dem kleinen Mädchen. Dann griff er zu seinem Smartphone, schaltete Grindr an.

Das nächste Profil war laut Entfernungsanzeige keine hundert Meter entfernt. Das Vorschaubild zeigte einen verpixelten Oberkörper. Nur zwei Worte standen im Textfeld: „Bi. Diskret."

Das musste er sein. Ohne Zweifel.

Die Jagd begann.

5

Harte Elektrobeats dröhnten durch das *Mutschmanns*, setzten Männerkörper zuckend in Bewegung, als wären sie Marionetten, die an unsichtbaren Fäden vom Takt der Musik über die Tanzfläche gelenkt wurden.

Die Luft war zum Schneiden dick. Die meisten Gäste präsentierten sich in ihrem jeweiligen Fetisch. Jungs, deren Rubber-Anzüge sich wie eine zweite Haut über den Körper legten, bärtige Männer in Ledermontur, dazwischen halbnackte Fußballer, Skins und einige Soldaten in Tarnfleck.

Nach Sörens Schätzung trugen nicht wenige der Gäste Kleidung im Wert eines kleinen Urlaubs am Körper. Er selbst hatte sich für Jeans und Harness entschieden. Nichts Außergewöhnliches. Nichts, womit er am Folsom-Wochenende aufgefallen wäre.

Er fühlte sich seltsam beschwingt, als würde sein neuer Auftrag längst verloren geglaubte Lebensgeister wecken, alte Energie freisetzen. Er wollte feiern, unter Menschen sein. Ein

Drang, der ihn selten genug heimsuchte und dem er deshalb auch nachgab.

Die kleine Tanzfläche des Clubs füllte sich schnell. Er bemerkte durchaus, wie er von vorbeiziehenden Männern wohlwollend beäugt wurde, und quittierte dies mit einer gewissen Genugtuung. Gelegentlich wagte Sören einen vielsagenden Blick zurück. Aber niemals so lange und intensiv, als dass sich jemand ermuntert fühlen konnte, ein Gespräch anzufangen. Er war nicht in Stimmung zu reden, genoss es vielmehr, für sich zu sein und zugleich Teil einer amorphen Gemeinschaft auf Zeit zu werden, in der Masse aufzugehen.

Nach einem weiteren Bier zog es ihn in das verschachtelte Kellergewölbe. Ein Schwall stickiger, feuchter Luft, angereichert mit dem Geruch von Schweiß, Poppers und Sex, schlug ihm entgegen. Durch den Vorraum, der von einem flimmernden Bildschirm, auf dem ein Porno lief, unruhig beleuchtet wurde, betrat er den Darkroom. Das Stöhnen und Seufzen, Ächzen und Keuchen kam aus allen Ecken, war aber trotzdem seltsam gedämpft. Auf einer großen, ledernen Plattform in der Mitte des Raums boten Männer ihre emporgestreckten Ärsche feil – und wurden dankbar in Anspruch genommen.

Er drehte eine Runde, schob sich durch die übervollen Gänge an schwitzenden Körpern vorbei. Im hinteren Teil hingen die Slings. Das metallische Klirren der Ketten gab hier den Rhythmus vor. Sören holte sein Poppers aus der Tasche, nahm drei tiefe, lange Züge. Innerhalb weniger Sekunden wurde er leicht benebelt. Ein durchtrainierter Körper ging vor ihm auf die Knie. Sein Schwanz wurde hastig aus der Hose gepresst, nur um wenig später in einem warmen, heimeligen Rachen zu versinken. Er schloss die Augen, stieß zu. Hände kraulten seine Brust. Finger bearbeiteten seine Nippel. Er zog noch einmal an seinem Poppers, reichte es dann weiter an den Typen hinter sich, der es dankbar entgegennahm.

Kurz glaubte er im Augenwinkel Than zu erkennen. Doch als er erneut hinsah, stellte er zu seiner Erleichterung fest, sich getäuscht zu haben. Trotzdem konnte er seine Aufmerksamkeit nicht von dem jungen Asiaten abwenden, der sich nur wenige Meter von ihm entfernt plötzlich wie ein strahlender Stern aus der schummrigen Dunkelheit schälte.

Natürlich bemerkte er Sörens Blick, erwiderte ihn auffordernd und lächelte leise dabei. Sie küssten sich. Dann wurden sie von einer Welle aus Männerkörpern mitgerissen.

Am darauffolgenden Morgen erwachte Sören ungewöhnlich früh. Er hatte sich den Wecker auf acht Uhr gestellt, doch bereits gegen sieben schlug er die Augen auf, und es war nicht mehr daran zu denken, erneut einzuschlummern. Wenngleich er erst spät in einen unruhigen Schlaf gefallen war, fühlte er sich fit. Und auf seltsame Weise getrieben, erfasste ihn eine innere Unruhe.

Er hatte endlich wieder einen echten Grund, morgens die Bettdecke zurückzuschlagen und aufzustehen. Obwohl, laut dem kurzen Dossier seiner Auftraggeberin, Daume keine drei Tage verschwunden war und er, wäre er noch Polizist, besorgte Angehörige unverrichteter Dinge nach Hause geschickt hätte, sagte ihm seine Intuition etwas anderes.

Ein Online-Junkie hörte in aller Regel nicht einfach auf, Fotos und Statusupdates zu posten. Mindestens genauso merkwürdig war ein ausgeschaltetes Handy. Allemal konnte es dafür jede Menge Gründe geben: eine unverhoffte neue Liebe, eine Burn-out bedingte Auszeit, ein medizinischer Eingriff. Vor drei Jahren galt aus Mara Bellas Freundeskreis ein glatzköpfiger Mittvierziger wochenlang als vermisst. Im Nachhinein stellte sich heraus, er hatte sich einer Haartransplantation unterzogen und war daher untergetaucht.

Doch all diese Möglichkeiten schienen nicht besonders wahrscheinlich. Oder andersherum: Es war nach Sörens Dafürhalten wesentlich wahrscheinlicher, dass etwas nicht stimmte.

In der Aussicht auf eine echte, wirkliche Ermittlung, wenn auch ohne Polizeimarke, hatte Sören den vergangenen Abend abgesehen von zwei Bier, die zu zählen er nicht bereit war, abstinent verbracht. Er war so ausgeruht und nüchtern wie schon seit Wochen oder gar Monaten nicht mehr. Trotz seiner nächtlichen Kieztour. Zum wiederholten Male nahm er sich vor, seinen Alkoholkonsum drastisch nach unten zu schrauben. Demnächst zumindest.

Als er die grauen Vorhänge vor seinem Schlafzimmerfenster beiseitezog und einen Blick nach draußen riskierte, schaute er gegen eine graue Wand. Die Kleiststraße war in einen zähen, dichten Nebel gehüllt, der Nollendorfplatz kaum auszumachen. Lediglich das rhythmische Rattern der U-Bahn bewies, dass man die Station nicht über Nacht abgerissen hatte.

Es war kurz nach sieben Uhr. Doch es wirkte, als hätte sich die Sonne entschieden, den mühsamen Aufstieg heute sein zu lassen, und sich stattdessen einen Tag Urlaub gegönnt. Das Licht war diffus und dämmrig. Ein Novembermorgen im September.

Er öffnete das Fenster. Frische, nasskalte Herbstluft schwappte herein.

Als er eine Stunde später nach draußen trat, hatte sich die graue Suppe nur unwesentlich verflüchtigt. Dafür setzte ein fieser Nieselregen ein. Die Feuchtigkeit kroch durch seine Kleidung. Er zog den Reißverschluss seiner Jacke bis oben hin zu, zündete sich eine Zigarette an, die erste an diesem Morgen. Trotz der bedrückenden Witterung stiefelte er voller Tatendrang zu seinem Wagen.

Er hatte den alten VW Jetta in einer kleinen Stichstraße unweit seines Wohnkomplexes geparkt und musste, als er ihn erreichte, zu seiner Verärgerung ein Strafticket unter dem Scheibenwischer entfernen.

Achtlos zerknüllte Sören das durchnässte Ticket. Es war das dritte diese Woche.

Früher Sonntagmorgen. Dementsprechend leer waren die Straßen. Trotzdem benötigte er eine gute Stunde, bis er die Datschensiedlung erreichte, in der Daumes Häuschen stand. Zweimal verfuhr er sich im Gewirr aus Straßen und Waldwegen, nachdem er die Autobahn bei Kleinmachnow verlassen hatte.

Die Ortslage Albrechts Teerofen ragte zur Zeit der deutschen Teilung wie ein imperialistischer Wurmfortsatz in das

Gebiet der DDR hinein, ein unpassender, juckender Stachel im Fleisch des Sozialismus. Durch die abgeschiedene Lage waren die wenigen Gebäude bis heute nicht an die zentrale Wasser- und Abwasserversorgung angeschlossen. Die Stromversorgung erfolgte über alte Freileitungen. Tiefe Schlaglöcher übersäten die schmale Straße wie Pockennarben.

Sören drehte eine kurze Beobachtungsrunde, bevor er den Wagen etwas abseits in der Einfahrt zu einem Feldweg parkte.

Er stieg aus; kühle Stille umschloss ihn. Der Nieselregen hatte nachgelassen. Dafür frischte der Wind auf. Feuchter Kies knirschte unter seinen Schritten, als er einen schmalen Pfad zum Ufer hinunterging.

Zu seiner Rechten überspannte die ehemalige Autobahnbrücke wie ein vergessenes Ungetüm den Teltowkanal. Bei Hobbyfotografen erfreute sich das Bauwerk ebenso wie die aufgegebene und still vor sich hinvegetierende Ratsstätte Dreilinden einer gewissen Beliebtheit. Ein nostalgischer Charme lag über diesem Ort, der so mysteriös aus der Zeit gefallen war.

Auf einem Gelände direkt am Kanalufer standen dicht an dicht einige teils heruntergekommen wirkende Wohnwagen. Die wenigsten waren in den vergangenen Jahren bewegt worden und sichtbar nicht mehr verkehrstauglich.

Direkt an den Campingplatz schlossen sich Gartengrundstücke mit kleinen, zweckmäßigen Häuschen an. Schon von Weitem sah er das steil zulaufende Spitzdach der Datsche, die er aufgrund von Daumes Foto erkannte. Das Haus lag im Schatten einer Gruppe von Kiefern. Die ehemals knallig rote Farbe war längst verblasst, der Putz bröckelte. Vor einigen Jahren mochte ein gepflegter englischer Rasen die Zier des Anwesens gewesen sein. Doch man hatte es mit der Pflege nicht so genau genommen. Und so war er mit der Zeit in eine profane Wiese übergegangen. Tau glitzerte träge auf dem Gras. Auch der morsche, windschiefe Jägerzaun, der das Grundstück umschloss, hatte schon bessere Zeiten gesehen.

Sören zündete sich eine weitere Kippe an. Seine Lunge dankte es ihm mit einem aufgebrachten, krachenden Hustenanfall. Er fluchte. Spätestens jetzt wusste jeder im Umkreis von einigen hundert Metern von seiner Anwesenheit.

Etwas unschlüssig beobachtete er die Datsche. Nichts rührte sich. Nichts deutete darauf hin, dass sich Andreas Daume hier befand.

Er wartete eine langsam gerauchte Zigarettenlänge, dann öffnete er das Gartentor. Ohne sich prüfend umzuschauen, folgte er dem schmalen, uneben gepflasterten Weg hin zum Gebäude. Wie selbstverständlich drückte er die Klinke nach unten. Abgeschlossen. Das hatte er erwartet. Das Schloss würde ihm keine Mühen bereiten. Allerdings fand er es dann doch zu riskant an dieser Stelle, wie auf dem Präsentierteller, sein Werkzeug herauszuholen. Also schlenderte er zügig, aber nicht verdächtig schnell, um das Häuschen herum. Wie er vermutete hatte, befand sich auf der Rückseite, durch die Kiefer zumindest etwas abgeschirmt, ein zweiter Eingang, um den Bewohnern den Weg zu den außen gelegenen Toiletten zu verkürzen.

Nachdem er sich bereits illegal Zugang zu Daumes Apartment verschafft hatte, fand er es nur konsequent, auch in dessen Datsche einzusteigen. War eine zuvor festgelegte Grenze erst einmal überschritten, wurde es bedeutend einfacher, sie auch ein zweites, drittes, viertes Mal zu ignorieren.

Sören benötigte nur wenige Sekunden, um das Schloss zu knacken.

Die Tür sprang ihm knarrend entgegen.

Er lauschte in die Stille hinein. Nichts zu hören. Ein schneller Blick auf seine Schuhe ließ ihn kurz innehalten. Nasse Erdbrocken klebten an der Sohle. Er verfluchte sich, nicht besser darauf geachtet zu haben, wohin er trat. Als er sich hinabbeugte, um die Schnürsenkel seiner Lederstiefel umständlich zu lösen, beschwerte sich sein Rücken.

Verdammtes Alter!

Das waren die Momente, in denen sich in Filmen stets von hinten ein Widersacher näherte und den Helden zu Boden schlug.

Scheiß-Anfängerfehler!

Das verdächtige Knacken eines Astes ließ ihn in die Höhe fahren. Eine Bewegung, die ihm seine Wirbelsäule mit einem heftigen Schmerz dankte. Er japste laut auf, riss sich zusammen, um nicht peinerfüllt zu schreien.

Der Schmerz verebbte so jäh, wie er gekommen war. Stumm in sich hinein fluchend, spähte Sören in das lichte Gestrüpp jenseits der Grundstücksgrenze. Niemand zu sehen.

Nicht wirklich beunruhigt, aber wachsamer, streifte er schnell seine Schuhe ab und beeilte sich, im schummrigen Innern vor den neugierigen Blicken eventueller Beobachter zu verschwinden.

Sobald er die Türschwelle übertreten hatte, fand er sich in einer abgewohnten Küche wieder. Die Schrankzeile erweckte den Eindruck, als müsste er sie nur mit der Spitze seines kleinen Fingers berühren, um sie zum Einsturz zu bewegen. In der Ecke surrte und brummte ein Kühlschrank erbarmungswürdig laut. Die Luft roch alt, abgestanden, staubig.

Abgesehen vom desolaten Zustand der Einrichtung war der Raum aufgeräumt und ordentlich. Kein dreckiges Geschirr, keine Essensreste, die vor sich hingammelten. In den drei Abfalleimern, bei Daumes wurde der Müll vorbildlich getrennt, fand sich nichts.

Sören inspizierte die klapprigen und unfachmännisch zusammengezimmerten Schränke. Das Geschirr und die abgegriffenen Gläser wirkten ebenso ausgemustert wie das Mobiliar. In einem Regal fand er Konserven, Tetrapacks mit Milch und Saft, eine Flasche Bio-Weißwein. Keinerlei Auffälligkeiten. Nichts, was seiner Aufmerksamkeit wert gewesen wäre. Nichts, was darauf hindeutete, dass jüngst jemand hier gewesen war.

Direkt an die Küche schloss sich der Hauptraum an, der Wohn- und Schlafzimmer in einem war. Auf einer Pritsche in der hinteren Ecke lag eine orangefarbene Matratze, die grell aus dem Halbdunkel hervorstach. Daneben ein ebenso leerer wie klappriger Kleiderschrank aus Kiefernholzfurnier. Ein abgewetztes Ledersofa stand an der gegenüberliegenden Wand und war mit einem immerhin stilistisch passenden Ohrensessel und einem runden Glastisch, der von zwei ineinander verschlungenen Delfinen aus schwarzem Marmor getragen wurde, zu einer Sitzecke arrangiert. Allesamt ausrangierte Möbel, die anstatt auf dem Sperrmüll hier gelandet waren.

Nur um sicherzugehen, hob er die orangefarbene Matratze an. Doch wie zu erwarten, befand sich weder ein geheimnisvoller Briefumschlag noch sonst etwas Auffälliges auf deren Unterseite.

Ernüchterung machte sich in ihm breit. Eventuell hätte ein Team der Spurensicherung etwas Brauchbares zutage gefördert, was ihm verborgen blieb. Nicht zum ersten Mal in seiner Zeit als Privatdetektiv vermisste er den akribischen, effizienten Polizeiapparat. Früher hatte derartige Aufgaben die Spurensicherung übernommen. Auf einen derartigen Luxus konnte er leider nicht mehr zurückgreifen.

Missgelaunt und enttäuscht verließ er die Datsche und schlüpfte in seine schmutzigen Stiefel. Letztlich war er genauso schlau wie vor seinem Besuch. Es blieb ihm nun nichts anderes übrig, als in mühevolle Kleinarbeit die letzten Tage vor Andreas Daumes augenscheinlichem Verschwinden zu rekonstruieren. Das Problem war allerdings, er hatte keine rechte Ahnung, wo er anfangen sollte. Er konnte weder, wie in der guten alten Zeit beim LKA, die Kontobewegungen überprüfen noch die Telefondaten abrufen.

Zu seiner einzigen zuverlässigen Quelle war ausgerechnet Daumes Nachbarin geworden. Vielleicht sollte er sie mit einer Flasche Portwein oder Eierlikör aufsuchen. Ihm grauste schon jetzt davor. Er malte sich aus, wie ihm die Alte gegenübersaß, das widerliche Hundevieh auf dem Schoß, und er Interesse an dem Tier heuchelte, an seinem Glas nippte und ihren Geschichten lauschte. Von ihrem verstorbenen Gatten. Der nichtsnutzigen, undankbaren Tochter. Der herrischen, geizigen Großtante. Den krakeelenden Nachbarn. Dem fiesen Hautausschlag.

Sie würde erzählen und erzählen und er würde auf die Gelegenheit lauern, ihren Monolog möglichst unauffällig auf Andreas Daume zu lenken.

Derart in Gedanken versunken, wäre es ihm beinahe entgangen, dass er beobachtet wurde. Erst als er fast schon an seinem Wagen war, nahm er die unbeholfen schleichenden Schritte hinter sich wahr. Jemand versuchte, möglichst leise durch das feuchte Gras am Wegrand zu gehen.

Ohne einen Blick über die Schulter zu riskieren, bog er statt in Richtung seines Wagens zur alten Autobahnbrücke ab, die schon lange nicht mehr ans Straßennetz angebunden war und verfiel. Dabei suchte er die Umgebung nach einem geeigneten Versteck ab. Sein Verfolger war, gemessen daran, wie stümperhaft laut und auffällig er sich anstellte, kein Profi. Trotzdem musste Sören aus seiner defensiven Position heraus.

Nach einem steilen Anstieg erreichte er nach wenigen Metern die zugewucherte Brückenauffahrt. Kurz davor befand sich der ehemalige Rasthof. Das Gebäude zierte eine verwitterte Holzfassade. Die Fensterscheiben waren eingeschlagen oder mit Brettern vernagelt. Ein Schild warnte vor unbefugtem Betreten.

Rasch zwängte er sich durch ein Loch im Zaun. Der Eile geschuldet, blieb er an einem herausragenden Stück Draht hängen. Mit einem lauten Ratsch riss sein Hemd. Er ignorierte es, würde später über seine Ungeschicktheit fluchen.

Mit drei großen Schritten sprang er in einen Holzverschlag, der einst zu der Veranda gehört hatte. Staubige Dunkelheit umhüllte ihn. Er unterdrückte einen Hustenanfall und versuchte seinen Atem unter Kontrolle zu bringen. Vorsichtig spähte er nach draußen. Genau in diesem Moment tauchte sein Verfolger am unteren Ende des Weges auf.

Der Mann trug einen dunkelblauen Parka und eine schwarze Hose. Dazu schwere, hochgeschlossene Stiefel. Ein typisches Hipster-Outfit, wie es in Friedrichshain oder Kreuzkölln gerade angesagt war.

Als er näherkam, stellte Sören zu seiner Überraschung fest, dass er von einem Jungen höchstens im Alter von zwanzig Jahren verfolgt wurde. Seine Gesichtszüge waren filigran und zart. Der sanfte Schatten eines hellen Drei-Tage-Barts prägte die Kinnpartie. Wahrscheinlich wollte er dadurch älter aussehen. Seine Haltung war unschlüssig. Nahezu ängstlich. Immer wieder schaute er sich um. Ihm fiel offensichtlich auf, dass er Sören verloren hatte. Er blieb stehen, trat unschlüssig einen Schritt nach vorne, war dann beinah schon im Umkehren begriffen, bevor er sich zwang, dem Weg weiter hinauf zu folgen.

Von diesem Jungen ging keine Gefahr aus. Natürlich konnte er noch immer plötzlich einen Revolver aus der Jackentasche ziehen. Doch alles sprach gegen eine derartige Wendung. Sofort entspannte sich Sören. Die Situation schien ihm wieder unter Kontrolle. Unter seiner Kontrolle.

Er ließ ihn unbemerkt vorbeigehen, wog währenddessen seine Optionen ab. Sollte er weiter nur beobachten oder die Initiative ergreifen?

Der Unbekannte konnte ihn zufällig auf dem Anwesen gesehen haben und für einen Einbrecher halten, den er nun auf eigene Faust stellen wollte. Allerdings deutete nichts in seinem zögerlichen Auftreten auf einen Anflug von Heldenmut hin. Dieser Junge wurde vielmehr von einem anderen Drang dazu genötigt, seine Angst zu überwinden.

War er auch auf der Suche nach Bambi? Oder hatte er gar etwas mit seinem Verschwinden zu tun? Waren die beiden gemeinsam untergetaucht? Oder diente ihnen die Hütte als geheimes Liebesversteck? Sören beschloss, ihn einfach danach zu fragen.

Inzwischen war der Junge wieder aus seinem Blickfeld verschwunden. Selbstbewusst trat er aus seinem Versteck, zwängte sich erneut durch die Öffnung im Zaun, diesmal penibel darauf bedacht, sein Hemd nicht auch noch an einer zweiten Stelle zu beschädigen, und ging, auf der Mitte des Weges, gut sichtbar, zur alten Autobahnbrücke.

Die Asphaltdecke war an zahlreichen Stellen aufgebrochen. Gestrüpp und Gras wucherte in den langen Narben. Einige junge Birken hatte es seit der Stilllegung zu erstaunlicher Größe gebracht. Trotzdem waren die weißen Fahrbahnmarkierungen gut sichtbar. *PKW* prangte auf einer Spur in großen Lettern. Direkt daneben *LKW*.

Sein Verfolger stand weithin sichtbar mitten auf der Fahrbahn.

„Hältst du nach mir Ausschau?“

Beim Klang der tiefen Stimme, in die Sören bewusst einen drohenden Unterton legte, fuhr sein Gegenüber erschrocken herum. Tiefe, dunkle Ringe umrahmten seine roten, verquollenen Augen. Er zitterte am ganzen Körper. Abwehrend begann er zu stottern, reihte leugnende, halbherzige Ausflüchte ohne rechten Sinn aneinander. Seine Stimme war brüchig, fast wimmernd. Ein armes, Mitleid erregendes Häufchen Elend.

„Immer mit der Ruhe, Kleiner. Ich tue dir schon nichts", unterbrach Sören das Gestammel. Er kramte sein Zigarettenpäckchen hervor.

„Fluppe?"

Der Junge schüttelte verwundert den Kopf.

Sören klemmte sich eine Kippe zwischen die Lippen.

„Du hast mich verfolgt", stellte er so wertfrei wie möglich fest, bevor er sein Feuerzeug zückte. „Wie heißt du?"

„Maximilian."

„Ich bin Sören. Freut mich, Max. Ich darf doch Max sagen? Oder stört dich das?"

Eine Träne kullerte über seine Wange.

„Schläfst du mit meinem Freund?", platzte es aus ihm hervor.

„Wie bitte?"

„Andreas. Hast du was mit ihm?"

Aus der einen Träne waren viele geworden. Die Worte verschwammen undeutlich in seinem Schluchzen.

„Ihr beide seid ein Paar?"

„Ja … Nein … Sozusagen."

Sören unterdrückte ein Schmunzeln, hob stattdessen fragend die Augenbraue. Max wischte sich mit dem Ärmel seines Parkas über das Gesicht, schniefte laut.

„Nein, ich habe nichts mit Andreas." Er zögerte kurz, erwog seinen schlecht gefälschten Polizeiausweis zu zücken, den er sich für alle Fälle nach seinem Ausscheiden besorgt hatte, entschied sich dann aber für eine andere Lüge. „Ich bin ein Freund seiner Mutter. Sie macht sich Sorgen um ihn. Er hat sich seit einigen Tagen nicht gemeldet. Daher bat sie mich, nach ihm zu suchen."

Max nickte skeptisch, aber willens, diese Erklärung zu akzeptieren. Sie war für ihn erkennbar angenehmer, als seine Befürchtung bestätigt zu sehen.

„Weißt du, wo er ist?", erkundigte sich Sören wie beiläufig.

Das war offensichtlich die falsche Frage. Sofort begannen die Tränen erneut zu kullern. Es war keine detektivische Meisterleistung, diese Reaktion als ein Nein zu deuten.

Sören seufzte schwer, überwand behutsam die wenigen Meter, die sie beide voneinander trennten, und griff Max sanft tröstend an die Schulter. Im selben Augenblick, als hätte ein schlechter Filmregisseur den Startknopf gedrückt, fing es wieder an zu nieseln.

„Beruhig dich, Kleiner. Wir gehen jetzt erst mal zu meinem Wagen. Dort werden wir wenigstens nicht nass."

Widerstandslos ließ sich Max von ihm mitziehen. Schweigend, abgesehen von gelegentlichem Schluchzen, verließen sie die Brücke. Bis sie das Auto erreichten, war das Tröpfeln zu einem unangenehmen Sprühregen angeschwollen.

„Fahren Sie zufällig in die Stadt zurück?", fragte Max schüchtern.

Erschöpft in den Beifahrersitz gekauert, zog er die Kapuze ab. Eine blonde, lockige Mähne kam zum Vorschein. Die volle, pausbäckige Wangenpartie strahlte rot, als hätte er sie mit Rouge aufgehübscht. Von dem spärlich sprießenden Bartwuchs abgesehen, erinnerte sein Gesicht an das einer barocken Engelsfigur.

„Ja. Ich wollte über die Avus zurück in die Innenstadt."

„Können Sie mich mitnehmen?"

„Wie bist du hierhergekommen?"

„Ich habe die S-Bahn bis Griebnitzsee genommen und bin dann gelaufen."

„Das ganze Stück?"

„Ja. Das ist nicht so weit. Aber der Regen … Ich hab meinen Schirm zu Hause vergessen und …"

„Kein Problem. Du kannst gerne mitfahren", beeilte sich Sören zu versichern und startete den Wagen.

Betont gemächlich fuhren sie in Richtung Innenstadt. In der wohligen Wärme des Wagens taute der Junge förmlich auf, plapperte schnell drauflos, dankbar und erleichtert, endlich jemanden zum Reden zu haben.

Er war vor zwei Jahren nach Berlin gekommen, um Tanz zu studieren. Andreas lernte er bei einer Party kennen. Auf dem alten Holzmarktgelände. Junge trifft Junge. Eine der ältesten Geschichten der Welt. Ganz klassisch, wie in einer kitschigen Romantikkomödie.

Beide waren sie mit Freunden unterwegs. Sie hatten geflirtet, erst stumm und nur mit den Augen, den „schönsten krassen Augen auf der Welt", wie Max sehnsuchtsvoll seinen Schwarm beschrieb.

„Nennen ihn deswegen alle Bambi? Wegen seiner Rehaugen?", unterbrach Sören an diesem Punkt der Geschichte.

„Auch", antwortete Max. „Aber nicht nur. Andreas ist einfach wie ein Rehkitz. So süß und lustig und hübsch. Und so lieb. Richtig lieb. Jeder mag ihn."

„Dann wird er sicher viele Verehrer haben", warf Sören ein, auf Max' Reaktion lauernd.

Der Junge nickte zögerlich. Ein kurzer Schatten huschte über sein Gesicht. Sören befürchtete schon, er würde wieder anfangen zu weinen. Doch er fing sich schnell, die unangenehmen Gedanken weit von sich weisend.

„Selbst, wenn man sich mit ihm streitet", setzte er wieder an, „bringt es keiner lange übers Herz, ihm wirklich böse zu sein. Deswegen nennen ihn alle Bambi, weil dieses Reh ja auch jeder irgendwie mag."

Sören musste kurz an zartes Wildgulasch denken. Seine Mutter kochte es immer am ersten Weihnachtstag. Mit Preiselbeeren und Knödeln und Grünkohl.

„Aber natürlich haben Sie recht. Der Spitzname kommt auch von seinen Rehaugen. Bambi. Würde ja auch keinen Sinn machen, wenn er stahlblaue Wolfsaugen hätte." Max lachte kurz und hart, als hätte diese Vorstellung etwas surreal Komisches. „Hat er die eigentlich von seiner Mutter?"

Die Frage, obwohl im unverfänglichen Plauderton gestellt, traf Sören unvorbereitet. Er konnte sich zwar nicht vorstellen, dass der Junge auf diese Weise seine Geschichte überprüfen wollte, dafür war er nicht gerissen genug. Trotzdem musste er vorsichtig sein und das Gespräch möglichst schnell wieder von der Mutter, seiner angeblich guten Freundin, wegdirigieren.

„Ich glaube, von seinem Vater. Soviel ich weiß“, entgegnete Sören schwammig und setzte rasch nach: „Und wie ging es mit euch beiden weiter, nach diesem Abend?“

Es war, natürlich, Liebe auf den ersten Blick. Es knisterte und kribbelte und so landeten die beiden noch am Abend ihres ersten Aufeinandertreffens in der Kiste. In Andreas' Wohnung, denn Max hatte nur ein Zimmer in einer WG. Und dort hatte Max zumindest die erste Nacht lieber nicht verbringen wollen. Auch wenn seine beiden Mitbewohnerinnen, wie konnte es anders sein, Bambi sofort in ihre Herzen schlossen, als sie ihn kurz darauf kennenlernten.

Zwei Monate lang war alles perfekt. Rosarote Wolke. Siebter Himmel. Flugzeuge im Bauch. Das volle Programm. Dann taten sich unvermittelt die ersten, feinen Risse auf. Und schneller, als Max es für möglich gehalten hatte, blätterte der polierte Lack ihrer großen Liebe. Bambi meldete sich nicht mehr stündlich. Er wollte ihn auch nicht mehr so oft sehen. Und der Sex wurde weniger. Vom Kuscheln und Händchenhalten ganz zu schweigen.

„Ich hab gemerkt, etwas stimmte nicht. Ich spür so was. Logisch. Bin ja nicht doof. Also hab ich ihn letztes Wochenende angerufen und ihm gesagt, dass ich ihn sehen will. Er sagte, er müsse arbeiten. Ich ließ nicht locker. Patricia, meine Mitbewohnerin, saß neben mir, als ich mit ihm telefonierte. Und sie hat mir immer schnell aufgeschrieben, was ich sagen soll, und mir Zeichen und so gegeben, ihn nicht davonkommen zu lassen. Bambi, wir müssen reden, habe ich ihm gesagt.“

Trotziger Stolz schwang in Max' Stimme mit, als er diesen Satz wiederholte.

„Und habt ihr geredet?“, fragte Sören.

„Ja, haben wir." Max lächelte kurz verliebt, nur um einen Sekundenbruchteil später wieder Tränen in den Augen zu haben. „Wir trafen uns am Dienstag bei mir. Haben Tee getrunken und auf dem Sofa gesessen und gequatscht. Ich hab ihn gefragt, ob er weiter mit mir zusammen sein will. Und er hat ja gesagt. Er meinte, ich klammere ihm zu sehr, aber er sei noch immer verliebt in mich. Wir …" Max versagte die Stimme, schluchzte und schniefte. Sören gab ihm ein Papiertaschentuch. Der Junge schnäuzte sich geräuschvoll.

„Wir kriegen das hin, hat Andreas gesagt", setzte er wieder an. Doch es hatte keinen Sinn. Ein erneuter Weinkrampf schüttelte ihn. Sören tätschelte ihm unbeholfen das Knie, während er den Wagen auf die Avus steuerte. Max brauchte von der Springerbrücke bis zum Messeturm, um sich wieder unter Kontrolle zu haben. Vorsichtig wagte es Sören, ihn zu fragen, wie es weiterging. Schließlich hörte es sich nicht so an, als hätte Daume ihn abgeschossen.

„Wir hatten einen wunderschönen Nachmittag. Dann musste er los ins Seniorenheim. Andreas kümmert sich um einen alten Schwulen. Hat ihn über so ein Programm kennengelernt. Einsame Männer besuchen und ihnen zuhören, damit sie nicht so allein sind … Ich finde ja toll, wie engagiert er ist. Aber hätte er nicht einmal absagen können? Es war doch gerade so … so perfekt. Dieser Nachmittag …"

Max seufzte. „Aber so war er. Immer hat er an die anderen gedacht. Nie an sich selbst. Ich habe ihn dann für den nächsten Abend zu mir eingeladen. Auf dem Sofa chillen. Was kochen. Caipis machen. Netflix glotzen. Meine beiden Mitbewohnerinnen waren weg."

Max verstummte, seufzte erschöpft.

„Und?", fragte Sören drängend. Sie würden bald die S-Bahn-Station am Halensee erreichen, wo er Max rauslassen sollte. Er wollte die Geschichte unbedingt zu Ende hören. Auch wenn er die Wendung bereits erahnte.

„Nichts. Er kam nicht. Tauchte einfach nicht auf. Können Sie sich das vorstellen? Das macht doch jemand wie Bambi nicht."

Sören musste unwillkürlich lächeln. Wie Liebe, noch dazu unerfahrene Liebe, den Blick trüben konnte. Selbst wenn Max, im Gegensatz zu ihm, nicht dazu neigte, den nettesten Menschen das Böseste zuzutrauen, war für jeden Unbeteiligten offensichtlich, wie sehr sich Bambi bemühte, seine neue Flamme auf Abstand zu halten oder zumindest das von Max geschnürte Korsett zu lockern. Vielleicht hatte er ihn deshalb ganz bewusst versetzt, sah darin eine Möglichkeit, Grenzen aufzuzeigen. Daume musste bemerkt haben, wie wenig seine Worte zu Max durchdrangen. Der Kleine war einfach schrecklich verknallt und fühlte dementsprechend in anderen Zeiteinheiten. Für ihn waren drei Stunden, in denen er nichts von seiner großen, neuen Liebe hörte, bereits eine halbe Ewigkeit. Es grenzte an ein Wunder, dass er die vergangenen Tage, in denen er einem Lebenszeichen, einem simplen Anruf entgegengefiebert haben musste, ohne emotionalen Zusammenbruch überstanden hatte.

Abgesehen davon jedoch stand die Geschichte nicht im zeitlichen und logischen Widerspruch zu den Angaben der Arzthelferin. Auch wenn eine kranke Großmutter in dieser Version keine Rolle spielte.

Immerhin erwog Max in seiner wachsenden Verzweiflung sogar, sich bei Daumes Mutter zu melden. „Aber ich kenne die ja gar nicht. Andreas meinte, das habe Zeit. Und sie sei sowieso im Stress. Ich habe keine Nummer von ihr und mich auch nicht getraut, in ihrem Büro anzurufen. Meinen Sie, das war ein Fehler? Wird Frau Zille deswegen wütend auf mich sein?"

Sören verneinte das entschieden und beteuerte erneut, er sei überzeugt, Bambi würde bald wiederauftauchen und sich sein seltsames Verschwinden in Wohlgefallen auflösen. Max nickte bekräftigend. Doch in seinen verquollenen Augen hatte sich der Zweifel eingenistet und weigerte sich hartnäckig zu weichen.

Sören entließ den Jungen am Halensee aus dem Wagen, gab ihm nicht nur seine Visitenkarte mit auf dem Weg, sondern auch ein paar aufmunternde, warme Worte.

„Sie sind Privatdetektiv?“, stellte Max verblüfft fest. Misstrauen trübte sein offenes Mienenspiel ein.

„Warum hat Rosemarie Zille wohl ausgerechnet mich gefragt, um nach ihrem Sohn zu schauen. Ihren Steuerberater hätte sie ja schlecht schicken können.“ Sören kicherte betont locker. Sofort hellte sich Max’ Gesicht wieder auf. Der arme Junge war einfach zu naiv.

„Das stimmt natürlich“, bestätigte er Sörens Geschichte eifrig nickend. „Ich schicke Ihnen gleich eine Nachricht. Dann haben Sie meine Nummer. Bitte melden Sie sich, wenn Sie etwas von Bambi hören.“

„Gewiss“, log Sören.

Nachdenklich blickte er dem Jungen hinterher, wie er mit eingefallenen Schultern und schleppendem Gang den Gehweg entlangschlurfte. Schnell wurde seine Gestalt vom Strom der Passanten geschluckt.

Zurück in seinem Büro meldete sich Sörens Magen grummelnd zu Wort. Er beschloss, den aufkeimenden Hunger mit einem Drink zu bekämpfen, anstatt einen Döner oder Pommes in sich hineinzustopfen, wie er es sonst zu tun pflegte.

Er war später bei Mara zu ihrem monatlichen *Dinner with Friends* eingeladen. Sie war eine ausgezeichnete Köchin und er wollte sich seinen Appetit nicht mit Junkfood verderben.

Vom Alkohol angenehm beschwipst, ging er seine Notizen durch, verglich die Aussagen auf zeitliche wie inhaltliche Kohärenz. Er sah nach dem Gespräch mit Max seine ursprüngliche Vermutung bestätigt. Wahrscheinlich war Bambi einfach mit leichtem Gepäck einige Tage untergetaucht, um sich aus dem Klammergriff seines jugendlichen Verehrers zu befreien. Gar gemeinsam mit einem anderen Mann?

Eine überstürzte Flucht vor Max stellte sogar eine zumindest halbwegs plausible Erklärung für die verschmutzte, unaufgeräumte Küche dar, die bisher nicht so recht ins Bild hatte passen wollen. Jenes seltsame Bauchgefühl, das sich beim Verlassen von Daumes Apartment eingestellt hatte, seine angebliche Intuition erschien ihm in Anbetracht der aktuellen Erkenntnisse als hysterisches, fiebriges Aufbäumen seiner tiefen Sehnsucht nach einem echten Fall.

Blieb die Frage, wer der eigentliche, ominöse Auftraggeber war. Wer beglich seine Rechnungen? Letztlich konnte es ihm egal sein. Hauptsache, er wurde bezahlt. Allerdings war er verdammt neugierig. Wie viele Eisen hatte Andreas Daume im Feuer? Wer suchte womöglich noch alles nach ihm, wartete schmachtend auf eine Nachricht, einen Anruf, ein Lebenszeichen? Vielleicht waren dem schönen Rehlein all die Liebschaften über den Kopf gewachsen.

Wie von Constanze Stark verlangt, fasste Sören die Ermittlungsergebnisse zu einer knappen Mail zusammen. Er verlieh darin zwar seiner Vermutung, der Gesuchte würde bald von selbst wiederauftauchen, erneut klar Ausdruck, versicherte allerdings zugleich, an der Sache dran zu bleiben und sich um ein ausführliches Gespräch mit der Nachbarin zu bemühen. Je länger Andreas Daume entschied, sich bei niemandem zu melden, desto länger konnte Sören die unbekannte Kuh melken. Ein bisschen Frischmilch würde seinem Bankkonto ungemein guttun.

6

Jener Mikrokosmos, der sich ohne feste Grenzen zwischen Chausseestraße und Wittenbergplatz, vom Kanzleramt über das Reichtagsufer bis zum Roten Rathaus entfaltete, war Constanze Starks Jagdrevier. Hier saß die Mehrzahl ihrer Kunden. Politische Lager waren für sie genauso wenig von Bedeutung wie persönliche Sympathien. Ihre Auftraggeber wussten um diesen Opportunismus. Doch keiner von ihnen beschwerte sich deswegen.

Sicher, es gab in Berlin mehr politische Berater, Lobbyisten und Anwälte, als die Stadt Straßen hatte, doch wer Constanze

Starks Dienste in Anspruch nahm, der wusste um die Alternativlosigkeit.

Außergewöhnliche und heikle Situationen erforderten entsprechende Lösungen. Und auf diesem Gebiet war sie legendär. Sie wurde diskret empfohlen, weitergereicht, unter der Hand vermittelt. Und keiner ihrer Kunden hätte es jemals gewagt, ihren Namen in den Schmutz zu ziehen, ihr gar zu drohen. Schlussendlich, das lag in der Natur ihres Geschäftsmodells, hatte Constanze sie alle in der Hand.

Wer zu ihr kam, hatte etwas zu verlieren. Meistens sogar ziemlich viel.

Wie etwa vor ein paar Jahren der konservative Abgeordnete, ein Hinterbänkler ohne großes politisches Gewicht. Sie regelte für ihn das Problem einer von ihm geschwängerten Büropraktikantin. Einige Monate später wurde ihr zugetragen, der Mann brüste sich halböffentlich damit, ihre Dienste in Anspruch genommen zu haben, um eine widerspenstige, hysterische Geliebte zu bändigen.

Dieser Tratsch veranlasste sie, unangemeldet in seinem Büro vorbeizuschauen. Sie war nicht unfreundlich, gab ihm allerdings unmissverständlich zu verstehen, derartige marktschreierische Aktivitäten in Bezug auf ihre Person nicht zu dulden.

Der Abgeordnete gab sich kleinlaut und einsichtig. War es allerdings nicht. Sobald der Wein beim nächsten Sommerempfang seine Zunge wieder lockerte, bezeichnete er Constanze gar als Berlins erfolgreichste Polit-Hure, die im übertragenen Sinne für jeden die Beine breitmache.

Sie zog die Reißleine.

Bei der nächsten Wahl verlor er sein Direktmandat gegen den sozialdemokratischen Konkurrenten. Es hatte sie nicht einmal besonders viel Mühe gekostet, die entsprechenden Weichen zu stellen: Einige Anrufe, eine großzügig Spende und das lancierte Interview einer fünfundzwanzigjährigen Büropraktikantin, die in der lokalen Tagszeitung über eine hässliche Affäre und eine ungewollte Schwangerschaft plauderte.

Inzwischen war der ehemalige Abgeordnete geschieden und verrichtete wieder seinen Dienst in der muffigen Schreibtischstube einer Oberfinanzdirektion. Der siegreiche Gegenkandidat hatte es hingegen in den Haushaltsausschuss geschafft. Er war ihr bis heute verbunden.

Als Warnung und finale Demütigung verbreitete Constanze im Regierungsviertel die Hintergründe der Niederlage, noch bevor der Geschmähte sein Büro räumen konnte. Eine ihrer leichtesten Übungen. Das politische Berlin war ein Tümpel von überschaubaren Ausmaßen. Sie musste nur einen kleinen Kieselstein ins Wasser werfen und beobachten, wie sich die Wellen ausbreiteten.

Constanze sah sich selbst gerne als Spinne in einem sozialen Netz, ein kompliziertes Beziehungsgeflecht aus Abhängigkeiten und Animositäten, aus Zuneigung und Hass, Rivalitäten und Partnerschaften. Alles war im Fluss. Tag und Nacht. Aus alten Freunden wurden in kürzester Zeit erbitterte Feinde. Und umgekehrt.

Es war ausschlaggebend, immer auf dem neusten Stand zu bleiben. Überraschungen galt es zu vermeiden. Nichts war unangenehmer und gefährlicher, als von Entwicklungen überrumpelt zu werden. Sobald sich Einfluss und Macht verlagerten, kam es zwangsläufig zu Erschütterungen; mal stärker, mal schwächer. Ausschlaggebend war hierbei nicht die Intensität, sondern die Fähigkeit, darauf vorbereitet zu sein. Sonst lief man Gefahr, wie eine Spinne von einer starken Windböe erfasst und aus dem Netz geschleudert zu werden.

Entsprechend vorsichtig war sie, als Gorbatschow anrief. Natürlich nicht der echte Ex-Präsident, sondern Hannes Roth. Den Spitzname hatte er wegen seines Feuermals auf der Stirn. Der engste Berater von Senatorin Rosemarie Zille war ein in der Öffentlichkeit kaum wahrgenommenes Schwergewicht der grünen Partei.

Constanze hatte von den Gerüchten gehört. Er und die Senatorin pflegten nicht nur eine professionelle, sondern auch eine sehr intime Beziehung. Das machte seine Bitte um ein kurzes, persönliches Treffen zu einer potenziell heiklen Angelegenheit. Es war zwar unwahrscheinlich, dass er sie wegen Andreas Daume kontaktierte, aber nicht unmöglich. Ob Zille das Verschwinden ihres Sohnes schon bemerkt hatte? Das hing wohl davon ab, wie nahe sie sich standen.

Constanze wollte vermeiden, in eine Situation zu kommen, die einen Interessenskonflikt heraufbeschwor, aus dem sie sich nicht ohne Gesichtsverlust winden konnte.

Trotzdem gab sie seinem drängenden Wunsch nach. Sie trafen sich vor dem Radialsystem. In der denkmalgeschützten Maschinenhalle des ehemaligen Abwasserpumpwerks befand sich eine beliebte Veranstaltungshalle, in die sich die Grünen für ihren Parteitag eingemietet hatten.

„Danke, dass Sie es möglich gemacht haben. Ich weiß, es ist Sonntag", entschuldigte sich Roth zu Begrüßung.

Auf seinem Feuermal sammelten sich Schweißperlen und unter den Achseln zeichneten sich auf seinem zerknitterten, weißen Hemd feuchte, kreisrunde Flecken ab. Er trug eine prall gefüllte Umhängetasche aus abgegriffenem, braunem Leder bei sich. Um seinen Hals baumelte der obligatorische Delegiertenausweis. Er kam direkt aus dem Scheinwerferlicht der Parteitagsbühne.

„Kein Problem." Constanze hob abwehrend die Hand. Sie wussten beide, das politische Geschäft ruhte nicht am Sonntag. „Wie läuft der Parteitag?"

„Gut so weit. Alles planmäßig." Er schaute auf seine Armbanduhr, die seinen dünnen Unterarm unpassend zierte. „In einer Stunde ist es geschafft. Dann wird die Senatorin offiziell unsere Spitzenkandidatin sein. Die Frage ist nur, wie viele aus dem linken Flügel umfallen und ihre Zustimmung verwehren werden."

Roth zeigte sich nicht sonderlich besorgt. Er rechnete wohl fest mit einer komfortablen Mehrheit.

„Ein großer Tag für die Senatorin", stellte Constanze unnötigerweise fest, verkniff sich die Frage, ob denn deren Sohn ebenfalls anwesend sei.

„Allerdings." Er holte ein Notebook aus der Tasche und stellte es auf den bedenklich wackelnden Stehtisch. „Exakt deswegen wollte ich Sie sprechen."

Er klappte das Gerät auf und öffnete einen unbenannten Ordner. Das ernste Gesicht eines kahlköpfigen Mannes erschien auf dem Bildschirm. Constanze schätze ihn auf knapp über vierzig. Der Blick starr, die schmalen Lippen zusammengepresst. Nicht der Hauch eines Lächelns.

„Wer ist das?"

„Matthäus Fahn."

Im hintersten Winkel ihres Gedächtnisses regte sich eine flüchtige Erinnerung. Sie hatte den Namen schon einmal gehört, aber ganz offensichtlich nicht für wichtig befunden.

„Er war bis vor einigen Jahren katholischer Bundeswehrseelsorger. Verankert in reaktionären Kirchenkreisen. Sein Ehrgeiz kam dort allerdings nicht bei allen gut an. Er scheint sich in diesen Zirkeln einige Feinde gemacht zu haben.

„Die Gefreiten-Orgie", fiel es Constanze wieder ein.

„Exakt. Kurz vor der Beförderung auf einen politischen Beraterposten der deutschen Bischofskonferenz tauchten in den sozialen Netzwerken und auf katholischen Nachrichtenportalen Bilder auf, die ihn in eindeutigen Posen mit jungen Soldaten zeigten. Neider und Konkurrenten haben ihn ans Messer geliefert. Seine eigenen Kreuzritter-Freunde werden verdächtigt, die Bilder lanciert zu haben. Er kam seiner Absetzung durch eine Kündigung zuvor und brach mit der Kirche auf ziemlich spektakuläre Weise. Talkshow-Auftritt, Bücher, Vorträge, Interviews. Er behauptete, es gäbe schwule Zirkel bei der deutschen Amtskirche ebenso wie im Vatikan. Er prangerte lautstark die herrschende Doppelmoral an und wurde kurzzeitig zu einer Art Posterboy der Schwulenbewegung."

„War die Senatorin damals nicht Wehrbeauftragte des deutschen Bundestags?"

„Exakt. Sie verteidigte Fahn öffentlich. Die betroffenen Soldaten standen in keinem Abhängigkeitsverhältnis zu ihm. Es war eine hässliche, doppelmoralische Hetzkampagne."

„Wo liegt das Problem?"

Roth zögerte, suchte nach den passenden Worten.

„Fahn ist ein neurotischer Psychopath", brach es aus ihm hervor. „Nach seinem Outing sah er selbst sich als Held der deutschen Schwulenbewegung. Doch leider sind seine Ansichten sehr", erneut suchte er nach den passenden Worten,

„radikal. Oder zumindest rechtspopulistisch, islamophob, frauenfeindlich. Die Schwulen ließen ihn fallen wie eine heiße Kartoffel. Und auch die Senatorin musste erkennen, dass er, obwohl aus dem Schoß der katholischen Kirche verbannt, seine reaktionären Ansichten beibehielt. Er hat Verbindungen zur identitären, deutschnationalen Bewegung."

„Er wäre nicht der erste und sicher nicht der letzte Schwule, der sich von Männerbünden angezogen fühlt."

Roth zuckte missmutig mit den Achseln. „Soll er ruhig. Das Problem ist, er hat sich aus irgendwelchen Gründen auf die Senatorin eingeschossen. Er ist von ihr besessen. Mindestens drei anonyme Profile in den sozialen Netzwerken konnten wir ihm zuordnen. Alle betreiben übelste Hetze gegen Zille. Regelrechte Dreckschleudern."

Roths Finger flogen hektisch über die Tastatur. Tiefe Furchen hatten sich in seine Stirn gefräst. Er rief einen Facebook-Account auf. „Zwillen auf Zille" lautete der Name. Die Postings waren angereichert mit der üblichen Online-Häme. Die Obsession des Verfassers war in jedem Wort spürbar.

„Das alles sind wir gewohnt. Wir bekommen jede Woche säckeweise strafrechtlich relevante Mails und Briefe. Aber vor einigen Wochen sind Bilder aufgetaucht, die die Senatorin am Fenster ihrer Privatwohnung zeigen. Gemeinsam mit einer progressiven Imanin."

Constanze begutachtete die verschwommenen Fotografien. Die Umrisse zweier Frauen in einem hell erleuchteten Fenster waren zu erkennen. Eine der beiden, vermutlich die Senatorin, rauchte eine Zigarette. In der Bildunterschrift wurde über eine grün-islamistische Verschwörung schwadroniert. Sie konnte verstehen, warum sich Roth sorgte. Solche Stalker waren im besten Fall lästig, im schlimmsten wirklich gefährlich.

„Der Mann ist vollkommen durchgeknallt. Aber da man ihm keine Straftaten nachweisen kann, ist die Polizei machtlos. Er bestreitet, die Bilder gemacht zu haben. Allerdings habe ich ihn vor zwei Wochen nachts auf der Straße vor der Wohnung gesehen. Ich wollte ihn zur Rede stellen, aber er konnte mir entwischen."

„Wie kann ich bei dieser Sache behilflich sein?“ Selbstredend konnte sich Constanze bereits denken, warum Roth sie angerufen hatte. Doch sie stellte diese Frage jedem ihrer Kunden. Vornehmlich, wenn von ihr Aktivitäten verlangt wurden, die moralisch mindestens verwerflich, darüber hinaus nicht selten illegal waren. Sie musste einmal eine klare Anweisung hören. Auch, um sich abzusichern.

„Fahn soll sich bis zum Urnengang von der Senatorin fernhalten. Keine wütenden Beschimpfungen am Telefon, keine Mails, keine Postings und vor allem keine Beschattung. Rosemarie soll sich voll auf den Wahlkampf konzentrieren können.“

Es war das erste Mal im Laufe des Gesprächs, dass Roth sie beim Vornamen nannte. Seine Stimme klang gepresst, als würde er seine Wut unterdrücken müssen, wenn er über Fahn sprach. Er nahm die Sache persönlich. Sein Beschützerinstinkt für jene Frau, die er sichtbar bewunderte, wahrscheinlich fickte, möglicherweise liebte, war geweckt.

Er musterte Constanze fragend, wartend, beinahe flehentlich. Ein aufgeregtes Kribbeln erfasste sie. Sie spürte ihre Macht über ihn. Wie sehr sie dieses Gefühl genoss. Es war ein regelrechter Kick.

„Mir ist egal, wie, aber ich will diesen Psycho aus dem Spiel nehmen. Zumindest in den kommenden Monaten. Sie werden hart und anstrengend. Da kann ich Rosemarie nicht zusätzlich aufbürden, sich um einen Spinner wie Fahn sorgen zu müssen“, erklärte Roth. Sein Tonfall war eindeutig. Er stellte Constanze eine Prokura aus. Sie fixierte ihn. Er hielt ihrem Blick stand, ohne mit der Wimper zu zucken. Ja, Roth war entschlossen, so weit zu gehen wie eben nötig. Kurz fragt sie sich, wie er wohl reagieren würde, wenn sie ihm einen Auftragskiller anbot. Würde er zusagen? Würde sein Unrechtsbewusstsein obsiegen? Oder zumindest die Angst davor, erwischt zu werden?

Natürlich gab es auch für Constanze Grenzen, die sie nicht überschritt. Mord gehörte eindeutig in diese Kategorie. Rufmord hingegen keineswegs. Sie musste jemanden auf Fahns Privatleben ansetzen. Drogen. Stricher. Nazis. Irgendetwas würde sich schon finden. Je nachdem, welche Abartigkeiten ans Tageslicht kämen, würde sie dann in Abstimmung mit Roth entscheiden, wie sie diese nutzen sollten. Erpressung wäre eine Möglichkeit. Bei Straftaten auch die Übergabe an die Polizei. Oder eine passende Medienkooperation. Sobald sich Fahn mit sich selbst beschäftigen, Abwehrgefechte führen musste, würde er keine Zeit mehr haben, Zille zu observieren oder seine aufwendigen Schmutzkampagnen im Netz zu fahren.

„Ich werde mich darum kümmern."

„Danke. Sie berichten bitte direkt an mich …"

„Ich nehme an, die Senatorin sollte hiervon am besten nichts erfahren."

„Exakt."

Sie verstand sofort. Eine Vorsichtsmaßnahme. Wer nichts weiß, der muss im Fall der Fälle auch nichts leugnen.

„Sie wissen, versprechen kann ich nichts."

Roth nickte knapp. Mit seinen Augen streifte er das Zifferblatt seiner Armbanduhr unauffällig. Jetzt, wo das geklärt war, wollte er schnellstmöglich zurück in die Halle.

„Ich melde mich in den kommenden Tagen bei Ihnen", erklärte Constanze. „Viel Glück für die Abstimmung."

Ein knappes, geschäftsmäßiges Nicken. Er schnappte sich sein Notebook und hastete davon.

„Wird schon schiefgehen", sagte er im Weggehen, wobei nicht klar war, ob er die anstehende Abstimmung meinte oder sich auf den eben erteilten Auftrag bezog.

„Früher konnte ich direkt ins Badezimmer von David Bowie spähen", verkündete Mara Bella nicht ohne Stolz just in dem Moment, als sie Sören die Tür öffnete. Sie sprach mit einem der anderen Dinnergäste außerhalb seines Blickfelds. Offensichtlich ein Frischling, denn die Bowie-Geschichte war nun wirklich ein alter Hut. Als Nächstes würde sie erzählen, wie sich Romy Haag einmal bei ihr Zucker geliehen hatte.

Das monatliche Dinner bei Mara war längst eine Institution und die meisten der Anwesenden waren, ähnlich wie Sören, alte Freunde mit einer Art Dauer-Abo für diese Abende. Um

Eintönigkeit und Langeweile zu vermeiden, lud sie allerdings regelmäßig Neuzugänge ein. Meist junge Männer, gelegentlich auch Frauen oder irgendetwas dazwischen. Intern wurden sie – unabhängig von ihrem Geschlecht – alle als Frischlinge bezeichnet. Herbert von Allstetten hatte diesen Spitznamen erfunden. Der schwule Landadlige, dessen alter Gutshof nahe Oranienburg mindest genauso abgehalftert und heruntergewirtschaftet war wie er selbst, versorgte die Runde regelmäßig mit selbst geschossenem Wildfleisch und bereicherte die Gesellschaften in Maras Augen allein dadurch, ein echter Blaublüter zu sein.

„Er hat so etwas Wilhelminisches. Er bringt ein bisschen Glanz und Gloria herein. Und ich blase gerne seine große Flinte", hatte sie einmal auf Sörens Frage, welchen Narren sie an Allstetten gefressen hatte, geantwortet.

Den Rest der Runde nervte er indessen mit seinem Jägerlatein und schlechten Alt-Herren-Witzen. Doch der Frischlings-Vergleich passte einfach zu gut, um sich nicht durchzusetzen.

„Sie sind kleine, aufgeregte Schweinchen, die schutzbedürftig an Maras Rockzipfel hängen wie Ferkel an der Bache. Sie tollen verspielt, wollen niemandem etwas Böses, freuen sich schlicht darüber, dabei zu sein in dieser illustren Runde. Und vor allem, das ist das Wichtigste, quieken sie entzückt über jede alte Kamelle, die Queen Bella von ihrem Thron dem Gefolge zuwirft", hatte Allstetten ausgeführt – und niemand kam umhin, ihm zustimmen zu müssen.

„Sören, Darling! Wie schön!", begrüßte Mara ihn übertrieben laut und mit vielsagender Mimik. Als hätte er eine ihrer Einladungen in den vergangenen Monaten gewagt zu verpassen. Sie waren, abgesehen von seinen *BdW*-Besuchen, die einzigen sozialen Verpflichtungen, denen er gerne nachkam.

Galant griff er Maras Hand, hauchte einen Kuss auf die goldring-besetzten, filigranen Finger. Kurz kitzelte ein Chemiegeruch in seiner Nase, der an Industriekleber und Lösungsmittel erinnerte.

Es war Maras frisch und dick aufgetragener, violetter Nagellack, der mit ihrem blumigen Rosenparfüm ein schlecht einstudiertes Menuett auf seinen Riechrezeptoren tanzte.

„Du siehst wie immer bezaubernd aus!“, spulte er das festgelegte Begrüßungsritual ab und überreichte ihr eine Flasche trockenen Weißwein.

„Ach, der alte Fummel“, erwiderte sie, ebenfalls einem gut einstudierten, sich ständig wiederholenden Drehbuchtext folgend, und strich dabei eine imaginäre Falte ihres enganliegenden Paillettenkleids glatt.

Sie beide wussten natürlich, dass sich Mara trotz knapper Haushaltslage zu jedem monatlichen Dinner ein neues Kleid gönnte.

„Schau mal, wer gestern Abend in die *BdW* hereinschneite!“, frohlockte sie und zerrte den bis dato durch die Eingangstür verdeckten Frischling ins Rampenlicht.

„Kevin aus Brandenburg, jetzt Berlin! Welch ein unglaublicher Zufall!“, stellte Sören lakonisch fest.

„Du sagst es! Deshalb hab ich kurzerhand beschlossen, ihn einzuladen. Ein hungriges Mäulchen mehr oder weniger, das es zu stopfen gilt, fällt nicht weiter …“

„Mara, Schatz, das Wasser für die Pasta kocht!“, schrie von Allstetten aus der Küche.

„Ach, du liebe Güte! Entschuldigt mich kurz, ihr süßen Täubchen!“, rief Mara aufgedreht.

Bevor sie sich in die Küche aufmachte, ließ sie ihre Hand über Kevins sehnigen Unterarm gleiten. „Und nachher muss ich dir unbedingt erzählen, wie an einem verschneiten Dezemberwochenende Romy Haag bei mir klingelte, um sich Zucker für ihren Adventskaffee zu borgen.“

Mit vielsagendem Lächeln und hochgezogener Augenbraue, beides sollte von großen Enthüllungen künden, rauschte sie davon.

„Schön, dich zu sehen!“, grüßte Kevin unbeholfen, sobald Mara außer Hörweite war.

Sören brummte etwas Unmissverständliches als Antwort. Es hört sich nach einem verunstalteten „Ebenso“ an.

„Ich kann nichts dafür. Ich wollte sie nur um deine Nummer bitten. Aber sie weigerte sich.“ Immerhin! Sören war erleichtert und zugleich überrascht angesichts dieser Diskretion.

„Stattdessen diese Einladung", fuhr Kevin fort. Er zuckte locker mit den Schultern.

„Sie kocht wirklich gut", antwortete Sören nichtssagend. „Und die Leute sind eigentlich auch alle ganz nett. Nimm dich vor dem Jäger in Acht. Der testet aus, ob er dich erlegen kann. Er steht auf junge Dinger."

Kevin lachte glockenhell, entblößte dabei seine perfekten, weiß strahlenden Zähne.

„Jetzt, wo ich schon mal da bin: Kann ich deine Nummer haben?" Er lächelte forsch. Seine anfängliche Unsicherheit war verflogen. Vielleicht hatte er sie auch nur vorgetäuscht.

„Frag mich nach drei Wein noch einmal."

„Klar, wie du möchtest. Zier dich ruhig. Aber wir wissen beide, wie das heute enden wird."

Sören blieb angesichts der anzüglichen wie selbstbewussten Dreistigkeit die Spucke weg. Derart überrumpelt, beschloss er, den Rückzug anzutreten. Oder die Flucht. Je nach Sichtweise. Er drehte sich von Kevin weg, ließ ihn einfach stehen und stolzierte in die Küche davon.

Das Abendessen, es gab hausgemachte Pasta mit Bolognese aus Hasenfleisch, Tomatensauce für die Vegetarier und reichlich Parmesan, wurde nicht zuletzt dank Kevins reger Beteiligung am Tischgespräch kurzweilig und amüsant.

Der Frischling parierte bissige Seitenhiebe und Frotzeleien mit Bravour und Eleganz, ohne dabei jene unsichtbare Grenze zu überschreiten, die ein Neuer in dieser Runde zu beachten hatte. Er war schlagfertig, ohne zu sehr unter die Gürtellinie zu gehen, bissig, ohne verbissen zu sein.

Mara hatte ihn zwischen sich und Sören platziert. Ihnen gegenüber saßen von Allstetten und Richy alias Miss Fat Boy, eine von Bellas zahlreichen Drag-Freunden. Heute allerdings in Zivil. Ein lesbisches Paar, Sieglinde und Petra, beide Galeristinnen, sowie Dravis, der kanadische Besitzer der *BdW*, vervollständigten die an diesem Abend überschaubare Runde.

Noch bevor Himbeergeist und Haselnussschnaps das sich stets bis Mitternacht hinziehende Ende des Dinners einläuteten, war es Kevin gelungen, die Runde zu verzaubern. Von Allstetten begaffte ihn sowieso schon den ganzen Abend über lüstern. Doch auch die beiden zunächst skeptisch-zurückhaltenden Frauen hingen spätestens ab dem Moment an seinen Lippen, als er von der Gärtnerei, der richtigen Pflege empfindlicher Orchideengewächse und der perfekten Tomatenstaude schwärmte. Die schwelgerische Leidenschaft, mit der er von seiner Arbeit berichtete, die erkennbar mehr Berufung als Beruf war, jagte Sören einen Schauer nach dem anderen über den Rücken.

„Mit Tieren kann ich nicht besonders viel anfangen. Aber Pflanzen, das ist genau mein Ding“, brach es nach dem zweiten Schnaps wahrheitsgemäß aus Sören hervor. Kaum hatte er die Worte ausgesprochen, fand er sie lächerlich. Er hörte sich an wie ein kleines Mädchen, das sich abmühte, seinem Schwarm zu gefallen.

„Bisweilen habe ich den Eindruck, du hast nicht nur mit Tieren, sondern auch mit Menschen deine Probleme“, trat von Allstetten mit einem gehässigen Grinsen nach.

Treffer. Versenkt.

Als er Maras warnenden Blick auffing, schob er ein schnell genuscheltes „Nichts für ungut“ hinterher. Was die Sache auch nicht unbedingt besser machte.

Sören versuchte krampfhaft, nicht rot zu werden, schaute hilfesuchend in die Runde. Die beiden Lesben lächelten nachsichtig. Er war ihnen dankbar, dass sie nicht anfingen, ihn für seine Aussage zurechtzuweisen. Die beiden waren, ganz klischeehaft, große Katzen-Liebhaberinnen und beherbergten zu Hause drei Straßenstreicher, die sie aus den Gassen eines spanischen Ferienortes gerettet hatten.

Zu Sörens großer Erleichterung warf Richy eine politische Provokation in die Runde, auf die von Allstetten augenblicklich wie ein wild gewordener Terrier ansprang und seinen Tischnachbarn einen linken Gutmenschen schimpfte.

An der sich entfachenden Diskussion beteiligte sich Kevin in keiner Weise. Wobei im Dunkeln blieb, ob ihn Politik nicht interessierte oder er einfach zu höflich war, um sich in einer Runde weitgehend unbekannter Menschen dementsprechend zu äußern.

Vielleicht war er auch schlichtweg zu sehr damit beschäftigt, Sörens Unterschenkel mit seinem Knie zu streicheln.

Spätestens jetzt war ihnen *beiden* klar, wie dieser Abend enden würde.

Diesmal landeten sie in Sörens Apartment. Sie schafften es, sich züchtig zurückzuhalten, bis er die Wohnungstür aufgeschlossen hatte. Sören wollte gerade anstandshalber fragen, ob er eine Flasche Wein öffnen soll, als Kevins Lippen stürmisch über ihn herfielen. Bereits im Wohnungsflur entledigten sie sich ihrer Kleider. Statt einer Führung durch die Räumlichkeiten stolperten sie knutschend und stöhnend geradewegs ins Schlafzimmer.

Sören zwang sich, seine Komplexe im Angesicht dieses jugendlichen Körpers, der zarten Haut und diesem festen, von rötlichem Flaum überzogenen Hintern zu ignorieren. Obwohl sie es bereits vor einigen Tagen miteinander getrieben hatten, machte sich eine Unsicherheit in ihm breit, die ihn erschreckte. Kurz tauchte das Bild des lüsternen Allstettens vor seinem geistigen Auge auf. War er am Ende nichts weiter als ein raubeiniger Abklatsch dieses Möchtegern-Blaublüters?

Was fand dieser Junge an ihm? Warum wirkte sein alter, faltiger Körper, auf dem die grauen Haare an allen möglichen wie unmöglichen Stellen wucherten, nicht abstoßend auf ihn?

Gemessen an ihrem stundenlangen Vorspiel, das mit schüchternem Gefummel unter Maras Tisch begonnen hatte, war der Sex hart und kurz.

Sören stieß ihn auf das Bett, presste mit seinen Pranken die Arschbacken auseinander, spuckte zweimal laut schmatzend auf das Loch. Das Geräusch ließ Kevin noch geiler werden. Willig streckte er sich ihm entgegen. Sören drang tief in ihn ein. Kein vorsichtiges Herantasten, kein sanftes Anklopfen, als wolle er mit seiner Brutalität die Selbstzweifel vertreiben.

Ein Schrei, irgendwo angesiedelt im Niemandsland zwischen Schmerz und Entzücken.

„Schnauze", blaffte er unwirsch, von seiner eigenen Derbheit überrascht. Er stieß erneut zu. Wieder schrie Kevin auf. Diesmal deutlich leidender als zuvor. Hastig, ohne sich aus ihm zurückzuziehen, kramte Sören aus der Nachttischschublade ein Fläschchen Poppers und gab es ihm.

Er zog dankbar und gierig daran.

„So ist gut, Junge!"

Die Schreie verebbten, wurden vom Poppersrausch zu einem leisen Wimmern gedimmt.

Sie kamen gleichzeitig.

Sören in ihm. Kevin auf die Matzratze.

Ächzend und schnaufend brachen sie übereinander zusammen, gönnten sich, die verschwitzten Körper eng aneinander geschmiegt, ein kurzes, sanftes Innehalten, fühlten gegenseitig ihren schnellen, trommelnden Herzschlag.

„Damit das klar ist, du schläfst auf der feuchten Seite des Bettes", frotzelte Sören, als sie sich langsam voneinander lösten, den Augenkontakt meidend.

„Ist das eine als Witz getarnte Einladung an mich, über Nacht zu bleiben?", fragte Kevin grinsend.

Mist. Durchschaut.

„Sag du es mir. Du weißt doch schon seit meiner Ankunft bei Mara, wie das hier heute mit uns enden wird."

„Na dann. Ich nehme freiwillig die feuchte Seite."

Es war das Letzte, was sie zueinander sagten. Wenige Minuten später waren sie eingeschlafen.

7

Missmutig stapfte Tilda Grünstein durch das Unterholz. Sie verfluchte den tagelang andauernden Regen, den Sturm, der am Donnerstag den Tiergarten verwüstet hatte, den nebeligen Montagmorgen, der viel zu schnell auf das Wochenende gefolgt war. Und ihre Kollegen, von denen sie im Stich gelassen wurde. Insbesondere von Kevin.

Bei einer Schicht mit Manfred, diesem verdammten Alki, war sie es gewohnt, versetzt zu werden. Er meldete sich regelmäßig krank. Besonders gerne, wenn ihn unangenehme Aufgaben erwarteten. Aber Kevin! Einfach nicht aufzutauchen! Seit Arbeitsbeginn vor einer Stunde hatte sie dreimal seine Nummer gewählt. Keine Reaktion.

Dieser Vollidiot! Wohl am Wochenende zu viel gefeiert!

Am Freitag hatte er ihr von einem ominösen Ledertreffen vorgeschwärmt, auf das er gehen wollte. Hunderte schwule Männer in seltsamen Verkleidungen, die sich zum Ficken und Feiern in Berlin trafen. Das hatte nicht besonders viel mit den Schwulen gemein, die Tilda so süß und nett fand. Eigentlich hatte sie vermutet, er sei auch so einer. Einer, der Shopping mochte und im Pyjama Liebesschnulzen glotzen wollte.

Inzwischen hatte sie an dieser Einschätzung allerdings erhebliche Zweifel. Er berichtete ihr von Sexpartys und anonymen Dates, von Lederuniformen und vom Ficken ohne Gummi. Letzteres schockierte sie besonders. Angeblich gab es jetzt ein Medikament, das vor einer HIV-Infektion schützte. Er nahm das, damit er sich besamen lassen konnte. Widerlich! Das sagte sie ihm auch.

Trotzdem mochte sie Kevin. Seit er vor einigen Monaten angefangen hatte, ging sie wieder gerne zur Arbeit. Er war der Einzige im Team, der keine billigen Witze wegen ihres Namens machte, den alle so furchtbar lustig fanden für eine Gärtnerin. Von ihm musste sie sich auch keine dummen Sprüche wegen ihrer Körperfülle anhören.

Aber dass er heute einfach nicht zum Schichtbeginn kam, würde sie ihm so schnell nicht verzeihen. Manfred besaß wenigstens den Anstand, sich krank zu melden. Selbst wenn es ihm keiner mehr abnahm. Jeder roch die Fahne, die ihn beinahe täglich umwehte.

In ihrer Wut erwog sie kurz, Kevin beim Chef anzuschwärzen. Tat es dann aber nicht, aus Angst, er würde es ihr nachtragen. Also deckte sie ihn und machte sich auf zu ihrem Einsatzort in die südöstliche Ecke des Tiergartens.

Er schuldete ihr etwas! Das musste er wiedergutmachen! Diese verdammte Schwuchtel!

„Und wenn ich hier weiterhin allein aufräumen muss, wird das vor Weihnachten nix mehr“, grummelte Tilda. Wegen der Sturmschäden waren viele Wege gesperrt. Mindestens bis Ende der Woche würde dieser Ausnahmezustand andauern. Unbeirrt stampfte sie weiter durch das Dickicht, über umgestürzte Bäume hinweg, stöhnte und schnaufte dabei wie eine Dampflokomotive. Mit jedem Meter wog die Motorsäge in ihrer Hand schwerer.

Mit den Kräften am Ende, bevor sie überhaupt mit der Arbeit begonnen hatte, erreichte sie ihr Ziel. Die Reste des alten Gartenpavillons waren unter Ästen und Baumstämmen begraben und fast nicht mehr auszumachen. Eigentlich hätten die Abrissarbeiten für die Ruinen, diesen Schandfleck mitten in einem von Deutschlands berühmtesten Landschaftsparks, heute beginnen sollen. Doch Sturmtief Beatrix machte ihnen einen Strich durch die Rechnung.

Lustlos wanderte Tildas Blick über das Chaos. Sie bezweifelte ernsthaft, dass mit dem Neubau, geplant war eine futuristisch anmutende Gartenlaube mit Picknicktischen, zeitnah begonnen werden konnte. Andererseits war der Druck aus dem Senat und den Bezirken groß. Der Ruf des Tiergartens hatte gelitten und die Stadt wollte die grüne Lunge Berlins schnellstmöglich vorzeigbarer machen. Infolgedessen wurden Graffiti rigoros entfernt, beschädigte Parkbänke und Mülleimer ausgetauscht und ein kurzfristiges Programm, von den zuständigen Politikern theatralisch als Wiederaufbauprojekt bezeichnet, ins Leben gerufen.

Auch die Präsenz der Polizei wurde erhöht. Den städtischen Sozialarbeitern war es, wenn auch nur inoffiziell, untersagt, ihre Klienten im Park aufzusuchen. Die Obdachlosen, vor allem die osteuropäischen, sollten endlich von dannen ziehen. Um die Stricher, darunter viele Araber und Afghanen, wollte man sich im nächsten Schritt kümmern.

Die Behörden hofften außerdem darauf, dass sich im nahenden Winter die Situation witterungsbedingt von selbst bereinigte. Und ab dem kommenden Frühjahr sollte hart durchgegriffen werden.

Erschöpft ließ sie die Motorsäge samt der restlichen Ausrüstung auf den morastigen Boden fallen und nahm auf einer Parkbank Platz. Immerhin hatte der Regen aufgehört. Sie zog dankbar ihre Kapuze zurück und öffnete den Reißverschluss der Jacke bis zu ihrem Busen. Die kühle, frischen Morgenluft kitzelte an Hals und Dekolleté.

Plötzlich ein lautes Rascheln. Sie zuckte erschrocken zusammen.

War sie etwa doch nicht so allein wie vermutet?

Verunsichert spähte sie in den Nebel hinein, versuchte das verdächtige Geräusch zu orten. Doch es war verstummt. Im rechten Augenwinkel nahm sie eine Bewegung wahr.

Doch es war kein menschlicher Besucher, dessen Gestalt sich aus dem Grau herausschälte. Ein Fuchs näherte sich ihr wachsam und scheu. Als er keine fünf Meter mehr von ihr entfernt war, hielt er abrupt inne, schnupperte vorsichtig. Ob er die Stulle mit Leberwurst witterte, die im Rucksack verstaut war?

„Hungrig?", fragte sie das Tier. Kurz kreuzten sich ihre Blicke. Dafür liebte sie ihre Arbeit. Vergessen waren das schlechte Wetter und die unzuverlässigen Kollegen.

Tilda zog vorsichtig den auf dem Boden abgestellten Rucksack zu sich heran und öffnete ihn. Sie griff langsam nach ihrem Pausenbrot in der Seitentasche. Doch ihre Bewegung ließ den Fuchs erschrocken zusammenzucken. Er machte einen schnellen Satz zurück, verharrte dann erneut und schnüffelte neugierig an einem Berg aus Müll und Schutt, teilweise begraben unter einem vom Sturm zu Fall gebrachten Ahorn. Gierig zog er an einer alten, verdreckten Wolldecke, riss sie wie wild geworden weg.

Zunächst dachte Tilda, das Tier habe womöglich Lebensmittelabfälle ausgemacht. Doch dann sah sie die schwarzen Lederstiefel aus all dem Unrat hervorspitzen.

Es war die seltsame Art, wie diese Schuhe dalagen, die Tilda aufstehen und hinübergehen ließ. Sofort ergriff der Fuchs die Flucht, verschwand im Unterholz.

Ihr Herz pochte heftig. Ihre Schritte verlangsamten sich. Sie unterdrückte so gut es ging die kommende Panik, zwang sich weiterzugehen, verharrte schließlich, nur wenige Meter entfernt. Jetzt konnte sie es deutlich erkennen. In den Schuhen steckten Füße und an diesen Füßen waren Beine. Und Fesseln. Mehr konnte Tilde nicht sehen.

Das lag zum einen daran, dass der mutmaßliche Rest des Körpers von dem umgestürzten Ahornbaum zerquetscht worden war. Und zum anderen stieg schlagartig eine durch Mark und Bein gehende Übelkeit in ihr empor. Es war die erste Leiche, der sie in ihrem Leben begegnete. Ohne Vorwarnung brach ein Schwall Erbrochenes aus ihr hervor. Die übelriechenden, halbverdauten Reste ihres Frühstücks landeten leise platschend im Gras. Die getrockneten Aprikosen des Müslis waren noch gut zu erkennen.

Schwindel erfasste sie. Kurz befürchtete sie, ohnmächtig zu werden.

Hektisch kramte Tilda aus dem Rucksack ihre Trinkflasche hervor, öffnete umständlich den Verschluss, stürzte das kalte Wasser gierig hinunter. Langsam verflüchtigte sich der saure Geschmack in ihrem Mund.

Sie wischte sich die Tränen ab. Mit zitternden Händen angelte sie ihr Smartphone aus der Jackentasche und wählte die 110.

Als sie der freundlichen Frauenstimme am anderen Ende der Leitung stammelnd von ihrer Entdeckung berichtete, realisierte sie, dass das alles wirklich geschah. Erst jetzt wurde die Leiche, nur wenige Schritte entfernt, wirklich zu etwas real Existierendem.

„Bleiben Sie, wo Sie sind! Rühren Sie nichts an! Wir sind gleich bei Ihnen“, sagte die Beamtin in einem beruhigenden Tonfall.

Tilda nickte nur, ohne daran zu denken, dass die Frau sie nicht sehen konnte. Man schenkte ihr Glauben. Das beruhigte sie. Sie versicherte der Beamtin zu warten. Dann legte sie auf.

Unschlüssig, ihr Gewicht von einem Bein auf das andere verlagernd, stand sie einige Sekunden im Nebel herum. Sie lauschte in die Stille hinein, hoffte, das Heulen einer Sirene aufschnappen zu können. Vergebens.

Immer wieder starrte sie auf die Stiefel des Toten. Neugierde ergriff von ihr Besitz. Sensationslust. Die unbändige Gier, sich ein eignes, vollständiges Bild von ihrer Entdeckung zu machen. Was war, wenn sie sich doch geirrt hatte. Vielleicht lag da gar niemand. Oder es war nur ein schlafender, von billigem Schnaps betäubter Penner. Würde man sie zur Verantwortung ziehen? Wäre das gar eine bewusste Falschmeldung? Missbrauch der Notrufnummer?

Rückblickend konnte Tilda nicht mehr sagen, woher sie ihren Mut nahm, warum sie tat, was sie tat. Doch in diesem Moment erschien ihr das vollkommen logisch.

Zögernd legte sie die wenigen Meter zu dem umgestürzten Ahorn zurück. Kurz inspizierte sie die Stiefel. Männerstiefel. Die Hose war schmutzig und zerrissen. Sie glaubte, rostfarbene Blutflecken erkennen zu können.

Der Baum war auf das Becken des Unbekannten gekracht, hatte es vermutlich mit voller Wucht zertrümmert. Ein tragischer Unfall? Dagegen sprachen die Fesseln. Die Knöchel waren mit einem Tau zusammengebunden. Darauf bedacht, nichts zu berühren, machte sie einen großen Bogen um den zu Boden gestürzten Baum, inspizierte ihn dabei kurz mit dem kennenden Blick einer Gärtnerin. Die Blätter waren frisch und grün. Ein Teil der Wurzel ankerte noch fest im Boden. Er würde, wenn man ihm die Chance ließ, im nächsten Jahr neu austreiben. Das Leben, auch das pflanzliche, gab sich niemals schnell geschlagen.

Ob das auch für den Toten galt? Hatte er gekämpft? Oder hatte es einen Punkt gegeben, an dem er beschlossen hatte, sich in sein Schicksal zu fügen?

Mit einem großen Schritt stieg sie über einen umgefallenen Einkaufswagen hinweg. Überall lag alte Kleidung, kaum mehr als Lumpen, zerborstene Pfandflaschen und allerlei anderer Unrat. Müll, der wahrscheinlich für jemanden einmal trotzdem von Wert gewesen sein mochte. Ob der Tote einer der Obdachlosen war, die sich im Tiergarten niedergelassen hatten?

Tilda kannte einige von ihnen. Sie wusste nicht ihre Namen, aber die vom Leben auf der Straße gezeichneten Gesichter waren ihr vage vertraut. Manchmal empfand sie Mitleid mit ihnen. Meistens jedoch betrachtete sie diese Menschen allerdings als Störfaktoren im harmonischen Bild des großen Parks. Sie passten nicht zu dieser künstlich geschaffenen Idylle, dieser grünen Oase inmitten des Molochs Berlin.

Gesicht und Schulterpartie waren, soweit sie das beurteilen konnte, relativ intakt. Zu ihrer Überraschung, sie hatte insgeheim mit einer alten Pennerfratze gerechnet, stellte sie fest, wie jung der Mann war. Höchstens so alt wie sie. Und er trug kein Oberteil. Seine Haut war mit dunklen Flecken, Quetschungen und Blutergüssen übersät. Tiefe Kratzer zierten seine Stirn. Eine Fleischwunde prangte in der rechten Wange. Maden labten sich daran. Größere Tiere hatten ihrem Eindruck nach den einfach zu erreichenden Teil des Leichnams ebenfalls angeknabbert. In der Natur wurde nichts verschwendet. Alles konnte in kürzester Zeit verwertet werden. Zumindest solange es kein Plastik oder anderer von Menschen produzierter Industriemüll war.

Der üble, stechende Geruch von Verwesung hing in der Luft, als wollte die Natur all jene, die keine Aasfresser waren, dadurch warnen, nicht näher zu kommen.

Erneut stieg Übelkeit in ihr empor. Sie schluckte sie im wahrsten Sinne des Wortes entschlossen wieder hinunter. Dann zückte sie, ohne weiter darüber nachzudenken, ihr Handy und machte hastig drei Schnappschüsse.

Sirenengeheul durchbrach die unheimliche Stille. Tilda fuhr erschrocken zusammen, wäre beinahe auf dem unebenen Untergrund gestolpert, fand aber im letzten Moment die Balance wieder. Hastig ging sie zu ihrem Rucksack zurück. Keine Minute später brach das routinierte, nur für Eingeweihte geordnet wirkende Chaos einer polizeilichen Ermittlung los.

Gegen zehn Uhr entschloss sich Sören aufzuwachen. Eine gefühlte Ewigkeit hatte er sich zuvor, nach einer unruhigen Nacht, im morgendlichen Dämmerzustand von einer Seite auf die andere gewälzt.

Seine Kehle war trocken. Er schwitzte, konnte förmlich die Hitze spüren, die der Körper neben ihm abstrahlte, der frech und ganz selbstverständlich zwei Drittel seines Betts beanspruchte. Wie eine hoch gedrehte Heizung.

Eine schweißige, von Alkoholausdünstungen geschwängerte Schwüle stand in dem kleinen Raum.

Leise erhob sich Sören. Er wollte Kevin nicht aufwecken. Teils aus freundlicher Rücksichtnahme, teils dem egoistischen Motiv folgend, ruhig und für sich in den Tag zu starten. Bloß keine Konversation! Nicht vor dem ersten Kaffee!

Auf Zehenspitzen schlich er zur angelehnten Zimmertür; kaum erreicht, ertönte ein leises gemurmeltes „Guten Morgen".

„Hallo, Schlafmütze!", antworte Sören bemüht freundlich, sich zu einem Lächeln zwingend.

„Gut geschlafen, Sherlock?"

„Hervorragend", heuchelte er.

„Lügner", schallte es ihm als Antwort entgegen.

Als ob jemand einen imaginären Kopf gedrückt hätte, fuhr Kevin aus der Horizontalen hoch. Vom Bett aus betrachtete er ihn eingehend, als wolle er seinen Gemütszustand abchecken. „Ich habe selten jemand erlebt, der nachts einen derartigen Bewegungsdrang hat. In meinem Bett hast du dich scheinbar wohler gefühlt als in deinem eigenen."

„Ich habe nicht so oft Übernachtungsgäste", entschuldigte sich Sören widerwillig.

„Kein Ding. Ich hab trotzdem gut gepennt."

„Kaffee?"

„Ja, gerne." Er streckte sich ausgiebig und knackend, räkelte seinen Körper verführerisch.

War das Masche oder einfach nur sein Morgenritual?

Sören schlurfte in die Küche und fuhr die Barista-Maschine hoch. Er gab nicht viel auf technischen Schnickschnack. Fernseher, Kühlschrank und Spülmaschine waren durchweg keine Markenfabrikate. Doch beim Kaffee ging er keine Kompromisse ein.

Er verspürte das tiefe, alles überlagernde Verlangen nach einer Zigarette. Dunkel glaubte er sich zu erinnern, die letzte Kippe aus der Packung achtlos auf dem Nachhauseweg weggeraucht zu haben. Hastig, mit leicht zittrigen Händen, durchwühlte er die Schubladen. Normalerweise hatte er immer einen Notvorrat. Aber seine Suche blieb erfolglos. Auch das noch! Er fluchte leise.

Das tapsende Geräusch nackter Füße auf dem Laminat holte ihn aus den Gedanken.

„Ich habe voll verschlafen!", stellte Kevin fest. „Hätte vor zwei Stunden auf Arbeit sein müssen. So ein Mist. Meine Kollegin wird mich umbringen."

Er zeigte sich deswegen nicht sonderlich beunruhigt, plapperte sorglos und ohne eine Spur von Hektik daher. Als er die gerahmten Fotos auf dem Sideboard sah, inspizierte er sie eingehend.

„Dein Ex?", fragte er und deutete auf ein Bild von Than.

„Ich geh schnell mal ein paar Stullen holen", erklärte Sören. Wobei es sein eigentliches Ziel war, sich ein Päckchen Zigaretten zu besorgen.

„Okay. Kann ich duschen?", fragte Kevin, während er zeitgleich den Kühlschrank öffnete und neugierig hineinspähte: Drei Flaschen Bier. Ein Tetrapack Milch. Mayonnaise, Senf und Ketchup. Eine Schale ranzigen Eiersalats.

Kurz runzelte er angesichts der erschreckenden Leere die Stirn.

„Mit selbstgemachter Konfitüre kann ich leider nicht dienen. Handtücher sind im Badezimmer. Rechte Schrankseite." Sören griff sich Hose und Pullover. Beides hatte er achtlos auf einen Küchenstuhl fallen lassen. Er schnappte sich sein Portemonnaie und stieg in die ungeschnürten Lederstiefel.

„Bin gleich wieder da!", rief er im Hinausgehen.

„Ich warte hier!", frohlockte Kevin verschmitzt lächelnd.

Für den Bruchteil einer Sekunde, er hasste sich dafür selbst, empfand Sören dieses Versprechen als Drohung.

Die Prioritätensetzung war klar: Als Erstes besorgte er sich am Kiosk Fluppen und zündete sich, kaum hatte er den kleinen Shop verlassen, eine an. Gierig sog er den Rauch in sich auf, bildete sich ein, zu spüren, wie sich der Qualm in seinem Körper Bahnen brach, jede Zelle durchdrang und neue Lebensgeister weckte.

Als er kurz darauf mit Brötchentüte, Butter, Putenaufschnitt und einem Glas Honig in die Wohnung zurückkehrte, saß Kevin mit Handtuch um die Hüfte auf dem Sofa und starrte angestrengt auf das Display seines Smartphones.

Entspannter, wie er nun war, stellte Sören nicht ohne Stolz fest, dass er diesen attraktiven, durchtrainierten Körper bereits zwei Nächte neben sich gehabt hatte. Bei der Vorstellung erwachte sein Schwanz augenblicklich, drückte hart gegen den rauen Stoff der Hose.

„Bin wieder da!"

Erst als Kevin seinen Kopf hob, fiel Sören dessen Stimmungsumschwung auf. Sein Blick war verwirrt.

„Ist etwas passiert?"

„Tilda hat eine Leiche gefunden."

Im ersten Moment glaubte Sören, sich verhört zu haben. „Wie bitte?"

„Meine Kollegin Tilda. Sie ist in meinem Arbeitstrupp. Ich hätte mit ihr heute im Tiergarten aufräumen und Sturmschäden beseitigen sollen. Sie hat einen Toten gefunden. Einen Mann."

„Ein Kollege?"

„Nein. Irgendjemand. Keine Ahnung. Vielleicht einen Penner. Sie hat sogar Fotos gemacht."

Sören verzog reflexartig das Gesicht zu einer Grimasse. Er konnte sich lebhaft vorstellen, welche Art von Zeugin diese Tilda war. In drei Tagen würde sich dann in der Mordkommission jeder die Frage stellen, wer Aufnahmen vom Tatort der Presse zugespielt hatte.

„Warum hat sie das gemacht?"

„Tilda ist komisch. Ich würde sagen, sie leidet unter einem kleinen, krankhaften Geltungsdrang. Eine Besserwisserin. Keiner mag sie und weil ich einfach zu nett bin, hab ich sie jetzt an der Backe. Sie will unbedingt die Freundin eines Schwulen sein." Er kreuzte Zeige- und Mittelfinger und grinste dämlich. „*Best friends for ever*", äffte er.

Sören lächelte. „Wann musst du los?"

„Wir treffen uns in einer Stunde im Headquarter."

„Headquarter?"

„So nennen wir das Grünflächenamt an der Straße des 17. Juni", belehrte ihn Kevin, war aber schon wieder auf das Display seines Smartphones konzentriert. „Krass jung sieht der Typ aus. Viel zu gepflegt für einen Obdachlosen." Unaufgefordert streckte er Sören sein Handy entgegen. „Was sagst du, Sherlock?"

Sören wäre vor Schreck fast die Brötchentüte zu Boden gefallen. Schlagartig stellten sich ihm alle Nackenhaare auf.

„Das ist der Tote?" Seine Stimme vibrierte vor Aufregung.

Kevin nickte, von seiner Reaktion verstört. „Kennst du den?"

Sören schmiss die Einkäufe achtlos auf den Küchentisch und riss ihm das Smartphone aus der Hand. Vielleicht irrte er sich. Er hatte wenig geschlafen, viel getrunken. Nur keine voreiligen Schlüsse!

Gründlich studierte er die leicht verschwommene Abbildung. Die Hände dieser seltsamen Tilda hatten wohl vor Aufregung gezittert, als sie den Auslöser betätigte. Gleichwohl hatte er schon auf schlechteren Schnappschüssen Täter, Opfer oder Zeugen identifiziert.

Viel mehr verunsicherte ihn der deformierte Zustand des Gesichts, das mit Wunden und Hämatomen übersät war. Erschwerend kam hinzu, dass er bereits einige Zeit zu liegen schien. Die Kräfte der Natur nagten wortwörtlich an dem leblosen Fleisch. Doch selbst in diesem Zustand war die Ähnlichkeit frappierend. Vor seinem inneren Auge spulte Sören die Zeit zurück, radierte die Spuren der voranschreitenden Verwesung aus, retouchierte die Verletzung, ließ den Toten die Augen öffnen, zauberte auf die Lippen ein offenherziges, perfekte Zähne offenbarendes Lächeln.

„Kennst du ihn?", wiederholte Kevin drängend.

„Ich bin mir nicht sicher“, antwortete Sören. Aber das stimmte nicht. Er war sich sicher. Er brauchte lediglich eine Bestätigung.

„Hat deine Kollegin gesagt, wo sie in etwa ist?“

„Nein. Aber wir sollten heute an dem verfallenen Gartenpavillon im südöstlichen Teil des Tiergartens aufräumen.“

Sören nickte. Er kannte die Ecke. Im Vergleich zu den großen Hauptachsen war die Ecke des Parks weniger stark frequentiert. Und wirkte auch stets etwas heruntergekommen. In den Büschen schlugen viele Wohnungslose ihre Nachtquartiere auf.

„Ich sollte … Ich muss los“, stammelte Sören hektisch.

Er war noch so geistesgegenwärtig, sich eine Jacke von dem Garderobenständer zu angeln, dann eilte er hinaus.

„Ich zieh einfach die Tür hinter mir zu, wenn ich gehe“, rief Kevin ihm ironisch nach. Die kleine Spitze drang nicht mehr zu Sören durch.

Der Aufzug kam natürlich nicht. Also Treppenhaus.

Zwei, drei Stufen auf einmal nehmend, ging es abwärts. Er musste sich beeilen. Während seiner Zeit bei der Mordkommission hatte er immer darauf bestanden, zu einem möglichst frühen Zeitpunkt am Tatort zu sein. Am besten, bevor Flatterband und Markierungsschildchen die morbide Perfektion, die jedem Tatort auf eigentümliche Art und Weise innewohnte, zerstörten. Sobald der emsige Polizeiapparat erst einmal seine Arbeit aufnahm, war es, als würde der Platz rund um eine Leiche aus dem Zeitfluss herausgerissen, konserviert. Wie ein tödliches Diorama in einem Museum.

Er machte sich keinerlei Illusionen. Der Tatort war bereits von seinen ehemaligen Kollegen okkupiert. Trotzdem wollte er den Ort sehen. Er musste ein Gespür für diesen Fall bekommen. Je schneller er dort ankam, desto besser. Auch, um Gewissheit zu erhalten. Sollte es sich bei dem Mann im Park, der ganz offenkundig vor seinem Tod erheblicher Gewalteinwirkung ausgesetzt war, um Andreas Daume handeln, musste er dringend mit Constanze Stark sprechen.

Von seinem Sprint die Stockwerke hinunter vollkommen außer Atem, stolperte er keuchend auf die Straße. Er wollte sich gerade auf den Weg zu seinem Wagen machen, der eine Seitenstraße entfernt stand, als er feststellte, dass er die Autoschlüssel in der Wohnung vergessen hatte.

„Verdammter Mist", knurrte er, hastete zum Nollendorfplatz und stieg in ein Taxi. Auf der Fahrt, die sich wegen des starken Verkehrs qualvoll lange hinzog, ordnete er seine Gedanken.

Er war auf dem besten Weg, sich in eine Mordermittlung hineinziehen zu lassen. Ein Ex-Bulle, der als Privatschnüffler der Polizei in die Quere kam. Eine explosive Mischung. Wie explosiv, würde davon abhängen, wer die Ermittlungen leitete. Hoffentlich nicht Steiner!

Natürlich konnte er auch noch eine Vollbremsung hinlegen. Sollte es sich bei dem Toten um Andreas Daume handeln, war sein Job strenggenommen erledigt. Er hatte Bambi gefunden. Der Rest war Sache der Polizei.

Der Fahrer ließ ihn nahe der Tunneleinfahrt raus. Stoßstange an Stoßstange schoben sich die Autos in die unterirdische Verbindung zwischen Potsdamer Platz und Hauptbahnhof. Er passierte zwei herrenlose Streifenwagen und folgte einem Spazierweg mitten hinein ins feuchte Grün des Tiergartens.

Schneller als gedacht erreichte er die erste Polizeiabsperrung. Der Ermittlungsleiter hatte den Bereich großräumig abriegeln lassen. Hauptsächlich, um die Hauptstadtjournaille auf Abstand zu halten.

Die Aasgeier von den Medien waren selbstverständlich schon da. Sowohl unter den Reportern als auch unter den Beamten machte Sören das eine oder andere vertraute Gesicht aus. Ein Rendezvous mit der Vergangenheit. Er versuchte, nicht weiter aufzufallen, was allerdings schwerer war als gedacht. Angesichts der schlechten Witterung gab es kaum Passanten und Schaulustige. Nur vereinzelte Spaziergänger tänzelten entlang des abgesperrten Bereichs, wie Treibgut vor einer Staumauer.

In einiger Entfernung standen weitere Streifenwagen und zivile Fahrzeuge. Neben einem umgestürzten Baum war ein weißes Zelt aufgeschlagen. Wahrscheinlich lag darunter der Tote. Die Spurensicherung wollte retten, was zu retten war. So konnten sie verhindern, dass der beständige Regen noch mehr Hinweise hinfortspülte. Doch das schlechte Wetter mit sintflutartigen Niederschlägen während der vergangenen Tage hatte sicherlich viele verwertbare Spuren bereits vernichtet.

Ein Leichenwagen traf ein. Zwei Männer in schwarzen Anzügen stiegen aus und begannen, einen Metallsarg aus dem Kofferraum zu hieven.

Eine wuchtige, breitschultrige Gestalt löste sich aus dem Gewusel.

Sören erkannte sofort Volker Steiner. Der Ermittlungsleiter bellte ihnen etwas mit grimmiger Miene zu, schüttelte entschieden den Kopf. Die Männer hielten augenblicklich inne, schlossen unverrichteter Dinge wieder die Heckklappe des Wagens. Dann zündeten sich beide synchron eine Zigarette an. Sören tat es ihnen gleich. Offensichtlich würde sich der Abtransport des Leichnams verzögern. Verflucht, er musste näher ran!

Obwohl Sören nur kurz abgelenkt war, bemerkte er Steiner zu spät. Zielgerichtet steuerte der Hauptkommissar auf ihn zu.

„Petersen! Was machst du hier?“, raunzte Steiner ihn laut an, als er das Absperrband erreichte. Er versucht erst gar nicht, seine Abneigung zu verstecken.

Zwei Journalisten lugten neugierig zu ihnen herüber.

„Und du?“, fragte er seinerseits dümmlich zurück.

„Was geht’s dich an. Noch einmal: Was machst du hier? Die Schwuchtelecke ist doch drüben an der Löwenbrücke.“

Die beiden Männer taxierten sich gegenseitig. Sören stellte missmutig fest, dass sein Gegenüber zwar deutlich an Gewicht zugelegt hatte, aber zugleich kaum gealtert war. Der größte Unterschied war der schwarze, dichte Vollbart, der das wulstige Gesicht mit dem beachtlichen Doppelkinn etwas schmaler wirken ließ. Der Kommissar fuhr sich mit seiner Rechten durch die wuscheligen, schlecht geschnittenen Haare. Eine typische Steiner-Geste, die seine innere Anspannung verriet. Er roch nach billigem, zu großzügig aufgetragenem Deodorant.

„Den Hund ausführen. Wie jeden Morgen. Bin zufällig vorbeigekommen“, log Sören ebenso schamlos wie offensichlich. Doch sein Gegenüber reagierte gar nicht darauf. Er knurrte etwas Unverständliches in den Bart. Seine Aufmerksamkeit war längst auf jemanden in Sörens Rücken gerichtet.

„Hier drüben bin ich!“, rief er, als bestünde die Gefahr, ihn aufgrund seiner grazilen Figur zu übersehen.

Wie eine anmutige Fata Morgana schritt Basimah Schmidts durch die nebelgeschwängerte Szenerie. Es gelang der Polizeipsychologin auf gespenstische Weise, ihrem Gang etwas Erhabenes zu verleihen, während ihre braunen Lederstiefel tief im morastigen Boden einsanken. Sie war noch immer genauso hübsch und exotisch, wie sie Sören in Erinnerung hatte. Und genauso kühl wie unnahbar. Der feuchte Traum zahlreicher Kollegen. Wobei allgemein bekannt war, dass – wenn überhaupt – die Kolleginnen eine Chance bei ihr hatten. Gerüchteweise wurde ihr eine Affäre mit der Leiterin des LKA angedichtet. Was, soweit es Sören beurteilen konnte, aus der Luft gegriffenen Tratsch darstellte. Dafür war Basimah zu kontrolliert und zu professionell.

Nach den Vorfällen vor einigen Jahren war sie eine der wenigen, die ihn zum Bleiben hatte bewegen wollen. Er ließ es damals sogar auf drei Sitzungen mit ihr ankommen.

Es waren fruchtlose Gespräche. Und am Ende bildete er sich ein, dass sie einsah, nichts mehr für ihn tun zu können. Auch wenn sie das so nie äußerte.

„Guten Morgen, die Herren“, grüßte Basimah sie gleichwertig. Was Steiner sicherlich innerlich toben ließ. Wenn sie Sörens Anwesenheit irritierte, zeigte sie es nicht. Sie schenkte ihm ein kurzes, angedeutetes Lächeln und glitt unter dem Absperrband hindurch, das ein Beamter für sie leicht anhob.

„Es ist dort drüben“, sagte Steiner und deutete vage in Richtung des Leichenfundorts.

Schweigend entfernten sie sich. Erst als er glaubte, außerhalb Sörens Hörweite zu sein, knurrte der Kommissar leise: „Sieht übel aus. Wirklich übel.“

Sören schaute den beiden nachdenklich hinterher. Wenn sich Steiner genötigt sah, eine Polizeipsychologin hinzuzuziehen, handelte es sich um einen Todesfall mit Fremdeinwirkung. Und wohl auch nicht um einen profanen Raubmord.

Eine gute halbe Stunde verstrich ereignislos. Beamten kamen und gingen. Die Jungs mit dem Metallsarg rauchten eine Zigarette nach der anderen. Sörens Hoffnung auf neue Erkenntnisse oder wenigstens eine Bestätigung seines Verdachts schwand.

Kühle Nässe nagte an ihm. Seine Laune verschlechterte sich zusehends.

Was hatte er erwartet? Dass man ihn einladen würde, den potenziellen Tatort zu inspizieren? Ihm die Leiche präsentierte?

Einmal Bulle, immer Bulle, fielen ihm Maras Worte ein. Wie falsch sie damit lag! Er war raus aus dem Spiel. Er war kein Polizist mehr. Für seine ehemaligen Kollegen war er höchsten ein Schaulustiger, vielleicht ein Zeuge. Oder schlicht ein Störfaktor.

Die Erkenntnis schmerzte heftiger als jemals zuvor, da er zum ersten Mal seit dem unrühmlichen Ende seiner Karriere unmittelbar eine Ermittlung beobachtete, von der er, wenn auch nur indirekt, betroffen war. Eine diffuse, tiefsitzende Angst wagte sich aus der Deckung. Ein finsterer Abgrund brach in ihm auf. Sein Herz begann zu rasen und von einer auf die andere Sekunde rannen ihm dicke Schweißperlen von der Stirn. Ihm wurde schwarz vor Augen. Er taumelte, schnappte nach Luft, stützte sich keuchend an einen Baumstamm, schloss die Augen und konzentrierte sich darauf, nicht in Ohnmacht zu fallen.

„Alles in Ordnung mit Ihnen?“ Die Männerstimme drang gedämpft, wie aus weiter Ferne, zu ihm vor. Sie gehörte einem der wartenden Journalisten. Eine Hand griff stützend nach seinem Arm.

„Es geht schon“, krächzte er wenig überzeugend.

„Soll ich einen Arzt rufen?“

„Nein … Nein, bitte nicht.“

Die Aussicht, vor den Augen Steiners und des gesamten Teams in einem Krankenwagen abtransportiert zu werden, mobilisierte Sörens letzte Kräfte. Stück für Stück wich die Angst zurück. Der Abgrund schloss sich langsam wieder.

„Ich hab wohl was Falsches gegessen." Der Mann hielt weiterhin seinen Arm fest umklammerte.

„Wenn Sie meinen, Herr Petersen. Ich fand, das sah eher nach einem Schwächeanfall aus."

Verdammter Aasgeier! Was bildete er sich ein!

„Sind Sie Arzt, oder was?", brach es unwirsch aus ihm hervor. Schlagartig wich die Sorge aus dem Gesicht des Mannes, machte professioneller Verachtung Platz.

„Einmal ein Arschloch, immer ein Arschloch", entgegnete er und entfernte sich schnell. Als er zu seinen Kollegen zurückkehrte, tuschelten sie leise miteinander. Sören fluchte innerlich. Berlin war ein verdammtes Nest! Wahrscheinlich zerrissen sie sich die Mäuler über seinen tiefen Fall. Gehässig und mit später Genugtuung. Während seiner Zeit als leitender Ermittlungsbeamter war er gefürchtet wegen seiner verbalen Attacken und Ausfälle gegenüber der Hauptstadtpresse. Er hatte sich damals kaum Freunde in den Redaktionen gemacht. Zum Teufel mit ihnen!

Und zum Teufel mit Steiner! Er würde seine Informationen schon irgendwie bekommen. Vielleicht konnte er einige seiner alten Kontakte spielen lassen. Es waren sicher nicht viele im Berliner Polizeiapparat, die seinen Weggang bedauerten. Aber ein paar wenige gab es. Vielleicht sollte er Richard van Dijk anrufen, auch wenn der auf seiner neuen Position sicherlich nicht besonders hilfreich sein würde. Damals hatte Sören die Pressestelle immer als Letztes informiert. Und nie mehr Details als notwenig an die Kollegen dort weitergegeben. Man konnte nie wissen, ob sie nicht doch etwas unerlaubterweise an die Medien durchstachen. Steiner hielt es vermutlich genauso.

Plötzlich brach am oberen Ende der Absperrung Tumult aus. Eine aufgebrachte, mit tiefer Verzweiflung durchdrängte Frauenstimme war zu hören. Die Medienmeute war sofort alarmiert und stürmte nach vorne. Hektisch gestikulierend, bemühten sich zwei Streifenbeamte, die Situation zu beruhigen.

Steiner hechtete in Richtung des Aufruhrs. Das zirpende und klickende Konzert von Fotokameras setzte ein. Die Presse war auf der Jagd nach dem besten Schnappschuss. Fernsehkameras wurden angeworfen, schwenkten hektisch hin und her. Der Pulk aus gierigen Aasgeiern versperrte Sören die Sicht auf das Geschehen.

Die Situation beruhigte sich wieder etwas. Das Flatterband wurde gehoben. Aus dem Menschenauflauf löste sich eine Frau mit roten, wild zerzausten Haaren und einer von Schmerz und Unglück hässlich entstellten Mimik. Sören kannte diesen Gesichtsausdruck zu Genüge. Düstere Trostlosigkeit, Angst und ein winziges, letzte Fünkchen Hoffnung spiegelten sich darin wider. Eine Hoffnung, die, seiner Erfahrung nach zu urteilen, fast niemals erfüllt werden konnte.

Die Frau trug ein hellrosafarbenes Kostüm. In hochhackigen Schuhen stolperte sie blindlings auf den verfallenen Pavillon zu. Ein finster dreinschauender Mann mit einem großen Feuermal auf der Stirn wich nicht von ihrer Seite. Steiner und mehrere Beamten versuchten, das Paar notdürftig vor den Kameras abzuschirmen. Ein erfolgloses Unterfangen.

Sören konnte die Frau sofort zuordnen. Er kannte ihr Gesicht aus der Zeitung. Und von einer Fotografie aus Daumes Wohnung. Es war seine Mutter. Senatorin Zille. Jene Frau, die keine vierundzwanzig Stunden zuvor freudestrahlend und siegesgewiss auf der Bühne des Parteitags der Grünen stand und sich als neu ausgerufene Spitzenkandidatin anschickte, in den Kampf ums Rote Rathaus einzusteigen.

Wie schnell das Schicksal Haken schlagen konnte.

An einem weißen Leinentuch, das hastig zwischen zwei Bäumen gespannt worden war und die Sicht auf den Tatort nun versperrte, fing Basimah Rosemarie Zille ab und redete eindringlich auf sie ein. Sören konnte erahnen, was sie sagte. Der laute, gellende Verzweiflungsschrei einer Mutter, der klar wurde, ihr einziges Kind zu Grabe tragen zu müssen, erklang.

Dann brach die Senatorin in Basimahs Armen zusammen, sackte auf den Boden.

Sören hatte seine Gewissheit.

Es gab keinen Grund mehr zu bleiben. Nachdenklich wandte er sich von dem Geschehen ab. Zilles wimmerndes Schluchzen im Rücken, entfernte er sich. Nachdenklich und ziellos schlenderte er, Zigarette um Zigarette rauchend, durch den Nieselregen. Nur ein einsamer Jogger und ein Fahrradkurier kreuzten seinen Weg durch den ansonsten wie ausgestorben wirkenden Tiergarten.

Am großen Stern hielt er inne. Wie gewohnt wälzten sich die Autokolonnen über den riesigen Kreisverkehr. Die Goldelse auf der Spitze der Siegessäule kratzte an gemächlich höher steigenden Nebelschwaden.

Sören klemmte sich seine Kippe unter die Oberlippe und holte sein Smartphone heraus. Er musste es nur einmal klingeln lassen, dann hatte er Constanze Stark in der Leitung.

„Ja, was gibt es?“ Ihre Stimme war kühl und gelassen. Die Neuigkeiten waren noch nicht bis zu ihr vorgedrungen. Aus jahrelanger Erfahrung wusste er allerdings, es konnte sich nur um Minuten handeln, ehe die ersten Meldungen über die Nachrichtenticker laufen würden.

„Ich habe Andreas Daume gefunden. Wir müssen uns unterhalten.“

Kai

Lass uns morgen reden, Schatz.

Es gab eine Zeit in Sören Petersens Leben, in der Wut und Verzweiflung über ein als ungerecht empfundenes Leben sowie eine nicht greifbare Angst vor der Welt seine ständigen Begleiter waren.

Für einen siebzehnjährigen Teenager waren das sicherlich keine allzu ungewöhnlichen Sichtweisen und Gefühle. In Sören jedoch wütete ein destruktiver Groll, der ihn auffraß, förmlich mit Haut und Haar verschlang. Er war wie ein Teekessel auf einer heißen Herdplatte, der unter dem Druck des Wasserdampfs in seinem Innern zu bersten drohte, sollte nicht endlich jemand das Ventil öffnen.

Sören fand sehr schnell sehr viele Ventile für seinen Druckabbau. Dummerweise waren es größtenteils die falschen.

Gemeinsam mit Kai, seinem besten Freund, entdeckte er den Alkohol, die Zigaretten, die Gewalt, die Lust am Verbotenen. Und schließlich am Kriminellen.

Es begann mit simplem, ziellosem Vandalismus. Strandkörbe, Abfalleimer, Parkbänke und Straßenlaternen. Nichts war sicher vor ihrer Zerstörungswut. Rasch festigte sich im Dorf ihr Ruf, Rowdys zu sein. Sie galten als die beiden Verrückten, vor denen man seine Sprösslinge warnte, sich besser nicht mit ihnen abzugeben. Cool waren sie nicht, aber immerhin hatten die anderen Jugendlichen einen gewissen Respekt vor ihnen. Bei den Mädchen kamen sie nicht an. Aber die interessierten sie sowieso nicht. Noch weniger kümmerte sie, was ihre Eltern dachten.

Sörens Vater war ein schweigsamer Mann. Ein Fischer, dessen ursprünglich filigrane Gesichtszüge vom Wind und der See über die Jahrzehnte hinweg gegerbt und verhärtet worden waren. Er redete seinem Sohn ins Gewissen. Gleichwohl er Sörens Wut nicht begreifen, nicht nachvollziehen konnte, woraus sie sich speiste, versuchte er wenigstens, ihn zu verstehen.

„Warum machst du solche Sachen? Willst du die Leute beeindrucken? Ihnen Angst einflößen?“, fragte er eines Abends.

„Wer bin ich denn?“, antwortete Sören. „Niemand bin ich.“

Sein Vater musterte ihn mit traurigen Augen, in denen sich Mitleid und Enttäuschung spiegelten. Was für seinen Jungen schlimmer und schmerzhafter war, als es jede Bestrafung hätte sein können.

„Du bist Sören Petersen und du musst dich nicht verstecken oder schämen für das, was du bist. Oder woher du kommst. Aber gib niemals vor, etwas zu sein, was du nicht bist. Oder versuche durch schlechte Taten und Unfug falsches Ansehen zu gewinnen“, antwortete sein Vater müde – und traf damit den Kern des Problems sehr direkt. Wenn auch auf eine andere Weise, als er vermutete.

Kais Eltern waren weniger nachsichtig. Seiner Familie gehörte eine Fischkonservenfabrik. Seinen alten Herrn interessierte nicht besonders, warum sein Sohn Probleme machte. Ihn trieb vor allem um, was die Leute dachten und sagten. Teil des Dorfklatschs zu sein, stellte einen indiskutablen Umstand dar. Eine Provokation. Er ging das Problem auf seine Art an: mit einer Tracht Prügel, Hausarrest und anderweitigen Sanktionen.

Auf den Vandalismus, der die beiden Jungs schnell begann zu langweilen, folgten illegale Autorennen. Sie fuhren nicht gegeneinander, sondern gemeinsam gegen die Zeit – und das Leben.

Die Karre „borgten“ sie sich von Sörens Cousin, wenn der auf Montage war. Natürlich ohne sein Wissen. Wenn sie über menschenleere Landstraßen fegten, das Adrenalin durch ihre Körper schoss, dann fühlten sie endlich etwas. Es war ein berauschender Cocktail aus Macht und Untergang, garniert mit der süßen Frucht des Verbotenen.

Nichts und niemand konnte sie aufhalten.

Immer kurz davor abzuheben – oder zu zerschellen.

Beide Möglichkeiten ließen sie davon träumen, der trostlosen Enge ihres Lebens zu entkommen, ihrer jämmerlichen Existenz auf die eine oder andere Weise ein Ende zu setzen.

Sie hatten bei ihren Touren kein Ziel. Es kam nicht darauf an, irgendwo anzukommen. Hauptsache, man war sehr schnell in Bewegung.

Sie fuhren oft ans Watt. Dort tranken und rauchten sie. Oder wichsten.

Sie schwadronierten davon, es allen zu zeigen. Ihren Eltern. Ihren Freunden, die sie nicht hatten und glaubten, auch nicht zu brauchen. Ihren Mitschülern und Lehrern. Der Welt eins auswischen. Darum ging es. Selbst wenn die Welt davon gar nichts mitbekam. Ihr erster Einbruch war Zufall.

Während einer Spritztour landeten sie vor einem leerstehenden Ferienbungalow direkt hinter dem Deich, am Ende einer kleinen Sackgasse. Irgendwann im März. Ein feuchtkühler, grauer Winter ging in einen feucht-kühlen, grauen Frühling über. Während dieser Jahreszeit verirrten sich kaum Touristen an die Nordsee. Sie konnten daher davon ausgehen, dass das Haus unvermietet war. Trotzdem klingelten sie. Nur, um sicherzugehen. Niemand öffnete. Sie checkten die Außenfassade nicht nach sichtbaren Alarmanlagen. Solche Ausstattung war Mitte der Achtziger selten. Warum auch, es gab kaum Einbrüche.

Wahrscheinlich taten sie es genau aus jenem Grund. Sie wollten diesem behüteten und von ihnen so verachteten, kleinbürgerlichen Kosmos ein Ende bereiten. Ein Signal setzen. Eine kleine Detonation auslösen.

Kai wickelte sich einen Schal um die geballte Faust und schlug die Scheibe der Terrassentür ein. Es war so verdammt leicht.

Viel zu leicht.

Wie dumm und nachlässig die Besitzer des Hauses doch waren! Sie legten es förmlich darauf an, dass man bei ihnen einstieg, hatten es nicht anders verdient! So dachten sie damals, bekräftigten sich gegenseitig darin.

Sie fanden nichts von Wert. Ein altes Kofferradio und eine gehäkelte Stranddecke. Das waren ihre auserwählten Trophäen. Mehr nahmen sie nicht mit. Sie ließen das Haus nicht einmal verwüstet zurück, schlossen ordentlich alle Schubladen und Schränke nach dem Durchwühlen.

Vor Erregung und Kälte zitternd, gingen sie zum Deich und ließen sich auf der Decke nieder, lauschten dem Rauschen der Brandung, rauchten einen Joint. Dann holten sie sich gegenseitig einen runter. Es sollte der geilste und erhebendste Orgasmus werden, den Sören je erleben durfte. Bis heute ungeschlagen. Vielleicht, weil es der erste war, zu dem er nicht durch seine eigene Hand gebracht wurde. Vielleicht auch, weil er noch immer diesen unglaublichen Kick des Einbruchs in den Adern hatte.

Die Stranddecke ließen sie achtlos zurück. Das Kofferradio vertickte Kai einige Zeit später in Kiel. Von dem spärlichen Erlös kauften sie Gras beim örtlichen Dealer.

Am darauffolgenden Tag war der Einbruch Dorfgespräch. Die kleine Bombe, die sie gezündet hatten, verfehlte ihre Wirkung nicht. Selbstzufrieden verfolgten sie das Spektakel. All die Aufregung. Angetörnt lauschten sie den Spekulationen in der Dorfkneipe, auf der Straße, beim Bäcker und in der Schule. Angst, erwischt zu werden, hatten sie keine. Selbst wenn es unter der Dorfjugend den einen oder anderen gab, der Sören und Kai auf der Liste der Verdächtigen ganz oben führte, kam keiner der Erwachsenen und erst recht nicht die Polizei auf die Idee, sie beide könnten damit etwas zu tun haben.

Trotzdem hielten sie sich in den kommenden Wochen zurück. Ihren zweiten Einbruch, wieder in ein leeres Ferienhaus, wagten sie nach den Osterfeiertagen. Wenige Tage später folgte der dritte. Diesmal im Nachbarort. Dann der vierte. Der fünfte.

Schnell verfeinerten sie ihre Technik, lernten Türschlösser zu knacken. Auch ihr Hunger nach echter Beute nahm zu. Als der Sommer zu Ende ging, hatten sie ihre Vorgehensweise professionalisiert. Jetzt suchten sie sich gezielt Häuser, in denen sie hofften, etwas von Wert erbeuten zu können, kundschafteten ihre Zielobjekte aus, bevor sie einstiegen; vergrößerten ihren Wirkungsradius.

Die Einbruchsserie schaffte es auf die Titelseite der Lokalzeitung. Der Tourismusverband schlug Alarm. Freilich nicht zu laut. Urlauber sollten nicht unnötig beunruhigt werden. Und einige Ferienhausbesitzer, Hoteliers und der Betreiber eines Campingplatzes engagierten diskret einen privaten Sicherheitsdienst.

Natürlich bekamen die beiden Jungs Wind davon und passten sich dementsprechend an. Niemand verdächtigte sie. Selbst unter ihren Mitschülern wurde nicht mehr getuschelt. Einen sinnlosen Einbruch trauten sie ihnen zu. Doch eine ganze Serie?

Nein, das mussten Profis sein. Schnell war von einer „Zigeunerbande" die Rede, die angeblich ihr Unwesen in der Gegend trieb.

Rückblickend war Sören bewusst, in welch seltsame und ungesunde Richtung sich seine Beziehung zu Kai zu diesem Zeitpunkt entwickelt hatte. Sexuelle Lust und krimineller Kick gingen eine gefährliche Symbiose ein. Ihnen hätte klar sein müssen, dass die Glückssträhne nicht ewig anhalten konnte. Insgeheim rechneten sie damit, eher früher als später erwischt zu werden. Vielleicht sehnten sie sich sogar ein wenig danach. Das Ende, nicht nur ihrer Verbrecherkarriere, kam dann allerdings abrupter und gänzlich anders als vermutet.

Es war ein verregneter Novemberabend. Wie immer trafen sie sich um Mitternacht auf einem Supermarktparkplatz. Bereits als Kai in den Wagen stieg, bemerkte Sören seine schlechte Laune. Die zarten Gesichtszüge waren verhärtet, die Lippen aufeinandergepresst, die Hände zu Fäusten geballt. Auf die Frage, ob alles in Ordnung sei, nickte er knapp. Eine durchschaubare Lüge. Das spürte Sören sofort. Panik kroch in ihm empor. So wie immer, wenn mit Kai etwas nicht stimmte. Sofort war sie da, die Angst vor Zurückweisung, die alles bestimmende Furcht, der andere sei jenem seltsamen Konstrukt zwischen ihnen auf einmal überdrüssig, habe gar ein Mädchen kennengelernt.

Seltsamerweise verschwendete Sören während jener Zeit keinen Gedanken daran, Kai könnte einen anderen Jungen ihm vorziehen. Nicht, weil er sich für begehrenswert hielt. Er war vielmehr überzeugt, dass niemand sonst in ihrer gottverlassenen Heimat so war, wie sie nun einmal waren.

Sicher, er hatte von Schwulen gehört. Es mochte sie geben, irgendwo in Hamburg, Kiel oder Berlin. Aber sicherlich nicht bei ihnen. Nicht hier draußen am Watt.

Sören bohrte nicht weiter nach. Obwohl es ihm schwerfiel. Er wusste, Kai machte dicht, sobald er in die Ecke gedrängt wurde. Also schwieg er. Ließ ihn kommen.

Und wie er kam. Nach einer lustlosen, seltsam angespannten Runde über eine mit Schlaglöchern gespickte Nebenstraße brach es aus ihm heraus. Tränen der ohnmächtigen Wut und der Verzweiflung rannen über seine Wangen. Zitternd berichtete er mit brüchiger Stimme von den beiden vergangenen Tagen. Die Klassenlehrerin war zu ihnen nach Hause gekommen und hatte seinen Eltern ins Gewissen geredet, seine Zensuren enthüllt und prophezeit, er würde das immer näher rückende Abitur nicht bestehen, sollte er so weitermachen.

Es setzte die obligatorischen Prügel. Das war eine schmerzhafte Demütigung, aber verkraftbar. Kai glaubte zunächst, mit einem sprichwörtlichen blauen Auge davongekommen zu sein. Doch keine vierundzwanzig Stunden später eröffnete ihm sein Vater, einen Internatsplatz am Bodensee organisiert zu haben. Er sollte in zwei Wochen dort, im südlichsten Zipfel Deutschlands, gefühlt am anderen Ende der Welt, vorstellig werden. Genauso gut hätten man ihn nach Australien verschiffen können.

Nicht nur für Kai, auch für Sören brach eine Welt zusammen. Ihre Welt. Ihr kleines, überschaubares Reich, es war nicht mehr. Erobert und zerstört. Sie waren vernichtend geschlagen.

In jener Nacht warfen sie, beseelt vom wahnhaften Mut der Verzweifelten, jede Vorsicht über Bord. Sie suchten sich ein Haus. Es war ihnen egal, ob vermietet oder nicht. Sie prüften nicht einmal, ob jemand da war, zertrümmerten in blinder Wut eine Fensterscheibe mit zwei Backsteinen. Beim Einsteigen zerriss sich Kai seine Jeans an einem Glassplitter. Das fachte seine Wut nur weiter an.

Sie legten die Inneneinrichtung innerhalb einer halben Stunde in Schutt und Asche, zertrümmerten alles, was ihnen in die Quere kam, dachten nicht einmal daran, eine Trophäe zu suchen.

Sie waren schweigend übereingekommen, erwischt werden zu wollen. Sich freiwillig stellen, schied aus. Diese Schmach brachten sie nicht über sich. Zu ihrem einzigen Ausweg wurde, auf frischer Tat ertappt zu werden. Ihre Chance. Die letzte Rettung.

Doch es kam niemand. Sie lungerten sogar einige Zeit unentschlossen vor dem Haus herum, ehe sie frustriert in den Wagen stiegen und mit durchdrehenden Reifen davonrasten.

Es war ihr letzter Einbruch. Ihr letztes großes Ding. Ein Finale und doch nur ein Vorspiel. Alles, was dann folgte, wurde in dieser Stunde der destruktiven Wut geboren.

Diesmal trennten sie sich nicht wie sonst üblich auf dem Supermarktparkplatz. Er fuhr Kai heim, parkte den Wagen mit laufendem Motor provokant vor der Hofeinfahrt. Es gab keinen Grund mehr, vorsichtig zu sein. Das war ihr großes Finale. Nach dieser Nacht, so viel war Sören klar, würde nichts mehr so sein wie zuvor.

Stumm rauchten sie eine Zigarette. Es war Kai, der das Schweigen brach, seine Hand nahm, sie so sanft wie nie zuvor streichelte. Dann begann er, von „einem letzten großen, richtig fetten Coup“ zu schwadronieren. Ein richtiger Raub. Er schlug vor, sich die beiden Pistolen seines Vaters zu besorgen, den Familientresor auszuräumen und eine Tankstelle zu überfallen. Dann würden sie abhauen. Mit dem erbeuteten Geld könnten sie irgendwo anders durchstarten. Ihr eigenes Ding aufziehen.

Im ersten Moment war Sören schockiert von diesem Plan. Zugleich aber auch geschmeichelt, wie sehr Kai ihm vertraute, auf ihn und eine gemeinsame Zukunft baute. Er war kurz davor zuzustimmen. Da klopfte es plötzlich an die Fensterscheibe der Beifahrertür. Dieter Hansen, der Dorfpolizist, lugte neugierig zu ihnen herein. Mit einem angedeuteten Lächeln auf den Lippen schüttelte er missbilligend den Kopf.

„Jungs, ernsthaft? Fahren ohne Führerschein. Joints. Alkohol. Könnt ihr den Scheiß nicht etwas weniger auffällig machen?", begrüßte er sie. Es war offensichtlich, wie gerne er sie davonkommen lassen wollte. Doch sein Pflichtgefühl stand ihm im Weg.

In der Sekunde, als sie ausstiegen, gingen in Kais Elternhaus die Lichter an. Das Theater und Gezeter waren groß. Von der Polizei nach Hause gebracht! Was bildete sich ihr Sohn eigentlich ein? Hatten sie ihm nicht alles geboten?

Hansen versuchte zu vermitteln, insbesondere den Vater zu beruhigen. Ein Termin wurde vereinbart. Für den Papierkram. Ein Anwalt wäre wohl sinnvoll.

„Schlägt er ihn? Und ich rede nicht von einer Backpfeife. Die hätte sich dein Freund durchaus verdient", fragte Hansen Sören, als sie schweigend zu dessen Wagen gingen. Sören zuckte erschöpft mit den Schultern. Was machte das jetzt noch für einen Unterschied?

Man brachte ihn zur Wache und rief seine Mutter an, sie möge ihren Sohn bitte abholen. Hansen wollte vermeiden, ihn mit dem Polizeiwagen abzuliefern. Eine nette Geste. So würde die Nachbarschaft wenigstens nichts mitbekommen. Sören fragte sich oft, welche Wendung sein Leben wohl genommen hätte, wenn Hansen weniger diskret vorgegangen wäre.

Die Konversation mit seiner Mutter auf der Rückfahrt beschränkte sich auf wenige Worte. Umso ausdrucksvoller waren ihre großen, grünen Augen. Sie machte aus ihrer Enttäuschung keinen Hehl. Als Sören sich rechtfertigen wollte, blickte sie ihn durch einen Tränenschleier an. „Lass uns morgen reden, Schatz", sagte sie.

Dann wurde alles schwarz. Es sollte kein Morgen geben.

Zumindest nicht für seine Mutter.

Das Nächste, an das er sich erinnerte, war die grelle Beleuchtung eines Krankenhauszimmers. Und sein Vater, der wie ein Häufchen Elend neben dem Bett kauerte.

Ein Betrunkener hatte, auf dem Heimweg von einer Betriebsfeier, mit seinem Wegen den ihren gerammt. Seine Mutter war sofort tot. Ebenso der andere Fahrer. Sören kam mit einem leichten Schädel-Hirn-Trauma davon.

Die folgenden Wochen durchlebte er in einem Nebel des Schmerzes, des Verdrängens, der Schuld. Seine Erinnerungen an diese Zeit waren bestenfalls lückenhaft.

Gerade als er sich aufzuraffen begann, langsam lernte zu akzeptieren, dass er noch am Leben war, verpasste ihm das Schicksal den nächsten Schlag.

Es war die Kunstlehrerin, die Kai fand. Zumindest erzählte man sich das. Erhängt. In seinem Zimmer im Internat am Bodensee. Kein Abschiedsbrief. Keine letzten Worte. Einfach so. Einfach mal eben so!

Lass uns morgen reden, Schatz.

Nur wenigen Menschen in seinem Umfeld hatte Sören offenbart, wie knapp er als Teenager davorstand, sein Leben gegen die Wand zu fahren. Und noch weniger wussten, welche Ereignisse schließlich dazu führten, dass er nicht endgültig auf die schiefe Bahn geriet.

Wut und Angst manifestierten sich während jener Zeit, durchdrangen seine Persönlichkeit wie Blut die Fasern eines weißen Leinenhemds, sollten prägend werden für sein zukünftiges Leben.

Sie richtete sich gegen die Welt. Gegen jene Menschen, die anders als Kai oder seine Mutter weiterleben konnten. Gegen das Schicksal. Gegen das Universum, das Leben, den Tod.

Die Wut wurde Sörens steter Begleiter. Sie flaute ab, wurde stiller, blieb aber beharrlich an seiner Seite. Es brauchte seine Zeit, bis er lernte, sie anzunehmen, als einen Teil von sich zu akzeptieren. Das Boxen half ihm. Das war die Idee seines Vaters, der, obwohl vom Tod seiner Frau schwer gezeichnet, die große Not seines Sohnes erkannte. Er fürchtete, Sören könne Kai nachfolgen.

Sören lernte, die Wut unter Kontrolle zu bringen und nutzbar zu machen. Er zwang sie in weniger destruktive Bahnen, schöpfte stattdessen Kraft und Ansporn aus der Energie, die sie in ihm freisetzte.

Es wurde mit den Jahren für ihn einfacher, seine dunkle Seite zu disziplinieren. Das Alter war hierbei sicherlich von Vorteil. Trotzdem gab es weiterhin jene Momente, etwa, wenn er unter enormer Anspannung stand, das Gefühl hatte, fremdbestimmt zu werden, nicht mehr Herr der eigenen Lage zu sein, in denen seine Selbstkontrolle nachließ.

Solche Situationen waren gefährlich. Dann tat er unüberlegte, impulsive Dinge, die er später bereute. Der Schlag, den er Krutscher damals im Verhörraum versetzte, zählte ebenso in diese Reihe wie seine Kündigung.

Anstatt vor Frust und Wut die Häuser fremder Menschen zu verwüsten, verwüstete er sein eigenes Leben.

Wesentlich gefährlicher für seine Stabilität und sein inneres Gleichgewicht war die Angst, die in jener schicksalshaften Nacht geboren wurde. Sie fraß an seiner Seele, an seiner Identität, langsam, aber gierig und beständig. Es war die Angst, dass er es war, der jene Menschen, die er liebte, die er an sich heranließ, in den Untergang und das Verderben trieb.

Lass uns morgen reden, Schatz.

Teil 2 – Gesellschaftsjagd

8

Sie hatte ihn hintergangen und benutzt! Allein dieser Gedanke brachte Sören zum Kochen. Doch wesentlich schwerer wog das Gefühl, Teil eines undurchschaubaren, abgekarteten Spiels zu sein. Das machte ihn rasend. Er kam sich vor wie eine Marionette, die an unsichtbaren Fäden durch die Szenerie gelenkt wurde, ohne zu wissen, welche Rolle ihm in diesem Stück zugedacht wurde.

„Sie können nicht einfach …“, setzte Starks Assistent aufgebracht an, als Sören die Kanzlei stürmte.

„Sie erwartet mich!“, schnauzte er herrisch zurück und riss zeitgleich die Tür ihres Büros auf.

„Pfeifen Sie Ihr Schoßhündchen zurück, sonst muss ich ausfällig werden!“

„Das sind Sie doch ganz offensichtlich bereits“, entgegnete Constanz. Sie nickte Alexander kurz zu, der sich langsam und widerwillig entfernte.

„Falls Sie mich brauchen, ich bin hier!“, sagte er und verschwand nach draußen.

„In welche verdammte Scheiße ziehen Sie mich hier gerade rein!“, schrie Sören. Nachdem der Schwächeanfall im Tiergarten überwunden war, hatte sich ein rasender Zorn in ihm breitgemacht. Seiner dubiosen Auftraggeberin schien der Ernst der Lage in keiner Weise bewusst zu sein. Bereits am Telefon hatte er verlangt, Stark solle den Namen ihres Kunden preisgeben. Wer wollte Andreas Daume finden?

Der Teil in ihm, der noch immer Polizist war, gewann sofort die Oberhand. Einmal Bulle, immer Bulle. Kommissar Steiner hatte extra eine Polizeipsychologin und Fallanalytikerin zum Fundort der Leiche beordert. Daume war also offenbar keines natürlichen Tods gestorben. Im ersten Moment hatte Sören überlegt, ob der Mörder Constanze Stark engagiert hatte, sein eigenes Opfer aufzuspüren. Das erschien beim Nachdenken eher abwegig. Höchstens er war extrem abgebrüht und wollte eine falsche Fährte legen. Gleichwohl konnte der Unbekannte entscheidende Hinweise liefern, um diesen Todesfall aufzuklären.

„Beruhigen Sie sich bitte. Ein derartiges Benehmen dulde ich hier nicht."

„Wir machen uns strafbar, wenn wir meinen Kollegen nicht mitteilen..."

„Ihren ehemaligen Kollegen wohlgemerkt", unterbrach Stark ihn ungerührt. Der Schlag saß.

Der Schmerz, den er empfunden hatte, als er zum ersten Mal seit seiner Kündigung an einem Leichenfundort die große Kavallerie bei ihrem Einsatz beobachtete, war zu frisch, als dass eine derartige Bemerkung einfach an ihm abprallte.

„Es tut mir leid, Sie in eine derartige Situation gebracht zu habe. Ich kann gut verstehen, wie unangenehm es für Sie sein muss", beschwichtige Stark. Er wusste nicht, ob sie die Wahrheit sagte. Aber sie drückte nicht nur durch ihre Worte, sondern auch durch ihren Tonfall und ihre zurückgenommene Gestik genau die richtigen Knöpfe in seinem Innern. Seine Wut fiel in sich zusammen.

„Setzen wir uns doch", schlug sie freundlich vor. „Möchten Sie rauchen?"

Sören schaute sich in dem Büro um. Kein Aschenbecher.

„Geht schon in Ordnung." Sie öffnete eines der Fenster und holte eine filigrane Porzellanschale aus dem Regal. Darin lag ein goldenes Feuerzeug.

Gierig zündete er sich eine Zigarette an. Er hatte seit dem Aufstehen wegen all der Aufregung nahezu ein ganzes Päckchen weggequalmt.

„Wer ist Ihr Auftraggeber? Können Sie ausschließen, dass er oder sie der Mörder ist?"

„Wir können wohl nur Daume als Mörder ausschließen."

„Welchem schlechten Krimi verdanken Sie diese Weisheit?", murrte Sören.

Stark schüttelte bedächtig den Kopf. „Ich verstehe Sie. Aber ich kann Ihnen den Namen unter den derzeitigen Umständen unmöglich nennen. Seien Sie versichert, ich werde sein Alibi höchstpersönlich prüfen."

„Ich befürchte, *Sie* verstehen nicht. Es geht nicht nur um Ihren Kunden. Möglicherweise war es jemand aus seinem Umfeld oder er hat Informationen ..."

„Ich bin keine Anfängerin. Ich bin Profi. Ich werde dem nachgehen."

„Schwachsinn", entgegnete Sören leise. Von seiner Wut war kaum mehr etwas übrig.

„Ich sehe die Sache wie folgt: Sie haben nicht besonders viele Freunde beim LKA. Gewiss können Sie mich melden. Aber was bringt Ihnen das? Glauben Sie etwa, dadurch würden Sie die Vergangenheit ungeschehen machen? Noch dazu, wenn Ihre Hinweise womöglich vollkommen wertlos sind. Eine kalte Spur. Wie peinlich wäre das?"

Sören fixierte sie prüfend. Natürlich lag sie damit nicht ganz falsch. Abgesehen davon, war Steiner bei ihrer Begegnung im Tiergarten nicht gerade freundlich zu ihm gewesen. Behandelte man so einen langjährigen, wenn auch ehemaligen Kollegen? Zudem hatte er die profane Sorge, Stark könne ihm sein Honorar verweigern, wenn er sie anschwärzte.

„Zwei Tage. Ich gebe Ihnen zwei Tage. Danach werde ich bei dem zuständigen Ermittler anrufen. Er ist zwar ein Arschloch und ein inkompetenter Vollidiot, trotzdem ..."

„Wie ist sein Name?"

„Volker Steiner."

„Zwei Tage sollten mehr als ausreichend sein."

Sören drückte die nicht zu Ende gerauchte Kippe aus und erhob sich.

„Wenn ich die Sache richtig sehe, ist unsere Zusammenarbeit damit beendet. Andreas Daume ist aufgetaucht. Wenn auch nicht mehr lebendig." Kurz dachte er daran, dass jemand Max die traurige Nachricht überbringen sollte. Andererseits würde er es wohl sicherlich bald aus den Medien erfahren. Wahrscheinlich gingen die ersten Meldungen schon über die

Ticker. *Homosexueller Sohn einer stadtbekannten Politikerin tot. Vermutlich ermordet. Im Tiergarten.* Die Story war einfach zu spektakulär, um sie nicht zu bringen.

Stark verharrte ungerührt in ihrem Stuhl. „Ich hätte einen weiteren Auftrag. Womöglich sogar mit einer Verbindung zu Daume."

Sofort war Sörens Neugier geweckt. Er setzte sich wieder. Zündete sich die zerknautschte halbe Zigarette wieder an. Stark beobachtete ihn dabei interessiert, mit einem Hauch von Geringschätzung. So wie man eine Spinne begutachtete, die einen faszinierte und anekelte zugleich.

„Ein enger Mitarbeiter von Senatorin Zille, der Mutter von Andreas Daume, erteilte mir den Auftrag, mich um einen Stalker zu kümmern. Einen gewissen Matthäus Fahn. Er scheint von ihr förmlich besessen, hasst sie abgrundtief."

„Der Name sagt mir nichts."

Stark runzelte kaum wahrnehmbar die Stirn. „Das überrascht mich. Er kommt aus dem Schwulenmilieu."

Sören schnaubte erbost. „Glauben Sie etwa, ich kenn jeden Schwulen in dieser verdammten Stadt?"

„Das nicht. Aber Fahn hat es als ehemaliger Bundeswehrseelsorger zu einer gewissen Bekanntheit gebracht. Nach seinem unfreiwilligen Outing flog er bei der Kirche raus. Er wird rechtspopulistischen Kreisen zugeordnet. Es laufen mehrere Strafanzeigen wegen Beleidigung in den sozialen Netzwerken." Sie reichte ihm eine schmale Mappe. „Fahn beschränkt sich allerdings nicht auf Online-Hetze. Er wurde mehrmals nachts vor Zilles Wohnung beobachtet. Ihr Partner hat mich gebeten, dafür zu sorgen, dass er sein Störfeuer im anstehenden Wahlkampf einstellt."

„Und wie wollen Sie das anstellen?", fragte Sören interessiert.

„Da wird sich schon etwas finden, um ihn zu überzeugen."

„Erpressung?"

Stark überging seinen fragenden Einwand. „Ich lasse ihn gerade durchleuchten. Trotzdem wäre es von Vorteil, wenn Sie ein Auge auf den Mann haben könnten. Ich möchte vermeiden, dass er in den nächsten Tagen erneut ohne Vorwarnung bei Zille auftaucht. Das würde", sie zögerte kurz, „ein schlechtes Licht auf mich werfen."

„Ich soll Fahn observieren?"

Stark nickte. „Eine Ihrer leichtesten Übungen, nehme ich an."

Sören nickte nur. Zwar war es im Team einfacher, eine Person unauffällig zu beobachten, aber er würde es für zwei Tage auch allein hinbekommen.

„Wenn das so weitergeht, können Sie bald ein Dauer-Abo bei mir abschließen. Der zehnte Auftrag wäre dann kostenlos", knurrte Sören scherzend. Stark verzog keine Miene. Ob Sie ihm den neuen Fall übertragen hatte, um ihn in den nächsten zwei Tagen ruhigzustellen? Wie groß war wohl ihre Angst, dass er doch zum LKA ging?

„Beobachten Sie ihn diskret und rufen Sie mich sofort an, wenn er sich Zilles Wohnung nähert."

„Ich kümmere mich um Fahn", sagte er und wandte sich zum Gehen.

Alexander Brand würdigte ihn keines Blicks, als er vorbeimarschierte.

„Wir sehen uns!", versprach Sören ihm spöttisch und verschwand, ohne eine Antwort abzuwarten.

Wie ein hysterischer Wahnsinniger hämmerte Max gegen die Wohnungstür. „Aufmachen! Macht auf!", schrie er. Doch in dem Apartment auf der anderen Seite rührte sich nichts.

Er zitterte am ganzen Körper. Die vergangenen Stunden hatten seine letzten Kraftreserven verschlungen.

Er war mit der S-Bahn auf dem Weg zu einer Probe für eine neue Tanz-Performance, als die ersten Meldungen zum Leichenfund über die Info-Screens liefen. Er zückte sein Smartphone, fand Artikel mit Bambis Gesicht. Benommen stieg er am Ostkreuz in die Ringbahn. Zwei Stunden fuhr er stupide im Kreis. Durch einen dicken grauen Schleier aus Trauer, Schmerz und Verzweiflung beobachtete er das vorbeiziehende Berlin. Häuserschluchten und Straßenzüge, Parks und Industrieanlagen. Wedding. Schöneberg. Neukölln. Prenzlauer Berg. Wieder Wedding.

Er sehnte sich nach seinem Bett. Nach dem Schutz seiner Wohnung. Doch die Vorstellung, aufzustehen, die Bahn zu verlassen und nach Hause zu gehen, erschien ihm verrückt. Unmöglich. Das würde er nicht schaffen. Sollte er seine Mitbewohnerinnen anrufen und bitten, ihn aus der Ringbahn zu befreien? Ohne eine Antwort abzuwarten, verschwand die Frage wieder im dichten Nebel.

Andreas war tot. Er konnte es nicht glauben. Noch weniger fassen.

Es wurde spekuliert, ob er sich umgebracht hatte oder Opfer eines Gewaltverbrechen geworden war. Auch ein ebenso tragischer wie tödlicher Unfall in der Sturmnacht wurde nicht ausgeschlossen. Die Polizei hielt sich bedeckt. Doch das Gerücht eines nicht natürlichen Todes machte, von Medien bereitwillig transportiert, bereits die Runde.

Mit allem hätte Max gerechnet. Aber nicht damit. Bambi ermordet? Wer sollte diesem liebenswerten Menschen etwas anhaben wollen? Und warum? Je länger er darüber grübelte, umso deutlicher schälte sich ein Name, ein Gesicht, eine Begebenheit aus dem Nebel des Schmerzes heraus.

Sein Verstand war wie betäubt, niedergestreckt von einer Nachricht, die er, ob ihrer schrecklichen Tragweite, einfach nicht verarbeiten konnte. Trotzdem wurde ihm klar, dass es sehr wohl jemanden gab, der einen Grund gehabt haben könnte, seinen Freund zu töten. Zwielichtige Gestalten. Menschen, die Max nur einmal getroffen und von denen er gehofft hatte, ihnen nie wieder begegnen zu müssen.

Ob er diese Wohnung wiederfinden würde? Das Haus? Irgendwo im Straßengewirr Friedrichshains? Er musste es versuchen.

Und so stemmte sich Max, als die S-Bahn zum dritten Mal den Bahnhof Frankfurter Allee erreichte, von seinem Sitz hoch und stolperte nach draußen.

Seinem inneren Stadtplan folgend, taumelte er zum Boxhagener Platz. Im Uhrzeigersinn klapperte Max jene Straßenzüge ab, die direkt vom Platz abgingen. In einem davon musste sich das Haus befinden, in das ihn Andreas damals mehr als widerwillig mitgenommen hatte.

Bei der vierten Straße hatte er Glück. Er erkannte das graubraun verputzte Gebäude mit seinen klapprigen Balkonen sofort. Die Fassade konnte ohne viel Veränderung als Kulisse für einen DDR-Film herhalten. Das verlotterte Äußere passte zu den düsteren Machenschaften, die sich im Innern abspielten.

Max hatte nie Drogen genommen. Nicht einmal einen Joint. Selbst Poppers war ihm suspekt. Zigaretten rührte er nicht an. Nur Alkohol. Beim Ausgehen. Meist in Maßen, gelegentlich mehr, als er vertrug. Umso suspekter waren ihm jene Abläufe und Gepflogenheiten, die mit Anschaffung und Konsum illegaler Rauschmittel in Verbindung standen.

Die Tür zur Straße stand offen. Max schlich sich hinein.

Die Wohnung, die er suchte, befand sich im Erdgeschoss und war dank eines Weihnachtskranzes aus immergrünen Plastiktannenzweigen mit einem knallroten Rauschgoldengel in der Mitte gut zu erkennen. Das potthässliche Gesteck hing offenbar das ganze Jahr über.

In Max stieg unbändiger Hass auf. Am liebsten hätte er die Tür eingetreten und wäre wild um sich ballernd in das Apartment gestürmt. Aber zum einen hatte er Angst, zu schwach zu sein, um sich gewaltsam Eintritt zu verschaffen. Und zum zweiten hatte er keine Schusswaffe.

Stattdessen hämmerte er also wie von Sinnen gegen das Holz der Tür, schrie nach Einlass. So lange, bis seine Kräfte nachließen und er sich wimmernd und schluchzend abwandte. Genau in diesem Moment wurde die Tür aufgerissen und ein grimmig dreinschauender, riesenhafter Fleischberg mit schwarzem Vollbart und Basecap trat heraus.

„Was ist?“, blaffte er wütend.

Max war wie erstarrt. Er hatte nicht damit gerechnet, dass doch noch jemand öffnen würde. Und sich zudem keinerlei Gedanken gemacht, was er dann zu tun gedachte. Zu allem Überfluss war der Typ nicht derjenige, mit dem er gerechnet hatte.

„Ich will zu Urs."

„Is' nicht da", schallte es ihm missmutig entgegen. Der Fleischberg taxierte Max, schätzte ab, mit wem er es zu tun hatte.

„Wann ist er zurück? Ich muss mit ihm sprechen", entgegnete Max mit so fester Stimme, wie es ihm möglich war. Trotzdem zitterte jede Silbe nervös, sobald sie über seine Lippen kam.

„Um was geht's?"

„Er hat meinen Freund auf dem Gewissen!"

Der Fleischberg runzelte erst die Stirn und begann dann schallend zu lachen. „Klar doch, du Spinner!", sagte er und verschwand dann wieder in der Wohnung. Die Tür knallte hinter ihm laut ins Schloss.

Der Weihnachtskranz schwang hin und her.

Max begann erneut gegen die Tür zu hämmern. Fester und entschlossener als zuvor. Bald schmerzten seine Hände von den ständigen Schlägen. Doch er ließ nicht ab. Warum kam ihm niemand zu Hilfe? Waren alle Nachbarn etwa verschwunden? Hörte ihn niemand? Jemand musste doch etwas tun! Bambi war tot! Wie konnte er der Einzige auf dieser Welt sein, der das nicht einfach so hinnehmen wollte?

„Mach auf! Urs hat ihn auf dem Gewissen! Ich will mit ihm reden!"

Keine Reaktion.

„Oder wollt ihr lieber mit der Polizei sprechen?"

Als hätte er ein Codewort benutzt, wurde die Tür ohne Vorwarnung erneut aufgerissen. Beinahe zeitgleich landete eine Faust in seinem Gesicht.

Er konnte die massigen Umrisse seines Angreifers nur verschwommen wahrnehmen. Riesige Pranken packten ihn und zogen seinen Körper mit Leichtigkeit hoch.

Der nach Zigarettenqualm stinkende Atem seines Gegenübers schlug ihm entgegen. „Hör zu, du Arschloch, ich hab keinen Schimmer, wer du bist und von welcher abgefuckten Scheiße zu faselst. Aber wenn du mir noch einmal dumm kommst und mit den Bullen drohst, bist du tot. Kapiert?"

Max nickte mühsam.

„Hast du mich verstanden?"

„Ja", quetschte er gepresst hervor. Er hatte Angst, bei jedem weiteren Wort würde er einen Schwall Blut spucken.

Der Fleischberg knurrte etwas Unverständliches. Rüde packte er Max, schleppte ihn aus dem Haus, stieß ihn auf die Straße. Ein älterer Herr, der gerade mit Dackel im Schlepptau den Gehweg entlangschlurfte, beobachtete sie desinteressiert und zog unbeeindruckt seines Weges.

„Verpiss dich. Ich will deine Fresse hier nie wiedersehen, du Scheiß-Opfer", blaffte der Fleischberg und verschwand wieder im Innern.

Max taumelte benommen einige Meter die Straße entlang. Dann erbrach er sich an den nächstbesten Baum.

Der holzvertäfelte Journalistenclub in der neunzehnten Etage des Axel-Springer-Hochhauses war ein in vielerlei Hinsicht bemerkenswerter Ort. Untergebracht in den ehemaligen Privaträumen des Medienunternehmers, lag eine altehrwürdige und zugleich von tiefer Spießigkeit geprägte Patina über dem Ort.

Hier schienen die sechziger Jahre niemals vergangen zu sein. Ludwig Erhard war Bundeskanzler. Gute Frauen standen hinter dem Herd. Und der Kalte Krieg war allzeit bereit, heiß zu werden.

Wertvoller Plunder, Geschenke von Präsidenten, Diktatoren und allerlei andere Prominenten fanden sich in den Regalen und Vitrinen. Filigranes Porzellan, Büsten, antiquarische Bücher, Wandteppiche, Gemälde – eben alles, was sich im Laufe eines beispiellosen Aufstiegs vom Verleger zum mächtigsten Medienmogul des Landes so ansammelte.

Wenn Constanze hier verabredet war, wählte sie immer einen Platz, von dem aus sie einen ungehinderten Ausblick durch die Panoramafenster genießen konnte. Die Fernsicht reichte über Berlin Mitte mit Fernsehturm, Domkuppel und Gendarmenmarkt bis weit nach Norden zum ehemaligen Hochbunker am Gesundbrunnen. Spektakulär. Selbst an einem grauen, tristen Septembertag.

Sie orderte einen Tomatensaft, während sie auf Jan Bergmann wartete.

Auch wenn sie sich gegenüber Petersen betont entspannt gegeben hatte, war sie es nicht. Was, wenn der Politiker tatsächlich etwas mit Daumes Tod zu tun hatte?

Es handelte sich um Mord. So viel war inzwischen sicher, wiewohl die Medien noch von „ungeklärten Umständen" sprachen.

Sie hatte ihre Kontakte im LKA angefunkt. Die Rechtsmedizin grenzte den Todeszeitpunkt vorläufig auf nach dreiundzwanzig Uhr am Mittwoch und vor drei Uhr am Donnerstagmorgen ein. Mehr Gewissheit sollte eine umfassende Autopsie bringen.

Sie würde eine Kopie der vorläufigen Ermittlungsergebnisse zeitnah erhalten. Das sicherte ihr LKA-Leiterin Eppenheimer zu, ohne lästige Fragen zu stellen. Wahrscheinlich führte sie Constanzes Interesse an dem totem Daume darauf zurück, dass dessen Mutter zu ihrem Klientenkreis gehörte.

Ob Eppenheimer sich verraten fühlte, sollte herauskommen, auf welche Weise Stark in den Fall involviert war? Möglicherweise. Aber nichts, was ihre Beziehung zueinander irreparabel schädigen würde. Dafür stand die Behördenchefin viel zu tief in Constanzes Schuld.

Wirkliche Sorgen bereitete ihr Bergmann. Eine wie auch immer geartete Verwicklung seinerseits brächte sie in eine äußerst unangenehme Position. Wirklich kritisch konnte diese Causa durch das Engagement von Petersen werden. Dieser Ex-Bulle entpuppte sich als kaum steuerbar. Es mochte ihr gelungen sein, ihn vorläufig ruhigzustellen. Doch damit war nur etwas Zeit gewonnen. Besser als nichts. Aber keine wirkliche Lösung.

Sie bereute es, ihn beauftragt zu haben. Gleichwohl sie zum damaligen Zeitpunkt unmöglich hatte ahnen können, welche Wendung dieser Fall nehmen würde. Mord! Das war nun wirklich unerfreulich.

Constanze hielt nichts davon, Fehler zu bereuen. Es galt vielmehr, daraus zu lernen, um sie nicht erneut zu begehen.

Trotzdem war auch sie nicht immun dagegen, sich über selbstverschuldete Versäumnisse zu ärgern. Sie gestattete sich dieses Gefühl so lange, bis sie ihren Tomatensaft mit einem großzügigen Schuss Tabasco geleert hatte. Dann konzentrierte sie sich auf ihr anstehendes Gespräch – und die damit verbundenen Herausforderungen und Chancen.

Positiv schlug zu Buche, dass Bergmann, ganz egal, wie die Sache für ihn ausging, bei ihr von nun an in der Kreide stand. Besonders, wenn sie seinen Namen aus der Geschichte heraushielt.

Die Chance dafür stand nicht so schlecht. Immerhin war Petersen bei seinen Nachforschungen auch nicht über Bergmann gestolpert. Die Freundschaft zwischen dem Politiker und Daume lief ganz offensichtlich diskret ab.

Blieb die Frage nach einem Alibi für den Mordzeitraum. Es galt, nicht nur Bergmann, sondern auch dessen Freund als potenziellen Täter auszuschließen. Vielleicht war Pierre Gaston doch eifersüchtig und hatte seinen Konkurrenten kurzerhand ausgeschaltet? Für einen Mann, dessen Familie angeblich Kontakte ins kriminelle Milieu unterhielt, sollte das ein Leichtes sein.

Wie würde sie dann reagieren? Wie sollte sie reagieren? Welche Chancen lagen in einer derartigen Wendung? Und welche Gefahren?

So unbefriedigend es auch sein mochte, jene Fragen konnte sie letzten Endes erst sinnvoll beantworten, wenn dieser Fall, den sie noch immer als unwahrscheinlich betrachtete, eintrat. Es käme dann auf die Details, die weiteren Umstände an und insbesondere auf Bergmanns Verhalten.

Sie orderte Kaffee und eine Crème brûlée.

Er ließ sie schon wieder warten. Daran galt es dringend zu arbeiten. Das konnte sie ihm auf Dauer nicht durchgehen lassen.

Wenigstens war die Aussicht anregend. An Berlin würde sie sich nie sattsehen können. Besonders von hier oben. Die Stadt, so klein und unbedeutend, erinnerte an eine Modelleisenbahnlandschaft. Zugleich begriff man erst aus der Vogelperspektive, wie weitläufig sie sich in alle Himmelsrichtungen erstreckte.

Constanze knackte gerade die goldbraune Karamellkruste ihres Desserts, als ein Kellner mit gewichtigem Gesichtsausdruck Bergmann zielstrebig zu ihrem Tisch geleitete.

„Sie sind spät dran“, stellte sie ungerührt fest und blieb demonstrativ sitzen.

„Ich kam, so schnell ich konnte. Mein vorheriger Termin dauerte länger als gedacht. Eine Anhörung im Ausschuss für …“

Constanze hob abwehrend die Hand. „Verschonen Sie mich mit Ihren Ausflüchten.“

Bergmann runzelte konsterniert die Stirn und ließ sich mit einem überdeutlichen Seufzer der Erschöpfung auf den freien Stuhl fallen.

„Chardonnay und ein stilles Wasser“, orderte er.

Im selben Moment setzte Regen ein. Dicke Tropfen klatschen gegen die Fensterschreiben.

„Insgesamt ein sehr unerquicklicher Tag“, stellte Constanze gleichmütig fest.

„Unerquicklich? Andreas Daume ist tot!“, raunzte Bergmann lauter als beabsichtig. Irritierte Blicke vom Nachbartisch waren die Folge. Sofort senkte er seine Stimme. „Das ist furchtbar. Ich bin fassungslos …“

„Ich meinte das Wetter. Weiter nichts“, unterbrach sie ihn mit leiser Stimme, die einen warnenden Unterton angenommen hatte.

Der Kellner brachte die Getränke. Stumm saßen sie sich gegenüber. Sie löffelte stoisch ihre Crème brûlée.

„Das ist köstlich“, stellte sie unnötigerweise fest.

Bergmann beugte sich nach vorne. „Was haben Sie für mich?“

Sie hielt mitten in ihrer Bewegung inne. Der Löffel schwebte unschlüssig zwischen ihrem Mund und der kleinen Tonschale.

„Solange ich mir nicht sicher bin, dass Sie nicht in diesen Todesfall verwickelt sind, habe ich gar nichts für Sie.“

„Machen Sie sich nicht lächerlich! Warum sollte ich Andreas Daume ermorden?“, presste er mit gesenkter Stimme aufgebracht hervor.

Sie zuckte mit den Schultern. „Die Menschen machen die seltsamsten Dinge aus Liebe … oder Geilheit."

„Ich versichere Ihnen, ich habe ihn nicht umgebracht."

„Und Ihr Lebensgefährte?"

„Pierre? Natürlich nicht!"

Kein Zögern lag in seiner Stimme. Nicht die kleinste Unsicherheit. Das war ungewöhnlich. Kam er angesichts eines solchen Verdachts zumindest nicht kurz ins Grübeln?

Der Löffel verschwand endlich in ihrem Mund.

„Wollen Sie jetzt Alibis von uns beiden haben?"

„Das wäre ein Anfang. Sehen Sie, Herr Bergmann, ich hätte als Anwältin keinerlei Problem damit, einen Mörder zu verteidigen. Wir leben in einem Rechtsstaat. Jeder Bürger dieses Landes besitzt Anspruch auf bestmöglichen Beistand vor Gericht. Aber weder sind Sie im juristischen Sinne mein Klient noch haben wir es hier mit einer offiziellen Ermittlung zu tun. Ich mache mich der Mitwisserschaft schuldig, sollte sich herausstellen …"

„Ich habe ihn nicht umgebracht."

„Darüber hinaus kann ich es auf den Tod nicht ausstehen, wenn jemand ein falsches Spiel mit mir spielt", fuhr sie mit drohender Gelassenheit fort. „Diese ganze Sache ist ein riesiger Haufen Scheiße, der zum Himmel stinkt. Der schwule Sohn einer prominenten Politikerin wird im Tiergarten ermordet. Kurz nachdem mich einer ihrer politischen Widersacher beauftragte, eben diesen Jungen zu suchen, da er eine Affäre mit ihm hatte. Ich will wissen, woran ich bin. Das ist alles."

Bergmann nahm einen Schluck von seinem Wein.

Sie vertilgte den letzten Rest ihres Desserts, tupfte sich anschließend mit der weißen, schweren Stoffserviette vorsichtig den Mund ab.

„Wissen Sie, wann es passierte? Dann könnte ich Ihnen sagen, wo ich … wo wir zu jener Zeit waren."

„In der Nacht von Mittwoch auf Donnerstag. Irgendwann zwischen dreiundzwanzig und drei Uhr. Genauer kann die Polizei es wohl noch nicht sagen."

Ein Anflug der Erleichterung huschte über Bergmanns Gesicht.

„Wir waren gemeinsam auf dem Herbstempfang des Branchenverbands der Glücksspielindustrie. Deshalb konnte ich auch Bambis Anruf nicht entgegennehmen. So etwa bis Mitternacht. Danach sind wir mit einem Parteifreund in eine Bar weitergezogen. Es war sein Geburtstag. Wir haben einiges getrunken. Gegen halb vier nahmen wir uns ein Taxi nach Hause. Ich habe eine Quittung. Sie können das gerne überprüfen. Aber bitte diskret."

„Selbstverständlich." Sie nickte. Das war ein gutes Alibi. Zweifelsohne würde es sich als wahr herausstellen.

„Ich muss trotzdem mit Ihrem Partner sprechen. Nur, um mir ein vollständiges Bild zu verschaffen."

„Kein Problem. Ich arrangiere das."

„Danke für Ihr Verständnis", entgegnete sie, nun in einem versöhnlicheren Tonfall.

„Wir sollten alle Unklarheiten schnell aus der Welt schaffen. Danach möchte ich alle Details wissen", bekräftigte er eindringlich.

„Was ist Daume Ihrer Meinung nach zugestoßen?", fragte Constanze sanft.

Er zuckte ehrlich verzweifelt mit den Schultern. „Wahrscheinlich war es ein schrecklicher Zufall. Ein Überfall, der schiefging. Die Zustände im Tiergarten sind ja hinlänglich bekannt."

Constanze konnte sich des Eindrucks nicht erwehren, dass er sich mit dieser These selbst beruhigen wollte. Hatte er Angst, Daume könnte aus Liebeskummer Suizid begangen haben? Befürchtete er, zumindest indirekt mitschuldig an seinem Tod zu sein?

Sie hätte ihm diese Sorge nehmen können. Nach ihrem Informationsstand war das ausgeschlossen. Auch wenn die Autopsie nicht abgeschlossen war. Doch sie schwieg. Sie wollte zum jetzigen Zeitpunkt so wenige Informationen wie möglich an Bergmann weitergeben.

Er nahm einen Schluck Wein und setzte zu einer Tirade über lasche Sicherheitspolitik des Senats, all die Flüchtlinge und die osteuropäischen Obdachlosen an. Es sei angesichts dieser Flut an gewaltbereiten, entwurzelten und frustrierten Männern kein Wunder, wenn der Tiergarten, die Stadt, ja das ganze Land immer unsicherer werden, im Chaos zu versinken drohen. Einer von denen, da sei er sich absolut sicher, habe Andreas Daume auf dem Gewissen. Es sei eine Schande.

Constanze nickte, ohne seine Vermutung und erst recht nicht seine Haltung bestätigen oder dementieren zu wollen.

„Der Mann, den Sie engagiert haben ... Dieser Privatdetektiv ...“, kehrte Bergmann unvermittelt zum eigentlichen Thema zurück, „ist er vertrauenswürdig? Weiß er ...“

„Ich habe Ihren Namen ihm gegenüber nicht erwähnt.“

Sie verschwieg bewusst, wie schwer steuerbar Petersen zunehmend wurde. Das brauchte Bergmann nicht zu kümmern. Noch mehr Unruhe in diesem Fall konnte sie nicht gebrauchen. Abgesehen davon ließ sie das ungute Gefühl nicht los, dass er ihr nach wie vor etwas verschwieg. Sie hatte nur nicht die leiseste Ahnung, was es war.

Angesichts seines ermordeten Geliebten wirkte er zu gefasst, beinahe ungerührt. Gewiss trauerte jeder anders. Allerdings zeigte sich Bergmann nicht sonderlich mitgenommen.

Besorgt. Das traf es besser. Ja, er macht auf sie einen zutiefst besorgten Eindruck. Und vielleicht sogar ein wenig verärgert, wie ein Mann, dem man gerade einen dicken Strich durch die Rechnung gemacht hatte.

Etwas verunsicherte ihn. Er hatte noch längst nicht alle Karten auf den Tisch gelegt. Was verbarg er vor ihr? Und vor allem, warum? Hatte sie ihm nicht deutlich zu verstehen gegeben, wie entscheidend Ehrlichkeit für ihre Geschäftsbeziehung war? Das forderte sie von all ihren Klienten ein. Nicht nur, um sich vor bösen Überraschungen zu schützen, sondern auch, um erfolgreich arbeiten zu können. Leider gab es immer wieder jene Unbelehrbaren, die sich selbst im Weg standen, indem sie essenzielle Informationen zurückhielten.

„Lassen Sie diesen Detektiv auf den Fall angesetzt. Mein Vertrauen in die Kompetenz der Berliner Polizei hält sich in Grenzen. Sozialarbeiter in Uniformen. So ist doch inzwischen deren Selbstverständnis. Ich bin der Überzeugung, es ist gut, wenn wir weiterhin an der Sache dranbleiben. Außerdem will ich über den Stand der Ermittlungen auf dem Laufenden gehalten werden. Können Sie das arrangieren?"

„Sollte kein Problem sein", antwortete Constanze überrascht. Damit hatte sie nicht gerechnet. „Umso wichtiger ist mein Gespräch mit Ihrem Lebensgefährten. Sie verstehen sicher: Ich muss mich absichern."

„Selbstverständlich. Das müssen wir doch alle."

Bergmann hatte seinen Wein zügig geleert.

„Die Rechnung geht auf mich", läutete sie galant das Ende ihres Treffens ein.

Er nickte knapp, verstand die Andeutung. Sie erhoben sich.

„Pierre wird sich bei Ihnen melden, um einen Gesprächstermin zu vereinbaren."

„Das wäre vorzüglich."

Ein kurzer, geschäftsmäßiger Händedruck. Bergmann konnte schwerlich seine Enttäuschung über ihre Weigerung, mehr Informationen mit ihm zu teilen, verbergen. Immerhin war er professionell genug, deswegen keine Szene zu machen oder sie unter Druck zu setzen.

„Ich wollte Ihnen noch mein Beileid ausdrücken", hielt sie ihn zurück, als er gerade im Gehen begriffen war.

Er schaute sie kurz irritiert an. „Ja … Ja, vielen Dank", stammelte er verunsichert.

„Egal, wie Sie am Ende zum ihm standen, es ist nie leicht, einen geliebten Menschen zu verlieren."

Bergmann nickte knapp, presste die Lippen aufeinander und beeilte sich dann, den Journalistenclub zu verlassen.

Nach seinem Treffen mit Constanze Stark stampfte Sören Petersen missmutig und seltsam betäubt durch die Stadt. Ein strammer Wind blies ihm ins Gesicht. Er trotzte ihm stur und unbeeindruckt.

Seine Wut war in sich zusammengefallen, eine bleierne Leere machte sich in ihm breit. Er wusste nicht so recht, etwas mit sich und dem Tag anzufangen. Das jähe Ende seiner Suche nach Bambi ließ Sören in ein Loch fallen und erinnerte ihn an jene Zeit kurz nach seiner Kündigung. An die Ziellosigkeit, mit der damals sein Leben verlaufen war. Ohne Inhalt und Sinn hatten sich ereignislose Tage, Wochen und schließlich Monate aneinandergereiht.

Zunächst streunte er planlos durch das südliche Moabit. Nebenbei wunderte er sich, wie schnell die Gentrifizierung in dem Kiez um sich griff. Allerorts standen Baugerüste und Kräne. Der Umbau des Viertels war im vollen Gange. Jahrelang hatte das Wohnquartier als sozialer Brennpunkt gegolten. Unsanierte, verlotterte Altbaufassaden gab es zwar noch, doch sie waren längst in der Minderheit, unliebsame Fremdkörper zwischen all den in jüngster Zeit aufgehübschten Häusern.

In der Arminiusmarkthalle, einem alten Backsteinbau aus dem neunzehnten Jahrhundert, holte er an einer Baristabar einen überteuerten, aber wie er widerwillig zugeben musste, hervorragenden Kaffee.

Als die Verkäuferin fragte, ob er einen Latte macchiato oder einen Cappuccino wollte, knurrte er missmutig, sie solle ihm mit diesem Milchschaum-Chichi verschonen und einen Schwarzen geben.

Sie ließ sich von seiner schlechten Laune nicht irritieren, grinste weiter ein überfreundliches Dauerlächeln und tat wie geheißen.

Das machte Sören nur grantiger.

Kam es etwa in Mode, Wert auf zuvorkommenden Service zu legen? Wo war die harte, aber wenigstens ehrliche Berliner Schnauze geblieben?

Mit seinem dampfenden Pappbecher in der Hand stapfte er zum Hansaplatz. Dort stieg er in die U-Bahn. Auch wenn er nicht die geringste Lust verspürte, sich hinter seinen Schreibtisch zu klemmen, hoffte er doch, wenigstens noch etwas Sinnvolles zustande zu bringen, indem er mit der Recherche zu dem ominösen Matthäus Fahn begann. Er wurde das Gefühl nicht los, Constanze Stark habe ihm diesen Auftrag als Trostpflaster verpasst. Wollte sie ihn ablenken? Ruhigstellen? Und sich dadurch Zeit verschaffen?

Er hatte sich aus einem Moment der Schwäche heraus zu einem Aufschub breitschlagen lassen. Eigentlich sollte er, das war ihm klar, sofort Steiner anrufen. Doch Stark hatte es geschafft, ihn von diesem Vorhaben abzubringen. Dabei kam ihr seine tiefe Antipathie gegen den Ermittler zugute. Das war allerdings nur die halbe Wahrheit. Schließlich sprach nichts dagegen, Basimah oder Richard zu kontaktieren, um die Interaktion mit Steiner auf ein Minimum zu beschränken.

Wenn er ehrlich zu sich selbst war, standen ihm auch sein eigener Ehrgeiz und sein Stolz im Weg. Vielleicht war es sogar eine Art Selbsterhaltungstrieb.

Er wollte weiterhin an diesem Fall dranbleiben. Solange die Polizei nichts von Stark und ihrem unbekannten Auftraggeber wusste, war es sein Job, ein Auge auf sie zu haben. Diese Pflicht gab ihm das gute Gefühl, gebraucht zu werden, eine echte, sinnvolle Aufgabe zu haben und nicht mehr länger ein gescheiterter Hauptkommissar zu sein, der seine spärlichen Brötchen als Privatschnüffler verdiente.

Dementsprechend war auch die mögliche, von Stark nur flüchtig angedeutete Verbindung des Fahn-Auftrags zu Bambis Tod sein einziger Antrieb, sich damit zu beschäftigen. Ein Antrieb, der allerdings nicht stark genug ausgeprägt war, um seine Motivation zu steigern, ins Büro zurückzukehren und sich an die Arbeit zu machen. Er wollte in Aktion sein, in Bewegung. Nur nicht innehalten und zur Ruhe kommen.

Der erste Anruf, der ihn aus seinen Gedanken riss, kam von Kevin. Ob der Junge immer noch allein in seiner Wohnung war? Er hatte angesichts der überstürzten Entwicklungen der vergangenen Stunden komplett vergessen, dass er ihn am Morgen dort zurückgelassen hatte, wie einen lästigen Hundewelpen an einer Autobahnraststätte. Sören ging nicht ran. Ohne allerdings wirklich begründen zu können, warum. Er verspürte schlichtweg nicht die geringste Lust, mit dem Jungen zu sprechen, sich gar mit seinen Bedürfnissen auseinandersetzen zu müssen.

Als er nur noch wenige hundert Meter von seinem Büro entfernt war, vibrierte das Smartphone erneut in der Hosentasche.

Eine unbekannte Nummer blinkte auf dem Display.

Sofort war seine Neugier geweckt.

„Sören Petersen spricht“, meldete er sich altmodisch.

Zunächst herrschte am anderen Ende der Leitung eine unruhige Stille.

„Wer ist denn da?“, fragte er harsch.

Wieder vergingen einige Sekunden. Er war kurz davor aufzulegen, als eine gedämpfte Männerstimme erklang, die er allerdings nicht zuzuordnen vermochte. „Hallo?“

„Mit wem habe ich das Vergnügen?“

„Hier ist Maximilian Probst. Erinnerst du dich an mich?“

Ein langes Schniefen erklang.

„Natürlich erinnere ich mich!“

„Ich brauche Hilfe. Bitte.“ Es war ein flehentlicher Ausruf. Herzzerreißend.

Während Max am Telefon gehetzt berichtete, was ihm widerfahren war, machte Sören kehrt und ging zurück zur U-Bahnstation.

Keine Dreiviertelstunde später stand er in einer quietschbunten Pseudo-Flowerpower-WG nahe dem Treptower Park.

Zusammengekauert saß Max auf einem großen, grünen Sofa im geräumigen Wohnungsflur. Eine seiner Mitbewohnerinnen hatte eine Kanne Tee gekocht und streichelte ihm durch die Haare. Sie stellte sich als Patricia vor. Sören entging ihr abschätzender Blick durchaus nicht.

„Ich muss jetzt wirklich los zur Vorlesung. Geht es?“, fragte sie sorgenvoll.

Max nickte schweigend.

„Ich bin in drei Stunden zurück“, versprach sie, schnappte sich hastig Jacke und Tasche, sprang förmlich in ihre Stiefel. Sören konnte nicht einschätzen, ob sie nur in Eile war oder vor der Situation flüchtete.

„Ich habe gesagt, er soll zur Polizei gehen. Aber er weigert sich, wollte unbedingt mit Ihnen sprechen“, sagte sie tadelnd an beide gerichtet und entschwand.

Einige Sekunden stand Sören unbeholfen herum. Der Junge wimmerte und schniefte leise vor sich hin. „Wer macht so was?“, fragte er mit stockender Stimme.

„Aber du weißt doch, wer dich verprügelt hat."

„Ich meine Andreas. Warum wurde er umgebracht?"

Sören seufzte gedehnt und setzte sich neben ihn. Er kam sich vor wie ein Vater, der seinem Sohn eine bittere Realität zeigen musste.

„Es gibt viele Gründe, warum Menschen morden. Geld, Lust, Hass, Liebe. Das dürften die gängigen sein."

„Liebe?", wiederholte Max leise. „Dann bin ich wohl auch verdächtig?"

Er nickte bestätigend. „Die Polizei wird sich früher oder später bei dir melden."

„Glauben Sie auch, ich habe …?"

Sören zögerte. Selbst wenn ihm seine Intuition etwas gänzlich anderes sagte, musste er von dieser Möglichkeit ausgehen.

„Es wäre am besten, wenn du für den Tatzeitpunkt ein lückenloses Alibi vorweisen könntest", stellte er fest, anstatt die Frage zu beantworten.

„Im Radio haben sie gesagt, es sei Mittwoch auf Donnerstag passiert. Da war ich zu Hause. Patricia, Lena und ich haben in der Küche getrunken. Bis nach Mitternacht. Dann sind wir ins Bett gegangen. Naja, Lena hat nicht hier in der WG geschlafen, sondern ist zu ihrem Freund."

Es war immerhin ein halbes Alibi. Steiner würde sich jedoch damit nicht zufriedengeben. Max hätte sich unbemerkt aus der WG schleichen können. Der exakte Tatzeitpunkt war dann entscheidend. Vorerst blieb Daumes Lover damit auf der Liste der Tatverdächtigen. Laut sagte er nur: „Das ist doch besser als nichts."

„Möchtest du auch einen Chai-Tee?"

Misstrauisch begutachtete Sören die bräunliche Brühe, in der allerlei undefinierbare Gewürze schwammen.

„Nein, danke."

Schlürfend nahm Max einen Schluck. „Sollte ich mich bei der Polizei melden?"

„Das wäre gut. Du musst ihnen von diesem Drogendealer erzählen. Und selbst Anzeige erstatten."

„Muss ich das wirklich?"

„Wie gesagt, es wäre zu deinem eigenen Vorteil."
„Es war doch nichts."
Sören hob zweifelnd die Augenbrauen und strich sanft über das blaue Auge. Schmerzerfüllt verzog der Junge das Gesicht.
„Haben Sie jeden angezeigt, mit dem Sie sich geschlagen haben? Und lügen Sie nicht! Sie sehen aus wie jemand, der sich schon öfter geprügelt hat."
„Du hast dich nicht geprügelt. Du wurdest verprügelt. Das ist ein Unterschied."
Immerhin gelang es Sören, ihm mit der Bemerkung ein schiefes Grinsen abzuringen. Seiner Einschätzung nach stand Max gleich mehrfach unter Schock. Nicht nur der Mord an seiner großen Liebe, sondern auch die körperliche Gewalt hatten Spuren hinterlassen. Immer wieder erzitterte sein gesamter Körper. Die Augen waren gerötet und glasig.
Wenn er wirklich etwas mit Bambis Tod zu tun hatte, war er ein verdammt guter und gewiefter Schauspieler, der nicht einmal davor zurückschreckte, sich vermöbeln zu lassen, um den Verdacht von sich zu lenken.
„Warum hast du mich angerufen?"
„Du musst mir helfen." Ohne Vorwarnung wechselte Max wieder von der förmlichen in die vertraute Anrede. Offenbar schien ihm ein distanziertes „Sie" angesichts der Situation nicht mehr angebracht.
„Du musst diesen Urs finden. Vielleicht hat er Andreas auf dem Gewissen."
Sören musterte ihn skeptisch.
„Ich kann dich auch bezahlen!"
Er schüttelte den Kopf. „Darum geht es nicht. Ich verstehe nur nicht, was das soll. Überlass es der Polizei …"
„Nein!", schrie Max. Erschrocken über seinen eigenen Wutausbruch schaute er Sören verunsichert an. „Bitte! Ich muss es einfach wissen. Die Polizei wird mir nichts sagen. Ich bin kein Angehöriger. Kein Lebenspartner. Ich bin für die … ein Nichts."
Ein erneuter Weinkrampf ergriff ihn.
„Du bist kein Nichts!"

„Doch. Ohne Andreas bin ich ein Nichts. Ohne ihn … Alles ist so sinnlos."

Angehörigengespräche waren nie Sörens Stärke gewesen. Unbeholfen saß er auf dem Sofa und fühlte sich ebenso hilflos wie unwohl.

„Kannst du mir sagen, wo dieser Dealer wohnt? Ich könnte ihm ja mal einen Besuch abstatten", fragte er schließlich, hauptsächlich, um sein Gegenüber aus dem Tal der Tränen zu reißen. Der Verlust eines Menschen war immer leichter zu bewältigen, wenn es etwas zu tun gab, man produktiv sein konnte. Der großen, dunklen Leere gelang es nicht, sich breitzumachen, sich in der Seele einzunisten, solange alles in Bewegung blieb.

Mit einem Funken Hoffnung in den Augen reichte Max ihm ein unordentlich gefaltetes Stück Papier. Darauf gekritzelt eine Adresse in Friedrichhain.

„Das ist am Boxhagener."

Max nickte schniefend, wischte sich abwesend den Rotz mit dem Handrücken ab. „Urs Gebauer. Das ist der Dealer. Aber wie der Typ heißt, mit dem ich mich … der mich verprügelt hat, weiß ich nicht. Den hab ich nie zuvor gesehen."

„Hast du ein Foto von diesem Urs?"

Max zückte sein Smartphone und zeigte ihm ein halbwegs brauchbares Selfie, aufgenommen in einer schummrigen Bar. Neben ihm selbst und Daume war ein blasser, durchaus attraktiver Jüngling mit braunen Haaren zu sehen. Sein Outfit entsprach dem eines typischen BWL-Studenten, der sich in Polo-Shirt und Designerjeans lässig-schick präsentieren wollte, um einen „draufzumachen".

„Wir waren einmal zusammen unterwegs. Ich hab aber kaum mit ihm geredet." Max fühlte sich bemüßigt, die Konstellation auf dem Bild zu erklären. „Das war in so einer schicken Cocktaillounge in Mitte. Ich empfand mich reichlich deplatziert und bin nach einem Drink gegangen. Andreas war deswegen wütend. Er sagte, ich sei eine Zicke."

„Dann werde ich mal auf einen Plausch bei Urs vorbeischauen."

Sören erhob sich. Dankbar, einen Grund zu haben, Distanz zwischen sich und Max mit all seiner Trauer und seinem Schmerz zu bringen.

„Danke."

„Kann ich dich allein lassen?"

Der Junge nickte in Richtung der Tasse Chai-Tee. „Ich hab alles, was ich brauche. Und Pat kommt sicher bald zurück."

„In Ordnung." Er zögerte kurz. „Mach bitte keine Dummheiten. Deine Mitbewohnerin würde es mir nie verzeihen, dass ich nicht auf dich aufgepasst habe."

„Versprochen", antwortete Max im seltsamen Brustton vollster Überzeugung.

Sören hoffte inständig, ihm in dieser Hinsicht vertrauen zu können, hatte aber zugleich ein dumpfes, ungutes Gefühl. Der Junge wirkte, als würde er sich nach dem Schock über Daumes Tod eher unsicher und wackelig von Minuten zu Minute, von Moment zu Moment hangeln. Ein Drahtseilakt an einem Abgrund entlang. Mochte er in diesem Augenblick auch noch so vorbehaltlos glauben, nichts Dummes tun zu wollen, konnte das im nächsten auch schon wieder ganz anders aussehen.

Das bewies nicht zuletzt seine kopflose Pseudo-Ermittlung im Drogenmilieu. Womöglich entpuppte sich diese Information als ausschlaggebendes Puzzleteil. Umso ärgerlicher, dass der Junge sie ihm bei ihrem ersten Aufeinandertreffen verheimlicht hatte.

9

Basimah öffnete das Fenster ihres Büros und ließ sich dankbar von einem Schwall nasskalter Herbstluft einlullen. Es war längst dunkel. Trotzdem wollte dieser Arbeitstag einfach nicht zu Ende gehen. Steiner hatte als leitender Ermittler ein spätabendliches Meeting gemeinsam mit der Pressestelle einberufen.

Basimah ahnte, um was es bei der Besprechung gehen würde. Alle Augen waren auf sie gerichtet. Auf ihre Einschätzung. Von ihrer Meinung als Polizeipsychologin und Fallanalytikerin hing es maßgeblich ab, was auf der für den folgenden Morgen anberaumten Pressekonferenz an die Öffentlichkeit gehen würde. Das Problem war nur, sie hatte noch keine klare Meinung.

Die Fotos auf ihrem Schreibtisch erschienen, wie die Bilder in ihrem Kopf, seltsam surreal. Ihr war, als würde sich erneut der ekelhaft stechende und beißende Leichengestank in ihrer Nase breitmachen. Wie Nadeln, die sich in ihre Riechrezeptoren bohrten.

Gierig schnappte Basimah nach frischer Luft.

In den vergangenen Jahren hatte sie viele Tatorte besichtigt. Allerdings erst Tage, Wochen oder gar Monate, nachdem der eigentliche Mord passiert war. Sie war meistens zu alten, nicht gelösten Fällen hinzugezogen worden, um den Ermittlungen neue Impulse zu geben. Es war ihr eigener Vorschlag gewesen, diese Vorgehensweise zu ändern und sie bei bestimmten Indikatoren bereits wesentlich früher hinzuzuziehen.

Sie schloss das Fenster und kehrte zum Schreibtisch zurück. Ihr Büro befand sich in einem Seitenflügel des Landeskriminalamts. Hier war die interne Ermittlung untergebracht. Die Buchhaltung. Das Personalratszimmer und Teile des Archivs. Schon zu normalen Bürozeiten ging es deutlich ruhiger zu als auf den Etagen der Dezernate. Spät abends war erst recht niemand mehr unterwegs. Um sich nicht komplett allein zu fühlen, stand die Tür weit auf, auch wenn sie das unruhige Flackern der Deckenbeleuchtung im Flur nervös machte.

Im Stehen schweifte ihr Blick über die Fotografien, die in wildem Durcheinander auf der gesamten Schreibtischplatte verstreut lagen. Basimah hoffte, mit etwas Distanz würde sich ihr grausames Geheimnis wenn nicht offenbaren, dann doch wenigstens etwas deutlicher abzeichnen.

Während des Nachmittags hatte sie bisweilen den Eindruck gehabt, die Bilder würden sie förmlich anschreien. Sie hatte in den vergangenen Jahren Verbrechen aus Leidenschaft begutachtet. Eine Tötung auf Verlangen. Ebenso wie eindeutige Hasskriminalität. Und mindestens zwei tragische, aber unbeabsichtigte Todesfälle durch ausgefallene Sexpraktiken.

Der Daume-Fall indessen war etwas anderes. Der junge Mann war nicht einfach umgebracht worden. Selbst eine klassische „Übertötung", wenn der Täter wie im Wahn dem Opfer unzählige Verletzungen zufügte, die jede für sich schon tödlich war, traf es nicht. Gleichwohl es hierfür durchaus Anzeichen gab: mehrere schnelle Messerstiche post mortem in die Brust. Brutal und heftig, mit aller Kraft ausgeführt. Hinzu kamen weitere tiefe Stichverletzungen in die Beine. Die Sehnen waren durchtrennt. Wesentlich verstörender waren jedoch all die anderen Verletzungen.

Daumes Oberkörper sah aus, als hätte ihn eine wildgewordene Katze mit scharfen Krallen malträtiert. Tatsächlich stammten die Kratzer nicht von einem Tier. Jemand hatte ihn gezielt mit einem scharfen Messer wieder und wieder geritzt.

Ein weiteres Foto zeigte die beiden grünen Plastikwäscheklammern, die die Spurensicherung gefunden hatte. Mit ihnen waren seine Brustwarzen aufs heftigste bearbeitet worden. Der mit Essig getränkte Knebel in seinem Mund hatte wahrscheinlich vor allem dazu gedient, seine Schreie zu ersticken.

Zu einem Henkersknoten gebunden, hatte der Täter seinem Opfer ein Seil um den Hals gelegt und damit die Luft mehrmals bis kurz vorm Ersticken abgedrückt.

Basimah hoffte für Daume, dass er bereits lange vor seinem qualvollen, endlos hinausgezögerten Tod bewusstlos geworden war. Falls nicht, mochte sie sich nicht vorstellen, welche Schmerzen es ihm bereitet hatte, als seine abgebundenen Hoden mit Nadeln gespickt wurden.

Aus seinem Anus hatte man einen unterarmdicken Ast gezogen, der ihm brutal hineingerammt worden war. Die Spurensicherung vermutete, der Täter habe das Stück Holz unweit vom Tatort aufgesammelt.

Eines stand für sie fest: Daumes Folter zog sich hin, ehe er endlich sterben durfte. Stranguliert mit einem Seil. Der Täter hatte wohl zunächst versucht – darauf deuteten Kratzer und

Griffspuren am Hals hin –, ihn mit bloßen Händen zu erwürgen, jedoch nicht die notwendige Kraft aufbringen können. Schließlich nahm er das Seil zur Hilfe.

Der Abschlussbericht aus der Gerichtsmedizin lag zwar noch nicht vor, allerdings würde er wohl lediglich das grauenvolle Bild mit weiteren Details anreichern und somit bestätigen. Sonderliche Überraschungen erwartete sie nicht. Offen war lediglich die Frage, ob das Opfer kurz vor seinem Tod Drogen konsumiert hatte.

Wieder und wieder ließ Basimah vor ihrem geistigen Auge die Szenen, die sich in der Mordnacht ereignet haben mochten, ablaufen. Wie eine Filmregisseurin variierte sie dabei Einstellungen und Blickwinkel, verwarf, modifizierte oder erneuerte Thesen und Vermutungen. Im Mittelpunkt ihrer Gedankenspiele stand dabei allerdings nicht das Opfer, sondern der Täter. Was trieb ihn an? Welcher Mensch verbarg sich hinter diesem blutigen Foltermord? Wer war er?

Dass es ein *er* war, daran bestand für Basimah keinerlei Zweifel. Nicht nur die sexuelle Präferenz des Opfers durfte in diesem Zusammenhang als klares Indiz gewertet werden. Auch Tathergang und Ort sprachen dafür. Nicht zu vergessen die simple Wahrscheinlichkeit. Morde und Vergewaltigungen gingen zu rund neunzig Prozent auf das Konto von Männern.

Das leise Geräusch sich langsam nähernder Schritte ließ sie hochschrecken. Ein kurzer Schauer breitete sich prickelnd, von ihrem Nacken ausgehend, über Schulterpartie und Rücken bis zu ihren Armen aus. Sie hatte sich in den vergangenen Stunden derart intensiv mit diesem Mord auseinandergesetzt, ihr Körper ging bei jedem verdächtigen Laut in Habachtstellung.

Jemand schlurfte den Flur entlang auf ihr Büro zu. Und es war nicht Steiner. Seinen preußisch-harten Stechschritt konnte sie inzwischen eindeutig zuordnen.

Gespannt richtete sie den Blick auf die geöffnete Tür. Wenige Sekunden später tauchte Richard van Dijks erschöpftes Gesicht im Türrahmen auf. „Bereit für den Tanz auf dem Vulkan?“, fragte der Pressesprecher und lächelte gequält.

Er wirkte abgekämpft und erschöpft. Wahrscheinlich hatte in den vergangenen Stunden sein Telefon ununterbrochen geklingelt. Ganz abgesehen von der Flut an Mails und Interviewanfragen, die über ihn hereingebrochen sein mochte.

Ein Mord im Tiergarten war angesichts der aufgeheizten öffentlichen Debatte über die Sicherheitssituation in der Parkanlage von enormem öffentlichen Interesse. Wenn es sich bei dem Opfer ferner um den schwulen Sohn einer populären Politikerin handelte, die sich anschickte, Berlins nächste Regierende Bürgermeisterin zu werden, stürzten sich die Medien naturgemäß auf den Fall wie ein Schwarm Fruchtfliegen auf vor sich hin faulendes Obst.

Medial war der Fall bereits jetzt ein Super-GAU. Nachdem man Daume gefunden und aufgrund eines Ausweises in der Hosentasche rasch identifiziert hatte, war die Information offensichtlich durch ein Leck viel zu schnell zu dessen Mutter vorgedrungen. Der Weg aus dem LKA in die Berliner Stadtpolitik war bisweilen erschreckend kurz. Die Bilder, wie die Senatorin verzweifelt am Tatort auftauchte, liefen auf allen Kanälen – und natürlich im Internet – hoch und runter.

„Soweit ich gehört habe, ist unser Feuer speiender Berg heute schon mehrmals ausgebrochen“, entgegnete Basimah lakonisch.

Die Vulkan-Metapher war eine Anspielung auf Steiners überbordendes Temperament. Der Hauptkommissar war unter Druck noch herrischer und unberechenbarer. Seine Wutanfälle waren gefürchtet und verachtet. Ihr gegenüber legte er zwar meist überbetonte Freundlichkeit an den Tag, sie nahm aber nicht an, dass er bei van Dijk ebenfalls derart rücksichtsvoll agierte. Ähnlich wie andere Kollegen betrachtete er die Pressestelle als verlängerten Arm der Medien und nicht etwa als Bollwerk gegen sie. Die Notwendigkeit einer abgestimmten, zielgerichteten Kommunikation erschloss sich ihm nicht. Genauso wenig verstand er, warum überhaupt kritische Artikel über die Arbeit der Polizei gedruckt wurden. Freundliche Hofberichterstattung war das, was er erwartete und einforderte. Gab es die nicht, traf van Dijk seiner Meinung nach eine direkte Mitschuld.

„Nach einem Tag wie diesem kann mir Steiner den Buckel runterrutschen. Wenn er denkt, er könne das händeln, kann ich gerne mein Telefon auf ihn umstellen“, entgegnete Richard achselzuckend.

„So schlimm?“

„Vergleichbares habe ich bisher selten erlebt. Ich vermute, selbst Steiner dürfte klar sein, wie sehr er auf meine Hilfe angewiesen ist. Dieser Fall ist brisant genug, um Karrieren zu zerstören. Oder zumindest empfindlich ins Stocken geraten zu lassen. Daran dürfte er kein Interesse haben.“

Basimah sammelte die Fotos und Unterlagen zusammen und klemmte sich den Stapel unter ihren Arm.

Richard beobachtete sie interessiert. „Ich nehme an, so etwas landet auch nicht jeden Tag auf deinem Schreibtisch.“

„Nein. Sicherlich nicht. Dieser Mord ist“, sie stockte, suchte nach einem passenden Adjektiv. „Beunruhigend“ traf es. Doch diese Beschreibung war unprofessionell. „Ungewöhnlich“, vervollständigte sie den in der Luft hängenden Satz.

Er hob skeptisch die Augenbraue. „Schockierend trifft es nach meinem Dafürhalten wesentlich besser. Vielleicht sogar erschreckend.“

Basimah nickte stumm. Es war wohl auch die persönliche Betroffenheit, die aus ihm sprach. Ein Mord an einem Schwulen, noch dazu unter derart brutalen Umständen, war verdammt nahe an Richards eigenem Leben. Und natürlich auch an ihrem. Die Frage, ob es einen ihrer Freunde genauso hätte treffen können, war im Laufe des Tages immer wieder in Basimahs Kopf aufgetaucht. Ein schmerzhaft beklemmender Gedanke.

„Kanntest du das Opfer?“, flüsterte Richard leise. Er war sich der Brisanz der Frage bewusst.

„Nein“, antwortete sie wahrheitsgemäß. In jedem anderen Fall hätte sie sich selbst für befangen erklären müssen. „Du?“

„Glücklicherweise nicht.“ Er schüttelte resigniert mit dem Kopf. „Wir sollten den Vulkan nicht warten lassen.“

Schweigend schritten sie den langen, grell erleuchteten Flur entlang.

„Dead man walking“, stellte Richard nach der Hälfte ihres Weges fest.

„Ganz so schlimm wird es schon nicht werden.“

„Wenn du das sagst.“

Als sie das Dezernat erreichten, stellte Basimah überrascht fest, dass außer dem Hauptkommissar niemand mehr da war.

Ein Pappschild mit der Aufschrift „Soko Bambi“ hing an der Tür. Steiner stand vor einer großen Pinwand. Verloren starrte er auf Tatort-Fotos, Ablichtungen von Fundstücken und einige Zettel mit Namen. Beschriftete Pfeile stellten die Verbindungen zwischen den verschiedenen Personen dar.

„Da sind Sie ja“, begrüßte er sie mit brüchiger Stimme.

„Was bedeutet Bambi?“, fragte Richard neugierig.

„Daumes Spitzname. Kommt wohl von seinen Rehaugen. Und weil er angeblich so süß war“, antwortete Steiner ohne jeden Spott. Er wirkte derangiert und mindestens genauso erschöpft wie seine beiden Kollegen.

„Ich fühle mich wie durch den Fleischwolf gedreht, zusammengesetzt und anschließend in die Mangel genommen“, stellte er fest, als er bemerkte, wie Basimah ihn prüfend betrachtete.

„Wir hatten wohl alle schon bessere Tage“, stimmte van Dijk zu und warf seiner Kollegin einen schnellen Blick von der Seite zu. Offenbar hatte der Vulkan all seine Lava bereits in die Luft gespuckt.

„Was sagen Sie zu der Sache, Frau Schmidts?“

Basimah schloss kurz die Augen, um sich zu sammeln.

„Dachte ich mir schon, dass Sie keine guten Nachrichten für mich haben“, interpretierte der Kommissar.

„Kommt ganz darauf an, was Sie erwarten.“

„Eine möglichst konkrete Einschätzung wäre nicht schlecht. Ein handfester Hinweis. Irgendetwas, womit ich arbeiten kann, verdammt noch mal.“ Kurz nahm seine Stimme einen scharfen Unterton an. Doch er hielt nicht lange durch. „Ein Ratschlag meinetwegen auch. Ich bin bereit, mich an jeden Strohhalm zu klammern, den Sie mir anbieten können.“ Jetzt hatte er etwas Flehentliches.

„Ich bin Fallanalytikerin. Keine Hellseherin", wich sie aus.

Er seufzte resigniert. „Unsere Lage ist mehr als misslich. Wir haben eine grauenhaft zugerichtete Leiche, auf die ein Baum fiel und die mehrere Tage lang Starkregen und Sturm ausgesetzt war. Die Spuren, die nicht weggespült oder davongeweht wurden, sind mindestens ebenso zahlreich wie nichtssagend. Es gibt eine deprimierend ausufernde Liste an Freunden, Ex-Freunden, Lovern und flüchtigen Bekannten. Außerdem sitzen mir meine Chefin samt Staatsanwaltschaft, das halbe Rathaus und eine geifernde, sensationslüsterne Medienmeute im Nacken."

„Haben Sie einen Hauptverdächtigen?", tastete sich Basimah fragend vor. Sie wollte seine unerwartete Redseligkeit nutzen, um mehr über den aktuellen Ermittlungsstand zu erfahren, bevor sie ihre Thesen kundtat.

„Seine Mutter können wir ausschließen. Die Senatorin war nicht in der Stadt. Jenseits dessen würde mir jede perverse Kreativität fehlen, um ihr diese Tat zuzuschreiben. Das Gleiche gilt für die restlichen Mitglieder des näheren und weiteren familiären Umfelds. Auch ihr Lebenspartner, ein Parteifreund und Kollege namens Hannes Roth, scheidet nach meinem Dafürhalten mangels erkennbaren Motivs aus. Obwohl er kein Alibi für die fragliche Nacht hat. Noch nicht überprüft haben wir alle von Daumes Lovern und Sex-Gespielen." Er lächelte wölfisch. „Es waren einfach zu viele. Wir sind dran …"

Richard gab einen kurzen, nicht näher zu definierenden, spöttischen Laut von sich.

„Allerdings gibt es in den bisher ausgewerteten Mobilfunkverbindungen, Chatdaten und Mailverläufen auch keine konkreten Hinweise. Vorausgesetzt, es existiert kein Prepaidhandy, von dem wir nichts wissen, hat er sich mit niemandem im Tiergarten verabredet. Sein Notebook ist allerdings nicht aufgetaucht. Wir suchen weiter danach. Womöglich hatte er es in der Mordnacht dabei und der Täter nahm es an sich."

„Er ging mit seinem Computer unterm Arm nachts im Tiergarten spazieren?", warf Basimah skeptisch ein.

Steiner zuckte mit den Achseln. „Das Smartphone haben wir unter der Leiche im Matsch gefunden. Ebenso sein Portemonnaie mit etwas Bargeld. Unsere Techniker konnten noch nicht alle Daten wiederherstellen. Sie sind aber optimistisch."

„Handelt es sich möglicherweise um ein Zufallsopfer?"

„Was denken Sie?", antwortete er fragend.

„Einen wahllosen Raubmord können wir angesichts der Umstände ausschließen", wagte sich Basimah vor. „Möglicherweise standen Opfer und Täter bis zu jenem Moment, als sie einander begegneten, in keinerlei Beziehung zueinander."

„Sie denken, Daume war zur falschen Zeit am falschen Ort?", mischte sich Richard ein.

„Das wäre möglich", bestätigte sie.

Steiners müder Gesichtsausdruck war wie weggeblasen. Mit dem wachsamen Blick eines Jägers hielt er Basimah gefangen. „Fahren Sie fort."

Ihr wurde schlagartig bewusst, dass er diese Theorie ebenfalls ins Auge gefasst, vielleicht sogar favorisiert hatte. Eine Bestätigung von ihr zu bekommen, beunruhigte Steiner nicht etwa, sondern erfreute ihn. Oder weckte zumindest seine Lebensgeister wieder.

„Falls Daume seinen Täter nicht gekannt hatte und ein Zufallsopfer war, bleibt die Frage nach dem Motiv. Haben Sie Spermaspuren am Tatort gefunden?"

Richard verzog angewidert das Gesicht.

Steiners Haltung hingegen straffte sich. Es ging voran! „Nein, haben wir nicht. Aber das hat nicht viel zu sagen."

„Korrekt. Es wäre jedoch ein weiteres klares Indiz in die eine Richtung gewesen. Triebbefriedigung. Das Gefühl absoluter Macht." Basimah stockte kurz, ließ ihre Worte Wirkung entfalten. Zugleich nutzte sie die kurze Pause, um ihre Gedanken zu ordnen. Es gab noch mehr zu sagen. Und nicht alles würde Steiner gefallen.

„Es bleibt ein zweites mögliches Motiv. Hass auf Homosexuelle. Oder genauer: Hass auf Schwule. Der wahrscheinlich männliche Täter hätte meiner Einschätzung nach keine Lesbe ermordet. Extreme Homophobie rührt oftmals aus nicht verarbeiteten und nicht eingestandenen eigenen homoerotischen Neigungen. In diesem Fall würde er, um es ganz küchenpsychologisch auszudrücken, seinen Hass auf sich und die eigenen Gefühle auf das Opfer übertragen. Indem er Daume für seine Homosexualität bestraft, bestraft der Täter sich selbst."

„Ich habe also die Wahl, ob ich einen schwulen Sex-Mörder oder einen verkappt schwulen Hass-Mörder suche?"

„Denkbar wäre auch eine Kombination aus beidem. Möglicherweise gestattete es sich unser Täter, nur im Rahmen einer vermeintlichen Racheaktion an einem Schwulen zugleich seine homosexuelle Neigung zu befriedigen. Quasi als Legitimation."

Steiner schnalzte laut. Die Richtung gefiel ihm.

„Reden wir hier von einem Serienkiller?", fragte der Kommissar aufgekratzt. Das Wort hing schwer und gewichtig in der Luft.

„Möglich. Allerdings glaube ich nicht, dass unser Mann schon einmal einen derartigen Mord verübt hat. Alles wirkt schrecklich improvisiert und chaotisch. Ein Ast, wahllos vom Boden aufgesammelt, in den Anus seines Opfers gerammt. Oder sein Unvermögen, Daume, wenngleich beabsichtigt, mit bloßen Händen zu erwürgen ... Ein organisiert vorgehender, routinierter Serienkiller war das definitiv nicht", führte Basimah aus. „Das ganze Tatort-Setting spricht gegen einen geplanten Mord und es spricht auch gegen jemanden, der das schon öfter getan hat. Einem Menschen das Leben zu nehmen, ist eine enorme körperliche und mentale Leistung. Ich glaube, er musste sich dazu durchringen." Sie zögerte kurz, bevor sie fortfuhr. „Was mich zu der beunruhigenden These bringt, wir könnten es hier mit dem Beginn einer Serie zu tun haben. Möglicherweise probiert er sich aus, testet, was ihm gefällt, wie sein Stil ist."

Steiner begann aufgeregt in dem Raum auf und ab zu laufen. Mit zusammengekniffenen Augen musterte er dabei abwechselnd Basimah und das Foto von Daume auf der Pinnwand.

„Ein Serienkiller auf der Suche nach sich selbst!", entfuhrt es ihm, eine Spur zu euphorisch.

„Nicht nur das. Falls", sie überbetonte das Wort, „diese Vermutung zutreffen sollte, haben wir es wohl auch mit jemandem zu tun, der mit diesem Mord eine entscheidende mentale Hürde überwand. Mord ist eine Todsünde. Das lehrt uns nicht nur die Bibel, sondern glücklicherweise auch die Gesellschaft, unsere Erziehung. Tötungshemmungen sind nicht angeboren, sondern kulturell vermittelt. Mord ist ein Tabu. Im Laufe der Zeit lernen Serientäter jedoch die Anwendung von Techniken, um diese Grenze überschreiten zu können. Und wie bei jedem Tabubruch gilt: Nach dem ersten Mal ist es wesentlich einfacher, ein zweites, drittes, viertes Mal ..."

„Ich glaube, uns ist klar, was du sagen willst", unterbrach Richard sie ungeduldig. Sein Gesicht war aschfahl. Ihre Ausführungen schienen ihn persönlich mitzunehmen. Das war nicht gut. Man durfte einen Fall nicht zu nahe an sich heranlassen.

Steiner tigerte derweil durch den Raum.

„Es gibt allerdings auch einige Aspekte an dieser Tat, die gegen einen Zufallsmord sprechen." Basimahs vornehme, kühle Zurückhaltung stand im krassen Gegensatz zum emotionalen Ausnahmezustand der beiden Männer.

Missmutige Falten legten sich auf Steiners Stirn.

„Welche?", kam ihm Richard zuvor.

„Die Übertötung. Daume wurde post mortem, als es längst vorbei war, mehrmals mit brutaler Wucht ein Messer in die Brust gerammt. Der Mörder wollte das Opfer erniedrigen, vielleicht sogar für den Mord bestrafen."

„Bestrafen? Wie meinst du das?", fragte Richard ungläubig.

„Der Mörder sieht sich durch Daume und sein Verhalten förmlich dazu genötigt, ihn zu ermorden. Er verstößt nicht freiwillig gegen das Gebot, du sollst nicht töten. Sein Opfer zwingt ihn dazu. Und dafür bestraft er es. Dieses Muster schließt einen Serienmörder nicht zwangsläufig aus, wir kennen es allerdings zugleich von Fällen, in denen Täter und Opfer in einer wie auch immer gearteten Beziehung zueinander standen. Vor zwei Jahren erstach in Friedrichshain eine sechzig Jahre alte Frau ihren Mann im Schlaf. Er hatte sie jahrzehntelang erniedrigt, geschlagen und vergewaltigt. Obwohl bereits der zweite tödlich gewesen sein muss, wurden dreißig Stiche gezählt. Es war ein wahres Blutbad. Sie hat ihn für das bestraft, was er ihr angetan hatte. Er hatte ihr Leben zerstört. Und sie zahlte es ihm über den Tod hinaus heim."

Steiner schüttelte entschieden den Kopf wie ein kleines Kind, das die Ermahnungen seiner Mutter nicht hören wollte. Offenbar gefiel er sich in der Vorstellung, einen Serienmörder jagen zu dürfen, malte sich schon aus, wie es sein würde, ihn zu fassen, und wie die Medien ihn als Helden und Bezwinger des Ungeheuers, jenes Monsters in Menschengestalt, feiern würden.

„Sie sagten doch, er bestrafte nicht Daume, sondern möglicherweise sich selbst. Würde das nicht die Übertötung erklären? Unbändiger Selbsthass?"

„Auch in diesem Fall bliebe die Frage: Woher wusste unser Täter, wenn er Daume nicht kannte, von seiner Homosexualität?"

Steiner lachte humorlos. „Bitte. Das erkennt man doch."

„Ach ja?", fragten Basimah und Richard gleichzeitig.

Steiner entging nicht, dass er sich ein Stück zu weit aus dem Fenster gelehnt hatte. Hastig ruderte er zurück. „Wahrscheinlich hat ihn Daume angemacht. Nachts ist der Tiergarten doch sowieso ein einziger, großer Outdoor-Sexclub."

Basimah nickte abwägend. Sie musste zugestehen, die Theorie war durchaus schlüssig. Einzig an Beweisen mangelte es. Diesen Hinweis ersparte sie sich selbst und ihm.

Was sich bei ihr vielmehr festsetzte, war der verstörende Eindruck, Steiner wolle unbedingt einen Serientäter jagen, anstatt sich in die mühevolle Kleinarbeit einer Routineermittlung zu knien: Alibis überprüfen, Verdächtige nach möglichen Motiven abklopfen, den potenziellen Täterkreis per Ausschlussprinzip verkleinern.

Nein, er gierte nach der ganz großen Nummer.

„Wie gehen wir weiter vor?" Steiners Frage war nicht an sie, sondern an van Dijk gerichtet. „Ich denke an die Pressekonferenz morgen. Was von dem eben Besprochenen können oder sollten wir an die Medien geben? Muss die Bevölkerung oder zumindest die schwule Community zu erhöhter Wachsamkeit aufgerufen werden? Erbitten wir Hinweise? Setzen wir über die Medien eine Nachricht direkt an den Täter ab?“

Steiner mochte sein Vorhaben in Fragen verpacken. Doch es war offenkundig, dass er bereits einen Plan davon hatte, was er der Hauptstadtpresse zu erzählen gedachte. Ein Serienkiller trieb in Berlin sein Unwesen. Das würde die Botschaft sein.

Richard schaute ihn perplex an. „Ist das Ihr Ernst? Es sind bisher alles reine Spekulationen.“

„Bei allem Respekt“, sprang Basimah ihm bei. „Davon rate ich dringend ab!“

Die Vehemenz ihres Widerspruchs irritierte Steiner kurz. Sie nutzte die Gelegenheit. „Wir können die Öffentlichkeit nicht derart verunsichern, solange wir keinen einzigen Beweis für diese These haben. Bis dahin ist es genau das: eine These. Ich kann nur empfehlen, weiterhin ergebnisoffen in alle Richtungen zu ermitteln. Wir brauchen noch etwas Zeit. Aktuell würde ich meine eigene Fallanalyse als fragmentarisch bezeichnen.“

Energisch schüttelte Steiner den Kopf.

„Außerdem“, holte sie zum zweiten Schlag gegen sein Vorhaben aus, „wenn wir es wirklich mit einem potenziellen Serientäter zu tun haben, dann sollten wir ihn nicht warnen. Sonst könnte er sich nach diesem ersten Mord verschreckt zurückziehen und erst in einigen Jahren wieder hervorkriechen, um erneut zuzuschlagen. Wir müssen ihn vielmehr aus der Deckung locken. Er muss Fehler machen, sich seiner Sache zu sicher fühlen. Vielleicht kehrt er zum Tatort zurück. Oder das Gefühl der Unbesiegbarkeit, der Allmacht, verleitet ihn dazu, sich anonym an die Medien zu wenden. Solche Fälle gab es durchaus schon.“

„Aber was ist, wenn er wieder zuschlägt?“, fragte Steiner abwägend. Ihr Argument verfing. Jahre der Untätigkeit waren das letzte, was der Kommissar wollte. Das wäre gleichbedeutend mit einem Scheitern. Anstatt einer sensationellen Festnahme drohte ihm dann ein ungeklärter Mordfall an den Hacken zu kleben; zäh wie alter Kaugummi.

„Das ist leider möglich. Ganz egal, was wir morgen der Öffentlichkeit erzählen. Es liegt nicht in unserer Macht. Das Einzige, was wir tun können, ist unsere Arbeit. So gut und so effektiv wie möglich. Wir müssen Daumes Mörder finden. Ganz egal, wer er ist oder warum er gemordet hat. Ganz egal, ob wir es mit einem Serientäter zu tun haben oder nicht", entgegnete sie sanft, aber nachdrücklich.

Grimmig ließ Steiner seinen Blick durch den Raum wandern, blieb schließlich an seinem eigenen, undeutlichen Spiegelbild in einer der Fensterschreiben hängen.

„Einverstanden. Wir machen es auf Ihre Weise", erklärte er.

Basimah ließ erleichtert den angehaltenen Atem entweichen.

„Bereiten Sie eine entsprechende Presseerklärung vor, van Dijk. Wir halten uns an die Fakten. Keine Vermutungen. Keine öffentlichen Warnungen. Wir bitten um Hinweise der Bevölkerung. Das war's."

Richard nickte geflissentlich und entschuldigte sich dann. Es wartete einiges an Arbeit auf ihn.

„Wahrscheinlich ist es das Vernünftigste, so vorzugehen", stellte Steiner fest, als er mit Basimah allein war. „Aber was sagt Ihnen Ihre Intuition? Mit wem haben wir es hier zu tun?"

Sie seufzte. „Ein Mann. Um die dreißig. Aus Berlin oder der näheren Umgebung. Er kannte sich aus im Tiergarten. Der Tatort ist, vor allem nachts, in einer abgelegenen Ecke des Parks. Hier kommt um diese Uhrzeit kaum jemand zufällig vorbei. Die Homosexualität des Opfers sehe ich in einem direkten Tatzusammenhang. Allerdings geht das Motiv weit darüber hinaus. Die brutale Folter lässt auf einen triebgesteuerten Mord schließen oder auf eine enge, emotionale Beziehung. Rache, Hass, extreme Missgunst. Insgesamt bleibt ein unorganisierter, fast chaotischer Eindruck. Improvisiert trifft es möglicherweise am besten. Vorausgesetzt, der Täter hat das alles nicht für uns arrangiert, um eine falsche Fährte zu legen."

„Eine Inszenierung?"

„Jetzt nähern wir uns wieder dem Spekulativen und entfernen uns vom Faktischen."

„Ein guter Ermittler muss spekulieren", stellte Steiner beinahe gekränkt fest.

„Ich bin keine Ermittlerin, sondern Fallanalytikerin. Ich interpretiere Fakten, erstelle und prüfe Hypothesen. Geben Sie mir etwas Zeit."

„Wenn wir es hier wirklich mit einem Serientäter zu tun haben, dann ist Zeit womöglich ein Luxus, den wir uns nicht leisten können", entgegnete Steiner ungewohnt theatralisch, griff nach seiner Packung Zigaretten und ging nach draußen.

Die beiden Männer schüttelten sich befangen die Hand. Jan Bergmann taxierte dabei sein Gegenüber mit einem freundlichen Lächeln auf den Lippen. Er fragte sich, warum Stephan Klein um dieses Treffen gebeten hatte. Unter anderen Umständen wäre er der ominösen Bitte nach einem persönlichen Gespräch niemals nachgekommen. Doch Klein hatte dem Berliner Landesverband der Partei drei Jahrzehnte treu als Schatzmeister gedient – bis Ulf Hohmaier ihn zugunsten eines jungen Zöglings unter einem fadenscheinigen Vorwand ausbootete. Klein, der passend zu seinem Namen von schmächtiger Statur war, dünn und blass und unscheinbar, hatte das Ende nicht kommen sehen. Er besaß kein schützendes Netzwerk, um sich gegen die willkürliche Personalrochade des Vorsitzenden zu schützen. In blinder Naivität hatte er stattdessen auf seine Fachkompetenz und geheuchelte Freundschaftsbekundungen der Parteigenossen vertraut. Ein tödlicher Fehler im politischen Haifischbecken. Dementsprechend bezweifelte Bergmann, dass ihm dieser nichtssagende Buchhalter helfen konnte. Andererseits stand er selbst mit dem Rücken zur Wand. Er griff nach jedem Strohhalm, den er zu fassen bekam. Die vergangenen Tage hatten spürbare Kratzer auf seinem Nervenkostüm hinterlassen.

„Hübsche Kanzlei", stellte sein Gast fest und schaute sich ebenso beeindruckt wie eingeschüchtert um. In seinem zu groß geratenen Anzug sah er aus wie ein Konfirmand kurz vor dem entscheidenden Kirchgang.

„Normalerweise trenne ich Geschäft und Partei strikt. Doch unter den gegebenen Umständen wollte ich dich nicht in mein Bundestagsbüro einladen."

„Das verstehe ich sofort. Der Flurfunk!", pflichtete ihm Klein bei. „Angesichts dessen, was wir zu besprechen haben, ist es besser, wenn uns niemand aus der Partei zusammen sieht."

Abgelenkt von der Panoramasicht über Westberlin trat Klein an das Fenster und spähte hinaus. Die Lichter der umliegenden Gebäude waren lediglich verschwommen durch den regnerischen Dunst auszumachen.

„Was haben wir denn zu besprechen?", fragte Bergmann ungeduldig.

„Ich habe von der Finte des Alten gehört. Der Mandatsverzicht", entgegnete Klein ausweichend.

„Das spricht sich ja schnell herum."

„Nun, ich habe immer noch einige gute Kontakte in den *inner circle* hinein." Eine Behauptung, die nach Bergmanns Dafürhalten maßlos übertrieben war, die er aber bewusst unkommentiert ließ.

Sollte sich dieser kleine Wicht nur etwas auf seine Bedeutung einbilden. Er war nichts weiter als ein Scheinriese.

„Ich nehme an, du würdest dem Alten am liebsten ein Messer in den Rücken jagen."

„Seine Strategie ist die falsche. Zum Nachteil der Partei."

„Und nicht zuletzt auch zu deinem Nachteil."

„Was willst du?", fragte Bergmann schärfer als beabsichtigt.

„Ich habe als Schatzmeister einigen Vorsitzenden gedient. Über viele Jahre hinweg. Als ich anfing, stand die Mauer noch. Diese Stadt war geteilt. Dann kam die Wende." Er hielt kurz inne, ließ Bergmann hoffen, dieser historische Exkurs in sein ödes Leben und seine nicht vorhandene Karriere sei abgehandelt und sie könnten zum wesentlichen Punkt ihres Treffens kommen. Weit gefehlt.

„Das waren verrückte Zeiten. Auch für einen Schatzmeister. Du musst dir vorstellen, nicht nur die offiziellen SED-Nachfolger, auch all die anderen gewendeten Blockparteien haben viel Grundbesitz und andere Annehmlichkeiten aus der untergegangenen DDR geerbt. Liberale und Konservative machten damals richtig Schotter. Während mit den Sozialdemokraten, Grünen und Alternativen die Vorreiter der Herbstrevolution finanziell ins Hintertreffen gerieten, da sie weder Grundstücke noch Parteihäuser, weder Verlage noch Zeitungen in der DDR besessen hatten. Offiziell verzichteten wir damals auf das sogenannte ‚nicht rechtsstaatlich erworbene Vermögen'. Intern galt allerdings die Parole: Rettet, was zu retten ist! Dank meiner äußerst kreativen Buchhaltung konnte sich unser Landesverband damals ein erquickliches Sümmchen sichern."

Bergman räusperte sich demonstrativ.

Klein schenkte ihm ein kühles Lächeln. „Geduld. Ich komme gleich zum Punkt." Selbstgefällig streifte er durch das Büro, genoss es sichtlich, dass Bergmann gezwungen war, ihm zuzuhören.

„Einige meiner Methoden waren nicht unumstritten. Oftmals an der Grenze der Legalität. Aber im Großen und Ganzen hielt ich mich an Recht und Gesetz."

„Wie lobenswert. Was haben diese alten Geschichten mit mir zu tun?"

„Ich habe meine Prinzipien. Schon immer gehabt. Bis heute. Ulf Hohmaier weiß das. Deshalb hat er mich abgesägt. Wegen meiner Standfestigkeit."

Bergmanns beobachtete Klein aufmerksam, verfluchte ihn zugleich für sein stockendes, quälend langsames Herumdozieren.

„Als es im vergangenen Jahr um die Budgets für die anstehenden Wahlkämpfe ging, wurde schnell deutlich, wie wenig finanziellen Spielraum die Partei hatte. Unsere Kassen waren leer. Zwei größere Sponsoren aus dem Berliner Mittelstand waren weggebrochen. Sie orientierten sich eher in Richtung der Grünen. Hohmaier war darüber zutiefst unglücklich. Eines Abends, es war nach einer Gremiensitzung, zog er mich beiseite. Es ging um Parteispenden aus dem nicht-europäischen Ausland. Schweizer Mäzene, denen es wichtig war, den Konservatismus in der Europäischen Union zu stärken.

Sicherlich von den Erfolgen der Rechtspopulisten einerseits und der Grünen andererseits aufgerüttelt. Hohmaier kannte sie aus Kindertagen. Sie gingen wohl auf dasselbe Internat."

Bergmann begriff sofort die Brisanz dessen, was er hier gerade hörte. Vor seinem geistigen Auge entfaltete sich ein Parteispendenskandal, dessen Wucht dazu geeignet sein konnte, nicht nur den Alten, sondern auch zahlreiche seiner Unterstützer und Günstlinge hinwegzufegen.

„Wie dir bekannt sein dürfte, sind Parteispenden aus Nicht-EU-Ländern illegal. Ich weigerte mich daher, bei dieser Sache mitzuspielen, zu helfen, die Herkunft der Geldflüsse zu verschleiern. Ich stand zu meinen Überzeugungen. Und musste gehen."

Mit pathetischer Theatralik holte Klein eine dicke, braune Mappe aus der Aktentasche und legte sie behutsam auf den Schreibtisch.

„Du kannst dir vorstellen, wie mit der Causa weiter verfahren wurde, sobald ich von Ulfs Günstling ersetzt worden war."

Um seinen Worten Nachdruck zu verleihen, tippte er mit dem Zeigefinger mehrmals auf die Mappe. Bergmann verfolgte elektrisiert und gierig jede seiner Bewegungen. Er hatte nicht damit gerechnet, dass Klein die Anschuldigungen mit handfesten, schriftlichen Beweisen würde untermauern können.

„Ich sagte doch, ich habe noch einige Freunde im Apparat. Du bist nicht der Einzige, der Hohmaier weghaben will. Je länger jemand im Geschäft ist, umso mehr Feinde hat er. Man pflückt sie quasi entlang des Weges wie andere Leute Blumen bei einem Sonntagsspaziergang. Und der Alte flaniert schon verdammt lange durch die Stadt."

„Was willst du?"

„Deine Unterstützung, sobald du Berliner Parteichef bist. Ich will kein Mandat. Ich will wieder als Schatzmeister eingesetzt werden."

Bergmann nickte bedächtig. Das war keine maßlose Forderung. Im Gegenteil. Sie war geradezu erbärmlich bescheiden. Was musste das für ein trübsinniges Leben sein, wenn es für jemanden größte Erfüllung war, Rechnungen freizuzeichnen und Spendenquittungen auszustellen? Klein hätte einen Stellvertreterposten fordern können. Oder einen guten Listenplatz bei einer der nächsten Wahlen. Stattdessen wollte er lieber wieder die Parteikasse verwalten. Was für eine Begrenztheit. Was für eine verachtenswerte Unterdurchschnittlichkeit.

„Bis dieser Tag kommt, muss noch eine Menge Wasser die Spree hinunterfließen. Aber du kannst dir meiner Unterstützung sicher sein", entgegnete er mit einem geheuchelt einladenden Lächeln auf den Lippen.

„Schau dir die Unterlagen an. Sobald sie, auf welch unglückseligen Wegen auch immer", Kleins Stimme triefte vor Sarkasmus, „an die Öffentlichkeit gelangen, werden verdammt schnell Köpfe rollen. Ich stehe jederzeit als Hohmaiers Guillotine bereit. Ich würde es zur Not auch allein durchziehen. Aber dann sähe es aus wie ein persönlicher Rachefeldzug."

Und niemand in der Partei würde dich wieder als Schatzmeister einsetzen, ergänzte Bergmann in Gedanken. Er wusste ebenso wie Klein um den schmalen Grat, auf dem sie wandelten. Sie mussten verhindern, zu Königsmördern zu werden. Die liebte keiner. Es durfte niemals rauskommen, wer die Informationen durchgestochen hatte, so kurz vor einer Wahl. Nein, sie mussten die Aufklärer mimen, die, da das Kind nun mal in den Brunnen gefallen war, antraten, um es herauszuziehen.

Nachdem die Katze aus dem Sack war, hatte es Klein eilig. Er lud die Last und die Verantwortung, aber auch die Macht, die mit diesem Wissen einherging, bei Bergmann ab und fühlte sich wieder frei. Kein Wunder, dass er kein höheres Amt anstrebte. Er war ein Feigling. Ein unambitionierter Erbsenzähler, der Angst vor der eigenen Courage hatte.

Sie verabredeten sich zu einem Telefonat für die kommende Woche. Dann ging er. Bergmann konnte seine Aufregung kaum zügeln. Hastig schenkte er sich einen Bourbon ein. Er wollte diesen besonderen Moment zelebrieren und angemessen würdigen.

Der Alkohol brannte sanft in seiner Kehle. Er rülpste zufrieden. Dann schlug er die Mappe auf und begann zu lesen.

Es bereitete Sören kein Problem, das von Max beschriebene Gebäude unweit des Boxhagener Platzes zu finden. Auf den Straßen war trotz der schlechten Witterung starker Betrieb. Vor allem vergnügungssüchtige Touristen streunten herum, getrieben von der Sehnsucht, einen Hauch authentische Berliner Luft zu schnuppern, einzutauchen in diesen modernen Mythos. Sören war kurz davor, Mitleid mit ihnen zu haben. Hier würden sie sicherlich nicht finden, was sie suchten.

Aber vielleicht machte das auch gar keinen großen Unterschied. Solange sie annahmen, das erlebt zu haben, von dem jeder schwärmte, würden sie unweigerlich den Mythos weiter befeuern.

Die Eingangstür war nicht verschlossen. Sören betrat einen schummrigen Hausflur. Der Duft von gebratenem Fisch waberte durch den Korridor. Jemand kochte Abendessen. Sein Magen knurrte missgelaunt und fordernd. Er hatte den ganzen Tag über nichts gegessen.

Dank des Weihnachtskranzes aus immergrünen Plastiktannenzweigen identifizierte er die Wohnung im Erdgeschoss mühelos. Er betätigte die Klingel. Gedämpfte Stimmen drangen von der anderen Seite zu ihm durch. Es waren also mindestens zwei Personen in dem Apartment.

Ruckartig wurde die Tür aufgerissen, was den Blick freigab auf eine beeindruckende Ansammlung von Muskeln und Fettgewebe. Das musste der Typ sein, der Max verprügelt hatte. Demonstrativ stemmte er seinen rechten Arm gegen den Türrahmen und verdeutlichte dem unangekündigten Besucher, er solle sich bloß nicht einbilden, einfach so hereinspazieren zu können.

Der beißende Geruch von altem Achselschweiß schwappte Sören entgegen.

„Ich möchte zu Urs Gebauer."

„Wer möchte zu Urs", grunzte der Fleischberg undeutlich.

„Ich."

„Bist du ein Bulle?"

Sören fand das eine selten doofe Frage. Wäre er tatsächlich ein Polizist oder gar ein Drogenfahnder, hätte er sich je nach

Intention entweder sofort zu erkennen gegeben oder eben nicht. Welcher verdeckte Ermittler würde so blöd sein, wahrheitsgemäß zu antworten.

„Ja, bin ich", entgegnete Sören schroff und ließ effekthascherisch sein Portemonnaie aufspringen. Angesichts der Steilvorlage beschloss er, alles auf eine Karte, besser gesagt: auf seinen gefälschten Dienstausweis zu setzen. Sie befanden sich in einem schummrigen Hausflur und sein Gegenüber hatte die Basecap tief ins Gesicht gezogen. Die Chancen standen gut, damit durchzukommen.

Tatsächlich gab sich der Typ alle Mühe, nicht beeindruckt zu wirken. Doch seine Attitüde bekam kleine Risse. Er war jetzt auf der Hut.

„Haben Sie einen Durchsuchungsdings?", fragte er betont cool.

„Nein, habe ich nicht", gab Sören ohne Umschweife zu. „Aber ich will auch gar nicht in die Wohnung. Ich will mit Urs sprechen. Gerne auch hier an der Tür. Oder draußen auf der Straße. Ich denke, das sollte sich einrichten lassen. Oder muss ich mit meinen Kollegen und einem Durchsuchungsdings anrücken?"

Diese Aussicht gefiel dem Fleischberg offenbar nicht. Sören hatte eine vage Vorstellung davon, was sich auf der anderen Seite der Tür abspielte, wobei er sich nicht sicher war, ob er eine Crystal-Meth-Küche vorfinden würde oder einen Drogenumschlagplatz mit entsprechender Warenmenge.

„Würden Sie bitte kurz warten?" Es war wahrscheinlich das Freundlichste, was seit Langem über diese Lippen gekommen war.

Die Tür wurde wieder geschlossen.

Wieder erklangen Stimmen von der anderen Seite. Leider war es unmöglich zu verstehen, was genau besprochen wurde.

Die Tür ging wieder auf. Diesmal stand Sören ein junger, drahtiger Mann mit freundlichem Lächeln gegenüber.

„Danke für Ihre Zeit, Herr Gebauer", nahm Sören dessen Vorstellung vorweg.

„Und mit wem habe ich die Ehre?"

„Petersen. LKA Berlin“, antwortete Sören, inständig hoffend, nicht erneut seinen gefälschten Dienstausweis vorzeigen zu müssen.

„Wie kann ich der Staatsmacht behilflich sein?“

„Es geht um Maximilian Probst.“

Der Name erzeugte ein ehrliches Stirnrunzeln bei seinem Gegenüber.

„Er wurde heute Nachmittag von Ihrem Freund attackiert. Es liegt eine Anzeige wegen Körperverletzung vor.“

„Davon weiß ich nichts“, lautete die Antwort. Wobei der scharfe Unterton in seiner Stimme wohl dem Fleischberg galt, der sich außer Sichtweite in der Wohnung verschanzt hatte. „Warum wollen Sie dann zu mir? Ich habe mit der Sache nichts zu tun.“

Sören seufzte schwer, als würde es ihm über Gebühr schwerfallen, Gebauer mit dieser Lappalie zu behelligen.

„Da haben Sie vollkommen recht. Allerdings fiel in diesem Zusammenhang Ihr Name. Und der Name Daume. Andreas Daume.“

Wieder ein Stirnrunzeln. Diesmal jedoch in verräterischer Kombination mit einem kurzen, nervösen Augenzucken. Erwischt!

„Soweit ich mich gerade erinnern kann, sagt auch dieser Name mir absolut nichts.“

„Dann bring dein Hirn lieber zum Laufen, Kleiner. Daume wurde heute nämlich tot im Tiergarten gefunden.“

Diese Information brachte Gebauer dann doch aus der Fassung. Er schluckte, weitete die Augen unmerklich, aber eindeutig schockiert. Oder zumindest überrascht.

„Du vertickst Drogen. Andreas war einer deiner Kunden. Vielleicht sogar ein Freund.“

„Du bist kein Bulle“, stellte Urs fest und tat es Sören mit seinem Wechsel ins vertrauliche Du gleich.

„Nein.“ Es machte keinen Sinn, die Maskerade weiter aufrechtzuhalten. Vielleicht war es nicht einmal zielführend. Trotzdem fühlte er sich entblößt. Seiner Macht beraubt, selbst wenn die ohnehin nur noch eine Illusion, ein Fake gewesen war. Früher hätte er Männer wie Urs und seinen fetten Pitbull vorgeladen. Sie hätten seinen Anordnungen Folge leisten und jede seiner Fragen beantworten müssen. Er vermisste die Autorität, die ihm der Staatsapparat verliehen hatte. Auch wenn ihm dessen Grenzen mehr als schmerzlich und mehr als einmal bewusst gemacht wurden.

„Ich bin Privatdetektiv."

Urs grinste dämlich und wollte die Wohnungstür ohne ein weiteres Wort zuschmeißen, doch im letzten Moment fuhr Sörens Fuß dazwischen.

„Was ist, Dicker? Soll ich die Bullen rufen?"

„Tu dir keinen Zwang an."

Die Tür ging wieder etwas auf.

„Wie ich die Sache sehe, haben wir beide genau zwei Optionen. Entweder wir führen dieses Gespräch auf vernünftige Art und Weise. Oder einer von uns beiden ruft meine Ex-Kollegen an und bittet sie hinzu." Seine Stimme ließ keinen Zweifel daran, wie ernst es ihm mit dieser unverhohlenen Drohung war.

Urs überlegte kurz, nickte dann in Richtung Straße. „Warte draußen. Ich komm gleich."

„Einverstanden. Und lass deinen Pitbull in seinem Körbchen", knurrte Petersen.

Er hatte sich gerade eine Zigarette angezündet, als Urs, jetzt in beigem Trenchcoat und passenden Lederstiefeln, auf die Straße trat. Er wirkte nachdenklich. Ob ihm die Information von Daumes Tod zusetzte und er hoffte, mehr zu erfahren?

„Seit wann dealst du?", eröffnete Sören das Gespräch und erntete einen irritierten Blick. „Keine Sorge, ich bin weder Sozialarbeiter noch Zeuge Jehovas. Hab nicht vor, dich zu bekehren. Interessiert mich nur."

In Wirklichkeit war er in keiner Weise an Gebauers Dealer-Historie interessiert. Er versuchte lediglich eine Art Vertrautheit herzustellen. Und ihn so bei den entscheidenden Fragen zum Reden zu bringen. Ein echtes Druckmittel hatte er schließlich nicht in der Hand. Wenn er ihn dazu bringen wollte, die Wahrheit zu sagen oder sich in einem Wortschwall in

Widersprüche zu verstricken, blieb ihm nichts anderes übrig, als sich seiner angestaubten Kenntnisse in Verhörmethoden zu bedienen.

„Seit drei Jahren. Kurz nachdem ich mein Studium angefangen hab. Mit einem Koks-Taxi ist leicht Geld zu verdienen. Ich mach das nur nebenbei. An Freunde und Bekannte."

„Und deren Freunde und Bekannte", ergänzte Sören und setzte ein verschmitztes Lächeln auf.

Urs grinste ebenfalls. „So ungefähr. Ich hab sicher nicht vor, das mein ganzes Leben lang zu machen. Sonst müsste ich mir den ganzen Jura-Scheiß nicht reinziehen. Aber bis zum Staatsexamen …"

„Und dein Pitbull?"

„Achmed? Der ist okay. Ein Kommilitone. Harter Kern, weiches Herz."

„Hart waren vor allem die Schläge, mit denen er meinen Klienten zugerichtet hat."

„Ey, es ist nicht schlecht, so jemanden an seiner Seite zu haben, wenn man mit diesem Businessmodell Erfolg haben will. Zur Abschreckung, falls dir einer dumm kommt. Er hat Mäxchen zu hart zugesetzt. Dafür entschuldige ich mich. War echt unnötig."

„Mäxchen?"

„Na, dein Klient. Achmed hat mir eben alles erzählt."

„Habt ihr ihn so genannt?"

„Andreas nennt ihn so. Oder nannte." Urs verstummte kurz. Ein Schatten legte sich über sein Gesicht. „Scheiße, was ist da passiert?"

„Seine Leiche wurde heute im Tiergarten gefunden. Viel mehr steht noch nicht fest."

Urs nickte, während er diese Erkenntnis sacken ließ. „Das Leben ist ein Arschloch."

Sören schwieg. Er musste nur geduldig zuhören. Er würde kommen.

„Hab den echt gemocht. War nicht irgendein Kunde. Sind öfter mal zusammen feiern gegangen. War cool mit ihm. Sah gut aus, war aber keine Konkurrenz bei den Chicks. Im Gegenteil. Auf den schwulen Freund fliegen sie alle. Und dann irgendwann eben auch auf einen selbst."

„Seine Unerreichbarkeit hat auf dich abgestrahlt."

Urs lachte kurz und traurig. „Ja, Mann. Genau so war es. Schlagartig wollten sie mit einem ficken. Manchmal hab ich mich gefragt, ob sich die eine oder andere beim Sex vorgestellt hat, mit Bambi zugange zu sein." Er zuckte mit den Achseln. „Hätte mich nicht gestört, wenn es so gewesen wäre. Hauptsache, sie haben eine gute Performance hingelegt."

„Und Max?", steuerte Sören das Gespräch sanft zurück zum eigentlichen Grund ihrer Unterhaltung.

„Ach der … kenn ihn nicht wirklich. War einmal dabei. Bambi hatte was mit dem. Mir ging er nur schrecklich auf die Nerven. So ein kleiner Bubi vom Land. Spaßbremse. Wir waren was trinken. Zum Glück ist er bald abgehauen."

„War das etwas Ernstes zwischen Mäxchen und Daume?"

„Was glaubst du? Natürlich nicht. Hätte Bambi ihn sonst so genannt? Der war ein Zeitvertreib. Mehr nicht."

Sören nickte. Langsam fügten sich zumindest in dieser Hinsicht die einzelnen Puzzleteile zu einem stimmigen Bild zusammen.

„Gab es noch andere Zeitvertreibe für Daume?"

„Keine Ahnung. Vermutlich. Dieser Max. Hat er …"

„Soweit ich das beurteilen kann, nicht."

„Gut." In der Luft schwang ein bedrohliches „Andernfalls" mit.

„Würdest du ihm so etwas zutrauen?"

„Keine Ahnung, was in so einem vorgeht …"

„Und du?" Es war an der Zeit, ihn ein bisschen zu provozieren, um den letzten Rest an Deckung einzureißen.

Urs schaute ihn schockiert an. „Deswegen bist du hier. Du suchst Bambis Mörder. Es geht dir gar nicht um Mäxchen!"

Sören ließ die Behauptung unkommentiert in der Luft hängen.

„Achmed und ich waren die gesamte Woche auf Studienfahrt in Den Haag. Internationale Gerichtsbarkeit. Sind gestern Abend erst zurückgekommen."

„Dann seid ihr aus dem Schneider.“ Er machte sich eine Notiz. Er musste überprüfen, ob es theoretisch möglich war, in einer Nacht von Den Haag nach Berlin und zurück zu fahren.

„Für wen arbeitest du? Daumes Mutter? Die Senatorin?“

Sören ließ die Fragen ungerührt an sich abprallen. „Darf ich nicht sagen.“

„Ey, glaubst du, die Bullerei wird bei uns auftauchen und die gleichen Fragen stellen?“

„Der ermittelnde Beamte ist zwar ein Vollidiot, aber die Spur von Daume über Max zu euch ist in etwa so unscheinbar wie die Landebahn eines Flughafens bei Nacht.“

„Ich nehme an, du meinst nicht die vom Tempelhofer Feld“, stellte Urs lakonisch fest.

Sören konnte sich ein kehliges Lachen nicht verkneifen. Er empfand eine seltsame Sympathie für den dealenden Jurastudenten. Trotz seiner geleckten Attitüde und seiner kriminellen Energie war er auf seltsame Weise unterhaltsam. Ein kleiner Junge, der dummerweise auf die schiefe Bahn geraten war. Aber es bestand Hoffnung. Vielleicht würde er eines Tages ein guter Strafverteidiger werden, der es als Herzensangelegenheit betrachtete, verlorene Teenager zu verteidigen.

Realistischer war allerdings, dass er sich als gut bezahlter Wirtschaftsanwalt durchschlug und den Vertretern des Raubtierkapitalismus juristischer Beistand wurde.

„Ich an eurer Stelle würde das Zeug, das ihr in der Bude habt, schnellstmöglich loswerden. Am besten für immer“, riet er grimmig.

„Doch ein kleiner Sozialarbeiter?“, stellte Urs grinsend fest. Gleichwohl lag in seinem Blick echte Dankbarkeit.

Sören schnaubte missmutig, gab ihm seine Karte und wandte sich zum Gehen. Im letzten Moment hielt er inne. „Der Tipp war umsonst. Aber lasst Mäxchen in Ruhe. Er hat es gerade schwer genug. Sollte er wieder hier auftauchen, geht ihr pfleglich mit ihm um!“

„Aye, General!“ Gebauer salutierte übertrieben, verschmitzt lächelnd wie ein kleiner, unschuldiger Junge. Dann verschwand er im Haus.

Wer im politischen Berlin gut vernetzt war, konnte jeden Abend auf irgendeinem Empfang, einem Sommerfest, einem Symposium oder einer Preisverleihung seine gefühlte Wichtigkeit zur Schau stellen.

Und sich umsonst durchschlemmen und mit Weißwein volllaufen lassen.

Der Preis dafür war, zuvor ein bestenfalls mäßig spannendes Programm durchstehen zu müssen. Die mit großer Ernsthaftigkeit angekündigten Höhepunkte waren lahme, grotesk pseudohafte Podiumsdiskussionen und schlecht vorgetragene Keynotes von Vorständen, CEOs und politischen Mandatsträgern.

Wirkliche Kenner kamen deshalb grundsätzlich zu spät, schlichen zum Ende des offiziellen Programmteils herein, gaben hastig ihre Habseligkeiten an der Garderobe ab und klaubten ihr Namensschild vom nicht selten bereits verwaisten Empfangstisch. Dabei trugen sie eine entschuldigende, aber gewichtige Attitüde zur Schau, die verdeutlichen sollte, dass man sich zwar beeilt, aber in einem noch wichtigeren, wirklich entscheidenden Termin festgesessen hatte.

In Constanzes Augen waren jene Gäste allesamt Schmarotzer. Freibiernasen der schlimmsten Sorte. Nutzlose Platzverschwendungen, höchstens dazu geeignet, eine mäßig besuchte Veranstaltung aufzufüllen. Inzwischen kannte sie ihre Gesichter und mied sie wie der Teufel das Weihwasser. Sie wollte ihre wertvolle Zeit nicht mit deren Belanglosigkeiten verschwenden.

Für Constanze Stark waren Abendveranstaltungen wertvolle Arbeitszeit. Hier pflegte sie ihr Netzwerk, verteilte Streicheleinheiten und mahnende Worte, knüpfte Kontakte, führte das eine oder andere vertrauliche Gespräch. Und sammelte Informationen, Geschichten, Anekdoten, Klatsch und Tratsch. Das war ihr Geschäft. Ihr Businessmodell. Immer auf dem neuesten Stand sein. Einen Vorsprung haben. Wissen war der Garant ihres Erfolgs.

Als sie jedoch an jenem Abend „Die Höfe“, ein Tagungszentrum nahe dem Hackeschen Markt, betrat, kam sie mit einem festen Ziel vor Augen. Einer Mission.

Die Tabaklobby hatte zum Herbstempfang geladen. Selbstredend tummelten sich auf dem Empfang die üblichen Verdächtigen der Agenturen. Es ging schließlich um ihre Werbebudgets. Doch im Gegensatz zu vergangenen, glorreichen Zeiten fand sich nur wenig Prominenz in der viel zu weitläufigen Räumlichkeit. Einige liberale und konservative Politiker waren gekommen. Allesamt Hinterbänkler. Von den restlichen Parteien ließ sich niemand sehen. Sie gingen auf Distanz. Zu groß war die Gefahr, einen Imageschaden zu erleiden. Abgesehen von Waffenherstellern hatte wohl keine Branche inzwischen ein derart verheerendes Image wie die Tabakindustrie.

Außerdem gaben sich an jenem Abend Vertreter aus befreundeten Wirtschaftszweigen ein Stelldichein. Sozusagen Beistandsbekundungen. Sie allesamt mussten empfindliche Gängelung durch die Politik erdulden und litten unter einem angekratzten Image: der Geschäftsführer einer deutschlandweiten Erotikstore-Kette, die Verbandssprecherin der Süßwarenindustrie, Vertreter der Bierbrauer. Und das Glücksspiel in Person von Pierre Gaston, Erbe eines ebenso gigantischen wie schmierigen Automatenimperiums.

Sie fand ihn im Innenhof, ein Glas Crémant in der Hand und eine Zigarettenkippe im Mundwinkel. Obwohl sie sich nie zuvor gesehen hatten, nickte er ihr wissend zu und strich sich zeitgleich kokett eine blonde Locke aus dem Gesicht. Höflich entschuldigte er sich bei seinem Gesprächspartner und schlenderte betont lässig auf sie zu.

„Frau Stark, es freut mich, Ihre Bekanntschaft zu machen", grüßte er gut gelaunt und lächelte sie ebenso herzlich wie offen an. Sein Händedruck war angenehm dezent, aber mit Spannung.

„Die Freude ist ganz auf meiner Seite", entgegnete sie.

„Danke, dass Sie sich Zeit für ein kurzes Gespräch nehmen", sagte er. Dem Treffen vorausgegangen war ein geschäftsmäßiges Telefonat nach ihrer Unterhaltung mit Bergmann am Mittag. „Möchten Sie etwas trinken? Wein? Bier?"

Eigentlich hatte sie nicht geplant, länger zu bleiben als unbedingt notwendig. Doch Gaston machte sie neugierig. Er war anders, als sie sich Bergmanns Lebenspartner vorgestellt hatte. Sie hatte einen Mann erwartet, der ähnlich aufschneiderisch und machohaft agierte, der die eigene Wichtigkeit mit jeder Geste in den Vordergrund spielte und mit gekünsteltem Silberrücken-Gehabe seine Homosexualität nicht nur zu verdecken, sondern geradezu überzukompensieren versuchte.

Gaston dagegen wirkte eher wie ein unterhaltsamer, aber nicht aufdringlicher Dandy. Ein Hauch Selbstironie umwehte ihn wie die Andeutung eines sündhaft teuren Parfüms.

„Weißwein wäre vorzüglich", entgegnete sie.

Gaston grinste breit, als würde er sich tatsächlich freuen, die Gelegenheit zu haben, bei einem gemeinsamen Drink mit ihr zu plaudern. Er leerte mit einem zügigen Schluck sein eigenes Glas.

„Ich bin gleich wieder da."

Nachdem er von der Bar zurückgekehrt war, suchten sie sich eine ruhige Ecke etwas abseits der anderen Gäste im hinteren Bereich des mit riesigen Stoffsegeln überdachten Innenhofs. Ein Heizstrahler verscheuchte mit seiner Wärme die kühlfeuchte Nachtluft. Trotzdem fröstelte es Constanze.

„Ist Ihnen kalt? Ich kann Ihnen mein Sakko anbieten."

„Nein, danke!" Das ging ein bisschen zu weit. Derart vertraut waren sie sich nun wirklich nicht. Ob er nur eine Rolle spielte und jetzt den Bogen überspannte?

Sie stießen an.

„Darauf, von Lungenkrebs verschont zu bleiben", erklärte er übertrieben theatralisch.

Sie lachten.

„Rauchen Sie?"

„Nicht mehr", entgegnete Constanze wahrheitsgemäß. Sie erwartete das übliche bestärkende Lob eines Rauchers. Oder ein selbstmitleidiges Referat darüber, warum er selbst es nicht schaffte, vom Nikotin loszukommen. Gaston allerdings nickte nur und zündete seinerseits eine Zigarette an.

„Nun, Frau Stark, ich finde es faszinierend, welch legendärer Ruf Ihnen vorauseilt."

Sie hob fragend die Augenbraue.

Ein leises Lächeln umspielte seine Mundwinkel. „Jetzt tun Sie bitte nicht so, als wüssten Sie nicht, was ich meine. Das ist schließlich Ihr Kapital."

„Da irren Sie sich, Herr Gaston. Mein Ruf gründet auf meinen Talenten. Diese stellen mein eigentliches Kapital dar."

„Mag sein. Aber es gibt dort draußen Tausende, ach, was, Millionen talentierter Menschen, die ihre womöglich gar einmaligen Fähigkeiten nicht gewinnbringend einsetzen können, schlichtweg, da niemand davon Notiz nimmt, sie keiner kennt. Wer keinen Ruf hat, wird auch nicht berufen."

„Das ist beinahe philosophisch."

„Im Entwurf, da zeigt sich das Talent, in der Ausführung die Kunst. *Das* ist philosophisch."

„Ich sollte mich wohl erkundigen, wer das gesagt hat. Und sei es nur, um Ihrer Bildung zu schmeicheln."

„Stammt von Marie von Ebner-Eschenbach. Aber schmeicheln müssen Sie mir nun wirklich nicht. Das machen hier", er nickte in Richtung einer Menschentraube, „alle anderen."

„Ihre Darlegungen zeugen von einem gesunden Selbstbewusstsein. Manch einer würde es Arroganz nennen."

Gaston zuckte gleichgültig mit den Schultern. „Anders als mein Mann gönne ich mir den Luxus, auf die Meinungen anderer zu scheißen."

„Sie und der Herr Abgeordnete sind verheiratet?"

Er musterte sie kurz irritiert. „Sind wir nicht. Trotzdem bezeichne ich ihn als meinen Mann. Was sonst?"

Constanze nickte stumm. Unversehens waren sie aus dem Fahrwasser einer harmlosen Plänkelei zum eigentlichen Grund ihres Gesprächs gelangt.

„Was wollen Sie von mir wissen, Frau Stark?", fragte Gaston mit ernstem Gesichtsausdruck. Sein Blick hielt dem ihren ohne jede Regung stand.

„Die Sache, mit der mich Ihr Mann beauftragt hat, ist diffizil."

„Welch freundlicher Euphemismus“, schnaubte Gaston. In seiner Stimme schwang Verärgerung mit. Nicht über sie, sondern ganz offensichtlich über Bergmann.

Sie wartete geduldig schweigend. Er nahm einen tiefen, inszeniert wirkenden Zug von seiner Zigarette.

„Jan und ich führen eine sehr aufgeklärte, offenherzige Beziehung. Das mag in heterosexuellen Kreisen durchaus etwas Exotisches sein. Unter meinen schwulen Freunden kenne ich allerdings kein einziges monogam lebendes Paar.“

„Eifersucht dürfte auch in solchen Modellen eine Rolle spielen.“

Gaston nickte abwägend. „Zeigen Sie mir den Menschen, der von sich sagen kann, vollkommen frei von diesen zutiefst destruktiven Emotionen zu sein. Ich würde ihn studieren wollen, um ihn entweder der Lüge zu überführen oder von ihm zu lernen.“

„Waren Sie eifersüchtig, als Sie von der Affäre mit Andreas Daume erfuhren? Ging es vielleicht um mehr als nur Sex?“, fragte sie, ohne auf seine ausweichenden Einlassungen einzugehen.

„Gewiss war da mehr im Spiel. Dessen war ich mir bewusst, lange bevor es Jan klar wurde. Aber das spielte keine Rolle. Wirklich nicht.“

„Was spielt dann eine Rolle?“

„Sehen Sie, Frau Stark, mir ist es doch lieber, mein Mann kommt gut gelaunt und ohne Lügengebäude konstruieren zu müssen von seinem Geliebten zurück und wir verbringen ein harmonisches Wochenende zusammen, als dass er verärgert und unbefriedigt ist. Ich bin keine lästige Pflicht. Ich bin ein Hauptgewinn. Ich gestatte ihm von Herzen seine kleinen Ausflüchte. Er tut das übrigens genauso.“

„Das hört sich sehr abgeklärt an.“

„Das ist bedauerlich für Sie. Für mich hört es sich nach zwei Menschen an, die sich lieben, nicht besitzen“, entgegnete er. „Jedoch …“ Er nahm erneut einen tiefen Zug, ließ den Rauch in perfekten Ringen entweichen. „… mache ich ihm durchaus einen Vorwurf: Er sah dieses Drama nicht kommen und hat mich dadurch mit hineingezogen.“

„Wie meinen Sie das?"

„Ich habe diesen Bambi nie kennengelernt. Oder auch nur getroffen. Aber schon dieser Spitzname! Ein kleines, schutzbedürftiges Rehlein. Das lässt tief blicken. Und dann immer wieder diese Anrufe. Mitten in der Nacht. In den vergangenen Wochen kam das immer öfter vor. Jan hätte dem Einhalt gebieten müssen, bevor es zu diesem tragischen Ende kommen konnte."

„Sie glauben …"

„Ich glaube, dieser arme Junge war hoffnungslos verliebt und hat sich das Leben genommen, da Jan mich seinetwegen nicht verlassen wollte."

„Sie scheinen sich dessen sehr sicher zu sein."

Ein kurzes, anrüchiges Grinsen. „Natürlich bin ich das, Frau Stark."

„Nach derzeitigem Erkenntnisstand hat Daume keinen Suizid begangen."

Gaston zuckte mit den Schultern. „Falls dem so sein sollte, ist da wohl etwas anderes außer Kontrolle geraten."

Constanze hob fragend die rechte Augenbraue.

„Ach, das wissen Sie nicht? Mein Mann steht auf … Sagen wir es so, eine härtere Gangart entspricht seinem Gusto. Meine Sache ist das nicht. Aber er fand in Bambi einen Gleichgesinnten. Einen passend Sub, wenn Sie mir diesen Ausdruck aus dem einschlägigen Jargon gestatten."

„Ich gestatte es, wenn Sie es mir erklären."

„Einen devoten, kleinen Spielgefährten, den er benutzen konnte."

„Und Sie denken, in jener Nacht im Tiergarten …"

„Nicht mit Jan! Wie Ihnen bekannt sein dürfte, haben wir beide ein Alibi für die Tatnacht. Aber möglicherweise hat sich der Kleine jemand anderen gesucht. Im Park. In der Dunkelheit. Ein kleines Rollenspiel, das aus dem Ruder lief. Ein Fake-Rape, der plötzlich ziemlich real wurde. Sie haben ja keine Ahnung, was sich in Berlin alles finden lässt, wenn man nur danach sucht."

Schweigend leerten sie beide zeitgleich ihre Gläser.

„Ich sollte mich wieder unters Volk mischen. Leisten Sie mir noch etwas Gesellschaft? Es wäre mir eine Freude“, erklärte er und bot ihr seinen Arm an. Er hielt ihre Unterredung für beendet.

„Eine Frage habe ich noch.“ Sie ließ den Arm unbeachtet in der Luft hängen.

„Ja?“

„Es stimmt. Sie beide haben ein Alibi. Ich habe mir die Angaben Ihres Mannes bestätigen lassen. Allerdings könnte Daume in eine Falle gelockt worden sein. Von jemandem, der wusste, dass er auf ein Arrangement in der Art, wie Sie es eben beschrieben, eingehen würde.“

„Sie denken, ich habe einen Killer engagiert, um einen Konkurrenten aus dem Weg räumen zu lassen?“

„Ist dieser Gedanke derartig abwegig? Ich bin mir sicher, ein Mann von Ihrem Stand kennt durchaus Leute, die bereit sind, gegen entsprechende Bezahlung, den einen oder anderen schmutzigen Job zu erledigen.“

Gaston grinste angewidert. „Nur weil ich der Sprössling einer zugegeben schmierigen, aber ausnahmslos legal operierenden Glücksspieldynastie bin, muss ich nicht zwangsläufig wie ein russischer Mafiaboss agieren. Halten Sie mich wirklich für derart abgebrüht und armselig zugleich?“

Sie antwortete nicht, erwiderte seinen herausfordernden Blick, ohne mit der Wimper zu zucken.

„Das tun Sie nicht“, erklärte er nach einigen Sekunden überzeugt. „Und falls doch, sind Sie den Ruf nicht wert, der Ihnen vorauseilt. Und jetzt entschuldigen Sie mich bitte. Meine geistreichen Anekdoten werden auf dieser sinnentleerten Veranstaltung sicherlich schon schmerzlich vermisst.“

Er griff ihre Hand zum Abschied und drückte sie sanft. „Ich kann schwerlich beweisen, keinen Killer engagiert zu haben. Es liegt an Ihnen, mir zu glauben. Es hat mich wirklich gefreut. Auch wenn die Umstände derart unerquicklich waren. Ich bin mir sicher, eines Tages werde ich auf Ihre Talente zurückkommen.“

„Es wäre mir eine Freude", entgegnete Constanze freundlich. Sie reichte ihm ihre Visitenkarte. „Melden Sie sich jederzeit. In dieser oder einer anderen Angelegenheit."

Er nickte knapp, lächelte ihr mit seinen makellos weißen Zähnen zum Abschied offenherzig zu und tänzelte dann, die Hüften dezent schwingend, davon.

Wenige Sekunden später schwappte sein glockenhelles, affektiertes Lachen zu ihr herüber.

Er hatte etwas Abgründiges. Die Frage stellte sich, wie tief der Abgrund war. Tatsächlich konnte sie sich seine Verstrickung in Daumes Tod schwerlich vorstellen. Fürs Erste zumindest.

Constanze erwog kurz, einen weiteren Weißwein zu ordern und eine Runde zu drehen. Doch es mangelte ihr an der rechten Stimmung. Sie war in einer bestimmten Angelegenheit hergekommen. Und diese hatte sie erledigt. Zeit zu gehen. Außerdem verspürte sie einen unbändigen Drang nach einer Zigarette. Und sie fürchtete, ihre Selbstkontrolle könnte in diesem Ambiente nach einem weiteren Glas zu bröckeln beginnen. Heute war nicht der Abend, um einem alten Laster nachzugeben.

„Schlaf gut", flüsterte Hannes Roth und hauchte seiner Freundin einen sanften Kuss auf die Stirn. Sie murmelte etwas Unverständliches, stöhnte schwer und klagend. Dann tauchte sie endgültig ab in die Untiefen eines alptraumgeschwängerten, komatösen Schlafes.

Auch Hannes gestattet sich ein tiefes, erschöpftes Seufzen. Er hatte ihr die Beruhigungstablette förmlich aufdrängen müssen.

Leise schlich er zur Musikanlange und würgte *Volbeat* mitten im Refrain von *Sad Man's Tongue* erbarmungslos ab. Seit dem späten Nachmittag hatte die Heavy-Metall-Combo die Wohnung beschallt.

Rosemarie Zille war für ihren Hang zu hartem Gitarrenrock bekannt. Ein Frauenmagazin hatte sie erst jüngst in einem entsprechenden Outfit und im dunklen Setting eines Berliner

Hinterhauskellers abgelichtet. „Die grüne Senatorin mit der E-Gitarre“, lautete der Titel zur Fotostrecke.

Normalerweise half ihr die laute und in seinen Ohren lediglich unmelodisch-brachiale Musik abzuschalten, runterzukommen. Doch heute versagte auch dieses Rezept. Wobei Hannes bezweifelte, dass es überhaupt irgendetwas gab, was ihr an diesem Tag, der ihre Welt aus den Angeln hob, hätte helfen können.

Mit dem unschuldigen Klingeln des Smartphones hatte am heutigen Morgen der Tod Einzug gehalten. Mit der zerstörerischen Wut eines Tornados war er durch ihr Leben gefegt. Ohne Vorwarnung.

Leise schloss er die Schlafzimmertür und ging ins Wohnzimmer. Zwei Gläser Rotwein standen auf dem Tisch. Ihres war kaum angerührt. Er leerte es in einem Zug, schenkte sich sofort nach und sank dann erschöpft aufs Sofa.

Der erste Tag war geschafft. Allerdings wusste er sehr wohl, das war lediglich der Beginn. Ein Präludium.

Er konnte sich nicht einmal ansatzweise vorstellen, wie furchtbar es war, das Undenkbare durchleiden zu müssen. Das eigene Kind zu überleben, war von der Natur nicht vorgesehen. Erst recht nicht in einer zivilisierten und modernen Zeit wie der ihren. Und doch geschah es.

Er hatte diese einmalige, wohl bedingungslose Liebe, die Eltern ihrem eigenen Fleisch und Blut entgegenbrachten, nie erfahren. Konnte sie lediglich erahnen: Das Leid und die unsagbaren Schmerzen, die Rosemarie gerade durchlitt. Die Verzweiflung. Die Angst. Der Schock. Und die schreckliche, unermessliche Leere.

Am Abend zuvor hatte sie sich noch über ihren Sohn empört, da er nicht zur „Krönungsmesse“, wie sie den Parteitag scherzhaft bezeichnete, aufgetaucht war. Nicht einmal ein Anruf. Auch ihm war die Ignoranz des Jungen übel aufgestoßen. Doch er hatte seinen Ärger hinuntergeschluckt. Er hatte sich nicht in die Beziehung zwischen den beiden einmischen wollen. Zu vermint war dieses Feld. Gewundert hatte es ihn allerdings genauso wenig wie Rosemarie.

Begeistert war Andreas von der Kandidatur seiner Mutter sowieso nie gewesen. Abgesehen davon tauchte er immer wieder mal mehrere Tage, manchmal Wochen ab, in denen er sich nicht meldete und, wenn überhaupt, spät zurückrief. Hannes führte das komplizierte Verhältnis der beiden auf tiefsitzende Verletzungen und Wunden aus der Pubertät zurück. Er musste ein renitenter Teenager gewesen sein. Drogen, Partys und Männer. Von allem drei ziemlich viel. Sie war als alleinerziehende Mutter wohl überfordert.

Er hatte Rosemarie während jener Zeit nur flüchtig gekannt. So wie man sich eben kannte, wenn man in derselben Partei tätig war. Erst einige Jahre später waren sie sich professionell wie persönlich nähergekommen. Zu jener Zeit war Andreas längst ausgezogen, studierte Medizin und hatte den Drogen, zumindest laut Zilles Kenntnisstand, abgeschworen. Ihr Verhältnis zueinander war dementsprechend wieder entspannter geworden. Wenn sie sich sahen, gingen sie herzlich und innig miteinander um. Trotzdem blieb Andreas nach Roths Empfinden seltsam abwesend. Als würde er darauf achten, niemals zu viel von sich preiszugeben. Manchmal fragte sich Hannes, ob er nur eine Rolle spielte. Eben eine Bambi-Fassade, um die dunklen Abgründe dahinter zu verbergen.

Bambi. Als Andreas ihnen von seinem Spitznamen erzählt hatte, musste seine Mutter herzlich lachen.

„Ich kann mich an eine Zeit entsinnen, da war dieses kleinen Rehkitz eher ein fleischfressendes Monster mit gefährlichen Hauern und Gifttentakeln", hatte sie festgestellt und ihm dabei durchs Haar gewuschelt. Andreas hatte ihr lachend zugestimmt und dann erklärt, er würde lieber nach einem Tier benannt als nach einer alternden Politikerlegende.

Das war jener Tag, an dem Hannes Roth von seinem eigenen Spitznamen erfuhr: Gorbatschow. Andreas war derjenige, der ihm gestanden hatte, dass jeder ihn so nannte. Manchmal sogar Rosemarie.

Sie befürchtete, er würde verärgert sein. Doch das war er nicht. Im Gegenteil. Er fühlte sich geschmeichelt. Nicht jeder konnte von sich behaupten, einen Friedensnobelpreisträger als Namenspaten zu haben. Und mit seinem Feuermal hatte er sowieso längst Frieden geschlossen. Auch wenn es viele Jahre gebraucht hatte, betrachtete er es nicht als Makel, sondern als optischen Beweis seiner Einzigartigkeit.

Roth gestattete sich ein kleines, kurzes Lächeln, als er an diesen Abend zurückdachte. Andreas war der Einzige, der in seiner forschen Unbedarftheit den Mut besessen hatte, ihm diesen Scherznamen zu offenbaren.

„Darf ich nachschenken, Gorbi?", hatte er ihn damals mit keckem Lachen geneckt. Sie hatten zu dritt im Wohnzimmer bei einer Flasche Rotwein gesessen. Genau wie er gerade.

Kein besonderer Moment. Von jetziger Warte aus betrachtet erfüllt von einer friedlichen Unbeschwertheit. Eine Unbeschwertheit, die sich im Alltäglichen versteckte, die man viel zu selten zu schätzen wusste. Und die in dieser Form nie mehr wiederkehren würde.

Roths kurzes, gedankenverlorenes Lächeln erstarb augenblicklich. Ein Frösteln kroch durch seinen Körper. Er war müde. Erschöpft. Traurig.

Den ganzen Tag über hatte er sich um Rosemarie gekümmert, sie im Arm gehalten, ihre Verzweiflung, die Wut und den Schmerz aufgenommen, geteilt, zu lindern versucht. Auch wenn Letzteres schlichtweg nicht in seiner Macht stand.

Erst jetzt, mit seinen Kräften am Ende, gestattete er seinen Gefühlen, sich zu zeigen. Tränen rannen über seine Wange. Er trauerte um Andreas. Um dieses viel zu früh ausgelöschte Leben. Doch er trauerte auch um Rosemarie und um sich selbst. Wohlwissend, dieser Tag hatte etwas zerstört. Ihr altes Leben war weggespült. Die Zukunft, die keine vierundzwanzig Stunden zuvor so klar vor ihnen lag, war nun düster, unheilvoll und unsicher.

Die Welt würde sich weiterdrehen, auch wenn ihre Uhren gerade stillstanden. Es mussten Entscheidungen getroffen werden. Nicht heute und auch nicht morgen. Aber bald. Wie würde es mit Rosemaries Kandidatur weitergehen? Es galt, den Wahlkampf vorzubereiten. Plakate. Slogans. Veranstaltungen. All das musste geplant werden. Von den unzähligen Presseanfragen ganz abgesehen.

Das alles wurde angesichts dieser Tragödie, dieses furchtbaren Verbrechens so schrecklich banal und nichtssagend. Gleichwohl war er Pragmatiker genug, um zu wissen, wie kurz die Schonfrist sein würde. Die Mühlen des politischen Betriebs standen nicht still. Zumindest nicht für lange. Die innerparteiische Konkurrenz schlief nicht. Genauso wenig wie der politische Gegner. Es ging um Macht. Und Macht kannte kein Erbarmen, kein Mitgefühl, keine Trauer. Und sie duldete keinen Stillstand. Es mochte ihm gelungen sein, um Rosemarie einen Schutzschild zu errichten. Doch diesen konnte er höchstens noch einige Tage aufrechterhalten.

Er hatte eine sehr genaue Vorstellung davon, wie in den Büros und Hinterzimmern der sogenannten Parteifreunde bereits die ersten Kalkulationen angestellt und Szenarien durchgespielt wurden. Der stillschweigende Burgfrieden würde nicht lange anhalten. Die Flügel der gerade erst geeinten Partei sammelten ihre Truppen. Sollte Rosemarie ihre Kandidatur zurückziehen, würden erneut Kämpfe ausbrechen. Darauf bereitete man sich vor.

Selbst wenn es Hannes widerwertig fand, so konnte er es ihnen nicht verdenken. Er hätte nicht anders gehandelt.

Nicht viel besser sah es an der medialen Front aus. Die Meute hatte heute Nachsicht walten lassen, begnügte sich mit den spärlichen Statements der Pressestelle. Doch wie lange? Vor allem die Boulevardmedien legten ihre Zurückhaltung in solchen Fällen eher früher als später ab, getrieben von der Jagd nach dem besten Foto der trauernden, vom Schmerz gezeichneten Senatorin. Und im Politikteil der seriöseren Blätter würde alsbald die Frage auftauchen, wie es denn nun um den grünen Sturm auf das Rote Rathaus stand.

Plötzlich schnürte ihm etwas seine Kehle zu. Es war, als hätte ihm jemand eine Schlinge umgelegt und zog sie langsam enger. Hektisch betastete er seinen Hals. Doch da war nichts.

Trotzdem rang er nach Luft. Röchelte. Er stürzte zum Fenster und riss es auf. Langsam schwand das Gefühl. Seine Atmung beruhigte sich. Er fühlte sein Handgelenk. Sein hektisch pochender Puls raste.

Da sah er die dunkle Gestalt auf der anderen Straßenseite. Jemand kauerte im Schatten einer Linde. Im fahlen Schein der Straßenbeleuchtung war die Person kaum auszumachen. Doch er glaubte, erkennen zu können, dass sie die Kapuze einer Windjacke tief ins Gesicht gezogen hatte.

Wut flammte in ihm auf. Konnte dieses Arschloch sie nicht einmal heute in Ruhe lassen!

„Fahn!", schrie er aufgebracht – bereute es allerdings sofort, als die Gestalt erschrocken zusammenzuckte. Er hatte sich mit seinem unüberlegten Ausruf verraten.

Ohne zu überlegen, stürmte Roth aus der Wohnung, nahm zwei, drei Treppenstufen auf einmal, wäre im zweiten Stockwerk beinahe gestürzt, prallte gegen die Wand.

Ein kurzer, stechender Schmerz flammte in seiner rechten Schulter auf. Er ignorierte ihn, hastete weiter, aus dem Haus auf die Straße. Doch als er die Stelle erreichte, von der aus der stumme Beobachter eben noch ihre Wohnung observiert hatte, war dieser längst verschwunden.

Gehetzt blickte Hannes umher, suchte die Umgebung ab. Kurz glaubte er, das Geräusch sich schnell entfernender Schritte auf dem Asphalt zu hören, als würde jemand davonrennen. Dann: Stille.

10

Das hartnäckig summende Vibrieren seines Smartphones weckte Sören. Im Halbschlaf und mit einigem Restalkohol im Blut nahm er den Anruf entgegen, ohne vorher auf das Display zu schauen. Ein Fehler, den er sofort bereute.

„Stark hier." Die scharfe Stimme seiner Auftraggeberin schnitt sich durch seinen Verstand wie ein Messer durch einen Butterblock, der zu lange in der Sonne gelegen hatte.

„Petersen spricht“, entgegnete Sören nuschelnd.

„Haben Sie noch geschlafen?“

„Was kann ich für Sie tun, Teuerste?“

„Teuer kommen Sie mich gerade zu stehen“, entgegnete Stark harsch. Es folgte eine fünfminütige Tirade, vorgetragen mit ruhiger, lediglich oberflächlicher Freundlichkeit. Für was sie ihn eigentlich bezahle und was er gestern den ganzen Tag über gemacht habe? Es war eine rhetorische Frage. Offenbar hatte er nämlich nicht getan, was sie von ihm erwartete.

„Ich durfte eben ein ziemlich unerfreuliches Gespräch mit dem Partner von Senatorin Zille führen, der mir exakt diese Fragen stellte. Ich wurde von ihm engagiert, um mich des Problems Matthäus Fahn anzunehmen. Dummerweise lungerte eben jener heute Nacht erneut auf der Straße vor Zilles Wohnung herum. Dabei bat ich Sie ausdrücklich, ein Auge auf ihn zu haben, um genau solche …“

Spätestens an diesem Punkt schaltete Sörens brummender Schädel auf Durchzug. Schweigend ließ er die Vorhaltungen über sich ergehen. Wohlwissend, sie lag richtig. Sie hatten eine Vereinbarung. Und er war dieser nicht nachgekommen, ließ sich stattdessen von Max und einem geschniegelten Drogendealer ablenken.

Als er am Abend zuvor aus Friedrichshain zurückgekehrt war, hielt er es zu Hause nicht lange aus. Seine Grübelei hatte um Max gekreist.

Mäxchen. War diese verloren wirkende Seele vielleicht doch nicht so unschuldig? Er fand die Vorstellung ebenso unangenehm wie beunruhigend. Er drohte die nötige, professionelle Distanz zu verlieren.

Um aus dem sich ständig wiederholenden Gedankenkreislauf auszubrechen, beschloss er, auf einen Sprung in der *BdW* vorbeizuschauen und sich dem nicht enden wollenden Redeschwall Mara Bellas hinzugeben. Immobilienhaie und Gentrifizierung waren an diesem Abend ihre Aufreger. Sie hatte sogar ein Poster an die Tür gepinnt. Die schwarzen Lettern prangten darauf: „Die Stadt gehört uns!“

Mara fand regelmäßig ein Thema, über das sie sich dann viele Stunden oder gar Tage auslassen konnte. Die Motive mochten wechseln, das Muster blieb immer das gleiche: Wir gegen die. David gegen Goliath.

Manchmal war Sören von ihrem Eifer und ihrem Engagement genervt. Sie erinnerte ihn dann an einen rebellischen und zugleich schrecklich naiven Teenager. Am gestrigen Abend war es ihm allerdings nur recht gewesen, dass sie redete und redete und redete. So musste er wenigstens nichts sagen. Auf einen Gin Tonic wollte er bleiben. Es waren schnell mehr geworden.

„Übrigens", schloss Stark abrupt ihren Monolog, „gibt es Neuigkeiten Daume betreffend." Ob sie bemerkt hatte, dass er ihr längst nicht mehr folgte und seinen eigenen Gedanken nachhing? Auf jeden Fall schaffte sie es mit dieser Bemerkung, sofort wieder Sörens volle Aufmerksamkeit zu erhalten.

„Zunächst einmal haben sich die Alibis meines Mandanten und seines Lebensgefährten als stichhaltig herausgestellt. Weiterhin besteht auf dieser Seite der dringende Wunsch nach Aufklärung des grausamen Verbrechens."

„Ich bezweifele, ob Sie objektiv beurteilen können ..."

„Ich habe", schnitt sie ihm ohne Gnade das Wort ab, „über meine Kontakte erfahren, dass auf der heutigen Pressekonferenz der Polizei einige entscheidende Punkte nicht genannt werden."

Sören grummelte etwas Unverständliches. Sie ignorierte ihn.

„Es herrscht die Meinung, wir könnten gerade den Beginn einer Mordserie erleben. Eine Polizeiberaterin, ihr Name lautet Basimah Schmidts, hat diesen Verdacht intern geäußert. Und der Leiter der Soko Bambi neigt dazu, sich dieser Meinung anzuschließen."

In Sörens Kopf wurde knatternd – und katerbedingt stotternd – eine Maschinerie in Gang gesetzt. Er überlegt, wie er als Ermittler auf diese Vermutung reagiert hätte. Er schätzte Basimahs Expertise und wäre ihrem Rat gefolgt, hätte zugleich ebenfalls darauf verzichtet, die Öffentlichkeit zu informieren. Ob das auf Richard van Dijks Empfehlung zurückging?

„Da ist noch mehr. Andreas Daume wurde nicht einfach nur umgebracht. Er wurde förmlich abgeschlachtet. Und vor seinem Tod gefoltert. Ich sende Ihnen einige Tatortfotos auf Ihr Smartphone. Die sind nichts für zartbesaitete Seelen. Ich gehe allerdings davon aus, Sie können angesichts Ihrer beruflichen Vergangenheit damit umgehen. Auch darüber drang bisher nichts nach draußen. Es gab aber in diesem Punkt wohl unterschiedliche Meinungen innerhalb der Soko."

„Woher wissen …"

„Und jetzt kümmern Sie sich um Fahn. Das hat Priorität. Ich erwarte, dass Sie ihm heute auf Schritt und Tritt folgen", fiel sie ihm erneut ins Wort und legte dann auf.

Wenige Minuten später, er schrubbte gerade mit der Zahnbürste den fahlen Geschmack der vergangenen Nacht aus seinem Mund, erhielt er mehrere Bilddateien.

In professioneller Emotionslosigkeit analysierte er die Szenerie. Stark hatte nicht übertrieben. Daumes Tod war allem Anschein nach weder schnell noch schmerzfrei vonstattengegangen.

Sören unterdrückte ein aufkeimendes Mitgefühl. Empathie lenkte nur ab, störte die dringend gebotene Objektivität.

Als er wenig später vor die Tür trat, regnete es wieder. Der wievielte Tag in Folge war das nun schon? Sören vermochte es nicht sagen.

Graue Häuserfassaden vor grauem Himmel. Windböen peitschten Bindfäden durch die Straßen. Berlin zeigte seine hässliche, abweisende Seite. Missmutige Gesichter unter Schirmen und Kapuzen krochen durch die Szenerie.

Während er mit dröhnendem Schädel in Richtung seines eine Straße weiter abgestellten Wagens stapfte, bereute er es, vergangene Nacht nicht konsequenter gewesen zu sein. Es waren nicht ein, sondern mehrere Drinks zu viel geworden. Die Aussicht, eine verkaterte Observation zu starten, verdüsterte seine ohnehin schon schlechte Laune zusehends. Zu allem Überfluss hatte ihn der alte VW Jetta im Stich gelassen. Rülpsend und stöhnend weigerte er sich anzuspringen. Sören konnte es ihm nicht einmal verdenken, empfand stattdessen angesichts des eigenen, desolaten Zustands eine tiefe Verbundenheit.

Missmutig nahm er die U-Bahn, um zum Adenauerplatz zu gelangen, in dessen Nähe Fahn wohnte. Der Geruch feuchten Stoffes hing in dem Wagen, mischte sich mit den Dämpfen der Insassen. Schweiß. Alkohol. Alter Zigarettenqualm.

Sören befürchtete, selbst einen gehörigen Teil zu diesem toxischen Odeur beizutragen.

Während die Haltestellen an ihm vorbeizogen, konnte er nur schwer den Drang unterdrücken, die Fotos des toten Andreas Daume erneut aufzurufen. Früher hatte er sich oft stundenlang über die Aufnahmen seiner Fälle gebeugt. Die Toten konnten sich nicht mehr direkt mitteilen, gleichwohl erzählte jede Leiche eine Geschichte. Er schuldete es den Opfern, ihre Botschaft zu entschlüsseln.

Aber das war nur die halbe Wahrheit. Tatortfotos hatten schon immer eine morbide Faszination auf ihn ausgeübt. Dieser wohlig-schreckliche Schauer ...

Der Gedanke an jenes Gefühl versetzte Sören einen Adrenalinstoß. Wie in Trance griff er nach seinem Smartphone, entsperrte es und ... hielt sich im letzten Moment zurück. Eine voll besetzte U-Bahn war nicht der geeignete Ort, um Leichenfotos zu studieren.

Ihn trieb die Frage um, wer Stark die Aufnahmen zugespielt hatte. Das waren nicht irgendwelche Paparazzibilder, sondern offizielle Polizeidokumente. Nicht minder bemerkenswert schien ihm das Detailwissen seiner Auftraggeberin zum geheim gehaltenen Ermittlungsstand und der Diskussionen darüber, was an die Öffentlichkeit gehen sollte. Wer war ihr Kontakt?

Kommissar Steiner? Unwahrscheinlich. Der mochte ein Arschloch sein, aber zumindest in dieser Hinsicht integer.

Basimah? Ebenso unwahrscheinlich. Es entsprach nicht ihrem Charakter, gezielt Informationen durchzustechen. Höchstens, es gab eine private Verbindung zu Constanze Stark. Hatten die beiden etwas miteinander? Auch wenn der Gedanke ihn kurz auf absurde Weise erregte, verwarf er ihn sogleich wieder.

Richard? Ebenfalls unwahrscheinlich. Der Pressesprecher würde sich selbst nur unnötig unter medialen Druck setzen, sollte eine derartige Information durch eine Indiskretion öffentlich werden.

Ein anderes Mitglied der Soko? Möglich. Aber dann hätte sich der- oder diejenige wohl direkt an die Medien gewandt. Außer … Ja, außer, die Person stand auf Starks Gehaltsliste.

Sören schüttelte über seine eigenen Überlegungen den Kopf. Er traute Stark durchaus zu, einen Beamten zu bestechen. Dann allerdings gleich auf höherer Ebene. Sie würde ihr Geld nicht in das profane Fußvolk investieren. Warum sich mit Larven abmühen, wenn man einen dicken Fisch an der Angel haben konnte. Ja, das entsprach viel eher ihrem Vorgehen.

Die Gedanken über Starks Informanten beschäftigten Sören, bis die U-Bahn den Adenauerplatz erreichte. Er stieg aus und ließ sich von der Rolltreppe langsam zur Oberfläche bringen. Wie angenehm es doch mit einem Kater war, Maschinen die körperliche Arbeit erledigen zu lassen.

Feuchte Kühle wehte ihm entgegen. Sören zog die Kapuze seines Parkas tief ins Gesicht und stampfte den Kurfürstendamm hinab. Am Lehniner Platz gönnte er sich in einer Bäckerei einen schlechten, immerhin heißen Kaffee.

Vor ihm lag ein Gewirr aus Nebenstraßen und Sackgassen in einer beschaulichen Wohngegend, die sowohl von der Stadt- als auch der Ringbahntrasse gestreift wurde.

Es dauerte einige Zeit, bis er Fahns Meldeadresse in der Sybelstraße fand. Das Apartmenthaus war sicher keine zehn Jahre alt. Es biederte sich in seiner Ästhetik den erhabenen Stadthäusern aus der Gründerzeit an, kam in deren Nachbarschaft allerdings wie eine neureiche Edelprostituierte beim Kaffeekränzchen mit verarmten Wilmersdorfer Witwen daher.

Er betätigte die Klingel. Fahns Apartment befand sich im Vorderhaus. Dritter Stock.

„Ja?“

„Herr Fahn, ein Paket für Ihren Nachbarn.“

„Nehme ich nicht entgegen“, lautete die knappe Antwort.

Petersen lächelte zufrieden. Genau diese Reaktion hatte er sich erhofft. Das leere Päckchen in seinem Rucksack würde er gar nicht brauchen. Aber jetzt wusste er wenigstens, dass seine Zielperson zu Hause war.

Er holte sein Smartphone heraus und suchte sich über eine App den nächsten Mietwagen. Er hatte Glück: Das Auto stand einige Meter entfernt in einer Parkbucht. Mit direkter Sicht auf den Hauseingang und die Tiefgaragenausfahrt. Perfekt. Zum ersten Mal am heutigen Tag hatte er Glück.

Er machte es sich auf den Beifahrersitz bequem, holte die Thermoskanne Tee aus seinem Rucksack und begann zu warten.

Und zu warten.

Und zu warten.

Der Nachmittag verstrich ohne Vorkommnisse. Mit Einbruch der Dunkelheit gingen die Lichter in einer der Wohnungen der dritten Etage an. Kurz zeichneten sich die Umrisse einer Gestalt am Fenster ab.

Fahn? Ob er allein war?

Sören hatte sich einige Fotos von ihm im Netz angeschaut. Außerdem einen Talkshow-Auftritt aus der Zeit kurz nach dem Skandal, der ihn den Job kostete. Und Reden und Interviews, die er dubiosen Online-Portalen am Fließband gab, seit er zum schwulen Posterboy der Neuen Rechten mutiert war. Sören gestand ihm eine militärisch anmutende Attraktivität zu. Die dunkelblonden Haare kurz getrimmt, der Körper drahtig und durchtrainiert. Nur sympathisch wirkte er nicht.

Hart, schonungslos und selbstgerecht waren eher die Attribute, die ihm Sören zuschrieb; von einem selbstzerstörerischen Absolutheit getrieben. Mit der gleichen Vehemenz, die ihn zunächst zum reaktionären Gotteskrieger gemacht hatte, trachtete er danach, sich an die Spitze der deutschen Schwulenbewegung zu stellen, die ihn angesichts seiner reaktionären Umtriebe nach kurzer Euphorie schnell wieder fallen ließ. Es folgte der Abdrift nach rechts.

Während er sich eingehender mit Fahns gebrochener Biografie beschäftigte, verspürte Sören vor allem Mitleid. Anhand des

Wikipedia-Eintrags entfaltete sich vor seinem geistigen Auge ein Leben voller Brüche und Umwälzungen, von ständigem Selbsthass und Verleugnung geprägt. Und von einer ebenso verzweifelten wie zweifelhaften Suche nach Halt, den er tragischerweise nur in neuen Feindbildern fand, an denen er sich obsessiv abarbeiten konnte. In den Interviews nahmen Aggressionen und Hass mit jedem Jahr zu. Las man seine Einlassungen chronologisch, zeigte sich der Zeitverlauf einer Selbstradikalisierung.

War Fahn fähig, den Sohn einer politischen Gegnerin zu ermorden?

Mit dem Beginn der Feierabendzeit kehrten andere Bewohner des Gebäudes zurück. Fahn blieb in seiner Wohnung. Gelegentlich huschte er als Schatten an einem der Fenster vorbei. Dann plötzlich, um kurz nach sieben, wurden in dem Apartment die Lichter gelöscht.

Einige Minuten später trat Fahn auf die Straße.

Er trug eine schwarze, hüftlange Windjacke, enganliegende Jeans und schwarze Stiefel. Sein Outfit ließ keinerlei Spekulationen zu, ob er zum nächsten Supermarkt wollte, zu einem Fick-Date, zum Abendessen in ein Restaurant – oder zu Zilles Wohnung, um den Stalker zu mimen, der sie psychisch in ihrer ohnehin dramatischen Ausnahmesituation weiter unter Druck setzte.

Es hatte aufgehört zu regnen. Was immer auch Fahns Ziel sein mochte, er schien es zu Fuß erreichen zu wollen.

Notgedrungen verließ Sören das, dank Standheizung, mollig warme Auto und nahm die Verfolgung auf.

Er folgte ihm eine gute halbe Stunde durch das Straßengewirr gen Osten. Der Kiez war Sören dürftig vertraut und so hatte er bloß eine ungefähre Ahnung, wo sie sich gerade befanden. Er wagte es nicht, sein Smartphone aus der Hosentasche zu holen und Google Maps aufzurufen, da Fahn mit einem unerwartet zielstrebigen Stechschritt unterwegs war. Zweimal wäre er ihm fast entwischt. Sören bereitete es zunehmend Mühe, ihm zu folgen. Seine Raucherlunge ächzte und stöhnte und bedankte sich mit mehreren Hustenanfälle für die körperliche Anstrengung. Dementsprechend außer Atem war er, als sie den Savignyplatz erreichten. Mit gleich sieben Straßeneinmündungen war der Ort bestens geeignet, um Fahn ein weiteres Mal aus den Augen zu verlieren.

Zu Sörens Erleichterung verlangsamte der allerdings sein Tempo, nachdem sie die S-Bahnbögen hinter sich gelassen hatten. Unerwarteterweise schlenderte er förmlich über den Platz, stoppte vor dem Schaufenster einer Kunstbuchhandlung, warf einen neugierigen Blick auf die Titelseiten der Tageszeitungen, die in einer Kioskauslage um Aufmerksamkeit und Käufer wetteiferten.

Dem neuen Bewegungsmuster nach zu urteilen, hatte er sein Ziel erreicht. Wahrscheinlich war er zum Abendessen verabredet und vor der Zeit eingetroffen.

Trostlos und verlassen lagen die Terrassen und Außenbestuhlungen des Savignyplatzes da. Noch vor einer Woche hatte hier abends das Leben getobt. Die Berliner hatten die Straßen einen unendlich langen, unendlich heißen Sommer lang belagert, ganz selbstverständlich annektiert. Als wäre es immer so das ganze Jahr über. Ein mediterraner Hauch hatte in jenen Tagen über der Stadt gelegen.

Der blitzartige Herbsteinbruch erinnerte die Menschen auf spöttische Weise daran, dass, Klimakrise hin oder her, Berlin nun einmal nicht an der Adria lag. Einzig die hell erleuchteten Fenster der spärlich besuchten Restaurants spendeten mit ihrem goldenen Lichterglanz ein wenig Trost im windig-kühlen Grau des Abends.

Nach einer weitschweifigen Runde über den südlichen Teil des Platzes lehnte sich Fahn betont locker an eine Straßenlaterne und zückte sein Smartphone. Im fahlen Schein des Displays entfalteten die kantigen Gesichtszüge etwas Diabolisches.

Seine Haltung, die Art, wie er sich bewegte, offenbarte Selbstbewusstsein und Stärke. Wobei darin auch immer etwas Überzeichnetes mitschwang. Ein Schutz. Eine antrainierte Rolle, die mit der Zeit sein wahres Ich überlagert und verdrängt haben mochte.

Im dunklen Schatten einiger Bäume zündete sich Sören eine Zigarette an und beobachtete die Szenerie mit zunehmender innerer Anspannung. Kurz schob sich eine Gruppe asiatischer Touristinnen in sein Sichtfeld. Er fluchte still. Als die offenkundig desorientierten, hektisch mit einem Stadtplan schwenkenden Frauen weitergingen, hatte sich ein zweiter Mann zu Fahn gesellt. Die beiden umarmten sich kurz. Ein schnelles, kumpelhaftes Schulterklopfen.

Sören glaubte, in dem Neunankömmling Fahns Lebenspartner zu erkennen. Ein gewisser Michael Oppermann.

Dank Fahns öffentlich zugänglichem Facebook-Profil war es ein Leichtes gewesen, einige persönliche Hintergründe zu recherchieren. Die beiden Männer, mindestens seit fünfzehn Jahren zusammen, teilten sich allerdings keine gemeinsame Wohnung. Anders als sein Freund trat Oppermann kaum öffentlich in Erscheinung. Seine politische Ausrichtung blieb ebenfalls im Dunkeln. Ob Fahn mit jemandem zusammensein konnte, der sich nicht auf seiner Linie befand?

Das Paar schlenderte, in ein Gespräch vertieft, zum italienischen Restaurant auf der gegenüberliegenden Straßenseite. Am Eingang wurden sie von einem Kellner im Frack begrüßt und umgehend zu einem Platz direkt an der breiten Fensterfront geführt. Die Art und Weise, wie die Angestellten mit den Neuankömmlingen umgingen, ließ darauf schließen, dass Fahn und Oppermann hier bekannt waren. Eventuell sogar Stammgäste.

Sie gaben ihre Bestellung auf. Eine Flasche Rotwein wurde gebracht.

Sörens Stimmung verschlechterte sich zusehends. Das konnte ein verdammt langer, kalter und nasser Abend werden.

Fahn wirkte nicht, als hätte er Lust, sich später in der feindseligen Witterung vor die Wohnung der Senatorin zu stellen und den hasserfüllten Psycho-Stalker zu geben.

Petersen beschloss, das Risiko einzugehen und seinen Posten zu verlassen. Die beiden Männer würden mindestens die nächste Stunde damit beschäftigt sein, ihren Wein und das Essen zu genießen. Also konnte er sich wenigstens ein Dosenbier und ein frisches Päckchen Zigaretten holen. Er besorgte sich beides an einem Späti auf der Kantstraße. In einem Imbiss würgte er hastig einen scharfen, mit dicker Knoblauchsause angereicherten Döner hinunter.

Als er zurückkehrte, pochte sein Herz aufgeregt. Er bereute mittlerweile seinen Leichtsinn. Als Polizist hätte er sich ein derartig unprofessionelles Verhalten nicht geleistet. Andererseits, hatte ihm der gestrige Morgen nicht schmerzhaft verdeutlicht, dass er nun mal genau das nicht mehr war? Im Tiergarten, auf der anderen, ungewohnten Seite der Absperrung zu stehen, hatte ihm brutal vor Augen geführt, dass er nicht mehr dazugehörte. Er war höchstens ein Statist. Ein Part, mit dem er sich zwar nicht zufriedengeben wollte, aber abfinden musste.

Sören Petersen. Abgehalfterter Privatdetektiv.

Vielleicht war es an der Zeit, sich auch wie ein solcher zu verhalten und einige alte Gewohnheiten und die antrainierte Disziplin abzustreifen. Er hatte sich bereits illegal Zutritt zu Daumes Wohnung verschafft. Von seinem grenzüberschreitenden Verhalten bei Max ganz zu schweigen. Da fiel eine laxere Herangehensweise an eine sinnlose Observation kaum weiter ins Gewicht.

Mit diesem trotzigen Gefühl in der Magengrube kehrte er zurück und gönnte sich ein Gefühl großer Erleichterung, als er Oppermann und Fahn noch immer an ihrem Tisch sitzen sah. Inzwischen war das Essen serviert worden. Zwei Pizzen. Wie enttäuschend profan.

Sören öffnete die Dose Bier. Der Inhalt sprudelte ihm schäumend entgegen. Er fluchte leise, ignorierte die Spritzer auf seiner Jacke. Inzwischen hatte ihn der hartnäckige Nieselregen sowieso durchnässt bis auf die Haut. Hoffentlich fing er sich keine Erkältung ein. Oder eine Lungenentzündung. Das fehlte noch! Er mutete seinem Körper bereits genug zu.

Früher war er davon ausgegangen, im Dienst von einer Kugel niedergestreckt zu werden. Ein skrupelloser Drogenbaron. Ein Ehemann, der durchtickt, als er ihn des Mordes an seiner Frau überführt. Ein Clanmitglied mit einem zu nervösen Finger am Abzug. Etwas in der Art. Glorreich in Ausübung seiner gottverdammten Pflicht verstorben.

Diese heroische Vorstellung von seinem eigenen Ableben war ihm allerdings abhandengekommen. Er vermisste sie. Sie hatte immer etwas Tröstliches in sich geborgen.

Inzwischen vermutete er, eines Tages als verwesende Leiche in seinem Apartment gefunden zu werden. Zu Tode gesoffen, von einem Herzinfarkt weit vor der Zeit dahingerafft. Oder er vegetierte als einsamer Greis in einem Altersheim dahin. Darauf hoffend, eine Demenz möge zügig den letzten Rest seines erbärmlichen Seins aufsaugen, bevor er über seinen vom jahrelangen Raubbau erschlafften Körper vollends die Kontrolle verlor.

Das Vibrieren seines Smartphones riss Sören aus den dunklen Grübeleien. Kevin versuchte ihn zu erreichen. Der Junge war wirklich hartnäckig. Fruchtbar. Berührend. Schmeichelhaft.

Just als er den Anruf annehmen wollte, bemerkte er im Augenwinkel, wie der Kellner an Fahns Tisch trat. Das Abendessen war beendet. Die Rechnung wurde serviert. Oppermann zahlte. Für beide. In bar.

Sie flachsten kurz mit dem Angestellten herum. Schon im Aufstehen begriffen, wurden die Weingläser geleert.

Sören zog sich in den Schatten zurück.

Wenig später verließen die Männer das Restaurant. Sie küssten und umarmten sich. Fahn ging zielstrebig zu einem wartenden Taxi. Oppermann verschwand in der S-Bahnstation.

Verdammt! Damit hatte er nicht gerechnet. Sören war der festen Überzeugung gewesen, sie würden gemeinsam zu Fahns Wohnung gehen. Ein abendlicher Verdauungsspaziergang.

Hektisch suchte er die Umgebung nach einem Taxi ab.

Keines in Sicht.

Sören fluchte. Fahn drohte ihm zu entwischen. All die Warterei umsonst. Bis er über seine App ein Mietauto finden würde, wäre es zu spät.

Der Taxifahrer setzte einen Blinker. Die Ampel an der Kreuzung sprang auf Grün. Mit quietschenden Reifen raste der Wagen davon, die Kantstraße hinunter und schon verloren sich die Rücklichter im Gedränge des Verkehrs.

Gelähmt vor Wut über seine eigene Unfähigkeit stierte Sören einige Minuten vor sich hin. Dann schleuderte er die halbvolle Bierdose mit voller Wucht in die kleine Parkanlage. Das tat gut.

Er zündete sich eine Zigarette an und wog seine Optionen ab. Es war unmöglich zu sagen, wohin Fahn wollte. Nur eine Rückkehr in die Wohnung schloss Petersen aus. Er war in die entgegengesetzte Richtung entschwunden. Ob Fahn sich am Ende doch noch vor Zilles Wohnung postieren wollte? Unwahrscheinlich.

Allerdings der einzig verbleibende, sinnvolle Anhaltspunkt, wollte er nicht unverrichteter Dinge die Observation abbrechen. Einen Versuch war es wert. Wenn auch nur, um sich nicht erneut von Stark vorhalten lassen müssen, es verbockt zu haben.

Frustriert nahm er den nächstbesten Leihwagen. Ein Elektro-Auto. Auch das noch. Statt des wohligen Dröhnens eines althergebrachten Verbrennungsmotors nur ein leises Surren. Wo blieb da der Fahrspaß?

Immerhin brachte ihn der kleine Flitzer zuverlässig zu seinem Ziel. Um keine unnötige Aufmerksamkeit zu erregen, parkte er in einer Parallelstraße zu der, in der sich Zilles Wohnung befand. Er hatte die Adresse für alle Fälle auf seinem Smartphone abgespeichert, bereute es allerdings, das Wohnviertel nicht zuvor bei Tageslicht abgegangen zu sein. Er wandelte zum zweiten Mal innerhalb weniger Stunden auf weitgehend unbekanntem Terrain. Ein entscheidender Nachteil, sollte es zu einer kritischen Situation kommen.

Glücklicherweise fand er die Adresse schnell. Sören wagte es nicht, zur Eingangstür zu gehen und das Klingelschild zu begutachten. Falls Fahn tatsächlich das Gebäude belagerte, würde ihn das nur unnötig auf Sören aufmerksam machen. Daher konnte er nicht herausfinden, welche der Wohnungen Zille gehörte. Auch in diesem Punkt hätte eine gründlichere Vorbereitung nicht geschadet. Er schob den Ärger über sich selbst beiseite.

Petersen verkroch sich in einen schlecht beleuchteten Hauseingang und ließ seinen Blick langsam über die bedrückend stille Szenerie gleiten. Eine Frau in roten Pumps und schwarzem Mantel stolzierte über den Gehweg. Ein Boxer watschelte laut schnaufend in ihrem Windschatten. Sie beäugte Sören beinahe ängstlich, ging allerdings glücklicherweise an ihm vorbei, ohne sich umzudrehen. Der Köter tat es ihr gleich.

Und plötzlich: ein flüchtiger Schatten, kaum wahrnehmbar am Rande seines Sichtfelds, eine Hofeinfahrt auf der gegenüberliegenden Straßenseite. Drückte sich jemand im schützenden Dunkel herum, darum bemüht, nicht aufzufallen, nicht gesehen zu werden?

Die Minuten verstrichen. Dann erneut eine huschende Bewegung. Dort drüben stand jemand. Sörens Puls beschleunigte sich. Seine Sinne schärften sich wie die eines Raubtiers auf der Jagd. Langsam schälten sich die Umrisse einer Gestalt aus der Dunkelheit hervor. Jetzt, da seine Augen wussten, auf welchen Punkt sie sich konzentrieren mussten, gab die schwarze Nacht immer mehr Details preis.

Die Statur konnte als schmächtig bezeichnet werden. Das sprach eindeutig gegen den muskulösen Fahn mit seinem unverkennbaren breiten Kreuz.

Ein Auto rollte gemächlich vorbei. Für den Bruchteil einer Sekunde wurde die Hofeinfahrt von den Frontscheinwerfern hell erleuchtet. Im grell aufblitzenden Lichtkegel waren die filigranen Gesichtszüge der Gestalt zu erkennen. Sören stellten sich die Nackenhaare auf.

Das konnte nicht sein!

Ohne zu überlegen, spurtete er los. Sein Gegenüber sah ihn, erinnerte kurz an eine verängstigte Gazelle, die einen Löwen auf sich zukommen sah und nicht wusste, in welche Richtung sie ausweichen sollte. Sich in die Hofeinfahrt zurückziehen und verstecken oder das Weite suchen?

Letzteres! Der Schatten löste sich aus der Dunkelheit der Hofeinfahrt und hastete davon.

Mühelos holte Sören auf, bekam die Schulter des Flüchtenden zu packen und warf ihn zu Boden. Hart schlug der Körper auf den Asphalt. Ein schmerzerfüllter Schrei.

Keuchend und prustend kam Sören zum Stehen.

Ein leises Schluchzen erklang. Er ließ sich davon nicht erweichen. Schroff zog er Max auf die Beine. Der Sturz hatte ihm zwei blutige Schürfwunden auf Stirn und Wange beschert. Sie ergänzten die noch sichtbaren Blessuren seines Aufeinandertreffens mit Gebauers wandelndem Fleischberg.

„Verdammt! Was zum Teufel machst du hier?"

Die Antwort bestand aus einem lauten Schniefen. Der Junge zitterte am ganzen Körper. Tränen rannen über seine Wangen. Der armselige Anblick weckte schließlich doch noch Sörens Mitleid. Er inspizierte die frischen Wunden, kramte ein Papiertaschentuch aus seiner Gesäßtasche, spuckte darauf und säuberte sie behutsam.

„Nichts Ernstes", knurrte er.

„Danke", nuschelte Max.

„Ich wollte dich nicht verletztzen, Junge."

Sein Gegenüber bemühte sich um ein kurzes Lächeln, verzog aber sofort das Gesicht zu einer schmerzhaften Fratze. „Shit, tat das weh."

„Was machst du hier?", wiederholte Sören mit Nachdruck seine Frage.

Max zuckte unschlüssig mit den Schultern.

„Bist du gestern auch hier gewesen?"

Er nickte stumm.

„Zum ersten Mal?"

Ein Kopfschütteln.

„Du weißt, wer dort drüben wohnt?" Sören nickte in Richtung des Hauses auf der gegenüberliegenden Straßenseite, wurde sich im selben Moment gewahr, dass sie im Schein der Straßenbeleuchtung für die Anwohner wie auf dem Präsentierteller lagen.

Er zog Max mit sich. „Lass uns ein paar Schritte gehen."

Schweigend und bereitwillig trottete der Junge eng neben ihm her wie ein junges Kalb an der Seite seiner Mutter.

„Mach endlich den Mund auf!", nahm Sören nach einigen Metern fordernd den Gesprächsfaden wieder auf. Ihre Unterhaltung verlief bisher für seinen Geschmack zu einseitig.

Max holte tief Luft, als wollte er so all den Druck und den Schmerz aus sich entweichen lassen.

„Als sich Andreas nicht mehr gemeldet hat, bin ich irgendwann hergefahren. Ich wollte die Senatorin fragen, ob sie etwas von ihm gehört hatte. Ich hab geklingelt. Aber keiner hat aufgemacht."

Zille musste zu der Zeit auf ihrer Tagung in New York gewesen sein, kombinierte Sören.

„Woher weißt du, wo sie wohnt?"

„Andreas zeigte mir vor einigen Wochen bei einem Sonntagsspaziergang das Haus. Aber kennengelernt habe ich seine Mutter nie." Er stockte, versank in Erinnerungen an glücklichere Zeiten. „Ich bin dann öfter hergekommen. Aber weder von Andreas noch von ihr eine Spur. Ich konnte ja nicht wissen …" Seine Stimme brach ab. Er wurde von einem Weinkrampf geschüttelt. Sören reichte ihm ein zweites Taschentuch.

„Eines Abends tauchte sie auf. Es war schon dunkel. Sie hatte einen Rollkoffer dabei. Und einen Mann. Ich traute mich nicht, sie anzusprechen, weiß nicht genau, ob sie mich gesehen hat. Aber später stand der Typ lange am Fenster und stierte in meine Richtung. Da bin ich abgehauen."

Das musste Roth gewesen sein. In Sörens Kopf begann es zu rattern. Die Rückkehr von ihrer Reise, am Abend vor dem entscheidenden Parteitag, auf dem Zille zur Spitzenkandidatin gekürt wurde. Am nächsten Morgen wurde Daumes Leiche gefunden.

Selbst wenn Max die Wahrheit sagte, er tatsächlich nur wie besessen nach seinem Freund suchte, warum kehrte er jetzt, da Andreas tot war, zurück?

„Ich weiß auch nicht, warum ich gestern und heute wieder herkam", gestand Max, als hätte er seine Gedanken gelesen. „Vermutlich, weil sie die einzige Person auf der Welt ist, die nachvollziehen kann, wie ich mich fühle. Ich dachte, ich könnte ihr vielleicht helfen … Oder sie mir … Oder wir uns beide gegenseitig …" Er stockte kurz, um Fassung ringend.

„Ich wollte klingeln. Ich wollte ihr erzählen, wie glücklich Andreas war, kurz bevor er … Sie wusste ja nichts von uns.

Er wollte es ihr sagen … es gab aber nie den richtigen Zeitpunkt."

Natürlich gab es den nicht! Diese unglaubliche Naivität! Oder war es mehr als das? Wollte Max die Realität einfach nicht sehen? Merzte er alles aus, was nicht in seine kleine, rosarote Welt passte? Und damit auch letztlich Daume? Was wäre geschehen, wenn sein augenscheinlicher Traummann plötzlich sein wahres Gesicht gezeigt, ihn gar abgewiesen hätte? Welche Wut und welcher Hass brodelten unter dieser Oberfläche? Wäre Max im Affekt, in einem wahnhaften Rausch, zu einer blutigen, quälend langen Hinrichtung fähig?

Jahrelange Erfahrung hatten Sören gelehrt, dass jeder Mensch in der entsprechenden Ausnahmesituation einen Mord begehen konnte. Aber nicht viele konnten eine solche Tat danach verarbeiten. Verdrängen schon eher.

„Ich habe mich nicht getraut zu klingeln", fuhr Max fort. „Und dann stand dieser Mann am Fenster. Er brüllte mich an. Da hab ich es mit der Angst zu tun bekommen. Bin davongerannt."

Der Junge musterte ihn ängstlich und verwirrt, schien nicht zu wissen, wie ihm geschah. Vor Sörens geistigem Auge lief allerdings ein gänzlich anderer Film ab. Er sah, wie Max auf seinen Freund einstach. Eine hasserfüllte Fratze entstellte seine kindlichen Gesichtszüge, während er Daume langsam zu Tode quälte.

„Warum bist du heute Nacht zurückgekommen?", flüsterte er mit stockender Stimme.

„Ich weiß es nicht. Wirklich. Vielleicht, weil sie mir leidtut. Dieser Schmerz, den ich spüre, der mich schier verzweifeln lässt. Den hat sie doch auch."

Wieder verfielen sie in Schweigen.

„Ich geh dann mal zur S-Bahn und fahre nach Hause."

„Halte dich von hier fern. Versprich es mir!"

Max zögerte kurz und nickte dann. „Versprochen." Er umarmte Sören zum Abschied. „Danke."

Nachdenklich blickte Petersen dem Jungen hinterher, der langsam davonschlich. Ein trauriges Häufchen Mensch, allein in der dunkeln Stadt. Allerdings war er sich längst nicht mehr so sicher, ob hinter dieser Fassade nicht ein tiefer, schwarzer Abgrund lauerte.

11

Ruhig und friedlich lag der See da. Der graue, wolkenverhangene Himmel spiegelte sich auf der glatten Wasseroberfläche. Sturmböen hatten in den vergangenen Tagen die Bäume einiges an Laub gekostet. Sie waren kahler als gewöhnlich zu dieser Zeit. Der Herbst hatte viel zu früh Einzug gehalten.

Der letzte Jahreszeitenwechsel seines Lebens. Joseph Calben vermutete, dass es ihm nicht vergönnt sein würde, den Winter begrüßen zu können.

Der Gedanke schmerzte ihn. Gerne hätte der alte Mann noch einmal erlebt, wie Brandenburg im Schnee versank. Er stellte sich vor, wie der See langsam zufror. Immer weiter rückte die Eisfläche vor, wie eine von Zauberhand gezogene Tischdecke legte sie sich über das Gewässer. Die Kinder des Dorfes liefen darauf Schlittschuh. Am Ufer flanierten, wenn der Himmel aufklarte und eisblau wurde, verliebte Paare, Arm in Arm, in der Sonne. Nachts schien dann der volle Mond auf die Winterlandschaft, tauchte sie in einen magisch anmutenden, silbernen Schein.

Das Klappern von Geschirr ließ die Szenerie jäh in Tausende Splitter zerspringen. Missmutig wandte sich Calben von dem Seepanorama ab.

„Hab ich Sie geweckt?“, fragte die junge Frau in weißer Schwesterntracht entschuldigend, während sie weiterhin mit erbarmungsloser Robustheit einen Küchenwagen belud.

Ein hässliches, braunes Brillengestell lenkte von ihren filigranen, nicht unattraktiven Gesichtszügen ab. Ein kleiner Leberfleck zierte die linke Wange, als wäre er mit einem Pinsel genau auf jene Stelle getupft worden.

„Nein, nein. Alles in Ordnung. Sie müssen ja irgendwann dieses Schlachtfeld beseitigen“, entgegnete er mit gespieltem Verständnis.

Auf den Tischen herrschte ein unappetitliches Chaos aus Essensresten, benutzten Servietten, halbvollen Tellern, Tassen und Bechern. Es sah aus, als hätte hier eine raubeinige Soldateneinheit ihr Frühstück eingenommen und nicht die kränklichen, dahinsiechenden Bewohner eines Luxussanatoriums.

„Brauchen Sie etwas?“

„Nein. Alles in Ordnung“, entgegnete er knapp und mit missbilligendem Unterton.

Inzwischen wussten die Angestellten um seine Gewohnheit, nach dem Frühstück einige Zeit im Speisesaal zu verweilen und durch die breite Fensterfront die Aussicht zu genießen. Sie belästigten ihn nicht, warteten vielmehr respektvoll mit dem Abräumen, bis er genug von dem Landschaftspanorama hatte und aufs Zimmer zurückkehrte.

„Ich kann Ihnen gerne noch einen Kaffee eingießen.“ Erst jetzt hörte er den feinen, beinahe bis zur Unkenntlichkeit abtrainierten, osteuropäischen Akzent. Woher sie wohl kam? Aus Polen? Pommern?

Oder von noch weiter her. Ukraine?

Er hatte sie nie zuvor hier gesehen. Wahrscheinlich war sie neu und niemand hatte ihr mitgeteilt, ihn in seiner morgendlichen Melancholie nicht zu behelligen. Er ließ Nachsicht mit ihr walten. „Sie meint es nur gut mit dir“, mahnte seine innere Stimme.

„Ich brauche wirklich nichts. Ich möchte lediglich ein wenig hier sitzen.“ Die ablehnende Schärfe in seiner Stimme war nicht zu überhören.

Sie nickte eingeschüchtert. Oder eingeschnappt? Er konnte es nicht deuten. Es war ihm auch einerlei.

Calben wandte sich wieder dem See zu. Ein feiner Windhauch ließ die Wasseroberfläche kräuseln. Wenn er seine Augen schloss, konnte er spüren, wie die Herbstbrise kühl seine Haut streichelte.

So würde es also enden. In einem Sanatorium in Brandenburg.

Was seine Mutter wohl dazu gesagt hätte? Sie hatte dieses weite, flache Land geliebt, konnte es nie verkraften, dass die Kommunisten es ihr genommen hatten. Bis zuletzt hoffte sie, in die Mark zurückkehren zu können.

Ein Jahr, nachdem sie erschöpft in einem Kölner Altersheim friedlich entschlafen war, fiel die Mauer. Hätte sich der Weltengang nicht ein bisschen beeilen können?

Calben schüttelte verärgert über sich selbst den Kopf. Es brachte nichts, das Unabänderliche, längst Vergangene zu verteufeln, zu reuen, ändern zu wollen. Erst recht nicht in seiner Situation. Er hatte seinen Frieden gemacht. Lange bevor der Krebs zum Sturm auf sein Leben ansetzte, akzeptierte er notgedrungen, wie unvollendet es bleiben sollte.

Selbstverständlich würden die Nachrufe anderes verkünden. Richter, Abgeordneter des ersten gesamtdeutschen Bundestags, Berliner Innensenator, liberal-konservativer Vordenker. Ein Verlust für die Partei und das Land.

Auf diese Weise würden sie ihn würdigen und seiner gedenken. Joseph Calben würde ein letztes Mal zum Gesprächsthema werden, bevor er dem Vergessen anheimfiel. Er gab sich in dieser Hinsicht keinen Illusionen hin. Sein Name würde bestenfalls als Randnotiz in die Geschichtsbücher eingehen.

Glücklicherweise wussten nicht viele Menschen, wie unfertig er das eigene Wirken wahrnahm. Calben hatte sich hinsichtlich seiner Ambitionen stets bedeckt gehalten.

Kanzler. Bundespräsident. Verfassungsrichter. So oft hatte er danach gegriffen, hatte mehr als einmal kurz davorgestanden.

Nie hatte es sein sollen. Der Weltenlauf war zu ihm nicht weniger ungnädig als zu seiner Mutter.

Es gab sicher einige, die erahnen mochten, dass er jene Ämter, die er wirklich angestrebt hatte, nie erreichte. Allerdings würden sie es, im Angesicht seines Todes, nicht wagen, derartiges zu äußern. Höchstens ein leises Raunen wäre wahrnehmbar.

Zu dem Personenkreis, der um die wahren Ausmaße seines Scheiterns wusste, gehörte auch jener Besucher, der jetzt wohl schon auf dem Weg zu ihm war. Jan Bergmann hatte sein Kommen angekündigt.

Politischer Ziehsohn. Schüler. Günstling. Ärgernis. Fehler.

Calben seufzte verächtlich. Selten in seinem Leben hatte er sich in einem Menschen derart geirrt. Welche Hoffnung er in ihn gesetzt, welche Ressourcen er für ihn verbrannt hatte. Für nichts.

„Gräme dich nicht über begangene Fehler, du kannst sie jetzt sowieso nicht mehr bereinigen", sprach er sich selbst zu.

Vergebens. Ärger und Frustration wollten nicht weichen.

Ihr erstes Aufeinandertreffen lag viele Jahre zurück. Bergmann, damals kaum volljährig, entpuppte sich als junger, frischer Geist, getrieben von einem schier grenzenlosen Hunger nach Macht. Gerade zum Vorsitzenden des Berliner Parteinachwuchses gewählt, hielt er eine gute Antrittsrede. Keine brillante, aber eine anspruchsvolle, mit intellektuellem Anstrich.

Politisch waren sie nicht auf einer Linie: der alte National-Liberale und der junge Neokonservative. Gleichwohl erkannte Calben, wie sehr es die Partei, durch unzählige Affären und Skandale zum gefährlichen Aderlass getrieben, nach frischem Blut dürstete.

Zudem verband die beiden Männer noch etwas anderes. Eine Sehnsucht. Eine Neigung. Calben wusste selbstredend, dass darüber hinter seinem Rücken gemunkelt und geunkt wurde. Es war ihm einerlei. Weder bestätigte noch dementierte er die Gerüchte. Es wagte schließlich auch niemand, ihn zu fragen.

Keiner bis auf Bergmann. Er war mutig genug. Wohl auch aus eigener Betroffenheit.

„Wie halten Sie es mit den Frauen?", fragte er eines Abends unvermittelt zwischen zwei Schlucken Rotwein.

Calben hatte ihn zu sich nach Hause eingeladen, um durchzusprechen, wie sie ihm einen der heiß umkämpften, sicheren Listenplätze und damit ein Mandat für das Berliner Abgeordnetenhaus verschaffen konnten. Kein einfaches Unterfangen. Allerdings war Calben willens, sein ganzes politisches Gewicht und, was viel entscheidender war, sein Netzwerk einzubringen, um Bergmann in diese Position zu hieven.

Es war ein lauwarmer Sommerabend. Sie saßen auf der Terrasse seines Anwesens auf Schwanenwerder, betrachteten die friedlich im Abendrot schimmernde Havel. Er legte dem Jungen seinen Schlachtplan dar. Die meiste Zeit über lauschte Bergmann den Ausführungen beeindruckt, aber nicht ehrfürchtig. Erst nachdem klar war, wie sie vorgehen würden, schwenkte ihre Unterhaltung behutsam ins Private. Trotzdem überraschte Calben die Frage. Er fand sie unnötig. Warum das Offensichtliche thematisieren?

Erst Jahre später erklärte ihm Bergmann, er habe ihn in der Annahme damit konfrontiert, Calben erwarte für seine Unterstützung eine gewisse, durchaus körperliche Gegenleistung. Was für ein aberwitziger Gedanke! In Wahrheit hatte er sich diese Vorstellungen durchaus gegönnt. Aber er war sich zu jedem Zeitpunkt und aus unterschiedlichsten Gründen im Klaren darüber, sie würden genau das bleiben. Kopfkino. Masturbationsfantasien.

Selbst nach all den Jahren brachte ihn dieser Gedanke zum Schmunzeln. Die Vorstellung war einfach zu köstlich: Der junge Jan saß auf der Veranda, nervös schwitzend und gequält von der Frage, ob er auf die eingebildeten Avancen seines Parteifreunds eingehen oder ihn abweisen sollte.

Bittersüße Erinnerungen. Calben wischte sie säuerlich zur Seite.

Ihn schmerzte die Enttäuschung über seinen Zögling – noch mehr als ihre Entfremdung. Er konnte keinen exakten Zeitpunkt benennen, ab dem dieser Prozess begann. Es war vielmehr eine schleichende Entwicklung über zwei, drei Jahre hinweg. Die Gründe lagen im Politischen wie im Privaten gleichermaßen.

Bergmanns glückloses und in Calbens Augen stümperhaftes Agieren in beiderlei Feldern machte ihn geradezu fassungslos. Lange hatte er die beruhigende Hoffnung in Jan gesetzt, dieser möge erreichen, was ihm verwehrt geblieben war. Die wirkliche, umfassende Macht. Das wäre sein Vermächtnis an die Nachwelt gewesen.

Er gab sich keinen Illusionen hin. Daraus würde nichts werden. Sein größtes Projekt war im Scheitern begriffen.

Natürlich gaukelten sie der Öffentlichkeit weiterhin grenzenlose Sympathie und Verbundenheit vor. Weder die Medien noch die Partei erfuhren von ihrer Entfremdung. Erst kürzlich hatte eine Berliner Tageszeitung eine Rekapitulation dieser – nicht nur – politischen Freundschaft gebracht. Der Autor rief auch bei ihm an. Er ließ ihn abblitzen. Dafür sprach Jan umso ausführlicher mit dem Journalisten. Das ließ zumindest der üppig mit Zitaten bestückte Text vermuten.

Umso mehr sie sich voneinander entfernten, umso blumiger schwärmte Jan von ihrer einmaligen Verbindung, kippte kübelweise schleimige Bewunderung über Calben aus.

Schlimmer: Seine Bitte um ein Treffen ließ ihn vermuten, dass Bergmann die Ausmaße des Bruchs zwischen ihnen nicht erfasste oder nicht zu erfassen bereit war.

Freilich, der Artikel warf erneut die Frage auf, wie zwei politisch so unterschiedlich denkende Parteifreunde derart eng miteinander sein konnten. Warum förderte der alte, bedächtige Calben ausgerechnet einen rechtskonservativen Heißsporn, der auch populistische Einlassungen nicht scheute?

Außenstehende verblüffte das immer wieder. Dabei verkannten sie seine Motivation. Es ging ihm nicht darum, ob sein Ziehsohn mit ihm politisch auf einer Linie war. Es ging um Macht. Jan, zumindest sein jüngeres Ich, verdiente es schlichtweg, sie zu erringen.

Das unterschied ihn damals von vielen seiner Parteifreunde. Er war nicht nur hungrig nach Macht. Er war bereit, Opfer zu bringen, zu leiden. Und er hatte eine Idee davon, wie er sie zu nutzen gedachte. Er wollte gestalten, seine Ziele umsetzen, den Lauf der Geschichte beeinflussen, der Geschichte selbst seinen Stempel aufdrücken.

Viele Menschen, besonders Politiker, gelüstete es nach Macht. Doch die wenigsten hatten Calbens Einschätzung nach das Kaliber, um wirklich machtvoll zu sein. Den meisten mangelte es bereits an Ideen, wie sie ihren Einfluss einzusetzen gedachten, außer um ihre eigene Position zu stützen. Sie begriffen das Wesen der Macht nicht, da sie nicht in der Lage waren, über den eigenen Tellerrand hinauszuschauen.

Inzwischen musste er leidvoll realisieren, dass auch Bergmann sein Gespür für den flüchtigen, aber doch so umfassenden Charakter der Macht verloren hatte. Er war von ihr geblendet und korrumpiert worden. Er mutierte zu ihrer ängstlichen, abhängigen Hure – und nicht zu ihrem kraftvollen Dompteur.

Das widerfuhr nicht wenigen Menschen. Allerdings hatte er Bergmann für standhafter gehalten – und nicht für derart durchschnittlich. Eine bittere Erkenntnis. Vor allem angesichts des Umstands, wie spät er diese erlangte. Viel zu spät.

Zunehmend missmutig ruckelte Joseph in seinem Rollstuhl zurück aufs Zimmer. Vor einer Woche hatte er auf dem Flur einen Schwächeanfall erlitten, war zusammengesackt wie eine Marionette, der man die Fäden ohne Vorwarnung durchgeschnitten hatte. Seitdem nutzte er widerstrebend dieses Hilfsmittel. Er fand es weniger demütigend als die Vorstellung, vor den Augen der Angestellten, Patienten oder gar Besucher erneut zusammenzuklappen.

Auf seinem Zimmer stemmte er sich mühsam und ächzend hoch. Es widerstrebte ihm, sich umzuziehen. Dieses Prozedere stellte einen enormen Kraftakt dar. Allerdings würde er Bergmann keinesfalls im Jogginganzug gegenübertreten. Noch hatte er die Kontrolle über sein Leben nicht vollends verloren.

Er holte einen marineblauen Anzug aus dem Schrank. Eine Maßanfertigung. Kein Jahr alt. Doch inzwischen hing er schlaff und faltig an dem ausgemergelten Körper. Er war dem feinen Zwirn entschrumpft. Sein langsames Dahinsterben wurde durch die verlorenen Kilos erschreckend messbar.

Calben ließ sich viel Zeit, um nicht ins Schwitzen zu geraten und aus der Puste zu kommen. Er musste mit seinen Energiereserven bedachtsam umgehen. Die würde er für die anstehende Unterredung benötigen.

Jan hatte im Vorfeld nicht mitgeteilt, warum er ihn unbedingt sehen musste. Sechs Monate waren seit ihrem letzten, unterkühlten Zusammentreffen vergangen. Er hatte ihn kein einziges Mal hier draußen besucht. Obwohl Calben darüber nicht sonderlich traurig war, trug er es ihm doch nach.

Ein letzter, prüfender Blick in den Spiegel, dann ließ er sich von einer Schwester ins Kaminzimmer schieben.

Der Raum im Ostflügel war das feudalste der Besucherzimmer, in die sich die Bewohner des Sanatoriums mit Angehörigen oder Freunden zurückziehen konnten, um ungestört zu sein. Es gab eine Reservierungsliste.

Der namensgebende Kamin war ein alter Kachelofen. Den Joseph allerdings nie in Betrieb sah. Ob er überhaupt funktionierte? Über der Tür hing der ausgestopfte Kopf eines Mufflons. Alte Stadtwappen der Mark zierten die Wände. Bernau. Nauen. Eberswalde.

Er ließ sich in den grünsamtenen Ohrensessel sinken und bat die Schwester, den Rollstuhl wieder mitzunehmen. Er wollte sich diese Blöße vor Bergmann keinesfalls geben.

Sie nickte stumm und wissend.

„Geleiten Sie meinen Besuch bei seiner Ankunft bitte direkt hierher."

„Jawohl. Kann ich sonst etwas für Sie tun?"

„Eine Kanne Anis-Fenchel-Tee mit Kandiszucker wäre nett."

„Kommt sofort." Sie lächelte freundlich.

Er grinste schelmisch. Jan verabscheute Fenchel. Man musste sich an den kleinen Freuden des Alltags festhalten.

Tee und Besuch trafen zeitgleich ein. Die Schwester schenkte ihnen zwei großzügige Tassen ein und zog sich dann zurück.

„Schön, dich zu sehen", begrüßte ihn Bergmann, beugte sich hinab und ließ ihm den Hauch einer angedeuteten Umarmung zuteilwerden.

„Ich hoffe, du hast es schnell gefunden."

„Ich habe ein gutes Navi. Es funktioniert selbst hier in der hintersten Ecke Brandenburgs."

Er inspizierte belustigt den Raum.

„Preußischer Landhausstil", stellte er trocken fest.

„Authentisch, findest du nicht?"

„Wenn du meinst."

Bergmann setzte sich ihm gegenüber auf das ausladende, allerdings schrecklich unbequeme Biedermeiersofa. Skeptisch betrachtete er den dampfenden Tee vor sich. „Haben sie hier keinen Kaffee?“

„Du bist in einem Sanatorium. Hier trinkt man Tee.“

Sie nahmen zeitgleich einen Schluck. Bergmann verzog angewidert das Gesicht. Calben schmunzelte still in sich hinein.

„Wie geht es dir, mein Gutster.“ So hatte Jan ihn ewig nicht mehr genannt.

„Was willst du?“

„Ich verstehe. Nichts mit Vorgeplänkel. Du möchtest sofort zur Sache kommen. Keine Zeit verlieren.“

„Zeit ist das Einzige, wovon ich nicht mehr besonders viel habe. Ich haushalte sehr sparsam damit.“

Bergmann senkte kurz betreten seinen Blick. Ob die Betroffenheit ehrlich seinem Herzen entsprang oder nur vorgegaukelt war, vermochte Calben nicht zu sagen.

„Ich brauche deine Hilfe.“

„Ich habe davon gelesen.“

Ein irritiertes Stirnrunzeln war die Antwort.

„Der Mord an dem Jungen war auch der örtlichen Lokalpresse einen Artikel wert. Die arme Senatorin. Ich werde ihr eine Karte mit meiner Beileidsbekundung senden.“

„Ach das! Ja, der Unglückliche. Hat sich wohl den falschen Typen zum Date in den Tiergarten bestellt. Tragisch.“

„Du glaubst, ein Spiel, das aus dem Ruder lief?“

„Vermutlich. Oder ein Raubmord. Der Tiergarten ist längst eine No-Go-Area. Speziell nachts. So oder so, es besteht kein Grund zur Sorge.“

„Das will ich hoffen. Sollte …“

„Belaste dich nicht damit, Joseph. Es ist alles unter Kontrolle. Bambi ist … war kein Dummerchen. Er hat sich ganz bestimmt an unsere Absprachen gehalten. Und falls nicht, habe ich jemanden darauf angesetzt.“

„Darauf angesetzt?“, widerholte Calben scharf. „Wen?“

Voller Verachtung über sich selbst musste er feststellen, dass seine Stimme zitterte. Nicht etwa vor Besorgnis oder Aufregung, sondern vor Anstrengung, die ihn sein unterdrückter Wutanfall kostete.

„Beruhige dich! Es ist Constanze Stark. Ich habe sie engagiert."

Calben entwich ein zufriedenes Schnauben. Das war tatsächlich eine gute Wahl. Er hatte bereits einige Male auf Starks Dienste zurückgegriffen. Und war nie enttäuscht worden.

„Ich wusste, das würde deine Zustimmung finden."

„Das tut es tatsächlich. Sie ist gut. Die Beste. Allerdings ist sie auch eine gerissene Schlange. Hüte dich davor, zu tief in ihrer Schuld zu stehen. Sie schafft es, dich zu verschlingen, ohne dass du dir dessen überhaupt gewahr wirst. Und wenn du längst in ihren Magensäften gärst, bedankst du dich auch noch dafür, weil du dir einbildest, sie hätte dir einen Gefallen getan."

„Ich werde vorsichtig sein."

„Was ist mit unserem kleinen Daddy aus Spandau?"

„Wir haben telefoniert. Er ist nervös. Aber ich denke, ich konnte ihn beruhigen."

„Gut", befand Calben.

„Wie gesagt, alles unter Kontrolle."

Joseph hätte ihm für seine ekelerregende Selbstgefälligkeit gerne eine verpasst. Unterdrückte den Impuls allerdings, vor allem, da er zu schwach dafür war.

„Aber deswegen bist du nicht hergekommen", knüpfte er an den Beginn ihrer Unterhaltung an.

Bergmann erhob sich ruckartig und schritt bedeutungsschwanger zum Fenster. Vor ihm entfaltete sich die märkische Seeidylle wie ein Schaudiorama in einem Naturkundemuseum.

„Hübsch hast du es hier. Wirklich." Demonstratives Schweigen. „Ich brauche deine Unterstützung. Ein letztes Mal."

Seine Worte trieften vor übertriebener Theatralik.

„Lass dir nicht alles aus der Nase ziehen", forderte Calben schroff. Er war kurz davor, die Geduld zu verlieren.

Beruhige dich! Er ist es nicht wert! Spar dir deine Kräfte!

„Der alte Hohmaier hat mich ausgetrickst. Unser geliebter Parteivorsitzender will mich aufs Abstellgleis stellen."

„Der Mandatsverzicht? Hundert Prozent für Berlin."

„Du hast davon gehört?“

„Ich mag mit einem Bein im Grab stehen. Aber ich bin nicht taub.“

„Dann kannst du dir sicherlich vorstellen, wie unannehmbar diese Forderung für mich ist.“

„Das kann ich.“

Jan, weiterhin der Aussicht zugewandt, stand mit dem Rücken zu ihm. Ein kurzes, sadistisches Lächeln blitzte in Calbens Gesicht auf. „Was gedenkst du zu tun?“

„Ich werde dieses alte, fette Schwein abstechen. Ich schicke den Alten in die ewigen, politischen Jagdgründe.“ Bergmann wandte sich zu ihm um. In seinem Blick lagen flehendes Bitten und Triumph zugleich. „Ich habe da was. Stephan Klein hat es mir gesteckt.“

„Unser ehemaliger Schatzmeister?“

Bergmann nickte und berichtete kurz und knapp von den illegalen Spenden aus dem Ausland, den schwarzen Kassen und Hohmaiers Verstrickung in diese Mauscheleien.

„Sollte derartiges an die Presse durchsickern …“, raunte Calben.

„Hohmaier wäre erledigt.“

„Und die Partei mit ihm. So kurz vor der Wahl.“

„Die Lämmer sind dem falschen Hirten gefolgt.“

„Sehr biblisch. Und wer soll sie dann führen? Du?“ Der alte Mann spuckte die letzten Worte förmlich aus.

„Ja. Ich. Sie werden sich mir in der Stunde der Not förmlich an den Hals werfen. Mich anflehen, sie aus der Scheiße zu ziehen.“

„Wie ich sehe, hast du bereits alles geplant. Auch auf die Gefahr hin, mich zu wiederholen: Was willst du dann noch von mir?“

Bergmann ging neben dem Ohrensessel in die Hocke, ergriff Calbens Hand. Der entzog sie nicht. Auch wenn es ihm viel Überwindung abverlangte.

„Es wird Zweifler geben. Jene, die sich mir in den Weg stellen. Der Sozialflügel, der mich als neoliberalen Turbokapitalisten geißelt. Die liberalen Prenzlauer-Berg-Muttis, die in der

Flüchtlingshilfe ihrer scheinheiligen, christlichen Nächstenliebe frönen. Die versprengten Reste des alten Westberliner Bürgertums, das nicht begreift: Eine neue Zeit ist angebrochen."

Calben nickte. Er hatte längst durchschaut, warum Bergmann gekommen war, welche Rolle ihm, der greisen, aber anerkannten Parteieminenz, in diesem Drama zugedacht war. Aber er wollte es von ihm hören. Er sollte betteln und zu Kreuze kriechen. Nur damit er ihn dann voller Genugtuung zerschmettern konnte.

„Ich brauche deine Unterstützung. Ich weiß, ich verlange einiges. Angesichts deines Zustandes."

Sein Zustand! Kein Wort über den desolaten Zustand ihrer zerbrochenen Freundschaft! Dieser eitle Fatzke!

„Es braucht nicht viel. Nur ein eindeutiges wie eindrucksvolles Signal deinerseits. Ein öffentliches Bekenntnis zu mir. Eine Geste der Unterstützung. Vielleicht ein Kommentar auf einer Meinungsseite in der Zeitung. Oder ein Interview. Ich kenne einige Journalisten …"

„Und du glaubst, das würde helfen? Ich bin doch nur ein sterbender, alter Mann. Ein Relikt", heuchelte Calben genussvoll.

„Unterschätze deinen Einfluss nicht! Auf dich würden sie hören!"

Joseph gab vor, seine Worte abwägen zu müssen.

„Ich verstehe, wenn du darüber nachdenken möchtest. Morgen …"

„Ich brauche keine Bedenkzeit", unterbrach Calben.

„Das bedeutet mir …"

„Ich werde dir nicht beistehen bei diesem", er rang nach den passenden Worten, „armseligen Schmierentheater."

Bergmann ließ seine Hand fallen, als hätte er sich an ihr verbrannt. „Du willst mir eins auswischen, weil ich ein Feigling war? Ist es das? Willst du von mir hören, dass ich nicht die Eier in der Hose hatte, als es darauf ankam?"

Er hatte seine Stimme anschwellen lassen. Sie bebte bedrohlich. Wütend, die Verachtung kaum verbergend, betrachtete er seinen Mentor von oben herab.

Calben wäre gerne aufgestanden, um Auge in Auge mit Jan zu sein. Doch er fürchtete, das Gleichgewicht zu verlieren. Also blieb er sitzen, all seine schwindende Autorität mobilisierend.

„Du bist eine einzige Enttäuschung. Rufmord ist eine Sache. Doch damit schädigst du die gesamte Partei. Das ist nicht zu billigen. Ich hatte so viele Hoffnungen in dich gesetzt und du hast tatsächlich die unglaubliche Leistung vollbracht, allesamt zunichte zu machen. Ich verweigere dir meine Unterstützung, da du es nicht wert bist. Du hast keine Macht verdient."

„Macht! Macht! Macht!", äffte ihn Bergmann nach. „Wir sind hier nicht bei *Star Wars*! Lass dieses elendige Geschwätz!"

Der alte Mann ließ sich von dem verbalen Gebrause nicht aus der Ruhe bringen.

„Du bist ein Nichts. Ein Niemand. Und ich werde meinen guten Namen nicht für einen Niemand einsetzen."

„Hast du in letzter Zeit einmal in den Spiegel geschaut? Du bist ein armseliger Schatten deiner selbst. Wenn ich ein Nichts bin, bist du weniger als das. Ich habe noch die Chance, etwas zu erreichen. Du hingegen gehst als Nichts in die Geschichte ein. Und da Historiker erbarmungslos sind, wirst du schneller vergessen sein, als dein graues Fleisch verrotten kann."

Der Hass in seiner Stimme war überwältigend. Ob er schon immer so empfunden hatte? War ihre ganze Freundschaft, all die Jahre, nur vorgegaukelt gewesen?

„Verschwinde, Jan! Sieh zu, dass du Land gewinnst!"

Bergmann schnaubte verächtlich, wandte sich um und ging zur Tür. Er hatte die Hand bereits an der Türklinke, als er sich umdrehte.

„Mir bietet sich eine Option. Eine echte Machtoption, auf lange Sicht betrachtet. Du hast mir beigebracht, solche Gelegenheiten zu ergreifen, aktiv zu gestalten, anstatt sich jammernd mit den Gegebenheiten abzufinden." Seine Stimme hatte einen versöhnlichen, beinahe traurigen Unterton angenommen. Er appellierte an die alten, verschütteten Gefühle seines Mentors. An sein Herz.

Doch das war längst für ihn verschlossen.

„Das ist auch für dich eine Chance. Calben der Unvollendete kann in einem finalen Kraftakt seinem Zögling auf das Gleis zur Macht verhelfen. Es wäre dein Vermächtnis."

„Wenn du mein Vermächtnis bist, der Grund, weswegen man sich meiner erinnert, möchte ich lieber vergessen werden", spuckte ihm Calben unerbittlich entgegen.

Die Gesichtszüge seines Zöglings verwandelten sich in eine verächtliche Fratze. „Ich hoffe, du leidest, bevor dich die Zeit hinwegfegt."

„Raus!" Er wollte schreien, doch es entfleuchte lediglich ein kränkliches Krächzen. „Wenn du nicht sofort gehst, täusche ich einen Herzanfall vor und sage der Schwester, du hättest mich bedroht!"

„Ich werde es auch ohne dich schaffen, alter Mann!", entgegnete Jan zum Abschied. Dann knallte er die Tür hinter sich zu.

Calben war allein.

Constanze Stark legte die gefalteten Hände auf die Tischplatte. Ihre rechte Augenbraue zuckte kaum wahrnehmbar. Ein untrügliches Zeichen dafür, wie sehr sie unter Strom stand.

Der Termin zog sich, dauerte viel länger als veranschlagt.

„Was sagen Sie, Frau Olberich?"

Die junge Frau ihr gegenüber zögerte, strich mit der Rechten eine Strähne des aschblonden, schulterlangen Haars aus dem Gesicht. Anders als bei ihrem letzten Zusammentreffen fehlte der filigrane, diamantbesetzte Ehering an der Hand.

„Ein Jahr?", fragte sie unsicher.

Constanze unterdrückte ein genervtes Stöhnen. Sie hatten die Rahmenbedingungen wahrlich oft genug durchgesprochen.

„Ja. Bis nach der nächsten Wahl."

„Und danach lassen wir uns offiziell scheiden?"

„Wenn Sie das dann noch möchten, wird Ihnen Ihr Mann keine Steine in den Weg legen."

Jessica Olberich schüttelte trotzig den Kopf. „Das sagt er jetzt. Sie kennen ihn nicht. Er ist wankelmütig."

„Genau aus diesem Grund haben wir diese Vereinbarung aufgesetzt. Sie soll beiden Vertragspartnern Sicherheit geben."

„Sicherheit!" Olberichs Stimme überschlug sich vor Aufregung. „Er hat mich verprügelt. Und das nicht nur einmal. In meinem … unserem eigenen Haus. Erzählen Sie mir nichts von Sicherheit!"

„Sie haben viel durchgemacht", besänftigte Constanze mitfühlend. „Deshalb ist es so wichtig, eine Lösung zu finden. Für alle Beteiligten."

„Matthias ist ein Arschloch. Ein Lügner und Betrüger. Ein Schläger."

Constanze nickte bedächtig.

Jessica schniefte. „Er soll mich in Ruhe lassen. Ich bin das alles so leid."

„Genau darum geht es. Was glauben Sie, wird passieren, wenn Sie Ihre Anzeige nicht zurückziehen? Die Presse wird sich auf Sie stürzen. Zeitungsartikel. Das Fernsehen. Shitstorms in den sozialen Netzwerken. Die Leute im Dorf, im ganzen Wahlkreis werden sich die Münder zerreißen. Wollen Sie sich das alles wirklich antun?"

Die junge Frau begann jämmerlich zu schluchzen.

Constanze reichte ihr ein Taschentuch. „Sehen Sie, das ist es doch nicht wert. Sie können in dem Haus wohnen bleiben. Der Kontakt zu Ihrem Mann läuft über mich. Sie müssen ihn nicht sehen und nicht sprechen, wenn Sie das nicht wollen."

„Außer zu irgendwelchen beschissenen Wahlkampfauftritten und Parteitagen. Dann soll ich die glückliche Ehefrau vorgaukeln." Ein gefährlicher Trotz schwang in ihrer Stimme mit. Das Gespräch drohte aus dem Ruder zu laufen.

„Das stimmt", versuchte es Constanze ein letztes Mal im Guten. „Organisation und Terminabsprachen werden von meinem Büro organisiert. Sie brauchen sich damit nicht zu belasten."

„Ich könnte mir eine Schwangerschaftsbauchattrappe umbinden. Das bringt ihm sicher ein paar zusätzliche, verfickte Stimmen ein."

„Sarkasmus hilft uns nicht weiter“, entgegnete Stark ungerührt.

Jessica warf ihr einen giftigen Blick zu. Es blitzte gefährlich in ihren Augen. Es war an der Zeit, härtere Geschütze aufzufahren.

Matthias Olberich hatte bei der vergangenen Wahl vollkommen überraschend für die Sozialdemokraten im Münsterland ein Direktmandat erobert, in einem Wahlkreis, der seit Gründung der Bundesrepublik traditionell an die Konservativen ging. Eine politische Sensation, die Olberich bei der nächsten Wahl wiederholen wollte.

Es würde knapp werden. Eine Scheidung und erst recht eine Anzeige der Ehefrau wegen körperlicher Gewalt konnten ihn entscheidende Stimmen kosten. Aus diesem Grund hatte er Stark engagiert. Sie sollte seine Frau dazu bringen, die Anzeige zurückzuziehen und bis zum Urnengang die Inszenierung einer glücklichen Ehe mitzutragen.

Der Herr Abgeordnete würde für seine zu lose Hand einen hohen Preis zahlen. Zumindest finanziell.

„Diese Vereinbarung ist im Sinne aller Beteiligten. Durch die monatlichen Zahlungen sind Sie großzügig abgesichert. Bei einer Scheidung fällt Ihnen das gemeinsame Haus zu. Außerdem: Beide Seiten sind zu Verschwiegenheit verpflichtet.“ Stark betonte vor allem den letztgenannten Punkt. Wie zu erwarten, tappte Jessica in die Falle.

„Wenn ich meine Klappe halte, habe ich nichts davon. Nur er.“

Stark erhob sich von ihrem Stuhl und ging einige Schritte zum Fenster. Jessica den Rücken zugewandt, sodass sie ihr kleines, triumphierendes Lächeln nicht sehen konnte, sagte sie: „Nicht nur Sie werden Ihre Klappe halten. Sondern auch Ihr Mann.“

Ein kurzes, humorloses Lachen erklang. „Was denn? Soll er etwa eine Pressekonferenz geben und mit stolzgeschwellter Brust berichten, wie er mich verprügelt hat?“

Ohne sich umzudrehen, erklärte Constanze: „Es wird von *beiden* Seiten auf eine Schmutzkampagne verzichtet. Er wird kein Wort darüber verlieren, wie Sie im Alter von achtzehn Jahren eine Abtreibung vornehmen ließen. Ferner wird er darüber schweigen, dass Sie damals eine Affäre mit einem Freund Ihres Vaters hatten. Ein verheirateter Lehrer, nicht wahr? Wissen Ihre Freunde von der freikirchlichen Familieninitiative eigentlich davon? Seit wann sind Sie noch mal deren Vorsitzende?“

Ohne es sehen zu können, wusste sie, Olberich erstarrte zu Stein.

Stark gewährte ihr einige Sekunden, um sich zu sammeln. Dann setzte sie sich wieder an den Tisch und tippte mit dem Zeigefinger auf die Vereinbarung. Jede Farbe war aus Jessicas Gesicht gewichen. Selbst ihre Solariumbräune konnte nicht verhindern, sie kreidebleich wirken zu lassen.

„Sie müssen nicht jetzt sofort unterschreiben. Gehen Sie die Dokumente zu Hause in Ruhe durch. Nur keine Eile.“

Wortlos nahm sie die Papiere an sich und verließ den Raum.

„Schlampe“, flüsterte sie leise im Hinausgehen.

Constanze lächelte zufrieden. Der zum Abschied dahingehauchte Kraftausdruck hob ihre Stimmung. Jessica Olberich würde die Vereinbarung unterzeichnen. Davon war sie überzeugt.

Ihr grauste bei der Vorstellung, ein Jahr lang die Terminkoordination der Eheleute Olberich übernehmen zu müssen. Wahlkampftermine, Doppelinterviews, Parteievents. Das volle Programm.

Hart verdientes Geld. Allerdings zugleich eine weitere ihrer Zukunftsinvestitionen. Der sozialdemokratische Jungstar mochte eine lose Hand haben, aber dafür auch ein Händchen für Politik. Sollte seine Partei ihren jahrelangen Niedergang stoppen können, wäre er einer der Shootingstars. Zweifellos für höhere Weihen bestimmt. Zumindest wenn es gelang, diesen Skandal unter der Decke zu halten. Vor nicht allzu vielen Wahlperioden hätte er nichts befürchten müssen. Da war es durchaus gesellschaftlich akzeptiert – oder zumindest nicht derart geächtet wie heute –, wenn ein Mann seiner Angetrauten auf diese Weise zu verstehen gab, wer die Hosen anhatte.

Mit dem Taxi ließ sie sich zu ihrem Anschlusstermin ins Regierungsviertel bringen. Die Bäume rund um Kanzleramt und Reichstag hatte bereits eine leuchtend rote Färbung angenommen. Wie Soldaten in bunten Paradeuniformen standen sie in Reih und Glied. Um Constanzes botanische Kenntnisse war es nicht besonders gut bestellt, aber sie bildete sich ein, es seien Ahornbäume. Oder Platanen? Spielte auch keine Rolle. Hübsch sahen sie allemal aus.

Sie betrat das kleine Café im Palais am Pariser Platz. Hannes Roth saß bereits an einem der hinteren Tische und stierte angestrengt auf sein Smartphone. Ein Pott Milchkaffe stand unberührt vor ihm.

Stark holte sich einen frischgepressten Orangensaft am Tresen und setzte sich ihm gegenüber. Sein Gesicht war fahl und eingefallen. Dunkle Ringe zierten seine Augen. Viel Schlaf hatte Senatorin Zilles Lebenspartner und Manager offensichtlich nicht gefunden.

„Danke, dass Sie es einrichten konnten", begrüßte er sie mit sanfter, leiser Stimme. „Es tut gut, mal rauszukommen."

„Sie haben wohl kaum eine ruhige Minute."

„Die Meute steht in den Startlöchern", entgegnete er schlicht.

„Wackelt ihre Kandidatur?"

Roth zuckte resigniert mit den Schultern. „Damit würden wir fertigwerden. Aber ich bin mir nicht einmal sicher, ob es sich lohnt zu kämpfen."

„Die Senatorin?"

„Rosemarie äußert sich nicht. Auch gegenüber mir nicht. Sie ist noch immer wie weggetreten. Das ist einerseits verständlich, menschlich. Andererseits …" Er brach ab. Für einen kurzen Moment befürchtete Stark, er könnte anfangen zu weinen.

„Politik ist selten menschlich. Ein ständiges Rennen gegen die Zeit", befand sie mitfühlend. „Ironischerweise dürfte sich die Schnelllebigkeit unseres Geschäfts als Vorteil entpuppen. Selbst wenn sie zurückzieht, unter diesen Umständen wird das niemand als Schwäche auslegen. Im Gegenteil. Es könnte sogar vor Vorteil sein bei der nächsten Chance, die sich ihr bietet. Und die wird früher als später kommen."

Roths abwesender Blick fiel auf den Kaffee. Er zwang sich, geräuschvoll davon zu schlürfen. „Ist es nicht zynisch, ein junger Mann wurde weit vor seiner Zeit brutal aus dem Leben gerissen und wir sprechen über eine zweite Chance. Neue Gelegenheiten. Die Zukunft."

„Politik ist meistens zynisch", variierte Constanze ihre eigene Feststellung.

„Mag sein." Mit einem Seufzen schüttelte er den Gedanken ab. Als er fortfuhr, war seine Stimme fest und geschäftsmäßig. Seine Professionalität war bewundernswert erfrischend, befand Constanze. Vor allem im direkten Vergleich zu ihrem vorherigen Termin mit der jungen Olberich.

Stark holte einen schmalen, braunen Hefter aus der Tasche und reichte ihn schweigend weiter. Sie hatte am frühen Vormittag mit einem glücklicherweise nüchternen Petersen telefoniert und die Ergebnisse von ihrem Assistenten zu einem Kurzdossier zusammenfassen lassen.

„Der Mann vor Ihrem Haus ist nicht Matthäus Fahn."

Überrascht musterte Roth sie eindringlich. „Wer dann?"

„Ein gewisser Maximilian Probst."

„Sollte mir der Name etwas sagen?"

„Vermutlich nicht. Er war ein Freund von Senatorin Zilles Sohn. Ein, entschuldigen Sie das Wort, Lover."

„Davon gab es meiner Einschätzung nach so einige." Ein kurzes Lächeln umspielte reflexartig seine Lippen. Es erstarb sofort wieder. „Warum lungert er nachts auf der Straße vor unserer Tür herum?"

„Er ist verwirrt. In Trauer. Ihn hat Andreas' plötzlicher Tod aus der Bahn geworfen. Er wollte seinen Schmerz mit der Senatorin teilen."

„O Gott! Wenn er bei uns geklingelt hätte und …" Roth brach ab. Die Vorstellung gruselte ihn und fachte seine Sorge um Zille weiter an. Sein ungeschönter Beschützerinstinkt war ebenso berührend wie bemerkenswert, fand Constanze. Fast schon anziehend.

„Mein Mitarbeiter ist ein Privatdetektiv mit guter Menschenkenntnis. Ihm ist es gelungen, ihn zu stellen und von diesem Vorhaben abzubringen. Dieser Probst wird Sie nicht mehr aufsuchen."

Roth fuhr sich mit der Hand über Gesicht und Stirn, während er die Information verarbeitete. Als er dabei sein Feuermal berührte, fragte sie sich automatisch, ob er es denn spürte. Eine abwegig naheliegende Frage, die sie sich wohlweislich verkniff.

„Könnte dieser Maximilian Probst …?" Er verstummte.

„Vermutlich nicht. Gleichwohl wird die Polizei ihn eingehend überprüfen. Dafür habe ich Sorge getragen."

„Gut."

Sie nahm einen Schluck von ihrem Orangensaft, der angenehm kühl und fruchtig ihre Kehle benetzte. Roth stierte einige Sekunden stumm vor sich hin. Fuhr schließlich fort: „Ich habe die Polizei über Fahn informiert, ihnen all den Schmutz und Hass gezeigt, den er kübelweise über Rosemarie geschüttet hat. Sie versprachen, ihn zu befragen, und zu prüfen, ob er mit Andreas' Tod etwas zu tun hat."

Constanze nickte zustimmend.

„Der Leiter der Ermittlungen, dieser Kommissar Steiner, taugt er was?"

Sie wog vorsichtig ab, bevor sie antwortete. Roth wusste offiziell nichts von ihren guten Kontakten ins LKA. Und dabei sollte es auch bleiben. Allerdings wäre es wenig glaubwürdig, so zu tun, als könnte sie überhaupt keine Einschätzung abgeben.

„Ich habe ihn nie kennengelernt. Soweit ich hörte, soll er schwierig im persönlichen Umgang, aber ein hervorragender Ermittler sein."

„Mir ist egal, ob er ein Arschloch ist. Hauptsache, er findet Andreas' Mörder", blaffte Roth, lauter als beabsichtigt. Die Gäste am Nachbartisch drehten sich neugierig zu ihnen um. „Entschuldigung", schob er leise hinterher.

„Wie soll ich mit Fahn weiterverfahren?", fragte Stark, seinen kurzen Kontrollverlust, der ihr verdeutlichte, wie dünn sein Nervenkostüm tatsächlich war, geflissentlich ignorierend.

„Lassen Sie Ihren Schnüffler weiter auf ihn angesetzt. Zumindest so lange, bis klar ist, wie es mit der Kandidatur weitergeht. Vielleicht findet er etwas Brauchbares“, befand Roth. Der Gedanke, Zilles Nemesis eines auszuwischen, gefiel ihm. Ein schwacher Trost in dunkler Stunde.

„Schon geschehen“, antwortete Constanze. Tatsächlich hatte sie bereits mit dieser Ansage gerechnet und Petersen entsprechende Instruktionen erteilt. Sie hoffte inständig, er befolgte ihre Anweisungen und überraschte sie nicht wieder mit irgendwelchen Alleingängen.

Pünktlich zum Sonnenuntergang riss aufkommender Wind breite Schneisen in die Wolkendecke. Nach Tagen des Dauergraus war der rote, langsam am Horizont versinkende Feuerball, der zwischen lilafarbenen Wolkenfetzen hindurch zu sehen war, eine willkommene Abwechslung.

Einmal wöchentlich versammelte sich ein versprengtes Grüppchen vor dem Kanzleramt. Eine krude Mischung aus vornehmlich ergrauten Männern, die ihre besten Tage hinter sich oder nie gehabt hatten, und jungen Heißspornen. Nur vereinzelte Frauen fanden sich zu diesem ritualisierten Gruppenheulen ein.

Alle trugen sie ernste, verkniffene Mienen zur Schau. Es wurden Deutschlandfahnen geschwenkt und Transparente mahnend hochgehalten. Dazu brüllte ein wenig begnadeter Redner wirre, zusammenhanglos aneinandergereihte Parolen und Verschwörungstheorien in ein Megafon. Mangelndes rhetorisches Geschick wurde durch Lautstärke wettgemacht. „Abendliche Mahnwache“, nannte sich diese sonderliche Darbietung.

Kurz vor dem Tag der Deutschen Einheit allerdings schwoll die sonst sehr überschaubare Gruppe deutlich an. Das lag auch an den beiden angekündigten, prominenten Rednern. Die erste war die ehemalige Staatssekretärin Simone Obermaier, die aufgrund antisemitischer Tiraden aus der konservativen Partei geflogen war. Der zweite Matthäus Fahn.

Als Petersen vor dem Kanzleramt eintraf, ging die Sonne gerade unter. Sie tauchte die seelenlosen Neubauten um den

Hauptbahnhof in ein mildes, wohlwollendes Licht. Das neue Berlin konnte so verdammt hässlich-schön sein. Und gespenstisch. Zumindest wenn man die Szenerie vor dem Kanzleramt betrachtete.

Die blaue Stunde wurde von züngelnden Fackeln erhellt, deren Flammen im starken Wind fauchend um sich schlugen. Wut und Hass und Verzweiflung lagen in der Luft. Ein toxischer Cocktail.

Obgleich die kaum zweihundert Demonstranten von gefühlt ebenso vielen Polizisten in weitem Abstand umringt waren, empfand Sören Unwohlsein. Er kam sich vor wie ein Schaf im Wolfspelz, das sich in ein Raubtierrudel begab. Er musste allerdings schnell feststellen, wie wenig er auffiel. Sowohl sein Alter als auch seine Aufmachung in Jeans und grauer Windjacke ließen ihn in der Menge verschwinden. Gelegentlich wurde ihm ein anerkennendes, freundliches Nicken zuteil, das er als ein „Schön, dass du da bist" deutete. Mit offenen Armen wurde er in der Gruppe der Erleuchteten willkommen geheißen. Er durfte sich zu jener lauter werdenden Minderheit zählen, die das System als verkappten Unrechtsstaat durchschaute. Er lauschte den Gesprächen um sich herum. Von Umvolkung und Genderwahnsinn war die Rede, über Gesinnungsdiktatur und das links-grün-versiffte Medienmonopol wurde sich ereifert.

Dann bestieg Obermaier, ganz dem Klischee entsprechend in bayerischer Tracht, das kleine, provisorisch wirkende Podest. Das Mikrofon pfiff ohrenbetäubend. Einige Anwesende hielten sich die Ohren zu, bis die Rückkopplung von einem hektisch herumfuhrwerkenden Techniker beseitigt war.

„Das war die Kanzlerin. Sie will nicht hören, was ich zu sagen habe", stieg Obermaier ein. Die Menge lachte und grölte. Noch bevor sie richtig anfing, hatte sie mit dem kleinen Scherz die Zuhörer auf ihre Seite gezogen. Es folgte ein flammendes Plädoyer für die Meinungsfreiheit und gegen den angeblich herrschenden Zensur-Staat, garniert mit sarkastischen Witzen auf Kosten so ziemlich jeder vorstellbaren Minderheit.

Als sie endete, brandete frenetischer Applaus auf. Pfiffe erklangen, Parolen wurden skandiert. Die Wölfe fletschten ihre

Zähne. Die spießbürgerlichen Masken wurden heruntergerissen.

„Freiheit!“, schrie ein älterer Mann mit Schlapphut und knielangem Mantel. Sören schaute ihn irritiert an. Er bemerkte seinen Blick. „Endlich eine, die sich traut, die Wahrheit zu sagen! Die sollte da drinnen“, er deutete auf das Kanzleramt, „sitzen. Und nicht diese Verräterin!“

„Da hast du so was von recht!“

Der Mann beäugte ihn irritiert. Hier wurde wohl erwartet, dass man seine Wut mit mehr Nachdruck äußerte.

Sören wechselte unauffällig, aber zügig die Position. Am Rand der Menschentraube fühlte er sich wesentlich wohler. Die Stimmung kochte, und es hätte ihn nicht verwundert, wenn der Mob sich spontan, mit Mistgabeln bewaffnet, zum Sturm auf die Regierungsgebäude entschieden hätte. All diese braven und besorgten Wutbürger.

Erneuter Applaus. Fahn hatte das Podest bestiegen. Mit vorgestrecktem Kinn und triumphierendem Lächeln ließ er sich feiern. Mit strenger, mahnender Stimme stieg er in seine Rede ein. Ein militärischer Anklang schwang bei jedem seiner Worte mit. Er beschrieb seine Wahrnehmung der Realität, die düster, unheilvoll und bedrohlich war. Ein islamischer Tsunami rolle über Deutschland und Europa hinweg. Unbemerkt von den dumm gehaltenen Massen. Vor Wien seien die Türken besiegt worden. Daher schicke das Morgenland diesmal keine Armee, sondern Flüchtlinge und Einwanderer in Lumpen. Vor allem junge, zeugungsfreudige und kampfbereite Männer. Er legte eine kurze Kunstpause ein und schrie dann: „Und wir, wir öffnen dem trojanischen Pferd Tür und Tor. Wir heißen die Soldaten des Halbmonds mit einer Umarmung und Blumen willkommen!“

Ein elektrisiertes Zittern schwappte durch die Menge. Fahn brachte sie zum Brodeln, wie ein Tauchsieder, der in einen Topf kaltes Wasser gehalten wurde.

„Aber ich sage euch, liebe Freunde, nicht mit uns! Wir stehen hier und wir sind bereit, für unsere Freiheit, unsere Heimat zu kämpfen! Wir glauben nicht länger, was uns der Staatsfunk glauben machen will!“

Erneuter Beifall. Laute, kaum zu verstehende Zwischenrufe. Pfiffe. Es fehlt nicht mehr viel und er ruft den totalen Krieg aus, dachte Sören bei sich. Mit einer Mischung aus Beklemmung und gruseliger Faszination verfolgte er das Geschehen.

Fahn, das musste er ihm zugestehen, war ein begnadeter Redner. Er traf den richtigen Ton, wusste genau, was die Leute hören wollten, gab es ihnen aber nicht ohne Weiteres. Er spielte mit ihren Erwartungen, ließ sie zappeln, führte sie einen verschlungenen, rhetorischen Pfad entlang und erlöste sie mit brachial vorgetragenem Triumphgeheul.

Anders als Obermaier wollte er nicht amüsant sein. Er beschränkte sich darauf, die niederen Instinkte seiner Zuhörer zu umschmeicheln.

Sören schüttelte sich vor Abscheu. Er hatte vorgehabt, zur Dokumentation einige Fotos zu schießen. Allerdings wagte er es nicht, die Kamera aus seinem Rucksack zu holen. Am Ende wurde er noch für einen Journalisten von der Systempresse gehalten. Und die waren hier nach seiner Einschätzung nicht besonders gut angesehen. Er selbst hatte mehr als einmal das Bedürfnis verspürt, Reportern und Fotografen die Fresse zu polieren. In diesem Moment wollte er allerdings die Medien, so ambivalent er ihnen auch gegenüberstehen mochte, in Schutz nehmen.

Zwanzig Minuten lang hingen die Leute an Fahns Lippen. Dann erlöste er sie mit einem aufmunternden „Packen wir es an!“

Als er unter tosendem Applaus das Podest räumte, erklang die Nationalhymne. Es wurde beflissen, mit der Hand zur Brust und bedeutungsschwangerer Miene gesungen. Dann war der Spuk vorüber. Langsam löste sich die Veranstaltung auf. Vereinzelte Grüppchen bildeten sich.

„Er ist zwar ein warmer Bruder, aber recht hat er“, hörte Petersen einen der Umstehenden sagen.

„Solange der mich nicht anmacht“, antwortete ein anderer.

Sören streunte ziellos umher, Fahn stets wachsam im Auge behaltend. Sein Verlangen, ihn anzusprechen, zu fragen, ob er das alles wirklich glaube, was er da von sich gab, wuchs von Minute zu Minute. Doch er hielt sich zurück. Sollte diese Observation noch länger andauern, wäre es zu riskant, wenn Fahn sein Gesicht bekannt war. Anonymität und Unauffälligkeit waren entscheidend bei derartigen Operationen. Wer jemand anderen verfolgte und beobachten wollte, musste untergehen in der Masse, sich auflösen in der Szenerie.

Plötzlich erregten Bewegungen am Rande seines Sichtfelds Sörens Aufmerksamkeit. Etwas passte nicht ins Bild. Drei Personen schritten zielstrebig unter den Baumreihen des Platzes entlang. Sie kamen aus Richtung der Polizeiwagen vor der Schweizer Botschaft.

Erst im letzten Moment erkannte er Volker Steiner. Sein Ex-Kollege führte die Gruppe an. Basimah folgte ihm. Außerdem ein jüngerer, uniformierter Beamter. Offensichtlich war man im Zuge der Ermittlungen, wie zu erwarten gewesen war, auf Fahn gestoßen. Vermutlich durch die Aussagen der Senatorin und ihres Lebensgefährten.

Hastig zog sich Sören zurück, entfernte sich so weit, dass er sie zwar sehen, aber aus ihrem unmittelbarem Wachsamkeitsradius heraus war.

Bei einer Streifenpolizistin, die die Demonstration beaufsichtigt hatte, stoppte die Gruppe kurz. Steiner fragte etwas. Die Frau nickte und deutete so dezent wie möglich zu jener Menschentraube, deren Zentrum Fahn bildete.

Als Steiners Trupp an sie herantrat, wurde kurz diskutiert. Der Kommissar zeigte seinen Ausweis. Hohn und Spott erklangen. Dann löste sich Fahn mit gewinnendem Lächeln aus der Gruppe heraus und folgte den Polizisten. Er genoss es sichtlich, im Mittelpunkt des Interesses zu stehen. Verfolgt von der Staatsmacht. Zu Unrecht natürlich.

Nach einigen Metern, außer Hörweite der restlichen Demonstranten, stoppte Steiner. Aus seinen Gesten schloss Sören, dass er Basimah vorstellte. Der junge Beamte stand wie ein Bodyguard neben ihnen und ließ seinen Blick unaufhörlich umherschweifen.

Es wurde geredet. Zunächst ruhig, dann zunehmend hitziger. Steiner und Fahn gerieten richtiggehend in Rage.

Basimah hingegen verfolgte die Auseinandersetzung äußerlich vollkommen entspannt, die Arme auf dem Rücken verschränkt.

Sören wusste, sie analysierte Fahn. Der war so sehr auf Steiner fixiert, damit beschäftigt, dessen Angriffe zu parieren und selbst Attacken zu reiten, er schenkte der Psychologin keine weitere Beachtung.

Schließlich hob der Kommissar entwaffnend die Hände und erklärte Fahn etwas mit grimmiger, aber entschlossener Miene. Sören nahm an, dass er ihn aufs Präsidium vorlud zu einer offiziellen Zeugenbefragung.

Damit war das Gespräch beendet. Genauso abrupt, wie das Trio aufgetaucht war, verschwand es auch wieder. Fahn starrte den Dreien missmutig wie nachdenklich hinterher. Er wirkte zerknirscht.

Nach einigen Sekunden der Regungslosigkeit holte er sein Smartphone aus der Hosentasche. Das Gespräch war kurz und geschäftsmäßig. Fahn sagte wenig. Als er aufgelegt hatte, kehrte er zu seinen Mitstreitern zurück, verabschiedete sich hastig. Dann verließ er den Platz. Sören folgte ihm in gebührendem Abstand.

Ihm fiel sofort auf, Fahn agierte anders als in den Tagen zuvor. Alle paar Meter warf er einen prüfenden Blick zurück zum Kanzleramt. Zweimal blieb er sogar stehen und drehte sich um, nahm sein Handy zur Hand, tippte auf dem Display. Sören hatte zu diesem Zeitpunkt längst die Straßenseite gewechselt, blieb im Schatten der Bäume und Sträucher, mied die Lichtkegel der Straßenlaternen.

Was war los? Hatte Steiners Stippvisite ihn derart verunsichert? Oder war es vielmehr der Anruf kurz darauf? An der Kreuzung Yitzhak-Rabin-Straße, Straße des 17. Juni wandte er sich gen Westen. Das Brandenburger Tor im Rücken, ging er zügigen Schrittes Richtung Großer Stern.

Sören ließ sich etwas zurückfallen. Fahn konnte ihm kaum entwischen. Höchstens er setzte sich in den dunklen Tiergarten ab. Doch das bezweifelte Sören. Dazu hätte er bereits mehrfach Gelegenheit gehabt.

Die schnell größer werdenden Umrisse der hellerleuchteten Siegessäule zeichneten sich vor dem dunklen Nachthimmel ab. Autos rasten rauschend an ihnen vorbei. Immer wieder wurde die Gestalt vor ihm in gleißendes Scheinwerferlicht getaucht.

Als sie wenig später den Großen Stern erreichten, verlangsamte Fahn seinen Schritt. Vor dem Moltke-Denkmal kam er zum Stehen. Sören ging an ihm vorbei und bog wenige Meter später auf einem matschigen Pfad ins dunkle Grün des Tiergartens ab. Hinter einigen Büschen bezog er seinen Wachposten, die Fotokamera griffbereit.

Fünf Minuten verstrichen weitgehend ereignislos. Fahn lungerte vor dem Denkmal herum, holte immer wieder sein Smartphone hervor, telefonierte allerdings nicht mehr.

Sören krochen Kälte und Nässe die Glieder empor. Sein Versteck bot perfekte Sicht, doch er stand auf morastigem Grund. Feuchtigkeit drang in seine Schuhe ein. Und er bereute es, keine dickere Jacke angezogen zu haben.

Ein dunkler Sportwagen tauchte wie aus dem Nichts neben Fahn auf, stoppte an der verwaisten Bushaltestelle einige Meter entfernt.

Als der Fahrer ausstieg, glaubte Sören zunächst, seinen Augen nicht trauen zu können. Achmed. Der Fleischberg, der Max so übel zugesetzt hatte. Von Urs Gebauer allerdings keine Spur. Entweder erledigte sein Handlanger die Drecksarbeit oder er dealte auf eigene Rechnung.

Hastig brachte er seine Kamera in Stellung und betätigte den Auslöser. Leise surrend wurde im Sekundentakt ein weiteres Foto geknipst.

Geld wechselte den Besitzer. Das schmale Bündel Scheine schien es nicht wert zu sein, gezählt zu werden. Dann wurde hastig die Ware übergeben. Ein Tütchen, gefüllt mit Pillen. Details konnte Sören zwar auf die Entfernung nicht erkennen, doch er war sicher, die hochaufgelösten Fotos seiner Kamera würden beim Vergrößern auch dieses Geheimnis preisgeben.

Der feine, strammstehende Arier versorgte sich also bei einem türkischstämmigen Mitbürger mit Drogen. Wie verlogen die Welt doch war. Und wie überraschend überschaubar. Andreas Daume und Matthäus Fahn hatten denselben Dealer.

Sören glaubte gemeinhin nicht an Zufälle. Allerdings war es durchaus möglich, dass sich Urs und Achmed auf schwule Kundschaft spezialisiert hatten. Wenn dem so war, bedeutete diese Querverbindung nicht wirklich viel.

Die beiden Männer hielten sich nicht besonders lange mit Small Talk auf. Eine echte Unterhaltung fand nicht statt. Allerdings machte der Fleischberg, bevor er in seinen Wagen stieg und davonbrauste, noch eine Bemerkung, die Fahn mit einem kurzen Lächeln quittierte. Dann winkte er sich ein Taxi heran und verschwand in der Nacht.

Sören stellte die Kamera aus. Sein Job war für heute erledigt. Er verstaute sein Equipment feinsäuberlich im Rucksack und kroch durchnässt und frierend aus seinem Versteck.

Als er die Wohntürme des Hansaviertels erreichte, überkam ihn eine seltsame Sehnsucht. Die Vorstellung von Kevins warmem Körper, der sich in der schweißigen Hitze eines feuchten Bettlakens an ihn kuschelte, lockte ihn wie eine paradiesische Verheißung.

Kurz erwog Sören, diesem Gefühl nicht nachzugeben. Dann besann er sich und zückte sein Smartphone.

12

Er parkte den Wagen unweit der Informationstafel, die Wanderer über das kleine Naturschutzgebiet informierte. Das Fenster zur Fahrerseite war einen Spalt breit geöffnet. Feuchtkühle Nachtluft strömte herein.

Die ausladenden Baumkronen, die sich als schwarze Silhouetten vor dem Nachthimmel abzeichneten, ragten weit über den Waldparkplatz. Zu beiden Seiten der Landstraße erstreckten sich ausgedehnte Moore. Nachts verirrte sich kaum jemand auf diese abgelegene Nebenstrecke, die wenige Kilometer weiter, kurz nach einem kleinen Weiler, in eine Sackgasse mündete. Jenseits der Siedlung, die nur aus einer alten Feldsteinkirche und einer Handvoll Häuser bestand, erstreckte sich ein Truppenübungsplatz, der zu DDR-Zeiten von der Volksarmee genutzt worden war.

Der perfekte Ort. Die perfekte Zeit.

Ob er kommen würde?

Seit Tagen schrieben sie sich nun auf Grindr. Doch Henning entpuppte sich als zögerlich, zaudernd. Immer wieder tat er kund, wie wichtig ihm Diskretion war. Der Familienvater aus der Spandauer Reihenhaussiedlung wollte seine kleinbürgerliche Idylle schützen.

Er gab sich verständnisvoll. Schickte ihm zahlreiche Fotos mit eindeutigen Posen. Natürlich nicht seine eigenen. Bis Henning das allerdings bemerken sollte, wäre es sowieso schon zu spät.

Er hatte alles Notwendige dabei. Diesmal war er besser vorbereitet. Es schauderte ihn noch immer bei der Erinnerung daran, welches Risiko er mit Bambi eingegangen war. Im Tiergarten! Er hatte gehandelt, ohne vorher richtig nachzudenken, hatte den Impuls über die Vernunft gestellt. Das durfte ihm nicht wieder passieren.

Ihm lief die Zeit davon. Trotzdem musste er Ruhe bewahren. Keine spontanen Aktionen mehr, sonst gefährdete er alles nur.

Das Heulen eines Wolfes riss ihn aus seinen Gedanken. Sekunden später huschte eine Gruppe Damwild an seinem Wagen vorbei.

Fressen und gefressen werden. Der ewige Kreislauf des Lebens. Die Natur ging ihrem blutigen, zugleich unabdingbaren Geschäft nach. Leben und Tod waren auf ewig miteinander verbunden. Alles hing voneinander ab. Alles war im Fluss. Welch ein beruhigender Gedanke.

Ein Blick auf seine Armbanduhr ließ ihn ärgerlich werden. Henning verspätete sich. Jetzt waren es bereits zwanzig Minuten.

Er rief Grindr auf. Doch die App lud nicht. Schlechter Empfang. Das hätte er vorher überprüfen müssen.

In der Ferne schnitten sich die Lichter eines herannahenden Autos durch die Finsternis. Ein erschreckend wohliger Schauer wanderte durch seinen Körper, ließ ihm die Nackenhaare zu Berge stehen.

Gleich war es so weit. Er spannte seine Muskeln an, konzentrierte sich auf seine innere Mitte.

Die tanzenden Lichtkegel kamen langsam näher. Ein Blinker wurde gesetzt. Der Wagen rollte über den knirschenden, feuchten Schotter.

Er machte sich bereit auszusteigen. Gleich musste alles sehr schnell gehen. Es galt, das Überraschungsmoment zu nutzen.

Das Auto kam am anderen Ende des Parkplatzes zum Stehen. Der Motor wurde allerdings nicht abgestellt. Unerwarteterweise ging die Beifahrertür auf. Eine zierliche Gestalt stolperte heraus. Eindeutig eine Frau.

Verdammt! Das war nicht Henning!

Er versank tief in den Fahrersitz, spähte vorsichtig über das Armaturenbrett. Die Frau schwankte leicht, dann beugte sie sich nach vorne, hielt unbeholfen das lange Haar zurück und erbrach sich.

Eine gedämpfte Männerstimme erklang. Der Fahrer schien sich nach ihrem Wohlbefinden zu erkundigen. Ihr Freund? Sie lallte etwas Unverständliches, wischte mit dem Ärmel ihrer Jacke über den Mund und taumelte zum Wagen zurück.

Wenige Sekunden später passierte ihn das Auto. Die Insassen nahmen keinerlei Notiz von ihm.

Dann war er wieder allein.

Verflucht! Inzwischen war Henning eine halbe Stunde überfällig. Mit seinem Auftauchen war wohl kaum noch zu rechnen. In zunehmender Verzweiflung und Wut ließ er eine weitere, ereignislose Viertelstunde verstreichen. Dann startete er den Wagen und brauste mit durchdrehenden Reifen davon.

Ein ebenso gleichmäßiges wie hartnäckiges Schnarchen drang an Kevins Ohr, zerrte ihn aus seinem zwischen Traumwelt und Wirklichkeit schwankenden Halbschlaf. Im ersten Moment wusste er nicht, wer neben ihm lag. Sein Unterbewusstsein war kurz irritiert.

Er schlug die Augen auf. Mit dem ersten Licht des Tages kehrte schlagartig die Erinnerung zurück. Überraschend hatte sich Sören am vergangenen Abend gemeldet und gefragt, ob er spontan vorbeikommen könne. Er sei gerade in der Nähe. Am Großen Stern. Wegen eines Auftrags. Doch nun habe er Feierabend und Lust, ihn zu sehen.

Kevins Hand tastete nach dem Körper neben sich, fuhr durch das gekräuselte, ergraute Brusthaar. Sören quittierte seine Liebkosung mit einem zufriedenen Seufzen. Dann schnarchte er unbeeindruckt weiter.

Kevin lächelte glückselig und kuschelte sich an ihn, sog seinen dunklen, erdigen Geruch auf. Er gönnte sich noch einige Minuten, gab sich der Bettschwere hin. Sie hatten bis weit in die Nacht gevögelt. Er spürte die Verausgabung an seinem ganzen Körper, als wäre er einen Halbmarathon gelaufen. Trotz der wenigen Stunden Schlaf war er kein bisschen müde. Der sex-bedingte Hormoncocktail wirkte nach. Das sanfte Zwitschern seines Handyalarms ertönte. Langsam schwoll die Lautstärke an. Sören grunzte empört und drehte sich zur Seite.

Widerstrebend löste sich Kevin von ihm, griff nach seinem Smartphone und schaltete den Wecker aus.

Wenn er jetzt nicht aufstand, würde er es nie tun.

Er schlug die Decke zurück und tapste so leise wie möglich aus dem Zimmer.

„Kaffee wäre super. Danke“, ertönte Sörens Stimme, als er die Tür schließen wollte.

Kevin lächelte. „Guten Morgen, mein Lieber! Tut mir leid, wenn ich dich geweckt habe.“

„Du kannst es wiedergutmachen, indem du deinen kleinen Arsch zurück ins Bett schwingst und dich um meine Morgenlatte kümmerst.“

„Kaffee. Schwarz. Kommt sofort“, antwortete Kevin, die unzweideutige Aufforderung mit einem kessen Lächeln quittierend.

Sören murmelte etwas Unverständliches und zog sich das Kissen über den Kopf. Ein kleines, grummelndes Kind im Körper eines heißen Daddys. Das war eine Mischung, der Kevin noch nie hatte widerstehen können. Trotzdem blieb er standhaft. Es war absolut inakzeptabel, ein weiteres Mal innerhalb kürzester Zeit zu spät auf der Arbeit zu erscheinen.

Die kalte Dusche wusch nicht nur den Schweiß und die eingetrockneten Spermareste der vergangenen Nacht ab, sondern verlieh ihm Frische und Energie.

Gutgelaunt vor sich hin pfeifend tänzelte er mit einem Handtuch um die Hüfte in die Küche, kochte Kaffee und schmierte zwei Marmeladenbrote. Er hatte ein kurzes Déjàvu. Es war beinahe wie nach ihrer ersten Nacht.

Ob zahllose weitere folgen würden? Ihm gefiel der Gedanke.

Als er mit einem Tablett zurück ins Schlafzimmer ging, stand sein Übernachtungsgast auf dem Balkon und rauchte.

Er trat hinaus in die kühle Morgenluft.

„Um Himmels willen, zieh dir etwas an! Du erkältest dich noch!“

Kevin grinste. „Ja, Daddy!“

Es fröstelte ihn tatsächlich. Rasch streifte er Jeans und Pullover über. Schweigend standen sie nebeneinander auf dem Balkon, tranken Kaffee und aßen ihre Stullen. Jedes Wort wäre zu viel gewesen.

„Du musst sicher bald los“, stellte Sören fest, nachdem sie ihr schnelles Frühstück beendet hatten.

„Leider. Ich hätte so viel Lust, mit dir hier durch den Tag zu gammeln.“

„Ein anderes Mal. Ich hab ebenfalls einiges zu tun.“

„Der Tote, den Tilda im Tiergarten gefunden hat?“

„Ja. Seltsame Geschichte.“

„Weiß die Polizei schon, was passiert ist?“

„Soweit ich es beurteilen kann, tappen sie im Dunkeln.“

„Und du? Hast du eine Ahnung?“

Sören lächelte väterlich, geschmeichelt angesichts eines derart großen Vertrauens in seine Fähigkeiten. „Nein. Hat deine Kollegin etwas zu dir gesagt, was sie der Polizei gegenüber nicht erwähnte?"

Kevin schüttelte den Kopf.

„Ihr ist nichts Ungewöhnliches an diesem Morgen aufgefallen?", hakte Petersen hoffnungsvoll nach.

„Nein. Soweit ich weiß, nicht."

„Es ist wie verhext. Die Polizei", er zögerte kurz, es war noch immer seltsam, über die Ermittler in der dritten Person zu sprechen, „hat sogar einen Zeugenaufruf gestartet. Niemand scheint etwas gehört oder gesehen zu haben. Und das in einer Metropole mit Millionen von Menschen und doppelt so vielen Augen und Ohren."

Augen! Vor Aufregung fing Kevin an zu zittern. *Das alles sehende Auge*! Warum hatte daran noch niemand gedacht!

„Alles in Ordnung? Wir sollten reingehen. Du erfrierst ja!"

„Das ist es nicht. Mir ist da gerade etwas eingefallen!"

Quälend langsam übertrug sein Computer die Daten der kleinen Chipkarte. Sören konnte seine Anspannung kaum im Zaum halten. Hastig drückte er die bis auf den Filter heruntergerauchte Zigarette im überquellenden Aschenbecher auf seinem Schreibtisch aus. Nur um sich sofort eine neue aus dem bald leeren *Big Pack* zu angeln und anzustecken.

Als Kevin ihm von der Kamerafalle berichtete – die Angestellten des Gartenamts nannten sie schlicht *Das alles sehende Auge* –, konnte er es kaum fassen. Die Stelle, an der das Gerät hing, befand sich nur wenige hundert Meter vom Fundort der Leiche entfernt.

Man hatte sie ursprünglich angeschafft, um einem Biber auf die Schliche zu kommen, der im vergangenen Frühjahr mehrere Bäume im Tiergarten zum Umstürzen gebracht hatte.

Das Tier war inzwischen gefunden, gefangen und nach Spandau verfrachtet, wo man es in einem Naturschutzgebiet am Havelufer aussetzte.

Anstatt die Kamerafalle danach abzumontieren, ließ man sie einfach hängen. Kevin und seine Kollegen hatten Gefallen an den Aufnahmen gefunden. Sogar ein Wildschwein war ihnen vor die Linse gelaufen. Ganz zu schweigen von Füchsen, herrenlosen Hunden und Katzen, Waschbären und allerlei anderem Getier.

Selbstredend wurden auch Menschen geknipst. Nächtliche Liebespaare, Obdachlose, trinkende und kiffende Jugendliche. Alle in der Annahme, am Ufer des kleinen, künstlichen Teiches, inmitten des Rhododendronhains, unbeobachtet zu sein.

„Wir wollten niemanden ausspionieren. Deshalb haben wir das Ding per Zeitschaltuhr tagsüber extra ausgemacht“, rechtfertigte sich Kevin, als ihm Sören erklärte, es sei illegal, ohne Genehmigung auf öffentlichem Grund eine Kameraüberwachung durchzuführen.

Er warf ihnen ihre Naivität keineswegs vor, belächelte sie vielmehr. Seine Kollegen aus dem Grünflächenamt hatten wohl sogar ernsthaft vor, die besten Fotos in einem Kalender zu veröffentlichen und sich durch den Verkauf die nächste Weihnachtsfeier zu finanzieren. Die Enttäuschung, die in Kevins Gesicht stand, als Sören ihm von dieser Idee abriet, war nicht zu übersehen. Wortlos händigte er die den Kamerafalle aus und entschuldigte sich kleinlaut.

„Junge, du musst kein schlechtes Gewissen haben. Möglicherweise liefert eure Dummheit entscheidende Hinweise!“, versuchte er ihn aufzumuntern. Verschwieg allerdings zugleich, dass die Fotos, sollten sie tatsächlich Daumes Mörder zeigen, wohl nur schwerlich vor Gericht als Beweismittel zugelassen würden.

Trotzdem konnte er es kaum erwarten, den Kamerachip, den Kevin ihm nach dem Frühstück besorgt hatte, auszuwerten. Juristische Feinheiten waren ihm gerade vollkommen schnuppe. Damit sollte sich Steiner zur gegebener Zeit herumschlagen. Er war schließlich kein LKA-Ermittler mehr, sondern Privatschnüffler. Zum ersten Mal überhaupt empfand er das als Vorteil. Keine Staatsanwaltschaft im Nacken!

Der Rechner piepte leise. Alle Daten waren übertragen. Mit zitternder Hand klickte er den entsprechenden Ordner an.

546 Bilddateien.

Im Schnelldurchlauf zogen die nächtlichen Schnappschüsse vorbei. Das Viehzeug interessierte ihn nicht weiter. Nur beim Foto eines Baummarders, der direkt in die Kamera schaute und das Gerät neugierig inspizierte, stoppte er etwas länger. Die Aufnahmen waren einfach zu süß.

Das erste Bild mit einem Menschen war Nummer 358. Ein Obdachloser stolperte, eine vollbeladene Karre hinter sich herziehend, durch die Szenerie. Laut Datumsanzeige keine vierundzwanzig Stunden vor dem Mord. Sören markierte die Datei. Eventuell machte es Sinn, nach dem Mann als Zeugen zu suchen.

Keine zehn Klicks später stockte ihm der Atem. Es war die entscheidende Nacht. Eine verschwommene Gestalt rannte durchs Bild. Zu schnell für die Kamera. Auf der Schwarz-Weiß-Aufnahme erinnerten die verzerrt abgelichteten Umrisse an einen Geist aus einem Horrorfilm.

Daume? Gut möglich. Sehr wahrscheinlich sogar.

Wieder markierte er die entsprechende Datei, bevor er weiterklickte.

Nur Sekunden später hatte der Bewegungssensor den Auslöser ein weiteres Mal aktiviert. Diesmal war die Aufnahme zwar krisselig, aber deutlich genug, um eine schwarz gekleidete Person zu erkennen. Die Statur ließ auf einen großgewachsenen, athletischen Mann schließen. In seiner Hand hielt er ein dolchähnliches Messer. Er blickte leicht schräg an der Kamera vorbei. Sein Gesicht wurde von einer seltsamen Vorrichtung, die Sören zunächst nicht einordnen konnte, verdeckt.

Ein Helm? Eine Maske?

Er vergrößerte den entsprechenden Ausschnitt.

Was war das? Es hatte etwas von einem Cyborg.

Aufs Geratewohl jagte er das Foto durch einige Filter und hoffte, die Qualität weiter zu verbessern. Tatsächlich konnte er dem Bild immer mehr Details abringen. Schließlich erkannte er, was der Mann auf dem Kopf trug. Es war ein Nachtsichtgerät. Und nach Sörens laienhafter Beurteilung ein ziemlich professionelles Modell. Zumindest ließen die Größe und die militärisch anmutende, helmähnliche Halterung das vermuten.

Was war in jener Nacht vorgefallen? Ein Sex-Rollenspiel im Räuber-und-Gendarm-Stil, das außer Kontrolle geriet? Oder eine richtiggehende Menschenjagd? Sollte es sich bei dem flüchtenden Mann um Bambi handeln und war der Unbekannte mit dem Nachtsichtgerät sein Mörder, hatte Daume kaum eine Chance gehabt, ihm zu entkommen.

Sören fröstelte es, als er sich die Szene bildlich vorstellte. Vermutlich dachte der arme Junge immer wieder aufs Neue, er wäre seinem Verfolger entwischt, nur um kurz darauf festzustellen, dass dieser wieder Witterung aufgenommen hatte. Es war ein ungleiches Spiel um Leben und Tod.

Beute. Dieses Wort tauchte in Sörens Kopf auf. War Daume für seinen Mörder eine Beute, die es zu erlegen galt? Deutete sein Spitzname womöglich auf ein nicht alltägliches Sexleben hin? Der Jäger bringt das Reh zur Strecke. Wollte Daume vielleicht sogar umgebracht werden? Hatte sich freiwillig hingegeben? Ein irrwitziger, gruseliger Gedanke. Aber eine These, die Sören zum jetzigen Zeitpunkt zumindest nicht ausschließen mochte.

Schnell schaute er die verbliebenen Aufnahmen durch, die allerdings hauptsächlich Kaninchen und Füchse zeigten.

Er musste mehr über dieses Nachtsichtgerät erfahren. Was war das für ein Modell? Wer benutzte so etwas professionell? Er kannte sich in diesem Bereich nicht gut genug aus. Zwar lieferte ihm Google mehrere Einkaufsvorschläge. Doch keines der Modelle ähnelte jenem auf dem Kopf des mutmaßlichen Mörders. Schlussendlich brachte ein Link mit der Überschrift „Jagd erleben und genießen“ ihn auf die Idee, an wen er sich wenden konnte.

Er druckte das Foto des Unbekannten mit Nachtsichtgerät in verschiedenen Größen und mit unterschiedlichsten Filtern bearbeitet aus. Die verschiedenen Varianten steckte er in eine Mappe und eilte aus seinem Büro.

Herbert von Allstetten „residierte“ nicht weit von Sörens Büro entfernt. Vor Fremden schwärmte er gerne von seiner „schnuckeligen Stadtresidenz“, in der er sich aufhalte, wenn er die Abgeschiedenheit des Gutshofs in der Mark nicht mehr ertrug.

Nur wenige Menschen, darunter Mara Bella und die Mitglieder ihrer Dinner-Gruppe, wussten um die ernüchternde Realität hinter jenen hochtrabenden Worten. Armselig genug, dass Allstettens Landsitz vor sich hin moderte, eher schnell als langsam verfiel und nur in den Sommermonaten nutzbar war. Seine Berliner Wohnung war ein dunkles Ein-Raum-Apartment mit französischem Balkon, Küchenzeile und einem engen, feuchten Badezimmer. Vollgestopft waren die dreißig Quadratmeter mit den muffigen Relikten einer jahrhundertealten, gut dokumentierten Ahnenreihe aus Blaublütern.

Porträts feiner Damen und Herren, denen die adlige Inzucht ins Gesicht geschrieben stand, pflasterten die Wände, aufgelockert durch einige romantisierende Landschaftszeichnungen und klassische Stillleben. Zwei wuchtige, antike Kleiderschränke aus dunklem Ebenholz, die bis zum Bersten gefüllt waren mit Kleidung und Krimskrams, wachten stoisch links und rechts eines ausladenden Himmelbetts, dessen schwerer, purpurroter Baldachin löchrig und angegraut war. Schwerter, Wappen und Flinten, ausgestopfte Tiere, darunter das Präparat eines Luchses, und Stapel aus Büchern und vergilbtem Papier standen und lagen überall herum. Alles, was nicht der Feuchtigkeit und dem Frost des alten Gutshofs zum Opfer fallen sollte, hatte Allstetten hierher verfrachtet.

Die Wohnung wirkte wie die schlecht ausgeleuchtete Abstellkammer eines Museums. Die traurigen Überbleibsel einer einst stolzen Familie, deren Linie mit dem Tod des kinderlosen Herberts eines Tages erlosch.

Sören wurde mit einer skurril bis traurig anmutenden Erhabenheit empfangen. Als er die Wohnung betrat, saß Allstetten mit übereinander geschlagenen Beinen, durchgedrücktem Rücken und nach vorne gestrecktem Kinn auf der Bettkante. Ein Sofa hätte in der vollgerammelten Bude keinen Platz mehr gehabt. Seine Rechte hielt mit leicht abgespreiztem Finger eine filigran anmutende Porzellantasse mit Rosen-Dekor. Es duftete nach frischem Kaffee.

„Tritt ein! Tritt ein!“, begrüßte Allstetten seinen Gast. „Das trifft sich vorzüglich. Ich wollte gerade ein zweites Frühstück einnehmen. Hol dir Tasse und Teller aus der Küche. Ich habe frische Tartes aus dieser entzückenden Baguetterie um die Ecke!“

Die gute Laune und Zuvorkommenheit irritierten Sören. Normalerweise ließ Herbert während ihrer Abendessen bei Mara Bella keine Gelegenheit aus, ihn verbal anzugehen und mit Spott zu überziehen. Die Etikette als Gastgeber zwang ihn zu bisher kaum gekannter Freundlichkeit.

Sören verzichtete auf Gebäck, nahm aber den Kaffee dankend an. Als er sich gerade ebenfalls auf der Bettkante niederlassen wollte, wurde er mit einer galanten Handbewegung in den Sessel verwiesen.

„Du musst verzeihen, wenn heute alles etwas provisorisch zugeht!“, entschuldigte sich Herbert. „Ich habe dem Personal freigegeben. Konnte ja nicht mit solch hohem Besuch rechnen.“

Sören lächelte irritiert. Die Bemerkung war angesichts der Tatsache, dass sich Allstetten keine größere Wohnung, geschweige denn auch nur eine Putzfrau leisten konnte, eindeutig ironisch gemeint, ließ aber jedweden darauf hindeutenden Unterton in der Stimme vermissen. Stattdessen wurde sie mit erschreckender Ernsthaftigkeit vorgetragen.

„Was kann ich für dich tun?“

„Ich brauche deine Hilfe. Oder besser gesagt, dein Jägerlatein.“

Allstetten schob seine rechte Augenbraue überrascht nach oben.

„Möchtest du etwa zum Waidmann werden? Bisher hast du auf mich nicht den Eindruck gemacht, als könntest du dich dafür begeistern.“

„Ich bin bereits seit vielen Jahren ständig auf der Jagd. Wieder und immer wieder. Der einzige Unterschied ist, ich erlege kein Wild.“

„Zugegeben, so habe ich deine Profession niemals betrachtet.“ Er lächelte amüsiert. „Welch Überraschungen dieser Tag doch bereithält. Sollten wir tatsächlich eine Gemeinsamkeit besitzen?“

Sören verlor langsam die Lust an diesem Geplänkel, mühte sich allerdings um Freundlichkeit. Er war es schließlich, der als Bittsteller an Allstettens Hof gekommen war.

Er holte zwei Ausdrucke der Aufnahmen aus der Kamerafalle hervor. Auf dem einen hatte er den Ausschnitt mit dem Nachsichtgerät vergrößert.

Herbert studierte eingehend die Fotos.

„Was schaue ich mir hier an?“, fragte er. Seine Stimme hatte jede spielerische Gestelztheit verloren, war ernst und scharf.

„Mein aktueller Fall. Ich muss dich daher um Verschwiegenheit bitten. Und um deine Expertise. Dieses Ding auf seinem Kopf, ich nehme an, es ist ein Nachtsichtgerät?“

„Mache ich mich strafbar, wenn ich dir helfe?“

„Nein! Wo denkst du hin! Ich möchte nur deine Einschätzung als Experte, als Waidmann. Mir scheint dieses Gerät sehr professionell zu sein. Es gibt nicht viele Berufsgruppen, die mir dazu einfielen. Bundeswehr ... Polizei ... Jäger?“

Allstettens Blick ruhte weiterhin misstrauisch auf ihm. Er hatte etwas Echsenhaftes. „Du bist der Einzige, den ich fragen könnte. Ich kann ja schlecht bei meinen Ex-Kollegen anrufen und um Hilfe bitten.“

„Per Gesetz ist es in Deutschland verboten, beim Erlegen von Wild sogenannte Nachtzielgeräte zu verwenden, die einen Bildwandler oder eine elektronische Verstärkung vorweisen und für Schusswaffen bestimmt sind. Darüber hinaus ist untersagt, Schalenwild, ausgenommen Schwarzwild, zur Nachtzeit zu schießen“, dozierte Herbert nüchtern.

Er badete eitel in seinem Wissensvorsprung, schlürfte einen Schluck Kaffee. Sören wartete geduldig. Er wusste, ein Nachfragen seinerseits war unnötig.

„Dieses Verbot betrifft allerdings nur Nachtsichtgeräte, die fest an einer Jagdwaffe montiert sind. Es kann folglich auf eine entsprechende Kopfhalterung in Kombination mit einem Zielfernrohr zurückgegriffen werden. Mit einer solchen Vorrichtung haben wir es hier zu tun, mein Lieber. Allerdings ...“

Allstetten zögerte, unterzog die Bilder einer erneuten, längeren Begutachtung. Dann nickte er.

„Mit diesem Modell darf man in Deutschland nicht auf die Pirsch gehen. Vermutlich handelt es sich um einen *BigFive Tracker*. Ausgestattet mit einer Infrarot-Zusatzbeleuchtung."

„Mal angenommen, ich schere mich nicht sonderlich um das Gesetz. Wie könnte ich mir so ein Ding besorgen?"

„Im Internet. Oder in einem entsprechenden Spezialgeschäft. Nur weil es nicht zur Jagd zugelassen ist, ist der Besitz nicht automatisch illegal. Ich schätze, für 500 Euro kann sich jeder einen solchen Tracker zulegen."

Sören seufzte. Es gelang ihm nicht, seine Enttäuschung zu verbergen. Er hatte sich eine erste Spur erhofft. Ein Jäger. Ein Soldat. Ein Polizist. Das hätte den Hintergrund des Unbekannten ein wenig eingekreist.

„Besitzt du so etwas?", fragte er, in der Hoffnung, sich wenigstens einen haptischen Eindruck verschaffen zu können. Er wollte erahnen können, wie sich der Täter fühlte, was er sah, wie er sich bewegte.

„Nicht doch!", entfuhr es Allstetten entrüstet. „Ich finde Jäger, die mit einem solchen Schnickschnack aufrüsten, unehrenhaft – und sie bringen sich doch um den ganzen Spaß. Bei der Jagd geht es um mehr als nur darum, möglichst bequem und schnell das Wild zur Strecke zu bringen."

„Ich verstehe."

Herbert reichte ihm die Ausdrucke zurück. Ein kurzes, seltsam gedrücktes Schweigen breitete sich zwischen ihnen aus.

„Möchtest du gar nicht wissen, an was für einer Sache ich gerade dran bin?", fragte Sören schließlich. Er hatte das Bedürfnis, mit jemandem über seinen geheimnisvollen Fall zu sprechen. Und sei es mit einer biestigen, blaublütigen Tunte.

„Ich platze zugegeben vor Neugierde. Aber um ehrlich zu sein, es ist wohl besser, wenn ich es nicht weiß. Ich will mich nicht damit belasten. Und keinen Ärger riskieren."

In seiner Stimme lag eine tiefe, nicht zuordenbare Traurigkeit. Die Scharade war vorüber, die Masken gefallen. Vor ihm saß ein in die Jahre gekommener Mann, der ängstlich und unsicher im Schatten seiner Ahnenreihe ein einsames Leben fristete.

Plötzlich empfand Sören Mitleid mit ihm. Und eine beunruhigende Verbundenheit, die er zuvor kaum für möglich gehalten hatte.

„Das stimmt wohl", pflichtete er ihm leise seufzend bei. „Man sollte sich keine Probleme zu eigen machen, die einen nicht betreffen."

Lächelnd erhob sich Herbert. Sören tat es ihm gleich. Stockend tänzelten sie durch den vollgestopften Raum zur Tür.

„Danke für deine Expertise."

„Gerne, mein Lieber." Er befeuchtete sich mit seiner ungesund hellen Zunge die schmalen Lippen. Seine Erscheinung hatte im Halbdunkel der Wohnung etwas Geckohaftes. „Jederzeit wieder. Wir sehen uns kommenden Samstag bei Mara Bella. Und bring doch deinen entzückenden Frischling mit. Dieser Kevin ist auch ganz ohne Nachtsichtgerät nett anzuschauen. Ich verspreche, ihn auch nicht zu jagen."

Sie kicherten beide.

„Mal schauen", entgegnete Sören. Er registrierte sehr wohl, wie der Gedanke an Kevin seinen Herzschlag beschleunigte.

Die beiden Männer umarmten sich kurz und überraschend innig zum Abschied. Dann ließ er Allstetten mit seiner Ahnenreihe in der musealen Abstellkammer zurück. Die Audienz war beendet.

13

Nachdenklich betrachtete Joseph Calben sein Spiegelbild. Die wenigen grauen Haare, die bis vor einem Jahr spärlich sein Haupt bedenkt hatten, waren ausgegangen. Die Wangen eingefallen. Dunkle, Schwarze Ringe zierten die ehemals strahlend blauen Augen, heute leer und gräulich.

Wenn mich der Tod holen will, übersieht er womöglich, dass ich überhaupt noch am Leben bin, und verschwindet wieder. Ich bin ein armseliger Schatten meiner selbst …

Er schnaubte abfällig über seine trübsinnigen Betrachtungen, verachtete sich für seine düstere Verzweiflung, seine Resignation. Bildete sich sein Geist etwa ein, er müsste dem Fleisch folgen und schwach werden?

„Reiß dich zusammen", schnauzte er dem Spiegelbild entgegen und bugsierte seinen Rollstuhl wütend aus dem kleinen Badezimmer. Er ignorierte geflissentlich, dass er an Tür und Wand entlangschrammte.

Er bezahlte ein Vermögen für seinen Aufenthalt in diesem verdammten Sanatorium. Da war Verschleiß beim Mobiliar ebenso angebracht wie eingepreist.

Mühsam hievte er sich auf sein Bett. Das Frühstück stand weitgehend unangetastet auf dem Nachttisch. Das lustlos angeknabberte Marmeladenbrötchen und der kaum berührte Kaffee verhöhnten ihn im Duett.

Seit zwei Tagen hatte Calben das Zimmer nicht verlassen. Selbst die Mahlzeiten nahm er hier ein. Die Aussicht auf den See lockte ihn nicht länger. Die Motivationsversuche des Pflegepersonals versandeten. Er fauchte sie nur wütend an, sie sollten verschwinden und ihn in Ruhe verrecken lassen.

Sein Groll überdeckte lediglich oberflächlich die tiefe Verzweiflung. Er fühlte sich kraftlos und elend und müde. Vor allem müde.

Die Vorstellung, in Anwesenheit der plappernden Mitpatienten im Speisesaal im Essen herumzustochern, kaum einen Bissen hinunterzubekommen, ekelte ihn geradezu an. Abgesehen davon fiel es ihm zunehmend schwerer, seinen Harndrang zu kontrollieren.

Das war kein Leben mehr. Eher ein Dahinvegetieren.

So hatte er sich das Sterben nicht vorgestellt. So quälend langsam, pervers in die Länge gezogen.

Als die Schwester das Frühstückstablett abräumte, musterte sie ihn tadelnd. Er ignorierte sie, starrte störrisch, das Kinn stolz nach vorne gereckt, aus dem Fenster.

Schweigend brachte sie ihm wie jeden Morgen eine Tageszeitung. Im Vorbeigehen streichelte sie sanft über seine Hand. Er verachtete sich selbst für die Anteilnahme, die er offenbar in ihr hervorrief. Gleichzeitig bildete sich ein Kloß in seinem Hals.

Reiß dich zusammen! Das Einzige, was erbärmlicher ist als das Mitleid anderer, ist Selbstmitleid!

Ohne jeden Elan schlug er die Zeitung auf. Der Aufmacher ließ sein Herz kurz stocken.

„Eine Partei versinkt im Spendensumpf", las er laut, als könnte er nicht glauben, was dort geschrieben stand. „Vorsitzender Ulf Hohmaier steht im Verdacht ... illegale Spenden aus dem Ausland flossen im großen Stil ... kriminelles Netzwerk ... systematische Vertuschung ... Bergmann fordert umfassende Aufklärung ... Rücktritt des Vorstands?"

Jan! Dieser verdammte Hurensohn!

Mit einem Schlag waren Missmut und Schwermütigkeit, Trauer und Wut wie weggeblasen. Als hätte Calben in eine Steckdose gegriffen, luden sich seine Akkus auf.

Einerseits bewunderte er seinen ehemaligen Zögling für diese Skrupellosigkeit. Andererseits verachtete er ihn für die fatale Kurzsichtigkeit. Was glaubte er dadurch zu gewinnen? Bestenfalls würde er seinen Stand vorübergehend festigen, sein Bundestagsmandat behalten und dann als ein bereits im Vorfeld gescheiterter Spitzenkandidat in eine verlorene Wahl marschieren.

Mit vergessen geglaubtem Elan schlug er die Decke zurück und setzte sich auf die Bettkante. Seine zittrigen Händen griffen hektisch nach dem Smartphone, das tagelang unberührt auf dem Beistelltisch gelegen hatte.

„Joseph!" Bergmanns Stimme klang in keiner Weise überrascht. Er hatte mit diesem Anruf gerechnet.

„Du hast es also gemacht!", eröffnete Calben das Gespräch, ohne Zeit mit Begrüßungsfloskeln zu verschwenden.

„Mit dir wäre es besser gewesen – wie in alten Zeiten, ein letztes Mal." Der nachgeschobene Halbsatz hätte empathisch und gefühlvoll klingen können, wirkte aber, mit harter Stimme hervorgepresst, wie eine düstere Prophezeiung, die ihm seine Vergänglichkeit schmerzlich vor Augen führen sollte. Ein emotionaler Angriff, den Calben ohne jede Rührung an seinem Schutzschild abprallen ließ.

„Du hast einen dummen Anfängerfehler begangen, Jan. Niemand mag Königsmörder."

„Niemand weiß, dass ich den König gelyncht habe."

„Es gibt immer Mitwisser."

„Ein überschaubarer Kreis. Ein überschaubares Risiko. Und du wirst deine Klappe halten, alter Mann! Verstanden?" Es war eine unverhohlene Drohung.

„Willst du etwa mein Schweigen erpressen? Denk daran, ich habe nichts mehr zu verlieren."

„Außer deinem Ruf. Dein Andenken."

„Hast du mir nicht neulich prophezeit, die Geschichtsschreibung würde über meine Wenigkeit hinweggehen?"

„Lieber so, als dass sie dich verteufelt."

„Wir sitzen im selben Boot."

„Nicht ganz. *Anyway*. Ich bin mir sicher, du wirst dich aus dieser Sache raushalten. Das ist nicht mehr deine Angelegenheit."

Calben schnaubte. Solange er lebte, war er im Spiel. Bergmann unterschätzte ihn.

„Was hoffst du mit dieser Schmutzkampagne zu erreichen? Der Landesverband ist ohnehin knapp bei Kasse. Die Wahl wird ein Desaster. Und das wird man auch dir anlasten, wenn du tatsächlich Spitzenkandidat werden solltest."

„Ach, Joseph, seit wann bist du in derart kurzfristigem Denken verhaftet? Hast du mich nicht gelehrt, vorausschauend und mit Weitblick zu handeln? Die Wahl mag verloren sein, aber mir wird es gelingen, ein respektables Ergebnis einzufahren. Selbst wenn wir nicht den Regierenden Bürgermeister stellen, kann ich uns möglicherweise in eine Koalition retten. Die Partei wird mir zu Füßen liegen. Ich werde die Zukunft verkörpern, ihnen Hoffnung geben."

„Du bist kein Nachwuchspolitiker mehr. Zumindest nicht auf Landesebene. Du bist Establishment. Du gehörtest zu jener Zeit, als diese Spenden flossen, dem Landesvorstand an. Alle, die Medien, die Partei, werden deine Rolle und deine Verstrickungen hinterfragen und …"

„Ich muss jetzt leider los. Eine Sitzung", schnitt ihm Bergmann harsch das Wort ab. Versöhnlicher fügte er hinzu: „Ich will dich immer noch dabeihaben. Dein Wort hat Gewicht. Wenn du es dir anders überlegst, ruf mich an."

„Zum Teufel mit dir! Aber wenigstens habe ich jetzt wieder ein Ziel vor Augen: Ich werde alles tun, so lange am Leben zu bleiben, um mich an deinem kläglichen Scheitern weiden zu können."

Ein humorloses Lachen erklang. „Viel Glück!"

Ein leises Knacken signalisierte Calben, dass Bergmann aufgelegt hatte.

„Törichter Hurensohn", schickte er ihm hinterher. Dann klingelte er nach der Schwester. Er hatte Hunger.

Nach dem Treffen mit Allstetten kehrte Sören auf seinen Beobachtungsposten vor Fahns Wohnung zurück. Der schien allerdings nicht zu Hause zu sein. Keine Bewegung war hinter den Fensterscheiben auszumachen. Kein Licht wurde, trotz der grauen, nebeligen Witterung, angemacht.

Wie bereits am Vortag richtete er sich mit einer Thermoskanne und zwei Stullen in einem geparkten Mietwagen häuslich ein. Während er wartete, ordnete Sören die einzelnen Bruchstücke des Falls in seinem Kopf.

Erfolglos. Nichts passte zusammen. Die Lücken zwischen den einzelnen Fragmenten machten ein schlüssiges Gesamtbild unmöglich. Nicht einmal für eine ungenaue Skizze reichte es. Zu viele Spuren. Zu viele Verdächtige. Zu viele Geschichten. Zu viele mögliche Motive. Und zugleich viel zu wenig.

Er kannte diesen Punkt einer stockenden Ermittlung. Jetzt galt es, sich nicht von frustrierter Verzweiflung mitreißen zu lassen, sondern analytisch und rational an die Sache heranzugehen. Mit viel Anstrengung und Geduld mussten nun die einzelnen Spuren ausgewertet, tote Fährten von den verheißungsvollen getrennt werden. Mühsames Klein-Klein.

Er fragte sich, ob Steiner und sein Team ihm voraus waren. Natürlich wusste er, das war kein Wettrennen. Genaugenommen war Daumes Tod nicht mehr seine Sache. Er sollte Fahn observieren. Dafür wurde er bezahlt. Stark hatte zwar anklingen lassen, ihr ominöser Kunde habe ein Interesse daran, Petersen weiter ermitteln zu lassen. Doch aus solchen Andeutungen ergab sich nicht zwangsläufig ein Auftrag.

Andererseits war ihm das zunehmend egal. Sein Ehrgeiz und sein Stolz waren gepackt. Er wollte diesen Mord aufklären. Etwas an dem Fall ließ ihn nicht los, zog ihn in seinen Bann. Vielleicht war es die persönliche Betroffenheit. Wer einen Schwulen tötet, aus welchem Motiv heraus auch immer, hört danach womöglich nicht auf. Es konnte beim nächsten Mal einen seiner Freunde treffen. Kevin. Allstetten. Vielleicht sogar Mara Bella. Oder, Gott bewahre, Than.

Sören erfasste eine gruselige Beklemmung, als er sich vorstellte, wie jemand seinen Ex auf derart brutale Weise aus dem Leben riss.

Ein alptraumhaftes Szenario. Unwahrscheinlich, zum Glück. Doch auf seltsame Weise fühlte es sich sehr real an. Sein Bauchgefühl sagte ihm, der Spuk war nicht vorbei. Und nicht nur seine Intuition verleitete ihn zu dieser Annahme. Nach allem, was er dank Stark wusste, zog auch die Soko diese Möglichkeit zumindest in Erwägung. Die Tatsache, dass Basimah als Polizeipsychologin Steiner zu der Befragung Fahns begleitete, war ein Indiz dafür. Ob sie befürchtete, gerade den Auftakt einer Serie vor sich zu haben?

Er würde morgen vielleicht die Gelegenheit haben, sie zu fragen. Je nachdem, ob es ihm gelang, sie ohne Steiner abzufangen.

Sören hatte nach längerem Zögern beschlossen, die Aufnahmen aus der Kamerafalle persönlich abzuliefern. Damit würde er zwar offen zugeben, an dem Fall dran zu sein. Aber Steiner konnte ihm schwerlich verbieten, eigene Nachforschungen anzustellen. Vielmehr sollte er ihm dankbar sein, denn ohne Sörens zufällige Bekanntschaft mit Kevin wären diese Bilder möglicherweise niemals in die Hände der Polizei gelangt.

Vielleicht konnte er Steiner gar zu einem Tauschgeschäft überreden und erhielt einige Informationen im Gegenzug. Eine Wunschvorstellung, zu schön, um wahr werden zu können. Darauf würde sich der Kommissar niemals einlassen. Basimah hingegen …

Sören schob den Gedanken beiseite, als er Fahn um eine Straßenecke biegen sah. Bepackt mit zwei Einkaufstüten schlenderte er die Straße entlang und verschwand schließlich im Gebäude. Kurz darauf gingen in der Wohnung die Lichter an.

Das Warten ging weiter, zog sich zäh über den Nachmittag dahin. Sören unterdrückte ein ums andere Mal ein Gähnen, konzentrierte sich, um nicht wegzudämmern.

Dann plötzlich wurde es dunkel in den Fenstern von Fahns Wohnung. Wenig später glitt das Tor zur Tiefgarage auf. Ein nachtblauer BMW schob sich die Ausfahrt empor. Im Licht der grellen Neonbeleuchtung konnte er Fahn hinter dem Steuer erkennen.

Sören startete seinen Wagen und folgte ihm in gebührendem Abstand. Es ging stadtauswärts. Im Feierabendverkehr auf der Heerstraße drohte er, Fahn mehrmals zu verlieren. Rücksichtslos wechselte er daher Fahrspuren, ignorierte gelbe Ampeln.

Sören begann zu schwitzen, fluchte mehrmals. Er hasste es, Verdächtige mit dem Auto zu verfolgen. Das war immer doppelt so anstrengend wie zu Fuß.

Als sie Spandau hinter sich gelassen hatten, entspannte er sich. Der Verkehr nahm ab. Friedlich brausten sie durch die einsetzende Dunkelheit des Havellands. Nach etwa einer Stunde erreichten sie Werder, durchquerten die Peripherie unbeachtet und steuerten über die alte Brücke in die historische Inselstadt. Kirchturm und Windmühle erhoben sich wie ungleiche Zwillinge über die eng bebauten, verwinkelten Gassen.

Nahe dem Markt parkte Fahn und stieg aus. Sören tat es ihm gleich. Die wenigen Geschäfte hatten längst Ladenschluss. Nur in einigen Restaurants und Gaststuben brannte Licht. Am Hotel „Havelperle“ verlangsamte Fahn seinen strammen

Schritt. Ein bulliger Mann wachte einschüchternd, mit verschränkten Armen vor der Brust, am Eingang. Sie begrüßten sich mit Handschlag, wechselten einige knappe Worte. Dann verschwand Fahn im Hotel. Als er die Tür öffnete, wehte Stimmengewirr heraus.

Petersen wechselte schnell die Straßenseite, um nicht direkt an dem ominösen Wachposten vorbeizumüssen. Als er auf gleicher Höhe war, musterte er ihn verstohlen, sehr wohl registrierend, dass er seinerseits in Augenschein genommen wurde.

Auf dem Pullover des Mannes prangte ein Windrad mit vier symmetrisch angeordneten Segeln auf gelbem Grund. Petersen kannte das Symbol aus seiner Zeit am LKA. Es gehörte dem Havelland-Verbund, einem Verein aus dem rechten Milieu, der als Scharnier zwischen rechtsradikalen Kreisen und konservativem Bürgertum galt.

Das Banner hatte, so glaubte er sich zu erinnern, auch bei der gespenstischen Kundgebung vor dem Kanzleramt geweht.

Er beschleunigte seinen Schritt, um aus dem Sichtfeld des Türstehers zu kommen. Beinahe wäre er mit einem jungen Mann zusammengestoßen, der aus jener Gasse kam, in die er einbog.

„'tschuldigung", murmelte der Typ grimmig.

„Mein Fehler", entgegnete Sören. Er hatte die flüchtige Begegnung schon abgehakt, als er blitzartig innehielt. Sein Unterbewusstsein registrierte etwas. Eine Kleinigkeit, der er mehr Aufmerksamkeit hätte schenken sollen. Er drehte sich um.

Der Mann war längst um die Ecke verschwunden.

Petersen schloss seine Augen, versuchte sich ein möglichst detailliertes Bild des Fremden ins Gedächtnis zu rufen. Was war ihm entgangen?

Brauner, langer Bart. Enganliegende Röhrenjeans. Schwarze Windjacke. Hörgerät. Randlose Brille…

Das war kein Hörgerät, sondern Teil einer Funktechnik, wie sie bei verdeckten Observationen verwendet wurde. War er mitten in eine polizeilich Überwachung gestolpert? Und falls ja, wem galt sie? Wohl kaum Fahn. Das wäre ihm auf der Fahrt von Berlin nach Werder sicherlich aufgefallen. Wahrscheinlich ging es um die Veranstaltung im Hotel. Er wusste, der Verbund Havelland war auf der Beobachtungsliste der Brandenburger Behörden, entweder LKA oder Verfassungsschutz.

Er ging einmal ums Karree und näherte sich dann erneut dem Hotel. Der Wachposten stand weiterhin wie in Stein gemeißelt vor dem Eingang.

Diesmal jedoch konzentrierte sich Sören auf die Umgebung. In einem der parkenden Wagen saß eine junge Frau. Ein Mann mit Hund schritt behäbig den Gehweg entlang. Und auch der Typ, mit dem er beinahe zusammengestoßen wäre, tauchte nach einigen Minuten wieder aus einer der Stichstraßen auf. Gemessen daran, dass die restliche Altstadt wie leergefegt war, herrschte hier geradezu geschäftiges Treiben.

Er war sicherlich längst fotografiert worden. Doch das störte ihn nicht weiter. Jetzt, da seine Anwesenheit von den Behörden sowieso bemerkt worden war, konnte er genauso gut forsch vorpreschen und alles auf eine Karte setzen.

Zielstrebig steuerte er das Hotel an. Ohne sich auch nur einen Millimeter zu bewegen, versperrte ihm der massige Wachposten den Zugang.

„Kann ich Ihnen helfen?“, fragte der Stiernacken abweisend.

„Guten Abend! Ich wollte noch einen Happen essen. Hab gehört, der Havelzander soll hier hervorragend sein“, antwortete Sören.

„Heute geschlossene Gesellschaft.“

„Ich weiß. Ich war neulich schon einmal mittwochs hier. Ich fand das sehr erbaulich. Ein gutes Mahl und zugleich Nahrung für den Geist. Ein Freund von mir müsste schon angekommen sein. Ich habe ihn vorhin reingehen …“

„Ich habe dich noch nie gesehen.“ Er war vom distanzierten Sie ins schroffe Du gewechselt. Inzwischen schien die Veranstaltung begonnen zu haben. Die laute Stimme eines Redners, der sein Publikum eindringlich bearbeitete, drang trotz geschlossener Tür deutlich hörbar nach draußen. Es ging um Überfremdung und zügellose Zuwanderung. Ob es Fahn war, der gerade sprach?

„Das ist bedauerlich. Ich kann mich gut meinerseits an dich erinnern. Vor zwei Wochen nahm ich an der Veranstaltung ebenfalls teil. Gemeinsam mit Matthäus. Matthäus Fahn."

Der Name zeigte Wirkung. Wenn auch nur geringe. Der Stiernacken unterzog ihn einer zweiten, gewissenhaften Musterung.

Sören begann zu hoffen, er würde eingelassen werden. Doch letztendlich schüttelte der Türsteher entschieden den Kopf.

„Du solltest das nächste Mal zusammen mit *deinem Freund*", er überbetonte das Wort leicht verächtlich, „hier aufkreuzen und nicht erst eine Runde um den Block drehen. Glaub bloß nicht, ich hätte dich vorhin nicht bemerkt. Du bist mindestens genauso auffällig vorbeigestolpert wie die ganzen Bullenspitzel, die hier seit Wochen herumschwänzeln."

Sören nickte, ein Lächeln unterdrückend. Der Stiernacken machte seinen Job besser als vermutet.

„Bedauerlich. Aber verständlich. Wir müssen vorsichtig sein."

„Ja, das müssen *wir*."

„Dann bis nächste Woche", entgegnete Sören und zog unter den misstrauischen Blicken des Stiernackens von dannen.

Als er den Wagen passierte, in dem die junge Frau saß, klopfte er gegen die Fensterscheibe und reckte grinsend den rechten Daumen nach oben.

Schwer wie Blei lag die graue Wolkendecke an jenem Abend über Berlin. Lediglich ein schmaler, schwach schimmernder Silberstreifen am Horizont zeugte davon, dass die Sonne tatsächlich noch am Himmel stand.

Als Mara Bella am späten Nachmittag ihre Wohnung verließ und auf die Straße trat, wäre sie beinahe mit einem der Bauarbeiter zusammengestoßen, deren Trupp seit zwei Tagen damit beschäftigt war, das Haus einzurüsten. In gebrochenem Deutsch bat er überschwänglich um Verzeihung für sein Missgeschick.

Sie quittierte seine Entschuldigung mit einem freundlichen Lächeln und erkundigte sich höflich, wie sie vorankämen.

„Fertig. Heute. Fast fertig“, antwortete er und grinste stolz. Dabei entblößte er eine, wie sie befand, entzückende Zahnlücke.

„Das freut mich zu hören“, entgegnete Mara Bella, während sie besorgt an der eingerüsteten Häuserfassade emporblickte.

„Wir waren schneller. Viel schneller“, versicherte der junge Bauarbeiter und schwang sich an einer Trittleiter empor. Flink wie ein Eichhörnchen huschte er nach oben, war bald im Gewirr aus stählernen Stangen und Holzplanken verschwunden. Sie seufzte ihm betrübt hinterher.

Diese Sache beunruhigte sie. Der neue Vermieter, eine spanische Investmentfirma, hatte die Hausbewohner vor zwei Wochen über die anstehenden Renovierungsarbeiten informiert. Von Instandsetzungen und einer baulichen Aufwertung war die Rede. Eine neue Wärmedämmung wurde angekündigt. Ebenso wie der Austausch der alten Doppelglasfenster.

So fing es also an. Mara Bella gab sich in dieser Hinsicht keinerlei Illusionen hin. Wie eine Sepsis, die einen Organismus heimsuchte, breitete sich die Gentrifizierung ebenso rastlos wie scheinbar unaufhaltsam in Berlin aus, fraß sich durch die Straßenzüge der Stadt. Nun war sie an der Reihe. Bald würde eine Mieterhöhung kommen, garniert mit Gängelungen und nie enden wollenden Bauarbeiten.

Mara Bella wollte das drohende Unheil zumindest so lange ignorieren, bis sie Gewissheit hatte, doch die dunkle Vorahnung blieb.

Nachdenklich schritt sie durch die kühlen, spätherbstlich anmutenden Straßenzüge. Autos rauschten vorbei, ließen das Wasser der Pfützen aufspritzen. Die Stadt kam ihr schrecklich kalt und hartherzig vor. Berlin hatte seinen Bewohnern nichts mehr zu schenken. Ganz im Gegensatz zu jener Zeit, als sie herzog. Damals, in den achtziger Jahren, vor dem Mauerfall, wurde jeder Neuankömmling mit offenen Armen empfangen. Studenten erließ man den Wehrdienst, damit sie in den abgeschotteten Westsektor kamen. Berlin konnte es sich noch leisten zu geben. Zuerst arm, aber Platz für jeden. Dann arm, aber sexy. Und heute? Die Stadt konnte inzwischen arm machen. Die Lebenshaltungskosten glichen sich an, eiferten Paris, London und anderen Metropolen nach. Das Klima wurde rauer. Unerbittlicher. Freiräume schrumpften zusammen wie Trockenfrüchte.

Die trübe Nostalgie begleitete Mara auf ihrem Weg durch Schöneberg in Richtung *BdW*.

Sie hatte bisher niemals das Klagelied mit angestimmt über die sich rasant verändernde Metropole, die angeblich ihre eigenen Kinder fraß, hatte beharrlich den Chor der Pessimisten gemieden, der die alten Zeiten besang und die neue Ära verteufelte. Vielleicht war sie zu blauäugig an die Sache herangegangen. Diese Gedanken kamen ihr in den vergangenen Tagen immer öfter.

Für sie waren Veränderungen nichts Schlimmes. Veränderung war Leben, bot die Verheißung auf etwas Neues, bisher Unbekanntes. Und das sollte man ihrer Ansicht nach nicht bereits im Vorhinein verteufeln. Seit sie allerdings selbst befürchten musste, zu einer Betroffenen, einer Verliererin dieses Prozesses zu werden, nagte ängstliche Skepsis an ihr. Und wenn es so kam? Würde sie sich wehren? Nur um dann doch eine Niederlage zu erleiden?

So weit war es nun schon gekommen. Selbst wenn klar war, man würde verlieren, war man gezwungen zu kämpfen.

Sie versuchte die dunklen Vorahnungen fliegen zu lassen, während sie sich an einem Imbiss am Nollendorfplatz mit einem Döner für die anstehende Nacht stärkte.

Eine Stunde vor Schichtbeginn erreichte sie die *BdW*. Wie immer in den vergangenen Tagen lungerte ein junger Stricher vor dem Eingang herum, lehnte betont lässig mit einer Kippe im Mundwinkel an der Hauswand. Sie wusste seinen Namen nicht. Er hatte sich als John vorgestellt. Es war zweifelhaft, dass er wirklich so hieß.

Als er sie herannahen sah, straffte er seine Körperhaltung. Ein fesches Lächeln, in dem zugleich eine kaum fassbare Traurigkeit lag, blitzte auf.

„Madame Bella! Wie schön, dich zu sehen!“, begrüßte er sie.

„Ebenso, John. Ebenso“, entgegnete sie.

Im Gegensatz zu den meisten anderen Jungs aus dem Milieu behandelte er sie mit einer seltsam altmodischen Freundlichkeit. Und das nicht erst, seitdem sie es sich zur Angewohnheit gemacht hatte, ihm einen Kaffee zu spendieren.

Sie schloss die Tür zur Bar auf. Vergangenen Winter hatte ihr in einem solchen Moment eine Gruppe Männer, die sie ebenfalls in der Stricherszene verortete, aufgelauert und sie mit vorgehaltenem Messer gezwungen, den Kasseninhalt herauszurücken. Seitdem war sie vorsichtiger. Doch John vertraute sie. Sie bildete sich ein, ihn zu kennen. Auch wenn das eine Illusion war. Genauso wie für seine Kunden spielte er auch für Mara Bella eine gut einstudierte Rolle. Aber immerhin tat er es ziemlich überzeugend.

„Wie war dein Tag?“, fragte er in gebrochenem Deutsch, fuhr sich dabei nervös durch die schwarzen, viel zu stark gegelten Haare.

Seinen Akzent deutete sie als arabisch. Oder nordafrikanisch.

„Gut so weit. Und deiner?“

„Wie immer“, befand John.

Er folgte ihr unaufgefordert nach drinnen. Während sie die Kaffeemaschine hochfuhr und die Theke für den Abend vorbereitete, verschwand er nach hinten auf die Klos. Eine inzwischen alltägliche Routine. Er würde für mindestens fünfzehn Minuten dort drinnen bleiben. Sie wusste nicht genau, was er in dieser Zeit tat, ließ ihm allerdings bereitwillig seine Privatsphäre. Hauptsache, er benahm sich ordentlich und kam nicht auf die Idee, sich in einer der Kabinen die Pulsadern aufzuschlitzen oder die Einrichtung zu demolieren. Das hatte sie ihm beim ersten Mal, als er schüchtern gefragt hatte, ob er die Toiletten nutzen könne, eingebläut.

Ob er kackte, Drogen nahm oder einfach nur für einige Minuten allein sein wollte, war ihr hingegen einerlei.

Wenn er zurückkam, wartete bereits eine Tasse dampfender Kaffee auf ihn. So auch heute. Er griff sie sich schweigend vom Tresen. In inzwischen ritualisierter Gewohnheit ließ sich Mara Bella mit ihrem Cappuccino in der Hand neben ihn auf einen Barhocker sinken.

Sie teilte sich eine seiner Zigaretten. Er bestand darauf. Es war seine Bezahlung für ihre Gastfreundlichkeit. Beim ersten Mal hatte sie dankend abgelehnt, stattdessen ihre eigene geraucht, bemerkte allerdings schnell, wie viel es ihm bedeutete, ihr zumindest etwas zurückzugeben.

„Mara Bella. Seltsamer Name. Oder?", stellte er zwischen zwei Zügen fest.

„Nicht weniger seltsam als John", entgegnete sie doppeldeutig.

Er lächelte vielsagend, hatte den Seitenhieb verstanden, machte allerdings keine Anstalten, das Geheimnis, wie er wirklich hieß, preiszugeben.

„Woher kommt der?", fragte er stattdessen.

War das echtes Interesse? Sie beschloss, es sollte ihr egal sein. „Als Kind wollte ich immer die Schöne sein. Die hübsche Prinzessin, die von einem verwunschenen Prinzen gerettet wird. Daher Bella. Mein Vorname kommt von einem Tier."

„Einem Tier?"

„Mara. Der große Pampashase. Ein Nagetier aus Argentinien, das von jedem Raubtier seines Ökosystems gejagt und gefressen wird. Und trotzdem große Kolonien bildet und sehr erfolgreich ist. Und monogam."

„Monogam?" Er schien das Wort nicht zu verstehen.

„Treu. Haben sich zwei Pampashasen gefunden, leben sie angeblich so lange, bis der Tod sie scheidet, zusammen. Das ist in Bezug auf mich ironisch gemeint."

Er nickte. Aber ihm entging wohl der Witz bei der Sache. Oder er fand ihn nicht lustig.

Als die ersten Gäste eintrafen, verdrückte sich John, wie immer, unauffällig durch den Hintereingang. Sie konnte nicht einordnen, ob es ihm unangenehm war, hier gesehen zu werden, oder ob er sich unter vielen Menschen unwohl fühlte.

Der sich anschließende Abend zog sich in die Länge. Von ihren Stammgästen tauchte keiner auf. Und abgesehen von einer trinkfesten, spanischen Reisegruppe verirrten sich lediglich vereinzelte Männer ins *BdW*. Die meiste Zeit stand Mara wartend hinter der Bar und daddelte auf ihrem Smartphone herum.

Sören tauchte kurz vor Mitternacht auf. Sie hatte nicht mehr mit ihm gerechnet. Er wirkte merkwürdig aufgekratzt und erschöpft zugleich, meinte, er habe bis eben gearbeitet und sei gerade aus Werder zurückgekommen.

Sein aktueller Auftrag tat ihm gut. Das konnte sie sehen. Ebenso wie seine kleine Affäre mit diesem Kevin. Mara Bella war durchaus stolz auf sich, ihren bescheidenen Beitrag dazu geleistet zu haben. Mara liebte sich in der Rolle der Kupplerin.

Sörens Gemütszustand hatte sie zunehmend besorgt. Es gab Tage, an denen von ihm mächtige Wellen tiefer Traurigkeit ausgingen, die jeden Menschen, der es wagte, ihm näherzukommen, erfassten. Dann musste sie sich zurückziehen, einen emotionalen Schutzschild aufbauen, um nicht mitgerissen zu werden.

Was seinen aktuellen Auftrag anging, schwieg Sören, gab kaum Details preis. Dafür war er an diesem Abend in anderen Belangen äußerst redselig. Er berichtete von einer weiteren Nacht mit Kevin. Er schwärmte eindeutig für ihn. Sie gönnte ihm die Liebelei von Herzen, kam allerdings nicht umhin, sich Sorgen zu machen, in welches tiefe, dunkle Loch er fallen könnte, sollte sich die Sache mit dem Jungen – aus welchen Gründen auch immer – in nächster Zukunft erledigen.

Sie wollte ihn gerade fragen, wann er gedachte, sich wieder mit ihm zu treffen, als plötzlich die Tür aufging und eine Vierer-Gruppe eintrat.

Mara sah Than zuerst. Doch es dauerte nur einen Sekundenbruchteil, bis auch Sören sich den laut schnatternden Neuankömmlingen zuwandte.

Die Zeit fror ein. Wie in Schockstarre standen sich die beiden Männer gegenüber. Es war Than, der den ersten Schritt wagte, unbeholfen lächelte und zu ihnen herübertrat. Wahrscheinlich hatte er befürchtet, seinen Ex hier anzutreffen. Oder es zumindest für möglich gehalten. Sören hingegen war komplett überrumpelt. Hilflos. Ohnmächtig. Er betrachtete die *BdW* als seinen Rückzugsraum, von dem sich Than fernzuhalten hatte. Nun wurde dieses stillschweigende, niemals ausgesprochene Abkommen gebrochen.

„Hallo, ihr beiden“, begrüßte Than sie mit gekünsteltem Lächeln.

„Täubchen, ewig nicht gesehen“, flötete Mara Bella übertrieben.

„Viel zu tun. Der neue Job und so. Ihr wisst ja, wie das ist.“

„Was darf ich dir Gutes tun?“

„Einen Weißwein bitte.“

Eine unangenehme Stille breitete sich aus. Ohne fadenscheinige Entschuldigung entfernte sich Mara und ging zum Tisch der neuen Gäste, um deren Bestellung aufzunehmen. Sören und Than unterhielten sich derweil mit gedämpften Stimmen. Sie widerstand der Versuchung, die Ohren zu spitzen.

Als sie hinter den Tresen zurückkehrte, trollte Than sich wortlos von dannen; ging zurück zu seinen Freunden. Sören schaute ihm müde hinterher. Auf seinem Gesicht spiegelten sich Schmerz und Verzweiflung eines ganzen Lebens. Wortlos stellte sie ihm einen Wodka hin. Er kippte ihn zackig hinunter. Dann erhob er sich mit hängenden Schultern. Eingefallen und alt wirkte er auf einmal. Das Gesicht aschfahl. Seine aufgekratzte Stimmung war wie weggeblasen.

„Ich sollte jetzt besser gehen“, seufzte er leise.

Sie widersprach ihm nicht. Ihre sorgenvolle Miene sprach Bände.

Ohne Than eines weiteren Blickes zu würdigen, schlurfte er aus der Bar hinaus und löste sich in der Berliner Nacht auf.

14

Sören wusste, er würde in dieser Nacht wieder von ihm träumen. Obwohl sie jetzt seit zwei Jahren getrennt waren, warfen ihn ihre Aufeinandertreffen, vor allem die ungeplanten und unvorbereiteten, immer wieder aus der Bahn.

Lange zögerte er es hinaus, ins Bett zu gehen, wissend um die Geister und Dämonen, die sich, als angenehme Träume getarnt, in seinen Kopf schleichen würden. Unruhig wälzte er sich stattdessen auf dem durchgelegenen Sofa herum, stierte auf das flimmernde Fernsehbild, ohne wirklich zu registrieren, was dort gerade lief, ging an den Kühlschrank, machte sich ein Bier auf, rauchte eine Zigarette, kehrte zur Couch zurück, trank die Flasche dort leer – und das Spiel begann von Neuem.

Doch er konnte die Dämonen nicht überlisten, sie nisteten sich auch im Wachzustand in seinem Kopf ein. Dann nur noch realer und greifbarer als in den Träumen. Deswegen aber nicht unbedingt steuerbarer.

Diese verdammten mandelförmigen, dunklen Augen. Er konnte sich in ihnen verlieren. Es war, als würde er durch sie nicht etwa den Grund der Seele seines Ex-Freundes, sondern seiner eigenen erreichen.

Wie ihn Than heute wieder angesehen hatte! Eine tiefe Traurigkeit umwehte ihn, fand Sören. Oder war auch das wiederum nur seine eigene, die sich darin spiegelte?

Als sie sich kennenlernten, war Than anders. Schalk und kindliche Neugier hatten aus ihm gesprüht. Sie waren sich gegenseitig Führer und Türöffner in vollkommen ungekannte Welten.

Das hatte er besonders gemocht: Er konnte ihm neue Dinge zeigen. Und umgekehrt. Er hatte sich mit ihm geradezu ekelhaft jung gefühlt.

Überraschenderweise träumte Sören in jener Nacht nicht von seinem Ex. Dafür von seiner Mutter. Höhnisch verlachte sie ihn aus dem Halbdunkel heraus. „Siehst du, wärst du damals artig gewesen, was hättest du dir alles erspart! Dein Leben wäre ein anderes. Ein besseres“, spottete sie. Er konnte sie nicht sehen, aber roch ihren von Gin Tonic geschwängerten Atem – obwohl seine Mutter niemals getrunken hatte.

Er versuchte aus dem Raum zu stürmen, fand keine Tür, stolperte über etwas Weiches, Großes, das auf dem Boden lag. Er betastete den Gegenstand. Es war der Körper eines Menschen. Eines toten Menschen. Zunächst befürchtete er, es könnte Than sein. Doch als er den Leichnam umdrehete, starrte ihm das leblose Gesicht von Kevin entgegen. Eine kurze Welle der Erleichterung schwappte über ihn. Doch plötzlich riss der vermeintlich Tote die Augen auf.

Sören schrie, taumelte erschrocken zurück. Seine Mutter lachte schrill und angesoffen in der Finsternis. Er hielt es nicht länger aus, riss das Fenster auf. Regennasse Schwüle schwappte ihm aus der dunklen Nacht entgegen. Wo war er? Berlin? Phnom Penh? Egal. Er sprang.

Dann wachte Sören auf.

Das Rollo war offen. Ihm kam es vor, als würden die Sonnenstrahlen, die hereinfielen, seine trockene Haut verbrennen. Über Nacht hatte sich ein Wetterwechsel vollzogen. An einem blauen Himmel zogen einige harmlos wirkende, elfenbeinfarbene Wolke entlang.

Seine Kehle war trocken und ranzig und sein Schädel fühlte sich an wie ein zusammengeschrumpelter, langsam verfaulender Pfirsich. Benommen vom Alkohol und seinem schlechten, viel zu kurzen Schlaf stolperte Sören unbeholfen zur Kaffeemaschine.

Erst nach dem zweiten Espresso und der dritten Zigarette kam er langsam zu Bewusstsein. Beim Rauchen stemmte er die Ellbogen auf den Küchentisch, um seinem zittrigen Unterarm Stabilität zu verleihen. Andernfalls wäre ihm die Kippe aus der Hand gerutscht.

Die Anzeige der Küchenuhr ließ ihn fluchen. In zwanzig Minuten hatte er einen Termin mit Constanze Stark. Er wusste inzwischen, wie allergisch sie auf Unpünktlichkeit reagierte.

Ungeduscht zog er sich an, putzte hastig seine Zähne und gurgelte kräftig mit Mundwasser. Wohlwissend, der scharfe Pfefferminzgeruch konnte seine Fahne schwerlich kaschieren. Sei es drum.

Mit zehnminütiger Verspätung traf er an seinem Büro ein. Stark wartete, zu seiner Überraschung relativ entspannt, mit einem Kaffeebecher in der Hand, vor der Tür. Die Augen geschlossen, ließ sie das Gesicht von den Sonnenstrahlen wärmen. Sie trug wieder den cremefarbenen Mantel. Wie bei ihrer ersten Begegnung. Die Erscheinung erinnerte an eine Siamkatze. Jetzt mochte sie friedliche Eleganz ausstrahlen, doch die Krallen warteten nur drauf, ausgefahren zu werden.

Als er sich ihr zögernd näherte, schlug sie die Augen auf und lächelte mit zuckersüßer Unschuld. „Ist das nicht ein wunderschöner Morgen?"

„Mag sein", entgegnete Sören.

Er entschuldigte sich nicht für sein Zuspätkommen. Das hätte die Sache lediglich schlimmer gemacht.

Schweigend schloss er die Tür auf. Im Büro empfingen sie das übliche Chaos und ein muffiger Geruch. Aufgrund der Observation Fahns war er seit Tagen nicht hier gewesen. Die Überreste eines Thai-Currys hatten Schimmel angesetzt.

Er brachte Stark in knappen Worten auf den aktuellen Erkenntnisstand und überreichte ihr Abzüge seiner Fotos von Fahn beim Drogenkauf.

„Damit dürften die Senatorin und ihr Stab etwas anzufangen wissen", kommentierte sie trocken, ohne sonderliche Euphorie. Wesentlich interessierter zeigte sie sich an den Aufnahmen aus der Kamerafalle. „Werden Sie diese der Polizei übergeben?"

Er zögerte kurz. „Alles andere wäre Unterschlagung von Beweismitteln. Behinderung der Justiz. Es ist nur eine Frage der Zeit, bis einer der Gärtner ..."

Sie hob abwehrend die Hand. „Keine Sorge, ich werde Sie nicht bitten, diese Bilder zurückzuhalten."

„Gut", beschränkte er sich zu antworten.

„Ich bin sehr zufrieden mit Ihren Ergebnissen. Bleiben Sie an der Sache mit Bambi dran."

„Werde ich. Ihr Klient ..."

„Ich dachte, das hätten wir hinter uns. Ich werde den Namen nicht nennen."

Er akzeptierte resignierend. Die vergangene Nacht hatte ihn zu viel Kraft gekostet, um in eine erneute Auseinandersetzung mit ihr zu gehen. Er ermittelte also weiter. Der Fall hatte ihn sowieso längst in seinen Bann gezogen. Es war zu spät, um einfach aufzuhören. Umso besser, wenn er dafür bezahlt wurde. Sollte dieser ominöse Klient etwas mit Daumes Tod zu tun haben, würde er schon noch auf ihn stoßen. Dann war es im Zweifel besser, wenn er Steiner glaubhaft versichern konnte, nicht gewusst zu haben, dass Stark ihn in dessen Auftrag engagiert hatte.

„Haben Sie etwas Neues aus dem LKA für mich?“, fragte er matt.

„Nein. Es wird weiter in alle Richtungen ermittelt. Bisher nichts Brauchbares.“

„Davon würde ich mir gerne selbst ein Bild machen.“

Sie zuckte nonchalant mit den Schultern. „Ich habe leider keine erneute Akteneinsicht erhalten“, sagte sie mit ironischem Unterton und erhob sich. „Alle Unterlagen, die ich bekommen konnte, haben Sie bereits.“ Ihr Gespräch war offensichtlich bereits am Ende angelangt. Erleichterung machte sich in ihm breit. Er brauchte dringend einen weiteren Kaffee, lechzte nach einer Zigarette. Und einem Glas kalten Leitungswassers. Letzteres ein untrügliches Zeichen dafür, wie schlecht es wirklich um seine Verfassung bestellt war.

Es war seltsam, nach all den Jahren wieder das schmucklose Bürogebäude, ein weitgehend stilloser Mix aus Glas und Beton, zu betreten. Seit dem Tag seiner überstürzten Kündigung hatte Sören Petersen keinen Fuß mehr in die Zentrale des Landeskriminalamts gesetzt. Überraschend, wie vertraut es sich anfühlte – und wie wenig sich verändert hatte.

Am Empfang gab er sich als Journalist aus, der einen Termin mit Richard van Dijk habe. Der junge Wachhabende wählte eine Nummer. Es gab eine kurze Irritation am anderen Ende der Leitung. Dann nickte er freundlich lächelnd. „Der Herr Pressesprecher kommt gleich.“

Während Sören wartete, zog das ein oder andere flüchtig bekannte Gesicht an ihm vorbei. Geister der Vergangenheit, die er früher in seinem Arbeitsalltag kaum wahrnahm, denen allerdings in der Rückschau etwas Besonderes anhaftete. Niemand beachtete ihn weiter.

Nach einigen Minuten tauchte ein gehetzt wirkender van Dijk auf.

„Sören!“ Ein kurzer, unsicherer Händedruck. „Bist du etwa zur Journaille gewechselt?“

„Nein. Aber irgendetwas musste ich ja sagen.“

„Was kann ich für dich tun?“

„Können wir das in deinem Büro besprechen?“

Der ernste, an ihre alte Vertrautheit appellierende Tonfall ließ van Dijk aufhorchen.

„Es ist wirklich dringend“, bekräftigte Petersen.

„Einverstanden.“

Schweigend marschierten sie durch die Korridore, an Büros und Konferenzräumen vorbei in Richtung der Kommunikationsabteilung. Die angespannte Stille zwischen ihnen unterbrach Richard nur gelegentlich, um auf bauliche und räumliche Veränderungen seit Petersens Weggang hinzuweisen.

Kurz bevor sie die Pressestelle erreichten, passierte genau das, was Sören hatte vermeiden wollen: Sie liefen Volker Steiner in die Arme, wären beinahe mit ihm zusammengeprallt, da er im schnellen Stechschritt um eine Ecke bog, Basimah im Schlepptau.

Als der Kommissar Sören sah, weiteten sich seine Augen überrascht. Für den Bruchteil einer Sekunde war er tatsächlich sprachlos.

„Was zum Teufel machst du denn hier!“, brach es dann aus ihm hervor.

„Ich habe einen Termin mit Richard.“

„Ist das so?“ Seine Augen sprangen misstrauisch zwischen den beiden Männern hin und her.

„Ja … Herr Petersen … Sören, bat darum.“ Van Dijks gestammelte Bestätigung war kaum dazu geeignet, Steiners Misstrauen zu zerstreuen. Im Gegenteil.

„Um was geht es denn, wenn ich fragen darf.“

Richard schaute Sören hilfesuchend an. Der seufzte still in sich hinein. Eigentlich hatte er beabsichtigt, die Daten aus der Kamerafalle ohne großes Aufheben abzugeben und vor allem, ohne mit Steiner und seinen bohrenden Nachfragen konfrontiert zu werden. Zum einen, weil er ihn für ein Arschloch hielt. Und zum anderen, um Kevin und seine Kollegen nicht in Schwierigkeiten zu bringen. Van Dijk war kein Bluthund wie Steiner. Er hätte Sörens Behauptung akzeptiert, das Gerät zufällig im Tiergarten entdeckt zu haben.

Kurz fing er Basimahs Blick auf. Neugierige Zurückhaltung lag in ihren Augen. Unbeteiligt, wie durch ein Fernglas, als wäre sie meilenweit entfernt, beobachtete sie das Geschehen.

„Ich habe möglicherweise entscheidende Hinweise im Fall Daume."

„Und diese ‚möglicherweise entscheidenden Hinweise' meldest du nicht dem zuständigen Ermittler, sondern unserem Pressesprecher?", blaffte Steiner aufgebracht.

„Ich hätte Sie informiert …", setzte van Dijk an, kam allerdings nicht weiter.

„Das können Sie sich jetzt sparen. Ich schlage vor, wir gehen in mein Büro und sprechen dort", wurde er von dem Kommissar harsch unterbrochen.

„Wenn sich das nicht vermeiden lässt", stimmte Sören resigniert zu. Seine Kopfschmerzen vom Morgen kehrten plötzlich zurück. Außerdem begann er zu schwitzen. Er wollte das Ganze schnellstmöglich hinter sich bringen.

Basimah bemerkte als Einzige, dass es ihm nicht gutging. Als sie sich zu viert in Steiners kleinem, muffigem Zimmer drängten, bot sie ihm ein Glas Wasser an. Er nickte dankbar.

Der Kommissar redete sich derweil in Rage und rekapitulierte empört – und vollkommen unnötigerweise – die Situation. Warum sich ausgerechnet ein ehemaliger LKA-Ermittler nicht an die Gepflogenheiten hielt und ihn als Ermittlungsleiter hinterging! Eine Frechheit sei das!

Sören hörte nur mit einem halben Ohr zu, versuchte dabei ständig zu ignorieren, dass sein Schreibtisch früher zwei Türen weiter gestanden hatte – und verfluchte sich dafür, den Datenträger nicht anonym eingeschickt zu haben. Seine verdammte Unbeherrschtheit! Natürlich hatte er gehofft, durch ein persönliches Gespräch mit van Dijk etwas über den Stand der Ermittlungen zu erfahren. Das hatte er nun davon.

Er leerte das Glas Wasser in einem Zug. Selten hatte er etwas Angenehmeres gespürt als das kalte Nass, das seine trockene Kehle benetzte.

„Was hast du dir dabei gedacht!“, brüllte Steiner ihn an.

„Ich denke, Sie haben Ihren Standpunkt deutlich gemacht“, intervenierte Basimah. „Vielleicht sollten wir Sören die Gelegenheit geben, uns mitzuteilen, warum er überhaupt hier ist.“

Wütend über diese Zurechtweisung starrte Steiner sie an, schluckte seinen Ärger jedoch hinunter und nickte knapp. „Ich höre, Herr Ex-Hauptkommissar.“

Während Sören schilderte, was er herausgefunden hatte, und dabei die Kamerafalle bedeutungsschwanger in der Hand hielt, wich Steiners Ärger rasch gespannter Neugier. Ein kurzes, wölfisches Grinsen blitzte in seinem Gesicht auf. Er stierte das kleine Gerät gierig an. Schließlich erlöste ihn Petersen und legte es auf den Schreibtisch.

„Und wie bist ausgerechnet du zu diesen Bildern gekommen?“, fragte Steiner barsch, wobei sich jetzt ein beeindruckter Unterton in seine Stimme schlich.

„Das würde mich allerdings auch interessieren“, pflichtete ihm van Dijk bei. Jede freundschaftliche Verbundenheit war aus seiner Stimme verschwunden und einer unterdrückten Feindseligkeit gewichen. Offensichtlich fühlte er sich hintergangen und war wütend, in die Sache hineingezogen worden zu sein.

„Nun, der Mord an einem jungen Schwulen kann mich aus ganz persönlichen Gründen nicht kaltlassen und so habe ich beschlossen, eigene Erkundigungen einzuziehen. Bei einer Vor-Ort-Begutachtung bin ich dann buchstäblich über diese Kamera gestolpert. Keine Ahnung, wer sie dort anbrachte. Ich frage mich, warum Ihre Leute nicht darauf gestoßen sind. Da hat die Spusi wohl etwas geschlampt.“

Den kleinen, bösartigen Seitenhieb konnte sich Sören nicht verkneifen. Steiner überging die Bemerkung geflissentlich. „Purer Zufall also?“

Petersen ließ sich nicht irritieren und startete stattdessen ein Ablenkungsmanöver. Er hatte nicht vor, Kevin oder seine Kollegen ans Messer zu liefern. „Ich habe übrigens auch unseren Freund Matthäus Fahn etwas näher unter die Lupe genommen."

„Ihr persönliches Interesse an diesem Fall ist unzweifelhaft sehr ausgeprägt", stellte Basimah, nur scheinbar wertungsfrei, fest.

„Tatsächlich handelte es sich bei Fahn um einen echten, bezahlten Auftrag, der nicht direkt mit Daumes Tod in Verbindung steht. Wie auch immer: Sie sollten mal bei Ihren Brandenburger Kollegen anrufen. Ich bin gestern Abend mitten in deren Observation gestolpert, als ich Fahn zu einer Veranstaltung des Havelland-Verbunds folgte. Ich vermute, der taucht dort regelmäßig auf. Jeden Mittwoch. Würde mich nicht wundern, wenn er dementsprechend auch in der Mordnacht dort gewesen ist."

„Davon hat er bei seiner Vernehmung gar nichts gesagt", sprudelte es unüberlegt aus van Dijk hervor.

Steiner strafte ihn mit wütendem Blick.

„Würdest du der Polizei freiwillig auf die Nase binden, dass du bei Treffen einer Organisation teilnimmst, die vom Verfassungsschutz beobachtet wird, Richard?"

„Wir werden das überprüfen", erklärte Steiner schnippisch an den Pressesprecher gewandt und nahm dann wieder Sören ins Visier. „Warum hängt ein abgehalfterter Privatschnüffler seine Nase in diese Sache? Aus purer Neugier? Betroffenheit? Willst du mich verarschen! Wer hat dich engagiert?"

Sören unterdrückte den Drang, auf seinem Stuhl hin und her zu rutschen. Alles in ihm schrie danach, Stark und ihren ominösen Auftraggeber zu erwähnen. Doch er hielt sich zurück. Er brauchte nicht nur die Kohle. Er war zudem davon überzeugt, selbst ohne gut funktionierenden Polizeiapparat im Rücken ein besserer Ermittler zu sein als Steiner. Würde er jetzt preisgeben, weswegen er an der Sache dran war, drohte das, seine Arbeit erheblich zu verkomplizieren. Womöglich würde der Mörder dann Zeit haben, weitere Spuren zu verwischen. Oder, schlimmer, ein zweites Mal zuschlagen. Es hing also alles von ihm ab.

Hochmut kommt vor dem Fall!

„Wie gesagt, reines, persönliches Interesse."

Steiner schnaubte verärgert. „Wo bist du gestern gegen Mitternacht gewesen? Wohl kaum noch immer in Werder."

Basimah und van Dijk musterten ihn überrascht.

„In meiner Stammkneipe, dem *BdW*. Ich glaube, ich war ziemlich besoffen. Du kannst die Barkeeperin fragen. Oder meinen Ex. Warum?"

„In Daumes Wohnung wurde eingebrochen. Der oder die Täter haben Chaos hinterlassen. Sie waren auf der Suche nach etwas. Eine Nachbarin informierte die Polizei, nachdem sie verdächtige Geräusche gehört hatte. Die Streife, die kurz darauf eintraf, fand allerdings niemanden vor."

Sören musste seine Verblüffung nicht vortäuschen. „Hat die Spusi …", setzte er an.

„Wir sind keine Stümper. Im Gegensatz zu dir."

„Deshalb haben deine Leute auch die Fotofalle entdeckt", entgegnete Sören gehässig. Kurz sah es so aus, als würde Steiner ihn schlagen wollen. Dann sauste seine Faust donnernd auf die Tischplatte.

„Lass die Ermittlungen in Zukunft unsere Sorge sein. Die Sache geht dich nichts an. Du bist raus aus dem Spiel."

„Ich könnte das versprechen. Aber es wäre wohl eine Lüge." Sören erhob sich. „Ich nehme an, wir sind dann hier fertig."

„Personen, die eine Amtshandlung stören, werden nach § 164 StPO bis zum Abschluss der Amtshandlung festgenommen", dozierte Steiner scharf.

„Längstens bis zum Ende des Folgetages", ergänzte Petersen trotzig und streckte ihm seine Unterarme entgegen, als würde er anbieten, dass Steiner ihm Handschellen anlegen sollte. Es war offenkundig, wie gerne sein Gegenüber ihn festgenommen hätte. Doch sie beide wussten um die Sinnlosigkeit.

„Van Dijk, geleiten Sie *Ihren* Gast doch bitte nach draußen", knurrte der Kommissar.

Artig ließ sich Sören zurück zur Pforte bringen. In Gedanken rückte er die eben gewonnenen Erkenntnisse zurecht, hoffte, einen Sinn oder ein Muster dahinter zu erkennen. Der

Einbruch in Daumes Wohnung konnte Zufall sein. Sein Bauchgefühl sagte ihm allerdings etwas anderes. Welcher durchschnittliche Kleinkriminelle ging das Risiko ein, eine polizeilich versiegelte Wohnungstür aufzubrechen?

War der Mörder in das Apartment gekommen, um etwas verschwinden zu lassen, das ihn in Verbindung mit dem Mord brachte? Sören erinnerte sich, wie aufgeräumt und sauber die Räume auf ihn wirkten. Es gab nur wenige Versteckmöglichkeiten, er bildete sich ein, alle überprüft zu haben. Aber vielleicht hatte er die entscheidenden Hinweise nicht als solche gedeutet.

Der Vorfall ließ die Tat in einem neuen Licht erscheinen, sprach gegen einen Zufallsmord und die Theorie eines mehr oder weniger wahllos zuschlagenden Serienkillers. Vielmehr musste man davon ausgehen, dass sich Opfer und Täter doch gekannt hatten.

In Sörens Kopf ratterte es. Er sehnte sich nach der ruhigen Abgeschiedenheit seines Schreibtisches, um ohne Störungen nachdenken zu können.

Auch Richard sprach kein Wort. Seine abweisende Körpersprache deutete darauf hin, wie sehr er es Sören krummnahm, in dessen unsauberes Spiel hineingezogen worden zu sein. Der hatte deswegen sogar ein schlechtes Gewissen, konnte sich lebhaft vorstellen, was dem armen Richard blühte, sobald er Steiner wieder unter die Augen trat.

„Sorry, das war so nicht geplant“, entschuldigte er sich daher zum Abschied. „Das nächste Bier im Hafen geht auf mich.“

Van Dijk zuckte unbeteiligt mit den Achseln. „Pass auf dich auf“, sagte er kühl und ließ Petersen ohne weitere Erklärung an der Pforte zurück.

Wieder in seinem Büro angekommen, kochte Sören als Erstes eine große Kanne Kaffee und verbarrikadierte sich damit hinter seinem Schreibtisch. Akribisch ging er die Unterlagen durch, die ihm Stark hatte zukommen lassen. Sie enthielten zwar keine Vernehmungsprotokolle, gleichwohl vermittelten sie eine gute Einsicht in das Vorgehen von Steiner und seinem Team.

Die Dokumente durchzuarbeiten brachte allerdings keinen besonderen Erkenntnisgewinn. Er war überzeugt, sie alle übersahen etwas Entscheidendes. Ein winziges Teilchen in einer trüben Suppe aus Bruchstücken. Und wahrscheinlich versteckte es sich genau dort, wo niemand nachschaute. Speziell Steiner nicht.

Wenn eine Ermittlung auf der Stelle trat, galt es, einen Schritt zurückzugehen und sich selbst zu hinterfragen. Eine Fähigkeit, die Steiner fehlte. Und die ihn eben nicht zu einem herausragenden, sondern nur zu einem durchschnittlichen Ermittler machte.

Sören hatte sich in solchen Momenten auf jenen Teil der Arbeit konzentriert, den er am wenigsten mochte. In seinem Fall waren es Berichte, Ablage, Protokolle. Er neigte dazu, aus dem Bauch heraus zu ermitteln, seiner Intuition zu folgen und die Dokumentation zu vernachlässigen. Oftmals kam er damit durch. Wenn das allerdings nicht der Fall war, zwang er sich, eine lückenlose und astreine Dokumentation anzulegen. Nüchtern zusammenzufassen, aufzuschreiben, zu ordnen. Und wurde genau dann fündig.

Er hatte diese Strategie bei seiner Mentorin aus den ersten Jahren beim LKA abgeschaut. Gertrude Oberle. Eine großartige, extrem erfolgreiche und beinharte Kriminalkommissarin. Die allerdings keine Leichen sehen konnte. Erst recht keine tiefgefrorenen. Sie ging den Toten aus dem Weg. Begnügte sich mit den Fotos und den wissenschaftlich distanzierten Berichten der Gerichtsmedizin. Trat Oberle bei einer Ermittlung auf der Stelle, überwand sie jedoch ihre eigene Schwäche und zwang sich förmlich dazu, auf Tuchfühlung mit dem Mordopfer zu gehen. Sie inspizierte den Leichnam persönlich, pflasterte sich ihre Bürowand mit Aufnahmen der Ermordeten zu und durchbrach auf diese Weise mehr als einmal ihre Blockade, entdeckte, was ihr zuvor verborgen geblieben war.

Was war also Steiners Schwäche? Er war der Kopf dieser Ermittlung und beeinflusste zumindest indirekt alle Beteiligten der Soko. Selbst Sören war davor nicht gefeit, schließlich musste er sich aufgrund seiner beschränkten Kapazitäten auf die Erkenntnisse stützen, die ihm Stark zuspielte. Und die gingen alle durch Steiners Hand.

Was war dessen Achillesferse?

Die Umfeldanalyse! Die umfassende Befragung von Freunden, Bekannten und Familienmitgliedern, vor allem jene, die als Täter ausschieden, war seine Sache nicht.

Steiner war ein verdammt guter Sprinter. Ein Kurzstreckenläufer. Stellte sich allerdings der schnelle Erfolg nicht ein, blieben nach den ersten Tagen zu viele offene Spuren, von denen die meisten, das lag in der Natur der Sache, ins Nichts verliefen, verlor er schnell die Geduld.

Auch deshalb hatte er sich darauf versteift, einen zufälligen, ungeplanten Lustmord zu untersuchen. Vielleicht sogar einen Serienkiller. Das ersparte ihm die mühevolle Kleinarbeit, Daumes Leben und das seiner sozialen Kontakte und Bindungen auseinanderzunehmen.

Doch was, wenn Daume und sein Mörder tatsächlich in einer wie auch immer gearteten Beziehung zueinander standen? Dann konnte seine Mutter, deren Lebensgefährte, Max Probst oder wer auch immer den entscheidenden Hinweis liefern. Sie alle hielten unterschiedliche Bruchstücke von Daumes Leben in den Händen und mindestens einer davon musste der Schlüssel sein.

Früher wäre Sören die Protokolle von Vernehmungen und Befragungen durchgegangen, hätte eventuell von vorne begonnen, Familie, Freunde, Kollegen zu interviewen. Doch in seiner heutigen Position war das schwerlich möglich. Also musste er sich zunächst auf die Lücken in der bisherigen Ermittlungsarbeit konzentrieren. Wem war bisher zu wenig Beachtung zugekommen? Er ging alle Personen aus Daumes Umfeld durch, mit denen er persönlich gesprochen hatte.

Max. Der Junge verweilte weiterhin mangels lückenhaften Alibis auf der Liste der Verdächtigen. Zugleich war er ein relativ offenes Buch, in dem Sören ausgiebig gelesen hatte. Max hatte ihn immerhin direkt zu Urs und seinem Pitbull geführt. Auch wenn die beiden als Täter aufgrund ihrer Studienfahrt ausschieden, blieb die Option, dass der Mörder ebenfalls aus dem Drogenmilieu stammte oder gar von ihnen beauftragt worden war.

Er machte sich eine entsprechende Notiz.

Das berufliche Umfeld schloss Sören weitgehend aus. Auch, weil es von Steiner laut den Unterlagen umfassend gecheckt worden war. Das Praxisteam wusste der Polizei nicht einmal von psychisch auffälligen Patienten zu berichten, die möglicherweise in das professionelle Arztverhältnis zu viel hineininterpretierten. Trotzdem war das weiterhin eine Möglichkeit. Eine wohl mehrere hundert Personen umfassende, potenzielle Gruppe an Verdächtigen, bisher nicht ausreichend überprüft. Für Sören lagen sie außer Reichweite, da er als Privatperson niemals an die Patientenkartei herankäme.

Auch Daumes Mutter konnte er nicht ohne Weiteres befragen, aber immerhin ausschließen. Den Namen ihres Lebensgefährten Hannes Roth schrieb er auf, setzte ein doppeltes Fragezeichen dahinter.

Blieb Dagmar Wessel. Zweifellos eine sehr aufmerksame Nachbarin. Um nicht zu sagen, neugierig. Sie hatte den Einbruch mitbekommen und gemeldet. Vermutlich dürfte sie auch in den vergangenen Monaten und Jahren Daumes Leben mit einem gewissen Interesse verfolgt haben. Sie wusste immerhin sogar, dass er in seiner Freizeit alten Menschen half … Der Gedanke ließ Sören innehalten.

Der Mann, den Daume regelmäßig im Altersheim besuchte!

Aufgeregt schlug er in den Ermittlungsunterlagen nach, fand allerdings nur eine knapp gehaltene Notiz. Einer von Steiners Lakaien hatte in dem Seniorenheim angerufen und sich den Namen des Rentners notiert. Alfred Kraus. Die Pflegeleitung teilte mit, der an Demenz leidende Mann habe seit Jahren das Gelände höchstens für Krankenhaus- und Arztbesuche verlassen. Keine Angehörigen. Vermittelt worden war Daume vom Besuchsdienst der Schwulenberatung. Im Rahmen einer Initiative engagierten sich jüngere Homosexuelle ehrenamtlich für ältere, von Vereinsamung betroffene Männer, besuchten sie, gingen mit ihnen einkaufen, spazieren oder auf kulturelle Veranstaltungen. Weder Alfred Kraus noch der Verein schienen Steiners Aufmerksamkeit wert zu sein.

Sören notierte sich die Adresse des Seniorenstifts im Westend. Es war ein Strohhalm. Aber er war bereit, sich an ihn zu klammern. Manchmal führte auch die unwahrscheinlichste Spur zu neuen Erkenntnissen.

Das Klingeln seines Smartphones holte ihn aus seinen Grübeleien. Es war Max.

„Petersen spricht."

„Das ist aber eine seltsame Art, sich zu melden."

„Ebenso."

Max überging seinen Einwand. „Ich wollte mich revanchieren für alles, was du für mich gemacht hast. Hast du heute Zeit und Lust, zur Generalprobe von dem neuen Stück zu kommen, in dem ich mittanze?"

Sören überlegte kurz. Es war wenige Minuten nach sieben. Zu spät, um in das Altersheim zu fahren.

„Ich weiß, es ist etwas kurzfristig. Wenn du schon etwas anderes …"

„Nein! Passt super!"

„Wir tanzen den Brockhaus. A bis G."

Sören lachte. Er dachte, Max wolle ihn veralbern. Doch es war ihm ernst damit.

„Das ganze Drumherum ist ziemlich modern. Mit Lichtinstallation und Multimedia. Aber der Tanz ist klassisches Repertoireballett der russischen Tradition. Die Musik ist ein Medley bekannter Stücke. Viel Tschaikowski. Ein bisschen Adam, Mendelssohn, Strawinski, Strauss."

„Und welchen Buchstaben tanzt du?", fragte Sören. Es misslang ihm, nicht spöttisch zu klingen. Wenn Max den Unterton wahrgenommen hatte, ignorierte er ihn.

„Aa bis At, Be bis Bz und Ee bis Fr – was toll ist, da der Abschluss das Wort Freundschaft sein wird."

Die Brockhaus-Performance sollte Höhepunkt der Wintersaison eines kleinen, alternativen Theaters nahe dem Treptower

Park werden, untergebracht in einem beeindruckend hässlichen Plattenbau aus DDR-Zeiten.

Das Interieur des Foyers taumelte halsbrecherisch durch verschiedenste Stilrichtungen. Expressionistische Kronleuchter, Rokoko-Putten und dadaistische Wandgemälde vereinten sich zu einem schwer erträglichen, aber umso erinnerungswürdigeren Mix.

Sören nannte am Eingang seinen Namen. Die Empfangsdame saß in einem nostalgisch anmutenden Kassenhäuschen, das aus der Bestandsauflösung eines alten Wanderzirkus hätte stammen können. Mit freundlichem Lächeln winkte sie ihn durch.

„Suchen Sie sich einfach einen freien Platz aus. Wird nicht voll", säuselte sie ihm hinterher.

Der Saal, eine Art Aula, in der früher vermutlich Jugendweihen durchgeführt wurden, war in dunkles, blutrotes Licht getaucht. Ein schwerer, schwarzer Vorhang verhüllte die Bühne. In den vorderen Reihen hatten einige Zuschauer Platz genommen. Vermutlich die künstlerische Leiterin und ihr Stab.

Sören konnte sich nicht erinnern, wann er zum letzten Mal in einem Theater oder Konzerthaus gewesen war. Und selbstredend war er nie in den Genuss einer nicht-öffentlichen Generalprobe gekommen. Zugegeben, er war ein wenig aufgeregt, fühlte sich geschmeichelt, auserwählt zu sein, diesem besonderen Ereignis beiwohnen zu dürfen. Er zählte zu den ersten Menschen, die dieses Stück in Gänze sahen. Noch vor der eigentlichen Premiere.

Der Spötter in ihm fragte sich, wie viele Zuschauer dieses seltsame Projekt überhaupt würde locken können.

Der Vorhang bewegte sich leicht. In der ersten Reihe machte sich kurze Unruhe breit. Gespannte Stille waberte, von dort ausgehend, wie dicker Qualm durch den Raum. Das Licht wurde gelöscht. Die Zuschauer versanken in absoluter Finsternis.

Brachiale Orchestermusik setzte ein. *Also sprach Zarathustra*, erkannte Sören nicht ohne Stolz. Ein Spotlight wurde angeknipst. Der Bühnenvorhang hob sich. Auf einer Leinwand leuchtete in goldenen Lettern *Brockhaus Vol 1* auf. Mit dem letzten Paukenschlag wich der Schriftzug wild durcheinander purzelnden Wörtern. Alle begannen sie mit A. Dann rannten formvollendet die Tänzer auf die Bühne. Männer; groß gewachsen, erhaben. Unter den weißen, engen Catsuits zeichneten sich muskulöse, perfekt geformte Körper ab.

Enttäuschung machte sich breit, als er Max nicht unter ihnen entdeckte. Hatte er nicht angekündigt von Aa bis At zu tanzen?

Plötzlich verschwand die Gruppe wieder, wie ein Schwarm Vögel zogen sie davon. Nur einer von ihnen blieb zurück, vollführte eine halsbrecherische Pirouette und kam dann in einem einsamen Lichtkegel zum Stehen.

Kurz stockte Sören der Atem, als er in jenem Tänzer Max erkannte. Nicht nur seine Haltung, sein Gebaren, die gesamte Ausstrahlung waren vollkommen verändert, von erhabener Eleganz. Auch sein Äußeres hatte sich verändert. Die rotblonden Haare waren streng nach hinten gegelt. Der obligatorische, flauschige Drei-Tage-Bart fehlte, wodurch seine filigranen Gesichtszüge kantiger und doch zugleich androgyner wirkten. In seinen weiten, schlabberigen Hoodies und Pullovern war Sören der durchtrainierte Oberkörper des Jungen niemals aufgefallen.

Ein nicht gerade hässliches, aber doch unscheinbares Entlein entfaltete sich zum Schwan.

Gebannt folgte er Max' perfekten Bewegungen, ließ sich vom Tanz, der Musik und der Schönheit mitreißen, war wie berauscht. Nach etwa eineinhalb Stunden steuerte die Darbietung ihrem Höhepunkt entgegen. Zu Tschaikowskis berühmtesten Werken wurde die Freundschaft getanzt.

Jäh brach eine Welle aus Emotionen über Sören herein, zog ihn nach unten in die tiefe Dunkelheit eines imaginären Meeres, nur um ihn wenige Sekunden später wieder nach oben zu drücken. Einsamkeit. Wut. Verzweiflung. Sehnsucht. Liebe.

Zerstörerische Liebe. Nicht länger erwiderte Liebe. Freigelegt, ans Licht gezerrt, von dieser verfluchten Einheit aus Musik und Bewegung.

Er war noch immer da. Than.

Was half es, das zu leugnen. Seit ihrem unerwarteten Zusammentreffen am gestrigen Abend in der *BdW* beanspruchte sein Ex im Minutentakt Sörens gedankliche Aufmerksamkeit. Selbst wenn Sören gerade in seine Arbeit vertieft und abgelenkt schien, geisterte Than diffus und störend in seinem Hinterkopf herum.

Als das Bühnenlicht erlosch und leiser Applaus einsetzte, wurde sich Sören gewahr, dass er geweint hatte. Die Haut an seinen Fingerknöcheln schimmerte weiß. Seine Hände klammerten sich haltsuchend um die Armlehnen seines Sitzes. Benebelt wischte er sich die Tränen aus dem Gesicht, stand auf, als das Ensemble auf die Bühne zurückkehrte. Laut und frenetisch klatsche er.

Von der Aufführung und seinen Gefühlen gleichermaßen mitgenommen, stolperte er aus dem dämmrigen Saal hinaus in das Foyer. Noch im Gehen kramte er hektisch die Zigarettenpackung aus der Gesäßtasche.

Er zündete sich beim Schritt über die Türschwelle eine Fluppe an. Gierig inhalierte er den Rauch, als wollte er die ungeliebten Gefühlswallungen damit ersticken. Oder zumindest hinter einen grauen Schleier zurückdrängen.

Wie verabredet, wartete er geduldig im Eingangsbereich des Theaters, bis die Tänzer aus der Nachbesprechung entlassen waren. Frisch geduscht, mit einem strahlenden Lächeln auf den Lippen tauchte Max auf. Er wirkte wie auf Droge. Aufgekratzt, vor Energie strotzend.

Im Schlepptau eine kleinwüchsige, blonde Frau. Er stellte sie als Isabelle vor. Die Maskenbildnerin des Projekts.

„Wie war ich? Wie fandst du es? Hat es dir gefallen?“

„Du warst großartig. Ich habe dich zunächst gar nicht erkannt! Die ganze Show war der Hammer!“, schwärmte Sören. Er ließ sich bereitwillig von der Euphorie des Tänzers anstecken. „Wie lief die Nachbesprechung?“

„Gut. Unsere künstlerische Leiterin war ganz zufrieden.“

Neckisch kniff Isabelle ihn in den Oberschenkel. „Untertreib mal nicht! Die sind alle voll abgegangen. Henriette hat sich kaum wieder eingekriegt. Echt, Mann!“

Max grinste stolz. Seine Wangen liefen rot an ob des vielen Lobs.

„Ist er nicht ein entzückender Goldjunge?“, fragte Isabelle. Offensichtlich hielt sie Petersen für einen Verehrer. „Ich würde ihm jetzt gerne durch die Haare wuscheln. Komm aber nicht hoch. Mach du das doch bitte für mich, Sören.“

Unbeholfen und schüchtern strich er Max kurz über den Kopf. Isabelle beobachtete die beiden Männer belustigt. „Und jetzt lasst uns feiern gehen!“, verkündete sie.

Zu dritt zogen sie los gen Neukölln. Zunächst durch die Bars rund um den Hermannplatz. Isabelle entpuppte sich dabei schnell als ebenso angenehme wie trinkfeste Begleitung. Mit Mitte fünfzig war sie deutlich älter, als Sören vermutet hatte. Ihr perfektes, üppig aufgetragenes Make-up ließ das eine oder andere Lebensjahr verschwinden. Es stellte sich heraus, dass sie zeitgleich mit Sören in den frühen Neunzigern nach Berlin gespült wurde. Sie waren sich schnell einig, dank der Gnade der frühen Ankunft, die besten, verrücktesten und freisten Jahre mitgemacht zu haben, die diese Stadt jemals erleben durfte. „Alles war damals möglich. Nur die Bullerei war gewohnt scheiße. Aber lieber von Polizisten gejagt, als von Mietspekulanten und Investoren vertrieben zu werden“, stellte Isabelle scherzend fest.

„Nicht alle von uns sind Arschlöcher“, verteidigte sich Sören wenig enthusiastisch.

„Du warst bei denen sicher ein Exot. Gewissermaßen ein Outlaw.“

Er zuckte unschlüssig mit den Achseln. „Ich war nicht der Einzige, der nach Dienstschluss im Bunker oder im Tacheles abhing.“

„Was ist das?“, mischte sich Max ein, der das Gespräch der zwei Berliner Altvorderen längere Zeit interessiert, aber schweigend verfolgt hatte.

„Legenden, mein Junge“, antwortete Isabelle mit nostalgischem Funkeln in den Augen. „Das waren Clubs. Echte Clubs. Dagegen ist das heutige Berghain gepflegte Familienunterhaltung. Ein Disneyland für Touris.“

Sören lachte nur verlegen. Er sprach nicht oft über seine frühen Jahre in Berlin: Zunächst studierte er ziellos fünf Semester vor sich hin. Jura. Erst als er die vorbestimmte Erfolglosigkeit dieses Unterfangens akzeptierte, schlug er eine Laufbahn beim LKA ein. Es war die „fette Dekade", wie er zu sagen pflegte. Pleite, aber glücklich. Eigentlich ein Wunder, dass er damals nicht aktenkundig wurde.

Isabelle jaulte enthusiastisch auf. „O Gott, Jungs! Ich habe eine *crazy* Idee. Wir gehen heute feiern. Und zwar nicht die übliche Touri-Scheiße."

„Was schwebt dir vor?" Max strahlte sie bewundernd an. Es war der erste Abend, an dem er nicht fortlaufend an Bambi dachte.

„Es gibt da eine Party. Bisschen *secret*. Nur mit persönlicher Einladung. Gästeliste und so. Quasi auf Empfehlungsschreiben."

Die beiden Männer beschlossen ohne große Absprache, Isabelle zu vertrauen. Die drei bestiegen ein Taxi.

Es folgte eine verwirrend lange Fahrt durch Mitte, Prenzlauer Berg und Pankow, bis sie vor einem riesigen Baumarkt-Komplex, inklusive mehrstöckigem Parkhaus landeten. Isabelle führte sie um das Gelände herum. Unvermittelt standen sie vor einer alten, verwahrlost wirkenden Ziegelsteinmauer.

„Immer nur weiter, Jungs!" Trotz ihrer bescheidenen Größe stürmte sie überraschend schnell voran. Sören beschleunigte seinen Schritt.

Sie folgten einem schmalen Pfad durch Gestrüpp und Gerümpel, der rasch breiter wurde und schließlich in eine Allee aus mitgenommenen Plakatwänden mündete, auf denen allesamt in dicken weißen Lettern der berühmt-berüchtigte Slogan des städtischen Tourismusmarketings zu lesen war: *Be Berlin. Sei Berlin.*

Auf einem wurden die gedruckten Worte durch Gespraytes ergänzt.

„Wo, wenn nicht hier", las Sören vor. Isabelle antwortete mit einem glucksenden Lachen.

„Wie gut kennst du die Alte eigentlich?", fragte er Max, nur halb im Spaß.

„Gut genug, um zu wissen, dass sie uns nicht gleich abstechen wird", entgegnete der spontan scherzhaft und gedankenlos.

Sein Lachen blieb ihm im Halse stecken. Sein Mienenspiel trübte sich ein. Sören befürchtet schon, er könnte in die Dunkelheit abdriften, als plötzlich elektronische Musik und Gelächter zu ihnen herüberschwappten.

„*So what*! Kommt ihr jetzt?", rief Isabelle ungeduldig. Sie stand einige Meter entfernt vor einem eisernen Tor.

Dahinter befanden sich verfallene Garagen, jede Menge Gestrüpp und ein weitläufiger Hallenkomplex. Sören vermutete, es handele sich um eine alte Autowerkstatt. Daran angeschlossen stand ein hässliches, villenähnliches Gebäude, wahrscheinlich Wendezeit. „Was ist das für ein Ort?"

„Keine Ahnung, wie das hier entstanden ist. Es wird ‚der Baumarkt' genannt. *I know*, nicht sehr kreativ. Ein Freund von mir legt hier manchmal auf." Sie wandte sich an Max. „Ich spreche von Thor. Der ist heute auch da. Im Kraftraum."

Der Junge nickte wissend und seltsam ausdruckslos.

„Durch ihn bin ich auf die Gästeliste gekommen. Donnerstag bis Sonntag bebt hier die Erde."

Sie führte die beiden durch die mit Scheinwerfern sakral illuminierten Hallen zum Hintereingang des Gebäudes.

„Im Sommer steigt das hier draußen. Jetzt müssen wir uns leider mit dem Haus begnügen", erklärte Isabelle entschuldigend.

Wobei „begnügen" eine eindrückliche Verniedlichung war, wie Sören begeistert und auch etwas verstört feststellte. Das Gebäude war im Innern bedeutend größer, als es der äußere Eindruck hatte vermuten lassen. Die Party war bereits in vollem Gange. Die Bar befand sich in der ehemaligen Küche. Im Wohnzimmer mit seiner großen Fensterfront legte ein DJ harte Electro-Beats auf. Dominiert wurde die Tanzfläche von einer Dragqueen im Gothic-Outfit, umschwärmt von ihren allesamt Lederharness tragenden Verehrern. Auf alten Sofas fläzte ein massiger Glatzen-Typ. Sein kompletter Oberkörper war mit Tattoos bedeckt. In den Armen zwei korpulente Frauen in schwarzen, knappen Kleidchen. Er machte abwechselnd mit ihnen rum.

Ein Durchbruch in der rückseitigen Wand führte sie in den nächsten Raum, in dessen Mitte ein verwaister Sling hing. Von hier ging eine Wendeltreppe ins Kellergeschoss.

„Das wird euch gefallen!", prophezeite Isabelle und stieg hinab.

Wie zwei wohlerzogene, folgsame Jünger beeilten sich die Männer, es ihr gleichzutun. Sie landeten in einem dunklen, engen, mit Menschenkörpern vollgestopften Korridor.

Gelegentlich begrüßte Isabelle den ein oder anderen Bekannten. Immer wieder weiteten sich Max' Augen ungläubig, wenn er an entblößten Geschlechtsteilen vorbeigeschoben wurde. Sören lächelte leise in sich hinein. Willkommen in Berlin! Oder das, was von einem goldenen Zeitalter übrig war. Dieser Ausflug war für ihn wie ein abgefahrener Trip in seine Vergangenheit – und die der Stadt.

Kurz fragte er sich, ob dem Ordnungsamt oder irgendeiner anderen Behörde das Treiben bekannt war. Wohl kaum. Wahrscheinlich lief das hier offiziell als Privatparty. Und solange sich keiner über den Lärm beschwerte, konnte dieses kleine Biotop weiter existieren.

„Wenn hier ein Feuer ausbricht, sind wir alle tot", flüsterte Max in sein Ohr. Ihm ging offensichtlich Ähnliches durch den Kopf. Seit vor einigen Jahren bei einem Brand in einer Schwulensauna unweit vom Bahnhof Zoo mehrere Gäste in ihren Kabinen umgekommen waren, stand das Thema Brandschutz ziemlich weit oben auf der Agenda der Stadtverwaltung. Zwischenzeitlich hatten deswegen einige Darkrooms im Nollendorfkiez dichtmachen müssen. Der Verdacht, dass die Behörden den tragischen Vorfall als Vorwand nutzten, um alteingesessene, sex-positive Clubs und Bars zu schließen, stand im Raum.

„Ruhig bleiben, Kleiner!", entgegnete Sören entspannt.

„Du hast recht. Wenigstens haben wir in dem Fall noch was Krasses erlebt", befand der Junge. Sein Tonfall verriet, wie fasziniert und zugleich verängstigt er war.

Unversehens purzelten sie aus dem überfüllten Verbindungsgang hinaus in eine Schwimmhalle. In dem rechteckigen, blau gefliesten Becken schwappte anstatt Wasser ein Meer aus Feiernden.

Auf der DJ-Kanzel, einer abenteuerlichen Eisenstangenkonstruktion, die auf zwei Startblöcken thronte, legte ein breitschultriger Mann mit Henkersmaske auf. An der Bar, im Schatten riesiger Plastikpalmen, besorgten sich die drei großzügig Drinks.

Sie ließen die Atmosphäre einige Minuten auf sich wirken, dann setzte Isabelle ihre Führung fort. Wieder drangen sie in einen dunklen Korridor vor. Sören fragte sich kurz, wie viele Zimmer es in dem Haus wohl gab. Langsam vernebelte seine Wahrnehmung. Der Alkohol, der mit seinem Schlafmangel Hochzeit feierte, schlug ohne Vorwarnung voll durch. Aus welcher Richtung waren sie gekommen? Wo befand sich die Wendeltreppe?

Ihr Weg durch den clubgewordenen Irrgarten endete in einem kleinen, viereckigen, zu drei Seiten verspiegelten Raum. An den Plattentellern stand ein Mann, der aussah wie die männliche Version von Schneewittchen: weiße, unverschämt glatte Haut, tiefrote Lippen und schwarze, schulterlange Haare. Frenetisch kreischend warf sich Isabelle ihm um den Hals, leckte ihm anzüglich über das Gesicht. Er lachte.

Zu Sörens Überraschung begrüßte er auch Max in einer Weise, die deutlich machte, dass sie sich kannten. Die beiden umarmten sich lange und innig, wechselten kurz und mit ernsten Gesichtern einige Worte.

„Das ist Thor. Max und Bambi haben sich über ihn kennengelernt. Er arbeitet gelegentlich als Tontechniker am Theater“, erklärte Isabelle, leise genug, damit nur Sören sie verstand. „Das ist alles so traurig.“

„Woher kennen sich Thor und Bambi?“, nuschelte Sören.

„Er war Andreas' Patient. Sie waren aber auch irgendwie privat befreundet. Oder so was Ähnliches. Thor hat ihn mal auf eine öffentliche Probe mitgenommen. Da haben sich Max und Bambi zum ersten Mal gesehen.“

Nicht vergessen! Nicht vergessen!

Wie ein Mantra wiederholte Sören die Worte in seinem Kopf, als ihm Thor kumpelhaft zur Begrüßung auf die Schulter klopfte.

„Schön, dich kennenzulernen“, brüllte er. Und dann: „Ich hab was für euch!“

Er drückte einige Knöpfe auf seinem Pult, lauschte mit gewichtigem Gesichtsausdruck in seine Kopfhörer und nickte dann zufrieden. Wenige Sekunden später dröhnte ein harter Billie-Eilish-Remix aus den Boxen. Isabelle und Max schrien begeistert, applaudierten huldvoll in seine Richtung und begannen, die Arme in die Luft gereckt, zu tanzen.

Nach kurzem Zögern, Sören prüfte zunächst vorsichtig, ob sein Bewegungsapparat noch halbwegs seinen Befehlen gehorchte, tat er es ihnen gleich. Gemeinsam, im Dreieck zueinander stehend, zuckten sie rhythmisch, brüllten, sangen, tranken, lachten.

Sörens Blick schwankte durch den Raum. Ohne lange an einer Stelle verweilen zu können, griff er nach optischen Fetzen und Reizen, klammerte sich kurz daran und verlor sie dann wieder im flirrenden Durcheinander: ein zerbrochenes Weinglas auf dem Boden … ein Pin-up-Kalender mit Klebeband an der Wand befestigt … ein Turnbarren auf einer Gummimatratze, an dem sich zwei nackte Männer dehnten und verrenkten, als präsentierten sie eine sexuelle Version des Sportunterrichts … sein verschwitztes, grotesk grinsendes Ebenbild in einem der Spiegel …

Ob es dahinter in ein noch abgefahreneres Wunderland ging? Oder ging es lediglich zurück in die Realität?

15

Ruhig und kühl lag ihm das Postfenn zu Füßen. Maro atmete einmal tief durch. Stress und Anspannung verhallten langsam. Gleich einem Echo wurden sie immer schwächer. Von dem

Hügel, auf dem er stand, konnte er weite Teile des Moors überblicken. Viele der Birken, die auf den Torfböden prächtig gediehen, hatten bereits eine gelb-rötliche Färbung angenommen.

Maro liebte das kleine Naturschutzgebiet am westlichen Rand des Grunewalds. Es erinnerte ihn an seine Kindheit im Spreewald. Vor allem bei Nebel wie an diesem Morgen, wenn eine feuchte Kühle in der Luft lag, stieg warme Nostalgie in ihm empor.

Er breitete die Arme aus und ließ sich vom Wald umschließen, tauchte ein in die morgendliche Idylle, badete schwelgend in der Ruhe. Nur wenn er sich anstrengte, seine Ohren spitzte, konnte er aus weiter Ferne leises Verkehrsrauschen wahrnehmen. Die Pendler quälten sich Stoßstange an Stoßstange durch den Berufsverkehr auf der Avus.

Elsa winselte leise. Gespannt beobachtete die Labradorhündin ihr Herrchen, wohlwissend, was gleich folgen würde. Daher in freudiger Erwartung. Es war ihr gemeinsames Ritual nach seinen Nachtdiensten in der Notaufnahme.

„Na dann!", sagte Maro und stürmte los. Laut brüllend und in halsbrecherischem Tempo stürzte er den Hang hinab, setzte viel zu schnell einen Fuß vor den anderen. Nicht wenige Male war er schon gestürzt, hatte sich blaue Flecken zugezogen. Er wagte den Spaß trotzdem immer wieder aufs Neue. Bellend und jaulend hüpfte Elsa neben ihm her. Nach einem kurzen Sprint erreichten sie den breiten Schotterweg in der Talsohle. Ein letzter Sprung über einen der Wassergräben, dann standen sie mitten im Moor. Vor ihnen schlängelte sich ein Trampelpfad durch das Unterholz.

Ohne Vorwarnung ging Elsa in Habachtstellung. Die Körperhaltung straffte sich. Der Blick des Hundes hing wachsam im Dickicht fest.

„Na, was hast du entdeckt?" Er selbst konnte nichts Besonderes ausmachen. Instinktiv umklammerte Maro ihr Halsband, damit sie nicht einfach ihrem Jagdtrieb folgen und davonstürmen konnte. Vor zwei Jahren, als er ihre Instinkte noch unterschätzt hatte, war sie ihm einmal entwischt. Knurrend und Zähne fletschend hatte sie damals scheinbar furchtlos, ihre eigenen Kräfte überschätzend, ein Wildschwein gestellt. Glücklicherweise hatte es der stattliche Keiler nicht auf ein Kräftemessen angelegt und sich ins Unterholz geschlagen.

Plötzlich ertönte in einiger Entfernung ein Rascheln. Äste knackten.

Else knurrte drohend.

„Ruhig, altes Mädchen! Ruhig!" Sanft streichelte er ihren massigen Schädel. Die Hündin versuchte sich winselnd und bettelnd aus seinem Griff zu befreien.

„Hiergeblieben!", ermahnte er sie streng.

Flehentlich betrachtete sie ihn aus ihren tiefbraunen Augen. Er schüttelte entschlossen den Kopf.

Elsa schnaubte, als wollte sie ihm damit ihre Missbilligung zum Ausdruck bringen, ergab sich allerdings letztlich seinem Willen, akzeptierte die Entscheidung ihres Rudelführers. Auch wenn sie nicht verstand, warum er der aufgenommenen Witterung nicht folgen wollte.

Sie setzten ihre übliche Runde fort. Das seltsame Gefühl, nicht allein zu sein, manifestierte sich allerdings in Maro, ließ ihn erneut innehalten, umherschauen.

Da stand er. Nur einige hundert Meter entfernt am Rande des Hügels, den sie hinuntergerannt waren.

Der Mann trug einen schwarzen Kapuzenpulli und einen Rucksack. Als er sich Maros Aufmerksamkeit bewusst wurde, wandte er sich abrupt um und marschierte davon.

Maro würde im Nachhinein nicht exakt sagen können, was ihn an dem Fremden und der Situation insgesamt gestört, ja geradezu verstört hatte. Schließlich war es nichts Ungewöhnliches, im Grunewald auf andere Spaziergänger zu treffen. Doch sein Unterbewusstsein machte ihm mit einem Schaudern überdeutlich klar, dass es diese Situation als abnorm bewertete. Vielleicht sogar als bedrohlich.

Und dann war Elsa blitzartig verschwunden.

Er rief ihren Namen. Zunächst freundlich und lockend. Als sie nicht reagierte, zunehmend fordernd und wütend. Nichts rührte sich. Abweisend wirkte das von Dunstschleiern durchzogene Moor nun. Selbst das Zwitschern der Vögel war verstummt. Hinter ihm raschelte es verdächtig im Laub. Er fuhr erschrocken herum, doch da war nichts. Auch keine Elsa.

Maro geriet zunehmend in Panik. Erst der seltsame Fremde und jetzt das! Wenn dem Hund etwas zustieß! Seine Freundin würde es ihm nie verzeihen!

„Elsa! Verdammt! Wo steckst du!", schrie er wütend.

Ein aufgeregtes Bellen erklang – und wollte gar nicht mehr aufhören. Endlich! Sie rief ihn! Eindeutig.

Er folgte dem Geräusch, stolperte durch das Unterholz. Nach einigen Metern gab es die Sicht auf seinen Hund frei.

Aufgeregt mit ihrem Schwanz wedelnd, sich in Rage jaulend, stand Elsa da, scharrte im Boden, durchwühlte mit ihrer Schnauze das Laub.

„Du hast mir einen ganz schönen Schreck eingejagt, Mädchen!", schalt er sie halbherzig. Die Erleichterung überlagerte seinen Ärger.

„Was hast du denn da gefunden?", fragte er neugierig, als er eine schwarze Plastikplane entdeckte, von der die Hündin wie paralysiert schien. Maro beugte sich, noch immer schwer atmend, zu ihr hinab … und ließ einen gellenden Schrei fahren.

„Aus! Elsa, aus!", schrie er, trat erschrocken einen Schritt zurück.

Diesmal gehorchte sie ihm aufs Wort, wich nicht mehr von seiner Seite.

Mit zitternden Händen holte er sein Smartphone hervor und wählte die 110, ohne dabei den Blick von dem menschlichen Schädelknochen abwenden zu können, der in schockierender Nebensächlichkeit vor ihm aus der feuchten, dunklen Erde spitzte. In der rechten Augenhöhle kringelte sich unschuldig ein Regenwurm.

Volker Steiner stieg aus dem Wagen und landete mit dem rechten Wildlederstiefel inmitten einer tiefbraunen Wasserlache.

Der Kommissar knurrte mürrisch.

Die Luft roch klamm und modrig. Das Knattern eines Stromgenerators übertönte die Stille des Waldes. Zahlreiche Einsatzwagen parkten entlang des Schotterwegs.

Er ging zum Kofferraum und zog sich den obligatorischen weißen Overall an. Schlagartig begann er zu schwitzen. Doch er war zu faul, sich aus der Schutzkleidung zu pellen und seine Windjacke abzulegen.

Ein Smart bretterte in halsbrecherischer Geschwindigkeit über den Waldweg heran. Hinter dem Steuer saß Basimah. Sie kurbelte die Scheiben herunter und lächelte freundlich. „Können Sie auf mich warten?"

Eine als Frage getarnte Aufforderung.

„Haben Sie etwas zum Überziehen dabei?", fragte er.

„Nein. Aber Sie doch bestimmt."

Er stöhnte, ließ sich allerdings nichts anmerken, stapfte zu seinem Wagen zurück und brachte ihr einen Overall. Sie schlüpfte rasch hinein und sah darin, wie Steiner fand, unverschämt gut aus. Wie aus einem Science-Fiction-Film der sechziger Jahre.

Der Weg von den parkenden Autos hin zum Fundort der Leiche war mit Polizeiband gekennzeichnet. Schnellen Schrittes stürmte Steiner ungeduldig voran. Der Trampelpfad war von der Überbeanspruchung des heutigen Morgens ausgelatscht und rutschig. Mehrmals trat er mit seinen Stiefeln in tiefe Pfützen. Er ignorierte es, hatte längst akzeptiert, nach diesem Tag auszusehen, als hätte er mit einer Rotte Wildschweine ein Schlammbad genommen.

Basimah hatte Mühe mitzuhalten. „Wenn wir ein paar Minuten länger brauchen, ist der Tote sicher immer noch da. Und weiterhin tot."

Er ignorierte ihren Sarkasmus, verlangsamte gleichwohl sein Tempo.

„Was haben wir?", fragte sie ihn in verbindlicherem Tonfall.

„Eine männliche Leiche. Liegt hier schätzungsweise seit zwei Jahren."

„Der Beamte am Telefon sagte, der Tote sei aufgebahrt?"

„Das ist auch mein Kenntnisstand."

„Wer hat den Fund gemeldet?"
„Ein Spaziergänger."
Mit jedem Schritt wurde der Nebel dichter.
„Was für eine ekelhafte Suppe", knurrte Steiner.
„Warum haben Sie mich dazugerufen?"
„Der Leiter der Spurensicherung meinte, es könnte mit unserem aktuellen Fall zusammenhängen. Die Leiche scheint seltsam drapiert zu sein." Er zuckte mit den Schultern. „Viel mehr weiß ich auch nicht."

Das polizeiblaue Einsatzzelt, das man über dem Grab errichtet hatte, damit möglicher Regen nicht weitere Spuren wegspülen könnte, hob sich scharf vom tristen Grau-Braun des Moores ab.

Zwei Polizeibeamte standen wie Zinnsoldaten rechts und links des mit einer Holzpalette provisorisch befestigten Eingangs. Die Männer traten beide synchron von einem Bein auf das andere, um der nassen Kälte wenigstens etwas Bewegungsenergie entgegenzusetzen. Die Szenerie erinnerte Basimah an ein Feldherrenlager während einer historischen Schlacht.

Steiner zögerte kurz, ging dann hinein – und stieß mit einer Wand aus angestauter, schweißiger Schwüle zusammen. Zehn Männer und Frauen, allesamt in weißen Overalls, wuselten in dem Zelt umher. Grelle Scheinwerfer erleuchteten und erhitzten das Innere. Es roch wie im Gemeinschaftszimmer einer pubertären Jungs-Clique, die weder vom Lüften noch von Deodorant besonders viel hielt.

Harald Eisner, der Leiter der Spurensicherung, erhob sich schnaufend aus dem Matsch. „Guten Morgen, Herr Kommissar."

Seine Stimme hatte etwas Spöttisches. Als wollte er Steiner vorwerfen, hier bereits seit Stunden zugange zu sein, während der Ermittlungsleiter im kuscheligen Bettchen hatte ausschlafen können.

„Harry! Darf ich dir Dr. Schmidts vorstellen. Fallanalytikerin bei der Soko Bambi."

Eisner nickte Basimah mit einem kumpelhaften Lächeln zu. „Nun, Doktor, ich bin kein Psycho-Experte. Aber ich vermute, Sie werden einiges zu analysieren haben."

„Ich bin gespannt wie ein Flitzebogen“, entgegnete sie ohne jede Spur von Ironie.

„Was hast du für uns?“, fragte Steiner ungeduldig. Genug der freundlichen Floskeln.

„Ey, ich hab schon viel gesehen in den vergangenen dreißig Jahren. Aber so etwas ist mir nie zuvor untergekommen.“

Er ging zum Rand der Fundstelle. Gleich einem gut orchestrierten Drohnenschwarm wichen seine Mitarbeiter stumm und ohne Aufforderung zurück. Sie gaben den Blick auf ein menschliches Skelett frei, dessen unteres Drittel noch in schwere schwarze Teichfolie gewickelt und von Erde bedeckt war.

„Meine Fresse!“, entfuhr es Steiner.

Basimah entwich ein kurzes, ungläubiges Stöhnen.

„Wir haben den Leichnam, oder das, was von ihm übrig ist, nun größtenteils freigelegt“, erklärte Eisner das Offensichtliche. „Ansonsten wurde nichts bewegt oder verändert.“

Der Korpus war mit mehreren Lederriemen, die zum Zeitpunkt des Todes wahrscheinlich straff um den Körper gespannt gewesen waren, jetzt allerdings schlaff über den Knochen hingen, auf einer hölzernen Bahre fixiert. In unmittelbarer Nähe zu dem Leichnam lagen schaurige Grabbeigaben, die die Zeit unter der Erde erstaunlich unbeschadet überstanden hatten: Eisenklammern, zwei monströs große Metalldildos, ein Baseballschläger, ein Dolch und mehrere dick verknotete Nylonseile.

„Wie lange liegt er schon hier?“, fragte Steiner leise, mit belegter Stimme, so als wolle er die Totenruhe nicht stören.

„Ich würden sagen, etwa zwei Jahre.“

„Hinweise auf die Identität?“

Eisner schüttelte den Kopf.

„Was meinen Sie, Doktor? War das unser Mann?“

Basimah hob missbilligend die Augenbrauen. Es war zu früh, eine solche Einschätzung zu wagen. Sie verzichtete darauf, diese Offensichtlichkeit darzulegen, antwortet stattdessen: „Ich würde gerne zunächst die Obduktion sowie den finalen Bericht der Spurensicherung abwarten. Wir müssen möglichst genau rekonstruieren können, was mit dem Opfer vor seinem Ableben geschah."

„Das dürfte schwer werden. Immerhin lag der arme Wicht einige Zeit unter der Erde. Was ich allerdings sagen kann, ist …" Eisner ging, begleitet von einem schmerzvollen Stöhnen, in die Knie.

„Alles in Ordnung?"

„Keine Sorge, Dr. Schmidts. Das sind nur meine alten Knochen." Er lächelte tapfer und deutete auf das obere Ende des freigelegten Grabes. „Vor gar nicht allzu langer Zeit kam jemand mit der Absicht her, die Totenruhe unseres Unbekannten zu stören."

„Sie meinen, das waren nicht alles Ihre Leute?", fragte Basimah.

„Nein. Wir haben nur das Werk fortgesetzt."

„Und die Töle unseres Zeugen? Andere Tiere?" Steiner war elektrisiert.

„Wenn du schon einmal einen Hund gesehen hast, der einen Spaten benutzt." Eisner lachte kurz. „Nein, das war eindeutig ein Mensch. Sehr weit ist er allerdings nicht gekommen. Vielleicht wurde er gestört."

„Danke, Harry! Das hilft uns schon weiter. Wir freuen uns auf deinen baldigen Bericht."

Steiner bedeutete Basimah, ihm aus dem Zelt nach draußen zu folgen. Dankbar für frische Luft stapften die zwei einige Meter durch das Fenn. Schließlich verharrten sie an einer umgestürzten Sumpfeiche, deren massiver Stamm quer über dem schmalen Pfad lag.

„Das ist unser Mann. Das ist sein erstes Opfer", befand Steiner ohne jeden Zweifel in seiner Stimme.

„Ich finde diesen Rückschluss etwas verfrüht. Es könnte …"

„Es ist der zeitliche Zusammenhang. Kurz nachdem Daume im Tiergarten ermordet wird, fängt jemand an, eine vor Jahren verscharrte Leiche auszugraben."

„Möglicherweise hat jemand zufällig an dieser Stelle …"

„Mitten im Sumpf?", unterbrach er sie harsch.

„Kinder?", entgegnete Basimah halbherzig.

Steiner schnaubte.

„Sie sollten mit dem Forstamt sprechen, ob es hier Pflanzaktionen oder etwas Ähnliches in jüngster Zeit gab. Wir dürfen nichts überstürzen."

„Warum sperren Sie sich so gegen meine These von einem Serienkiller?"

„Ich bin Fallanalytikerin. Je detaillierter das Bild eines Verbrechens ist, umso genauer ist meine Analyse. Interferenzen und Unsicherheiten sind hier nur störend. Ebenso wie zu schnelle Festlegungen. Sie könnten das Wesentliche verdecken."

Ein erneutes Schnauben. Es fiel Steiner zunehmend schwer, sich unter Kontrolle zu halten. Jeden anderen hätte er längst zusammengefaltet.

„Ich fahre zu dem Typen, der die Leiche gefunden hat, rufe den Revierförster an und veranlasse eine Nachrichtensperre", bekundete er schmallippig. Damit war die Tatortbegehung beendet.

Es fing an zu nieseln.

Obwohl der Morgen grau und regnerisch war, präsentierte sich die Welt für Hannes Roth frisch und klar und hoffnungsvoll.

Es war in den vergangenen Tagen zu einem traurigen Ritual geworden, dass Rosemarie niedergeschlagen die Wohnung hütete und die Realität mehr über sich ergehen ließ, anstatt aktiv daran teilzunehmen.

An jenem Morgen hingegen, zum ersten Mal seit Andreas' Tod, äußerte sie einen Gedanken, der nicht in die Vergangenheit führte, zu jenen Tagen, als ihr Sohn noch lebte, sondern vielmehr in die Zukunft gerichtet war. „Hannes, glaubst du, ich sollte an meiner Kandidatur festhalten?"

Ihre Stimme war leise. Sie hauchte die Worte dahin, deren Bedeutung allerdings schwergewichtiger nicht sein konnte.

„Möchtest du das denn?", entgegnete er.

„Man sollte eine Frage niemals mit einer Gegenfrage beantworten", wies sie ihn lächelnd zurecht. Eine seiner Standardfloskeln, die sie nun frotzelnd gegen ihn einsetzte.

„Ich würde gerne sagen, Andreas hätte es so gewollt. Aber du weißt, es stimmt nicht."

Tatsächlich hatten sich Mutter und Sohn exakt an jener Frage wochenlang aufgerieben. Andreas war der Meinung gewesen, sie sollte es nicht tun.

„Du wolltest kürzertreten! Deine Weltumseglung machen! Dieses Amt wird dich verändern. Dein Leben. Euer Leben. Und meines nebenbei auch. Homestorys, Paparazzi ... Der schwule Sohn der Regierenden! Ich kotze ... Und was kommt Als Nächstes? Der Sturm aufs Kanzleramt?", hatte er ihr entgegengehalten. Die beiden waren darüber in einen tagelangen Streit geraten.

Zum ersten Mal überhaupt hatte auch Hannes eindeutig Position bezogen. Er hatte Andreas sogar während eines Telefonats angeschrien.

Wohlwissend, dass er natürlich nicht ganz unrecht hatte. Zumindest in einigen Punkten.

Rosemaries Verfassung war fragiler als in der Öffentlichkeit bekannt. Nach Roths Einschätzung war sie vor drei Jahren, kurz nach ihrer Burstkrebserkrankung, nur knapp an einem Burn-out entlanggeschrammt. Die darauffolgenden Probleme mit der Bandscheibe betrachtete er als physischen Ausdruck einer seelischen Schieflage. Ganz ähnlich sahen das auch die behandelnden Ärzte.

Trotzdem. Die erste Frau in diesem Amt. Das war Rosemaries Traum. Ihr beider Traum. Wenn sie es überhaupt in Erwägung zog, weiter daran zu glauben, schöpfte er Hoffnung.

Und ein bisschen Hoffnung, das brauchte er dringend in dieser dunklen Zeit. Tage der Ohnmacht lagen hinter ihm. Hilflos hatte er der Trauer einer Mutter um ihren viel zu früh aus dem Leben gerissenen Sohn gegenübergestanden. Alles, was er tat oder sagte, schien dumm und nichtssagend. Floskelhaft. Mit ihr über die Zukunft, eine mögliche Zukunft, zu sprechen, tat so unendlich gut; war so unglaublich erleichternd.

Nach dem Frühstück verließ er beschwingt die Wohnung, in der Aktentasche jene Bilder, die ihm Constanze Stark gegeben hatte.

Als er in die Parteizentrale kam, wartete Rosemaries Stab bereits auf ihn. Morgenlage.

Auch das, seit Daumes Tod, zu einem niederschmetternden Ritual verkommen. Diesmal jedoch ließ er die Leute spüren, dass noch nicht alles vorbei war. Er machte keine konkreten Ansagen oder Versprechungen. Ließ sie vielmehr an seiner zart aufkeimenden Hoffnung partizipieren. Sie war wie ein junger, frisch grüner Trieb, der aus einem verdorrten Ast spross. Um so mehr Menschen sich dieses verletzlichen Gewächs annahmen, umso besser würde es gedeihen.

Nach der Besprechung zog er sich in sein Büro zurück und wählte eine Nummer, von der er sich eigentlich geschworen hatte, sie nie wieder anzurufen.

„Holzhausen", meldete sich eine zarte Frauenstimme am anderen Ende.

„Gabriele! Hannes Roth hier. Wie geht's?"

„Gut so weit. Um ehrlich zu sein, mit einem Anruf von dir hätte ich nun wirklich nicht gerechnet."

Im Hintergrund war eine blecherne Bahn-Ansage zu hören.

„Stör ich?"

„Und selbst wenn. Ich wäre viel zu gespannt, was du willst, um dich abzuwürgen."

Roth lächelte säuerlich und verzog das Gesicht zu einer angewiderten Grimasse. Gabriele Holzhausen war eine der skrupellosesten Boulevardjournalistinnen, die er kannte. Egomanin. Heuchlerin. Wölfin. Schmutzschleuder. Heilsbringerin.

Sie hatte mehr politische Karrieren auf dem Gewissen als die Kanzlerin. Für eine gute Story scheute sie nicht davor, im fiesesten Dreck zu wühlen. Vor einigen Jahren hatte sie Zille eine Affäre mit einer Wirtschaftslobbyistin angedichtet und eine Verquickung von beruflichen und privaten Interessen in den Raum gestellt. Zu jener Zeit waren Rosemarie und er bereits ein Paar. Kurz drauf veröffentlichte Holzhausens Redaktion Paparazzi-Fotos aus Zilles Krankenzimmer. Wenige Tage, nachdem man ihr die linke Brust entfernt hatte. Seitdem stand sie auf seiner persönlichen, schwarzen Liste.

„Mein Beileid übrigens“, sagte sie im Tonfall geschäftsmäßigen, ekelhaft routinierten Mitgefühls.

„Danke“, antwortete er trocken.

„Mir sind da ein paar Bilder in den Schoß gefallen. Drogen. Schwulensex. Politik. Rassismus. Heuchelei. Bei der Mischung musste ich sofort an dich denken.“

Sie lachte glockenhell. „Zu viel der Ehre, Hannes. Du machst mich neugierig. Ich schau mir das gerne mal an. Allerdings“, sie legte eine kurze, gespielt zögerliche Pause ein, „hätte ich mehr Interesse an einem Interview. Mit der Senatorin. Das erste nach dem Mord an ihrem Sohn.“

Hannes schwieg, schluckte seine aufkeimende Wut hinunter. Professionell bleiben!

„Nicht sofort. Wann immer sie bereit ist“, versicherte Holzhausen großzügig. „Habt ihr denn schon entschieden, wie es mit der Kandidatur weitergeht?“

„Ich schicke dir die Bilder per Mail“, antwortete er, ohne auf die Frage einzugehen.

„Um wen geht es?“

„Matthäus Fahn.“

„Der Homo-Katholik?“

„Der schwule Judas, wie deine Redaktion ihn taufte. Lass mich wissen, ob es etwas für dich ist. Du bist die Erste, der ich sie anbiete“, antwortete Hannes gepresst. „Wir hören uns.“

Ohne ihre Antwort abzuwarten, legte er auf. Dann knallte seine Faust mit voller Wucht auf die Schreibtischplatte.

Der Seniorenstift „Abendröte“, unweit des Brixplatzes im Westend, präsentierte sich nach außen nicht sonderlich einladend. Der mehrstöckige Sechziger-Jahre-Bau war schlicht und zweckmäßig. An eine graue Betonfassade hatte man, ganz offensichtlich nachträglich, senfgelbe, kastenförmige Balkone angebracht. Sie verliehen dem Gebäude das Aussehen eines überdimensionalen Bienenstocks. Die Rollläden an vielen der Fenster waren heruntergelassen.

Hier wohnte also Alfred Kraus. Jener Mann, um den sich Daume laut Aktenlage im Rahmen seines Besucherdiensts der Schwulenberatung gekümmert hatte.

Welche ernüchternde Aussicht auf seinen eigenen Lebensabend.

Vor dem Eingang saß ein ausgemergelter Mann im Rollstuhl und rauchte. Seine faltige, ungesund bräunliche Haut wirkte beinahe gegerbt. Blass schwarze Haare zierten seinen kantigen Schädel wie ein dünnes, zerzaustes Federkleid. Ein halb gefüllter Urinbeutel hing lasch zu seiner Rechten herab, schwang gelegentlich im Wind. Der blaue Morgenmantel war mit Brandlöchern übersät.

Er betrachtete Sören abwesend aus leeren, blutunterlaufenen Augen.

„Guten Tag. Wie geht's so?"

Der Mann zuckte abgehackt mit den Schultern, als hätte ihm jemand einen Stromschlag verpasst, um ihn aus der Teilnahmslosigkeit zu reißen und um wenigstens irgendeine körperliche Reaktion auf die Ansprache zu zeigen.

So wird es also mit mir enden!

Ein erschreckend realistisches Szenario. Es löste nicht einmal mehr Furcht oder Bestürzung in ihm aus. Sören war schlichtweg zu erschöpft, um Zukunftsängsten anheimzufallen. Die vergangene Partynacht im Baumarkt hatte bis weit nach Sonnenaufgang gedauert. Es waren drei Stunden schlechter Schlaf und ein Katerfrühstück in einem Döner-Imbiss gefolgt. Knoblauch gegen die Alkoholfahne. Vier Schmerztabletten gegen den Kopfschmerz. Petersen fühlte sich wie ausgekotzt.

Das war also die Quittung für die frenetische Feierei. Nichtsdestotrotz: Das war es wert gewesen. Er hatte die besten Jahre seines Lebens hinter sich. Diese Tatsache akzeptierte er inzwischen. Alles, was jetzt noch kam, war ein unverhofftes Schmankerl. Wenn sich das Schicksal dazu herabließ, ihm einen Leckerbissen zuzuwerfen, wie es mitfühlende Touristen im Spanienurlaub mit einem räudigen Straßenköter taten, dann galt es zuzuschnappen.

Auf der Tanzfläche im Baumarkt, gemeinsam mit Max, Isabelle und Thor, war er jung und frei und toll. Der Rollstuhl vor der Abendröte kam früh genug.

Sören betrat durch eine getönte, leise surrende Schiebetür den Komplex. Überraschenderweise empfing ihn freundliche, meditative Stimmung. Ein Innenarchitekt hatte sich erkennbar Mühe gegeben, der mit Marmor gefliesten Eingangshalle die sterile Kälte zu nehmen: Eine mit Farnen und Moosen begrünte Wand. Ein leise plätschernder Zimmerspringbrunnen. Orangefarbene Polstermöbel aus den Siebzigern dienten als Rückzugsinseln.

Am Empfangstresen saß ein junger Mann mit langem, dunklem Hipster-Bart. Sein Namensschild wies ihn als Ismael aus.

„Guten Tag, wie kann ich Ihnen helfen?“, fragte er mit der tiefen, sonoren Stimme eines Märchenerzählers.

„Ich möchte zu einem Ihrer Patienten.“

„Bewohner“, wurde Petersen freundlich, aber bestimmt korrigiert.

„Wie auch immer. Sein Name lautet Alfred Kraus.“

Das Gesicht des Mannes hellte sich auf. „Sie müssen der Neue vom Besucherdienst sein!“

„Genau!“, bestätigte Sören hastig. Warum war er nicht selbst auf die Idee gekommen?

„Das freut mich!“, erklärte Ismael überschwänglich und fegte schwungvoll hinter seinem Schreibtisch hervor.

„Herr Kraus ist ein Netter. Aber eben auch sehr einsam. Ihr Vorgänger war der Einzige, der ihn besucht hat. Dabei ist Ansprache für alte Menschen so wichtig.“

„Ähm … Ja, ja“, bekräftigte Sören wenig souverän. Doch sein Gegenüber störte sich nicht an seiner Unsicherheit.

„Wir befürchteten schon, es fände sich kein Nachfolger“, plapperte Ismael frohlockend weiter. „Aber jetzt sind Sie ja da. Wie war noch gleich Ihr Name?“

„Sören Petersen. Tatsächlich habe ich mich noch gar nicht vorgestellt.“

Ismael schaute ihn kurz irritiert an, zuckte dann mit den Schultern. „Großartig, Sie kennenzulernen. Ich bring Sie dann mal zu ihm. Er hat heute einen guten Tag. Aber das ist nicht immer so."

„Wie oft kam denn mein Vorgänger zu Besuch?"

„Einmal die Woche. Andreas war wirklich ein Guter. So schlimm, was passiert ist", antwortete Ismael betrübt. Für einige Sekunden fiel ein Schatten auf sein Gesicht, verdunkelte das Dauerschleife-Lächeln und zeugte von echter Anteilnahme.

„Ja, das ist wirklich furchtbar", bekräftigte ihn Sören.

„Kommen Sie, ich bring Sie zu Alfred."

Während sie durch ein kühles Treppenhaus die Stockwerke nach oben gingen, plapperte Ismael gut gelaunt weiter. Berichtete von den Vorzügen der Seniorenresidenz und seiner Arbeit als Pflegediensthelfer. Er wollte nächsten Sommer anfangen zu studieren.

Sören stieg bereits nach den ersten Sätzen gedanklich aus. Und war umso überraschter, als Ismael, sie waren in der obersten Etage angekommen, einen Themenschwenk hinlegte. „... verband eine besondere Freundschaft. Das lag sicher auch daran, dass Andreas ihn anfing zu besuchen, als die Demenz noch nicht so weit fortgeschritten war."

Wie lange sprach er wieder über Kraus? Sören verfluchte sich selbst für seine mentale Abwesenheit. Die Feierei der vergangenen Nacht schlug voll durch. „Haben Sie vor, sich ebenfalls als Alfreds gesetzlicher Betreuter zu betätigen?"

Die Frage überrumpelte ihn und versetzte seine Hirnwindungen zugleich in erhöhte Aktivität. Bambi war Krauses Vormund? Ein neues Puzzleteil, von dem er nicht wusste, wie er es in das Gesamtbild dieses Falles einordnen sollte.

Ismael interpretierte sein Schweigen als Verunsicherung. „Entschuldigung! Ich wollte nicht mit der Tür ins Haus fallen. Das ist natürlich eine enorme Verantwortung ... Sie müssen sich erst einmal kennenlernen ...", haspelte er ungeschickt vor sich hin.

Sören betrachtete ihn forschend aus dem Augenwinkel, schwieg jedoch. Süß sah er aus, schoss es ihm durch den Kopf. Der Bart machte ihn härter und älter, als er eigentlich war, konnte allerdings die jugendlichen Pausbäckchen nicht vollends kaschieren.

Sie stoppten vor einer grauen Tür am Ende des Korridors.

„So, da wären wir“, erklärte Ismael unnötigerweise und klopfte an. Als erwartungsgemäß keine Reaktion kam, traten sie unaufgefordert ein.

Anstatt der von Sören erwarteten monoton-stickigen Atmosphäre eines Krankenzimmers empfing ihn ein voll möbliertes Apartment.

Ein antiker Kleiderschrank stand in der kleinen, schmalen Diele, von der zwei Türen abgingen. Eine davon ins behindertengerechte Badezimmer, die andere in den großen Wohnraum. Gemälde und Fotografien zierten die Wände. Zwei riesige Gummibäume rahmten eine Schrankwand ein, die nicht nur mit Büchern, sondern auch mit jeder Menge Nippes beladen war. Vor der breiten Fensterfront stand ein graues Sofa, daneben ein ausladender Ohrensessel. Das monströse Pflegebett befand sich in der hintersten Ecke des Zimmers. Abgeschirmt durch eine Spanische Wand verlor es teilweise seine hässliche Zweckmäßigkeit.

Kraus saß regungslos an einem Tischchen. Vor sich einen Becher mit Wasser.

„Sie haben Besuch!“, frohlockte Ismael und zog mit übertriebenem Elan die gelben Vorhänge beiseite, das halb heruntergelassene Rollo nach oben. „Warum sitzen Sie denn hier im Dunkeln?“

Der Angesprochene zeigte keine Reaktion, stierte weiter vor sich hin. Ismael streichelte ihm über die Schulter. Kurz huschten die leeren Augen des Alten im Zimmer umher.

„Ist das Olaf?“

„Nein. Das ist Herr Petersen!“

„Wann kommt Olaf?“

„Sie vermissen ihn, nicht wahr?“

„Oh, ja.“ Ein Seufzen.

„Ich lasse Sie beide jetzt allein, damit Sie sich in Ruhe beschnuppern können.“ Ismael zwinkerte Sören verschwörerisch zu, als würde er Turteltauben ihrer Zweisamkeit überlassen.

„Wer ist Olaf?“, fragte Petersen flüsternd.

„Sein langjähriger Lebenspartner. Er starb vor zwanzig Jahren an Lungenkrebs. Herr Kraus hat sich bis zu seinem Tod aufopfernd um ihn gekümmert.“

Nachdem der junge Pfleger entschwunden war, stand Sören wie bestellt und nicht abgeholt herum. Befangen. Unschlüssig.

Kraus beachtete ihn nicht weiter. Die Tischplatte, über die er immer wieder mit seiner Hand fuhr, imaginäre Brotkrumen wegwischend, war von größerem Interesse als der unbekannte Besucher.

Der alte Mann sah nicht so aus, wie Petersen erwartet hatte. Keinesfalls verwahrlost oder verwirrt. Stattdessen tadellos gekleidet, rasiert, die grauen, spärlichen Haare akkurat nach hinten gekämmt.

Beige Stoffhose mit Bügelfalte. Weißes Poloshirt. Gelbe Strickjacke. Goldener Siegelring. Randlose, blitzblank geputzte Brille. Nur die braunen Pantoffeln wollten nicht so recht ins Bild passen.

Ich sehe deutlich mitgenommener aus als der!

Umständlich stopfte Sören sein heraushängendes, zerknittertes Hemd in die Jeans.

„Wie geht es dir heute?“, fragte er und ließ sich in den unverschämt gemütlichen Sessel fallen. „Ich darf doch Du sagen, oder? So unter uns alten Schwestern.“

„Ich warte. Auf Olaf.“ Alfreds kühler Blick kündete von grandiosem Desinteresse.

„Mann, ich kann mir jetzt ziemlich gut vorstellen, wie du früher Typen in einer Bar hast eiskalt abblitzen lassen.“

Keine Reaktion.

Sören startete noch einige weitere Versuche, eine Konversation zum Laufen zu bringen. Durchweg alle endeten kläglich. Ebensowenig erhielt er auf die Frage eine Antwort, wann Alfred Bambi zum letzten Mal gesehen habe, ob er ihn vermisse. Kurz war er geneigt, dem Alten zu sagen, dass Olaf tot sei und niemals hier auftauchen würde. Jeder hatte ein Recht auf die Wahrheit, fand er.

Unschlüssig erhob er sich und streunte suchend im Raum umher. Wenn er schon mit Missachtung und Schweigen gestraft wurde, dann konnte er sich wenigstens ungestört umschauen, nach Hinweisen suchen, die ihm eventuell weiterhalfen.

Flüchtig stöberte er in Schränken und Schubladen, fand einige abgewetzte Leitz-Ordner. Bausparverträge, Versicherungsunterlagen, Rentenbescheide. Nichts von Interesse.

Zahlreiche gerahmte Bilder standen auf der Kommode. Einige Fotografien zeigten Kraus in deutlich jüngeren Jahren. Ein attraktiver, blonder Mann mit gewinnendem Lächeln. Immer wieder war er mit einem Schnauzbart tragenden Lederkerl abgelichtet. Oftmals Arm in Arm. Vermutlich Olaf. Die Hintergründe variierten: Venedig. New York. Die Alpen. Rom. Dazwischen verblichene Schwarz-Weiß-Fotografien. Offenkundig aus seiner Kindheit und Jugend.

Wie Perlen an einer Kette reihten sich die Stationen eines langen Lebens aneinander. Die Fotos zeugten von Begebenheiten, die bestenfalls noch als schemenhafte Erinnerungsfragmente in Kraus' Kopf existierten.

Ob er damals auf dem Markusplatz oder vor dem Kolosseum sich hatte vorstellen können, eines Tages in der „Abendröte“ dahinzudämmern?

Wohl kaum. Wer konnte sich solch ein deprimierendes Szenario für sein eigenes Alter schon ernsthaft ausmalen? Das Dunkel zum Lebensabend, es war eine erschreckend reale, aber dankenswerterweise abstrakte Gefahr. Nichts, womit man sich auf einem Urlaubstrip das Gemüt belasten musste.

Eine Fotografie ließ Sören innehalten. Ein Selfie. Zu sehen war Kraus, der ernst in die Kamera schaute. Neben ihm ein strahlender Bambi. Im Hintergrund ein altes Landhaus. Und ein Straßenschild.

Sören griff zu der schweren Lupe, die auf der Kommode lag. Er konnte sich schwerlich vorstellen, dass Alfred sie in jüngster Zeit genutzt hatte, um die Zeitung zu lesen.

Sacrower Straße, entzifferte er. Das war zwischen Spandau und Potsdam. Am Havelufer. Ob das Kraus' Haus war? Falls dem so sein sollte, wem würde dieses Anwesen im Falle seines Todes zugesprochen? War Daume am Ende nicht nur sein Bevollmächtigter, sondern auch sein Erbe?

Sören holte, entgegen jeder Gewohnheit, einen Notizblock hervor. Angesichts seines desolaten Gesamtzustands und einer zunehmenden Matschbirne wollte er lieber kein Risiko eingehen. Unterschätze niemals deine schlechte Verfassung nach einem Absturz. Das war sein Credo. Noch aus Zeiten bei der Mordkommission.

Er notierte sich sowohl den Straßennamen als auch seinen letzten Gedanken mit einem dicken Fragezeichen dahinter.

In der sakral wirkenden Stille des Apartments füllte das leise schabende Kratzen des Bleistifts auf dem Papier den ganzen Raum aus.

Als hätte ihn das Geräusch aufgeschreckt, drehte sich Alfred zu ihm herum.

„Wer sind Sie?“, fragte er verwundert.

„Andreas schickt mich.“

„Welcher Andreas?“, fragte er mit großer Verwunderung.

Es war einen Versuch wert gewesen.

„Wer sind Sie denn nun?“

Sören streichelte ihm beruhigend über die Schulter, so wie er es bei Ismael gesehen hatte. „Alles in Ordnung. Ich bin ein Freund von Olaf.“

„Olaf! Auf den warte ich schon den ganzen Tag. Wenn Sie ihn sehen, richten Sie ihm bitte aus, ich werde langsam ungeduldig. Er weiß, wie sehr ich es hasse, wenn er zu spät kommt.“

„Werde ich machen“, versprach Sören und wandte sich zum Gehen.

„Warten Sie! Ach, sagen Sie besser nichts. Sonst denkt er, ich bin wütend, und kommt vielleicht gar nicht mehr.“

Die unschuldige, verwirrte Sehnsucht, die aus seinen Worten sprach, jagte Sören einen Schauer über den Rücken. Mit zitternden Händen öffnete er die Tür und stolperte nach draußen. Keuchend schnappte er nach Luft.

Bis er im Erdgeschoss ankam, war die kurze Attacke wieder abgeebbt.

„Wie lief es?", fragte Ismael mit hoffnungsvollem Funkeln in den Augen.

„Gut. Das heißt … eigentlich hat er nicht besonders viel gesagt."

„Ja, so ist er. An manchen Tagen kein Sterbenswörtchen, an anderen plappert er wie ein Wasserfall."

„Er redet mit Ihnen?"

„Nein. Nicht mit mir. Mit sich selbst."

Sie lächelten beide verschmitzt.

„Ich komme nächste Woche wieder."

„Großartig! Probieren Sie es wieder am Vormittag. Normalerweise ist er früh am Tag besser drauf. Nach dem Mittagessen treibt er gelegentlich in einem seltsamen Dämmerzustand dahin, bis er am Abend schlagartig ganz aufgeregt und verwirrt wird."

„Ist das typisch für seine Erkrankung oder eine Besonderheit?"

Ismael seufzte resigniert. Es war ihm deutlich anzumerken, wie nahe ihm das Schicksal seiner Schützlinge ging. „Dieses Phänomen kommt bei Demenzpatienten leider häufiger vor."

Sie verabschiedeten sich mit einem sanften Händedruck, dem beinahe etwas Erotisches innewohnte, wie Sören fand. Aber das bildete er sich vermutlich nur ein. Wunschdenken.

Er war schon fast an der Tür angekommen, als ihm etwas einfiel.

„Sagen Sie, andere Angehörige oder Freunde hat Alfred nicht?"

Ismael schüttelte den Kopf. „Leider nein. Andreas war der Einzige, der sich um ihn gekümmert hat."

16

Vorsichtig spitzte Steiner durch den Türspalt. Was er sah, entlockte dem Kommissar ein zufriedenes Grunzen. Rund dreißig Journalisten, inklusive dreier Kamerateams, drängten sich in dem kleinen Raum und warteten mit scharrenden Hufen auf den Beginn der Pressekonferenz. Sollten sie ruhig noch ein bisschen zappeln!

„Schauen Sie, wie ausgehungert die Journaille ist. Diese verdammten Hyänen wittern Aas und können es kaum erwarten, sich auf das verfaulende Fleisch zu stürzen“, stellte er zufrieden fest. Drei Tage hatte er die Nachrichtensperre über den Leichenfund im Fenn aufrechtgehalten.

„Finden Sie den Vergleich nicht etwas unpassend?“, fragte Basimah lakonisch.

„Bah!“, entgegnete Steiner nur.

Richard van Dijk sprang ihr sofort bei. „Ich bitte Sie inständig, auf solche blumigen Metaphern zu verzichten. Bleiben wir nüchtern und sachlich und halten wir uns so knapp wie möglich.“

„Ich bin doch kein Anfänger!“, empörte sich Steiner.

„Dann ist ja alles bestens“, stellt van Dijk trocken fest und verteilte die Pressemitteilung. Er war vollkommen in seinem Element, strahlte routinierte, professionelle Ruhe aus. Die Jahre in der Kommunikationsabteilung hatten ihn abgehärtet. Nur das gelegentliche nervöse Zwinkern in seinem linken Auge verriet ihn.

Basimah war der Tick bereits vor einigen Wochen aufgefallen, bei ihrem ersten Meeting nach dem Leichenfund im Tiergarten. Bei den meisten Menschen gab es eine körperliche Reaktion, wenn sie unter Druck standen oder nervös wurden. Manche nagten an ihren Fingernägeln, andere wippten unruhig mit ihren Beinen. Das waren die klar erkennbaren Varianten. Ein kleines Augenzucken war dagegen eher harmlos, da weniger offensichtlich. Sie selbst hatte Jahre gebraucht, um sich abzugewöhnen, in Stresssituationen ihre Finger auf Tischplatten oder den Oberschenkeln Klavier spielen zu lassen.

„Sind Sie so weit?“, fragte van Dijk.

„Aber so was von!“, bekundete Steiner.

Als er die Tür öffnen und zum Podium gehen wollte, hielt ihn Richard zurück. „In der ersten Reihe, rechts außen, sitzt Gabriele Holzhausen. Blonde Haare, marineblaues Kostüm.

Sie ist eine berüchtigte Boulevardjournalistin. Normalerweise sind Mordermittlungen nicht ihr Metier. Ich nehme an, sie ist hier, da es sich bei Daume um den Sohn einer Senatorin handelt."

Steiner lugte durch den Türspalt.

„Ich sehe sie. Hübsches Ding."

„Ihr unschuldiges Äußeres täuscht. Halten Sie sich an unsere Sprachregelung. Lassen Sie sich nicht provozieren."

„Schon verstanden. Machen Sie sich keine Sorgen", versprach Steiner und fügte selbstironisch hinzu: „Ich habe mich unter Kontrolle. Aber bei der geschätzten Frau Doktor Schmidts besteht immer die Gefahr, dass sie aus der Rolle fällt. Das liegt in ihrer aufbrausenden Natur."

Seine Bemerkung entlockte Basimah ein süffisantes Lächeln. Van Dijk hingegen ließ sich nicht beirren. „Holzhausen wird versuchen, uns in die Enge zu treiben", bekräftigte er. „Wir müssen vorsichtig sein. Keine Alleingänge und keine widersprüchlichen Aussagen. Wir sind das LKA, wir sprechen mit einer Stimme. Wir haben *eine* Meinung, die wir nach draußen geben!"

Diesmal galt van Dijks eindringlicher Blick beiden Kollegen. Stundenlang hatten die zwei um Formulierungen gerungen. Worte wie Serienmörder oder Ähnliches schafften es schlussendlich nicht in die Pressemitteilung. Basimah legte ihr Veto ein. Stattdessen wurden nun beide Taten in einen „vermutlichen Zusammenhang" gestellt.

„Let the show begin!", entgegnete Steiner schlicht und stieß energisch die Tür auf. Fast zeitgleich ertönte das surrende Klicken zahlreicher Fotokameras. Entschlossene Grimmigkeit spiegelte sich in der Miene des Kommissars wider, während er, dicht gefolgt von Basimah und Richard, staatstragend zum Podium schritt.

Sören fläzte lässig in Boxershorts und Feinrippunterhemd auf dem Sofa, einen Kaffee in der Hand, und verfolgte die Pressekonferenz des LKA per Livestream. Eine Neuerung. Zu seiner Zeit gab es diesen Service nicht.

Constanze Stark hatte ihm die Einwahldaten besorgt. Bild- und Tonqualität waren überraschend gut. Er konnte die Selbstzufriedenheit in Steiners Gesicht erkennen, während der Ermittlungsleiter eine gute Viertelstunde lang eine Zusammenfassung von sich gab. Viele der Details waren Sören längst bekannt. Trotz Nachrichtensperre blieb Stark weiterhin gut informiert – und er dementsprechend ebenfalls.

„Wir gehen davon aus, dass es möglicherweise zwischen beiden Morden eine Verbindung gibt", erklärte Steiner umständlich am Ende seiner Ausführungen. Eine naheliegende Schlussfolgerung, der sich Sören ohne Bauchschmerzen anschließen konnte. Die seltsamen Grabbeigaben waren in dieser Hinsicht eindeutig. Außerdem hatte die Untersuchung des Skeletts offenbart, dass sowohl dem unbekannten Toten als auch Daume ganz ähnliche Verletzungen zugefügt worden waren. Sören fragte sich allerdings, warum sich Steiner nicht zu seiner in internen Memos ausführlich dargelegten Theorie äußern wollte, es mit einem oder mehreren Tätern zu tun zu haben. Ein Serienmörder, der es auf Schwule abgesehen hatte. Davon ging Steiner aus.

„Warum hältst du mit dieser Vermutung hinterm Berg, du kleines, sensationsgeiles Arschloch? Du gierst doch förmlich nach dieser Schlagzeile!", knurrte Sören.

Die Antwort folgte, als die Kamera auf Basimah schwenkte. Ihr Gesicht war ausdruckslos, während sie in knappen Worten schilderte, wie beide Opfer vor ihrem Tod gefoltert wurden. Kein Wort allerdings über die Sexspielzeuge und Werkzeuge, die zum Einsatz kamen. Während Sören es als plausibel erachtete, solche Details als Täterwissen nicht an die Öffentlichkeit zu geben, konnte er sich keinen Reim darauf machen, warum sie sich nicht einmal eine Andeutung zu der sexuellen Komponente der Morde gestattete.

Irgendetwas stimmte hier nicht. Innerhalb der Soko gab es ganz offensichtlich unterschiedliche Interpretationen und Ermittlungsansätze.

Mit dem Notebook in der Hand, um ja keine Sekunde der Pressekonferenz zu verpassen, stolperte er zur Kaffeemaschine und zog sich einen Espresso. Während er wartete, kratzte er sich mit einem genüsslichen Seufzen am Sack.

Was waren das doch für seltsame Zeiten, in denen man in Feinripp-Unterwäsche eine Pressekonferenz am Computer verfolgen und an der man sich via Chatfunktion sogar beteiligen konnte.

Van Dijk eröffnete die Fragerunde.

Gewiss hatten auch die Journalisten bemerkt, wie sehr sich Steiner und Basimah um klare Aussagen drückten, Festlegungen scheuten. Zunächst hatte sich der Kommissar trotz bohrender Nachfragen unter Kontrolle. Doch dann kam eine blonde Journalistin an die Reihe. Sören sah an Richards Gesichtsausdruck, wie ungerne er ihr das Wort erteilte.

Mit zuckersüßer Unschuld in der Stimme trieb sie Steiner in die Enge, ließ sich nicht abwürgen, ignorierte van Dijks Einschreiten mit kaltschnäuziger Liebenswürdigkeit. „Betrachtet es das LKA nicht als geboten, die Berliner Gay-Community zu warnen? Hat es ein Serienkiller auf Schwule abgesehen?"

„Von einem Serienkiller war nicht die Rede. Wir gehen bislang nur davon aus …" Steiner kam nicht weiter.

„Scheuen Sie sich eigentlich davor, heute auf dieser Pressekonferenz zu Ihrer eigenen Meinung zu stehen?", schoss die Journalistin ihn an. „Wie ich hörte, haben Sie sich als Leiter der Soko intern bereits klar zu dieser Theorie geäußert."

„Derartige Gerüchte …", wollte van Dijk einer Antwort Steiners zuvorkommen. Doch der ließ sich nicht das Wort durch seinen Pressesprecher verbieten.

„Wir ermitteln ergebnisoffen und ich informiere die Presse über meine Theorien, wenn ich den Zeitpunkt für gekommen halte."

„Vielleicht ist ja der Zeitpunkt genau jetzt gekommen", provozierte die Journalistin.

„Frau Holzhausen, vielleicht sollten Sie Ihren Kolleginnen und Kollegen ebenfalls die Chance geben, eigene Fragen zu stellen", versuchte es Richard erneut.

„Eine letzte Frage sei mir gestattet: Warum hat man eigentlich ausgerechnet einen für seine homophoben Tiraden berüchtigten Kommissar zum Leiter der Soko benannt?"

Sören verschluckte sich vor schadenfreudigem Lachen an seinem Espresso. Kurz schien das gesamte Podium erstarrt. Dann explodierte Steiner. „Zunächst einmal habe ich rein gar nichts gegen Schwule! Der Bruder meiner Frau lebt in einer derartigen Beziehung und mir ist das Milieu durchaus vertraut!"

„Na, ob dein Schwager von diesem Outing begeistert ist, würde ich ja nur zu gerne wissen!", kommentierte Sören genüsslich und zündete sich eine Zigarette an. „Popcorn wäre jetzt nicht schlecht."

Unterdessen redete sich Steiner richtiggehend in Rage. Wie von Holzhausen sicherlich erhofft. „Ich kann versichern, ich nehme diesen Fall ernst. Und an Ihrer Andeutung, ich könnte aufgrund persönlicher, wie ich betone, nicht vorhandener Vorbehalte die Ermittlungen schleifen lassen, ist absolut gar nichts dran. Im Gegenteil."

„Das habe ich nicht andeuten wollen …"

„Allerdings, geschätzte Frau Holzhausen", unterbrach Steiner sie gereizt. Er sah sich in seiner Kriminalerehre verletzt. Und Sören konnte das sogar nachvollziehen. Allerdings hätte er sich niemals derart gehen lassen.

„Da Sie meine Theorie sowieso schon zu kennen scheinen: Ich gehe davon aus, dass wir es hier mit einem Serientäter zu tun haben. Und ebenso offenkundig ist, dass er es auf homosexuelle Mitbürger abgesehen hat. Mehr kann ich jedoch aus ermittlungstaktischen Gründen derzeit nicht sagen."

Sowohl Basimah als auch van Dijk musterten Steiner ebenso überrumpelt wie empört.

Ein wildes Geschnatter brandete auf. Die Medienvertreter ließen jede Zurückhaltung fallen und schmetterten in einem chaotischen und kaum mehr verständlichen Durcheinander Fragen gen Podium.

Ob Schwule nun besonders vorsichtig sein müssten. Ob es empfohlene Verhaltensregeln gebe. Und was das LKA gedachte zu tun, um die international bekannte und auch von Touristen stark frequentierte Szene rund um den Nollendorfplatz zu schützen.

Richard hatte Mühe, die Meute zu beruhigen. Mehrmals musste er um Ruhe bitten.

„Die Fragerunde ist beendet“, bellte er schließlich in den Raum. Doch dafür interessierte sich keiner. Erst als er ankündigte, noch ein Phantombild des im Grunewald gefundenen Toten präsentieren zu wollen, beruhigten sich die Journalisten wieder.

Sören musste grinsen. Das war eine typische Strategie von van Dijk. Immer einen Trumpf in der Hinterhand, falls die Situation aus dem Ruder lief.

„Wir haben das Gesicht des Mannes rekonstruieren können und hoffen nun auf Hinweise aus der Bevölkerung, um die Identität des Unbekannten klären zu können“, führte er aus. Dann wurde das Bild eines jungen, schwarzhaarigen Mannes an die Wand geworfen. Die Lippen waren leicht geöffnet.

„Wie Sie sehen können, fehlte dem Toten der linke obere Schneidezahn. Wahrscheinlich verlor er diesen schon lange vor seinem Ableben …“

Van Dijk begann die einzelnen optischen Merkmale und die Interpretation des Phantombildes, das hauptsächlich auf Grundlage des Schädelknochens entstand, zu erklären. Doch Sören hörte nicht weiter hin. Paralysiert starrte er auf die Zeichnung. Er wusste, wer der unbekannte Tote aus dem Grunewald war.

17

Das *Silbergold* war bei Tage betrachtet – und manchmal sogar in der Dunkelheit der Nacht – eindeutig als zwielichtiges Etablissement zu erkennen. Zumindest nach bürgerlichen Maßstäben. Ein schwuler Amüsierbetrieb, in dem sich das Establishment der Subkultur die Klinke in die Hand gab. Transen, Tunten, Dragqueens, hippe *party people* und alles, was das Berliner Nachtleben sonst so hergab. Auf der kleinen Bühne im hinteren Bereich wurden regelmäßig mindestens frivole, meist anrüchige und oftmals auch hoffnungslos trashige Shows aufgeführt.

Eigentlich liebte Sören derartige Läden. Ganz zu Beginn seiner Berliner Jahre ließ er sich mit Simon, dem Besitzer der Bar, auf eine leidenschaftliche, aber zugleich zerstörerische Affäre ein. Ein Intermezzo, welches bei Simon Narben hinterließ, die er Sören bis heute nachtrug, daher mied dieser wohlweislich den Laden. Diesmal jedoch war Sörens Besuch beruflicher Natur.

Es war noch früh am Abend, als er das *Silbergold* betrat. Die Bar war kaum besucht und Simon glücklicherweise nicht anwesend. Dafür fand er, wie erhofft, Basimah über einen Cosmopolitan gebeugt am Tresen sitzend vor. Er war auf gut Glück hergekommen. Der Laden war ihr zweites Wohnzimmer. Gewissermaßen Teil ihres „anderen Lebens", jenseits der seriösen, stets kontrollierten Fassade, die sie auf der Arbeit zur Schau trug.

Er fragte sich, ob Steiner wusste, dass seine Fallanalytikerin des Nachts nicht selten mit Schnurrbart und Koteletten als Dragking hier auf der Bühne stand. Möglicherweise hatte er Gerüchte gehört. Basimah machte zwar kein Geheimnis daraus. Allerdings getrauten sich nur die wenigsten Kollegen, sie darauf anzusprechen.

Petersen stellte sich schräg neben sie. Gerade so, dass sie ihn nicht im Augenwinkel wahrnehmen konnte.

Ihre Miene war nachdenklich. Beinahe mürrisch. Zumindest abwesend. Er kannte diesen Gesichtsausdruck nur zu gut von sich selbst. Sie schleppte die Arbeit wie einen schweren Rucksack mit in den Feierabend. Ihre Augen tauchte durch die Untiefen des vor ihr stehenden Cocktails, als würde sie hoffen, das Getränk könnte ihr Antworten liefern. Oder zumindest Erlösung.

„Darf es schon was sein?", fragte der Barkeeper mit einem verdammt einnehmenden Lächeln und charmanten Grübchen.

„Ein Bier bitte", orderte Sören.

Beim dem Klang seiner Stimme zuckte Basimah kaum merklich zusammen. Sie wandte sich halb zu ihm um.

„Ist hier frei?“, fragte er und deutete auf den Barhocker neben ihr.

„Ein Nein würdest du wohl kaum akzeptieren.“

„Nope.“ Er setzte sich.

„Prost“, sagte er, als man ihm sein Bier gebracht hatte, und nahm einen Schluck.

„Mir schwant, du bist nicht hier, um einfach einen netten Abend zu verbringen“, stellte sie fest. In ihrer Stimme schwang ein abweisender Ton mit. Beinahe eine Spur Feindseligkeit.

„Nein. Entschuldige.“

Schweigen. Ein weiterer Schluck Bier.

„Ich hätte dich angerufen. Aber leider habe ich keine Nummer von dir. Und im Dezernat vorbeischauen wollte ich nach meiner letzten, unerfreulichen Begegnung mit Steiner nicht“, entschuldigte er sich.

Sie musterte ihn müde. „Wenn es um den Fall geht, dann bleibt dir keine andere Wahl, als dich an den leitenden Ermittlungsbeamten zu wenden. Du müsstet doch wissen, wie die Sache läuft“, sie hielt kurz inne, hob ihren Cosmopolitan an, „ich bin privat hier.“

„Dein Körper mag an einem Tresen sitzen. Aber dein Kopf ist im Büro.“

Ihre Antwort bestand aus einem tiefen Seufzen. Sören konnte nicht deuten, ob aus Resignation oder weil sie von seinem Auftauchen entnervt war.

„Ich kenne den unbekannten Toten aus dem Grundwald“, preschte er vor, um ihre Geduld nicht weiter auf die Probe zu stellen.

Wie erhofft, hatte er sofort ihre ungeteilte Aufmerksamkeit. Kein Wort mehr drüber, er solle sich damit an Steiner wenden.

„Die Umstände, die letztlich zu meinem Ausscheiden aus dem Polizeidienst führten … Er war das zweite Opfer. Ich habe mich damals nicht sonderlich um ihn gekümmert, da mein Fokus verständlicherweise auf meinem Ex lag. Aber ich kann mich genau an den Jungen erinnern. Eure Zeichner haben ihn recht gut getroffen. Und natürlich bleibt einem diese Zahnlücke in Erinnerung.“

„Weißt du noch, wie er hieß?“

„Mohammed. Sein Nachname ist mir entfallen. Aber er sollte in den Akten stehen. Er wurde damals gemeinsam mit Than ins Krankenhaus eingeliefert. Sie lagen sogar einige Tage im selben Zimmer.“

„Hast du ihn danach jemals wiedergesehen?“

Sören schüttelte den Kopf.

„Du musst damit zu Steiner.“

„Auf keinen Fall. Du kannst ihm gerne sagen, woher du die Informationen hast. Der Rest steht in den Akten. Aber ich werde meine Zeit nicht ein weiteres Mal mit diesem Arschloch verschwenden. Ich bin zu alt dafür.“

Basimah lächelte schnippisch. „Für einen abhalfterten Privatschnüffler hast du dich ganz gut gehalten.“

„Danke, Frau Doktor.“

Sie leerte ihr Glas. „Mach mir bitte einen zweiten Cosmo, Micha!“, bat sie den Barkeeper.

Als der neue Drink vor ihr stand, prostete sie Sören zu. „Wenn du jetzt schon einmal da bist und mich in meiner Freizeit belästigst, kannst du mir wenigstens verraten, warum du dich für diesen Fall derart interessierst. Doch sicherlich nicht nur aus persönlicher Betroffenheit.“

„Wäre es derart verwunderlich? Es hätte jeden von uns“, er deutete vage in die Bar hinein, um sich herum, „treffen können. Naja, bis auf dich vielleicht. Aber wer einen aus der Community angreift, der greift uns alle an“, erwiderte Sören sarkastisch.

„Lass das geheuchelte Pathos. Im Gegensatz zu dir gibt es hier, und ich meine explizit in diesem Raum, tatsächlich noch Leute, die an Dinge wie Community, Verantwortung, Gemeinschaft glauben.“

„Einer für alle, alle für einen?“, schnaubte er. „Was für ein Blödsinn. Das traf, wenn überhaupt, zu, als uns ein kleiner fieser Virus sterben ließ wie die Fliegen. Doch seitdem …“

„Also gut. Kürzen wir das ab: Du willst mir nicht sagen, wer dein Auftraggeber ist“, unterbrach sie ihn.

„Betriebsgeheimnis. Aber keine Sorge, ich habe nicht vor, euch die Show zu stehlen. Ihr könnt euren Serienkiller gerne selbst zu Fall bringen. Ich bezweifle gleichwohl, dass Steiners Intellekt ausreicht, um eine schwule Version von Jack the Ripper zu schnappen."

Kurz entglitten Basimah die Gesichtszüge. Dann wandte sie sich wortlos von Sören ab. Sie starrte erneut auf ihren Cosmopolitan, in genau jener Position, in der er sie bei seiner Ankunft vorfand. Sie rang offensichtlich mit sich selbst. Wollte sie ihm etwas sagen? Etwas über den Fall? Oder über Steiner?

Er beschloss, sie nicht zu drängen, sondern stattdessen ihr Schweigen zu teilen. So saßen sie einige Minuten nebeneinander in der Bar. Aus den Lautsprechern drang nostalgisch anmutende Rockmusik. Steppenwolf. *Magic Carpet Ride.*

„Ungewöhnlicher Musikstil", stellte Sören irgendwann fest.

„Micha steht auf solche Sachen." Sie nickte in Richtung des Barkeepers. Der lächelte ihnen schüchtern zu, als er seinen Namen hörte.

„Das war kein Serienmörder", erklärte sie beiläufig, als wäre diese Feststellung nur eine nebensächliche Ergänzung zu dem vorhergesagten.

„Was?", fragte Sören, obwohl er ihre Worte sehr genau verstanden, allerdings nicht begriffen hatte.

„Das war kein Serienmörder", wiederholte sie.

„Aber die Art und Weise …"

Sie wandte sich von ihrem Drink ab und Sören zu. „Die beiden Morde stehen natürlich in einem Zusammenhang. Wir haben es allerdings nicht mit einem Serienmörder zu tun. Steiner hat sich auf diese Theorie versteift. Entgegen meinem Ratschlag. Aber er liegt falsch."

„Das musst du mir erklären. Ausgerechnet im einzigen Punkt, in dem ich ihm zustimmen würde, soll er sich irren?"

Sie nippte zwei-, dreimal an ihrem Cosmopolitan. „Serienmörder sind wie Junkies. Sie suchen immer nach dem Rausch, den ihnen der erste Schuss, in ihrem Fall der erste Mord, gebracht hat. Begreiflicherweise erreichen sie diesen wahnhaften Rauschzustand nie wieder. Sie sind gewissermaßen tragische Persönlichkeiten auf der verzweifelten, zwanghaften Suche nach einem Gefühl, einem Kick. Das erste Mal ist nun einmal das erste Mal. Ihr Unterfangen ist daher zum Scheitern verurteilt. Aber trotzdem machen sie weiter und weiter. Wie jeder Süchtige. Es gibt allerdings einen Unterschied."

Es folgte eine Pause, die Basimah mit einem beherzten Schluck Cosmo füllte.

„Und der wäre?", sah sich Sören genötigt zu fragen, da sie keine Anstalten machte fortzufahren. Er fürchtete schon, sie könnte es sich anders überlegt haben und ihn doch nicht mehr an ihren Gedankengängen teilhaben lassen wollen.

„Sie verwahrlosen nicht wie ein gewöhnlicher Junkie. Im Gegenteil. Sie perfektionieren ihre Taten, sich selbst."

„Sie werden also besser? Lernen dazu?"

„Das nicht unbedingt. Viele Serienmörder werden im Laufe ihrer blutigen Karriere leichtsinniger. Halten sich für unbesiegbar. Nein, vielmehr geht es um ihren Ritus. Die meisten haben eine eigene Tradition, ein Ritual, etwas, womit sie ihre Morde begründen, überhöhen, anreichern. In diesem Fall ist es die Art und Weise, wie die Opfer gequält werden. Der Sadismus. All diese Grabbeigaben."

Sören tat erst gar nicht so, als wüsste er nicht davon. Basimah musste längst klar sein, dass er, auf welch verschlungenen Pfaden auch immer, Zugang zu den Ermittlungsakten hatte. Vielleicht, der Gedanke tauchte kurz in seinem Kopf auf, war sie sogar die Quelle, die Stark anzapfte.

„Ich weiß immer noch nicht, auf was du hinauswillst."

„Die Folterinstrumente, mit denen Daume vor seinem Tod auf furchtbarste Weise gequält wurde, waren primitiv, improvisiert. Ein Stock, der in seinen Anus gerammt wurde. Grüne Plastikwäscheklammern. Profane Seile aus dem Baumarkt. Hingegen bei dem Toten aus dem Grunewald: Hochwertigste, sicherlich verdammt teure Metalldildos. Metallklammern. Schwarzes Nylonseil."

Sören starrte sie verständnislos an. Sie stöhnte und leerte ihr Glas mit einem letzten entschlossenen Schluck. Ihr Blick wurde glasig und silbrig.

„Ich hätte mehr von dir erwartet", seufzte sie unverhohlen genervt.

„Entschuldige; ich steh vermutlich auf dem Schlauch."

„Du solltest weniger saufen", stellte sie leicht säuerlich fest. „Und ich wohl ebenso."

Wieder folgte eine längere Pause. Als Basimah fortfuhr, war ihre Stimme verwaschen. Man konnte förmlich zusehen, wie der Alkohol sich im Zeitraffertempo ihrer bemächtigte. „Es ist die Reihenfolge! Daume müsste das erste Opfer sein. Die Tat war hektisch, improvisiert, chaotisch. Geradezu dilettantisch. Der Tote im Grunewald hingegen wurde geplant und mit entsprechendem Aufwand gefoltert. Die Tatwerkzeuge waren hochwertig, ausgesucht. Exquisit. Der Fundort ist zudem nicht der Tatort. Er wurde dort lediglich bestattet, beigesetzt mit all dem Zeug. Wer auch immer diesen armen Mohammed auf dem Gewissen hat, er hat das aller Wahrscheinlichkeit nach nicht zum ersten Mal gemacht. Der bedauernswerte Bambi hingegen … Mein Gott, der Mörder hat nicht einmal die Geistesgegenwart besessen, den Ausweis mitzunehmen! Mir scheint es so, als sei er von seiner eigenen Tat viel zu geschockt gewesen, um danach klar handeln zu können. Dem Grunewald-Täter wäre so ein Fehler niemals passiert. Er hätte die Leiche dort nicht einfach wie auf dem Präsentierteller liegen lassen. Die Bestattung war Teil des Rituals. Die zwei Morde passen einfach nicht zusammen. Das ergibt keinen Sinn, kein Muster."

Basimahs Stimme hatte mit jedem Satz an Lautstärke zugenommen. Am Ende ihrer Darlegungen ereiferte sie sich förmlich. Umso abrupter kam ihr neuerliches Schweigen.

Sörens Verstand ratterte. „Also sind es zwei Täter. Womöglich ein Meister und sein Schüler?"

Sie zuckte mit den Schultern. „Ersteres auf jeden Fall. Letzteres ist reine Spekulation."

„Welche andere Erklärung könnte es geben?"

„Ich habe das bereits zu Steiner gesagt: Ich halte mich an die Fakten. Ich spekuliere nicht."

Er ignorierte die herablassende und genervte Arroganz in ihrer Stimme.

„Warum erzählst du mir das alles?"

„Vielleicht, weil ich will, dass du die Schweine findest, die durch diese Stadt rennen und Schwule abschlachten. Weil ich mich persönlich von ihnen angegriffen fühle, bedroht in meinem Zuhause, meiner Komfortzone. Geht es dir nicht ähnlich? Der arme Richard ist vollkommen von der Rolle. Gereizt und nervlich angegriffen. Ich kann das sehr gut nachvollziehen. Allerdings, vielleicht teile ich mein Wissen auch schlichtweg mit dir“, kam sie auf seine eigentliche Frage zurück und hob ihr Glas an, „weil ich einfach hoffnungslos besoffen bin.“

Ihre Ehrlichkeit ließ ihn lächeln. „Ich werde mein Möglichstes geben, dich nicht zu enttäuschen.“

Sie zuckte mit den Schultern und nuschelte leise: „Das will ich aber auch hoffen.“ Dann wedelte sie unkoordiniert mit ihrer Rechten herum. Es sollte wohl ein Winken sein. „Micha, noch ein Bier und einen Cosmo.“

18

Das leise Seufzen des Waldes umarmte Sören Petersen. Der Duft feuchter Erde und Laub lag in der Luft. Es tat gut, raus aus der Stadt zu sein. Kein lärmender Autoverkehr. Keine Passanten. Kein Beton und keine einengenden Häuserschluchten.

Wann war er das letzte Mal in der Natur gewesen? Wann hatte er Berlin überhaupt das letzte Mal für längere Zeit verlassen?

Er konnte sich nicht erinnern. Es musste Wochen oder gar Monate her sein. Dabei befand er sich strenggenommen nicht einmal außerhalb der Stadtgrenzen.

Ich bin viel zu selten hier.

Von einer seltsamen Harmonie und Ruhe erfasst, schloss Sören seinen Wagen ab und folgte dem Schotterweg tiefer in den Wald hinein. Er hatte sich den Fundort der Leiche auf einer Karte markiert und hoffte, dass ihn sein Orientierungssinn nicht im Stich ließ.

Eine Woche war seit der Entdeckung vergangen. Eine Woche des Stillstands. Weder konnte Steiner neue Erkenntnisse oder gar Durchbrüche vermelden, noch hatte es – glücklicherweise – einen weiteren Todesfall gegeben. Seit Basimah ihm im *Silbergold* ihre Sicht der Dinge mitgeteilt hatte, trieb ihn der Wunsch um, sich vor Ort ein Bild zu machen. Nicht, dass er vermutete, etwas zu entdecken, was seinen Kollegen verborgen geblieben wäre. Vielmehr wollte er ein Gespür für diesen absonderlichen Fall gewinnen. Er wollte sehen, was der Mörder sah, als er die Leiche dort im Sumpf ablegte, nachvollziehen können, warum er ausgerechnet jenen Ort auswählte, eine Ahnung davon bekommen, welche Mühe es wohl gekostet haben musste, den Toten dort zu vergraben.

Auch wenn er seine Neugier in den vergangenen Tagen kaum hatte zügeln können, beschloss er, einige Zeit ins Land gehen zu lassen, bevor er sich in den Sumpf wagte. Instinktiv wusste er, Steiner wartete nur auf einen kleinen Fehler seinerseits, um ihn aus dem Verkehr ziehen zu können. Eine Unachtsamkeit genügte, um ihn wegen vermeintlicher Behinderung der Polizeiarbeit kaltzustellen. Zumindest vorübergehend.

Dem Kommissar musste längst klar sein, dass Sören in diesem Fall ermittelte. Und das fuchste ihn offensichtlich ungemein. Über die dahinterliegenden Motive konnte Sören nur spekulieren. Vermutlich eine toxische Mischung aus Konkurrenzdenken, Versagensangst und jahrelang gepflegter Antipathie.

Doch inzwischen war die Spurensicherung abgezogen und der Bereich im Sumpf, nachdem er tagelang großflächig abgesperrt gewesen war, freigegeben. Er konnte es folglich riskieren, dort aufzutauchen.

Abgesehen von gelegentlichen roten Hagebuttentupfern hatte der Herbst die im Sommer so kräftige Farbe des Waldes längst aufgesaugt. Das Grün hatte sich durch ein feurig-goldenes Finale in ein mattes Braun gewandelt. An einem Strauch flatterte ein Stück vergessenes rot-weißes Absperrband. Er näherte sich seinem Ziel.

Die Zeit drängte. Bald würde die Dämmerung einsetzen. Sören hatte unterschätzt, wie lange er vom Parkplatz zum Fundort benötigen würde.

Schon von Weitem sah er die Blumen. Ein Strauß weißer Nelken lag dort, wo ein tiefes Loch im Erdboden klaffte. Sören verlangsamte seinen Schritt.

Wer hatte den Trauerflor dort abgelegt?

Wohl kaum die Spurensicherung. Ein Angehöriger? Ein Freund?

Soweit er wusste, hatte sich bisher niemand gemeldet, der den Toten kannte. Nur durch seinen Tipp war Mohammeds Identität gelüftet. Wer also legte hier Blumen ab, scheute sich allerdings zugleich, zur Polizei zu gehen? Der Mörder? Zollte er seinem Opfer auf kranke und perfide Weise damit ein letztes Mal Respekt? Wollte er ein Zeichen setzen? Eine Botschaft gar?

Ich bin noch da! Fangt mich, wenn ihr könnt!

Oder waren die Nelken von jemandem, der mit dem Fall gar nichts zu tun hatte? Dem es schlichtweg ein Bedürfnis war, seiner Trauer Ausdruck zu verleihen. Bei Autounfällen, Anschlägen oder Naturkatastrophen bildeten sich schließlich auch dauernd irgendwo Blumenmeere, bestückt mit Teddybären, Kerzchen und Karten. Sören war dieses Phänomen zutiefst suspekt. Er misstraute der öffentlich zelebrierten Anteilnahme der Massen. Sie erschien ihm so kalkuliert und zugleich gefährlich wankelmütig. Das konnte schnell in Hass münden. Es brauchte nur jemanden, der das Feuer geschickt zu entfachen wusste. Eben noch zog ein Trauerzug durch die Stadt und im nächsten Moment tobte der Mob.

Ein verdächtiges Rascheln im Unterholz. Er blieb stehen, lauschte in die rauschende Stille des Waldes.

Mit neuer Wachsamkeit näherte er sich dem Erdloch. War er wirklich so allein hier, wie es den Anschein hatte?

Er registrierte einige umheliegende Äste, die er im Notfall zur Verteidigung nutzen konnte. Nicht ideal, aber ansonsten hatte er nichts bei sich. Kurz verfluchte er seine Leichtsinnigkeit. Sich auf seine körperliche Stärke zu verlassen, war ein

Luxus aus lange vergangenen Tagen, den er sich dringend abgewöhnen musste.

Die Umgebung fest im Blick, wie eine Antilope, die sich zum Trinken an einem Wasserloch niederließ, ging Sören in die Hocke. Behutsam strich er mit den Fingerspitzen über die Nelkenblüten. Sie waren trocken. Kein Tau. Kein Regen. Lange konnten sie hier noch nicht liegen.

Wieder scannte er die Umgebung. Da sah er ihn plötzlich. Wie eine Fata Morgana stand der Mann keine hundert Meter entfernt breitbeinig auf einer kleinen Anhöhe. Die schwarze Kapuze seines Hoodies tief ins Gesicht gezogen.

Für den Bruchteil einer Sekunde waren sie beide wie erstarrt. Dann erhob sich Sören langsam. Kleidung und Körperhaltung ließen auf einen jungen Mann schließen. Irgendetwas in den Zwanzigern. Höchstens Anfang dreißig. Die Art, wie er einfach nur dastand, machte deutlich, dass er kein Spaziergänger war. Und auch kein mitgenommener Unbeteiligter, der schlicht einen Strauß Blumen ablegen wollte. War *er* es?

Mach jetzt nur keinen Fehler! Ruhig bleiben!

Sörens Atmung war flach und gepresst. Sein Herz pochte.

Er durfte ihn auf keinen Fall provozieren – weder zur Flucht noch zum Angriff.

Einige Sekunden musterten sie sich gegenseitig, die Situation abschätzend. Dann wandte sich der Unbekannte ruckartig von ihm ab. Etwas jenseits der Anhöhe, außerhalb von Sörens Sichtfeld hatte seine Aufmerksamkeit erregt und es beunruhigte ihn offensichtlich sehr. Sören glaubte eine Stimme, ein lautes Rufen zu hören.

Schlagartig begann der Fremde zu rennen. Und zu Sörens Überraschung stürmte er direkt auf ihn zu.

Verdammt, was sollte das jetzt? Wollte er ihn angreifen?

Instinktiv ging er in Abwehrhaltung. Für einen Sekundenbruchteil rutschte die Kapuze des Mannes nach hinten. Doch es war zu kurz, um mehr als einen skizzenhaften Eindruck von dem Gesicht zu erhaschen. Ein Mann, definitiv. Das verriet der dunkle Bart. Jäh schlug dieser einen Haken nach links, übersprang eine Brombeerhecke und verschwand im Gebüsch.

Sören fluchte. Nach einer Verfolgungsjagd stand ihm nun wirklich nicht der Sinn. Widerwillig hechtete er los. Im Augenwinkel sah er, wie zwei uniformierte Polizeibeamte auf der Anhöhe erschienen. Steiner hatte eine Nachhut dagelassen. Gar nicht dumm! Das war also der Grund, weshalb der Mann in Panik geriet. Die Beamten riefen laut zu Petersen herüber.

Er ignorierte sie, folgte stattdessen dem Unbekannten ins Unterholz. Spitze Dornen schlitzten mit einem scharfen Geräusch seine Jacke auf. Mehrmals geriet er ins Taumeln, konnte sich im letzten Moment fangen.

Zu seiner eigenen Überraschung holte er schnell auf. Das bemerkte auch der Flüchtende, immer wieder drehte er sich um, verlangsamte dabei kurz seine Geschwindigkeit.

Das war seine Chance. Sören mobilisierte all seine Kräfte, legte an Tempo zu. Sein Atem schnitt scharf seine Lungen.

Jetzt nur nicht schlappmachen, alter Junge!

Sie trennten nur noch gute zehn Meter.

Der Mann strauchelte jäh, ging der Länge nach zu Boden. Zwar fing er sich gut ab und war schnell wieder auf den Beinen, doch das waren die entscheidenden Sekundenbruchteile, die Sören brauchte. Er warf sich auf ihn, bekam seinen Rucksack zu packen.

Dann hatte er plötzlich einen Ellbogen im Gesicht. Stumpfer Schmerz ließ ihn aufstöhnen, er schmeckte Blut, hielt allerdings den Rucksack fest umklammert. Trotzdem stürmte der Mann weiter, versuchte ihn abzuschütteln, schlug blindlings um sich.

Die festgezogene Kapuze saß wie festgeklebt. Erschwerend kam die Dämmerung hinzu. Eine Identifizierung war unmöglich. Schwarzer Bart. Schwarze, schulterlange Haare. Heller Hauttyp. Zur Identifizierung würde das kaum ausreichen.

Ohne Vorwarnung gab der Reißverschluss des Rucksacks nach. Ein Notebook flog Sören entgegen, traf ihn am Kopf. Er geriet aus dem Tritt, musste loslassen und purzelte mit einem wie er fand erbärmlichen, hechelnden Keuchen zu Boden. Kurz hoffte er, der Unbekannte würde stehen bleiben, versuchen, den Computer wiederzubekommen. Doch er rannte weiter, diesmal, ohne einen weiteren Schulterblick zu riskieren. Dann verschluckte ihn der Wald und die aufziehende Dunkelheit.

Anfangs hatte sich Mohammed gewehrt. Oder es zumindest versucht. Doch inzwischen hing er nur noch schlaff auf dem eisernen Gynäkologenstuhl, an den er gefesselt war. Schnittwunden und Blutergüsse zierten seinen malträtierten Körper. In unregelmäßigen Abständen konnte er sich zu einem erschöpften Stöhnen aufraffen, manchmal wollte er die Arme heben. Doch die stramm gespannten Fesseln um seine Handgelenke ließen den hilflosen Kraftakt zu einem sinnlosen Zucken verkommen.

Die beiden Männer in ihren Lederroben und mittelalterlichen Pestmasken standen wie wachhabende Soldaten zu seiner Rechten und Linken. Sie schauten direkt in die Kamera. Schließlich nickte der bulligere der beiden stumm, trat zwei Schritte zurück, aus dem Lichtkegel heraus ins Halbdunkel.

Der Zweite wandte sich seinem Opfer zu. Mit dem schwarzen Gummiknüppel, den man später neben der Leiche als Grabbeigabe finden sollte, fuhr er ruppig über den nackten Körper. Mohammed stöhnte mehrmals schmerzerfüllt. Schniefte leise. Längst hatte er aufgehört zu weinen, zu flehen oder gar zu schreien. Trotzdem stopfte man ihm einen Knebel in den Mund.

Der Timecode der Videoaufnahme war bei Stunde sechs angekommen. Die drei Pausen von unbestimmter Länge, in denen die Kamera ausgeschaltet war, nicht mit eingerechnet.

Achtlos ließ der Robenmann den Knüppel fallen, beugte sich ganz nah zu seinem Opfer herunter. Langsam, beinahe sanft, streichelten seine behandschuhten Hände über den Oberköper, von den Lenden, über die Brust, bis an die Schultern und legten sich um den Hals.

Er drückte zu. Mohammed zuckte zusammen. Sein Körper verkrampfte sich, bäumte sich im Todeskampf ein letztes Mal auf, wehrte sich, stöhnte, röchelte nach Luft …

Energisch klappte Sören das Notebook zu.

Stundenlang saß er nun schon vor den Aufnahmen, die er auf dem Laptop gefunden hatte. Er musste mitansehen, wie zwei maskierte Männer, die in ihrer Lederkluft archaisch und zugleich lächerlich verkleidet aussahen, wie aus einem drittklassigen Porno, einen unschuldigen Jungen mit hingebungsvoller Brutalität folterten. Mohammed war zum Zeitpunkt seines Mordes vermutlich keine achtzehn Jahre alt.

Anfangs machte er einen wissenden und zustimmenden Eindruck auf ihn. Ob sie ihn für eine SM-Session gebucht hatten? Ging er auf den Strich? Es hätte ins Bild gepasst. Ein mittelloser, junger Schwuler, der sich sein Partyleben und seinen Drogenkonsum mit Prostitution finanzierte. Er wäre nicht der Erste und sicher nicht der Letzte, der das tat.

Ganz egal, ob sie ihn bezahlten oder nicht, er war zunächst bereit, ihr Spiel mitzumachen. So lange, bis er erkennen musste, dass es kein Spiel war.

Irgendwann zwischen Timecode 00:55 und 01:15 dämmerte ihm, auf was er sich eingelassen hatte. Angst ergriff von ihm Besitz. Todesangst. Als die beiden Folterknechte das bemerkten, legten sie erst richtig los. Seine Verzweiflung turnte sie an.

Er begann, sich massiver zu wehren, schrie und fluchte und bäumte sich auf. Als er erkennen musste, wie sinnlos das war, begann er zu bitten, flehte, bettelte. Am Ende blieben nur Winseln und Schluchzen, unterbrochen von lauten Schmerzschreien.

Immer wieder war Sören gezwungen zu unterbrechen, sich eine Pause von der kaum erträglichen, perversen Brutalität zu nehmen.

Im Laufe seiner Karriere hatte er schon viele schreckliche, ekelerregende, kaum auszuhaltende Dinge gesehen. Bilder in seinem Kopf, die ihn bis heute verfolgten, heimsuchten.

Die Aufnahmen, die er auf dem Notebook gefunden hatte, standen jenen in nichts nach. Auch ohne sie war ihm klar gewesen, dass Mohammed vor seinem Tod Unvorstellbares hatte erleiden müssen. Doch Augenzeuge jenes Martyriums zu werden, hätte er sich nicht träumen lassen.

Sören erhob sich von seinem Schreibtischstuhl, streckte sich, setzte neuen Kaffee auf, zündete sich eine Zigarette an. Die Routine gab ihm Halt, ließ das Grauen zu etwas weniger Fassbarem werden, brachte Distanz. Und ekelhaft kühle Objektivität.

Er sammelte sich. Laut Timecode würde das Video bald enden. Das widerwärtige Finale stand kurz bevor.

Der Tod. Ob er für Mohammed eine Erlösung war? Ob er ihn nach all den Stunden der Qualen und des Leids herbeigesehnt hatte?

Um sich von dem alptraumhaften Martyrium abzulenken, begutachtete Sören seine kleine Trophäensammlung. Neben dem Notebook war ein Feuerzeug, ein ungeöffnetes Päckchen Zigaretten, Marke Marlboro, und ein dicker Schlüsselbund aus dem Rucksack gefallen. Vor allem Letzterer war von Interesse. Die Schlüssel daran hätten unterschiedlicher nicht sein können, gehörten zu modernen Sicherungsanlagen und offensichtlich zu alten Vorhängeschlössern.

Nachdem ihm der unbekannte Kapuzenträger entwischt war, hatte Sören die Sachen hastig auf dem Waldboden zusammengesammelt und sich davongemacht, bevor ihn die beiden Polizeibeamten erreichen konnten.

Er würde diese Beweismittel an Steiner übergeben. Doch zunächst wollte er sich selbst einen Überblick verschaffen und den Inhalt des Notebooks checken.

Zurück in seinem Büro stellte er zu seiner Überraschung fest, dass es nicht durch ein Kennwort geschützt war. Was ihn dann beim ersten oberflächlichen Durchstöbern der Festplatte auch nicht weiter verwunderte. Er fand nämlich absolut gar nichts. Keine Bilder, Dokumente oder Audiodateien.

Selbst die Chronik des Internetbrowsers war leer.

Enttäuschung machte sich breit. Falls es sich um Bambis verschwundenes Gerät handeln sollte, hatte jemand ganze Arbeit geleistet. Es dauerte zwei Stunden, bis er die Datei fand. Gut getarnt als angebliche Windows-Installationshilfe.

Nachdem der Kaffee durchgelaufen war, kehrte Sören mit seiner wieder aufgefüllten Tasse und einer Kippe im Mundwinkel an den Schreibtisch zurück.

Ihm stand der Sinn nach Alkohol. Etwas Hochprozentigem. Doch er wollte nüchtern bleiben. Wenn er jemals in seinem Leben einen klaren Verstand gebraucht hatte, dann jetzt.

Mit einem erschöpften Seufzen drückte er auf den Play-Button. Das eingefrorene Bild erwachte zum Leben.

Er zwang sich, Mohammeds zuckenden, leidvollen Todeskampf anzusehen, sich nicht abzuwenden. Zweimal schien es, als wäre es endlich vollbracht. Doch kaum ließ der Mörder von ihm ab, schnappte er jäh nach Luft. Wieder legte sein Peiniger Hand an. Einmal umfasste er ihn gar von hinten, drückte den Hals zwischen Unter- und Oberarm zusammen.

Sören musste sich immer wieder gewahr werden, dass er gerade Zeuge eines längst vergangenen Todeskampfes wurde. Dieser Mord war aufgezeichnet und fand nicht gerade statt, auch wenn ihn die Unmittelbarkeit der Aufnahme das glauben ließ.

Dann zuckte Mohammed noch einmal kurz und heftig, bevor das Leben aus seinem Körper entwich und er kaum merklich in sich zusammensackte.

Von der Kraftanstrengung und wohl auch vom Akt des Tötens mitgenommen, taumelte sein Mörder umher, stützte sich schließlich auf der Stuhllehne ab. Prüfend gesellte sich der zweite Maskierte wieder hinzu, tastete den Puls des Opfers und nickte dann in perverser Erhabenheit in Richtung der Kamera. Wie zwei Priester nach einer religiösen Zeremonie schritten die Männer aus dem Bild. Für einige Sekunden war nur der Leichnam im Lichtkegel zu sehen. Dann ein harter Schnitt.

Jemand hatte die Aufnahme für eine unbestimmte Zeit ausgesetzt. Im ersten Moment konnte Sören keinen Unterschied erkennen. Dann fiel ihm allerdings auf, dass die zuvor achtlos auf dem Boden umherliegenden Folterwerkzeuge verschwunden waren. Auch hatte man sich die Mühe gemacht, den Toten zu reinigen.

Plötzlich trat einer der maskierten Männer vor die Kamera. An Körperbau und Gangart konnte ihn Sören als den Mörder identifizieren. Der Würger.

Mit schweren, stockenden Schritten näherte er sich Mohammed, verharrte kurz, streichelte ihm sanft durch das Haar.

Petersen verspürte einen starken Brechreiz, den er nur mit Mühe herunterschlucken konnte. „Du perverses Schwein", knurrte er wütend.

Als hätte der Maskierte ihn gehört, drehte er sich zu seinem imaginären Zuschauer um. Er hob seine Rechte und zog langsam die Pestmaske ab.

Sören stockte der Atem. Würde sich der Würger wirklich zu erkennen geben? Langsam rutschte das schwarze Leder höher und höher, offenbarte einen schlanken Hals, einen gepflegten Drei-Tage-Bart, volle, Lippen – und braune Rehaugen.

Bambi.

Peterson gefror das Blut in den Adern. Er konnte nicht glauben, was er da sah. Und doch gab es keinen Zweifel.

Andreas Daume verzog sein zartes, unschuldiges Gesicht zu einer grinsenden Fratze. Sein triumphierendes Lächeln brannte sich auf Sörens Netzhaut ein.

Mit pubertärem Gehabe tänzelte er um die Leiche, küsste sie auf die Stirn. Dann ging er zur Kamera, formte mit seinen Fingern ein Viktoriazeichen. „Was für eine Show!", sagte er. Unüberhörbarer Stolz schwang in seiner Stimme mit.

Es war der Stolz eines Mannes, der auf undenkbar grausame Art und Weise über sich selbst hinausgewachsen war, der voller Zufriedenheit war, sich etwas Unvorstellbares getraut zu haben.

Jäh wurde der Bildschirm dunkel. Die Aufnahme endete und ließ Sören erschüttert und ungläubig zurück. Benommen stemmte er sich aus seinem Stuhl, stolperte zur Toilette und übergab seinen Mageninhalt der Kloschüssel.

19

Breitbeinig, die Arme in die Hüfte gestemmt, baute sich Steiner vor ihm auf. „Und das hast du im Wald gefunden?", knurrte er.

Er wollte bedrohlich wirken, erinnerte Sören jedoch mehr an einen trotzigen, kleinen Buben, dem soeben die Show gestohlen wurde.

Nachdem Petersen das Video zu Ende geschaut und die alles verändernde Erkenntnis, dass ein mutmaßlich unschuldiges Mordopfer ein sadistischer Mörder war, verarbeitet hatte, verbrachte er die restliche Nacht damit zu überlegen, was nun zu tun war.

Neben dem Notebook musste er Steiner ebenso die Schlüssel aushändigen, die er sich allerdings zuvor bei einem Bekannten, der keine Fragen stellte, allesamt nachmachen ließ.

Dann fuhr er ins LKA.

Zwei Stunden verschanzte sich Steiner gemeinsam mit seinem Team zur Materialsichtung im Raum der Soko und ließ Sören auf dem Gang warten. Einmal huschte kurz Richard mit aschfahlem Gesicht vorbei. Abgesehen von einem knappen Nicken ignorierte er den Privatdetektiv allerdings. Er war offenbar noch immer verstimmt.

Auch Basimah, die nach etwa einer Stunde hinzugezogen wurde, ließ sich nur zu einer kurzen Begrüßungsfloskel herab. Eine abweisende Anspannung hatte sich in der Mordkommission breitgemacht. Einmal mehr wurde Sören auf schmerzvolle Weise vor Augen geführt, dass er nicht mehr dazugehörte.

Dementsprechend trotzig reagierte er. „Wenn du mir nicht glaubst, Steiner, lass es eben."

„Du bist quasi zufällig über diesen Laptop gestolpert? Genauso wie über die Kamerafalle im Tiergarten", bohrte der Kommissar weiter.

Bedächtig erhob sich Petersen von seinem Stuhl. Er war einen ganzen Kopf größer als Steiner, was diesen wiederum zwang, zu ihm emporzuschauen.

„Noch mal: Ich habe die Blumen am augenscheinlichen Fundort der Leiche entdeckt. Dann kam dieser Mann mit dem Kapuzenpullover …", begann Sören erneut seine Geschichte relativ wahrheitsgetreu zu erzählen. Er hatte sich angesichts der schockierenden Aufnahmen entschlossen, bei seinen Ausführungen nahe an dem zu bleiben, wie es sich wirklich zugetragen hatte.

Es brachte sowieso nichts, weiterhin zu leugnen, er sei nicht an dem Fall dran. Lediglich, dass er die beiden Polizeibeamten bemerkt hatte, ließ er unter den Tisch fallen.

Mit einem wütenden Schnauben schnitt ihm Steiner das Wort ab. „Hör auf mit dem Unsinn! Zwei Kollegen haben dich gesehen. Du wurdest aufgefordert stehenzubleiben. Dieser Aufforderung hast du allerdings nicht Folge geleistet …"

„Worum geht es hier eigentlich?", blaffte Sören, seiner letzten Geduldsreserven beraubt. „Ich liefere entscheidende Hinweise und du tust gerade so, als wäre ich persönlich in diese Sache verwickelt. Irgendwie verdächtig."

„… das kann als Widerstand gegen Vollstreckungsbeamte gewertet werden. Mindestens Behinderung der Polizeiarbeit", fuhr Steiner ungerührt fort. „Aneignung von Beweismaterial – inklusive dessen Kontamination."

„Ich habe den verdammten Computer nur mit Handschuhen angefasst", wehrte sich Sören.

„Beihilfe zur Flucht eines Verdächtigen."

„So ein verdammter Unsinn!" Petersen schrie.

Steiner quittierte seinen Wutausbruch mit einem zufriedenen Lächeln und fuhr ungerührt mit seiner Aufzählung angeblicher Missetaten fort.

„Und nicht zu vergessen: Einbruch."

Sörens überraschtes, kurzes Zucken verriet ihn. Natürlich wusste er sofort, worauf Steiner anspielte.

„Daumes Nachbarin hat dich identifiziert. Wir wissen, du warst in dem Apartment."

„Einen Scheiß wisst ihr!"

Ungerührt winkte Steiner zwei Kollegen heran.

„Sören Petersen, hiermit sind Sie vorläufig festgenommen. Sie haben das Recht …"

„Bist du verrückt geworden? Jeder Richter wird dich in der Luft zerreißen."

„Das lass mal meine Sorge sein. Einen Richter siehst du frühstens morgen. Eine Nacht in Polizeigewahrsam wird dir guttun. Ist ja dann fast wie früher." Steiner grinste humorlos. Dann klickten melodramatisch, aber effektvoll die Handschellen.

Sechs Stunden in einer Zelle ließen Sörens Wut abebben. Als ihm sein karges Abendessen gereicht wurde, war aus seinem emotionalen Tsunami eine überschwappende Badewanne geworden.

Sollte Steiner, dieser Idiot, anordnen, was er nicht lassen konnte. Maximal zwei Tage durfte er ohne richterlichen Beschluss festgehalten werden. Alles halb so wild. Ob er nun in einer Zelle saß oder in seinem Apartment – was machte das für einen Unterschied. Dort draußen gab es sowieso niemanden, der ihn vermisste. Höchstens Mara Bella. Oder vielleicht Kevin. Aber der zählte für ihn in diesem Moment nicht.

Wesentlich schwerer wog: keine Zigaretten, kein Alkohol. Sehr unerfreulich. Äußerst unerfreulich.

Also tat Petersen das einzig Sinnvolle: Er legte sich auf die spartanische, jedoch überraschend komfortable Pritsche. Gierig stürzte sich sein Körper auf diese Gelegenheit. Kaum hatte er sich in die Horizontale begeben, fiel er in einen tiefen, traumlosen Schlaf. Sein Geist verlor sich dankbar in der Dunkelheit.

Das Nächste, was Sören wahrnahm, war das metallische Klirren von Schlüsseln. Gefolgt von unangenehmem Quietschen. Die Zellentür wurde geöffnet.

Benommen und ohne jedes Zeitgefühl stemmte er sich hoch. Wie lange hatte er geschlafen? Der fensterlose Raum gewährte ihm keinerlei Anhaltspunkte. War es mitten in der Nacht oder bereits spät am nächsten Tag?

„Sie können gehen“, grunzte der Wärter.

„Ist Steiner zur Vernunft gekommen“, stellte Sören nicht ohne triumphierenden Unterton in der Stimme fest.

„Sagen wir es so, er wurde zur Vernunft gebracht“, erklang Constanze Starks Stimme aus dem Hintergrund.

„Was machen Sie denn hier zum Teufel?“

„Bitte gern geschehen. Nichts zu danken. Es war mir eine Freude, Ihren Hintern aus dieser verlausten Gefängniszelle zu holen“, entgegnete sie mit kühlem Sarkasmus.

„Ich sollte wohl überrascht sein“, entgegnete Sören trocken. Wobei er es tatsächlich ein Stück weit war.

„Keineswegs. Als Ihre Anwältin ist es schließlich meine Pflicht, Sie wieder rauszuholen."

„Meine Anwältin?"

Der Wärter musterte die beiden argwöhnisch.

„Ich schlage vor, wir setzen dieses Gespräch draußen fort. Es sei denn, Sie haben ein gesteigertes Interesse daran, den Rest der Nacht hier zu verbringen", befand Constanze mit gedämpfter Stimme.

Weitgehend schweigend verließen sie Seite an Seite das LKA. Eine kühle, diesige Nacht empfing Sören. Ihn fröstelte.

„Mein Taxi wartet dort vorne. Soll ich Sie mitnehmen?"

Er grummelte etwas vor sich hin. Es konnte als vage Zustimmung interpretiert werden.

Erst als der Fahrer, dessen Taxameter aufgrund der langen Wartezeit inzwischen im dreistelligen Bereich angelangt war, viel zu schnell den Mehringdamm hinunterraste, nahm Sören den Gesprächsfaden wieder auf. „Woher wussten Sie, dass mich Steiner festgesetzt hat?"

Sie lächelte müde, hüllte sich allerdings in Schweigen.

„Ich habe verdammt noch mal genug von Ihrer geheimnisvollen Attitüde! Das hier ist kein Spiel! Wir haben es mit zwei Morden zu tun, zwischen denen es eine bisher unbekannte Verbindung gibt. Haben wir diese Verbindung, haben wir den Täter. Sie müssen mit der Sprache herausrücken, wer Sie beauftragt hat."

„Sind wir schon wieder an diesem Punkt?"

„Verfickte Scheiße! Wir waren niemals über diesen Punkt hinaus!", schrie Sören, den Fahrer ignorierend, der ihnen durch den Rückspiegel skeptische Blicke zuwarf.

„Ich habe Ihnen schon einmal gesagt, mein Auftraggeber kann nicht der Mörder von Andreas Daume sein. Er hat ein Alibi. Im Übrigen auch für den Tag, an dem das Foltervideo entstand. Es war wohl nicht besonders schwer für die Techniker, das Aufnahmedatum herauszufinden. Juni vor zwei Jahren. Damals war mein Klient auf einer mehrwöchigen Auslandsreise. Gemeinsam mit seinem Partner. Es ist absolut ausgeschlossen …"

„Darum geht es längst nicht mehr! Wir müssen herausfinden, wie diese beiden grauenvollen Verbrechen zusammenhängen.“

„Mein Mandant ist nicht der gesuchte Serienkiller. Ausgeschlossen.“

„Wer sagt denn, dass es nur einen Mörder gibt? Das ist Steiners Theorie. Es gibt allerdings Hinweise …“

„Genug jetzt! Ich werde nicht weiter mit Ihnen diskutieren. Sie haben jede Distanz verloren. Überlassen Sie die Ermittlungen der Polizei. Auch wenn Ihnen das aus verständlichen Gründen schwerfällt.“

„Ich soll das Ganze auf sich beruhen lassen? Dafür ist es wohl etwas spät. Und der leitende Beamte ist ein Vollidiot.“

„Auf zwei ungelöste Morde mehr oder weniger kommt es in dieser Stadt nun wirklich nicht an. Möglicherweise ist der Mörder – oder die Mörder – einfach zu gerissen.“

„Blödsinn! Es gibt keine perfekten Verbrechen. Fehler sind menschlich. Jeder, egal ob Mörder oder Dieb, begeht sie. Wir müssen sie nur finden und die richtigen Schlüsse daraus ziehen. Das lehrt mich meine Erfahrung.“

„Eine erstaunlich überhebliche Annahme, die noch dazu auf einer falschen Prämisse beruht“, entgegnete Stark ungerührt.

„Wie meinen Sie das?“

„Ein perfektes Verbrechen wird niemals als solches entblößt. Folglich landet es auch niemals auf dem Schreibtisch eines Polizisten. Ergo: Sie hatten es im Laufe Ihrer zugegeben beeindruckenden Karriere niemals mit einem solchen zu tun.“

Er schaute sie verdutzt an. Auf diese Weise hatte er die Kriminalistik nie betrachtet. Warum war ihm diese Offensichtlichkeit bisher entgangen?

Sie bemerkte seine perplexe Verwunderung. Ein gewinnendes Lächeln umwehte sie. „Das ist auch der Grund, warum wir beide bisher nie das Vergnügen miteinander gehabt haben.“

Sören musste angesichts ihrer Chuzpe grinsen.

Mit einer Vollbremsung kam das Taxi zum Stehen. Der Fahrer fluchte. Eine Gruppe Jugendlicher torkelte lachend, singend und grölend über die Straßen. Nichts konnte ihnen etwas anhaben. Zumindest benahmen sie sich so. Wohin sie wohl unterwegs waren? Nach Hause? In einen Club? Zur nächstbesten Dönerbude?

„Wehmütig?“ Starks Stimme zerrte ihn zurück in den Wagen.

„Das Opfer, ich meine, das wirkliche Opfer“, entgegnete er, „der arme Kerl, der von Bambi und diesem Unbekannten zu Tode gefoltert wurde … Ich kannte ihn. Nicht gut. Nur flüchtig. Von einem Fall.“

Sören zögerte. Es war wohl besser, den Zusammenhang mit seinem Ex an dieser Stelle zu verschweigen. Wenn das Video tatsächlich im Juni vor zwei Jahren entstand, war das lediglich einige Wochen, nachdem Mohammed und Than ihren Club-Besuch in der *Cathedral* beinahe mit dem Leben bezahlt hatten.

Stark beobachtete ihn mit studierendem Blick. Es war ihm, als würde sie seine Gedanken lesen.

„Der Kerl, dieser Mohammed, war ein armes Schwein. Ein Flüchtling. Als Teenager schlug er sich nach Deutschland durch. Die Integration gestaltete sich allerdings schwer. Er kam auf die schiefe Bahn. Kein fester Wohnsitz. Drogen. Wahrscheinlich Prostitution. Frau Stark, als er ermordet wurde, war er nicht einmal volljährig.“

Sie zuckte kaum merklich zusammen. Als hätte er sie gezwickt. Plötzlich lag in ihrem Gesichtsausdruck etwas anderes. Mitleid? Angst? Wut? Er konnte es nicht deuten. War das ihr wunder Punkt?

„Er wurde gerade einmal sechzehn, bevor er in irgendeinem Folterkeller qualvoll verreckte. Ohne dass es jemand mitbekam. Einfach ausgelöscht, vor den Augen der Welt verborgen. Bis heute. Finden Sie nicht, wir sind es ihm schuldig …“

„Genug jetzt!“, unterbrach sie ihn mit scharfer Stimme. „Ich glaube, unsere Wege trennen sich an dieser Stelle. Ihre Dienste werden nicht mehr benötigt.“

Petersen seufzte.

„Denken Sie wirklich, damit ist die Sache für mich erledigt? Nur weil ich keinen Scheck mehr von Ihnen bekomme?“

„Das hoffe und rate ich Ihnen“, entgegnete Constanze leise, stur aus dem Fenster schauend.

Der Wagen stoppte.

„Da wären wir“, stellte der Fahrer fest.

„Was ist?“, fragte sie ihn mit einem scharfen Unterton in der Stimme, als er keine Anstalten machte, den Wagen zu verlassen. „Besäßen Sie wohl die Freundlichkeit auszusteigen? Ich habe noch etwas zu erledigen.“

Er fragte sich, woher ihre unvermittelte Gereiztheit rührte. Diese verkniffene Anspannung hatte er nie bei ihr beobachtet. Andererseits, wie gut kannte er sie schon? Ob sie wirklich noch einen Termin hatte? Um diese Uhrzeit? Mitten in der Nacht?

Sören seufzte. „Wir sehen uns“, sagte er zum Abschied.

Mit müden Augen starrte Hannes Roth auf die ausgedruckten Screenshots, unfähig, das Gehörte zu verarbeiten. Schweigend saß ihm Constanze Stark im Wohnzimmer gegenüber. Rosemarie Zille schlief bereits.

Das leise Ticken der Wanduhr füllte die Stille aus. Es war bereits weit nach ein Uhr.

„Es muss für Sie ein Schock sein. Doch ich fand, Sie sollten es so schnell wie möglich erfahren, damit die nötigen Vorbereitungen getroffen werden können. Die Polizei wird sicherlich morgen bei der Senatorin vorstellig …“

„Ich verstehe das nicht“, unterbrach Roth. Er schaute sie flehentlich an. Natürlich verstand er, was sie ihm gesagt hatte, klammerte sich allerdings an die Hoffnung, er möge etwas falsch aufgefasst haben.

Ihm musste die unfassbare Tragweite klar sein. Die persönliche, menschliche wie auch die politische.

Die Karriere der Senatorin war beendet. Der Traum vom Roten Rathaus endgültig geplatzt. Schlimmer noch, Roths Lebenspartnerin würde zu einer *Persona non grata* werden. Undenkbar, dass sie sich jemals wieder um ein öffentliches Amt bewarb. Sobald bekannt wurde, was Bambi getan hatte, war die Politikerin Zille tot. Fortan würde es ausschließlich die

Mutter eines perversen, kranken Mörders geben. Die Frau, die eine Bestie geboren, gesäugt und aufgezogen hatte.

Alles andere, ihre komplette Lebensleistung, ihr komplettes Wirken sollte dahinter verblassen. Das war das Ende. Ihr Ende. Sein Ende.

„Es tut mir leid", sagte Stark. Und das tat es ihr wirklich. Mitfühlend ergriff sie Roths Hand. Eine Geste, die sie nur wenigen Menschen und nur in außergewöhnlichen Situationen zuteilwerden ließ.

„Und es gibt keinen Zweifel?" Er starrte noch immer ungläubig auf den Ausdruck, in Daumes feixend grinsendes Gesicht, kurz nachdem er sich die Kapuze abgezogen hatte.

„Keinen. Die Techniker haben das Video geprüft. Es ist echt. Ich kann es Ihnen gerne zukommen lassen. Aber ich flehe Sie an, sich diese Grausamkeit nicht zuzumuten. Glauben Sie mir, Sie wollen das nicht sehen."

Er schluckte schwer, dann sprang er auf, stürmte in die Küche und übergab sich. Stark blieb regungslos sitzen. Ließ ihm die Zeit, die er brauchte, lauschte dem Rauschen des Wasserhahns. Als Roth zurück ins Wohnzimmer kam, hatte er eine Flasche Wodka und zwei Gläser in der Hand.

„Trinken Sie einen mit?" Seine Stimme war zittrig. Er rang um Fassung. Seine Selbstkontrolle, diese professionelle Beherrschtheit, beeindruckte sie, stellte ihre nächtliche Offenbarung doch lediglich den grausamen Höhepunkt schicksalhafter und fraglos nervenaufreibender Wochen dar.

„Ja, gerne", entgegnete sie sanft.

„Wodka Gorbatschow. Andreas hat mir die Flasche vor einigen Monaten geschenkt." Ein Lächeln erschien auf seinem Gesicht. „Er sagte, nicht jeder könne von sich behaupten, dass eine Alkoholmarke nach ihm benannt sei. Ich mochte seinen Sinn für Humor."

Das Lächeln erstarb genauso schnell, wie es gekommen war. „O Gott, was red ich da. Er hat einen Menschen ermordet. Gefoltert. Er ist … Er war … Was soll ich jetzt mit all diesen Erinnerungen anfangen? Der Mensch, den ich glaubte zu kennen, den gab es nie. Trotzdem vermisse ich ihn. Trotzdem trauere ich um ihn. Ist das überhaupt angemessen?“

„Ich glaube, in diesen Fragen bin ich die Falsche, um einen Ratschlag erteilen zu dürfen. Vielleicht wäre ein Priester hier die bessere Wahl“, entgegnete Stark ohne jede Ironie.

Er reichte ihr ein bis zum Rand gefülltes Glas.

„Möglicherweise. Extreme Situationen erfordern extreme Maßnahmen.“ Er schenkte sich einen nicht weniger großzügig bemessenen Schluck ein. „Ich habe nie an Gott geglaubt. Gleichwohl bin ich längst nicht mehr in der Situation, in der ich mir aussuchen könnte, von wem ich Hilfe und Beistand annehme.“

Sie prosteten sich schweigend zu. Er leerte sein Glas in einem Zug. Constanze nippte daran.

„Soll ich dabei sein, wenn Sie mit der Senatorin sprechen?“ Es war ein ehrlich gemeintes Angebot. Doch Stark fiel es schwer, ihre Erleichterung zu verbergen, als Roth dankend ablehnte.

Er schenkte sich nach, stürzte auch den zweiten Wodka, ohne mit der Wimper zu zucken, herunter. Dann vergrub er den Kopf in seinen Händen. „Das ist ein Alptraum. Ohne Hoffnung auf ein Erwachen.“

Sie nickte zustimmend. Was sollte sie auch sagen? Worte der Linderung oder gar des Trostes wollten einfach nicht über ihre Lippen kommen.

„Warum hat er das gemacht?“

„Wenn ich Ihnen einen Rat geben darf?“

„Ich bitte darum.“

„Diese Frage sollten Sie nicht stellen. Zumindest nicht jetzt. Es ist müßig, darauf eine Antwort finden zu wollen. Sie müssen sich auf das Machbare konzentrieren. Auf das, was vor Ihnen liegt und was es zu tun und zu regeln gilt. Die Senatorin …“, sie zögerte kurz, „Ihre Freundin braucht von nun an mehr denn je jemanden an ihrer Seite, der einen klaren Kopf behält und sich nicht in solchen Fragen verirrt, daran verzweifelt. Das wird sie nämlich tun. Daher ist es umso wichtiger, dass Sie rational handeln, stark bleiben, Rosemarie abschirmen.“

„Das schaffe ich nicht.“ Er schaute Stark mit blutunterlaufenen Augen an.

„Ich kann Ihnen bei organisatorischen Dingen helfen. Allerdings fände ich es ratsam, wenn Sie jemand anderen hinzuziehen. Hat die Senatorin eine gute Freundin? Eine Vertrauensperson?“

Er nickte. „Ja. Ute. Sie kennen sich seit der Kindheit.“

Er wischte sich verlegen die Tränen von der Wange.

„Gut“, stellte Stark geschäftsmäßig fest. „Rufen Sie sie an. Noch heute Nacht. Sie soll herkommen. Und morgen, bei Tagesanbruch, verlassen Sie die Stadt.“

„Und die Polizei? Die Partei?“

„Um die Behörden kümmere ich mich. Ganz offiziell. Als Ihre Anwältin. Ich nehme an, es wird sich leider nicht vermeiden lassen, mit denen zu sprechen. Was die Partei angeht, man wird froh sein, wenn Sie beide einfach untertauchen und von der Bildfläche verschwinden. Ein Rücktritt von allen Ämtern ist unausweichlich. Aber dazu genügt eine kurze, schriftliche Erklärung. Ich lasse eine aufsetzen.“

Ohne Vorwarnung beugte sich Roth zu ihr herüber und umarmte sie.

„Danke“, flüsterte er. „Danke. Danke.“

Unbeholfen tätschelte sie seine Schulter, entzog sich dann galant seiner Nähe. „Ich werde jetzt in mein Büro fahren und alles Nötige in die Wege leiten.“

Er nickte. Ein letztes Schniefen. Dann gewann der Profi in ihm endgültig wieder die Oberhand. Wie lange besaß er die Kraft dafür? Constanze wünschte ihm, noch einige Tage durchzuhalten.

Als sie ging, hatte er sich den vierten Wodka eingeschenkt. Hoffentlich kannte er diesbezüglich seine Grenzen.

Es würde eine lange Nacht werden. Für sie beide.

Nachdem er von Stark zu Hause abgeliefert worden war, tigerte Sören aufgekratzt durch die Wohnung. Er hatte in seiner Zelle so gut und tief geschlafen wie lange nicht mehr. Umso größer war jetzt seine Ruhelosigkeit. Kurzentschlossen zog er seine Jacke wieder an und stapfte durch die kühle Nacht zum *BdW*.

Mara Bella lungerte mangels Gästen auf einem Barhocker herum und spielte Sudoku. Ihre Laune war gedrückt. Sören bediente sich selbst und nahm mit einem großzügig bemessenen Gin Tonic neben ihr Platz.

„Willst du darüber sprechen?“, fragte er.

„Ich hab Post von meinem Vermieter bekommen. Er verkauft das Haus. Keine Ahnung, ob ich meine Wohnung halten kann.“

„Scheiße.“

„Du sagst es.“

Sie stießen an. Sören wusste nicht, was er sagen sollte. Er war zu erschöpft. Mit halbem Ohr hörte er Mara zu. Nebenbei surfte er ohne rechtes Ziel auf seinem Smartphone herum.

Grindr. Zeit Online. Gayromeo. Facebook. Schließlich wieder Grindr.

Plötzlich fiel ihm ein Profil auf. Laut Standortangabe einige hundert Meter entfernt. Er tippte auf das Foto und brauchte einen Moment, um zu begreifen.

„… aber mein Nachbar sagt, es würde nichts bringen, mit den neuen Eigentümern darüber zu sprechen.“

„Das ist unmöglich!“, rief Sören.

„Ich weiß! Ich finde auch, die Hausgemeinschaft sollte …“

„Nein! Ich meine … entschuldige! Ich habe gerade einen Geist gefunden.“

Er zeigte Mara das Bild auf seinem Display.

Sie hob, wenig überrascht, die Augenbraue. „Was ist mit John?“

„Kennst du ihn etwa?“ Sörens Stimme überschlug sich, wurde mit jeder Silbe mehr zu einem hysterisch überdrehten Quieken.

„Sein Name ist John. Zumindest nennt er sich selbst so. Einer der Stricher im Kiez. Lungert häufig hier rum, wenn ich die *BdW* aufschließe. Manchmal trinken wir einen Kaffee zusammen.“

Sören verstand die Welt nicht mehr.

„Wann … Wann hast du John … ihn … zuletzt gesehen?“, fragte er stotternd.

Sie überlegte kurz. „Gestern. Nein, warte, vorgestern.“

„Und du bist dir ganz sicher?“

„Ja, logo! Was ist nur los mit dir?“ Ein Hauch von Ungeduld und zugleich eine Spur Besorgnis hatten sich in ihre Stimme geschlichen.

„John heißt in Wirklichkeit Mohammed. Und dürfte eigentlich gar nicht mehr am Leben sein. Er ist der Typ, der vor zwei Jahren gemeinsam mit Than wegen einer Überdosis eingeliefert wurde und der, wie ich seit Kurzem weiß, nur wenig später von Bambi grausam gefoltert und abgeschlachtet wurde.“

„Um ehrlich zu sein, kann ich dir nicht folgen.“

Natürlich konnte sie das nicht. Sören konnte seinen eigenen Überlegungen ja kaum folgen.

„Habe ich dann etwa mit einem Geist gesprochen?“, frotzelte Mara, die Tragweite dieser Entdeckung nicht begreifend.

„Nein. Das hast du gewiss nicht“, entgegnete Sören abwesend.

Innerhalb weniger Sekunden fügte sich das Puzzle in seinem Kopf zusammen. Endlich ergaben die einzelnen Teile einen Sinn. Das Gesamtbild war schief, lückenhaft, nicht zuletzt hypothetisch. Aber zum ersten Mal seit jenem Tag, als Bambis Leiche im Tiergarten gefunden worden war, hatte Sören eben genau das: eine Hypothese. Und das war so viel mehr, als er zu Beginn des Abends auch nur zu hoffen gewagt hätte.

20

Die Flügeltür wurde geöffnet. Er trat in den Vorraum und lächelte ihr kurz zu. Erleichterung zeigte sich auf seinem Gesicht. Oder war es Zufriedenheit? Sie konnte diesen Ausdruck nicht einschätzen. Er trug ihn immer nach einer seiner Sitzungen zur Schau.

„Wollen wir?“, fragte er.

„Würden Sie schon einmal vorgehen?“, bat Constanze freundlich.

Er war kurz irritiert. Das war ungewöhnlich. Normalerweise gingen sie gemeinsam.

„Ich habe noch etwas mit Frau Doktor Winter zu besprechen.“

Sein Blick wurde flatterhaft. Nervös. „Keine Sorge, Herr Staatssekretär, es geht nicht um Sie. Es ist eine private Angelegenheit.“

Wolfram Leitinger nickte stumm. Ein tapferes Lächeln zur Schau tragend.

„Ich warte dann in der Tiefgarage auf Sie“, nuschelte er verunsichert.

Stark verharrte regungslos, bis die Wohnungstür ins Schloss fiel. Sie wollte sicher sein, dass er tatsächlich das Apartment verlassen hatte.

Sie betrat das Esszimmer. Eingenommen wurde der Raum von einem ausladenden Holztisch, um den rote Schalensessel gruppiert waren. An der Wand hingen großformatige Fotografien von Wasserfällen.

Das typische, nichtssagende Interieur eines möblierten Apartments. Zusammengestellt mit der Intention, keinen potenziellen Mieter zu verstören. Egal, ob es sich um einen Geschäftsreisenden aus Saudi-Arabien, Party-Touristen aus Tel Aviv oder ein kulturinteressiertes Ehepaar aus New York handelte.

Seit inzwischen drei Jahren mietete Constanze nun schon unter ihrem Namen, im Auftrag von Wolfram Leitinger, solche Objekte. Stets für einige Tage, wobei der Politiker selbst die Wohnungen nur für wenige Stunden nutzte.

„Ich werde Ihnen ein Gesprächsprotokoll der heutigen Sitzung zukommen lassen. Wie immer“, erklärte Bella Winter reserviert, als sie Stark im Türrahmen bemerkte, ohne jedoch von ihrem Notizblock aufzuschauen.

Das Aussehen der Ärztin strafte ihren Namen Lügen. Sie war hässlich. Und Stark neigte eigentlich nicht dazu, in diesen Kategorien zu denken oder gar zu urteilen. Sie bewertete schlichtweg solche Zuschreibungen als willkürlich und das Koordinatensystem des Konzeptes der Schönheit damit für unbrauchbar. Auch wenn sexuelle Anziehungskraft ein Faktor war, den sie bei ihrer Arbeit stets berücksichtigen musste.

Doch Winter bildete eine Ausnahme, denn sie war nicht nur hässlich. Sie war unverfroren hässlich. Sie präsentierte ihr Aussehen in einer Art, wie es sonst nur Supermodels oder überaus attraktive Menschen zur Schau stellten.

„Es geht nicht um unseren gemeinsamen Klienten", stellte Constanze klar.

Winter schaute von ihren Unterlagen auf, rümpfte ihre Knollennase und fixierte sie aus ihren Mausaugen; die rechte buschige Braue fragend nach oben gezogen. Die Ärztin zeigte Stark gegenüber, auch nach all den Jahren, eine reservierte Distanz. An der Grenze zur Unfreundlichkeit.

Es hatte zu Beginn einiges an Überzeugungsarbeit gekostet, Winter und ihren Vorgesetzten von diesem speziellen Arrangement zu überzeugen. Sie konnte es ihnen nicht verdenken. Auch Constanze zweifelte lange, brütete in schlaflosen Nächten darüber, ob sie diesen Auftrag wirklich annehmen konnte.

Wolfram Leitinger, Innenstaatssekretär und Bundestagsabgeordneter aus Bayern, war eines Tages ohne Termin bei ihr im Büro aufgetaucht. Stammelnd und stotternd hatte er ihr sein Anliegen vorgebracht: Sie sollte ihm unter absoluter Geheimhaltung einen Platz im Pädophilie-Projekt der Charité verschaffen. Das Programm war konzipiert, um Menschen mit sexueller Präferenz für Kinder davor zu bewahren, zum Täter zu werden, Fantasien in die Realität umzusetzen.

Leitinger versicherte ihr unter Tränen, er habe sich nie etwas zu Schulden kommen lassen. Keine illegalen Filme angeschaut, noch nie ein kleines Mädchen unsittlich berührt oder Schlimmeres. Er wollte, dass es dabei blieb, brauchte allerdings Hilfe, da der Drang, sein dunkles Verlangen, stärker und stärker wurde.

Sie glaubte ihm. War schier überwältigt. Er hatte sich ihr anvertraut. Als erstem Menschen überhaupt. Gleichwohl konnte sie ihm nicht auf Anhieb zusagen. Etwas in ihr verkrampfte sich, als sie seine Geschichte hörte. Obwohl sie äußerlich ruhig blieb, raste ihr Puls, legte sich eine Schlinge um ihren Hals, während sie Leitingers Worten lauschte. Ein alter, dämonischer Abgrund, den sie erfolgreich zugeschüttet und mit massiven Brettern abgedeckt hatte, tat sich erneut auf. Ohne es verhindern zu können, ließ ihr Unterbewusstsein weggeschlossene Erinnerungen frei.

Die Geister der Vergangenheit. Bilder. Gerüche. Dahingestöhnte Wortfetzen.

Trotzdem nahm sie den Auftrag an. Sie fühlte sich dazu verpflichtet. Wenn sie nur ein einziges, unschuldiges Mädchen davor bewahrte, durchmachen zu müssen, was ihr selbst widerfahren war, dann hatte sie sich verdammt noch mal zusammenzureißen und zu funktionieren.

Sie verstand natürlich, warum Leitinger sie brauchte: Seine Angst war berechtigterweise groß, irgendjemand könne von seiner Teilnahme an diesem Präventionsprojekt erfahren. Regelmäßige Termine auf dem Charité-Gelände kamen nicht infrage. Keinen Kontakt zu Pflegern, Projektassistenten oder anderen Mitarbeitern. Seine Akte sollte unter falschem Namen angelegt und geführt werden. Nur die behandelnden Ärzte erfuhren seine wahre Identität.

Starks Aufgabe würde es sein, die Termine zu koordinieren, den Kontakt zum Sekretariat zu halten, Ferienwohnungen anzumieten, in denen die Sitzungen stattfinden konnten.

Sie stellte allerdings Bedingungen: uneingeschränkte Akteneinsicht, die Ärzte waren ihr gegenüber von der Schweigepflicht entbunden. Sollte sich Leitinger auch nur den kleinsten Fehltritt leisten, und sei es der Download eines verpixelten Bildchens im Internet, würde sie die Zusammenarbeit aufkündigen.

Er akzeptierte ihre Forderungen ohne Zögern.

Und so fuhr sie regelmäßig bei ihm zu Hause vor. Gelegentlich sammelte sie ihn auch im Ministerium auf, falls es seine Terminlage nicht anders zuließ. Wurden sie zusammen gesehen, war das absolut unverdächtig. Schließlich verkehrte Stark regelmäßig mit hochrangigen Politikern. Seinem Mitarbeiterstab konnte er die regelmäßigen Termine daher glaubhaft erklären. Kurzum: Sie war nicht nur Organisatorin, sondern auch Alibi.

Bella Winter war von Beginn an keine große Freundin dieses Arrangements, beugte sich aber am Ende dem Willen ihres Chefs. Constanze hatte sich über sie informiert. Sie galt international als Koryphäe auf dem Gebiet.

„Nun denn, Frau Stark, wie kann ich Ihnen behilflich sein?", bohrte die Ärztin nach.

„Es geht um eine Recherche."

„Eine Recherche", wiederholt Winter, ihre dünnen, fahlen Lippen gekräuselt.

„Ich nehme an, Sie haben von der Soko Bambi und den neusten Entwicklungen gehört?"

Erwartungsgemäß erlangte sie sofort die vollste, argwöhnische Aufmerksamkeit ihres Gegenübers. Nach der Pressekonferenz am vergangenen Morgen sprach jeder in Berlin über den Fall. Wahrscheinlich in ganz Deutschland.

„Habe ich."

„Sagen wir es so, ich bin am Rande in diese Geschichte involviert. Und ich frage mich …"

„Bevor Sie weiterreden, möchte ich Sie darauf hinweisen, dass ich mich Ihnen gegenüber nicht an meine ärztliche Schweigepflicht gebunden sehe", unterbrach Winter mit Nachdruck.

„Das verstehe ich. Ich bitte lediglich um Ihre Diskretion. Wie gesagt, ich bin am Rande involviert und habe auch eher einige allgemeine Fragen zu diesem", Stark zögerte kurz, suchte nach dem geeigneten Begriff, „Sachverhalt."

Winter legte ihren Stift beiseite und lehnte sich auffordernd in ihrem Stuhl zurück. Ihre Körperhaltung signalisierte: Lassen Sie hören!

„Diese Form des Sadismus, was können Sie mir darüber sagen? So ganz allgemein?"

Die Ärztin lächelte kurz. „Das ist keine sehr spezifische Frage."

„Ich muss zugeben, ich bin auf diesem Gebiet nicht besonders bewandert. Und ich wollte mich nicht auf irgendwelche zweifelhaften Internetquellen verlassen."

„Zunächst einmal: Dieser Mord hat nichts mit SM-Spielchen zu tun, wie wir sie aus *Shades of Grey* kennen. Anders als es der gemeine Volksglaube möglicherweise wahrnimmt, ist die Grundlage eines gesunden, sprich nicht-pathologischen Sadomasochismus, nicht Gewalt, sondern Vertrauen. Schmerz und Erniedrigung sind lediglich die Währungen in diesem Spiel. Die Subs …"

„Subs?"

„Submissiv. Der unterwürfige, devote Part", erklärte Winter.

Stark nickte. Diese sexuellen Begrifflichkeiten irritierten sie.

„Der Empfangende zieht aus dem Schmerz, der nicht zwangläufig körperlich sein muss, eine Befriedigung. Ebenso umgekehrt, der Gebende, der dominante Part. Er genießt es, wenn sich ihm jemand hingibt, ausliefert, bedingungslos vertraut. Und er, in einem abgesteckten Rahmen, mit seinem Gegenüber tun kann, was er möchte."

„Könnte es also ein aus dem Ruder gelaufenes Rollenspiel gewesen sein?"

Winter überlegte kurz. „Ich kenne das ominöse Video nicht. Allerdings bezweifle ich das, auf Grundlage dessen, was ich gehört habe. Vermutlich haben die Täter von Beginn an geplant, den Jungen umzubringen. Wie gesagt: SM basiert auf Vertrauen. Hier ging es um die pure, nackte Angst des Opfers. Und dessen Überlebenskampf, der schließlich in den Tod mündet."

„Wie Raubtiere, die über ihre Beute herfallen?" Stark bekam eine Gänsehaut. Ein Teil ihres Bewusstseins war längst jenseits dieses Raumes und dieser Zeit, weilte in der Vergangenheit, in den dunkelsten, abgeschirmten Ecken ihres Selbst. Dort, wo nur selten Licht hingelangen durfte.

Winter blieb die Veränderung Starks nicht verborgen. Plötzlich lag in ihrem Blick tiefes und zugleich bestärkendes Mitgefühl. Nicht jenes Mitleid, das Stark so sehr verachtete. Sondern eine warme Empathie. *Ich habe dich durchschaut. Ich weiß oder erahne zumindest, was du durchgemacht hast.*

„Raubtiere", nahm Winter den Vergleich auf, „sind keine geeignete Bezugsgröße. Ein Gepard, der ein Gazellenjunges reißt, tut dies, um zu überleben. Sein Instinkt lässt ihn jagen. Er hat Hunger. Das ist sein elementares Bedürfnis, dem er nachkommen muss. Diese Männer ..."

„Monster. Sie sind Monster."

„Nun, auch Monster sind Menschen. Haben ein stinknormales Leben. Eltern, Kinder, Freunde, Kollegen. Sie gehen am Samstag einkaufen, ins Kino, auf eine Party ..."

„Ein ganz normaler Mann", stellte Stark mit ausdrucksloser Stimme fest. Der Abgrund umfasste alle ihre Gedanken.

„Jemandem das Leben zu nehmen, ist ein Tabu. Vielleicht eines der letzten großen Tabus unserer aufgeklärten, westlichen Gesellschaften. Es ging diesen Männern um den Tabubruch. Daran haben sie sich berauscht. Alles andere war, wenn Sie so wollen, nur ein Vorspiel. Eine Möglichkeit, den Moment der Lust hinauszuzögern, auszuweiten."

„Haben die das zum ersten Mal gemacht?"

„Vermutlich nicht. Soweit ich das einsehen kann, haben Sie den gewaltsamen Tod eines Menschen ultimativ in Szene gesetzt. Zelebriert. Ein quasi-religiöses Ritual. So etwas entwickelt sich. Über Jahre, vielleicht sogar Jahrzehnte."

„Jahrzehnte? Andreas Daume wäre dieses Jahr erst dreißig Jahre alt geworden."

„Ich weiß. Vermutlich waren seine Mittäter bedeutend älter. Und erfahrener."

„Es könnte also weitere Opfer geben?"

Winter nickte. „Davon würde ich ausgehen."

„Ausschließlich Minderjährige?"

Winter wog den Kopf hin und her wie ein hospitalisierter Zirkuselefant.

„Ich glaube, das Alter spielt in diesem Fall eine untergeordnete Rolle. Auch das Aussehen. Allerdings suchen sich die Täter wahrscheinlich eher maskuline, Stärke und Unbeugsamkeit ausstrahlende Männer. Der Reiz, diese zu brechen, ist um ein Vielfaches höher."

„Also kein Pädophilenring?", hakte Stark nach.

Winters Augen ruhten durchdringend auf ihr. „Nein", antwortete sie. „Zunächst einmal war das Opfer kein Kind mehr. Eher ein junger Erwachsener, der die Grenze zur Pubertät längst überschritten hat. Damit kann man allerhöchstens noch von Hebephilie sprechen. Doch auch diese Zuschreibung passt meines Dafürhaltens nicht. Hier geht es nicht um Männer, wie etwa unseren gemeinsamen Klienten", sie nickte in Richtung der Wohnungstür, durch die Leitinger vor einigen Minuten verschwunden war. „Ihm geht es nicht um Gewalt. Auch wenn er, sollte er seine Vorlieben ausleben, Kindern Gewalt antun, sie zum Lustgewinn missbrauchen würde. Doch das ist nicht seine Motivation. Im Gegenteil. Viele Pädosexuelle glauben sogar, sie tun den Kindern etwas Gutes. Auch wenn sie auf einer anderen Eben wissen, dass es falsch ist, was sie tun." Winter legte eine kurze Pause ein, sortierte sich. Sie war jetzt ganz die Expertin. „Natürlich kommt es bei Kindesmissbrauch häufig zu Gewaltakten. Aber die Gewalt an sich, insbesondere in derart brutalen Ausprägung wie beim Fall Daume, ist nicht das Hauptmotiv."

Stark nickte. Mehr wollte sie nicht hören. Mehr brauchte sie nicht zu wissen. Winter wollte gerade ihren Vortag fortsetzen, als sie durch ein „Vielen Dank, Frau Doktor" unterbrochen wurde.

Wieder ein Lippenkräuseln. Offensichtlich schätzte es die Therapeutin nicht sonderlich, abgewürgt zu werden.

„Auf Wiedersehen."

„Auf Wiedersehen, Frau Stark."

Sie war bereits fast aus dem Zimmer, als Winters fragende Stimme sie zurückhielt.

„Persönliche Betroffenheit erschwert es mitunter, das Richtige zu tun."

Stark nickte ihr dankend zu. Sie verstand. Winter hatte sie durchschaut. Die Ärztin erahnte die Dunkelheit, die Abgründe und dankte ihr, sich trotz alledem auf Leitingers Auftrag eingelassen zu haben.

„Auf Wiedersehen", sagte Stark stoisch zum zweiten Mal. Ein einsamer Schweißtropfen rann über ihre Stirn. Winter schien zu spüren, dass sie den Raum schnellstmöglich verlassen wollte, ließ sie aber nicht vom Haken.

„Wir Menschen neigen dazu, gleichwertige Gewaltakte mit subjektiven und damit irrelevanten Maßstäben zu messen. Der Mord an einem Obdachlosen berührt uns weniger als der Mord an einer Studentin. Der Mord an einem jugendlichen Sexarbeiter ist weniger schändlich als an einem Familienvater. Aus einer Nichtbetroffenheit zu folgern, es ginge einen nichts an, ist schlichtweg falsch. Auch wenn dieser Fall, und ich möchte gar nicht wissen, wie tief Sie in der Sache drinstecken, nichts mit Kindesmissbrauch zu tun hat, so sind wir *alle* als moralisch handelnde Subjekte es dem Opfer schuldig, zu tun, was in unserer Macht steht, um die Täter zu überführen."

„Danke für Ihre Expertise", entgegnete Stark und verließ zügigen Schrittes die Wohnung.

Einen Tag lang hatte sich Sören mit seiner Hypothese beschäftigt. Als er am späten Nachmittag ins *BdW* aufbrach, verließ er sein Apartment mit dem guten Gefühl, eine robuste Rechtfertigung zu haben für das, was er zu tun gedachte. Daran änderte auch die Erkenntnis nichts, wie dünn das Eis, auf dem er sich bewegte, an einigen Stellen war.

Freilich hatte Mara Bella keinen Untoten gesehen. Zugleich war der ominöse John auf dem Grindr-Bild Mohammed wie aus dem Gesicht geschnitten. Was nur einen logischen Schluss zuließ: Es handelte sich um einen Zwilling – oder zumindest um seinen Bruder.

Zwar war Mohammed offiziell als unbegleiteter Minderjähriger nach Deutschland geflüchtet. Doch das musste nichts heißen. Entweder hatte er gegenüber den Behörden bei der Einreise bewusst falsche Angaben gemacht oder die Unterlagen waren, den teils chaotischen Zuständen in den Flüchtlingszentren im Sommer 2015 geschuldet, fehlerhaft und unvollständig. So oder so bestand für Sören kein Zweifel an Johns Identität.

Vermutlich legte Mohammeds Bruder auch die Blumen am Fundort der Leiche ab. Er war der Unbekannte, den Sören verfolgt hatte und aus dessen Rucksack das Notebook gefallen war, welches dieser wiederum von Bambi gestohlen oder zumindest entwendet hatte.

Ab diesem Punkt wurde seine Hypothese zunehmend zur Spekulation.

Angenommen, John hatte erfahren, was mit seinem Bruder geschehen und wer dafür verantwortlich war. Dann wäre es nicht die abwegigste Theorie, wenn er seinen Tod rächen wollte, indem er Bambi auf ähnlich grausame und brutale Weise umbrachte. Natürlich nicht mit der gleichen perversen Professionalität. Der Mord im Tiergarten geriet vielmehr, wie Basimah korrekt feststellte, zur blutigen Imitation.

Bambi und John. Zwei Mörder, die aus gänzlich unterschiedlichen Motiven heraus handelten. Der eine, um ein perverses Verlangen zu stillen, der andere, um zu rächen. Auge um Auge. Zahn um Zahn.

Mit diesem biblischen Credo im Kopf erreichte Petersen die *BdW*. Er ging um das Gebäude herum in den Innenhof. Ein Quartett aus Mülltonnen empfing ihn. Auf einer davon saß eine gräuliche Katze und widmete sich hingebungvoll der Fellpflege. Ihr linkes Ohr grausam zerfetzt. Als sie ihn bemerkte, hielt sie inne und musterte den Eindringling skeptisch.

„Keine Sorge, ich bin gleich wieder weg", raunte Sören. Er griff sich eine der Tonnen am Henkel und zog sie scheppernd über die Pflastersteine. Als er den Hinterausgang der *BdW* erreichte, ließ er sie mitten auf dem Weg stehen.

Die rückseitige Tür konnte aus Brandschutzgründen von innen nicht abgeschlossen werden. Jeder kam hinaus, aber niemand hinein. Es war also ratsam vorzusorgen. Sollte John türmen, würde ihn dieses Hindernis wertvolle Sekunden kosten.

Über den Innenhof hatte Sören die Bar bisher nie betreten. Höchstens verlassen. Immer dann nämlich, wenn er bis weit nach offiziellem Schankschluss gemeinsam mit Mara Bella an der Theke soff und die Rollläden zur Straßenfront hin längst heruntergelassen waren.

Es hatte ihn einige Überzeugungskraft gekostet, seine alte Freundin für seinen Plan zu gewinnen. Ihre Sympathie war eindeutig bei John.

„Dann hat er eben den sadistischen Mörder seines Bruders auf dem Gewissen. Ich kann das verstehen. Dieses Drecksschwein Bambi hat den Tod mehr als verdient. Ich hoffe, er hat gelitten“, erklärte Mara Bella mit tränenerstickter Stimme, als er ihr vergangene Nacht die ganze Geschichte erzählte. In ihren Augen flackerten einerseits der Hass und andererseits das Grauen, die pure Angst.

Er streichelte sanft über ihren Unterarm. Er wusste, hinter dieser ewig fröhlichen, gut gelaunten Fassade lauerten furchteinflößende Schatten, Erinnerungen an eine von Monstern bevölkerte Welt – ihre eigene Vergangenheit.

„Ich kann dich verstehen“, beruhigte er sanft.

„Ach, kannst du das?“, fletschte sie. „Ich glaube nicht. Niemand, der so etwas nicht hat durchmachen müssen, kann das.“

„Es ist meine Überzeugung, dass keiner das Recht hat, sich über das Gesetz zu stellen. Auch nicht John. Sollte er Bambi ermordet haben, muss er sich dafür verantworten und wir müssen …“, ruderte er zurück, als ihm gewahr wurde, welche Grenze er soeben überschritten hatte.

„Ich muss gar nichts!“, stellte Mara erbost klar. „Und überhaupt, das Gesetz? Nur weil etwas rechtens ist, ist es noch lange nicht richtig. Und nur weil etwas richtig ist, ist es leider nicht rechtens. Das System ist nicht auf der Seite von Menschen wie mir oder Mohammed“, stellte sie energisch fest.

„Die Zeiten haben sich geändert.“

„Bullshit, Sören! Sie werden ihn einbuchten. Ihm wird der Prozess gemacht. Und sein Urteil wird doppelt so hart sein, nur weil er einen arabischen Namen hat und nicht Hans oder Fritz heißt. Sobald du ihnen deine Theorie erzählst, die so verdammt stichhaltig ist, werden sie nicken. Die Aussicht, bald diese Akte schließen zu können, wird sie entzücken. Derweil setzt sich das Getriebe in Bewegung. Ein Zahnrad greift in das andere. Ganz automatisch. Und John wird zermalmt. Das System ist niemals auf der Seite eines arabischen, vielleicht gar illegal hier lebenden Strichers.“

Mit jedem Wort war ihre Stimme angeschwollen. Am Ende ihres Monologs schrie Mara Bella. Dann folgte Schweigen.

„Es tut mir leid.“ Sören war es, der die Stille nach einigen Minuten beendete.

„Mir auch. Du bist anders. Du hast das Herz am rechten Fleck.“

Er lächelte betreten. Sie tranken einen Wodka.

„Ich bin nicht mehr Teil des Systems. Selbst als ich es noch war, kam ich mir eher wie ein Sandkorn im Getriebe vor. Ich will mit John reden. Vielleicht liege ich falsch und es war alles ganz anders. Das gilt es herauszufinden. Danach entscheiden wir, was zu tun ist. Einverstanden?“

Darauf konnte sich Mara Bella einlassen. Wenn auch widerwillig. Sie vertraute ihm. Sie versprach, John zu ihm zu bringen, sollte er sie heute bei ihrer Ankunft am *BdW* erwarten. Sören würde sich zunächst in der Küche verstecken und erst in Erscheinung treten, wenn die beiden am Tresen saßen und ihren Kaffee tranken. Petersen hoffte, durch die intime, nicht öffentliche Atmosphäre das Vertrauen des Jungen gewinnen zu können.

Täter oder nicht: John war der Schlüssel zu diesem Fall. In dieser Hinsicht bestanden für ihn keinerlei Zweifel. Die Frage war nur, wie er vorgehen würde, wenn der Junge tatsächlich Bambi ermordet hatte. Mara Bellas flammendes Plädoyer war nicht ohne Wirkung auf ihn geblieben. Allerdings konnte er unmöglich einen Mörder laufen lassen.

Oder? Zu was wurde er dann? Einem Komplizen. Einem Kriminellen. Einem Mitschuldigen. Er wäre endgültig auf *der anderen Seite* angekommen. Andererseits: War er das nicht längst schon?

Er beschattete irgendwelche Menschen auf Anordnung einer ominösen Anwältin, brach in Wohnungen und Datschen ein, verheimlichte Informationen vor der Polizei. Die Liste seiner Verfehlungen wurde länger und länger.

Doch erst wenn er John laufen ließ, verriet er die Prinzipien, die er sich selbst als Privatdetektiv auferlegt hatte, endgültig.

„Die dunkle Seite der Macht lockt dich, alter Junge", flüsterte er zu sich selbst. In dem Moment wurde die Eingangstür aufgeschlossen.

„Nur hereinspaziert, mein lieber John!"

Sie hatte ihn also tatsächlich gefunden! Ob er auf sie gewartet hatte? Im guten Glauben, von ihr nichts befürchten zu müssen?

Kurz plagte Sören das schlechte Gewissen, dieses Vertrauensverhältnis auszunutzen.

„Setz dich. Ich mach uns einen Kaffee!"

Maras Stimme war doppelt so laut und schrill wie gewöhnlich. Sie wollte sichergehen, dass Sören sie hörte.

Sören wartete kurz, dann trat er hinaus in den Gastraum. Als John ihn sah, spiegelte sich Erkennen auf seinem Gesicht wider. Für den Bruchteil einer Sekunde starrten sich die Männer an. Dann sprang der Junge von seinem Barhocker auf.

Sören war vorbereitet. Er hechtete nach vorne und bekam Johns Oberarm zu fassen. In dem folgenden Handgemenge taumelten die beiden gegen den Tresen, zwei Weingläser gingen klirrend zu Boden.

„John, er will nur mit dir reden! Versprochen!", rief Mara Bella flehentlich. Doch sie konnte nicht zu ihm durchdringen.

Plötzlich hatte John ein Messer in der Hand. Die Klinge blitzte im Licht eines Deckenstrahlers kurz auf. Sören reagierte intuitiv, alte Reflexe hatten die Kontrolle übernommen. Mit einem gezielten Faustschlag streckte er seinen Widersacher nieder. Die Waffe flog quer durch den Raum, landete weit außerhalb ihrer beider Reichweite auf einer der hinteren Sitzbänke.

Stöhnend krümmte sich der Junge auf dem Boden. Seine Nase blutete. Er fluchte in einer Sprache, die Sören zwar nicht verstand, die er jedoch dem arabischen Kulturkreis zuordnete.

„Musstest du gleich so heftig zuschlagen?“, beschwerte sich Mara Bella und half John mütterlich auf die Beine. Er wehrte halbherzig ihre Unterstützung ab, nahm gleichwohl dankbar das Taschentuch entgegen, um damit die Blutung zu stillen.

„Er hatte ein verdammtes Messer! Was hätte ich denn tun sollen?“, rechtfertigte sich Sören wütend.

Beruhigend redete sie auf den Jungen ein, schaffte es, ihn zu überzeugen, sich auf einen Barhocker zu setzen. Sören nahm ihm gegenüber Platz, weit genug entfernt, um nicht allzu einschüchternd zu wirken, nahe genug, um einen erneuten Fluchtversuch vereiteln zu können.

Mara Bella stellte schweigend drei Kaffee und eine Flasche klaren Schnaps auf den Tisch, von dem sie sich selbst einen großzügigen Schluck in die Tasse kippte. „Das ist mein guter Freund Sören. Er ist Privatdetektiv. Kein Polizist. Aber ich habe irgendwie den Eindruck, ihr kennt euch bereits. Nicht wahr?“

Die Augen des Jungen huschten panisch und misstrauisch zugleich zwischen den beiden hin und her. Mit der Rechten presste er noch immer das inzwischen blutdurchtränkte Taschentuch auf die Nase.

„Entschuldige, ich wollte nicht so fest zuschlagen“, setzte Sören versöhnlich an. Er musste dringend Johns Vertrauen gewinnen. Oder zumindest sein Misstrauen mindern. Sonst ging das Ganze hier fürchterlich in die Hose.

„Ich habe als Teenager einige Jahre geboxt. Da lernt man so was. Ein guter linker Haken ist effektiver als jedes Messer. Kann dir ja mal bei Gelegenheit ein paar Tricks beibringen.“

Sören wurde aus den beiden braunen Knopfaugen heraus argwöhnisch gemustert.

„Ich kannte deinen Bruder. Mohammed.“ Spätestens jetzt hatte er die ungeteilte Aufmerksamkeit seines Gegenübers. „Ihr seid doch Geschwister, nicht wahr?“

Ein Nicken.

„Zwillinge?“

Wieder ein Nicken.

Gut. Sie kamen voran. Synchron nahmen alle drei Anwesenden einen Schluck von ihrem Kaffee.

„Wie heißt du, *John?*“ Petersen legte einen Hauch freundlich-spöttischen Sarkasmus in seine Stimme, um deutlich zu machen, dass er ihm diese Lüge nicht abnehmen würde.

Der Junge zögerte.

„Adil“, antwortete er schließlich knapp.

„Na schön, Adil. Freut mich.“

„Woher kannten Sie Mohammed?“

„Er hatte mal ein paar Probleme. Kurz vor … seinem Tod. Damals war ich noch bei der Polizei. Leider konnte ich ihm nicht helfen.“

Adil musterte ihn interessiert, Sören verstand es als Aufforderung weiterzureden. „Dein Bruder hat in einem Club zu viele von den falschen Drogen genommen. Eines Nachts wäre er beinahe draufgegangen. Genauso wie mein Ex. Sie wurden beide ins Krankenhaus gebracht. Dort lernte ich ihn kennen.“

Der Junge nickte. „Weiß ich. Hab meinem Bruder immer gesagt, er soll vorsichtiger sein und nicht zu viel einschmeißen. Ich selbst nehm nix. Macht Scheiße im Kopf.“

Sören seufzte. Wie oft hatte er Than das Gleiche gesagt?

Für einen Moment schien es, als würde Adil aufmachen. Das Misstrauen wich langsam aus seinem Gesicht.

„Du warst vor einigen Tagen im Grunewald, nicht wahr? Hast Blumen abgelegt, wo man deinen Bruder gefunden hat.“

Schlagartig machte Adil wieder zu.

„Das war sehr nett von dir“, mischte sich Mara Bella ein.

Sören brachte sie mit einem bösen Seitenblick zum Schweigen. „Miss Bella hat recht. Das war sehr nett“, nahm er den missglückten Einwurf auf und webte den losen Gesprächsfaden in seine Verhörstrategie ein.

„Du hättest nicht vor mir wegrennen müssen.“

„Ich bin nicht vor dir weggerannt. Warum sollte ich?“, entgegnete der Junge ehrlich verwundert. „Da waren diese beiden Bullen. Deswegen … Und dann fängst du an, hinter mir herzurennen. Wie so ein Idiot. Wusste ja nicht, wer du bist. Kannte dich nicht. Jetzt kenn ich dich. Aber damals.“ Ein Schulterzucken.

„Bist du es auch gewesen, der dort gegraben hat, noch bevor die Polizei wusste, dass dort eine Leiche liegt?"

Ein Nicken.

„Warum?" Vorsichtig tastete sich Sören durch das Dickicht, fuhr auf Sicht.

„Diese ... Männer ... ", Adil sucht nach Worten, „Sie haben ihn einfach im Wald verscharrt." Er flüsterte traurig, um dann mit Nachdruck hinzuzufügen: „Das hat er nicht verdient!"

„Niemand hat verdient, was sie ihm angetan haben", bekräftigte Sören.

Adil rang mit sich selbst. Schweigend starrten die drei vor sich hin. Jeder hing seinen eigenen, dunklen Gedanken nach.

Schweißperlen rannen über Sörens Stirn und den Nacken hinab in den Hemdkragen. Seine Hände zitterten, als er nach seiner Tasse griff. Aus Angst, den Kaffee zu verschütten, hielt er mitten in der Bewegung inne. Er musste fortfahren, doch alles in ihm widersetzte sich, aus Angst vor den Konsequenzen, die aus diesem Gespräch zwangsläufig folgen würden. Entweder er verriet sich selbst und sein Berufsethos. Oder ...

Er spürte, Mara Bella war in Habachtstellung.

„Woher wusstest du, wo du nach der Leiche deines Bruders suchen musst?"

Die falsche Frage. Adils Gesicht versteinerte. Er machte dicht. Petersen registrierte deutlich, wie sein Gegenüber die Muskeln anspannte, bereit, einen zweiten Fluchtversuch zu wagen.

„Na schön", seufzte Sören. „Das Notebook aus deinem Rucksack ist nicht deines, oder?"

Ein kaum merkliches, vorsichtiges Kopfschütteln.

„Wer hat es dir gegeben?" Sören formulierte die Frage so defensiv und offen wie möglich.

„Ein Freund", lautete die knappe Antwort.

Offensichtlicher hätte eine Lüge nicht sein können. Doch Sören hob nur verblüfft die Augenbraue und nickte zugleich. Er glaubte ihm, auch wenn er überrascht war.

„Wer ist dieser Freund?", preschte Mara Bella dazwischen.

Sören stöhnte innerlich. Adil würde reden, brauchte nur etwas Zeit. Bohrende Nachfragen waren ab diesem Punkt des

Gesprächs nur hinderlich. Der Junge wirkte zunehmend panisch, wie ein in die Ecke gedrängtes Tier saß er da.

„Kann ich nicht sagen."

„Und ich würde sagen, das Kaffeekränzchen ist an dieser Stelle beendet." Steiners grollende Stimme war wie ein Donnerschlag in der schummrigen Stille der Bar und ließ sie alle drei synchron zusammenzucken.

Der Kommissar stand breitbeinig im Türrahmen, flankiert von mehreren uniformierten Beamten, die Hände an den Halftern.

Für den Bruchteil einer Sekunde schien die Zeit still zu stehen. Die Szenerie gefror ein, um dann klirrend zu zersplittern, wie eine fragile Glasschreibe, auf die jemand einen Stein warf.

Adil sprang auf und stürmte blindlings durch die Küche dem Hinterausgang entgegen, Sören nur wenige Schritte hinter ihm. Im Augenwinkel nahm er noch wahr, wie sich Mara Bella laut kreischend und von „Hausfriedensbruch" schwadronierend den Polizeibeamten in den Weg stellte. Er hoffte, sie gingen pfleglich mit ihr um.

Geschickt, als hätte er von dem Hindernis gewusst, wich Adil den Mülltonnen aus, hastete durch den Hinterhof in Richtung Straße. Sören fluchte. Sicherlich warteten dort weitere Beamte. Hoffentlich war keiner seiner Ex-Kollegen so dumm, von seiner Schusswaffe Gebrauch zu machen. Wie hatte das alles derart schieflaufen können? Steiner musste ihn observiert haben. Er war nicht aufmerksam genug gewesen! Die Aussicht darauf, den Fall zu lösen, hatte ihn leichtsinnig werden lassen.

Er schob die Selbstkritik beiseite. Für eine Fehleranalyse war später Zeit.

In dem Augenblick, als er mit großen Schritten die Hofeinfahrt durchquerte, quietschten plötzlich Autoreifen. Ein dumpfer, durch Mark und Bein gehender Schlag folgte.

Schreie. Wütendes, teils panisches Rufen.

O nein! Bitte! Bitte nicht!

Er brauchte nur einen Sekundenbruchteil, um die chaotische Szenerie, die sich im Schein der Straßenlaternen abspielte, zu erfassen. Ein schwarzblauer SUV stand mitten auf der Straße. Die Airbags waren aufgesprungen. Ein Mann stand benommen neben der geöffneten Fahrertür. Polizeibeamte hechteten umher. Passanten hielten sich schockiert die Hände vor den Mund, verfolgten mit weit aufgerissenen Augen das Drama, dessen Zeugen sie gerade wurden.

Einige Meter entfernt lag ein seltsam deformiertes Bündel auf dem Gehweg.

Adil war von der Wucht des ungebremsten Aufpralls durch die Luft gegen ein Straßenschild geschleudert worden. Um ihn herum bildete sich ein roter See. Friedlich dampfte das frische Blut in der Kälte der Nacht.

Than

Er hatte seine Mutter verloren. Er hatte Kai verloren. Er hatte die Liebe verloren. Und das Vertrauen. Oder zumindest die Fähigkeit zu beidem. Das glaubte Sören. Jahrelang. Jahrzehntelang.

Und dann kam Than. Er wischte die Angst so selbstverständlich beiseite wie Scheibenwischer einen Wasserfilm auf Fensterglas.

Sie lernten sich während eines Urlaubs kennen. Ganz klischeehaft. Ekelhaft klischeehaft.

Zehn Jahre war das jetzt her. Eine halbe Ewigkeit. Damals fühlte er sich mit Anfang vierzig in der Mitte des Lebens. Heute kam er sich vor wie ein alter Mann. Aber das mochte nicht zwingend mit dem Voranschreiten der Jahre zu tun haben, sondern eher mit dem, was seitdem alles passiert war. Für eine kurze Zeit hielt er das Glück in den Händen. Nur um danach tiefer zu fallen, als er es jemals für möglich gehalten hätte.

Nachdem Sören zwölf Monate lang ohne Unterbrechung durchgearbeitet hatte, stand eines Morgens sein entrüsteter Chef in der Bürotür. Noch dreißig Tage Jahresurlaub – und es war bereits Anfang Dezember.

Er brauche keine Ferien, erklärte Sören. Und das stimmte auch. Er war nicht gestresst oder überlastet. Im Gegenteil. Die Arbeit verlieh ihm innere Balance. Zu viel freie Zeit würde ihn nur aus dem Gleichgewicht bringen. Er wusste nichts mit sich anzufangen. Und seine letzten Ferien hatte er, so unterschiedlich sie auch gewesen sein mochten, in unguter Erinnerung. Weder verspürte er die geringste Lust, sich ein zweites Mal in einer schwulen Ferienanlage auf Gran Canaria einzumieten, noch stand ihm der Sinn danach, erneut mit Bruder und Familie in den Winterurlaub zu fahren – kinderfreundliches Skiresort inklusive.

„Es ist mir egal, ob Sie sich vier Wochen lang zu Hause einschließen und von Instantnudeln ernähren oder eine Weltreise machen. Ich möchte Sie im Januar nicht im Büro sehen müssen“, lautete die Antwort seines Vorgesetzten auf die mürrisch vorgebrachten Ausflüchte.

An jenem Abend beschäftigte sich Sören notgedrungen damit, was er mit so viel Zeit anfangen sollte. Die Aussicht, vier Wochen lang nichts zu tun zu haben, diese unermessliche Leere, all die nutzlose Zeit, trieb ihm den Angstschweiß auf die Stirn.

Warum er ausgerechnet einen Flug nach Kambodscha buchte, konnte er im Nachhinein nicht mehr rekapitulieren. Er bildete sich ein, es sei an jenem Abend eine Dokumentation im Fernsehen über das Volk der Khmer, die legendären Erbauer der berühmten Tempelanlage Angkor, gezeigt worden.

Aber vielleicht war das auch nur seine persönliche Legendenbildung.

So oder so kam ihm der Gedanke verlockend vor, bereits zum Jahreswechsel in einem fremden Land zu sein und sich deshalb keine Gedanken machen zu müssen, wie er freundlichst die Einladungen zu drittklassigen, lahmen Silvesterpartys in Berlin ausschlug.

Nicht, dass Sören besonders viele solcher Einladungen erhielt. Aber ein paar waren es dann doch jedes Jahr. Allen voran seine Schwägerin, die ihn bereits im Oktober gebeten hatte, Weihnachten und den Jahreswechsel bei ihnen in Nordfriesland zu verbringen.

Dann lieber Kambodscha.

Er bereute seine Entscheidung, sobald er in Siem Reap den gut klimatisierten Flieger verließ und ein schwüles, stickiges Gateway entlangschlurfte.

Sören hatte sich im „Rainbow Wat“ eingemietet, einem auf schwule Touristen spezialisierten Hotel. Nachdem er sich frischgemacht hatte, ließ er sich am Pool nieder. Er kam mit einem alten Paar aus Süddeutschland ins Gespräch. Sie echauffierten sich darüber, wie schnell die Khmer von den Thais gelernt hätten, Touristen auszunutzen, wie teuer alles sei, wie schlecht der Service und wie undankbar die Moneyboys.

„Wir waren gezwungen, unseren vor die Tür zu setzen. Dabei hatten wir hier extra die Suite gebucht statt eines Doppelzimmers, damit er bei uns wohnen kann. Aber als wir merkten, dass er noch andere Europäer am Start hatte, haben wir ihn rausgeschmissen", erklärte der eine, während er sich selbstzufrieden den Bierbauch streichelte.

„O ja, das war gestern wirklich ein Ärgernis", pflichtete sein Mann bei.

Sören floh in den angrenzenden Hotelgarten. Ein weiteres Wort und er hätte seine ohnehin nur spärlich vorhandenen guten Manieren vergessen.

Unter einem Mangobaum, abseits des Trubels rund um den Pool, fand er eine freie Liege. Zunächst beachtete er den Mann neben sich gar nicht, sondern zündete sich erst einmal eine von der Luftfeuchtigkeit durchweichte Fluppe an. Dankbar inhalierte er den Rauch.

„Dürfte ich Sie um eine Zigarette bitten?" Das war er. Der erste Satz, auf den so unzählbar viele folgen sollten.

Ein junger Asiate, für Sören unmöglich zu sagen, wie viel jünger als er, stand neben ihm. Seine mandelförmigen Augen blickten ihn neugierig an. Die schwarzen, halblangen Haare glänzten facettenreich in der Sonne. Unter dem weiten Shirt war ein athletischer Körper zu erahnen.

Zögernd reichte er ihm eine Kippe. Er hielt ihn für einen der Stricher, die sich in der Anlage tummelten und auf Kundenakquise waren. Als hätte er seine Gedanken erraten, versicherte er: „Ich suche keinen Sex, bin nur hier, um zu entspannen. Kein Stress. Mein Name ist übrigens Than."

Sören lächelte skeptisch, die Beteuerung für eine Masche haltend. Trotzdem ließ er sich auf ein Gespräch ein. Zu verlieren hatte er nichts.

Es entspann sich schnell eine angenehme, freundlich oberflächliche Konversation zwischen ihnen. Wobei Than galant über Sörens schwerfälliges Englisch hinwegsah. Wie sich herausstellte, war er der Sohn eines Hotelbesitzers aus dem Süden und machte hier ebenfalls Urlaub. Noch zwei weitere Male erachtete er es für nötig, zu versichern, kein Moneyboy zu sein. Weit nach Sonnenuntergang beschlossen sie, gemeinsam in einem Restaurant in der Nähe essen zu gehen. Eines der besten von Siem Reap, wie seine neue Bekanntschaft versicherte.

Bereitwillig ließ sich Sören fallen. Einfach treiben lassen.

Take it easy, alter Mann!

Er stieg, ohne mit der Wimper zu zucken, auf den Motorroller, den Than zügig, aber aus Rücksicht auf seinen Mitfahrer sehr zivilisiert durch den chaotischen Feierabendverkehr steuerte.

Das Restaurant befand sich in einem hübsch renovierten, französischen Kolonialbau am Ufer des Flusses, der braun und träge dahinfloss und die Stadt in zwei Teile zerschnitt.

Der Kellner begrüßte Than wie einen guten Bekannten. Sie wurden zu einem Tisch mit Sicht auf die farbenprächtig illuminierte Promenade geleitet. Kurzes Unwohlsein, aus Angst, für einen Freier gehalten zu werden, breitete sich in Sören aus. Es half ihm, dass es statt despektierlicher oder geringschätziger Reaktionen lediglich freundliches Fassadenlächeln für sie gab.

Im warmen Licht riesiger Lampions und bei einem reichhaltigen Essen wurde ihre Unterhaltung überraschend tiefgründig. Than berichtete von seiner Kindheit, kurz nach dem Ende der *Khmer Rouge*. Seine Familie hatte die kambodschanischen Höllenjahre im thailändischen Exil verbracht. Als sie zurückkehrten in ihr am Boden liegendes Heimatland, erkannte sein Vater im langsam aufkeimenden Tourismus eine Chance und eröffnete in der Kleinstadt Kampot ein zunächst auf Rucksacktouristen spezialisiertes Hostel, war inzwischen aber ins Mittelklassesegment aufgestiegen. Dort arbeitete er als Hotelmanager.

Auf den Abend folgte eine rauschhafte Nacht. Und auf die Nacht folgten drei rauschhafte Tage. Die ehrwürdigen Tempelanlagen Angkors wurden degradiert zur profanen Kulisse eines schnulzigen Liebestaumels.

Am Morgen von Thans Abreise spürte Sören einen Kloß im Hals. Die Vorstellung, diesen Fremden wieder ziehen zu lassen, kaum dass er zu einem Liebhaber geworden war, machte ihn panisch.

Than ging es ähnlich. Er war an jenem Morgen ruhig und in sich gekehrt. Tapfer lächelte er. Doch der traurige Glanz seiner Augen strafte ihn Lügen.

„Vergiss mich nicht", bat Sören ihn.

„Niemals. Dieser Abschied ist ein Anfang", versicherte Than und stieg in den Bus gen Süden.

Seine überbordenden Gefühle schlugen über ihm zusammen. Er ließ sich von ihnen leiten und führen, ohne nachzudenken, innezuhalten, sich selbst zu hinterfragen.

Zurück in Deutschland gab es beinahe täglich Video-Calls, was angesichts der Zeitverschiebung nicht immer einfach war. Trotzdem packte Sören eine eifersüchtige Ruhelosigkeit, sobald er mehrere Stunden nichts von Than hörte. Er konnte sich dann kaum auf seine Arbeit, seinen Alltag konzentrieren. Hässliche Fragen trieben dann träge durch seinen düsteren Gedankenstrom. Hatte Than einen anderen? War er doch nur ein Spielzeug? Was wollte ein junger, attraktiver Typ von einem über zehn Jahre älteren Sack wie ihm? Hatte er Sören nicht längst vergessen?

Er hasste sich für diesen *„brain fuck"*, wie es Mara Bella nannte.

Unser Abschied war ein Anfang! An dieses Versprechen klammerte er sich wie ein Ertrinkender an ein Stück Treibgut.

Der Winter ging. Das Frühjahr kam. Der Sommer folgte. Und sie vermissten sich immer noch so sehr.

Schließlich wurde klar, dass Than zu ihm nach Berlin kommen würde. Es war keine Entscheidung, die sie beide trafen. Es war vielmehr ein sich natürlich entwickelnder Prozess, an dessen Ende Than in Tegel aus dem Flieger stieg.

Die ersten sechs Monate erlebte Sören als endlosen, kitschigen Heimaturlaub. Seine Arbeit war plötzlich nicht mehr wichtigster Lebensinhalt, sondern füllte nur die Pausen zwischen der gemeinsamen Zeit. An den Wochenenden zeigte er Than die Stadt und das Umland. Die Abende verbrachten sie meist in trauter Zweisamkeit in der Wohnung. Höchstens auf einen Drink im *BdW* schauten sie gelegentlich vorbei und ließen sich von Mara Bella bezirzen und umschmeicheln.

Than belegte einen Deutschkurs und machte erstaunlich schnell Fortschritte. Außerdem freundete er sich mit einigen Mitschülern an. Beides wertete Sören als gutes Zeichen. Als das Sprachvisum auslief, stand außer Frage, dass sie heiraten würden. Eine kleine Zeremonie im Rathaus Schöneberg. Sein Bruder mit Familie reiste an. Mara Bella war selbstverständlich auch dabei. Außerdem einige Mitschüler aus Thans Sprachkurs. Im Anschluss an den offiziellen Termin gab es ein Picknick im Park.

Sören war glücklich. Die Angst verstummte.

Anfangs fand Sören es großartig, wenn Than Freundschaften knüpfte, auf eigene Faust das Nachtleben erkundete, ausging, feierte. Ihn selbst trieb es nur noch selten in Clubs. Er wollte seinen Partner aber auch nicht davon abhalten. Sollte er sich ruhig austoben.

Zugleich befreiten ihn Thans neue Bekannte und Freunde von der Last, dessen einzige Bezugsperson in einem fremden Land zu sein.

Eifersüchtig war Sören, wenn überhaupt, nur ein klein wenig. Er vertraute seinem Mann. Mehr als sich selbst. Nie schwärmte Than von anderen, jüngeren, attraktiveren, potenteren Typen. Und selbst wenn er in den Darkrooms von *Berghain*, *KitKat* oder der *Cathedral* gelegentlich seinen Spaß suchte und zweifellos auch fand, war Sören nicht beunruhigt. Was hatte schneller Sex schon mit Liebe und Geborgenheit zu tun? Anonyme Nummern konnten ihre Zweisamkeit nicht ernsthaft bedrohen.

Bis dass der Tod uns scheidet. Wie viel Wahrheit in diesem Satz lag, sollte ihm später erst bewusst werden.

Zunächst bereiteten Sören die Drogen keine Sorgen. Er war selbst kein Kind von Traurigkeit. Und er wollte darüber hinaus auch nicht der Spielverderber sein, war weder Thans Aufpasser noch sein Vater. Und so ließ er ihn gewähren. Ein folgenschwerer Fehler, wie er heute fand.

Die Abstürze wurden häufiger. Aus Partynächten wurden Tage.

Than feierte, holte all das nach, was er glaubte, bisher verpasst zu haben. Cannabis, Amphetamine, Ecstasy, Kokain, Ketamin, GBL. Soweit es Petersen beurteilen konnte, warf und zog er alles in sich rein, was man ihm anbot.

Für sein Umfeld erkennbarer als der aus dem Ruder laufende Drogenkonsum war Thans optische Veränderung. Aus dem unschuldigen kambodschanischen Jungen mit Seitenscheitel und Nerd-Brille wurde ein Berliner Party-Hipster. Dem Undercut folgten die Piercings. Er entdeckte die Lust an aggressiver Androgynität. Lidschatten und lackierte Fingernägel, Kreolen-Ohrringe und Perlenketten.

Mara Bella beobachtete diese Entwicklung einerseits mit neugieriger Freude, andererseits mit zunehmender Sorge. Sie ahnte, dass zwischen den beiden Männern etwas ins Rutschen geriet.

„Denk daran, um zwölf musst du zu Hause sein, dann verwandelt sich deine Kutsche wieder in einen Kürbis", verabschiedete sie Than eines Abends mit mütterlichem Lächeln auf den Lippen, bevor er aus der *BdW* aufbrach, hinausstürmte in die verheißungsvolle Berliner Nacht.

Er verstand die Anspielung auf das Grimm'sche Märchen nicht.

„Ich wollte damit sagen, jede Party ist einmal zu Ende, mein Täubchen."

„Meine hat gerade erst begonnen!", frohlockte Than optimistisch und tänzelte glückstrunken davon.

Sören blieb am Tresen zurück. Die Monate verstrichen.

Die Partyeskapaden nahmen ebenso zu wie ihre Auseinandersetzungen. Es gab Wochenenden, an denen Than donnerstagabends die Wohnung verließ und erst am späten Sonntagnachmittag zurückkehrte. Kurze Textnachrichten waren die maximalen Lebenszeichen in der Zeit dazwischen.

Seine Nebenjobs in der Gastronomie waren selten von längerer Dauer. Selbst die verständnisvollsten Chefs verloren irgendwann die Geduld ob seiner Unzuverlässigkeit. Schließlich schmiss er seinen Deutschkurs. In seinem neuen Freundeskreis sprach sowieso jeder Englisch.

Sören flehte, drohte, bettelte, lockte.

Doch es half nichts. Sie verloren sich. Die Gravitation der Stadt ließ sie auseinanderdriften. Es war, als würden sie von zwei Magnetpolen in entgegengesetzte Richtungen gezogen.

Dann kam an einem Montagmorgen der Anruf.

Richard van Dijk hatte Than vor jener Nacht nur wenige Male an Sörens Seite gesehen. Es war purer Zufall, dass er Dienst hatte. Damals noch im Drogendezernat. In der *Cathedral* gab es eine Tote. Und zwei junge Männer, deren Leben auf Messers Schneide stand.

Seit ein Jahr zuvor die Tochter des isländischen Botschafters an einer Überdosis im *Berghain* gestorben war, standen die großen Clubs der Stadt unter verschärfter Beobachtung. Ein medialer Aufschrei und diplomatische Verstrickungen hatten eine, wenn auch bescheidene, Wirkung gezeigt.

Van Dijk waren die Seilschaften zwischen dem Senat, der Clubszene und dem Tourismusverband schon lange ein Dorn im Auge. Es kam ihm vor, als hätte die Politik vor den Zuständen und Abgründen des Berliner Nachtlebens nicht etwa resigniert, was schlimm genug gewesen wäre, sondern wäre tunlichst darum bemüht, den Mythos der drogengeschwängerten Partynächte zu päppeln wie eine überempfindliche Orchidee.

Die *Cathedral* befand sich in einem ehemaligen Palmölspeicher nahe der Halbinsel Stralau. Richard parkte in einer der Seitenstraßen und nutzte den kurzen Fußweg für eine schnelle Zigarette. Tröpfchenweise entließ der Ziegelsteinbau Feiernde hinaus ins gleißende Sonnenlicht des Tages.

Erwartet wurde er von einem Beamten im Zivil und der Wochenend-Managerin des Clubs, einer in die Jahre gekommenen Mittfünfzigerin mit blondierten, kurzen Haaren und enganliegendem Ledersuit.

„Ist der Herr Krutscher nicht da?“, fragte Richard mürrisch bei seinem Eintreffen.

Die blasse Frau legte ihre Stirn irritiert in Falten und musterte ihn missbilligend, als wäre es Gotteslästerung, den Besitzer persönlich sprechen zu wollen.

„Manfred ist nicht in der Stadt. Ich bin seine Nummer eins", erklärte sie schnippisch. Sein bohrender Blick hatte ihr immerhin diese kurze Erklärung abgenötigt.

„Nummer eins? Sind wir hier etwa beim MI6 oder auf der Brücke der Enterprise?", brummte van Dijk.

Sie ignorierte seinen Sarkasmus.

Durch einen Seiteneingang betraten sie das Gebäude, huschten schweigend durch stickige Gänge und luftige Treppenhäuser, bis sie in einem kleinen, schmucklosen Raum landeten.

Die Situation war bei Richards Eintreffen bereits relativ übersichtlich. Der Leichnam einer junge Studentin aus den USA befand sich bereits auf dem Weg in die Gerichtsmedizin. Überdosis, so die erste Diagnose. Die beiden kollabierten, nicht ansprechbaren Männer waren in einem Krankenhaus. Intensivstation. Ihr Zustand galt als kritisch.

Van Dijk führte einige Befragungen durch, sprach mit den Beamten der nahen Polizeiwache und den Sanitätern. Die waren wohlgemerkt nicht durch die Managerin, sondern einen unbeteiligten Zeugen informiert worden. Der Verdacht, dass sich alle drei Opfer, die in keiner Beziehung zueinander standen, bei einem Dealer im Club etwas besorgt hatten, stand im Raum.

„Möglicherweise war das Zeug verunreinigt. Oder zu hoch dosiert", mutmaßte ein Beamter.

„Gibt es weitere Fälle?", fragte van Dijk in die Runde. Kopfschütteln.

Unverrichteter Dinge machte er sich auf den Weg ins Krankenhaus. Erst als er dort ankam, widmete er sich der Identität der Opfer: Thanwa Soun. Mohammed Tamer. Sofort rief er Sören an.

Keine halbe Stunde später traf Petersen auf der Intensivstation ein. Blass vor Sorge, mit zittrigen Knien und schwarzblauen Augenringen. Eine Duftwolke aus kaltem Rauch umwehte ihn.

Für die kommenden drei Tagen sollte er das Krankenhaus nur noch verlassen, um an dem Aschenbecher in der windigen Ecke neben dem Haupteingang ruhelos eine Zigarette in sich hineinzusaugen.

In dunklen Momenten sagte er sich, wenn nur einer der beiden überleben könne, dann möge es Than sein. In helleren schmiedete er Rachepläne. Auch wenn ihm zu diesem Zeitpunkt ein Schuldiger fehlte. In seinen Tagträumen prügelte er wieder und wieder auf einen gesichtslosen Dealer ein.

Die Wut war zurück. Ebenso wie die Angst. Stieß er nun auch seine zweite große Liebe in einen Abgrund? In den Tod? So wie er es mit Kai und mit seiner Mutter getan hatte? Welcher Fluch lastete auf ihm?

Am Morgen des vierten Tages kam Than zurück. Anders als von Sören erhofft, schlug sein Mann nicht einfach die Augen auf und lächelte glückselig. Es war vielmehr ein mühsamer, quälend langsamer Prozess. Sören wachte fortlaufend an seinem Bett. Derweil trieb Richard die Ermittlungen voran, wobei er sich darum bemühte, Petersens Namen aus der Sache rauszuhalten. Es musste niemanden interessieren, ob eines der Opfer mit einem Kriminalhauptkommissar verheiratet war. Es wurden nach van Dijks Dafürhalten genug zotige Witze gerissen, seit der eigenbrötlerische und verschlossene Sören einen „kleinen *Asia-Boy*“ vor den Traualtar führte. Ein Drogenskandal fehlte da gerade noch.

Sörens Erwartungsdruck lastete auf ihm. Immer wenn Richard im Krankenhaus vorbeischaute – und das tat er fast täglich –, fragte ihn sein Kollege nach Fortschritten bei den Ermittlungen. Ein ums andere Mal musste er ihn enttäuschen.

Manfred Krutscher zog eine unsichtbare Mauer um seine *Cathedral* hoch, einen gläsernen Schutzschild. Van Dijks Anrufe blieben allesamt unbeantwortet. Er bemühte sich um offizielle Vorladungen. Immerhin durfte er die Wochenend-Managerin ins Revier bestellen. Seine Anfrage nach den Namen von Türstehern und Servicepersonal aus jener Nacht schien sich im Disconebel aufzulösen.

Die Staatsanwaltschaft legte weder Interesse noch Elan an den Tag. Und seine Vorgesetzte gab ihm unmissverständlich zu verstehen, dass er Krutscher und überhaupt jeden, der mit der *Cathedral* in Verbindung stand, gefälligst mit Samthandschuhen behandeln sollte. Die Kultursenatorin habe sie angerufen. Die

Clubbetreiber seien, so die Politikerin, nicht dafür verantwortlich, wenn sich Gäste mit illegalen Substanzen wegschossen.

„Genauso gut könnte ich versuchen, Mitglieder der Schweizer Garde vorzuladen oder einen Durchsuchungsbefehl für den Vatikan zu bekommen", beklagte sich van Dijk eines Abends, als er Sören bei einer schnellen Zigarette Gesellschaft leistete. „Dabei geht es hier um einen Minderjährigen!"

„So jung ist Than auch nicht mehr", entgegnete Sören.

„Ich rede von Mohammed. Das zweite Opfer."

Sören nahm verlegen einen tiefen Zug, ließ den Rauch seufzend entweichen. „Den habe ich beinahe schon vergessen", gestand er.

„Da scheinst du nicht der Einzige sein. Aber immerhin der Einzige, dem man es nicht vorhalten kann", befand Richard und legte beruhigend seine Hand auf Sörens Schulter. „Keine Sorge, konzentriere dich auf deinen Mann. Ich kümmere mich um den Rest. Das ist nicht dein Fall. Du musste jetzt für Than da sein."

Dieser schlichte Satz, diese simple Geste, ließ Sören zusammenbrechen. Schluchzend und wimmernd klammerte er sich an die Schultern seines Kollegen. Es war ihm egal, ob Passanten, Krankenpfleger, Ärzte oder gar Kollegen ihn sahen. Die Welt schrumpfte zusammen auf Richards Arme, die ihn umschlossen. Er gestand ihm seine Hilflosigkeit. Seine Verzweiflung. Seine Angst.

Van Dijk streichelte seinen Rücken, flüsterte ihm beruhigende Worte ins Ohr, wie man es bei einem verängstigten Kleinkind machte. „Wir schaffen das. Alles wird gut. Wir werden die Schuldigen finden."

Wie oft hatte Sören selbst solche Zusicherungen gegenüber traumatisierten Opfern und Angehörigen gemacht? Und wie leer kamen ihm diese Beteuerungen aus seinem Mund immer vor! Doch sie nun zu hören, war Balsam auf seiner Seele.

Van Dijk hielt Wort. Sören hatte bis heute keine Ahnung, wie er es anstellte, aber tatsächlich wurde Krutscher eine Woche später ins Kommissariat bestellt.

Er tauchte pünktlich zu seinem Termin dort auf, lässig in verwaschener Jeans und einem billig wirkenden, karierten Flanellhemd. Ein Beamter führte ihn ins Vernehmungszimmer. Ohne Entourage. Ohne Anwalt. Entspannt saß er Richard gegenüber, beobachtete ihn mit dezentem Interesse durch die großen, runden Brillengläser.

Sören stand auf der anderen Seite des Spiegels. Tigerte in dem kleinen Raum auf und ab. Auch wenn er van Dijk vertraute, ihn für einen hervorragenden Polizisten hielt, wollte er selbst dieses Gespräch führen. Lediglich als Zaungast dabei zu sein, war schwer zu ertragen.

Ruhig und mit einem dezent gelangweilten Unterton führte Krutscher aus, wie er an jenem Abend seinen Club früh verließ und die Geschehnisse daher nur aus Erzählungen kannte. „Aufgrund dessen dürfte ich bei der Aufklärung dieses Sachverhalts keine große Hilfe sein“, schloss er freundlich seine Ausführungen. „Meine Wochenend-Managerin ist in dieser Hinsicht zweifelsohne die kompetentere Ansprechpartnerin.“

Damit sah er das Gespräch für beendet an. Er stand auf.

„Da Sie Ihre Mitarbeiterin erwähnen: Die sagte nämlich aus, Sie seien am fraglichen Morgen nicht in der Stadt gewesen“, hielt ihn van Dijk, der wie zu einer Salzsäule erstarrt auf seinem Stuhl saß, zurück.

„Nun, da muss es wohl ein Missverständnis gegeben haben“, entgegnete Krutscher. Er zuckte gleichgültig mit den Schultern. „War's das?“

Sören hätte ihm sein vorgespieltes, entgegenkommendes Lächeln am liebsten mit gezielten Faustschlägen aus der Fresse geschlagen.

„Ihnen dürfte ja sicherlich bekannt sein, dass Gäste im Club illegale Substanzen konsumieren“, stellte Richard, die Frage ignorierend, emotionslos fest.

Sein Gegenüber grinste spitzbubenhaft. „Ich habe davon gehört. Auch wenn ich zu konkreten Fällen nichts sagen kann.“

„Ach nein?“

„Als erfahrener Ermittler in diesem Umfeld dürfte Ihnen wiederum bekannt sein, dass bei Drogenkonsum weder Käufer noch Verkäufer ein gesteigertes Interesse an Öffentlichkeit haben. Was auch an der sehr, und hier gebe ich meine ganz persönliche Meinung wieder, die ich nicht als offizielle Stellungnahme der *Cathedral* missverstanden wissen möchte, restriktiven Drogenpolitik hierzulande liegt."

„Wenn Sie die Politik ändern wollen, kandidieren Sie für ein entsprechendes Amt."

„Vielleicht sollte ich das tatsächlich."

Sören lief ein Schauer über den Rücken. Die Vorstellung, der Clubbesitzer könnte in ein politisches Amt gewählt werden, war in Zeiten von Donald Trump keine sehr absurde Vorstellung mehr. „Genau das, was diese Stadt brauchte", flüsterte er sarkastisch seinem eigenen Spiegelbild in der Glasscheibe entgegen.

„Ich stelle mir das allerdings ziemlich öde vor", brachte Krutscher seinen eigenen Gedanken zu Ende.

„Welche Strategie haben Sie, um gegen Handel und Konsum illegaler Drogen in Ihrem Club vorzugehen?", fuhr van Dijk ungerührt fort.

Für den Bruchteil einer Sekunde legte sich die Stirn seines Gegenübers in missmutige Falten. Als er antwortete, gab er sich keine Mühe mehr, seine Genervtheit zu überspielen. „Orte wie die *Cathedral* sind geschützte Räume gelebter Akzeptanz. Leben und leben lassen ist unser Motto. Die Türsteher sind freilich angehalten, Gäste auf", er ahmte den offiziellen Polizeisprech nach, „*illegale Substanzen* zu durchsuchen. Das ist allerdings nur bedingt zielführend. Wissen Sie, Herr van Dijk, ich glaube an die Freiheit. Doch Freiheit bedeutet auch, Verantwortung zu übernehmen. Für sich selbst. Das ist die einzige Erwartung, die ich an meine Gäste habe. Offensichtlich waren die beiden jungen Männer und diese Frau nicht in der Lage dazu."

Sören biss sich vor Wut auf seine Faust, um nicht loszuschreien. Was bildete sich dieses Flanellhemd tragende Arschloch ein!

„Einer dieser ‚jungen Männer' war minderjährig."

„Ich bitte Sie! Ein Flüchtling. Er hat wahrscheinlich sehr bewusst beim Asylantrag sein Alter nach unten korrigiert. Glauben Sie mir, dieser Mann ist kein Teenager mehr."

„Laut Aussage eines Zeugen wollte Ihre Wochenend-Managerin den Notarzt nicht rufen. Das kommt unterlassener Hilfeleistung gleich."

Krutscher schüttelte müde den Kopf. „Wenn wir jedes Mal einen Krankenwagen anfordern würden, wenn ein Gast Kopfschmerzen hat, betrunken ist oder dehydriert, kämen wir aus dem Telefonieren gar nicht mehr raus. Die Notfallambulanzen würden sich bedanken!"

„Ein Mensch ist gestorben. Zwei weitere standen an der Schwelle zum Tod und Sie faseln etwas von Kopfschmerzen?"

„Es tut mir leid um das Mädchen. Aber sie kam wohl schon des Öfteren mit dem Gesetz in Konflikt. Drogen. Prostitution. Das ist alles sehr bedauerlich. Aber wir sind keine Sozialarbeiter. Wir betreiben einen Club."

„Aber Sie tragen eine Verantwortung."

„Das sehe ich anders."

„Ihre Lizenz …"

„Wollen Sie wirklich anfangen, mir zu drohen? Das ist lächerlich. Aber bitte schön. Sie können ja gerne demnächst mal an einem Samstag mit einer Hundertschaft bei uns vorbeischauen. Aber ich rate Ihnen in Ihrem eigenen Interesse, sich eine Blankovollmacht vom Senat ausstellen zu lassen."

„Was hat der Senat damit zu tun?", fragte Richard scharf. Sören grunzte zustimmend. Es befriedigte ihn zu sehen, dass nicht nur er selbst, sondern auch sein Kollege zunehmend um Fassung rang. Obgleich es aus professioneller Sicht diesem Gespräch abträglich war, wenn sich van Dijk provozieren ließ.

„Die Kultursenatorin hat mir erst neulich via Interview ausrichten lassen, ich könne mich jederzeit bei ihr melden, wenn ich ein Problem habe." Er legte eine Kunstpause ein, um die Worte gewichtig nachschwingen zu lassen. „Habe ich denn eines?" Krutscher erhob sich. „Ich denke, wir sind hier fertig."

Als er sah, wie sich der Clubbetreiber selbstbewusst zum Gehen wandte, setzte etwas in Sören aus. Ein Schalter wurde umgelegt. Die Wut übernahm die Kontrolle.

Er stürmte in den Vernehmungsraum, ging geradewegs auf Krutscher zu und verpasste ihm einen Kinnhaken. Mit einem überraschten Stöhnen taumelte der Geschlagene einen Schritt zurück, stieß gegen den Tisch. Van Dijk schrie wütend auf. Ein Glas mit Wasser kippte um. Eine junge Beamtin rannte in den Raum, packte Petersen energisch am Arm. Er schüttelte sie ab wie ein lästiges Insekt.

„Jetzt sind wir hier fertig", schrie er und verschwand.

Erstaunlicherweise erstattete Krutscher keine Anzeige. Er beschwerte sich nicht einmal. Weder bei Petersens Vorgesetzten noch bei seinen angeblichen Freunden im Senat. Trotzdem sollte dieser Schlag der Anfang vom Ende von Sörens Karriere werden.

Auch wenn es niemals zu einem offiziellen Vorgang wurde, was an jenem Tag im Vernehmungsraum geschah, zog sein Wutausbruch dessen ungeachtet Konsequenzen nach sich. Van Dijk bekam einen Verweis in seiner Dienstakte, da er über Sörens Betroffenheit nicht informiert und ihn darüber hinaus in die Ermittlungen involviert hatte. Von dem Fall abgezogen wurde er nicht. Vielmehr schloss man diskret die Akte. Keiner störte sich daran. Die Eltern des toten Mädchens in Amerika meldeten sich nicht mehr. Mohammed hatte keine Angehörigen und seine Betreuer maßen den Ereignissen keine besondere Bedeutung zu. Sie kannten wesentlich problematischere Fälle.

Sören wurde nach mehreren Beschwerden überdeutlich zu verstehen geben, die Klappe zu halten. Er konnte froh sein, mit einem blauen Auge aus der Sache rauszukommen. Er wurde zu Sitzungen bei der Polizeipsychologin verdonnert. Einer gewissen Basimah Schmidts.

Hatte er früher schon wenige Freunde im LKA, waren sie jetzt noch spärlicher gesät. Galt er zuvor als Eigenbrötler und Miesepeter, wurde er jetzt als Karriererisiko und unzuverlässiger Ego-Shooter wahrgenommen. Ganz abgesehen von all jenen Kollegen, die glaubten, ihrer Homophobie nun, da er sich auf dem absteigenden Ast befand, frönen zu können. Wenn sie sie nicht offen zur Schau stellten, dann versteckt hinter despektierlichen Kommentaren über seinen Lust-Boy aus

Asien. Oder sie kolportierten Gerüchte, in welchen zwielichtigen Schuppen er angeblich abhing.

Guter Schwuler. Böser Schwuler. Sören war eindeutig Letzteres.

Wenig besser verhielt es sich mit seinen Vorgesetzten. Wenn auch auf einer anderen, dafür umso schmerzhafteren Ebene. Sören wurde an den Schreibtisch verbannt. Eigene Fälle bekam er bis auf Weiteres nicht mehr. Basimah gab ihm in den wenigen Sitzungen, die sie bestritten, mehr als deutlich zu verstehen, dass er nur dann in den Außendienst zurückkehren durfte, wenn er bereit war, mit ihr zusammenzuarbeiten.

Der einzige Verbündete und Freund, der ihm blieb, war überraschenderweise Richard. Sören hatte erwartet, er würde ihm seinen Ausraster übelnehmen, waren ihm doch daraus schwerwiegende Konsequenzen für seine eigene Karriere erwachsen.

Das Gegenteil war der Fall.

Als Than aus dem Krankenhaus entlassen wurde und Sören ihn abholen wollte, traf er van Dijk zufällig auf dem Flur. Er hatte Mohammed eben mitgeteilt, dass die Ermittlungen wohl im Sand verliefen.

„Wie hat er es aufgenommen?“, fragte Sören.

„Du kennst doch die jungen Leute. Ein Schulterzucken. Es scheint ihn gar nicht zu interessieren. Er wird morgen entlassen. Wie geht es Than?“

„Ich nehme ihn heute mit nach Hause. Seine Reaktion war ähnlich. Er will die Sache so schnell wie möglich vergessen. Das ist zumindest mein Eindruck.“

Ein kurzes, peinliches Schweigen machte sich breit.

„Ich wollte mich entschuldigen …“, begann Petersen zögernd.

Van Dijk winkte energisch ab. „Das hat dieser Arsch verdient. Meinetwegen hättest du gerne noch zwei-, dreimal draufhauen können. Die Clubs richten Menschen zugrunde. Aus Profitgier. Unter dem heuchlerischen Banner der Freiheit. Und der Senat hält schützend die Hand darüber. Mohammed und Than sind doch nur die Spitze des Eisbergs. Dieser ganze Sumpf muss trockengelegt werden.“

Sören lächelte ironisch. Manchmal ging ihm der Ehrgeiz seines Kollegen in der Sache dann doch zu weit. Er selbst wollte die Party nicht beenden oder klinisch rein machen. Vielmehr sollten jene Betreiber wie Krutscher, die sich eine goldene Nase verdienten, gezwungen werden, ihrer Verantwortung gerecht zu werden.

Er hatte schon viele Male in seiner Karriere erlebt, wie Verbrecher davonkamen. Und in aller Regel waren es nicht die Kleinkriminellen, sondern die dicken Fische, jene, die sich gute Anwälte leisten konnten. Das frustrierte ihn jedes Mal aufs Neue.

Diesmal war er persönlich betroffen. Das machte es ihm unmöglich, darüber hinwegzusehen. Und so köchelte die alte, wohlvertraute Wut in ihm auf winziger, ewiger Flamme, ließ ihn zusehends an der Sinnhaftigkeit seiner Arbeit zweifeln. Erschwerend kam die Verbannung an den Schreibtisch hinzu. Die Tage, Wochen, schließlich Monate zogen sich wie Kaugummi. Er registrierte sehr wohl, wie sehr sich diese Unzufriedenheit auf sein Privatleben auswirkte. Er wurde reizbar, übellaunig, verschlossen.

Leidtragender war Than, den er, zumindest unbewusst, eine Teilschuld an dieser Misere gab. Sie stritten viel. Vorhaltungen bestimmten ihre Kommunikation. Ihr Sexleben kam zum Erliegen.

Than flüchtete, war noch weniger zu Hause als zuvor. Eine Spirale des Grauens. Trotz seiner Wut, die zu kontrollieren ihm immer schwerer fiel, die stärker wurde, als sie zu Teenagerzeiten jemals gewesen war, durchschaute Sören diese gefährliche Dynamik. Er sah nur keinen Ausweg. Das Einzige, was er wusste, er wollte ihn nicht verlieren.

Eines Morgens setzte sich Sören – es war ein lieblicher Frühlingstag, die Sonne stand strahlend am Himmel, das Leben tanzte in frischem Grün durch die Straßen – an seinen Schreibtisch, schob die Aktenberge beiseite und schrieb seine Kündigung. Er opferte sich und seine Berufung, um das Wir zu retten.

Drei Monate später zog Than von einem auf den anderen Tag aus ihrer gemeinsamen Wohnung. Es war vorbei.

Teil 3 – Im letzten Licht des Tages

21

Berlin. Oder zumindest das, was davon übrig war. Hässlich war die City West geworden. Kalt. Modern. Hektisch. Insbesondere rund um den Bahnhof Zoo. Der Virus der Perfektion hatte die Stadt infiziert. Baulücken wurden geschlossen, die letzten Oasen trockengelegt. War das noch sein Berlin? Seine Heimat?

Die Stadt entglitt ihm. Genauso wie sein Leben.

In sich gekehrt stapfte Sören durch die Winterkälte. Unter seinen Stiefeln knirschte der frostige Belag auf dem Gehweg. Ein weißes Zwischending aus Eis und Schnee.

Montag. Weit nach zweiundzwanzig Uhr. Irgendwann Anfang Januar.

Endlich wurde es erträglich. Der Autoverkehr bettete sich ermüdet, dennoch widerstrebend zur Ruhe. Die Menschen verschwanden, zogen sich in warme, hell erleuchtete Wohnungen zurück. Wenn dunkle Kälte durch die Straßenzüge kroch, war es Zeit für Netflix.

Eine dröhnende Stille legte sich über die Szenerie, erstickte das überbordende Leben unter sich. Nicht dauerhaft. Aber wenigstens für die Nacht. Ach, Berlin! Was war nur aus dir geworden?

Oder hatte sich nur seine Sicht auf die Dinge gewandelt?

Nein. Er hatte es kommen sehen.

Damals, als beschlossen wurde, den Regierungssitz an die Spree zu verlegen und die Stadt zur größten Baustelle des Kontinents wurde. Kathedralen aus unfertigen Gebäuden dominierten von einem Tag auf den anderen die Silhouette.

„Bald wird Berlin verschwunden sein“, prophezeite er Mara Bella, als sie eines Abends auf einer Parkbank im Tiergarten saßen. Vor dem brennend roten Himmel zeichneten sich die schwarzen, spindeldürren Umrisse der Baukräne ab. Wie Skelettfinger griffen sie nach der untergehenden Sonne.

Mara Bella hatte seinen Pessimismus nicht teilen mögen. Ließ sich von ihrer guten Laune, der unbekümmerten Schönheit des Momentes blenden.

„Für den Rest von Deutschland ist Berlin chaotisch, radikal, arrogant, schmutzig. Kurzum: anders. Und damit zwangsläufig beunruhigend. All die Kopftücher, die Punks, die Rechten, die Schwulen und Transen, die Junkies und Kiffer. Das verkraftet die Biedermeier-Seele nicht. Also haben sie beschlossen, uns zu annektieren. Diese Hauptstadt-Sache ist eine versteckte Invasion, auf die eine Säuberung folgen wird. Schau dich nur um! Das Sony-Center am Potsdamer Platz. Die neue Mitte. Galerie Lafayette an der Friedrichstraße. Das wird uns alles einmal teuer zu stehen kommen."

Mara Bella hatte nur milde gelächelt. Sie war vor wenigen Wochen aus dem Krankenhaus entlassen worden. Der „finale Schnitt", wie sie es nannte. Endlich im richtigen Körper angekommen, war sie viel zu euphorisch, um sich von seinen düsteren Prophezeiungen beeindrucken zu lassen.

In vergangenen Zeiten versunken, schritt Sören den Kurfürstendamm entlang. Die Ruine der Gedächtniskirche musste sich die Lufthoheit seit einigen Jahren mit futuristisch anmutenden Bürotürmen teilen.

Sören liebte seinen Ku'damm. Auch wenn die Flaniermeile in die Jahre gekommen, stellenweise gar zu einer profanen Einkaufsstraße verkommen war. Seit der Wiedervereinigung hatte die Hauptschlagader des alten Westens mächtige und hippe Konkurrenz bekommen. Gleichwohl profitierte der Kurfürstendamm weiter von der alten, geerbten Anhänglichkeit der Berliner Westbezirke und der Provinz.

Sören erreichte die Tauentzienstraße, in der das *KaDeWe* seit schier ewigen Zeiten prätentiös den Gezeiten trotzte. Kaiser, Diktatoren und Besatzungsmächte, Bomben und Revolutionen hatten dem legendären Kaufhaus nichts anhaben können. Und auch wenn Sören den Snob, das Geld und den Schick verachtete, hoffte er zugleich, die Institution möge auch die kommenden Jahrzehnte überstehen. Anderenfalls würde er sie schmerzlich vermissen, auch wenn er sich nicht an seinen letzten Besuch zu erinnern vermochte.

Auf dem Wittenbergplatz schmiegten sich Nebelschwaden an die historische Fassade der U-Bahnstation. An einem der Grzimek-Brunnen tranken zwei Jugendliche Bier. Sie beäugten ihn misstrauisch. Der Duft von Gras lag in der Luft. Sören nickte ihnen mit einem wissenden Lächeln zu.

Fürchtet euch nicht, ich bin kein Bulle, wollte er ihnen zu verstehen geben, denn er wusste, noch immer ging von ihm die nicht fassbare, aber doch spürbare Präsenz des Ordnungshüters aus.

Einmal Bulle, immer Bulle.

Er schlug die verschlungenen, altbekannten Pfade ein.

Fuggerstraße. Kalckreuthstraße, Motzstraße.

Ein dunkelhäutiger, bulliger Typ in Lederkluft streifte ihn im Vorbeigehen mit bewunderndem Blick, bevor er die Tür zur *Scheune* aufstieß. Lachen und schweißiger Dunst drangen hinaus auf die Straße.

Hier im Viertel lagen Verheißung und Absturz stets nahe beieinander, sogar in kalten Januarnächten. Wenigstens das war geblieben.

Wie lange würde dieser Kiez den Umwälzungen standhalten?

Als er in die Nähe der *BdW* kam, verharrte er. Sollte er es wagen? Er mied die Bar seit den Ereignissen jener Nacht. Und erst recht seit seinem Zerwürfnis mit Mara Bella.

Er stand jetzt exakt an jener Stelle, wo der tote, unnatürlich verrenkte Körper gelegen hatte. Nichts erinnerte mehr daran.

Erst Mohammed. Dann sein Bruder Adil.

Beide hätte er retten können. Retten müssen. Beide hatte er verloren.

Für alle anderen war die Sache inzwischen klar. Der Mord an Andreas Daume galt offiziell als aufgeklärt. Steiner verkündete es selbst, mit stolzgeschwellter Brust.

Die Zwillinge kamen demnach über die Balkanroute aus Syrien nach Deutschland. Angeblich im Alter von vierzehn Jahren. Sie vermuteten wohl, bessere Chancen zu haben, wenn sie sich getrennt voneinander um Asyl bemühten. Ihre Pässe hatten sie vernichtet. Als unbegleitete Minderjährige ohne Familienangehörige wurden sie in zwei unterschiedliche Einrichtungen gebracht. Adil schickte man nach Crailsheim, eine Kleinstadt in Baden-Württemberg. Mohammed nach Berlin. Es gelang den Brüdern, in Kontakt zu bleiben. Vermutlich, das zeigte die Auswertung von Telefondaten, trafen sie sich sogar mehrmals, ohne dass die Behörden davon etwas mitbekamen.

Adil schien der Diszipliniertere zu sein. Vielleicht hatte er aber schlichtweg Glück, nicht in Berlin zu landen. Er lernte Deutsch, besuchte Integrationskurse und begann eine Ausbildung in einer kleinen Bäckerei. Sein Meister beschrieb ihn als pünktlich, freundlich, hart arbeitend, aber auch verschlossen und vorsichtig.

Über die Zeit vor der Ankunft in Deutschland sprach Adil kaum, nur wenn man ihn fragte und er es als unhöflich empfand zu schweigen. Über sein Privatleben konnte niemand aus seinem Umfeld etwas sagen. Frauen- oder Männergeschichten? Fehlanzeige.

Alle beteuerten hingegen, den Eindruck gehabt zu haben, er käme nach den Strapazen seiner Flucht in der süddeutschen Provinz zur Ruhe. Ob der junge Mann glücklich war, vermochte keiner zu sagen.

Zumindest wirkte er nicht unglücklich, vielmehr zufrieden. Sein neues Leben in Deutschland verlief geradlinig, in ruhigen Bahnen.

Ganz anders Mohammed. Dessen Jahre in Berlin glichen eher einer Achterbahnfahrt. Drogen, Party, Sex. Eine Existenz zwischen Straßenstrich und Clubs. Doch er schlug sich tapfer. Abgesehen von jener Nacht, die für ihn und Than im Krankenhaus endete, wurde er nie auffällig. Keine Gewalt. Keine Diebstähle. Die *Streetworker* vom Nollendorf-Kiez erinnerten sich an ihn. Ein junger Stricher, allerdings, gemessen an anderen Schicksalen, kein absoluter Sorgenfall. Er kam in einer

WG unter, gemeinsam mit vier jungen homo- und transsexuellen Geflüchteten. Die Betreuer versuchten, ihn von Drogen fernzuhalten, ebenso vom Strich.

Es gelang ihnen nur leidlich.

Immerhin schien seine Nahtoderfahrung in der *Cathedral* nicht ohne Wirkung zu bleiben. Nach dem Krankenhausaufenthalt schaltete er einen Gang zurück. Nahm weniger Drogen. Irgendwann war sogar die Rede von einem Freund. Einem Mann, der es ehrlich und gut mit ihm meinte. Einer Mitbewohnerin gegenüber sprach er gar von einem Engel, den Gott ihm geschickt habe. Die junge Lesbe glaubte, sich daran zu erinnern, dass Mohammed zwar bekundete, nicht wirklich verliebt zu sein, doch er fühle sich bei ihm geborgen und sicher. Ein Foto zeigte er ihr nicht. Angeblich legte sein neuer Freund Wert auf Diskretion.

Sören schloss sich Steiners Mutmaßung an: Bei diesem ominösen Retter handelte es sich um Bambi. Die Beschreibung passte haargenau zu jener Maskerade, die Daume sich zugelegt hatte. Der herzensgute, hilfsbreite Samariter mit den unschuldigen Rehaugen, der sich in der Flüchtlingshilfe engagierte.

Sören schmeckte Galle, wenn er daran dachte.

Mohammed wurde erst viel zu spät klar, auf welch tödliches Spiel er sich eingelassen hatte. Zu diesem Zeitpunkt saß er bereits gefesselt auf einem Stuhl.

Niemandem fiel sein Verschwinden auf. Oder besser: Niemanden kümmerte sein Verschwinden sonderlich.

Ein junger Flüchtling, aus dem Strichermilieu. Aktenkundig wegen Drogenmissbrauch und Kleindealerei. Auf diese Marker dampfte man sein Leben ein und kam wohl zwangsläufig zu dem Fazit, dass es nicht weiter verwunderlich war, wenn so jemand von der Bildfläche verschwand.

Nur einer wollte das so nicht hinnehmen: sein Bruder.

Also machte sich Adil auf die Suche. Mindestens zweimal besuchte er Berlin nach Mohammeds Verschwinden. Beim dritten Mal blieb er … und sollte die Stadt nicht mehr verlassen.

Ein roter See dampfenden Blutes. Auf der Straße vor der *BdW*. Diese Bild ließ Sören nicht mehr los.

Zu gerne hätte er Steiner für den Unfall zur Verantwortung gezogen. Doch so sehr er es sich auch wünschte, er konnte es nicht. Der kleine, mickrige Rest an Bulle, der noch in ihm steckte, wusste, seine Ex-Kollegen traf keine Schuld. Auch nicht den Ermittlungsleiter. Selbst wenn er ein verdammtes Arschloch war.

Und wer war er, andere zu verurteilen? Er selbst hätte Mohammed retten können. Damals. Doch aus Sorge um Than war er blind für das Schicksal des Teenagers gewesen. Sollten sich andere um ihn kümmern. Die Ärzte. Das Jugendamt. Die Kollegen. Wer auch immer.

Sören hatte nur jenen Mann im Fokus gehabt, der ihm die Fähigkeit zu lieben zurückgegeben hatte.

Am Ende, Ironie der Geschichte, lag es in seinen Händen, wenigstens Mohammeds Bruder Adil zu retten. Ein erneutes, todbringendes Scheitern. Wäre er nicht auf diesem verdammten Ego-Trip gewesen. Er wollte einmal noch allen zeigen, welch grandioser Ermittler Sören Petersen war. Er hatte sich eingebildet, diesen Fall im Alleingang lösen zu müssen, und verlor dabei aus den Augen, was um ihn herum geschah, bemerkte nicht, dass Steiners Leute ihn überwachten. Wie dämlich! Wie kurzsichtig!

Er war mitschuldig. Ohne Frage.

Doch er hatte Adil nicht auf dem Gewissen. Genauso wenig wie Mohammed. Das waren andere.

Adil musste es gelungen sein, die Schlächter seines Bruders aufzuspüren. Wie auch immer er das angestellt hatte. Und dann übte er Rache. Bevor er Daumes Leben nahm, ließ er ihn durchmachen, was er Mohammed angetan hatte.

Exakt an dieser Stelle endeten die Gewissheiten, die Steiner so siegestrunken verkündete.

Weder war die Identität des zweiten Mannes auf dem Video bekannt. Noch, ob weitere Beteiligte involviert waren. Selbst der Tatort bliebt im Verborgenen.

Sören ging von mindestens drei Tätern aus. Er vermutete, dass eine Art Hohepriester existierte. Eine graue Eminenz hinter der Kamera. Er hatte das Video wieder und wieder analysiert. Stets aufs Neue ließ ihn eine bestimmte Szene erschaudern: Daume und der zweite Täter starrten in die Kamera und warteten. Sie schienen ihren Zeremonienmeister stumm zu fragen, wer es vollenden durfte. Die Wahl fiel auf Bambi. Doch wer ließ ihm diese blutrünstige Ehre zuteilwerden?

Eine weitere offene Frage war, wie es Adil gelang, jenen Ort im Grunewald zu finden, an dem man die Leiche seines Bruders verscharrt hatte. Augenscheinlich ein Detail ohne Belang. Doch letztlich musste er diese Information von Bambi haben.

Wie viel hatte Bambi während seiner Folter preisgegeben? Was hatte Adil erfahren? Die Identität der Komplizen?

Falls dem so war, hatte er auch sie umgebracht und die Leichen waren nur noch nicht gefunden? Oder liefen sie, glücklich darüber, einem Racheengel entkommen zu sein, weiterhin unbehelligt durch die Gegend?

Zu viele Fragen. Zu viele Ungereimtheiten. Doch sowohl Sören als auch die Soko Bambi standen vor dem Nichts.

Das mediale Echo nach der letzten Pressekonferenz: durchweg lobend. Kaum ein kritisches Wort wurde darüber verloren, dass der Verdächtige bei seiner Flucht vor der Polizei ums Leben kam. Richard van Dijk hatte bei der kommunikativen Umdeutung des Vorfalls alle Register seines Könnens gezogen. Bei genauer Betrachtung wurde allerdings schnell klar, Steiner und sein Team standen vor einem Scherbenhaufen.

Bambi. Adil. Mohammed. Alle bekannten Beteiligten waren tot. Zu den Hintermännern gab es keine Spur. Nicht den kleinsten Hinweis. Sören war überzeugt, dass die Beamten erneut Bambis Wohnung auf den Kopf gestellt und den Laptop gründlich durchforstet hatten. Offensichtlich ohne Erfolg. Und auch die wenigen Habseligkeiten von Adil führten nicht zu einer neuen Spur. Niemand wusste, wo der junge Mann in Berlin gelebt hatte.

Sören versuchte mehrmals, Constanze Stark zu erreichen. Keiner seiner Anrufe fand die Gnade einer Antwort. Sie ließ ihm schließlich durch den Assistenten ausrichten, ihre Geschäftsverbindung habe keinen weiteren Bestand. Mehrmals erwog Sören, mit van Dijk über Stark und ihren ominösen

Auftraggeber zu sprechen, beließ es jedoch bei Gedankenspielen. Er hätte damit nur sich selbst – und am Ende auch Richard – noch mehr Probleme eingehandelt. Sein Ex-Kollege hatte Sörens Kontaktversuche seit jener Nacht von Adils Tod unbeantwortet gelassen.

Petersen konnte sich lebhaft vorstellen, wie Steiner dem armen van Dijk wegen dessen Verbindung zu ihm nach dem verpatzten Polizeieinsatz die Hölle heiß machte.

Zudem war Sören inzwischen geneigt, Starks Version von einem harmlosen Ex-Liebhaber Bambis Glauben zu schenken. Warum sollte jemand, der in den Mord an Mohammed verwickelt war, einen Privatdetektiv engagieren und damit unnötig weiteren Staub aufwirbeln?

„Sieh mal einer an! Der verlorene Sohn kehrt nach Hause zurück!"

Die viel zu nahe Stimme ließ ihn zusammenzucken. Unbemerkt war Herbert von Allstetten aus der Dunkelheit einer Seitenstraße aufgetaucht und stand nun direkt neben ihm. Eine Wolke blumigen Parfüms umwehte die schmächtige Gestalt. Schmatzend ließ er einen Kaugummi in seinem Mund rotieren, schob ihn wenig blaublütig von einer Wange zur anderen.

„Wo kommst du denn auf einmal her?", brummte Sören.

„Es freut mich ebenso, dich zu sehen, mein Lieber. Und frohes neues Jahr noch!"

Tatsächlich waren sich die beiden Männer im neuen Jahr bisher nicht begegnet. Was vor allem daran lag, dass sich Petersen gerade von Mara Bella fernhielt. Ob Allstetten von ihrem Streit in der Silvesternacht wusste? Wahrscheinlich war dem so.

Sören hatte Weihnachten bei seinem Bruder und dessen Familie verbracht. Er kehrte nach den Feiertagen von der stillen Abgeschiedenheit am Watt förmlich ausgehungert in die Stadt zurück. Und so erschien ihm Mara Bellas Vorschlag zunächst verlockend, den Jahreswechsel bei ihr in der *BdW* zu verbringen und nach Thekenschluss auf eine Party zu gehen. Selbstredend stand sie als Szeneprominenz inklusive Begleitung auf der Gästeliste.

Zunächst verlief alles halbwegs ausgelassen und harmonisch. Wie ein Zug, der langsam und mühsam den Bergpass hinaufgetuckert und endlich am Scheitelpunkt angelangt war, stürzten sie sich um Mitternacht ins neue Jahr hinab. Es wurde gelacht und angestoßen und getanzt. Nach seinen Tagen in Friesland verspürte Sören eine große Dankbarkeit, im pulsierenden Strom des Lebens mitschwimmen zu können.

Doch wie es nun mal seine Art war, bekam er, als der Rausch der Nacht bei allen anderen in Euphorie mündete, seinen Melancholischen. Die Angst kehrte zurück. Und die Wut. Und die Dunkelheit.

Auslöser waren zwei ergraute Pärchen, eines hetero, eines homo. Jenseits des Renteneintrittsalters. Gemeinsam saßen die vier Freunde um einen der Bistrotische, köpften eine Flasche Sekt nach der anderen und lachten sich durch den Jahreswechsel. Eine Blase des Glücks und der Beständigkeit inmitten all des kurzlebigen Trubels. Sie schwelgten in Erinnerungen, kannten sich seit Jahrzehnten. Und jeder war mit jedem derart vertraut und innig, dass die Paar-Grenzen verschwammen, sich auflösten und zur Nichtigkeit wurden.

Sören beobachtete sie den ganzen Abend über, fächerte begierig Gesprächsfetzen auf, wenn sie zu ihm herübertrieben. Zunächst war er angetan von den vieren, dann Neid zerfressen und schließlich von latent aggressivem Selbstmitleid erfasst.

„So etwas werde ich nie haben. Freunde, die man ein Leben lang kennt“, jammerte er, als sie nach einer letzten Absacker-Runde Wodka die Bar verließen, hinein ins neue Jahr, Arm in Arm.

Es war dieser Kommentar, der bei Mara Bella das Fass zum Überlaufen brachte. „Und was ist mit mir?“, schnauzte sie ihn an.

„Du bist …“, stammelte er unsicher, ob ihres Gefühlsausbruchs überrascht.

„Was bin ich? Eine Freundin? Eine Thekenschlampe? Eine gute Bekannte? Und was sind all die anderen Menschen für dich, denen du etwas bedeutest? Nimmst du uns überhaupt wahr?“

„Natürlich nehme ich dich wahr.“

Sie schnaubte abfällig und stürzte eine großzügig portionierte Berliner Luft hinunter.

„Dann hast du ja sicher mitbekommen, dass ich bald auf der Straße sitze, weil sich eine Heuschrecke mein Haus einverleibt hat. Diesem ominösen Investor bin ich fast genauso scheißegal wie dir!"

Panisch durchforstete Sören sein alkoholgetränktes Hirn nach einer Erinnerung. Hatte sie das ihm gegenüber wirklich erwähnt?

„Wenn du ein wenig aufmerksamer wärst, hättest du es mitbekommen", giftete Mara Bella, als hätte sie seine Gedanken erraten.

„Spielst du jetzt die beleidigte Ehefrau, die ihren Mann dafür zur Sau macht, nicht zwischen den Zeilen gelesen zu haben?", brauste nun Sören seinerseits auf. „Jetzt bin ich also an allem schuld?"

„Nein", seufzte Mara Bella resigniert. „Es ist mein Fehler. Ich hatte wohl zu viel erhofft. Ich dachte, nicht nur mir liegt etwas an dir, sondern auch dir an mir."

Das waren die letzten Worte, die sie wechselten. Seitdem herrschte Funkstille.

„Manchmal kann sie eine richtige Diva sein." Allstettens Worte ließen die Neujahrsbilder in Sörens Kopf wie Konfetti auseinanderstieben. „Sei nachsichtig mit ihr. Sie hat es gerade nicht einfach. Das mit ihrer Wohnung geht ihr echt nahe."

Verdammt! Sogar diese blaublütige Hexe hat mehr Empathie als du!

Laut sagte er nur: „Richte ihr schöne Grüße aus. Ich habe etwas zu erledigen."

„Mach ich! Und sei ihr nicht mehr allzu lange böse. Sie vermisst dich."

Warum sollte er ihr böse sein? Er hatte nun wirklich keinen Grund dazu. Mara Bella hatte nur aufgedeckt, wer er wirklich war. Unaufmerksam ihr und allen anderen Menschen gegenüber, die ihm nahestanden. Unfähig, ihre Nöte zu sehen. Unfähig, sie wirklich an sich heranzulassen. Er lebte neben den wenigen Menschen her, denen er wirklich etwas bedeutete, anstatt mit ihnen zu leben.

Mara Bella. Sein Bruder und dessen Familie. Kevin.

Er nahm sie wahr, sah zugleich durch sie hindurch. Ob er Than genauso behandelt hatte?

Ungewohnterweise umarmte ihn Allstetten zum Abschied.

„Bevor ich es vergesse“, setzte Herbert, schon halb im Gehen begriffen, nach: „Was wurde eigentlich aus dem Typen mit dem Nachtsichtgerät?“

Petersen lächelte müde. Sein Gegenüber musterte ihn neugierig aus seinen huschenden Gecko-Augen.

„Leider nicht viel Neues. Aber ich bin weiter dran.“

„Gut. Hat mich sehr gefreut, dass du damals zu mir gekommen bist, um meine Expertise einzuholen.“ Er schlenderte in Richtung *BdW* davon.

Sören blickte ihm unschlüssig nach. Es fröstelte ihn in seinen von der Kälte steifen Gliedern. Der zweistündige Spaziergang durch die Winternacht forderte seinen Tribut. Er sehnte sich nach dem brennenden Gefühl von Wodka, der die Kehle hinunterran, der heimeligen Wärme der Bar und insbesondere Mara Bella.

Ich sollte Allstetten folgen und sie um Verzeihung bitten, sie in den Arm nehmen und ihr versichern, wie viel mir ihre Freundschaft bedeutet.

Er beließ es bei dieser theoretischen Idee. Ohne zu wissen, warum.

Stattdessen ging er nach Hause und stieg unter die Dusche. Zwanzig Minuten lang ließ er heißes Wasser auf sich niederprasseln. Sein Körper taute auf.

Er dachte an Than und seinen perfekten latte-macchiatobraunen Körper. Sofort wurde sein Schwanz steif. Er wichste ihn mit kreisenden Bewegungen.

Doch sein Ex brachte ihn nicht zum Abspritzen, erschwerte seine Lust durch Selbstzweifel und Schuldgefühl. Drohte sie abzuwürgen. Sein Teil wurde weich. Schnell tauschte er die Bilder in seinem Kopf wie bei einem altmodischen Diavortrag. Than wich einem fröhlich lächelnden Kevin. Aus Brandenburg. Jetzt Berlin.

Bei dem sollte ich mich auch dringend melden!

Er stellte sich vor, wie er seinen Schwanz in dessen warme, feuchte Fresse schob, mit seiner Pranke dabei durch die roten Locken fuhr, den Kopf packte und an sich drückte.

Kurz bevor er kam, wechselte das Bild in seinem Kopf erneut. Unvermittelt tauchte Adil auf. Er lächelte ihn schüchtern an. Sören wollte innehalten. Doch es war zu spät. Er spritzte ab.

Fassungslos darüber, auf einen Toten ejakuliert zu haben, schaute er den weißen Spermafetzen hinterher, die durch das Wasser auf dem Boden der Duschkabine tänzelten und sich schließlich im Sog des Abflusses davon machten.

Kläglich in sich zusammengesackt, lag Sörens Schwanz in seiner Linken. Gedemütigt lehnte er sich gegen die Wand und versuchte, nicht zu weinen.

22

Mit erschöpften, brennenden Augen betrachtete Joseph Calben die vorbeihetzenden Straßenzüge. Die Berliner Sehenswürdigkeiten wie in einem Daumenkino aneinandergereiht: Karl-Marx-Allee. Alexanderplatz. Rotes Rathaus. Leipziger Straße.

Er hatte Gustavo, seinen Fahrer, gebeten, nicht den direkten Weg über die Autobahn zu seinem Wohnsitz auf Schwanenwerder zu nehmen, sondern durch die Stadt zu fahren.

„Es ist Freitag. Rushhour. Das dauert länger“, wandte dieser ein.

„Den Luxus gönne ich mir. Ich tue einfach so, als hätte ich alle Zeit der Welt“, antwortete Joseph. Es war seltsam, wieder hier zu sein. Vor allem, da er akzeptiert hatte, sein Leben in einem abgeschiedenen Sanatorium zu beenden. Doch der Tod kam ihn einfach nicht holen. Vielleicht, weil er wusste, Calben hatte noch etwas zu erledigen. Daher hatte der alte Mann beschlossen, das Sanatorium zu verlassen und in sein Haus nach Berlin zurückzukehren.

Anfang Herbst war sein Sehnen, sterben zu können, allumfassend gewesen. Er hatten diesem Körper entfliehen wollen. Das bloße Sein glich zu jener Zeit einer verachtenswerten Zumutung.

Bergmans Auftauchen veränderte alles.

Calben hatte wieder ein Ziel. Es ging ihm dabei nicht um die Vernichtung seines Zöglings. Das war lediglich ein willkommener Nebeneffekt. Vielmehr öffnete ihm Jan die Augen: Die Chance auf einen Platz in den Geschichtsbüchern war weiterhin gegeben. Er hatte sie bisher allerdings nicht als solche erkannt. Wie kurzsichtig! Beinahe erfüllte ihn so etwas wie Dankbarkeit für diesen Versager.

Als sie den Potsdamer Platz passierten und nach rechts zum Brandenburger Tor abbogen, begannen im Autoradio die Nachrichten.

„... der Berliner Landesverband wird morgen einen Spitzenkandidaten ... Bergmann erklärte vor dem Parteitag, er werde ... Ein Interview des ehemaligen Mentors sorgt derweil ...“

Er konnte die Stimme des Sprechers nur bruchstückhaft verstehen. Die Wortfetzen, die zu ihm auf die Rückbank wehten, genügten, um ihm ein zufriedenes, glucksendes Lachen zu entlocken.

Allerdings wollte ihm sein verfluchter Körper nicht einmal diesen simplen Luxus gönnen, ohne postwendend die Rechnung in Form eines rasselnden Hustenanfalls zu präsentieren.

Hastig zog er die Atemmaske seines Sauerstoffkonzentrators über Mund und Nase. Gustavo warf ihm durch den Rückspiegel einen skeptisch-prüfenden Blick zu. Sagte aber nichts.

Guter Junge! Mach diesen Moment nicht durch überbordende Besorgnis zunichte!

Das Interview, von dem in den Nachrichten die Rede war, hatte Calben vor drei Tagen Gabriele Holzhausen gegeben. Er war dieser kleinen Medien-Hure seit vielen Jahren in tiefer Abneigung verbunden. Doch sie beide waren Profis genug, um persönliche Antipathien im Bedarfsfall beiseitezuschieben.

Sie fuhr für das Gespräch sogar ins Sanatorium. Ihre einzige Bedingung war, einen Fotografen mitbringen zu dürfen. Sie wollte das Interview nicht mit alten Aufnahmen bebildern.

„Vertrauen Sie mir, ich werde Sie nicht als kränklichen, bemitleidenswerten Mann zeigen“, versicherte sie.

Er musste kurz überlegen, bevor er sich auf diesen Deal einließ. Seit über einem Jahr hatte er keine Fotos mehr von sich machen lassen. Die Welt sollte nicht den alten, von Krebs und Tod gezeichneten Calben in Erinnerung behalten. Allerdings vertraute er ihr.

„Einverstanden“, sagte er. „Aber es wird keine gefühlsduselige Krebs-Geschichte!“

„Wo denken Sie hin!“, entgegnete Holzhausen und wirkte etwas eingeschnappt, dass er ihr so eine Art von Story überhaupt zutraute. „Das wird Ihr letzter, großer Auftritt. Die graue Eminenz der Berliner Politik meldet sich zu Wort und lässt die Welt teilhaben an ihrer Sicht auf die Dinge! Ich gebe Ihnen quasi Gelegenheit, den eigenen Nachruf zu formulieren.“

Alter Mann, sprich noch mal, bevor du ins Gras beißt! Sie schmetterte ihm diese Wahrheit ungerührt an den Kopf. Er liebte sie dafür.

Dem Interview wurden drei ganze Seiten eingeräumt. Es war eine einzige Mahnung an seine Parteifreunde, sich Bergmann nicht an den Hals zu werfen und ihn auf dem bald stattfindenden Parteitag nicht das Vertrauen auszusprechen. Ohne das allerdings so direkt zu sagen.

Er beschwor vielmehr in einer weitschweifigen, die Geschichte bemühenden Darlegung die freiheitliche und zutiefst bürgerliche Grundfeste des Berliner Konservatismus.

Er nahm Bergmanns Namen nur einmal in den Mund.

Holzhausen fragte ihn, ob er es seinem Zögling zutraute, die Wahl zu gewinnen und nächster Regierende Bürgermeister zu werden.

„Ich traue Jan alles zu“, antwortete er. Vergifteter konnte ein Lob kaum ausfallen.

Der Wagen passierte den Reichstag und das Kanzleramt. Schlaff wie nasse Lappen hingen die deutschen Flaggen vor regengrauem Himmel an ihren Masten.

Calben lächelte traurig, aber nicht verbittert. Das Zentrum der Macht hatte er nie erreichen dürfen. Aber das empfand er seit einigen Tagen als nicht mehr weiter tragisch. Das Interview war der erste Stein, den er ins Wasser warf. Und anders, als Holzhausen vermutete, würde es nicht sein Nachruf werden.

Joseph Calbens letzte Worte waren noch lange nicht gesprochen.

Er wusste, er ging ein Risiko ein. Der Mord an Daume galt als aufgeklärt. Der an Mohammed zumindest teilweise. Es wurde halbherzig weiter ermittelt, um herausfinden, wer die Komplizen und Mittäter waren. Das mediale Interesse an dem Fall vertrocknete derweil über die Weihnachtsfeiertage und den Jahreswechsel wie ein Rinnsal in der Wüste. Es gab neue Themen auf der Agenda. Der anstehende Wahlkampf. Eine Virus-Epidemie in China. Ein britischer Prinz, der seiner Familie den Rücken kehrte. All das verdiente mehr Aufmerksamkeit als ein zu Tode gefolterter Flüchtling.

So krank er diesen Umstand auch fand, er half ihm dabei, in Ruhe Vorbereitungen zu treffen. Die Mordkommission war ihm nicht mehr auf den Fersen. Zudem wiegten sich seine Opfer in Sicherheit, denn Daumes angeblicher Mörder war bei seiner missglückten Verhaftung ums Leben gekommen.

Er trauerte um Adil. Allerdings nicht so sehr wie um Mohammed. Und um den ging es schließlich.

Gelegentlich erwischte er sich bei dem Gedanken, welchen glücklichen Umstand es darstellte, dass Adil bei seiner Verhaftung ums Leben gekommen war. Der Junge kannte als Einziger seine Identität. Der Junge hätte ihn, eher früher als später, ans Messer geliefert. Auch wenn Adil die Vorstellung, sich an den Mördern seines Bruders zu rächen, gefallen hatte, wie zuverlässig wäre sein Schweigen während eines stundenlangen Verhöres gewesen?

Letztlich war der arme Junge selbst schuld an seinem Schicksal.

Er hatte ihn inständig gebeten, sich unauffällig zu verhalten, um nicht auf dem Radar der Polizei aufzutauchen. Und was machte er? Versuchte Mohammeds Leichnam auszugraben, legte Blumen an der Fundstelle ab … Ohne Adils Umtriebe hätte der Drecksköter dieses Spaziergängers vermutlich nicht angeschlagen. Und Sören Petersen wäre das Folter-Video nicht in die Hände gefallen.

Ab diesem Zeitpunkt geriet alles außer Kontrolle.

Er war gezwungen zu warten. Die unerwarteten Ermittlungserfolge ließen nämlich auch Henning wieder nervös und vorsichtig werden. Er ging in Deckung, löschte vorrübergehend sein Grindr-Profil. Und installierte eine Alarmanlage an seinem Haus. Sorgte er sich um seine eigene Sicherheit und die seiner kleinen Familie?

Keine Sorge, Henning, ich krümme weder deiner hübschen Frau noch deiner entzückenden Tochter ein Haar!

Er inspizierte den Inhalt der jeansfarbenen Sporttasche. Adidas Retro-Look. Er hatte sie Mohammed gekauft. Der Junge war vernarrt in die Marke.

Zufrieden stellte er fest, alles Notwendige beisammen zu haben – vom Klebeband bis zum Metalldildo. Diesmal war er besser vorbereitet als bei Bambi. Auch Henning würde leiden und am eigenen Körper erfahren müssen, was er Mohammed antat. Nur eine Spur professioneller.

Er nahm das Nachtsichtgerät heraus. Schwer und kühl lag es in seiner Hand. Vermutlich würde er es diesmal nicht benötigen. Andererseits konnte immer etwas schiefgehen. Bei Bambi hatte es ihm gute Dienste geleistet. Er legte es zu den anderen Utensilien in die Tasche.

Was jetzt noch fehlte, war Etorphin. Er würde das Betäubungsmittel morgen besorgen. Dann konnte es endlich losgehen.

Lange hatte es Henning nicht in der Deckung ausgehalten. Nach Adils Tod kehrte er, sich in Sicherheit wiegend, zu alten Verhaltensmustern zurück. Seinen Textnachrichten auf Grindr nach zu urteilen, war Henning bereits voller Vorfreude.

Auch er selbst konnte es kaum erwarten.

Der leichte Dunst am Horizont ließ Meer und Himmel verschmelzen, zu einer alles umfassenden Entität werden. Es war noch früh am Morgen. Und über Èze lag die Ruhe vor dem Ansturm. Auf der kleinen Aussichtsplattform war Hannes Roth jetzt vollkommen allein.

Bald würden die Touristenbusse kommen und ihre menschliche Fracht ausspucken. Dann wurde aus dem Rinnsal der Menschen in den mittelalterlichen Gassen und Sträßchen des kleinen Dorfes schnell ein reißender Strom. Es kam zu einem alltäglichen dichten, tumultartigen Gedränge. Sogar jetzt, in der Vorsaison.

Nizza war nur einen Steinwurf den Berg hinunter. Und im Hafen Colline du Château mit seinen zwei Kreuzfahrtterminals herrschte das ganze Jahr über Betrieb.

Seit Weihnachten waren sie nun hier. Im Exil. Nur Rosemarie und er. Kaum einer wusste, wo sie sich vor den begierigen Blicken der Öffentlichkeit versteckten, dem brutalen Weltenlauf entrückt.

Roth hatte zunächst mit der Idee geliebäugelt, in das Ferienhaus seiner Familie nach Oberbayern zu fliehen. Doch Zilles Gesicht war längst auch jenseits der Berliner Stadtgrenze bekannt. Und das nicht erst, seit ihr toter Sohn als Schlächter entlarvt worden war. Aus der Senatorin und populären Politikerin wurde die „Mutter des Pestmasken-Killers".

Also raus aus Deutschland. Weg. Nur noch weit weg!

Auf die Idee mit Èze hatte ihn sein bester Freund gebracht. Ein Maler, der in dem Dorf schon einige Winter und den ein oder anderen selbst verordneten, erfolglosen Drogenentzug verbracht hatte.

Roth konnte verstehen, warum es viele Künstler und Schöngeister hierherzog. Hoch oben über dem Meer thronte das Dorf weithin sichtbar auf einem Fels. Die Häuser des Örtchens samt den mit roten Backsteinen gepflasterten Sträßchen formierten sich kreisförmig um eine Burgruine. Dank des milden Mikroklimas fiel die Temperatur selten unter zehn Grad. Ein nie enden wollendes Frühjahr. Dementsprechend war die Vegetation. In den Gärten wuchsen Bananen und Datteln, Johannisbrot- und Zitrusbäume. Ein kleines Paradies.

Und doch wurde ihr Aufenthalt zur Hölle.

Anfangs scheute Rosemarie es lediglich während der Stunden des touristischen Belagerungszustands, das angemietete Apartment zu verlassen; zu groß das Risiko, von deutschen Urlaubern erkannt zu werden. Doch inzwischen setzte sie auch in den Abend- und Morgenstunden keinen Fuß vor die Tür. Selbst der Balkon mit Meerespanorama hatte jeden Reiz verloren, lockte sie selten aus dem Halbdunkel der Wohnung hinaus.

Sie hatte sich der Trauer, der Fassungslosigkeit und der Verzweiflung hingegeben. In seinen bittersten, gemeinsten Momenten beschlich Roth das Gefühl, sie suhle sich darin. Er gab sich alle Mühe, diese Gedanken nicht zuzulassen, verständnisvoll zu sein. Doch das machte Zille bestenfalls noch wütender. Sie wusste nicht, wohin mit ihrem ohnmächtigen Zorn – also traf es als nächstbestes Ziel eben ihn.

Erst war ihnen ihr Leben aus den Händen gerissen worden, jetzt verloren sie einander. Das Wir rann davon wie Wasser aus der hohlen Hand.

Es musste etwas geschehen. Also recherchierte er den Kontakt zu einer deutschsprachigen Therapeutin und Trauerberaterin in der Gegend. Zille ignorierte sein drängendes Flehen, dort anzurufen, einen Termin zu vereinbaren. Er würde auch mitkommen, versicherte Roth. Ohne Erfolg.

Um zu vermeiden, dem Wahnsinn anheimzufallen, fing er mit dem Joggen an. Zum ersten Mal seit Ende des Studiums.

Nizzas Strandpromenade hinab und hinauf. Danach einen schnellen Kaffee in einem der Straßenlokale. Ein Stück Normalität. Wie sehr er sich danach verzehrte. Wie sehr er diese Begebenheiten jeden Tag aufs Neue herbeisehnte. Er war ein Stadtkind. Zeit seines Lebens kannte er nichts anders. Er vermisste Berlin. Und den treibenden, niemals versiegenden

Rhythmus des Lebens. Die Hektik. Den Lärm. Den Stress. Und er vermisste die Politik. Seinen Beruf. Seine Berufung. Roth wollte zurück. Eher heute als morgen. Das wurde ihm klar, während er sich, die Brandung im Ohr, an Nizzas Meeresfront entlangquälte.

In der pittoresken Abgeschiedenheit Èzes würde er nur verrückt werden.

Zitternd wandte sich Roth von dem Panorama ab und verließ die Aussichtsplattform. Der eingespielten Gewohnheit vergangener Wochen folgend, schritt er durch die engen Gassen zu einer kleinen Bäckerei. Die offene Backstube mit ihren zwei riesigen Öfen befand sich in einer Höhle direkt im Fels. Der Duft von frischem Brot verwoben mit der salzgeschwängerten Küstenluft ließ ihm trotz aller Aufgewühltheit förmlich das Wasser im Mund zusammenlaufen.

Er kaufte ein Baguette und zwei süße Hefeteigteilchen. Dann kehrte er in ihr Apartment zurück.

Rosemarie war bereits aufgestanden. Ein gutes Zeichen.

Nicht selten lag sie nach seinem morgendlichen Spaziergang noch immer im Bett, dahindämmernd, ohne zu schlafen.

Er setzte Kaffee auf und deckte den Frühstückstisch.

Schweigend saßen sie sich gegenüber. Eine Spannung lag in der Luft. Oder bildete er sich das nur ein, weil er wusste, dass er es endlich sagen würde?

Ihre Augen waren leer und ausdruckslos. Und doch wartend.

„Ich muss hier weg. Sonst geh ich vor die Hunde", brach es zwischen zwei Bissen von seinem Marmeladenbrot aus ihm heraus.

Rosemarie nickte bedächtig, als hätte sie das erwartet.

Schweigen.

„Mir ist klar, es wird nie wieder so sein wie vorher. Uns … Dir ist etwas Schreckliches widerfahren, angetan worden. Aber ich vermisse Berlin. Mein Leben. Unser Leben." Er verstummte, auf eine Reaktion wartend.

„Es tut mir leid", schob er kleinlaut nach. Das schlechte Gewissen über die Dreistigkeit seiner Forderung nagte an ihm

„Ich verstehe dich. Er war nicht dein Sohn“, flüsterte sie leise, beinahe vorwurfsvoll. „Ich danke dir dafür, den Weg mit mir bis hierhin gegangen zu sein.“

„Soll das heißen, du willst bleiben? Dich einigeln in diesem Apartment?“

Sie nickte.

Roth stand abrupt auf. Er ging zum Fenster, stürzte seinen Blick ins endlose Blau, um sie nicht weiter anschauen zu müssen. Er hasste sie in diesem Moment. Oder glaubte zumindest, es zu tun. Er konnte sie nicht hier zurücklassen. Das brachte er nicht übers Herz. Das wusste sie. Es war Erpressung.

„Komm mit. Bitte“, presste er stockend hervor, seine ohnmächtige Wut mit aller Kraft unterdrückend.

„Nein. Auf keinen Fall“, entgegnete Rosemarie ohne jedes Zögern.

„Aber es muss doch irgendwie weitergehen!“

„Was erwartest du von mir?“, fragte sie scharf. „Mein Leben ist vorbei.“

„Aber du bist nicht tot! Verdammt! Vor uns liegen noch so viele Jahre!“

Er drehte sich zu ihr um, musterte sie flehentlich, mit Tränen in den Augen.

„Beängstigend, nicht wahr? Wie soll man all diese nutzlose Zeit füllen?“

„Hör auf, so zu reden!“

„Aber es ist wahr!“, entgegnete sie leise. Sie stand auf, ging zu ihm, streichelte ihm sanft über die Wange.

„Geh nur, Liebster“, sagte sie, wandte sich ab und verschwand im Schlafzimmer.

Draußen, vor den Toren der Stadtmauer, gingen leise zischend die Türen der ersten Reisebusse auf.

Als Sören die Augen öffnete, schob sich die Silhouette eines Kopfs in sein Sichtfeld. Er blinzelte brummend gegen das grelle Licht an. Seine Pupillen wollten einfach nicht fokussieren.

„Echt, Mann! Hast du etwa die Nacht auf diesem unbequemen Stuhl verbracht?“, fragte eine Frauenstimme, die ihm vage bekannt vorkam.

„Wenn der allein die beiden Wodka-Flaschen gekillt hat, dürfte er nicht viel gespürt haben“, ergänzte eine Männerstimme. Auch bei ihr hatte Petersen den unbestimmten Verdacht, er müsste sie zuordnen können.

Er schaute sich desorientiert in seinem Büro um. Seine Umgebung gewann langsam an Schärfe.

Endlich konnte er seine Besucher erkennen: Isabelle hatte sich auf den Schreibtisch gesetzt und beugte ihren kurzen Körper gefährlich weit über ihn, sodass er befürchtete, sie könnte jederzeit in seinen Schoß purzeln.

Neben der Maskenbildnerin stand Thor. Der DJ. Er hielt zwei leere Flaschen in der Hand und betrachtete Petersen skeptisch bis belustigt mit Augen, die so dunkel schimmerten wie eine Rabenfeder im Sonnenschein.

Sein Schädel drohte zu explodieren. Direkt hinter der Schläfe pulsierte es schmerzhaft. Ein unangenehm mehliger Geschmack lag ihm auf der Zunge. Und seine Lunge rasselte bei jedem Atemzug derart, dass selbst ein Pneumoniepatient ihn bemitleidet hätte.

„Die Tür war offen. Da sind wir einfach reingekommen“, erklärte Isabelle entschuldigend.

„Schon okay“, beeilte er sich zu versichern und stemmte sich mit einem unterdrückten Stöhnen aus dem Bürostuhl. Er fuhr sich verlegen durch die Haare und den stoppeligen Bart, strich das Hemd glatt.

Sein desolates Erscheinungsbild störte ihn normalerweise nicht, aber Thors Anwesenheit machte ihn nervös. Angesichts so viel Perfektion sah er sich genötigt, wenigstens ein Minimum an Selbstachtung an den Tag zu legen und die stetig zunehmende Verwahrlosung zu kaschieren.

Obwohl Petersen nach seinem gestrigen Abendspaziergang müde gewesen war, hatte er keinen Schlaf gefunden. Immer wenn sein ruheloser Geist langsam in eine Traumwelt abgerutscht war, huschten Mohammed, Adil und Bambi aus dunklen

Ecken herbei und verfolgten ihn. Gelegentlich flüsterten sie leise auf ihn ein. Bevor er ihre Worte verstehen konnte, schreckte er hoch und war wieder wach. Nachdem sich dieses Prozedere mehrmals wiederholt hatte, beschloss er, dem Drängen der Toten nachzugeben, und ging ins Büro. Vorgeblich, um zu arbeiten.

In Wahrheit betrank er sich, während er ziellos durch seine Unterlagen blätterte. Irgendwann übermannte ihn dann doch die Müdigkeit und schickte ihn in einen überraschend traumlosen und trotzdem schlechten Schlaf.

„Harte Nacht gehabt?“, fragte Thor rhetorisch.

„Der überquellende Aschenbecher und die leeren Schnapsflaschen sehen sehr danach aus“, antwortete Sören. Es klang schnippischer und rechtfertigender als beabsichtigt. Er fühlte sich ertappt, war es doch nicht der erste Abend in den vergangenen Tagen, den er saufend und rauchend in dem abgedunkelten Büro verbrachte.

„Wollt ihr einen Kaffee?“, schob Petersen hastig in versöhnlichem Tonfall hinterher, als er Thors irritierten Gesichtsausdruck angesichts der barschen Erwiderung sah. Er stand auf, wankte, wäre beinahe gefallen.

„Ich mach schon!“, sagte Thor und tänzelte locker an ihm vorbei. Kurz musste Sören an die Reste der chinesischen Nudelpfanne denken, die in einer Pappschachtel neben der Spüle vor sich hingammelten. Seit drei Tagen. Oder waren es fünf?

Falls der DJ die schimmelnden Reste bemerkte, ließ er es unkommentiert, füllte stattdessen eine Kanne Wasser in den Tank der Kaffeemaschine.

„Fragst du gar nicht, warum wir hier sind? Was bist du denn für ein Privatdetektiv?“, erkundigte sich Isabelle mit spitzer Zunge.

„Nun, ein ziemlich verkaterter, nehme ich an“, antwortete Sören.

Thor lachte glucksend.

Gut gekontert, alter Junge!

Ohne ein weiteres Wort zu verlieren, schlüpfte er an ihnen vorbei zur Toilette. Gegen seine Gewohnheit pisste er im Stehen. Er bildete sich ein, selbst der Urin rieche nach Alkohol.

Er spritzte sich kaltes Wasser ins Gesicht und putzte sich mit einem Pfropfen Zahnpasta auf dem Zeigefinger oberflächlich durch den Mund. Die Bürste war mal wieder unerklärlicherweise verschwunden. Wahrscheinlich feierte sie eine Party mit dem letzten verbliebenen, sauberen Hemd zu Hause im Kleiderschrank.

Als Sören zurückkam, erwartete ihn ein dampfender, tiefschwarzer Kaffee. Thor und Isabelle hielten bereits Tassen in der Hand.

„Also, was wollt ihr von mir?", fragte er nach einem geräuschvollen ersten Schluck.

„Es geht um Max", antwortete Isabelle mit sorgenvoller Miene. Ihr Kontakt zu ihm war abgebrochen. Als herauskam, dass seine große Liebe in Wirklichkeit ein sadistischer Mörder war, zog sich der Junge komplett zurück. Selbst den Unterricht schwänzte er. Isabelle kannte eine seiner Dozentinnen. Sie machte sich ebenfalls Sorgen. Sein Engagement für das Brockhaus-Stück, das überraschend gut lief und von einem Zeitungskritiker mit einer Lobeshymne bedacht worden war, schmiss er hin.

„Was hat das mit mir zu tun?", murrte Sören. „Ich bin nicht sein Vater."

„*Fuck you!* Du bist für ihn eine Vertrauensperson", entgegnete Isabelle erbost.

„Hab nicht darum gebeten."

„Ich bin überrascht, was für ein Arschloch du sein kannst! Manchmal können wir uns nicht aussuchen, für wen wir verantwortlich sind. Du bist es einfach. Denkst du etwa, Max' Mitbewohnerinnen können ihn stützen? Die sind vielleicht bei normalem Liebeskummer eine Hilfe. Aber das ist alles eben nicht normal. Seine große Liebe hat sich als mordender Psycho entpuppt. Er driftet ab. Niemand dringt mehr zu ihm durch."

„Ich bin ja kaum in der Lage, mein eigenes Leben in den Griff zu bekommen", gestand Petersen mit entwaffnender Ehrlichkeit. „Wie soll ich da für eine verlorene Seele wie Max Sorge tragen?"

„Da hat er nicht unrecht, Kleine“, befand Thor und lächelte ihm dabei verbrüdernd zu.

„Ach, ihr könnt mich beide mal!“ Ruckartig knallte Isabelle ihre Tasse auf den Schreibtisch. „Ruf ihn einfach an. Oder besser: Triff dich mit ihm, bevor du es irgendwann bereust. Er hat oft von dir gesprochen. Er vertraut dir. Weiß Gott, warum! Irgendwas scheinst du richtig gemacht zu haben. Und du“, sie wandte sich an Thor, „rück endlich mit der Sprache raus!“

Wutentbrannt stapfte sie aus dem Büro, ließ die Eingangstür laut zuknallen.

„Wenn du erst einmal einen Platz in ihrem Herzen hast, dann ist sie wie eine Löwenmutter. Sieh ihr diesen Gefühlsausbruch bitte nach“, sagte Thor entschuldigend.

Sören winkte ab. „Sie hat ja recht.“

Schweigend tranken die beiden Männer ihren Kaffee. Als Thor nichts sagte, vielleicht gar darauf baute, Sören habe Isabelles beiläufige Bemerkung überhört, räusperte er sich demonstrativ. „Womit sollst du endlich mit der Sprache rausrücken?“

Der DJ rutschte auf seinem Platz hin und her, rang mit sich selbst. „Ich und Bambi … Naja, wir hatten mal was miteinander. Is schon einige Zeit her. Lange bevor er mit Max …“

Ein kurzer, irrationaler Stich der Eifersucht traf Sören. Wie gerne wäre er an Daumes Stelle gewesen, hätte diesen unsagbar schönen Körper berührt, diese vollen, blutroten Lippen geküsst.

„Wir hatten nur ein paarmal Sex. Unsere Affäre lief sehr undramatisch aus. Aber dann, ein paar Wochen später, rief er mich eines Abends an. Er wusste von meiner Nebentätigkeit als Callboy und fragte, ob er mich gemeinsam mit ein paar Freunden buchen könnte für eine Session.“ Er stockte wieder, starrte schweigend in seine inzwischen leere Tasse.

„Eine Session?“, wiederholte Sören fragend, hauptsächlich, um Thor wieder in den Gesprächsfluss zu stoßen. Er versuchte die bis dato unbekannte Information zu ignorieren, dass er gegen Geld diesen Körper durchaus haben könnte.

„So eine SM-Nummer. Eine Gruppenbenutzung nannte es Bambi."

Langsam schwante Petersen, auf was sein Gegenüber hinauswollte. Und er war ebenso elektrisiert wie abgestoßen von dieser Vorstellung.

„Sie waren zu dritt. Die meiste Zeit über war ich gefesselt. Manchmal auch mit Augenbinde. Sie trugen Lederkutten. Und schwarze Pestmasken mit Kapuzen."

Warum rückte Thor damit jetzt erst heraus? Petersen schluckte die erbosten Vorhaltungen, die ihm auf der Zunge lagen, hinunter und ließ den alten Profi die Kontrolle übernehmen. „Konntest du ihre Gesichter erkennen?"

„Nein. Sie waren die ganze Zeit verhüllt."

„Irgendetwas anderes? Jede Kleinigkeit. Waren sie jung oder alt? Dick oder dünn?"

„Natürlich erkannte ich Bambi. An der Art, wie er sich bewegte. An seinen Händen. Seinem Schwanz. Obwohl der eigentlich keine Rolle spielte. Es ging eigentlich gar nicht so sehr um Sex. Eher …", er zögerte. Die Tasse in seiner Hand zitterte leicht. „… um Gewalt. Am Ende haben sie auf mich draufgespritzt. Aber das war alles okay. Vorher abgesprochen. Dafür bekam ich echt fett Kohle. Ich glaube, die beiden anderen Männer waren nicht sehr alt. Aber auch nicht sehr jung. Irgendwie normal. Auf keinen Fall sechzig oder so."

Petersen erhob sich und begann in seinem Büro auf und ab zu gehen. Ein Ventil für seine innere, von Adrenalin gepushte Unruhe.

Das war eine neue Spur! Und zwar eine verdammt gute.

Thor brach sein Schweigen spät, allerdings unglaublich detailreich. Zwar konnte er seine Kunden nicht identifizieren, dafür ihre seltsame Bekleidung. Die Kutten war seiner Einschätzung nach Maßanfertigungen einer angesagten Boutique für Fetisch-Outfits namens *Blacksmith* am Nollendorfplatz. Hier entpuppte sich Thor als Kenner der Materie. Seiner Einschätzung nach waren sie ziemlich neu. Mit etwas Glück würde man sich in dem Laden an die Order erinnern.

„Wo habt ihr euch getroffen?"

„In einem angemietete SM-Apartment in der Fuggerstraße. Ich kann dir die Adresse geben. Ich weiß sogar das Datum. Ich führe Buch über meine Aufträge."

Sören reichte ihm Papier und Stift. Er hatte von solchen Zimmern gehört, allerdings nie eines genutzt. Im Kiez rund um den Nollendorfplatz gab es einige dieser Art. Voll ausgestattet. Mit allem erdenklichen Schnickschnack. Vom Ledersling bis zu Folterkammern und Käfigen.

„Und wie genau ist das abgelaufen?", fragte er Thor.

„Der Schlüssel war in einer Box mit Nummerncode hinterlegt. Als ich ankam, war niemand dort. Ich hatte die Anweisung, mich auszuziehen und nackt auf einen Stuhl in der Mitte des Raumes zu setzen. Sie haben mich einige Minuten warten lassen. Vielleicht sogar eine halbe Stunde. Ich trug eine Augenbinde. Daher kann ich nicht sagen, ob sie bereits maskiert dort aufgetaucht sind. Aber sie werden wohl kaum mit Pestmasken an einem Sonntagnachmittag aus der U-Bahn am Wittenbergplatz gestiegen sein. Das ist dann selbst für Berlin zu abgefahren."

„Wie hast du dich gefühlt? Wie hast du die Situation wahrgenommen?"

Thor zuckte unentschlossen und ein wenig peinlich berührt die Schultern. „Um ehrlich zu sein, ich hatte schon seltsamere Kunden."

Sören schüttelte den Kopf. Er wollte es sich gar nicht ausmalen. Nicht jetzt. Nicht bei diesem wunderschönen Mann mit seiner Schneewittchen-Unschuld.

„Ich kannte Bambi", fuhr Thor fort, „ich vertraute ihm. Auch wenn das aus heutiger Sicht unglaublich erscheint. Es war schmerzvoll und alles andere als geil. Aber es war ein Job. Ein gut bezahlter Job. Augen zu und durch." Er lächelte Petersen unsicher an.

„Andreas bot mir sogar an, die Sache zu wiederholen. An einem anderen Ort. Er wollte nicht rausrücken, wo genau. Er meinte nur, das Apartment sei so klinisch rein. Sie stellten sich etwas Authentischeres vor."

„Authentisch?", wiederholte Sören. In Wahrheit, so seine Vermutung, schwebte Daume eine weniger gut überwachte

Location vor, für die er nicht seine Kreditkartendaten hinterlegen musste und die nicht mit ihm in Verbindung gebracht werden konnte. Der bis heute unbekannte Tatort, wo Mohammed sein Leben genommen wurde.

„Kam es zu einer Wiederholung?", fragte er mit einem Anflug von leiser Hoffnung.

Thor schüttelte den Kopf. Kurz trafen sich ihre Blicke. Sören nickte ernst. Glück gehabt, ließ er ihn stumm wissen.

„Ich habe ihn auch nicht mehr gefragt. Und je mehr Zeit verging, umso erleichterter war ich darüber. Ich weiß nicht, ob ich das tatsächlich noch einmal gemacht hätte."

Eine Lüge, mit der er sich selbst beruhigte. Es wäre nur eine Frage des Preises gewesen.

„Hast du jemals wieder mit Daume darüber gesprochen?"

„Nein. Uns beiden war die ganze Sache wohl unangenehm. Wir haben uns danach für eine Weile nicht mehr gesehen. Hat ein bisschen gedauert, bis wir uns wieder in die Augen schauen konnten."

„Warum hast du das alles nicht schon viel früher erzählt?", fragte Sören barsch. Er gab sich keine Mühe, seine Verärgerung hierüber zu verbergen.

Schweigen. Thor hoffte wohl, um eine Antwort herumzukommen. Doch Petersen ließ ihn nicht vom Haken.

„Mann, ich kenn dich doch eigentlich gar nicht", sagte er schließlich. „Und den Bullen wollte ich die Geschichte nicht auftischen. Wenn das offiziell wird! Muss ja nicht jeder wissen, mit was ich mein Geld verdiene. Erst recht nicht meine Eltern. Die beten heute noch für mich, weil ich schwul bin. Außerdem bin ich auf Bewährung. Hatte ein Problem wegen Drogen und so."

„Und warum jetzt doch?" Noch immer ließ Sören keine Milde in seinen Tonfall einfließen. Auch wenn er ihm längst verziehen hatte. Es war offensichtlich, dass er sich ausreichend Vorwürfe deswegen machte.

„Isabelle. Sie hat mir keine Wahl gelassen. Mir die Pistole auf die Brust gesetzt. Entweder würde sie zur Polizei gehen. Oder ich erzähle es dir."

Sören seufzte. Immerhin eine Vernünftige in diesem ganzen Drama.

„Wirst du mich melden?" Thor schaute ihn aus großen, unschuldigen Augen flehend an.

„Erst einmal nicht."

Die Worte kamen über seine Lippen, bevor er richtig darüber hatte nachdenken können.

„Gut." Die Erleichterung seines Gegenübers war beinahe physisch greifbar.

„Aber du musst mir wirklich alles erzählen, was damals passierte. Jede Kleinigkeit könnte wichtig sein."

„Auf jeden Fall! Versprochen!"

„Und ich muss dieses Apartment sehen."

„Das ist kein Problem." Thor lächelte stolz, als er aus seiner Tasche eine Visitenkarte zog und sie an ihn weiterreichte.

BDSM LOFTS BEARLIN
Berlin Entertainment GmbH
Inhaber Manfred Krutscher

Sören benötigte einen Moment, um zu verstehen, was auf der Karte stand. Er las die Worte, doch sein Verstand konnte die losen Verbindungen, die gerade zusammengeknüpft wurden, nicht sofort erfassen.

„Bedeutet das … *Der* Manfred Krutscher?", fragte er stammelnd an Thor gewandt.

„Ja, Mann! Mister Cathedral persönlich. Der lebt nicht nur von seinem Club. Der hat überall seine Finger im Spiel."

23

Selbst wer Jan Bergmann nicht mochte, und davon gab es in dem Saal sicher einige, musste die perfekte Inszenierung anerkennen.

Constanze war zufrieden mit sich und ihrer Intuition. Sie hatte auf das richtige Pferd im Stall gesetzt. Der Sonderparteitag der konservativen Partei war eine einzige Bergmann-Krönungsmesse. Sie bejubelten ihn als großen Retter in der Not. Seine Unterstützer wurden nicht müde, die Geschichte von dem engagierten Aufräumer und Ausmister zu erzählen, der den Spendensumpf trockenlegte und zugleich der Partei bei den nächsten Wahlen zum Sieg verhelfen konnte.

Ob jemand tatsächlich diesen Blödsinn glaubte?

Autosuggestion, noch dazu in einer homogenen Gruppe, war eine mächtige Waffe.

Stark hatte in der hintersten Stuhlreihe Platz genommen, beobachtete das Spiel von der Seitenlinie. Für jeden sichtbar, zugleich aber dem Geschehen entrückt. So sah sie sich selbst am liebsten.

Sie hatte eine anstrengende Woche hinter sich. Ein Termin jagte den nächsten. Ihr persönlicher Triumph war eine Demonstration der Befürworter eines allgemeinen Tempolimits auf deutschen Autobahnen gewesen. Sie hatte Schauspieler gebucht, die sich mit selbstgebastelten Schildern unter die Teilnehmer mischten und sich vor jede Kamera drängten, die sich ihnen anbot.

„Autofahrer sind Massenmörder" „VW = NS" oder „Burn Mercedes, Burn!" stand auf den Plakaten. Radikale, unsäglich dumme Parolen, die es in jeden Nachrichtenbeitrag über die Demo schafften.

Ist dem berechtigten Interesse eines Gegners nicht argumentativ beizukommen, dann diskreditiere ihn auf maximale Weise.

Starks Strategie ging auf. Und ihr Kunde, eine Lobbygruppe der Automobilindustrie, zeigte sich äußerst zufrieden.

Tosender Applaus brandete auf, zog surrend wie ein Hornissenschwarm durch die Halle. Constanze wandte sich der Bühne zu. Jan Bergmann und Pierre Gaston posierten im Scheinwerferlicht. Hand in Hand. Viele Delegierte riss es in einem Anfall von Euphorie von den Stühlen. Sie musste ihren Hals recken, um einen Blick auf das Paar der Stunde zu erhaschen.

Bergmann strahlte siegesgewiss in die ihm huldigende Menge. Er hatte sein Sakko abgelegt. Präsentierte sich hemdsärmlig. Ein Volkstribun. Gaston trug einen marineblauen Zweireiher. Er lächelte breit.

Die Inszenierung erinnerte sie an Parteitage in den USA. Es fehlten nur Stars und Stripes und Luftballonregen.

Stattdessen schwappte der penetrante Geruch von altem Brattfett und Currywurst aus der nahen Kantine zu ihr herüber. Es war eben doch nicht Washington, DC, sondern nur Berlin.

Inzwischen waren Bergmanns „Vorlieben und Neigungen", wie man das bei den Konservativen gerne noch nannte, allgemein bekannt. Natürlich, so versicherte jeder, stelle seine Homosexualität kein Problem dar. Und das stimmte sogar. Stark hatte den Eindruck, dass die Partei sich selbst für ihre Offenheit und Toleranz feierte.

Kurz vor Weihnachten war, von langer Hand geplant, die Homo-Homestory über die beiden erschienen. Ein schnulziges Coming-out zum Fest der Liebe. Sogar Bergmanns Mutter kam zu Wort und durfte bestätigen, wie bürgerlich und konservativ im besten Sinne des Wortes ihr Sohn sei. Und welch gottesfürchtiges Leben er mit seinem „entzückenden und liebreizenden Mann" führe.

Ein ermordeter Liebhaber, der als Sado-Killer einen unschuldigen Jungen vor laufender Kamera tötete, hätte diese Heile-Welt-Erzählung in etwa so sehr bereichert wie die böse Fee die Taufe von Dornröschen.

Es hätte so perfekt sein können. Ein Arrangement ganz in Constanzes Sinne: Der neue politische Shootingstar stand tief in ihrer Schuld.

Und doch war es diesmal anders. Die Geschichte ließ sie nicht los, gärte in ihr wie jenes gammelige Eiersalat-Sandwich vom Büffet, das sie in zügellosem Heißhunger vertilgt hatte, ohne nachzudenken.

Bergmann hatte versichert, mit dem Foltervideo nichts zu tun gehabt und nichts von Bambis perversen Trieben geahnt zu haben. Sie glaubte ihm. Wollte ihm glauben. Tatsächlich sprachen die Indizien für den Politiker. Er konnte aufgrund seiner Statur eindeutig nicht Daumes bisher unidentifizierbarer Partner aus dem Video sein. Weiterhin ergab es keinen Sinn, dass er sie engagierte, wenn er in die Sache verstrickt war. Und zu guter Letzt hatte man Mohammeds Verschwinden inzwischen auf einen Zeitraum eingrenzen können, in dem Bergmann an einer zweiwöchigen Delegationsreise des Bundestags durch Afrika teilnahm. Im Anschluss daran flog er direkt nach Mauritius weiter, wo er Gaston für einen zehntägigen Urlaub traf.

Und doch, der Zweifel nagte leise, aber unaufhörlich an ihr. Was, wenn sie sich irrte? Was, wenn Sören Petersen recht hatte?

Petersen! Sie verscheuchte den Gedanken an ihn. Dieser alkoholkranke Schnüffler raubte ihr noch den letzten Nerv! Jetzt war sie sogar kurz davor, seine verwirrten Schlussfolgerungen, die er auf ihrer letzten gemeinsamen Taxifahrt geäußert hatte, ernst zu nehmen!

„Wer hätte gedacht, dass diese Partei mal zwei Queens derart feiert."

Die keuchende Männerstimme direkt in ihrem Nacken ließ Stark aufschrecken. Als sie sich umdrehte, schaute sie in die trüben Augen eines alten, zusammengefallenen Mannes. Sie hätte Joseph Calben beinahe nicht erkannt. Blass und ausgemergelt saß er in seinem Rollstuhl. Eine karierte Steppdecke über den Beinen.

„Entschuldigen Sie, Frau Stark, ich wollte Sie nicht erschrecken", begrüßte er sie mit leiser, brüchiger Stimme. „Und verzeihen Sie den Anblick, den ich abgeben muss. Ich hatte schon bessere Tage."

„Schön, Sie zu sehen", entgegnete sie, sich den Schock über seinen schlechten Zustand nicht anmerken lassend. Sie wusste, er war krank. Doch wie schlecht es tatsächlich um ihn stand, hatte sie nicht geahnt.

Calben griff nach seiner Sauerstoffmaske, inhalierte gierig.

Sie fand es bemerkenswert, dass er sich dieses Spektakel überhaupt zumutete. Ohne Zweifel, Calben lebte für die Politik. Wortwörtlich bis zum letzten Atemzug. Sie bewunderte ihn für seine Disziplin, seine Hartnäckigkeit. Ein Mann von Format.

Er hatte ihre Dienste in der Vergangenheit einige Male in Anspruch genommen und Constanze im Gegenzug einige Gefallen erwiesen. Ihre Zusammenarbeit bewertete sie stets als sehr angenehm und bereichernd.

„Das hier", er nickte in Richtung Podium, „hätte ich mir auf keinen Fall entgehen lassen wollen."

„Ihren letzten Äußerungen in den Medien zufolge, sind Sie nicht unbedingt glücklich über diese Wahl. Ich muss zugeben, ich war ... überrascht."

„Ach, Teuerste, Sie scheinen mir ausnahmsweise nicht auf dem neusten Stand zu sein."

„Offenkundig."

„Aber keine Sorge, das Zerwürfnis zwischen Jan und mir ist rein politischer und in keiner Weise persönlicher Natur. Wir sind nach wie vor befreundet. Oder glauben Sie etwa, ich möchte meine letzten Tage mit einer neuen Feindschaft belasten?"

„Beim Essen und der Politik hört die Freundschaft auf."

Calben lächelte. „Wer hat das gesagt?"

„Wenn mich nicht alles täuscht, waren Sie das."

Er keckerte amüsiert. Dann griff er hastig seine Maske und inhalierte.

„Bei einem unserer letzten Treffen berichtete Jan, er habe Sie engagiert."

Stark schwieg. Er mochte ein alter, sterbender Mann sein, doch dieser Umstand ließ sie nicht ihre Professionalität vergessen.

„Wirklich, eine schlimme Sache mit dem jungen Daume. Wer hätte gedacht, dass hinter dieser hübsch anzusehenden Fassade ein derart düsterer Abgrund klafft. Diese ganze Geschichte ist Jan furchtbar nahegegangen." Er musterte sie durchdringend.

Sie schwieg weiter eisern, strich sich durch die Haare.

Es war, als hätte Calben einen Schalter umgelegt. Aus einer harmlosen Konversation wurde ein Verhör.

„Sie müssen mir unbedingt die Koordinaten dieses Privatdetektivs zukommen lassen, den Sie auf den Fall angesetzt haben. Einen guten Schnüffler kann man immer brauchen“, setzte er nach und ließ hierdurch erstaunliches Detailwissen durchleuchten. Sollte Bergmann sich darüber tatsächlich mit seinem Mentor ausgetauscht haben?

„Ganz grundsätzlich gesprochen: Ich bin in jeder Hinsicht diskret. Auch in Bezug auf meine Mitarbeiter“, wagte sie sich ein wenig aus der Deckung.

Calben nickte wissend. „Wie bedauerlich, dass Sie nicht einmal für einen Mann, der mit mehr als nur einem Bein bereits im Grab steht, eine Ausnahme machen wollen.“

„Ich stehe Ihnen jederzeit mit all meiner Expertise zur Verfügung“, entgegnete sie zuvorkommend.

„Ein andermal vielleicht.“ Sie glaubte, in seiner Stimme einen verärgerten Unterton herauszuhören. Hatte Calben ernsthaft erwartet, sie würde, nur weil er in einem Rollstuhl dahinstarb, schwach werden?

„Gewiss. Ein andermal“, bestätigte sie freundlich lächelnd in vollkommener Unverbindlichkeit.

Calben nickte ruckartig. Zitternd hob er die von Altersflecken zugewucherte Skeletthand und winkte einen jungen, breitschultrigen Mann herbei, der diskret in einigen Metern Entfernung gewartet hatte. „Gustavo, sei so freundlich. Wir sind hier fertig.“

Der Herbeizitierte tat, wie ihm geheißen. Hände wie Pranken umschlossen die Griffe des Rollstuhls.

„Entschuldigen Sie mich, Frau Stark. Ich muss meinem politischen Ziehsohn zu seiner Wahl gratulieren. Bis zum nächsten Mal. Es war wie immer ein Vergnügen.“

„Ganz meinerseits“, bestätigte sie.

Der schweigsame Gustavo schob Calben davon. Sie hielten direkt auf die Bühne zu, auf der sich Bergmann noch immer feiern ließ.

Constanze war längst nicht mehr die Einzige, deren Aufmerksamkeit der Alte auf sich zog. Mit jedem Meter hafteten neue Augenpaare an ihm. Einige der Delegierten fingen an zu tuscheln. Auch die Pressefotografen hatten inzwischen bemerkt, dass etwas vor sich ging. Das Surren und Klicken der Kameras startete und wuchs sich aus zu einem Blitzlichtgewitter, als Bergmann lächelnd auf Calben zuschritt. Die beiden Männer schüttelten sich die Hand.

Welch anrührende Heuchelei.

Einige Worte wurden gewechselt. Dann fror Bergmanns Dauergrinsen kurz ein. Ein irritiertes und zugleich verärgertes Runzeln legte sich über seine Mimik. Calben redete unverdrossen weiter. Doch außer Gustavo war niemand in Hörweite. Stark hätte zu gerne gewusst, was Zögling und Mentor so Unerfreuliches zu bereden hatten. Es war offensichtlich, Bergmann missfiel diese Unterhaltung. Sein Körper straffte sich. Er schüttelte vehement den Kopf. Dann ließ er Calben einfach in seinem Rollstuhl links liegen und kehrte auf die Bühne zurück.

Auch wenn er weiterhin seine gutgelaunte, siegessichere Scharade zur Schau stellte, hinter seiner guten Laune brodelte es. Das war für Stark unschwer zu erkennen. Zu gerne hätte sie gewusst, was die beiden ehemals besten Parteifreunde für einen Disput austrugen.

Plötzlich fröstelte sie es. Ihr Bauchgefühl, diese jahrelang trainierte Intuition, meldete sich erneut zu Wort. Sie nahm sich vor, baldmöglichst im LKA anzurufen. Sie musste sich dringend auf den aktuellen Stand der Ermittlungen bringen lassen.

24

Sören rechnete nicht ernsthaft damit, bei Manfred Krutscher einen Termin zu erhalten. Vielmehr malte er sich aus, wie er mit einer gehörigen Portion Rambo-Attitüde dessen Büro stürmen würde.

Trotzdem wagte er sein Glück und rief die Nummer von der Visitenkarte an. Er landete bei einer freundlichen Telefonistin mit glockenheller Stimme, deren Tonfall allerdings bedeutend eisiger wurde, als er ohne Umschweife bat, Krutscher persönlich zu sprechen.

Selbstredend wollte sie ihn abwehren. Wie viele derartige Anrufe sie wohl jeden Tag erhielt? Irgendwelche verrückten Party-Jünger, die um eine Audienz beim Papst bettelten.

Petersen ließ sich nicht abwimmeln, insistierte ruhig und zugleich bestimmt, Krutscher in einer delikaten Angelegenheit sprechen zu müssen, die einen aktuellen Mordfall betreffe. Er ließ offen, ob er von der Polizei war. Und sie fragte, unprofessionell, wie er befand, nicht weiter nach.

Schließlich nannte er seinen Namen und versicherte, ihr Boss würde ihn kennen. Sie versprach zurückzurufen.

Er legte auf, überzeugt, nie wieder von ihr zu hören. Selbst wenn sich Krutscher an ihn erinnerte, bezweifelte Sören, dass der Clubbetreiber bereit war, mit ihm zu sprechen. Aber immerhin hatte er es versucht. Jetzt konnte er wenigstens guten Gewissens dort auftauchen und das ungehobelte Raubein markieren. Er freute sich schon.

Sein Smartphone klingelte. Diesmal war eine tiefe Frauenstimme am anderen Ende der Leitung. Offensichtlich hatte die Telefonistin sein Anliegen auf eine höhere Hierarchieebene weitergereicht.

Geschäftsmäßig wurde Sören mitgeteilt, Manfred Krutscher freue sich, ihn am heutigen Nachmittag in seiner Zentrale begrüßen zu dürfen. Eine Lücke, die sich kurzfristig im Terminkalender aufgetan habe, mache es möglich.

Er war einigermaßen perplex. Kaum hatte er aufgelegt, schenkte er sich die letzte Pfütze Wodka aus seiner Flasche ein und stürzte den Alkohol in einem Zug hinunter. Er bildete sich ein, bereits dieser energische Akt des Trinkens beruhigte seine Nerven ein wenig.

Manfred Krutscher, der sich, ohne es wissen zu können, in den vergangenen Jahren zu seiner persönlichen Nemesis emporgeschwungen hatte, erklärte sich zu einem Treffen mit ihm bereit.

Welche kranken und absurden Wirrungen nahm dieser Fall noch?

Er riss sich zusammen, wollte die Kontrolle behalten. Jetzt, da sich diese ebenso einmalige wie unerwartete Gelegenheit bot, durfte nichts schiefgehen. Sollte Krutscher tatsächlich in die Sache verwickelt sein, musste er ihn geschickt in die Enge treiben, seine betonierte, blasierte Maskerade durchbrechen.

Sören brauchte eine Strategie – und eine Dusche. Außerdem frische Kleidung, eine Rasur. Spontan fiel ihm nicht ein, wie viele Tage am Stück er das Hemd inzwischen trug.

Zuletzt hatte er sich nach der Trennung von Than derart gehen lassen.

Einige Stunden und eine ausgiebige Tiefenreinigung später fand sich Sören in einer ruhigen Seitenstraße nahe dem Kottbusser Tor wieder. Krutschers Firmenzentrale war entgegen seiner Erwartung nicht in einem hippen Büroturm für Startups untergebracht, sondern in einem leicht verlottert wirkenden Altbau. Zweiter Hinterhof. Oberster Stock.

Der schlichte Empfangsraum hätte wahlweise zu einer Zahnarztpraxis, einer Stadtteilzeitung oder einer mittelmäßigen Anwaltskanzlei gehören können. Topfpflanzen. Knarzender Dielenboden. Weiß lackierte Holzmöbel. Dalí-Drucke an den Wänden.

An ihrem freundlichen Singsang in der Stimme erkannte Sören in der Rezeptionistin jene Frau, die seinen Anruf entgegengenommen hatte. Mit einem Lächeln stellte er sich vor.

Sie bat ihn, kurz Platz zu nehmen, und verschwand in einem langen Flur. Er hörte sie an eine Tür klopfen. Leise Worte wurden gewechselt. Kurz darauf kehrte sie mit Krutscher im Schlepptau zurück.

Der Clubbesitzer präsentierte sich exakt so wie in Sörens Erinnerung. Möglicherweise trug er gar dasselbe, billig wirkende, karierte Flanellhemd wie seinerzeit bei der Vernehmung.

Nur der Bart war deutlich länger geworden. Und grauer.

„Sören!“, rief Krutscher aus, griff seine Hand, schüttelte sie herzhaft. Er begrüßte ihn, als wären sie alte Freunde. Oder zumindest gute Bekannte, die sich nach langer Zeit wiedersahen.

Das brachte Petersen aus dem Konzept, irritierte ihn.

Grollend, aber ohne Widerstand ließ er sich in einen Konferenzraum bringen und Kaffee servieren. Dazu gab es kleines türkisches Gebäck.

„Die Baklava musst du kosten! Sie sind aus einem kleinen Laden in der Sonnenallee. Werden dort handgemacht. Kein billiges *Convenience*-Zeug."

Seit wann sind wir per Du, Arschloch?

Sie setzten sich übereck. Weit genug voneinander entfernt, um die Situation nicht intim werden zu lassen. Eng genug, um eine unangemessene Nähe zu erzeugen.

„Ich muss zugeben, ich bin überrascht." Der erste vollständige Satz, welchen er direkt an Krutscher richtete. Um wenigstens etwas von seiner verlorengegangenen Souveränität zurückzugewinnen, fischte Sören beherzt eine Waffel aus dem Teller.

Das winzige Teilchen schmeckte nach blumiger Vanille. Die cremige Füllung zerfloss förmlich auf seiner Zunge.

„Gut, nicht wahr?", fragte sein Gegenüber mit wissendem Grinsen.

„Allerdings."

„Was überrascht dich denn?"

„Dieser Termin im Allgemeinen. Und dein Verhalten im Besonderen."

Das Grinsen wurde zu einem strahlenden Lächeln.

„Ich habe mich immer gefragt, warum du mich nie angezeigt hast?"

Krutscher hob entwaffnend die Hände, zeigte ihm seine Handflächen. Ein silberner Ring am rechten Daumen funkelte kurz im Sonnenlicht auf, das durch eines der bodentiefen Fenster in den Raum fiel.

„Warum hätte ich das tun sollen? Du hattest infolge deines Ausrasters schon genug Probleme am Hals. Und bist im Recht gewesen."

Petersen hätte sich fast an den letzten Krümeln seines Gebäcks verschluckt. „Das musst du mir erklären."

„Jetzt tu nicht so überrascht", wurde er gemaßregelt. „Dein Freund – oder Mann? – wäre beinahe in meinem Club unter die Räder gekommen. Ich konnte das damals aus verständlichen Gründen nicht in einem offiziellen Gespräch zugeben, aber natürlich ist es in meiner“, er breitete die Arme aus und umschloss sinnbildlich seine Firma, „unserer Verantwortung, derartige Zwischenfälle nicht geschehen zu lassen. Zumindest theoretisch. Praktisch hingegen ist es unmöglich. Was soll ich machen? Alle Leute, die Drogen nehmen, rauswerfen? Diejenigen, die das Zeug verticken, der Polizei melden? Dann könnte ich meinen Club zumachen. Dann müsste jeder Club dieser verdammten Stadt zumachen. *Party would be over*.“

„Ein Mensch ist damals gestorben. Zwei weitere wurden schwer verletzt.“

„Mein Personal hat unangemessen reagiert. Zu lange gezögert. Eine Lage falsch eingeschätzt. Fehler sollen nicht passieren. Aber sie tun es. Ich kann mich dafür nur aufrichtig entschuldigen, um Verzeihung bitten.“

Alles in ihm wollte Krutscher für seine Wort verachten, ihn anschreien, der Heuchelei beschuldigen. Doch die überraschende Aufrichtigkeit, mit der er sich erklärte, nahm Petersen den Wind aus den Segeln.

Lass dich nicht um den Finger wickeln, alter Mann!

„Ich hatte deine Abreibung verdient. Ich konnte dir damals wohl kaum sagen, dass meine Crew falsch gehandelt hat. Das wäre ein Schuldeingeständnis gewesen. Danach hätten die Behörden und der Senat handeln müssen. Ob sie gewollt hätten oder nicht. Am Ende wäre es womöglich sogar zur Schließung der *Cathedral* gekommen. Und wenn ein Dominostein fällt, fallen andere auch. Das *Berghain*. Das *KitKat*. Sie alle wären bedroht gewesen. Das durfte ich nicht zulassen.“

„Pah!“, entfuhr es Sören gereizt. „Jetzt überschätzt du dich! Glaubst du etwa ernsthaft selbst daran, der Gralshüter der Berliner Clubkultur zu sein?“

Krutscher schüttelte milde lächelnd den Kopf, schaute ihn an, als wäre Sören ein naseweises Kind, das nicht verstand, worüber es sprach. „Für dich bin ich wahrscheinlich nur ein skrupelloser Geschäftsmann. Aber du liegst falsch. Dieser Club ist mein Leben, er ist mein Kind, mein Vermächtnis. Und ich brenne wirklich von tiefstem Herzen für diese Kultur der Freiheit und des Feierns. Ich mag mich wie ein idealistischer Vollidiot anhören, aber ich glaube an die friedensstiftende Wirkung von Clubs und Partys. Wer zusammen tanzt, singt, lacht, vögelt, der bringt sich nicht um, schlägt sich nicht die Köpfe ein."

„Dann waren Than, Mohammed und diese arme Studentin also Opferlämmer, die für das große Ganze leiden mussten? Für den Weltfrieden unter dem Banner von Manfred Krutscher? Was für ein Bullshit!"

„Ich habe mich nach unserem kleinen Zusammenstoß über dich erkundigt", entgegnete er, ohne auf die Vorhaltungen näher einzugehen. „Du erscheinst mir nicht unbedingt einer dieser Hardliner zu sein, der davon träumt, den vermeintlichen Berliner Sumpf trockenzulegen. Dein Kollege, dieser Von-Irgendwas …"

„Van Dijk."

„Genau. Der Holländer. Der ist ein anderes Kaliber. Der wollte die *Cathedral* am liebsten dichtmachen. Hart durchgreifen. Der hat wahrscheinlich feuchte Träume darüber, wie er es mir und den anderen Clubbetreibern so richtig zeigt."

„Da irrst du dich", widersprach Petersen halbherzig.

„Mag sein." Krutscher fuhr sich mit nachdenklicher Miene durch seinen gekräuselten Bart. „Aber bei dir irre ich mich nicht. Du bist früher ein Stammgast im *Bunker* gewesen, ist mir zu Ohren gekommen. Und neulich wurdest du im *Baumarkt* gesehen."

Wer hatte ihm das erzählt? Isabelle? Thor?

„Beschattest du mich etwa?"

Krutscher schüttelte lächelnd den Kopf. „Jetzt ist es an mir zu sagen: Überschätze deine Bedeutung nicht. Berlin ist ein *fucking* Dorf. Jeder kennt jeden." Er schob ihm den Teller mit Gebäck zu und wechselte dabei abrupt das Thema. „Aber du bist doch sicher nicht zu mir gekommen, um über alte Zeiten zu plaudern."

Sörens Haltung straffte sich. Die Erwähnung seines Besuchs im *Baumarkt* stellte eine kaum kaschierte Machtdemonstration dar. Krutscher wollte ihm verdeutlichen, dass es nicht notwendig war, Spielchen zu spielen. Er verfluchte sich für seine Offenheit gegenüber Isabelle und Thor. Selbst wenn sie nicht mit dieser Indiskretion in Verbindung standen, musste er ab sofort mit seinem Vertrauen vorsichtiger haushalten.

Krutscher lächelte wissend. „Ich habe ein Herz für Außenseiter, Menschen, die gegen den Strom schwimmen. Ich umgebe mich gerne mit ihnen.“ Er ließ seine Hände durch die Luft tanzen. „Das macht so eine positive Energie. Du hast damals mein Interesse geweckt. Wenn du irgendwann genug davon hast, dich als Privatdetektiv mühsam über Wasser zu halten, lass es mich wissen. Leute wie dich kann ich immer brauchen.“

Sören wischte die Offerte mit einem Murren beiseite.

„Du weißt vermutlich längst, warum ich hier bin“, sprach er das Offenkundige aus. Er wollte Zeit gewinnen, seine Gedanken ordnen. Der Verlauf dieses Treffens überrumpelte ihn. Seine Taktik fiel in sich zusammen wie ein Kartenhaus. Ihm hatte vorgeschwebt, dieses blasierte Arschloch aus der Reserve locken zu müssen. Diese Offenheit, selbst wenn nur gespielt und geheuchelt, hatte er nicht einkalkuliert. Wie sollte man jemanden in die Ecke drängen, wenn er sich aus freien Stücken dorthin begab?

Krutscher nickte. „Es geht um den Jungen. Die Leiche aus dem Grunewald. Und um seinen Mörder, der wiederum selbst vor einigen Monaten im Tiergarten abgeschlachtet wurde. Wie nannte er sich selbst? Bambi?“ Ein kurzes wölfisches Grinsen entblößte seine makellos weißen, perfekt in Reih und Glied stehenden Zähne. „Mann, was auch immer dieser Psycho eingeworfen hatte, als er auf den Nickname kam, das will ich auch. Ein unschuldiges Rehlein, in dem eine Bestie schlummert. Das ist der Stoff, aus dem schlechte Krimis sind.“

Sören unterdrückte den Drang, aufzustehen und nicht nur gedanklich, sondern auch räumlich Distanz zu seinem vereinnahmenden Gegenüber zu schaffen.

Da ist alles Taktik! Du bist, nein, du warst ein verdammt guter Bulle! Ein Meister des Verhörs! Reiß dich zusammen!

„Also, Herr Detektiv?“

Offenheit! Das ist es! Schlag ihn mit seinen eigenen Waffen!

„Vollkommen richtig. Meine Ermittlungen sind in einer Sackgasse. Und ich vermute, meinen ehemaligen Kollegen geht es ähnlich.“

„Ich hörte, zumindest der Mord an Bambi sei restlos aufgeklärt. War es nicht der Bruder? Der Zwilling?“, stellte Krutscher verwundert fest, nur um hastig mit ernster Miene hinterherzuschieben: „Aber ich helfe selbstredend, wo ich nur kann!“

„Danke! Das weiß ich zu schätzen, denn tatsächlich bist du einer der wenigen, wenn nicht sogar der Einzige überhaupt, der eine Verbindung zu beiden Toten hat.“

Ein ebenso überraschtes wie ungläubiges Runzeln legte sich für eine Sekunde auf Krutschers Stirn. Es bescherte Sören ein kurzes, aber zutiefst befriedigendes Triumphgefühl.

„Andreas Daume aka Bambi. Er war in einem deiner SM-Apartments und hatte dort mit zwei Freunden und einem Stricher Spaß. Oder zumindest, was er unter Spaß verstand. Das Ganze ereignete sich nicht sehr lange, bevor er Mohammed an einem bis heute unbekannten Ort tötete. Und nur kurze Zeit, nachdem besagter Mohammed in deinem Club beinahe an einer Überdosis draufgegangen wäre. Ein seltsamer Zufall, nicht wahr?“

„Ich würde schlicht von einem Zufall sprechen. Ohne ein wertendes Adjektiv davorzusetzen.“ Der Tonfall war galant, doch es schwang ein Hauch von Unsicherheit in der Stimme mit.

„Werden die Personalien der Übernachtungsgäste in den Apartments überprüft?“, setzte Sören nach.

„Ja. Inklusive Kreditkartendaten. Du glaubst nicht, wie oft wir Reparaturkosten aufgrund demolierten Inventars haben.“

„Dann wäre es eine große Hilfe, wenn du …“

Krutscher hob abwehrend die Hand. „Mache ich gerne.“

Sören reichte ihm den Zettel mit dem Datum und der Zimmernummer. Beides hatte er von Thor erhalten. Kaum zu glauben, dass ein Callboy derart akribisch seine Buchungen archivierte. Man wisse nie, wofür man das mal brauchen könne, hatte Petersen auf eine entsprechende Anmerkung hin als Antwort erhalten.

Krutscher klappte sein Notebook auf. Wenige Minuten später gab sich Sören keine Mühe, die Enttäuschung zu verbergen: Daume hatte tatsächlich persönlich die Buchung auf seinen Namen vorgenommen. Die Personalien weiterer Gäste waren nicht angegeben.

„Gibt es Videoüberwachung?", fragte er, sich an einen letzten Strohhalm klammernd.

„Im Flur vor dem Zimmer hängt eine Kamera. Aber die Aufzeichnungen werden wöchentlich gelöscht, wenn keine besonderen Vorkommnisse verzeichnet sind. Und die gab es damals nicht. Zumindest ist hier nichts vermerkt."

Sören erhob sich, Krutscher weiterhin fest mit seinem Blick umklammernd, baute er sich vor ihm auf.

„Was hast du eigentlich an jenem Tag gemacht?"

Das Mienenspiel des Clubbesitzers war ausdruckslos. Nicht einmal seine Pupillen bewegten sich. Die Hände ruhten still auf der Tastatur des Notebooks.

„Das ist zwei Jahre her. Glaubst du wirklich, ich weiß das jetzt aus dem Stegreif?"

„Nun, wenn du an diesem Tag auf den Bahamas gewesen wärst. Oder in New York zum Honeymoon. Oder eben in diesem Zimmer. Zusammen mit Daume. Dann könntest du es mir doch sicherlich aus dem Stegreif sagen?"

Krutscher klappte das Notebook zu, erhob sich ebenfalls. Ein gönnerhaftes Lächeln auf den Lippen. „Da allerdings keine dieser drei Optionen zutrifft, muss ich dich leider vertrösten. Allerdings versichere ich dir, meinen Terminkalender zu überprüfen."

Sören nickte. „Sehr gut. Meine Nummer hast du ja jetzt."

Er wandte sich zum Gehen.

„Und wieder schlägst du zu, ohne nachzudenken", schickte ihm Krutscher hinterher.

Petersen gab sich die drei Schritte zur Tür Zeit, bevor er reagierte. Die Klinke bereits in der Hand, drehte er sich um. „Wie meinst du das?"

„Du lässt dich von deiner eigenen Agenda blenden und zu impulsiven Handlungen verführen."

„Was willst du mir sagen?" Langsam verlor er die Geduld.

„Nichts", beteuerte Krutscher und angelte sich ganz nebenbei einen Schokokeks aus dem Gebäckteller, bevor er nachsetzte: „Außer vielleicht, dass du auf dem Holzweg bist. Ich habe nichts mit diesen Morden zu tun. Du verrennst dich in eine Vorstellung, nur weil es dir in den Kram passt. Du sieht in mir den *bad guy*, weil es dir die Gelegenheit gibt, mich doch noch zur Strecke zu bringen. Aber du liegst falsch. Und je früher du das einsiehst, umso eher kannst du dich wieder darauf konzentrieren, die Identität von Bambis Freunden zu lüften."

Geh einfach! Öffne diese Tür, ohne ein weiteres Wort zu verlieren! Lass dich nicht provozieren!

„Du bildest dir wirklich ein, mich zu kennen, nicht wahr, Manfred?"

„Dich kennen? Nein. Dich durchschauen? Durchaus."

Sören schnaubte erbost. Was bildete sich dieses Arschloch ein!

„Du bist die einzige Person, die mir im Laufe meiner Ermittlungen untergekommen ist, die eine Verbindung zu beiden Fällen, zu beiden Männern hat."

„Bitte! Eine Buchung eines Apartments und eine Überdosis in meinem Club. Das ist alles. Das soll mich verdächtig machen? Was ist dann mit dir?"

„Mit mir?"

„Du selbst hast auch eine Verbindung zu einem der Opfer. Und die ist wesentlich substanzieller als meine. Ich bin diesem Syrer nicht einmal persönlich begegnet. Würdest du dich selbst also auch zu den Verdächtigen zählen? Oder etwa deinen Ex?"

Petersen starrte ihn ungläubig an.

„Lass Than da raus!", giftete er zurück.

Krutscher zuckte nur mit den Achseln. „Er lag mit Mohammed im Krankenhaus. Vielleicht kannten sie sich vom Feiern. Auch wenn er das Gegenteil behauptet. Sollte die Spur zu mir das Substanziellste sein, was du bisher zutage gefördert hast, dann ist es entweder an der Zeit, die Reißleine zu ziehen und die Sache auf sich beruhen zu lassen. Oder komplett von vorne anzufangen."

„Das würde dir wohl so passen."

Krutscher lachte humorlos. „Um ehrlich zu sein, könnte es mir ziemlich einerlei sein. Gleichwohl: Du imponierst mir. Von da an, als deine Faust so unerwartet mein Gesicht traf. Wie gesagt, ich habe ein Faible für verlorene Seelen, abgedrehte Freaks und Charakterköpfe." Eine weitere seiner dramatischen Pausen. „Es gibt wenige Menschen, die alles drei auf einmal sind. Das gefällt mir an dir."

„Ruf mich an, sobald du dich erinnerst, was du an dem Tag gemacht hast, als Daume in dem Apartment war", sagte Petersen kühl und öffnete die Tür. Erneut hielt ihn Krutschers Stimme zurück.

„Ich würde dich ungerne scheitern sehen. Deshalb mein gut gemeinter Rat: Fang von vorne an."

25

Missmutig ließ Jan Bergmann den Blick über die Dächer von Berlin Mitte schweifen. Überall um ihn herum gingen die Lichter an. Es war später Nachmittag. Die Dunkelheit brach herein. Der nahe Fernsehturm ragte in den dämmrigen Himmel. Wie eine spitze Nadel, die danach trachtete, die tiefsitzende Wolkendecke anzupiksen.

Er beugte sich leicht über die Balustrade und schaute auf die regennasse Straße. Die Autos krochen dahin. Auch er würde bald in das Vergnügen des feierabendlichen Berufsverkehrs kommen. Allein die Vorstellung machte ihm schlechte Laune. Abgesehen davon, war diese gesamte Situation lächerlich.

Bergmann hatte einen Wahlkampf zu führen und konnte wahrlich Besseres mit seiner Zeit anfangen, als sich auf der obersten Etage eines Parkhauses die Beine in den Bauch zu stehen. Wie in einem schlechten Agenten-Film! Warum hatte er sich auf dieses Treffen eingelassen?

Schon den Anruf anzunehmen, hatte ihn Überwindung gekostet. Als er den Namen Matthäus Fahn auf dem Display las, musste er den Impuls überwinden, ihn wegzudrücken. Seitdem mehrere Zeitungen über dessen Drogengeschichten berichteten und die zweifelhaften Verbindungen zu Typen, die Fahn öffentlich wahlweise als Schädlinge, Schmarotzer oder Clan-Kriminelle brandmarkte, zählte der rechtspopulistische Politiker nicht zu jenen Personen, mit denen Bergmann in Verbindung gebracht werden wollte.

Zudem bemühte er sich im Wahlkampf redlich um ein konservativ-liberales Image. Derartige Treffen, sollten sie publik werden, waren in dieser Hinsicht mehr als schädlich.

Es war Fahn, der diesen ungewöhnlichen Ort für eine Zusammenkunft vorschlug. Das passte zu ihm. Er liebte die melodramatische Inszenierung. Wahrscheinlich hatte er sich auch deshalb in seinem früheren Leben im Schoß der katholischen Kirche so wohlgefühlt. Viel Pomp. Viel Chichi. Große Gesten.

Die beiden Männer hatten sich nach einer Podiumsdiskussion vor einigen Jahren kennengelernt. Damals war Fahn noch nicht der Fanatiker, den er heute mimte. Bergmann fand ihn zunächst sympathisch. Durchaus sexy. Der militärische Habitus triggerte ihn.

Sie landeten zusammen in der Kiste, stellten fest, dass es sexuell mit ihnen beiden nicht hinhaute, und beließen es dabei. Der Kontakt war allerdings nie wirklich abgebrochen.

Inzwischen ging ihm Fahn gehörig auf die Nerven. Er sah in ihm einen gescheiterten Mann, der geifernd und zeternd im politischen Zirkus umhertollte. Ohne Substanz, dafür aber mit vielen Blendgranaten.

Und genau das machte ihn zu einem Risiko.

Bergmann hatte diesem Treffen sowieso nur zugestimmt, damit sich Fahn gebauchpinselt fühlte. Sie hatten einen Nichtangriffspakt geschlossen. Und den wollte er auf keinen Fall riskieren. Wenn dieser Ex-Pfaffe anfing, gegen ihn zu schießen, bestand trotz dessen ramponiertem Image die Gefahr, dass sich der rechte Rand seiner Wählerschaft auf und davon machte. Das konnte er nicht riskieren.

Ein silbergrauer Mercedes schoss mit deutlich zu hohem Tempo aus der Auffahrt auf das Parkdeck und kam wenige Meter von ihm entfernt zum Stehen. Bergmann verdrehte die Augen.

Große Gesten, großer Auftritt. Es war so lächerlich.

Die Fahrertür öffnete sich. Fahn stieg aus. Er trug einen perfekt sitzenden, marineblauen Anzug. Mit einer schwungvollen Bewegung warf er sich einen grauen Trenchcoat über.

„Schön, dich zu sehen, alter Freund!", begrüßte er Jan lächelnd.

Sie gaben sich die Hand.

„Ganz meinerseits. Auch wenn der Ort etwas ungewöhnlich ist." Bergmann bemühte sich um einen geschäftsmäßigen Tonfall.

Fahn schaute verwundert umher, als würde ihm jetzt erst auffallen, wo sie sich befanden. „Ich dachte, hier sind wir auf jeden Fall ungestört. Und unbeobachtet", erklärte er lachend. Für jemanden, der gerade am Nasenring durch den Medienzirkus gezogen wurde und den seine eigene Partei dabei war, fallen zu lassen, hatte er erstaunlich gute Laune. Oder tat zumindest so. Nur keine Schwäche zeigen! Umso tiefer man in der Scheiße saß, umso entschiedener musste man leugnen, dass es stank.

„Ich habe wenig Zeit. Wahlkampf und so."

„Ich seh schon. Jan ist nicht in Plauderstimmung."

„Ich würde mich gerne unterhalten. Vermutlich waren die vergangenen Wochen nicht die besten für dich. *Anyway* …"

Ein kurzer Schatten fiel auf Fahns Gesicht. Seine Züge wurden schlagartig verbissener. „Ich hatte schon schlimmere, aber auch schon bessere Tage. Es war eine Frage der Zeit, bis die Systemmedien über mich herfallen würden. Die haben nur auf eine passende Gelegenheit gewartet."

Bergmann zuckte teilnahmslos mit den Achseln.

„Schon klar, dir kann's egal sein. Du bist gerade ihr Liebling. Der neue, schwule Posterboy", entgegnete Fahn erbost.

Synchron setzten sich die beiden Männer, als hätte es ein geheimes Signal gegeben, in Bewegung, drehten eine Runde über das vereinsamte Parkdeck.

„Hör zu, Jan, es läuft gerade echt nicht gut bei mir. Es sind …"

„Das haben wir doch alle schon mal erlebt. Ein Skandal. Eher ein Skandälchen. Strafrechtlich nichts Relevantes. Zumindest, soweit bekannt …" Eine als Feststellung getarnte Frage, die Fahn überging.

„Es sind nicht die Dreckschleudern in den Redaktionen, die mir Sorgen bereiten."

„Sondern?"

„Meine Parteifreunde."

Bergmann nickte wissend. Er konnte sich lebhaft vorstellen, wie die Messer gewetzt wurden. „Du hast einen sicheren Listenplatz für das Abgeordnetenhaus. Was soll passieren?"

„Den Fraktionsvorsitz oder ein anderes Amt kann ich mir nach der Wahl abschminken. Angeblich gibt es bereits Pläne für ein Ausschlussverfahren."

„Tut mir leid zu hören." Jan zuckte einigermaßen unbeteiligt mit den Schultern. Eine Geste, die seine Worte Lügen strafte.

„Ich wäre bereit, nach der Wahl überzulaufen", brach es aus Fahn hervor.

Ein Angebot, dem ein gequältes Stirnrunzeln seitens Bergmann folgte.

„Du könntest mir einen Posten anbieten. Natürlich nichts in vorderster Front. Ich würde den Wechsel inhaltlich begründen. Unser beider Positionen in vielen Dingen sind schließlich allerhöchstens rhetorisch weit voneinander entfernt. Inhaltlich …"

„Das sehe ich anders", unterbrach ihn Bergmann barsch. Wenn er etwas nicht leiden konnte, dann waren es Betteleien. „Überhaupt, ich muss erst mal meine eigenen Leute versorgen. Und ich sehe, um ganz ehrlich zu sein, für mich oder die Partei keinen Vorteil in einem solchen Wechsel." Eher im Gegenteil, fügte er in Gedanken hinzu. Fahn war ein Querulant, ein Egomane, ein Brutus. So jemanden würde er nicht brauchen. Besonders dann nicht, wenn er seine Fraktion auf fünf

Jahre Opposition einschwören und auf Linie bringen musste. Die anstehende Wahlniederlage war schließlich nur die erste Stufe jener Treppe, die ihn innerhalb der nächsten Jahre auf den Chefsessel des Roten Rathauses führen sollte.

„Möglicherweise werden die Kräfteverhältnisse knapper als erwartet. Eine Stimme mehr kann ausschlaggebend sein für die Konservativen", setzte Fahn nach. Er war nicht bereit, vorschnell aufzugeben.

Was für ein kleiner, armseliger Karrierist! Anstatt in seinem eigenen Laden auf Kampfmodus zu gehen, die Reihen zu schließen, Verbündete einzuschwören, trat er lieber die Flucht ins gegnerische Lager an. Bergmann konnte seine Abneigung vor so viel Buckelei kaum verbergen. Fahn begann mit verschwörerischer Dringlichkeit die Vorzüge seines Plans darzulegen. Doch seine Worte verhallten ungehört.

Bergmanns Handy vibrierte drängelnd. Er holte es, sein Desinteresse für Fahn kaum noch kaschierend, hervor. Als er den Link öffnete, den man ihm geschickt hatte, stockte ihm kurz der Atem. Wie aus weiter Ferne hörte er das Gebrabbel seines Gegenübers. Doch das spielte keine Rolle mehr. Fahn spielte keine Rolle mehr.

Es begann gerade wieder ein Feuer aufzulodern, das er als gelöscht betrachtet hatte.

„… überleg doch mal, welche Signalwirkung das hätte. Ein prominentes Gesicht wendet sich vom angeblichen Populismus ab und kehrt in den Schoß der Konservativen zurück. Es wäre …"

„Entschuldige, Matthäus. Ich kann mich mit diesem Unsinn gerade wirklich nicht beschäftigen", schnauzte Bergmann.

„Was bildest du dir eigentlich ein! Ich bin wohl nicht mehr die Kragenweite des feinen Herrn, seit der sich an die Spitze geputscht hat", echauffierte sich Fahn angesichts der barschen Zurückweisung und zischte drohend ein Bibelzitat hinterher: „Wo Hochmut ist, da ist auch Schande."

„Schon klar. Wer ohne Schuld ist, der werfe den ersten Stein", entgegnete Bergmann lakonisch und drehte sich um. Die wütend ausgestoßenen Drohungen und Beschimpfungen hinter sich ignorierend, marschierte er schnellen Schrittes davon. Im Gehen wählte er Starks Nummer.

Nach dem dritten Klingeln nahm sie ab.

„Daumes Video von der Folterung. Es ist online." Er hielt sich nicht lange mit Begrüßungsfloskeln auf, versuchte zugleich, jeden panischen Unterton aus seiner Stimme zu verbannen.

Kurzes Schweigen. Sie schien sich sammeln zu müssen. Oder wusste sie nicht sofort, wovon er sprach?

„Seit wann?", fragte Stark mit gedämpfter Stimme. Sie schien ebenfalls unterwegs und wollte unerwünschte Zuhörer vermeiden.

„Keine Ahnung! Ich weiß es seit ein paar Sekunden", harschte er sie an. „Könnte dieser Privatdetektiv dahinterstecken?"

„Möglich. Allerdings habe ich seit Wochen nichts von ihm gehört."

„Das trägt nicht gerade zu meiner Beruhigung bei", entgegnete Bergmann aufgebracht. „Weiß er von mir?"

„Nein."

„Sicher?"

„Ich bin Profi, Herr Bergmann", versicherte Stark genervt.

„Wenn herauskommt, dass ich parallel zu meiner Beziehung eine Affäre mit einem Psycho-Mörder hatte, bin ich erledigt. Mein Wahlkampf wäre gelaufen."

„Warum sollte das rauskommen? Außer Ihnen, Ihrem Freund und mir – und dem toten Daume – weiß davon doch niemand", stellte Stark lakonisch fest. Ein fragendes „Oder?" schob sie schweigend hinterher.

„Ich habe Sie engagiert, damit Sie meinen Namen aus der Sache raushalten. Finden Sie heraus, wer dieses Video geleakt hat. Ich dachte eigentlich, die Sache sei bereinigt. Allerdings werden die Medien das Fass nun wieder aufmachen. Dafür ist dieses Material einfach zu …", er suchte nach dem passenden Wort, „verlockend."

„Ich melde mich zeitnah", versicherte Stark und legte in dem Moment auf, als Bergmann das Parkhaus verließ und auf die Straße hinaustrat.

Es hatte angefangen zu schneien. Die grauen, tiefsitzenden Wolken erleichterten sich mit einem krisseligen Schneeschauer. Fröstelnd beobachtete er, wie die kleinen, weißen Flocken vom schmutzig braunen Wasser der Pfützen verschlungen wurden.

In den vergangenen Wochen war er ungläubig über sein eigenes Glück gewesen, wie berauscht. Alles hatte sich in Wohlgefallen aufgelöst. Es war noch einmal gutgegangen. Wenn auch ziemlich knapp. Allerdings offenbarte sich die Sicherheit, in der er sich lange wähnte, nun als trügerisch, geradezu heimtückisch. Jeder Politiker, den er kannte, hatte Leichen im Keller. Dieser Umstand stellte nur dann ein Problem dar, wenn diese Leichen sich nicht damit zufriedengaben, tot zu sein.

Und seine waren nicht quicklebendig, sondern, viel schlimmer, irrlichterten wie Zombies durch die Weltgeschichte.

Der Wind kam vom Süden. Er sammelte das Rauschen der Brandung auf und ließ es leise über Èze niedergehen. Hannes Roth trat zufrieden seufzend auf den Balkon, das Meer zu Füßen. Von seinem Standpunkt aus konnte er die Erdkrümmung erkennen. Im gleißenden Sonnenlicht zeichneten sich flimmernd die dunklen, kastenförmigen Umrisse eines Kreuzfahrtschiffes ab. Friedlich zog es dahin, wurde langsam größer, den nahen Hafen bei Nizza als Ziel.

Es war ein klarer, milder Morgen. Schwalben zischten kreischend durch die Luft. Eine seltsame Nostalgie erfasste ihn. So lange hatte er gehofft, diesen Ort verlassen zu können. Und jetzt, da es so weit war, stellte sich Abschiedsschmerz ein. Er würde es vermissen. Nicht ihr Leben hier, dieses tagein, tagaus in trauernder Apathie gefangen sein. Sondern vielmehr all die liebenswürdigen Kleinigkeiten. Den Bäcker in seiner Höhle. Der ihn inzwischen jeden Tag in schlechtem Englisch in einen Small Talk verwickelte. Die Weinbar, die schmale Gasse runter, in die er sich abends vor Rosemaries stiller Verzweiflung flüchtete. Und dieses strahlende Blau von Meer und Horizont, das ihn stets bereitwillig aufnahm und sich verlieren ließ.

Rosemaries Einwilligung, mit ihm gemeinsam zurück nach Berlin zu gehen, kam überraschend. Eines Abends, er kehrte nach drei Gläsern rubinroten Weins in die Wohnung zurück, erwartete sie ihn schweigend. In ihren violetten Kaftan gehüllt, saß sie auf dem Sofa. Der Stoff raschelte leise, als sie sich erhob. Ohne ein Wort zu verlieren, schlang sie beide Arme um seinen Körper, küsste ihn so leidenschaftlich wie seit Wochen nicht mehr.

„Lass uns nach Hause gehen, Hannes", seufzte sie müde.

Er wagte es nicht zu fragen, woher dieser plötzliche Sinneswandel kam, aus Angst, jeder weitere Satz würde diesen kleinen Fortschritt wieder zunichtemachen.

Roth organisierte alles. Buchte Flüge und bat ihre beste Freundin Ute, sie vom Flughafen abzuholen und direkt in die Familien-Datsche zu bringen. Dort konnte Rosemarie zunächst bleiben, während er eine neue Wohnung suchte. Er verstand, dass sie nicht mehr in ihr altes Zuhause wollte. Schon wegen der Nachbarn.

Roth hatte nur zwei Vertraute in der Partei über die geplante Rückkehr informiert. Ohne ein Datum zu nennen. Endlich wieder arbeiten. Zum ersten Mal überhaupt war er dankbar dafür, dass ihre Beziehung auf Rosemaries Drängen hin niemals publik wurde. Natürlich wussten viele in der Partei über sie Bescheid. Und sicherlich auch einige Journalisten. Doch ihr abgeschirmtes Privatleben ermöglicht es Roth, wieder neu anzufangen. Fraglos würde es Gerüchte und Geraune geben, aber das konnte ihm einerlei sein. Und irgendwann, vielleicht nach der Wahl, würde er sich nach einem neuen Job umschauen. In einer Stiftung. Oder bei einer Agentur für Politikberatung.

Wortlos verabschiedete sich Roth von dem Meerespanorama und ging in die Küche. Es war noch Zeit für einen zweiten Kaffee, bevor sie mit dem Taxi zum Flughafen aufbrachen. Der Flieger ging in drei Stunden. Er hatte eine ganze Reihe in der Business Class gebucht, damit sie ungestört und von den restlichen Reisenden abgeschirmt waren.

Während er sich einen doppelten Espresso an der Maschine zog, huschte Rosemarie, nur mit einem Slip bekleidet, an ihm vorbei.

„Ich geh schnell duschen“, sagte sie.

„Lass dir Zeit. Keine Eile.“

Lüstern schaute er ihr nach. Für eine Frau ihres Alters hatte Zille noch immer einen beeindruckend schönen Körper. Jede Falte vergötterte er, jedes kleine Hüftpolster, welches sie sich selbst nicht verzieh, betete er an. Die kleinen, pfirsichgroßen Brüste spitz und fest. Der Po voll und weich und hängend. Er liebte es, seine Hände darin zu vergraben, während sie ihn ritt. Der Gedanke ließ ihn sofort einen Ständer bekommen.

Im Türrahmen blieb Rosemarie stehen und wandte sich zu ihm um.

„Ich kenne diesen Gesichtsausdruck, Hannes“, sagte sie keck und verschwand selbstzufrieden lächelnd im Badezimmer.

Er hatte es in den vergangenen Wochen nicht gewagt, sie so anzuschauen. Sie zu berühren, wie er sie berührte, wenn er geil war. Das erschien ihm nicht angemessen. Er wartete geduldig darauf, bis sie ihm ein Signal senden würde. Ein Signal, wie gerade eben. Oh, wie er sich danach sehnte, sie zu ficken. Ihr letztes Mal, wann war es? Vor Andreas' Tod. Vor einer halben Ewigkeit. In einem anderen Leben.

Sein Handy klingelte. Es war Ute. Früher hatte er sie stets als nervige, viel zu laute und viel zu dramatische Person wahrgenommen. Eine Selbstdarstellerin. Ein niemals versiegender Wasserfall aus Worten, Anekdoten, Geschichten. Sie war Rosemaries beste Freundin. Nicht die seine.

Gleichwohl war sie ihnen beiden in der derzeitigen Situation eine große Hilfe, eine Stütze. Während der vergangenen Wochen, als er in zunehmender Hilflosigkeit beobachten musste, wie die Frau, die er mehr liebte als alles andere, zu einem dunklen Schatten in einem dunklen Apartment wurde, telefonierte er zuweilen täglich mit Ute. Einfach, um mit jemandem zu reden, nicht mehr ganz so allein zu sein. Er hatte feststellen dürfen, dass sie durchaus auch zuhören konnte, empathisch war und ihn ohne Besserwisserei anschubste, aus seiner eigenen Isolation auszubrechen und wieder in Aktion zu treten. Er solle nicht länger einfach abwarten, den Lauf der Dinge nicht weiter nur erdulden, riet sie hartnäckig bei jedem Telefonat.

Als er Utes Stimme hörte, wusste er sofort, etwas stimmte nicht.

„Hast du es schon gesehen?“, fragte sie.

„Was gesehen?“

„Das Folter-Video. Es wurde geleakt. Irgendein Arschloch hat es online gestellt.“

Ihm lief ein kalter Schauer über den Rücken. Zugleich begann er zu schwitzen. „Wann?“, fragte er mit monotoner Stimme.

„Gestern Abend. Viele Medien berichten heute darüber. Es wurde zwar gelöscht, doch immer wieder tauchen Kopien davon irgendwo im Netz auf. Die Zeitungen haben Screenshots veröffentlicht. Es ist furchtbar. Das Ganze kocht gerade wieder hoch. Und jeder fragt sich, wo eigentlich die Senatorin ist, was sie dazu sagt. Die Frau, die das ‚Monster in der Pestmaske‘, so nennen sie Andreas nur noch, großgezogen hat.“

Roth setzte sich an den Küchentisch, fuhr mit der flachen Hand über das kühle, gemaserte Holz. Der Espresso stand unberührt vor ihm.

„Ihr solltet nicht kommen. Nicht heute“, sagte Ute.

„Das sehe ich auch so.“

„Hannes, es tut mir leid.“

„Danke. Ich melde mich.“

Er legte auf, vergrub sein Gesicht in den Händen. Einige Minuten saß er einfach nur da. Ohne einen klaren Gedanken fassen zu können, ohne einen klaren Gedanken fassen zu wollen.

Er hörte, wie die Badezimmertür aufging. Rosemaries tapsende Schritte auf den Fliesen im Flur. Dann stand sie vor ihm, in ein weißes Handtuch gewickelt. Die Haare noch feucht. Ein Wassertropfen rann über ihre linke Schulter. „Alles in Ordnung?“, fragte sie.

Er blickte zu ihr hoch. Erst jetzt bemerkte er, dass er geweint hatte. Verlegen wischte er sich eine Träne aus dem Augenwinkel.

„Das Video von …“, er brach ab. „Es wurde geleakt.“

Ohne sich die winzigste Regung zu gestatten, schaute sie auf ihn herab. Sie benötigte einige Sekunden, um diese Information zu verarbeiten.

„Das bedeutet, jeder hat sich jetzt selbst ein Bild davon machen können, welches Ekel mein Sohn war?", flüsterte sie leise. Sie hatte Andreas' Namen seit ihrer Ankunft in Èze nicht mehr ausgesprochen.

Es war eine Frage, die keiner Antwort bedurfte. Sie drehte sich um und ging.

Wenige Sekunden später hörte er, wie die Schlafzimmertür geschlossen wurde.

Seit einer Stunde starrte er das Bild an. Eine verpixelte Aufnahme auf dem Online-Portal einer Berliner Boulevardzeitung. Zwar waren die Gesichtszüge des Mannes unter einer ledernen, mittelalterlichen Pestmaske verborgen, doch Max wusste, er war es. Zumindest sagte das jeder.

Andreas Daume. Früher Bambi. Heute das Monster mit der Pestmaske.

Und er, er hatte ihn geliebt.

Als Max erfahren hatte, welche Abgründe sich hinter Bambis Fassade auftaten, überwogen zunächst die Selbstzweifel. Ihn trieb um, wie er sich derart in einem Menschen hatte täuschen können. Warum schenkte er einem verrückten Mörder sein Herz?

Hieß es nicht immer, wer einen Menschen wirklich liebe, der müsse ihn akzeptieren, wie er ist? Und wenn Bambi nun mal auch ein Monster war, wie weit wäre Max bereit gewesen zu gehen für die Liebe zu ihm? Und wie weit wollte Andreas gehen? Ob sein Freund vorgehabt hatte, auch ihn umzubringen?

Es gab Zeiten, da wünschte sich Max, Bambi hätte es getan, ihm sein Leben genommen. In einem finalen Akt der Leidenschaft und der Liebe. Auf diese Weise wären sie für immer vereint und er wäre besonders für Andreas geworden. Er hätte sich für ihre Liebe aufgeopfert. Das ultimativste Opfer überhaupt.

In seinen helleren Momenten durchschaute Max, wie krank und absurd diese Vorstellung war. Doch meist überwog die romantische Verklärung, geboren und gespeist aus tiefer Verzweiflung.

Warum verschmähte Andreas ihn und nahm stattdessen diesen Stricher? Weil er ihn wirklich liebte, anders als Mohammed, und deshalb nicht töten wollte? Oder war er es in seinen Augen nicht wert?

Seit Max vergangenen Abend erfahren hatte, dass das Video von der Folterung online war, hatte er sein Zimmer nur verlassen, um aufs Klo zu gehen und seine Mitbewohnerinnen mit etwas Small Talk zu beruhigen.

„Ja, es geht mir so weit gut ... Ja, er war ein Monster ... Nein, meine Eltern habe ich nicht angerufen ... Nein, ich werde es auf keinen Fall anschauen."

Letzteres stimmte allerdings nicht. Tatsächlich schrie alles in ihm danach, die Aufnahmen anzuklicken. Doch Max zögerte. Noch.

Er hatte sich eine Version heruntergeladen, bevor die Datei aus dem Internet verschwand. Natürlich war es höchst illegal, das Video zu besitzen oder anzuschauen. Es wurde mit jeder Stunde schwerer auffindbar. Bald würde es vermutlich im Darknet landen und so für den durchschnittlichen Nutzer nicht mehr verfügbar sein. Doch die Medien hatten es längst. Und berichteten dementsprechend darüber.

Eine Nacht lang lag er wach. Wälzte sich in seinem Bett von einer Seite auf die andere, versuchte sich mit Rotwein und billigem Schnaps zu betäuben.

Erfolglos.

Er wollte es mit eigenen Augen sehen. Er musste es mit eigenen Augen sehen.

Am frühen Morgen, die Dämmerung setzte bereits langsam ein, fiel er in einen leichten Schlaf.

Am frühen Vormittag hörte er, wie seine Mitbewohnerinnen leise tuschelnd die Wohnung verließen. Sie mussten an die Uni. Geduldig wartete Max. Patricia vergaß in ihrer Schusseligkeit häufig etwas zu Hause. Sie drehte dann auf halbem Weg zur S-Bahnstation um.

Nach fünfzehn Minuten war er sich sicher, für die nächsten Stunden ungestört zu sein.

Er startete das Video.

Immer wieder musste er sich abwenden. Und mehr als einmal stoppte er, um sich selbst zu beruhigen, seine Tränen zu trocknen. Gegen Ende kotzte er den Rotwein der vergangenen Nacht milchrosa in seinen Papierkorb.

Doch zugleich schaffte er es nicht abzubrechen. Bis Bambi am Ende siegestrunken in die Kamera lächelte, hielt er durch.

Danach saß er eine Weile apathisch da. Sein Kopf war leer und voll zugleich. Alles drehte sich. Er musste sich erneut übergeben. Da er allerdings seit dem gestrigen Nachmittag kaum feste Nahrung zu sich genommen hatte, kam nur noch wässriger Schleim aus ihm heraus. Er spülte mit einem Schluck Cola den brennenden Geschmack hinunter. Dann verließ Max sein Zimmer mit schweren, stolpernden Schritten.

Noch immer in seinem Pyjama lauschte er andächtig in die Ruhe der Wohnung hinein. Nur das leise Gluckern der Heizung leistete ihm Gesellschaft.

Durch das große Fenster zum Hinterhof fiel die Mittagssonne. Ihre Strahlen ließen das alte Doppelglas glitzern. Es sah aus, als begänne es, von der Hitze weich zu werden und zu schmelzen.

Plötzlich lag alles klar vor ihm. Der Nebel der vergangenen Wochen lichtete sich. Vielleicht hatte er sich dieses Video anschauen, ja ertragen müssen, um endlich einen Ausweg erkennen zu können.

Bedächtig schritt Max durch den Flur. Die lockere Holzdiele knarrte empört. Er lächelte. Patricia regte sich immer darüber auf, da sie von dem Geräusch aufwachte, sobald jemand dorthintrat.

In der Küche roch es nach Räucherstäbchen. Die beiden Mädels hatten vor etwa einer Stunde gefrühstückt und sich, während sie ihr Müsli löffelten, mit indischer Myrrhe zunebeln lassen. In der Spüle stapelte sich Geschirr.

Er würde das hier vermissen. Sein Zuhause. Das erste richtige Zuhause, seit er bei seinen Eltern ausgezogen war.

Er hatte hier eine gute Zeit gehabt. Ein gutes Leben.

Max griff sich die halbvolle Rotweinflasche neben dem Kühlschrank und schenkte sich einen großzügig bemessenen Kelch ein.

Dann ging er ins Badezimmer und ließ sich eine Wanne warmes Wasser mit reichlich Vanille-Badeschaum ein.

26

Die *Blacksmith*-Boutique genoss nicht nur in Berlin, sondern weltweit einen herausragenden Ruf. Nicht weniger als fünf festangestellte, auf ausgefallene Kundenwünsche spezialisierte Schneider arbeiteten hier. Leder, Gummi, Latex waren ihre Fachgebiete. Stangenware suchte man vergebens. Das Label stand für die Haute Couture der Fetisch-Szene.

Ein stilisierter Pferdekopf war das Logo der Schneiderei. Es fand sich gestickt, eingraviert oder gestempelt auf jedem Produkt, das über die Ladentheke ging. Und prangte zugleich, schwarz auf rotem Grund, groß und weithin sichtbar über dem Ladengeschäft in der Motzstraße.

Sören schlenderte, eine Zigarette im Mundwinkel, an der Schaufensterfront der Boutique entlang und spähte mit unverhohlener Neugier hinein. Der Laden war von außen nur schwer einsehbar. Stellwände und Regale versperrten die direkte Sicht darauf, was sich im Innern abspielte, und garantierten schüchternen Kunden somit ein Mindestmaß an Diskretion, ohne zugleich den Eindruck einer abgeschotteten Festung zu erwecken, wie viele gängige Erotikläden es taten. Das hätte dem Selbstverständnis des *Blacksmith* widersprochen. Wer hier einkaufte, der trug es mit Stolz zur Schau. Dementsprechend gab es für die Kunden auch keine unauffällig neutralen Einkaufstüten. Vielmehr zierte der rote Pferdekopf unübersehbar die Taschen.

Als Sören die Boutique betrat, kündete ein lautes Wiehern von seiner Ankunft.

„Ich bin gleich bei dir!“, begrüßte ihn eine Frau mit militärisch anmutendem Kurzhaarschnitt. Verschlungene Schlangen-Tattoos zierten in verheißungsvoller Diabolik ihren Hals. Sie beriet den einzigen weiteren Kunden, einen jungen, leicht pummeligen Mann mit südländischem Aussehen, zu dem umfangreichen Harness-Sortiment. Mit ihrer rauchigen Stimme erläuterte sie auf Englisch die Vorzüge der verschiedenen Modelle.

„Keine Eile“, antwortete Petersen.

Er inspizierte ehrlich interessiert die Auslage. Gummi und Latex waren nicht wirklich sein Fetisch. Er bevorzugte Leder und Military. Eine Maske mit großen geschwungenen Hörnern und spitzzulaufenden Ohren erregte sein Interesse. *Urban Pan* nannte sich das Modell. Der Preis von mehreren hundert Euro sprengte allerdings jedes Budget, das er auszugeben bereit war, um ein Vielfaches. Mit Bedauern stellte er fest, dass er diese Seite seiner Sexualität viel zu lange vernachlässigt hatte. Seit Than …

„Wunderschön, nicht wahr?“ Die Stimme der Verkäuferin holte ihn aus seinen Grübeleien.

Der an den Harnessen interessierte Kunde zog gerade von dannen. Offensichtlich hatte er sich nicht zu einem Kauf durchringen können. Sören war das nur recht. Er wollte ungern Zuhörer bei seinem Gespräch haben.

„Ja. Sehr beeindruckend“, pflichtete er bei. „Allerdings bin ich zu alt, um den Pan zu mimen.“

Sie lachte tief und grollend und unglaublich sexy. „Wie wäre stattdessen …“

„Ein anderes Mal vielleicht. Tatsächlich bin ich hier, um eine Auskunft zu erhalten. Und ich hoffe, du kannst mir helfen.“

Sie trat instinktiv einen Schritt zurück und musterte ihn mit zusammengekniffenen Augen von oben bis unten.

„Keine Sorge, ich bin nicht von den Bullen“, erklärte Petersen.

„Na dann, lass hören, Bruder!“

„Mein Name ist Sören Petersen“, stellte er sich vor und streckte ihr seine Rechte entgegen, die sie automatisch ergriff. Für eine derart zierliche Person hatten, sie einen überraschend zupackenden, zugleich nicht unangenehm festen Händedruck. Er spürte ihre zahlreichen silbernen Ringe kühl auf der Haut.

„Inga", stellte sie sich pflichtbewusst vor. Einen Nachnamen gewährte sie ihm nicht.

„Ich bin Privatdetektiv."

Sie lachte. Diesmal trocken und abweisend. „Lass mich raten, ein eifersüchtiger Ehemann will wissen, ob sein Partner oder seine Partnerin heimlich bei uns einkauft und die gemeinsame Kreditkarte zum Glühen bringt."

„Nicht ganz. Und selbst wenn, würde ich annehmen – und hoffen –, dass ihr diskret seid und solche Daten niemals herausgebt."

„Selbstverständlich." Sie entspannte sich ein wenig. Mit skeptischer Neugier taxierte sie ihn. „Um was geht es dann?"

Sören schilderte ihr in so wenigen Sätzen wie möglich seinen Hintergrund, erklärte wahrheitsgemäß, von einer Anwältin engagiert worden zu sein, um in dem Fall des verschwunden Andreas Daume zu ermitteln, und schließlich selbst von den Ereignissen überrollt worden zu sein. Auch Adils Tod sparte er nicht aus und erwähnte in diesem Zusammenhang seine Freundschaft zu Mara Bella. Er setzte voll auf die Community-Karte: Wir halten zusammen. Wir gegen die.

„Meine Klientin hat mich längst von dem Fall abgezogen. Ich arbeite jetzt auf eigene Rechnung sozusagen. Das alles, es lässt mich einfach nicht los. Ich glaube, die Polizei hat kein Interesse daran, die wahren Hintergründe aufzuklären. Und genau deshalb bin ich hier", schloss er seinen Monolog ab.

„Es geht um die verdammten Masken", schlussfolgerte Inga, ohne das eben Gehörte zu kommentieren. Sie nahm ihm damit die Möglichkeit abzuschätzen, ob seine Strategie aufging. Würde sie ihm helfen?

„Ja", bestätigte er schlicht. „Soweit mir bekannt, wurden sie hier gefertigt."

Inga lächelte mit unverhohlenem Stolz und nickte. „Von mir persönlich."

Aufgeregtes Kribbeln erfasste ihn. Er war also auf der richtigen Fährte. Thor hatte sich nicht geirrt.

„Allerdings muss ich dich enttäuschen. Du bist nicht der Erste, der auf diese Idee kommt. Die Bullen waren ebenfalls hier. Hat nicht lange gedauert, bis sie herausgefunden haben, dass man so was nicht überall bekommt."

„Dachte ich mir", entgegnete er kleinlaut. Tatsächlich hatte er sich schon hinreichend geärgert, nicht bereits vor Wochen recherchiert zu haben, woher die Outfits der Täter aus dem Video stammten.

„Und was hast du ihnen gesagt?"

Sie musterte ihn erneut eingehend, dann zuckte sie mit den Schultern. „Die Sachen wurden bar bezahlt. Daher keine Kreditkartendaten oder so. Der Kommissar hat mir auch ein Foto gezeigt von dem Typen, der tot im Tiergarten gefunden wurde." Sie hielt kurz inne.

„Und?", drängte Sören.

„Kann sein. Oder auch nicht. Ist einfach schon zu lange her. Hast du eine Ahnung, wie viele Kunden wir hier jeden Tag haben?"

„Aber an derart ausgefallene Aufträge erinnert man sich doch?"

„Das findest du schon ausgefallen? Echt, Bruder, du hast keine Ahnung."

„Ist Ihr Laden videoüberwacht?"

Inga fing an zu kichern. „Haben die Bullen auch gefragt. Klar ist er das. Aber glaubt ihr alle ernsthaft, wir haben noch Bänder von vor drei Jahren?"

Er zuckte mit den Achseln, was so viel heißen sollte wie, es war einen Versuch wert.

Ein neuer Kunde betrat den Laden.

„Kann ich sonst was für dich tun?", fragte sie drängend. Es war offensichtlich, sie wollte nicht weitere, wertvolle Zeit mit ihm verschwenden.

„Eine Sache noch: Wie viele dieser Masken hast du hergestellt?"

„Vier", antwortete sie, wie aus der Pistole geschossen.

Vier Masken. Vier Täter.

Er lag also richtig, es gab nicht nur Daume und den bisher Unbekannten von dem Video, sondern zwei weitere.

„Hast du das auch der Polizei gesagt?"

Inga wirkte zusehend genervt. Fahrig nestelte sie an der Auslage vor sich herum, einem Sortiment an Schwanz-Käfigen aus Metall zur Keuschhaltung. Ihr Blick wanderte immer wieder zu dem neuen Kunden, der durch den Laden tigerte und inzwischen einen leicht gelangweilten Eindruck machte.

„Weiß es nicht mehr genau. Wenn die danach gefragt haben, sicher."

„Okay. Danke. Das war's erst mal. Wenn dir noch etwas einfällt, ruf mich jederzeit an." Er drückte ihr eine Visitenkarte in die Hand.

Immerhin brachte sie zum Abschied ein neutrales Lächeln zustande. „Bis bald, Bruder!"

Obwohl ihn seine Stippvisite im *Blacksmith* nicht weitergebracht hatte wie erhofft, verließ er den Laden mit dem guten Gefühl, etwas erreicht zu haben. Seine Theorie, dass es sich um eine größere Gruppe handeln musste, sah er bestätigt. Blieb die Frage, wie er der Identität der Männer auf die Spur kommen sollte.

Es musste den Ort des Verbrechens finden.

Sören war in all den Jahren an keinen Tatort gerufen worden, aus dem sich keine Rückschlüsse auf den oder die Täter ziehen ließen. Wenn er herausfand, wo man Mohammed ermordet hatte, würde das seiner Ermittlung neuen Schub verleihen.

Er verbrachte den restlichen Nachmittag damit, in sich gekehrt über einem Stadtplan zu brüten. Mit schwarzen Filzstift-Punkten markierte er all jene Plätze, die mit den beiden Morden in Verbindung standen: Daumes Wohnung und die Familiendatsche. Der Tiergarten. Das Postfenn-Moor, Grunewald. Das *Blacksmith*. Das SM-Apartment. Krutschers Firmensitz. Die Seniorenresidenz Abendröte. Die Wohnung der Senatorin. Die WG von Max. Mohammeds letzte bekannte Meldeadresse. Die *BdW* und damit jene Straße, in der Mara Bella Adil zum ersten Mal getroffen hatte.

Der Gedanke an die Bar ließ eine schmerzliche Schwere in ihm aufsteigen. Er sehnte sich nach seinem zweiten Wohnzimmer. Und nach Mara Bella, ihrem Lachen, ihrer sanften, rauchigen Stimme, ihren Anekdoten und Geschichten.

Eine Erkenntnis, die ihn überraschte. Bisher hatte er sich in fatalistischer Hybris eingebildet, niemanden zu brauchen, niemanden zu vermissen. Bis auf Than natürlich. Der einsame Reiter auf den Straßen Berlins, so sah er sich gerne. Traurig, sicherlich. Aber auch unabhängig. Oder besser: von niemandem abhängig. Ein Trugschluss.

Nach stundenlanger Brüterei, die Sonne schickte gerade ihre letzten Strahlen über den westlichen Horizont und ließ den spärlich bewölkten Himmel in Violett, Rubinrot und feurigem Orange erstrahlen, riss er sich von dem Stadtplan los – in der Erkenntnis, kein Stück weitergekommen zu sein. Er gönnte sich eine heiße Dusche, schrubbte seine Zähne ordentlich blank und verließ die Wohnung.

Der Abend war kalt und klar. Frost lag in der Luft. Sören atmete tief durch und steckte sich eine Zigarette an. Die letzte seines Big Packs, das er erst am Morgen gekauft hatte. Selbst für seine Verhältnisse ein erschreckend hoher Verbrauch. Ohne diese Tatsache allerdings zu hinterfragen, steuerte er den nächstgelegenen Späti an und besorgte Nachschub.

Eine gute Stunde streifte er durch den Nollendorf-Kiez, wie ein Wolf, der zu lange sein Revier hatte brach liegen lassen und es von Neuem markierte.

Als er durchgefroren die *BdW* erreichte, ließ ihn ein flaues Gefühl kurz zögern. Das schlechte Gewissen plagte ihn – und die Angst vor einer Konfrontation, nicht mit Mara Bella, sondern mit seinen eigenen Unzulänglichkeiten. Er hatte sich eingebildet, keine Freundschaften schließen zu können. Oder zu wollen. Höchstens Bekanntschaften. Mit Leuten, mit denen man gerne trank, feierte, dummes Zeug redete.

Ein Irrtum, wie ihm die vergangenen Wochen verdeutlicht hatten.

Zu seiner Erleichterung machte sie es ihm einfacher, als er es verdiente. Kaum betrat Sören die Bar, juchzte Mara Bella.

Ein gespielt tadelnder Unterton lag in ihrer Stimme, als sie ihn mit den Worten begrüßte, endlich kehre der verlorene Sohn zurück. Es war so liebenswürdig ehrlich und verzeihend, jedes Unwohlsein fiel von ihm ab.

„Mara, meine Liebe, ich wollte mich bei dir entschuldigen. Ich war ein echtes …"

„Ach, mein kleines, reumütiges Täubchen, spar dir deine Worte auf für ein anderes Mal. Nicht heute!", unterbrach sie Sören, drückte ihn an ihre Brust. Dankbar atmete er ihren blumigen Duft ein.

„Einen Gin Tonic?", fragte sie, als er sich nach einigen Sekunden verlegen aus der Umarmung schälte.

„Gerne! Du hast keine Ahnung, wie nötig ich den habe."

„Gemessen daran, dass du dich wochenlang nicht hast sehen lassen, vermutlich verdammt nötig."

Sie lächelte gewinnend und tänzelte zurück hinter den Tresen.

Der einzige weitere Gast war von Allstetten. Er saß, mit einer aufgeschlagenen *Siegessäule* vor sich, auf einem der Barhocker.

„Hab dir doch gesagt, sie vermisst dich", begrüßte er Sören verschwörerisch zwinkernd, um dann vorzupreschen: „Nur um dich vorzuwarnen, der Frischling mit seinem neuen Daddy kommt heute vorbei."

„Das hättest du ihm aber auch etwas sanfter beibringen können", tadelte Mara Bella.

„Ihr redet von Kevin?"

„Das junge Täubchen hat einen Neuen." Sie reichte Sören seinen Drink. „Der Gute schrieb mir vorhin eine kurze Nachricht und meinte, er käme heute auf ein Bier hier vorbei. Ich konnte ja nicht wissen …"

„Alles in Ordnung, meine Liebe! Ich habe mich seit Wochen nicht bei ihm gemeldet. Dabei hat er sich wirklich Mühe gegeben", winkte Sören ab. Er tat cool, obwohl ihm diese Information zugleich einen Stich versetzte. Kurz flammte Eifersucht in ihm auf – und Wut auf sich selbst.

Er hatte den Jungen am langen Arm verhungern lassen. Kein Wunder, wenn der sich neu orientierte.

Klirrend ließen die drei ihre Gläser zusammenstoßen.

„Auf die Heimkehr des verlorenen Sohnes“, prostete Allstetten mit sarkastisch eingefärbter Hingabe.

„Auf uns“, ergänzte Mara Bella lächelnd und tätschelte Sörens Hand liebevoll.

In diesem Moment ging, als hätte er nur auf den richtigen Augenblick gewartet, die Tür auf und Kevin betrat die Bar. Im Schlepptau einen dicklichen Mitt-Vierziger, der sein lichtes Haupthaar mit einem langen braunen Vollbart ausglich. Die ohnehin tiefsitzenden Augen des Mannes wurden unvorteilhaft von dickem, tiefschwarzem Lidschatten eingerahmt. An seinem rechten Ohrläppchen baumelte eine silberne Kreole, die so gar nicht zu seinem altbackenen karierten Holzfällerhemd und der weiten, olivgrünen Baggyhose mit aufgenähten Seitentaschen passen wollte.

„Ein kleiner geschminkter Tanzbär“, kommentierte Allstetten bissig.

„Kein Wort!“, mahnte Sören. Er wollte unbedingt den Eindruck vermeiden, er hätte seine Freunde gegen Kevins neue Liebschaft aufgehetzt. Tatsächlich lag ihm nichts ferner als das. Der Junge verdiente jemand Besseren, jemanden, der bereit war, sich auf ihn einzulassen. Was wollte er mit einem alten Daddy, der seine Leidenschaft in eine Mordermittlung steckte anstatt in seinen Arsch?

Trotzdem bereitete es Petersen eine gewisse Genugtuung, dass „der Neue“ rein optisch zumindest eindeutig eine Liga unter ihm spielte.

Kurz stand Kevin unschlüssig dreinschauend im Eingangsbereich herum. Nervös fuhr er sich durch die roten Haare. Er trug sie jetzt offen. Der Zopf war verschwunden.

Ein kurzes, wehmütige Déjà-vu durchzuckte Sören. Genau so hatte der Junge auch kurz nach Ende des Sommers schon einmal dagestanden. An jenem Abend, an dem sie die *BdW* gemeinsam verließen.

Kevin aus Brandenburg, jetzt Berlin.

Ihr erstes Zusammentreffen schien ewig her. Und zugleich kaum vergangen.

Sören schenkte ihm ein aufmunterndes Lächeln, wollte ihm ohne große Worte zu verstehen geben: Es ist okay!

Und das war es tatsächlich. Ihr Aufeinandertreffen gestaltete sich gänzlich anders als jenes unerwartete und schmerzliche mit Than vor einigen Monaten. Das war dann wohl der entscheidende, emotionale Unterschied zwischen Liebschaft und Liebe.

Kevin bugsierte seinen Begleiter umständlich an einen der Ecktische. Dann trat er schüchtern an die Bar. Er begrüßte artig Allstetten, umarmte Mara Bella und gab seine Bestellung auf. Dann wandte er sich Sören zu.

„Schön, dich zu sehen", sagte er leise.

„Freut mich ebenso."

„Du hast dich leider nicht mehr gemeldet. Auf meine Nachrichten kam keine Antwort."

„Das tut mir leid. Ich hatte nur so schrecklich viel zu tun. Der Fall. Du weißt ja …"

Kevin zuckte mit den Schultern. „Dachte ich mir."

Ihr beider Blick wanderte in Richtung seiner Begleitung.

„Ein Freund von mir", erklärte er unaufgefordert. Dann schnappte er sich hastig, bevor Sören nachfragen konnte, seine beiden Getränke und trollte sich davon.

„Keine Ahnung, was genau du mit dem angestellt hast. Aber es ist offensichtlich: Der Kleine steht immer noch auf dich", stellte Allstetten fest. In seiner Stimme lagen Bewunderung und Missgunst zugleich.

Sören schnaubte. „Ich hoffe, er wird mit seinem Neuen glücklich. Wirklich. Er hat es verdient."

„Ach, ihr lieben Täubchen, ich komme nicht umhin, euch beiden zustimmen zu müssen", seufzte Mara Bella theatralisch. Sie packte Sörens Gesicht mit beiden Händen und deutete mehrere Ohrfeigen an. „Lass dir eines gesagt sein, mein Lieber! Wenn du das nächste Mal einen Mann triffst, den du toll findest und der dich toll findet, sei ein bisschen weniger Psycho. Okay?"

„Was mache ich denn?", raunzte Sören empört.

„Ganz einfach." Ihre Stimme überschlug sich vor Aufregung und jeder, der sie kannte, wusste, es würde eine Standpauke folgen. „Du neigst dazu, all deine Befürchtungen, Zweifel und Ängste und vor allem deine Wut auf die Welt, kurzum, all deinen verdammten Ballast zu nehmen und vor die Haustür anderer Menschen zu kippen. Nach dem Motto: Friss oder stirb, aber sag später bitte nicht, ich hätte dich nicht gewarnt. Du erdrückst sie damit. Du flüsterst ihnen zu, mit kleinen Gesten, ohne ein Wort zu sagen: Daraus wird nix! Zumindest nix Gutes! Lauf weg von mir! Lauf! Vielleicht solltest du damit anfangen, ihnen stattdessen zu sagen: Wird schon gutgehen! Lass es uns probieren!"

Er lächelte erschöpft. „Du erwartest vollkommen Unmögliches von mir."

Bevor Mara Bella etwas erwidern konnte, klingelte sein Handy.

„Petersen spricht."

„Hier ist Isabelle."

„Was gibt es?", fragte Sören so locker wie möglich. Er ahnte, es ging um Max. Er hatte sich trotz ihrer eindringlichen Bitte nicht bei ihm gemeldet. Andererseits fand er, musste er sich nicht für den Jungen verantwortlich fühlen. Sie waren nicht befreundet, kannten sich kaum.

„Maximilian liegt auf der Intensivstation der Charité", sagte sie ohne Umschweife. Ihre Stimme klang gepresst und stockend.

„Was ist passiert?" Noch bevor sie antwortete, schwante es ihm. Sofort bereute er seine eigenen, trotzig-mürrischen Gedanken von vor wenigen Sekunden.

„Er wollte sich das Leben nehmen. In der Badewanne. Zum Glück hat seine Mitbewohnerin ihn rechtzeitig gefunden. Allerdings …" Sie begann zu schluchzen. Lautes, zittriges Schniefen war zu hören. Sören wartete geduldig ab, bis sie sich beruhigt hatte.

„Wie geht es ihm?", fragte er.

„Schlecht. Die Ärzte sagen, er hat viel Blut verloren. Und …" Wieder verlor sie die Kontrolle, weinte.

„Er wird es schaffen. Er ist stark", versicherte ihr Sören im Brustton der Überzeugung.

„Das ist er eben gerade nicht. Deshalb hatte ich dich auch gebeten, nach ihm zu schauen. Das Video … Es hat ihm den Rest gegeben.“

„Wovon sprichst du?“

„Willst du mich jetzt verarschen? Das Video, in dem Max’ Ex-Freund diesen Typen foltert und umbringt. Es ist online. Seit gestern Abend schon. Hast du das nicht mitbekommen?“

Nein, habe ich nicht, ich verdammter Vollidiot!

„Du bist nicht nur als Mensch, sondern auch als Detektiv ein Totalausfall“, keifte Isabelle mit tränenerstickte Stimme. Dann legte sie auf.

Benommen starrte Sören auf das Display seines Smartphones.

„Alles in Ordnung?“ Allstettens Stimme drang dumpf wie aus weiter Ferne zu ihm durch.

Mechanisch nickte Petersen, während er damit begann, die Berichterstattung der vergangenen vierundzwanzig Stunden aufzurufen. Das Netz war voll von Screenshots aus dem besagten Video. Zahlreiche, teils reißerische Artikel fanden sich in Berliner Boulevardmedien. Wie hatte er das alles verpassen können?

Isabelle lag richtig: Er war ein Totalausfall. Menschlich wie professionell.

Es war seine verdammte Schuld, dass Max nun im Krankenhaus lag. Er hätte sich besser kümmern müssen, sein instabiler Zustand war offensichtlich gewesen. Mohammad, Adil und jetzt Max. Wie viele junge, verlorene Seelen wollte Daume noch in seinen schwarzen Abgrund mit sich reißen?

Und er selbst rannte durch diesen Alptraum, ohne von der Stelle zu kommen. Er sah das Unheil heraufziehen und war zugleich nicht in der Lage, es zu verhindern!

In einem einzigen Zug leerte er seinen halbvollen Drink.

„Ich muss los“, sagte er knapp und stürmte ohne jede weitere Erklärung aus der Bar.

Während Kevin und Allstetten überrascht seinen abrupten Abgang verfolgten, lag in Mara Bellas Gesicht ein kummervoller Schatten. Sie sorgte sich ernsthaft um ihren Freund.

Als Sören aus der *BdW* hinaus in die silbrige Vollmondnacht stolperte, war es ihm, als liefe er gegen eine Wand aus Eis. Kurz erinnerte er sich daran, vor einigen Tagen im Autoradio gehört zu haben, die kälteste Zeit des Winters mit Temperaturen weit unter minus zehn Grad stünde bevor.

Er stellte den Kragen seiner Jacke auf und zog den Schal enger. Auf dem Weg zur Busstation machte er in einem Späti halt und kaufte zwei Fläschchen klaren Schnaps. Eine für jetzt. Die andere für später.

Vor dem Geschäft hatte der Inhaber einen Heizpilz aufgestellt, den drei junge Männer, zwielichtig in Gebaren und Aussehen, nervös an Zigaretten ziehend, umkreisten wie Fliegen einen dampfenden Haufen Dung.

Entweder sie rauben dich aus oder blasen dir einen. Oder beides.

Warm brannte der Sprit in seiner Kehle. Doch es war ein Strohfeuer ohne Wirkung. Die Kälte ließ sich davon nicht beeindrucken, kroch tiefer in seine Glieder.

Glücklicherweise hielt einer der gelben Doppeldeckerbusse wenige Minuten, nachdem er die Haltestelle an der Urania erreichte.

Sören stieg ein und setzte sich im oberen Stock direkt hinter die Windschutzscheibe. Normalerweise waren diese Plätze stets von Touristen besetzt. Auch am späten Abend. Doch selbst denen schien es zu kalt zu sein.

Das nächtliche Berlin glitt an ihm vorbei, in einer schläfrigen Trägheit, die diese Stadt nur in den Wochen nach Neujahr gerne zur Schau trug.

Erst als sie den Großen Stern überquerten, wurde er gewahr, dass er sich zwar, einer Kurzschlussreaktion folgend, auf den Weg in Richtung Charité befand, allerdings keinerlei Ahnung hatte, was er dort zu tun gedachte. Da er kein Angehöriger von Max war, würde man ihn nicht auf die Intensivstation vorlassen. Selbst sein gefälschter Dienstausweis konnte ihm in diesem Fall nicht weiterhelfen. Jahrelange Berufserfahrung beim LKA hatten ihn gelehrt, wie strikt medizinisches Personal war, wenn es ums Wohl ihrer Patienten ging.

Selbst wenn er es gegen jede Wahrscheinlichkeit ans Bett des Jungen schaffte, was wollte er eigentlich dort?

Den Weg hierher hättest du dir sparen können! Fürs Händchen-Halten bist du zu spät dran, Arschloch!

Unschlüssig stieg er in Alt-Moabit aus und zündete sich eine Zigarette an, während er, dem Verlauf der S-Bahntrasse folgend, gen Osten lief.

Wie ein gestrandetes Raumschiff lag der moderne Bahnhofskomplex da. Seine hellerleuchtete Fassade aus Glas und Stahl zeichnete sich hart vor dem Nachthimmel ab. Ein ICE rauschte über die Hochtrasse heran und wurde vom weitaufgerissenen Rachen des Gebäudes ohne viel Aufhebens verschluckt.

Sörens Blick wanderte auf die andere Seite des Humboldthafens zum Gelände der Charité. Hinter einem der Fenster kämpfte Max um sein Leben.

Hätte er diesen Suizidversuch verhindern können?

Er hasste hypothetische Fragen. Sie waren unnötiger, mentaler Ballast für die ohnehin begrenzte Rechnerkapazität eines menschlichen Hirns. Gleichwohl konnte er nicht aufhören, darüber nachzudenken.

Trotz der Kälte ließ er sich benommen auf eine Bank am Rand des Hafenbeckens fallen. Auf der Wasseroberfläche führten Eisschollen ein wackliges Ballett auf. Er öffnete das zweite Fläschchen, kippte den Inhalt in einem Zug weg.

„Du stellst dir mal wieder die falsche Frage."

Sören erkannte die Stimme hinter seinem Rücken sofort, obwohl er sie seit vielen Jahren nicht gehört hatte.

Ohne sich umzudrehen fragte er leise: „Was machst du hier, Kai?"

Das helle Lachen eines Teenagers im Stimmbruch erklang. Es war Verheißung und Drohung zugleich.

Sören konnte den Drang, ihn anzuschauen, nicht länger unterdrücken. Locker in Shorts und T-Shirt, eine Basecap auf dem Kopf hockte Kai wenige Meter entfernt. Genau so, wie er seine Jugendliebe in Erinnerung behielt: Er rauchte einen Joint und lächelte keck.

„Ey, du Popper! Das war jetzt die zweite falsche Frage innerhalb weniger Minuten. Du lässt nach."

„Das muss am Alter liegen."

Kai nahm einen tiefen Zug und grinste diabolisch. „Nicht mein Problem. Ich bin alterslos. Das ist der Vorteil, wenn man tot ist. Deshalb sollten die Besten jung sterben. Wer will schon die Ewigkeit als seniler, faltiger Sack verbringen!"

„Was machst du hier?", wiederholte Sören. „Nach all den Jahren, in denen du mich in Ruhe gelassen hast."

„Wie hat Miss Psycho so schön gesagt." Er legte eine kurze Kunstpause ein und äffte mit übertrieben hoher Stimme die Jugendpsychologin nach, zu der man Sören damals geschickt hatte: „Kai ist nur in deinem Kopf. Und wenn es dir besser geht, wird er verschwinden."

Kai erhob sich und tänzelte um Sören herum. „Ich würde also vermuten, du solltest dir nicht die Frage stellen, was ich hier mache, sondern warum du mich nach all den Jahren wieder hergebracht hast. Und um dir das Nachdenken zu ersparen: Ich bin hier, weil es dir so richtig kack-scheiße geht, mein Lieber."

Petersen seufzte. Da konnte er ihm kaum widersprechen. „Da drüben", er nickte in Richtung Charité, „liegt ein junger Mann, der sich das Leben nehmen wollte."

„Und du hast ihm nicht geholfen. Warum bist du nicht zu ihm gegangen?"

„Er lässt Menschen gerne sitzen. Haut ab, anstatt sich ihnen zu stellen", ergänzte eine Frau aus der Dunkelheit schnippisch.

Sören fuhr mit seinem Kopf herum in jene Richtung, aus der die Stimme kam.

Kai lachte. „Mama Petersen! Wie schön! Leiste uns Gesellschaft!"

Erhaben materialisierte sich Sörens Mutter aus dem Schein einer Straßenlaterne. Sie trug ein weißes, wallendes Sommerkleid mit silbernen Perlen bestickt. Sie musste es aus Mara Bellas Schrank gestohlen haben.

„Alles in Ordnung mit Ihnen?"

Er blickte in das besorgte Gesicht einer jungen Frau. Ihre Kleidung wies sie als Mitarbeiterin der Bahnhofsmission aus.

„Ich … ähm … denke schon."

Irritiert schaute Sören sich um. Er saß auf der Bank am Hafenbecken. Die leere Schnapsflasche lag zu seinen Füßen. In der Hand eine bis auf den Filter abgebrannte Zigarette.

„Sie können nicht hier draußen schlafen. Was halten Sie davon, wenn wir die Kollegen vom Kältebus rufen. Die werden …"

„Da liegt ein Missverständnis vor!", unterbrach er sie peinlich berührt, aber energisch. „Ich muss eingenickt sein. War ein harter Tag."

Er rappelte sich hoch und befreite sich mit einem Schritt zurück aus ihrer Nähe.

„Es ist wirklich kein Problem. Wir können …"

„Alles in Ordnung! Ehrlich! Ich bin kein Obdachloser!" Er gab sich alle Mühe, seine Stimme hart und entschlossen wirken zu lassen. Trotzdem war ein alkoholbedingtes Nuscheln unüberhörbar.

Sie nahm ihn abwägend in Augenschein.

Er bedankte sich überschwänglich für ihre Sorge und beeilte sich dann, den Platz zu verlassen.

Es waren keine Halluzination! Ich bin kurz eingeschlafen und habe geträumt!

Ein gutes und zugleich trotzdem bedenkliches Zeichen. Seit so vielen Jahren hatte Kai ihn nicht mehr „besucht". Selbst während der Trennungsphase von Than nicht. Dass er ihm jetzt plötzlich im Traum begegnete, konnte man als Warnung deuten.

Wie schlecht steht es um mich?

Die Frage tauchte kurz in seinem Kopf auf. Wie ein Geistesblitz – der einem Leuchtfeuer gleich schnell erlosch.

Eisiger Ostwind schlug Sören ins Gesicht, als er das Regierungsviertel verließ und durch Mitte trottete. Er ärgerte sich über die Sozialarbeiterin. Mit ihrer Übergriffigkeit hatte sie ihn ohne Not aufgescheucht. Nun streunte er ohne Ziel durch die bitterkalte Stadt.

Zu allem Überfluss gab es in diesem gottverlassenen Niemandsland zwischen Reichstag und Friedrichstraße nicht einmal einen Spätkauf, an dem er sich Nachschub besorgen konnte. Des Nachts war dieses Viertel dunkel und verlassen. Die Armada aus Bürogebäuden wirkte herrenlos. Stumpf warteten die dunklen Hausfratzen auf ihre Wiederbelebung am nächsten Morgen. Es war das Viertel der Lobbyisten und Verbände. Die Schmarotzer des politischen Betriebs. Die Schmeißfliegen, die sich zielsicher immer auf den größten Haufen Mist stürzten. Oh, wie er sie verachtete! Noch mehr als die unfähigen Politiker selbst.

In der Oranienburger Straße fand er einen Späti, an dem er sich mit einer weiteren Flasche Schnaps eindeckte. Er war in gefährlicher Stimmung. Destruktiv. Aufgeputscht. Zerstörerisch.

Aus dem Innern der Restaurants und Bars drangen Musik, Lachen und Leben auf die Straße. Die überwiegende Mehrzahl der Läden hatte sich auf Touristen spezialisiert. Seit die Stadt das *Tacheles*, eines der letzten besetzten Häuser in Mitte, geräumt hatte, gab es für wirkliche Berliner kaum einen Grund, hierherzukommen. Abgesehen vielleicht vom *Aufsturz*. In der kultigen Kneipe hatte er so manchen Absturz gehabt.

Sören passierte die Alte Synagoge. Ein uniformierter Polizist trotzte, von einem Bein auf das andere tänzelnd, der Kälte. Wie lange seine Schicht wohl ging? Ob zu Hause jemand auf ihn wartete?

Fragen über Fragen, in denen er sich verlieren konnte, ohne Antworten auf die wirklich entscheidenden finden zu müssen.

Und dann stand er vor dem Haus in der Linienstraße, als hätte er den Weg unbewusst und eher zufällig eingeschlagen. Doch das stimmte nicht. Sich selbst konnte er heute nichts mehr vormachen.

Ermattet lehnte er sich an eine Sandsteinmauer. Sie grenzte ein Neubauviertel ab. Auf dem Gelände einer stillgelegten Fabrik hatte man Hochglanz-Apartmenthäuser hochgezogen, zwischen denen sich immergrüne, pervers gepflegte Rasenflächen erstreckten.

Ihm war schwindelig und leicht flau im Magen. Der exzessive Alkoholkonsum der vergangenen Stunden machte sich bemerkbar.

Seine Augen streunten umher, den gegenüberliegenden Eingang zu dem hässlichen Apartmenthaus meidend. Der dreckig gelbe Putz blätterte in langen Streifen ab, als wäre das Gebäude, gleich einer Schlange, gerade dabei, sich zu häuten.

Die Lichtkegel der Straßenlaternen tanzten torkelnd durch die Dunkelheit.

Sören hatte erwogen, anzurufen, sich selbst dieses Zusammentreffen zu ersparen. Doch er wusste, es wäre anders gewesen. Also der harte Weg. Der schmerzhafte.

Er klingelte, wartete.

Er klingelte erneut, wartete.

Gerade als Petersen akzeptierte, dass niemand öffnen würde, ertönte ein Knacken in der Gegensprechanlage.

„Ja? Wer ist da?", fragte eine schläfrige Stimme.

„Than, mach bitte auf. Ich bin's."

„Sören?"

„Ja."

Der Summer ertönte.

„Vierter Stock", sagte sein Ex.

Das weiß ich! Auch wenn ich nur einmal hier gewesen bin, um dir die Scheiß-Box mit deinen letzten Sachen vorbeizubringen!

Das geflieste Treppenhaus roch nach Desinfektionsmittel und Katzenklo. Eine perverse Mischung. Sören kroch sein warmer, ätzender Mageninhalt die Speiseröhre empor.

Er schluckte schwer.

Es dauerte ewig, bis der Aufzug kam. Petersen erwog kurz, die Treppe zu nehmen. Doch sein Zustand sprach eindeutig dagegen. Endlich schob sich ruckelnd und zuckend die Tür auf. Er stolperte unkoordiniert in die unheimelig mit Neonlicht ausgeleuchtete Kabine und drückte den Knopf für die vierte Etage.

Obwohl er es nicht für möglich gehalten hatte, war die Luft hier drinnen noch schlechter und stechender. Sören rang einen erneuten Würgereiz nieder.

Reiß dich zusammen!

Das Letzte, wonach ihm der Sinn stand, war, sich ausgerechnet hier übergeben zu müssen.

Than erwartete ihn im Türrahmen. Er trug lediglich Shorts und ein weißes, schlabberiges T-Shirt. Als er Sören sah, weiteten sich seine Augen übertrieben. „Du siehst ja furchtbar aus!"

„Danke. Das hört man gerne. Speziell von seinem Ex." Er versuchte sich in einem selbstironischen Lächeln. „Entschuldige die späte Störung!" Sörens Stimme hallte im schummrig beleuchteten Treppenhaus unangenehm dröhnend wider.

Than bedeutete ihm peinlich berührt, er möge leiser sein, und bugsierte ihn dann hastig in das Apartment.

„Ist alles in Ordnung? Geht es dir gut?"

„Ein Schlückchen zu viel. Eventuell. Nichts Ernsthaftes", antwortete Petersen, um entspannte Coolness bemüht. „Darf ich reinkommen?"

„Das bist du ganz offensichtlich schon."

Er schaute sich kurz in dem schmalen, dunklen Wohnungsflur um. „Ja … Aber ich meine … Ist es okay? Bist du allein?"

Than verdrehte die Augen. „Natürlich bin ich allein."

„Na, so selbstverständlich ist das nun wirklich nicht."

„Wenn das eine Anspielung auf die Typen aus der *BdW* sein soll, die sind lediglich …"

Sören hob abwehrend die Hand. „Du musst dich wirklich nicht rechtfertigen."

Er folgte seinem Ex in die kleine Küche und fing sich einen tadelnden Blick ein.

„Was?"

„Zieh bitte deine Schuhe aus. Du weißt, ich kann das nicht leiden."

„Oh! Entschuldige!"

Umständlich streifte er seine Sneaker ab, ohne sich zu bücken. Seine Angewohnheit, Straßenschuhe in der Wohnung zu tragen, hatte schon früher für Reibungen gesorgt.

Sören schaute sich um. Es sah noch immer so aus, als wäre Than gerade eingezogen: wenige Möbel, kaum Persönliches. In ihrer gemeinsamen Wohnung hatte er hingegen immer alles dekorieren müssen.

Wortlos nahm sein Ex ein Glas aus dem Regal und füllte es mit Leitungswasser. Dann reichte er es ihm.

„Trink!“

„Bier hast du nicht zufällig da?“

„Ich mag kein Bier. Wie du vielleicht noch weißt.“

„Wein?“, fragte Petersen schelmisch grinsend und registrierte dankbar das erhoffte Augenrollen.

„Trink dein Wasser.“

„Yes, Ma'am!“, frotzelte er. Für einige Sekunden hing die alte Vertrautheit zwischen ihnen in der Luft. Gemeinsam herumalbern, darin waren sie gut. Diesen Charakterzug hatte er sich nur mit Than gestattet. Niemand sonst kannte ihn auf diese Weise. Niemand sonst brachte diese Facette in Sören zum Vorschein.

Und genau dafür, dass Than es schaffte, ihn zu verändern, sich neu zu entfalten, hatte er ihn am meisten geliebt. In jenen Jahren war Sören albern, verspielt, entspannt. Er fühlte sich auf natürliche Weise, ohne jede Anstrengung, glücklich. Mit Than lag immer diese verfluchte Leichtigkeit in der Luft, die er so bisher nie hatte erleben dürfen. Sogar jetzt, in diesem Moment, der eigentlich unangenehm und angespannt hätte sein müssen – und der es doch nicht war.

Er rülpste laut und reichte das leere Glas zurück.

„Du stinkst widerlich nach billigem Alkohol.“

„Entschuldige, ich musste mir für diesen nicht gerade alltäglichen Besuch Mut antrinken.“

Than lächelte leise. Dann bedeutete er ihm, sich an den Küchentisch zu setzen, ein klappriges *Ikea*-Modell auf vier dünnen Stahlrohren, und holte eine Flasche Rotwein aus dem Kühlschrank. „Ich kann jetzt wohl auch einen Schluck vertragen.“

„Wie ich sehe, hast du einige deiner seltsamen, tropischen Trinkgewohnheiten immer noch nicht abgelegt.“

„Wein muss kalt sein. Sonst schmeckt er nicht. Eis?“

Sören schüttelte lächelnd den Kopf. „Nein, danke. Ich trinke Rioja am liebsten pur. Und auf Zimmertemperatur.“

„Immer nur am Beschweren. Selbst dann, wenn du mitten in der Nacht hier unangemeldet auftauchst.“

Die Frage, was Sören eigentlich von ihm wollte, hing schwer und drückend in der Luft.

Than setzte sich ihm gegenüber. Sie stießen an. Tranken.

Erst dann begann Sören von den vergangenen Wochen und Monaten zu berichten. Schweigend und aufmerksam hörte sein Ex zu. Als es um Mohammed und ihre gemeinsame Geschichte ging, hob er überrascht die Braue, rutschte nervös auf seinem Stuhl herum.

An dieser Stelle unterbrach er Sören das erste und einzige Mal, nur um zu versichern, seinen Drogenkonsum unter Kontrolle zu haben.

„Das weiß ich doch. Und selbst wenn es nicht so wäre, würde es mich nichts angehen."

„Ich will trotzdem, dass du mir glaubst. Ich geh noch ab und an feiern. Aber nicht sehr häufig. Und längst nicht mehr so exzessiv. Sonst könnte ich meine Ausbildung auch niemals bewältigen."

„Du machst eine …?"

„… Ausbildung zum Altenpfleger. Hab meinen Job als Kellner an den Nagel gehängt. Vergangenen Herbst."

„Das freut mich wirklich zu hören."

„Danke", antwortete Than mit sanfter Ernsthaftigkeit. „Danke für alles."

Petersen schluckte schwer. Er sehnte sich nach einer Zigarette. Und sei es nur, um die Schwere im Raum durch den Akt des Anzündens zu zerstreuen.

Schweigend griff Than nach einem hässlich schwarzen Marmoraschenbecher in Form eines Schwans, der zwischen einer armselig vor sich hin trocknenden Basilikumpflanze und einem kleinen Gummibaum auf der Fensterbank stand. Mit einem Lächeln stellte er ihn zwischen sie beide auf den Küchentisch.

„Ich hätte jetzt auch gerne eine Kippe."

Wie in alten Zeiten steckte Sören zwei gleichzeitig an und reichte eine an ihn weiter. Eine Vertrautheit machte sich zwischen ihnen breit, die zum Fürchten war. Zum Davonrennen und Bleiben zugleich.

„So schön es ist, mit dir zu reden", stellte Than nach zwei tiefen Lungenzügen fest. „Die letzten Male hatte ich nicht den Eindruck …" Er verfiel in Schweigen, ohne den Satz zu beenden, setzte erneut an: „Aber du bist doch wohl kaum mitten in der Nach hier aufgetaucht, um ein Glas Wein zu trinken und mich zu fragen, wie es so läuft."

Sören unterdrückte den Drang, aufzustehen und in der kleinen Küche umherzutigern. Natürlich war er das nicht. Und vielleicht konnte er überhaupt nur ansatzweise unbefangen mit Than umgehen, da er wusste, es ging am heutigen Abend nicht um ihn, nicht um ihre Geschichte. All der Schmerz, all die Liebe und Enttäuschung musste er jetzt ausklammern, außen vor lassen.

„Nein, nein. Bin ich nicht", gestand er und nahm dabei einen extra großen Schluck Wein. Er prüfte sein Gegenüber mindestens so eingehend, wie er seinerseits gemustert wurde. Wie zwei Raubtiere, die sich gegenseitig belauerten, saßen sie plötzlich da. All die alberne Lockerheit war verflogen.

„Sören, es tut mir wirklich leid, was damals passiert ist. Aber du kannst mich nun wirklich nicht dafür verantwortlich machen, dass du deinen Job bei der Polizei an den Nagel gehängt und …"

„Das Leben hat unsere Liebe gefressen."

„Was?"

„Ach, ist auch egal. Darum geht es nicht. Mach dir keine Sorgen, ich bin nicht hier, um mich mit dir auszusprechen und alles erneut durchzukauen. Nicht noch mal. Nicht schon wieder."

Than entspannte sich etwas. Tatsächlich hatte Sören in den Wochen und Monaten nach ihrer Trennung unzählige Male das klärende Gespräch gesucht. Und noch eines. Und noch eines.

Bis es am Ende nichts mehr zu klären gab. Es blieben lediglich Vorwürfe, Tränen und Leid. Sie hatten sich beide gegenseitig in die Verzweiflung und ans Ende ihrer Kräfte getrieben.

Sören, unfähig, ihn gehen zu lassen. Than, unfähig zu gehen.

„Ich brauche deine Hilfe", sagte Petersen.

„Wobei?", lautete die zögerliche, beinahe misstrauische Antwort.

„Dieser Fall … Ich hangele mich von einem Strohhalm zum nächsten, ohne wirklich weiterzukommen."

Than füllte die inzwischen geleerten Weingläser auf.

„Ich muss den Ort finden, an dem Mohammed gefoltert und ermordet wurde. Ich hoffe, dort ergeben sich neue Spuren, Hinweise auf den oder die Täter."

„Ich versteh es nicht. Wie soll ich dir dabei helfen?"

„Du bist einer der wenigen Menschen, die ich kenne, die eine direkte Verbindung zu Mohammed haben. Hast du mit ihm geredet damals im Club? Oder im Krankenhaus? Ich glaube, wir haben nie darüber gesprochen. Einfach, weil es nicht wichtig war. Aber jetzt, jetzt ist es verdammt wichtig."

Than nickte nachdenklich. Er schien seine Erinnerungen zu durchforsten. „Ich glaube nicht, dass ich dir eine Hilfe sein kann."

Sören ließ den angehaltenen Atem entweichen. „Bist du dir sicher? Jede Kleinigkeit könnte …"

„Natürlich bin ich mir nicht sicher", murrte Than gereizt. „Das ist ewig her und ich war nicht gerade in bester Verfassung. Ich kann mich kaum an sein Gesicht erinnern. In der *Cathedral* haben wir uns auf keinen Fall unterhalten. Und im Krankenhaus … höchstens zwei- oder dreimal. Dann über Nichtigkeiten. Oder darüber, wie es uns gesundheitlich geht."

Sören wartete einige Sekunden ab, ließ ihm die Chance für Ergänzungen und bohrte dann weiter – mit sanfter Stimme, aber unnachgiebig. „Sonst nichts? Hast du gesehen, ob er Besuch bekommen hat? Freunde? Oder gar einen Freund?"

Than zuckte mit den Schultern. Seine zusammengekniffenen Augen und die gekräuselten Lippen verrieten seine Genervtheit. „Er war nicht sonderlich mitteilsam. Schließlich war ich mit einem Bullen verheiratet."

„Das wusste er?", schoss es überrascht aus Sören heraus.

„Soweit ich mich erinnere, schon. Er fragte mich einmal, wie es so sei, ständig die Polizei im Haus zu haben. Ich glaube, er dachte, mit dieser Bemerkung lustig zu sein."

Unruhig trommelten Sörens Finger auf die Tischplatte. „Hast du ihm das gesagt? Das von mir?"

Than stöhnte aggressiv. „Echt jetzt! Bist du hergekommen, um mich zu verhören?" Er stand auf, wobei sein Stuhl nach hinten wegkippte und krachend auf den Fliesen des Küchenbodens landete. „Na toll! Wir haben es keine volle Stunde geschafft, wie zwei halbwegs normale Menschen miteinander zu reden. Danke auch, Sören!“, giftete er.

„Es tut mir leid. Wirklich. Aber dieser Fall …“

„Ja, ja, schon gut“, murmelte Than und spießte seinen Ex mit messerscharfen Blicken auf. „Es ist spät. Ich muss morgen früh raus.“

Ein mehr als eindeutiger Rauswurf.

Sören ignorierte ihn schlichtweg, füllte sein Glas stattdessen erneut.

„Weißt du, warum mich dieser Fall nicht loslässt?“

Er bekam keine Antwort. Aber immerhin setzte sich sein Ex wieder an den Tisch ihm gegenüber.

„Mohammed und auch sein Bruder. Das hättest du sein können. Fremd in diesem Land. Auf sich gestellt. Vielleicht sogar einsam. Auf Hilfe angewiesen …“

„Ich war nicht einsam. Ich hatte dich. Zumindest anfangs.“

Sie lächelten einander erschöpft an, schwelgten schweigend in den Erinnerungen an bessere Tage.

„Sie kamen hierher, starteten in ein neues Leben, das ihnen dann entrissen wurde. Wie alle Migranten, wie so viele Menschen, die in diese Stadt kommen, zwischen Hoffnung und Resignation.“

„Das erinnert mich eher an dich als an mich.“

Sören lächelte zustimmend und zweifelnd zugleich. „Warum hat es mit uns nicht geklappt?“, fragte er im schnellen Stakkatosprech, bevor der Moment verflog oder er es bereuen konnte, die Worte ausgesprochen zu haben.

Than zögerte unbeholfen. „Ich kam mit deiner Traurigkeit nicht länger klar.“

„Aber du hast mich glücklich gemacht. Sehr sogar.“

„Und trotzdem bist du traurig gewesen. Schon lange bevor du bei der Polizei gekündigt hast. Ich habe nur nie verstanden, warum.“ Er schniefte leise. Alles in Sören wollte aufstehen, zu ihm gehen und ihn in den Arm nehmen. Es war kaum möglich, diesem Drang zu widerstehen.

Wenn er daran dachte, mit welcher Intention er ursprünglich hergekommen war, kam er sich vor wie ein Idiot.

„Warum bist du traurig, selbst dann, wenn du glücklich bist?“

„Vielleicht liegt das in des Deutschen Seele“, versuchte er sich zu erklären. Nur halb im Scherz.

„*Bullshit*. Ich habe inzwischen genug von euch kennengelernt. Die meisten sind nicht so … wie du.“

„War ich ein schlechter Ehemann?“

Than legte seinen Kopf leicht schief, lächelte sanft. Die Hände um seine Knie geschlungen saß er schweigend da, bevor er ihn erlöste. „Nein.“

„Gut.“

Sie saßen noch eine gute Stunde in der kleinen, spärlich beleuchteten Küche. Sprachen wenig, tranken dafür umso mehr.

Ein stürmisches Schneegestöber setzte draußen ein. Der Wind fetzte die flockigen Schauer durch die Straßen.

Als Sören aufbrechen wollte, weigerte sich Than, ihn derart betrunken hinaus in die Kälte zu lassen, und verfrachtete ihn auf sein Bett. Angezogen sank Sören auf die duftenden Kissen. Sie rochen nach ihm. Nach ihrer gemeinsamen Zeit.

Doch es störte ihn nicht. Er hatte die nötige Schwere gleichermaßen wie den nötigen Pegel, um sich all den Alpträumen zu stellen. Than. Kai. Seiner Mutter. Mohammed.

Wer auch immer mich heute Nacht besuchen kommt, ich bin bereit zum Tanz!

Das war sein letzter Gedanken, dann fiel der Schlaf brachial über ihn her. Die sich um die eigene Achse drehende Wirklichkeit versank taumelnd wie ein langsam werdender Kreisel in der Dunkelheit.

Sören wurde von Thans charakteristischem, murmelndem Schnarchen geweckt. Obwohl im Halbschlaf verhaftet, konnte er es sofort zuordnen. Zunächst schien es ihm ganz normal, ihn zu hören. Schließlich waren sie verheiratet. Es dauerte eine Weile, bis sein Verstand die zeitliche Orientierung wiederfand und ihm verwundert mitteilte, dass er seit Langem nicht mehr mit seinem Ex ein Bett teilte.

Diese Information setzte, zeitgleich mit argen Kopfschmerzen, eine gedankliche Kaskade in Gang, die ihn die Augen öffnen ließ.

Der schlauchförmige Raum, der als Wohn- und Schlafzimmer diente, war in das diffuse, graue Lichte einer winterlichen Morgendämmerung getaucht. Than lag eingerollt in einem Schlafsack auf dem Boden.

Sören gönnte sich noch einige Minuten der Ruhe, starrte die weiße Raufaserdecke an und sortierte die verschwommenen Erinnerungen an die vergangene Nacht.

Er erhob sich leise. Glücklicherweise musste er sich nicht anziehen. Das ersparte ihm ein peinliches Umhertaumeln auf der Suche nach seiner Kleidung. Der schnelle, obligatorische Hosentaschen-Check: Zigaretten, Schlüssel, Geldbörse, Feuerzeug.

Von Wehmut gepackt beugte er sich zu dem inzwischen nur noch leise schnaufenden Bündel auf dem Fußboden hinab. Mit seiner Rechten fuhr er durch das schwarze, dichte Haar.

Dann riskierte er es. Sanft, nur den Bruchteil einer Sekunde, berührten seine Lippen Thans Stirn für einen dahingehauchten Abschiedskuss.

Kurz hatte er den Eindruck, als wäre sein Ex aufgewacht, und stelle sich, zum Wohle beider, nur schlafend. Doch er war sich nicht sicher – und gedachte nicht, es herauszufinden.

Als er auf die Straße trat, ließ er sich dankbar von der frischen, feucht-kühlen Morgenluft umarmen. Erst jetzt wurde ihm bewusst, wie stickig und warm es in dem Apartment gewesen war.

Wahrscheinlich bollerte auch nachts die Heizung auf höchster Stufe. Typisch!

Er fragte sich, ob Than wohl am Küchenfenster stand und ihm hinterherschaute. Er wünschte es sich so sehr, wollte es aber nicht riskieren, sich umzudrehen.

„Bis zum nächsten, schmerzhaften Mal", flüsterte Sören und wischte sich hastig, bevor es einem der ihm entgegenkommenden Passanten auffallen konnte, eine Träne aus dem Augenwinkel.

War es nicht seltsam, fragte er sich im Stillen, wie kurz und flüchtig und zugleich prägend die beiden großen Lieben seines Lebens verlaufen waren? Doch nicht nur das war ihnen gemeinsam. Beide endeten tragisch. Wobei er noch nicht sagen konnte, wie umfassend die Tragik werden sollte, die seiner Geschichte mit Than innewohnte.

27

„Stören wir?" Volker Steiners dröhnende Stimme polterte durch die Stille des Büros.

Sören zuckte erschrocken zusammen. Er hatte seinen Hangover mit viel Kaffee und Kopfschmerztabletten bezwungen und war gerade dabei, die Berichterstattung zu den geleakten Videos zu durchforsten.

Er hatte den Kommissar, im Schlepptau einen missmutig dreinblickenden Richard van Dijk, nicht hereinkommen hören.

Ich muss unbedingt die Klingel reparieren, damit ich die Eingangstür abschließen kann!

„Guten Morgen, Volker. Es wäre übertrieben zu sagen, du seist herzlich willkommen. Aber tritt trotzdem ein", begrüßte ihn Petersen sarkastisch.

Der Kommissar lächelte gequält. Sein dichter, schwarzer Vollbart war um die Mundpartie mit weißem Puderzucker überzogen. Die Überreste seines Frühstücks. Wahrscheinlich Pfannkuchen, wie die Berliner in Berlin absurderweise hießen. Sören hatte nie ganz verstanden, warum.

Der Gedanke an ein süßes Gebäckteilchen ließ seinen Magen anfangen zu knurren. Er hatte seit fast vierundzwanzig Stunden Kalorien nur in flüssiger Form zu sich genommen.

Der Kommissar fuhr sich durch die wuscheligen Haare und hielt sich nicht weiter mit freundlichem Vorgeplänkel auf: „Lasst es uns kurz machen: Hast du die Videos geleakt?"

„Welche Videos?", fragte Sören mit gespielter Unschuld.

„Verarschen kann ich mich selbst!", grätschte Richard erbost dazwischen. Er hatte den Pressesprecher selten derart wütend gesehen. Offensichtlich machte ihm der Fall zu schaffen und ließ ihn dünnhäutig werden. Er konnte sich lebhaft vorstellen, durch welche Hölle van Dijk gegangen war. Wie viele Medienanfragen er wohl hatte beantworten müssen?

„Ich habe verdammt noch mal keine Zeit und keine Lust auf irgendwelche Spielchen!", giftete van Dijk, wobei er sich mit beiden Armen auf Sörens Schreibtisch abstützte und ihm dabei unangenehm nahekam. „Meine Geduld ist wirklich am Ende. Hast du oder hast du nicht dieses ekelhafte, menschenverachtende Video online gestellt?" Mit jeder Silbe schwoll seine Stimme weiter an.

„Nein! Das habe ich nicht!", versicherte Sören, nun seinerseits laut und erbost, hatte er Richard doch bisher zu seinen inoffiziellen Verbündeten innerhalb des Präsidiums gezählt. Eine Fehleinschätzung.

„Verzeih mir, wenn ich daran so meine Zweifel habe", lautete dessen gehässige Erwiderung.

Petersen hätte ihm am liebsten eine verpasst.

„Selbst deine Freunde wenden sich von dir ab", streute Steiner Salz in die Wunde. „Du musst uns die Skepsis verzeihen. Aber wer einmal lügt …" Er ließ den Halbsatz unvollendet in der Luft hängen.

Sören konnte die Einschätzung der beiden durchaus nachvollziehen. Von ihrer Warte aus betrachtet hatte er die Ermittlungen immer wieder durchkreuzt, war an Tatorten gesichtet worden, hatte Beweismaterial erst mit einiger Verspätung und nach eigener Sichtung übergeben und Kontakt zum Hauptverdächtigen gehabt. Vertrauensbildende Maßnahmen sahen anders aus. Wahrscheinlich hätte er in ihrer Position ähnliche Rückschlüsse gezogen.

„Hör mal, Petersen, das ist keine Schikane. Wirklich nicht. Steiner schaute ihn mit überzogener Treuherzigkeit an.

Er will Vertrauen aufbauen! Gleich versichert er dir, er verstünde dich und sei auf deiner Seite!

„Allerdings hast du überdeutlich zu verstehen gegeben, dass du diesen Fall persönlich nimmst und mit unserer Arbeit nicht zufrieden bist. Mit dem geleakten Video hat das öffentliche Interesse schlagartig wieder zugenommen – und damit auch der Druck. Unser Freund Richard“, er nickte dem Pressesprecher zu, ohne ihn wirklich in die gespielte Verbrüderung mitaufzunehmen, „hatte echt eine üble Zeit deswegen. Es wird nach Antworten verlangt. Förmlich nach neuen Erkenntnissen und Tatverdächtigen gelechzt. Nicht gerade hilfreich, wenn man in Ruhe seine Arbeit machen will – wie du sicherlich noch aus eigener Erfahrung weißt. Aber verständlich. Nachvollziehbar.“ Er hielt kurz inne, bevor er mit bedeutungsschwangerer Stimme hinterherschob: „Und ganz in deinem Sinne. Du hast uns vorgeworfen, nach dem tragischen Unfalltod des Hauptverdächtigen nicht mehr wirklich zu ermitteln.“

„Kurzum“, unterbrach van Dijk den Monolog ungeduldig, „dir kommt das öffentliche Interesse mehr als gelegen. Ist es da nicht vollkommen verständlich, wenn wir bei dir vorbeischauen?“

Steiner quittierte die Einmischung mit einem missbilligenden Stirnrunzeln, nickte allerdings beifällig.

Sören seufzte müde. „Jungs, wir können das Ganze abkürzen: Ich bleibe dabei, ich habe keine Ahnung. Und wenn ihr mir nicht glaubt, dann kommt mit einem Durchsuchungsbeschluss wieder.“

Sein bestimmter Tonfall machte deutlich, in dieser Sache gab es für ihn nichts hinzuzufügen. Die zwei Beamten standen unschlüssig herum, während Sören in demonstrativer Gelassenheit auf seinem Stuhl saß. Schließlich vollführte Richard eine wegwerfende Handbewegung, die wohl verdeutlichen sollte, dass ihm nicht mehr zu helfen sei und er ihm den Buckel runterrutschen könne. Wortlos verließ er den Raum.

„Nun gut“, gab Steiner klein bei. „Eine Sache noch: Halt dich aus den Ermittlungen raus! Meine Geduld ist endlich.“

Sören gestattete es sich, diese Aufforderung ohne jede Reaktion verstreichen zu lassen, was sein Gegenüber zu einem verständnislosen Kopfschütteln provozierte. „Weißt du nichts Besseres mit deinem Leben anzufangen, als dauernd in der Scheiße zu rühren?“

„Ich habe leider nichts anderes gelernt“, entgegnete Sören. Es klang in seinen eigenen Ohren resignierter, als es gedacht war.

„Das ist also dein Leben?“ Steiners Blick wanderte unverhohlen angewidert durch den Raum.

„Ja, das ist meine Leben. Und nichts anderes.“

„Hast du keinen Mann? Keinen Liebhaber?“ Er sah ihm forschend in die Augen. Er wirkte beinahe besorgt um seinen ehemaligen Kollegen und ständigen Rivalen um Anerkennung und Beförderungen.

Steiner legte seine Hand auf Petersens Schulter, der diese ungläubig anstarrte. „Das würde dir guttun. Ein bisschen Stabilität. Und ein bisschen weniger Alkohol.“

„Ich glaube, das geht euch“, er bezog bewusst den abwesenden Richard verbal mit ein, „einen feuchten Scheißdreck an.“

Steiner grinste kopfschüttelnd. „Ich mache mir nur Sorgen um dich. Du bist eben immer noch irgendwie ein Teil vom Team. Einmal Bulle, immer Bulle.“

„Das sagt Mara Bella auch immer wieder zu mir.“

„Und nicht nur in diesem Punkt liegt die Transe richtig“, bekräftigte Steiner.

„Was hat sie dir sonst so über mich erzählt?“ Vermutlich hatte er im Zuge der Ermittlungen zu Adils Tod mit ihr gesprochen. Alles andere, etwa ein privater Kontakt zwischen den beiden, war jenseits seiner Vorstellungskraft.

„Sie bat mich, nicht zu hart mit dir ins Gericht zu gehen. Deine Freundin macht sich Sorgen. Du seist zu sensibel. Überempfindlich.“

„Das hat sie gesagt?“, hakte Sören ungläubig nach.

„Ich glaube, ihre exakte Wortwahl war ‚romantische Seele'. Oder so ähnlich."

Ja, das hört sich sehr nach ihr an!

Laut sagte er lediglich: „Gibt Schlimmeres, was Leute über einen sagen können."

Steiner musterte ihn eingehend. Dann nickte er zustimmend.

Sein Handy klingelte. Beethovens *Ode an die Freude* machte den kurzen, intimen Moment, in dem es so etwas wie eine tatsächliche Verbundenheit zwischen ihnen gegeben hatte, zunichte.

Geschäftsmäßig, wieder ganz der Kommissar mit seinem gewichtigen Habitus und dem preußisch-zackigen Unterton in der Stimme, nahm Steiner den Anruf entgegen. Er sagte kaum etwas, gab sich einsilbig. Doch an seinem Gesichtsausdruck konnte Sören unschwer ablesen, dass ihm nicht gefiel, was ihm mitgeteilt wurde.

„So eine Scheiße. Bin gleich da", raunte er. Ohne aufzulegen, das Mikrofon mit der hohlen Hand notdürftig abschirmend, verabschiedete sich Steiner von ihm. „Lass uns unsere Arbeit machen und halt dich aus dem Fall raus", mahnte er. Dann war er entschwunden.

Sören wartete eine Weile, bis er sicher sein konnte, dass weder Steiner noch Richard zurückkommen würden, und riss harsch ein Blatt Papier von seinem Block ab. Es war Zeit für eine Liste.

Sollten sich diese Vollidioten ruhig auf die unnütze Frage fokussieren, wer das Video geleakt hatte. Solange sie sich auf diesem Nebenkriegsschauplatz verausgabten, kamen sie ihm wenigstens nicht in die Quere. Wahrscheinlich war es sowieso nur irgendein Polizeibeamter niederer Besoldungsgruppe, der sein monatliches Einkommen mit einem großzügigen Honorar aufbesserte.

In schwungvollen, akkurat gezeichneten Lettern, die im krassen Gegensatz zu seiner sonst üblichen, krakeligen Handschrift standen, schrieb er Namen nieder.

Für jeden eine neue Zeile. Durchnummeriert.

Ganz oben, hinter der Eins, stand sein eigener. Den er, nur Form und Vollständigkeit halber, notierte. Und sofort wieder entschieden durchstrich.

Direkt darunter, in Zeile zwei, schrieb er den Namen seines Ex-Freundes.

Than.

Than, Than, Than. Kein Glück. Kein Unglück. Aber mein Schicksal. Verflucht sei dieser Fall!

Sybille Reiter wunderte sich. Sie war nicht beunruhigt. Zumindest nicht sonderlich.

Seit mehr als zwölf Stunden hatte sie nichts mehr von ihrem Ehemann gehört. Die Kurznachricht, die sie am gestrigen Abend schrieb, blieb ungelesen, ihre fünf Anrufe unbeantwortet. Selbst ans Festnetztelefon ging Henning nicht.

Sie hatte ihm auf die Mailbox gesprochen und angekündigt, zwei Tage früher als geplant mit Mia nach Hause zu kommen. Sie hielt es bei ihrer Mutter in Oldenburg nicht länger aus. Diese Frau war eine dauergewellte Zumutung. Sogar ihre kaum zweieinhalbjährige Enkelin bevormundete und maßregelte sie, falls das Mädchen es wagte, nicht dem Ideal einer kleinen Püppi zu entsprechen.

Henning war der perfekte Schwiegersohn und dementsprechend der Liebling ihrer Mutter. Eine Lichtgestalt, die mindestens drei Meter über den Banalitäten des alltäglichen Lebens schwebte und an dem sie sich, anders als bei ihrer Tochter, jede Kritik verbat. Umso mehr befriedigte und beruhigte es Sybille, wenn sie ihm erzählen konnte, wie unmöglich es zu Hause wieder gewesen war. Er pflichtete ihr stets uneingeschränkt bei, bestätigte sie in ihrer Sichtweise und amüsierte sich über die Macken der alten Dame. Kurzum: Wie es sich für einen guten Ehemann gehörte, verschwor er sich mit ihr.

Umso ärgerlicher, dass er nun nicht erreichbar war. Wobei sie ihm keinen Vorwurf machte. Sie mochten nach außen eine klassisch-altmodische Beziehung führen, sie nannten es eine Perfekte-Fassaden-Ehe, doch dahinter lauerte eine abgründige zweite Version ihrer beider selbst. Wahrscheinlich war er gerade irgendwo in der Stadt und amüsierte sich. Sie gönnte es ihm von Herzen. Obgleich sie angesichts ihrer eigenen Situation einen unterschwelligen Groll verspürte, den sie sich nicht gestatten wollte.

Sybille wusste um Hennings Männeraffären. Er um ihre Frauengeschichten. Eifersucht spielte bei ihnen keine Rolle. Ebenso wenig wie Monogamie. Selbst als sie eine Affäre mit der Nachbarin anfing, markierte er nicht sein Revier, sondern ließ ihr freie Hand. Er wurde sogar gelegentlich Teil dieses Arrangements. Auch wenn sie natürlich wusste, andere Frauen fand er eher unspannend. „Ich habe ja dich. Was soll ich mit denen?“, pflegte er zu sagen.

Ein schöneres Kompliment konnte er ihr nicht machen.

Als sie in das beschauliche Spandauer Wohnviertel einbog, gestattete sich Sybille ein erleichtertes Seufzen. Sie kehrte gerne heim in diese kleine, bürgerliche Oase. Ordentlich eingezäunte Vorgärten mit Kinderspielzeug auf dem Rasen. Carports, in denen gepflegte Mittelklassewagen standen. Reihenhäuser, individuell gestaltet, aber niemals aus dem Rahmen fallend.

Eine überschaubare Welt. Ein Idyll. Fassaden-Happiness.

Hennings Wagen parkte in der Hofeinfahrt.

Sie warf einen schnellen Blick auf die Rückbank. Mia schlummerte unschuldig in ihrem Kindersitz. Vorsichtshalber würde sie die Kleine nicht wecken und erst einmal allein ins Haus gehen. Möglicherweise hatte Henning Besuch. Auch das wäre gestattet und nicht verwerflich. Immerhin war ihr ursprünglicher Plan gewesen, länger in Oldenburg zu bleiben.

Trotzdem wollte sie es vermeiden, dass ihre Tochter im eigenen Zuhause einem fremden Mann über den Weg lief. Noch dazu eventuell nackt oder in einer entsprechend kompromittierenden Situation.

Sie hatte keine Lust, wegen eines derartigen Zwischenfalls irgendwann einmal teure Therapiesitzungen bezahlen zu müssen.

Hastig überprüfte Sybille ihr Aussehen im Spiegel, zupfte aufs Geratewohl ihre blonden Locken zurecht. Zum Glück hatte sie am Morgen trotz der frühen Abreise etwas Make-up aufgelegt. Nicht viel. Nur den Hauch eines Lidschattens und blassroten Lippenstift. Sollte sie jetzt tatsächlich einen von Hennings Gespielen in die Arme laufen, sähe sie wenigstens gut aus.

Je länger sie darüber nachdachte, desto überzeugter wurde sie, dass er einen Übernachtungsgast hatte. War er nicht schon die vergangenen zwei Tage so seltsam reserviert oder zerstreut am Telefon gewesen?

Sie vermutete zunächst, etwas stimme im Büro nicht. Doch er versicherte, alles sei in Ordnung. Vielleicht war er einfach nur von jemand anderem abgelenkt.

Sie horchte kurz in sich hinein, ob dort irgendwo die Eifersucht lauerte. Erleichtert stellte sie fest, dem war nicht so. Stattdessen empfand sie Stolz auf sich selbst, ihren Ehemann und die Art und Weise, wie sie ihre Beziehung lebten.

So leise wie möglich stieg sie aus, hoffend, Mia würde es nicht bemerken. Das Mädchen tat ihr den Gefallen und zuckte nicht einmal

Als Sybille das Haus betrat, gab sie sich hingegen jede Mühe, unüberhörbar zu sein. Sie rief ein lautes Hallo in die Stille hinein; vergeblich auf Antwort wartend. In der Küche stand eine entkorkte Flasche Rotwein. Bordeaux. Kein billiger Fusel. Hatten sie die noch gehabt? Daneben zwei jungfräuliche Gläser.

Langsam keimte in ihr dann doch ein Gefühl latenter Besorgnis. Das war alles sehr merkwürdig. Henning trank tagsüber keinen Alkohol. Wahrscheinlich die Vorbereitungen auf einen Abend zu zweit. Der dann offenkundig nicht stattfand.

Sie rief erneut seinen Namen.

Das Haus blieb stumm.

Ein kurzes Frösteln kroch durch ihren Körper. Schnellen Schrittes ging sie zur Haustür und öffnete sie weit. Ein kurzer Blick in Richtung des Wagens. Mia schlummerte weiter.

Sie schloss das Auto per Fernbedienung ab.

Das Smartphone griffbereit, streifte sie durch ihr eigenes Haus, das ihr plötzlich seltsam feindlich vorkam. Etwas stimmte nicht, jede Faser ihres Körpers sagte es ihr. Sie hatte gelernt, in solchen Situationen auf ihr Bauchgefühl zu hören.

Intuition wurde unterschätzt, fasste sie doch die unterbewusst wahrgenommenen Signale kompakt und unmissverständlich zusammen, verlieh ihnen eine Stimme.

Trotzdem weigerte sie sich in diesem besonderen Fall, darauf zu hören. Sie wollte es schlichtweg nicht wahrhaben. Es war zu bedrohlich.

Sei nicht albern! Sei keine hysterische, dumme Pute! Es gibt für alles eine logische und vor allem harmlose Erklärung!

Sie redete sich das so lange ein, wider besseres Wissen, bis sie die Kellertür öffnete.

Ein Schritt über die Schwelle.

Ein Anblick, der sich festbrannte auf der Netzhaut.

Ein Schrei, der zur Grenze wurde zwischen altem Leben und neuem Grauen. Ein Davor. Ein Danach.

Steiner traf lange nach der großen Kavallerie am Tatort ein. Der reibungslos arbeitende, leise surrende Polizeiapparat war längst auf Betriebstemperatur. Eine professionelle Anspannung lag in der schneidend kalten Winterluft.

Eine junge Beamtin hob für ihn vorauseilend das Flatterband an.

Basimah schwebte über die grau-braune, matschige Grasnarbe im Vorgarten, als würde sie von dahingleitenden Schwänen getragen. Wie machte diese Frau das bloß?

Ihre Hände waren tief in den Taschen eines schwarzen Hosenanzugs vergraben. Es fröstelte sie. Ganz offensichtlich war sie bereits im Haus gewesen.

Er nickte ihr knapp zu.

„Guten Morgen“, erwiderte sie seinen wortlosen Gruß.

„Was haben wir?“

„Das fragen Sie am besten die Spusi. Herr Eisner wartet bereits. Ich muss mich jetzt um die Ehefrau und die kleine Tochter des Opfers kümmern.“

„Der Tote?“

„Henning Reiter. Familienvater. Ende dreißig. Die Frau hat ihn gefunden, als sie heute Morgen von einem Kurztrip zu ihrer Mutter zurückkam.“

„Also ein wasserdichtes Alibi?"

In Basimahs Mundwinkel zuckte es spöttisch. „Sie ist als Verdächtige auszuschließen."

„Wir reden später?"

„Das sollten wir wohl", stimmte Basimah zu. Dann wurde sie von ihren unsichtbaren Schwänen davongetragen. Er blickte ihr verunsichert nach.

Plötzlich fühlte er sich in all dem geschäftigen Trubel ziemlich allein.

Dieser Fall entwickelte sich immer mehr zu einem einzigen Alptraum. Von seiner einstigen Theorie würde, das ahnte er bereits, am Ende des Tages kaum mehr übrigbleiben als ein vermintes Trümmerfeld.

Er fand Harald Eisner in seinen weißen Overall gehüllt, schwitzend wie ein Hühnchen im Bräter, im engen Hausflur vor. Er lehnte gegen einen metallenen Schuhschrank. Ein Assistent fächelte ihm mit einem Blatt Papier Luft zu. Im Haus stand der süß-faulige Geruch des Todes.

„Ich komme gleich nach. Brauch nur 'ne kurze Pause", begrüßte ihn der Leiter der Spurensicherung mit tapfer gequältem Lächeln.

„Lass dir Zeit", gab sich Steiner generös. In Wirklichkeit wollte er sowieso lieber kurz für sich bleiben, um seine Gedanken ordnen zu können.

Mit jeder Stufe, die er hinab ins untere Stockwerk nahm, wurde der Gestank schlimmer. Steigerte sich ins schier Unerträgliche.

Die Natur war schon sehr kreativ, wenn es darum ging, sinnvolles Verhalten durchzusetzen. Wer näherte sich unter diesen Bedingungen schon freiwillig einem toten Artgenossen? Wohl nur jemand, der keine Riechrezeptoren mehr hatte.

Einer von Eisners Leuten gab ihm unaufgefordert ein Fläschchen japanisches Minzöl. Er hielt es dankbar unter die Nase, bevor er den eigentlichen Tatort betrat.

Der Tote saß gefesselt auf einem Stuhl in der Mitte des Raumes. Sein Körper war mit verkrusteten Wundmalen übersät. Auf dem Boden hatte das Blut große dunkle, nahezu schwarze

Pfützen gebildet. Zwei Schuhabdrücke waren darin. Jemand war hindurchgelaufen, als es bereits begonnen hatte einzutrocknen.

Eindeutig ein Damenmodell. Wahrscheinlich von der Ehefrau.

Ob sie den Leichnam berührt hatte? Anzunehmen. Wohl in der ebenso verzweifelten wie irrsinnigen Hoffnung, er möge am Leben sein, sie könne ihm noch helfen. Hoffentlich hatte sie bei diesem sinnlosen, wenn auch nachvollziehbaren Versuch keine entscheidenden Spuren zerstört.

Auf dem Boden verteilt lagen, neben durchnummerierten Schildern der Spusi, Utensilien. Alltagsgegenstände, mit Urin, Blut und Kot befleckt, missbraucht als Folterwerkzeuge: Messer, eine Schere, ein Hammer, Wäscheklammern.

Anders als bei Daume, der tagelang bei Wind und Wetter im Tiergarten gelegen hatte, war dieser Tatort relativ frisch und unberührt und umso schockierender. Das Setting glich jenem aus dem Video. Mit dem Unterschied, dass einer der Täter das Opfer war. Natürlich konnten sie das noch nicht mit Sicherheit sagen. Doch der Mörder hatte Standaufnahmen des Mohammed-Videos ausgedruckt und mit Tesafilm an die Aktenschränke, die an zwei der vier Wände des kleinen Raumes standen, geklebt. Sie alle zeigten den zweiten, bisher unbekannten Täter.

Er fluchte. Wer auch immer sich hier als Rächer aufspielte, schien ihnen ständig einen Schritt voraus.

Wir können nicht nur die Ehefrau ausschließen, sondern auch Adil. Tote morden nicht.

Oder hatte er nicht auf eigene Faust gehandelt? Gab es andere Opfer oder deren Angehörige, die sich zusammengeschlossen hatten, um die Pestmasken-Clique zu bestrafen? Falls dem so war, wie wussten sie voneinander? Und wie kamen sie Henning Reiter auf die Schliche? Hatte sich womöglich gar einer aus der Runde der Täter entschlossen, dem perversen Treiben ein Ende zu setzen, und ermordete nun seine Komplizen?

Schwankenden Ganges watschelte Eisner auf ihn zu. Sein Gesicht war angestrengt, beinahe schmerzverzerrt.

„Was macht die neue Hüfte?“

„Frag nicht.“

„Ich wollte nur freundlich sein, Harry.“

„Ey, so was bin ich von dir nicht gewohnt. Heute mit dem falschen Bein aufgestanden?“

„Was haben wir?“, fragte Steiner knapp. Er war nicht in Stimmung für einen verbalen Schlagabtausch.

„Zunächst das offensichtlich Riechbare: Der Leichnam lag wenigstens zwölf Stunden in einem fensterlosen, winzigen, fast dreißig Grad warmen Kellerraum. Bei geschlossener Tür. Das hat die Verwesung beschleunigt.“

„Warum ist es hier zu heiß?“

„Jemand hat die Heizkörper hochgedreht. Ey, keine Ahnung, warum. Wenn es der Killer war, dann wollte er mich und meine Leute vielleicht ärgern. Angenehm ist das hier nicht, wie du dir vorstellen kannst.“

Steiner runzelte die Stirn, kommentierte diese Vermutung allerdings nicht weiter.

„Ansonsten brauche ich dir wohl kaum zu sagen, dass das alles verdammt gut zu deinem Fall passt. Der Junge, der vor das Auto gerannt ist, wird es allerdings wohl kaum gewesen sein. Hab zumindest keine Hinweise auf Okkultes oder Übernatürliches gefunden.“

„Deine Belehrungen kannst du dir sparen“, knurrte Steiner.

Eisner quittierte seine Erwiderung mit brüskem Lachen, das in einen Hustenanfall überging. „So kenn ich dich“, stellte er zufrieden fest, als sich seine Atmung beruhigt hatte.

„Warum ist das Blut schwarz? Hat das etwas mit der Hitze zu tun?“

Eisner schüttelte abwägend den Kopf.

„Wir müssen die Obduktion abwarten, aber ich vermute, der arme Wicht hat es gekotzt. Wenn frisches hellrotes Blut, zum Beispiel bei einer inneren Verletzung, mit dem Magensaft in Kontakt kommt, verfärbt es sich dunkel. Nennt man Kaffeesatzerbrechen.“

Steiner verzog angewidert das Gesicht. Henning Reiter mochte zu Lebzeiten ein brutaler Sadist gewesen sein, trotzdem flammte kurz Mitleid mit ihm auf. Wer auch immer diesen Mann auf dem Gewissen hatte, er wollte ihn zur Strecke bringen. Diese Selbstjustiz-Orgie musste aufhören. Ein Rachefeldzug solch blutiger Art war absolut indiskutabel. Sie waren nicht im Wilden Westen! Und selbst wenn, er war der Sheriff in dieser verdammten Stadt! Ihm oblag es, die bösen Jungs zur Strecke zu bringen. Er hoffte, eines nicht allzu fernen Tages gezwungen zu sein, diesem Arschloch eine Kugel in den Körper zu jagen. Nichts Tödliches. Ein Streifschuss am Arm oder einer ins Bein, um eine Flucht zu verhindern, würde ihm vollkommen ausreichen.

„Ey, da rennt einer rum und denkt, er sei der verdammte Batman", stellte Eisner fest, als hätte er die düsteren Hirngespinste des Kommissars gehört. Wortlos ließ Steiner ihn stehen und stampfte die Treppe nach oben. Er brauchte dringend frische Luft. Und eine Zigarette. Dabei hatte er an Neujahr mit dem Rauchen aufgehört.

28

Sören hatte Glück. Als er das *Blacksmith* betrat, stand Inga hinter dem Verkaufstresen. Diesmal in einem wallenden, nachtblauen Kleid mit Trompetenärmeln. Dazu eine schwarze Rose schräg auf dem Kopf sitzend.

Sie sah aus, als käme sie gerade von der Kostümanprobe für *Tanz der Vampire*. Ein Eindruck, der sich durch ihre blasse, beinahe weiße Haut, unter der die Adern dunkel hervorschimmerten, verstärkte.

Gelangweilt wischte sie auf ihrem Smartphone herum. Es war früher Vormittag. Nicht gerade die Stoßzeit in einem Fetisch-Laden.

Das laute, metallene Wiehern erklang und ließ sie hoffnungsvoll aufschauen. Als sie Sören erkannte, erstarb jede Verkäuferinnen-Euphorie schlagartig und wich gepflegt zur Schau getragenem Desinteresse. Ihre Körpersprache – ein nervöser, flatterhafter Blick und das obligatorische Fingernagelkauen – verriet ihm, dass sie damit lediglich ihre Anspannung kaschierte.

Eine durchaus bemerkenswerte Wesensveränderung im Vergleich zu seinem letzten Besuch.

„Guten Morgen, Bruder!", begrüßte sie ihn mürrisch.

„Guten Morgen, Inga. Wie geht's so?"

„Och, ganz gut. Was kann ich für dich tun? Hast du es dir überlegt und willst dir doch was Nettes aussuchen?", fragte sie, ohne von ihrem Smartphone aufzuschauen.

Er lächelte milde über den wenig engagierten Versuch, ihn als Kunden zu gewinnen. „Ich brauche noch einmal deine Hilfe."

Sie legte widerstrebend das Smartphone aus der Hand. „Ich weiß nicht, ob ich mit dir reden will. Oder sollte" gestand sie zögerlich. „Ich habe mich mit meinen Geschäftspartnern beraten. Der Laden gehört mir ja nicht allein. Sie finden … Wir finden, wir sollten nur mit der Polizei sprechen."

„Aber die will doch gar nicht mit *euch* sprechen. Zumindest derzeit", warf Sören ein.

„Eben", schoss es aus Inga hervor.

Er seufzte tadelnd, als rede er mit einem bockigen Mädchen. „Sieh mal, es ist besser, du redest mit mir als mit denen. Der ganze Aufwand. Am Ende fahren die hier mit Blaulicht vor. Und dann erst die Medien! Ihr seid sicher nicht wild darauf, wenn euer Laden im Zusammenhang mit den Morden genannt wird. Bisher hat das ja gut geklappt. Aber wenn die Boulevardzeitungen das erst mal mitbekommen …"

Sie musterte ihn mit zusammengekniffenen Augen wie eine misstrauische Katze.

„Es wäre also sicherlich besser, ganz diskret mit mir zu plauschen. Wäre auch für mich von Vorteil. Hab wirklich keine Lust, meine Ex-Kollegen anzurufen."

Eine mehr oder weniger unverhohlene Drohung. Er pokerte hoch, konnte nur hoffen, Inga richtig einzuschätzen. Hinter den Schlangen-Tattoos und all dem Fetisch-Zeugs war sie vor allem eines: eine Geschäftsfrau. Er konnte förmlich sehen, wie es in ihrem Kopf ratterte. Sie wog ab, spielte ihre Optionen durch. Ihre Körperhaltung straffte sich. Sie legte das Smartphone beiseite und griff sich einen Ordner im Regal, aus dem sie einen gelben Durchschlag hervorholte.

„Du musst uns aus der Sache raushalten. Versprich mir das."

Sören nickte perplex. Damit hatte er nicht gerechnet. Eigentlich war er mit einer ganz anderen Intention hergekommen.

Sie reichte ihm das Papier. Es war der Auftrag für einen Kurierdienst.

„Ich hatte das vergessen. Wirklich! Erst als du hier aufgetaucht bist, fiel es mir wieder ein. Die vier Masken ..."

„Da bist du dir nach wie vor sicher?", unterbrach er.

„Ja. Vier identische Masken und Umhänge. Auf jeden Fall. Die Ware wurde nicht abgeholt. Zumindest nicht persönlich."

Sören benötigte einen Moment, bis er realisierte, was das bedeutete. Er starrte fassungslos zunächst auf den Wisch in seiner Hand, dann zu Inga.

„Das ist nicht ungewöhnlich. Wir haben viele Kunden, die nicht aus Berlin sind. Nicht wenige aus Übersee. Die kommen zum Maßnehmen während eines Urlaubs und wir senden die Modelle nach. Aber zugegeben, es kommt nicht oft vor, dass wir Ware per Kurier innerhalb der Stadt verschicken."

„Und das haben Sie vergessen?", blaffte Sören. Er konnte noch immer nicht glauben, was er gerade in der Hand hielt. Auf dem Papier war nicht etwa Daumes, sondern eine bis dato ihm unbekannte Spandauer Adresse angegeben.

Eine neue Spur! Endlich!

„Mir ist es erst nach unserem Gespräch eingefallen. Ich schwöre!"

Sören wischte ihre Ausrede und seinen Ärger mit einer wütenden Handbewegung beiseite. Widerstrebend musste er zugeben, sie konnte durchaus die Wahrheit sagen. Jahrelange Ermittlungsarbeit hatte ihn gelehrt, dass es leider wenig Unzuverlässigeres gab als das menschliche Erinnerungsvermögen.

„Ich werde das", er wedelte aufgeregt mit dem Lieferschein herum, „mitnehmen."

Bevor Inga etwas einwenden konnte, beeilte er sich, schnellen Schrittes aus dem Laden zu kommen. Auf der Türschwelle verharrte er allerdings. Ihm fiel ein, warum er ursprünglich hergekommen war.

So viel zu deinem eigenen Erinnerungsvermögen, du alter Trottel!

„Der Typ, der dir den Auftrag erteilt hat, könntest du ihn beschreiben?"

„Haben mich die Bullen auch schon gefragt. Sie haben mir ein Foto gezeigt. Von dem Toten aus dem Tiergarten." Inga zuckte unschlüssig mit den Schultern. „Kann sein, dass der das war. Kann aber auch sein, dass er es nicht war."

Petersen holte sein Handy hervor und zeigt ihr ein Foto. „Und er?"

„Nein! Das ist doch Krutscher, der Besitzer von der *Cathedral*! Hat der Manfred etwas mit den …"

„Nein. Keine Sorge. Ich zeige Zeugen immer Bilder von Leuten, die unverdächtig sind", log Sören. „Und er?"

Ein schneller Blick, dann ein entschiedenes Kopfschütteln. „Nein. Ganz sicher."

Eine kleine, vorsichtige Welle der Erleichterung schwappte über ihn hinweg.

„Und der hier?"

Ein Schulterzucken.

„Oder der?"

„Kann sein. Kann aber auch nicht sein." Sie klang zunehmend genervt. Er wollte ihre Geduld nicht überstrapazieren, musste sich vielmehr glücklich schätzen, dass sie ihm widerstandslos den Lieferschein überließ und nicht auf die Idee kam, doch besser Steiner anzurufen.

„Wie gesagt, an dem Typ war nichts besonders auffällig. Nicht zu groß, nicht zu dick, nicht zu hässlich. Sonst hätt ich mir das gemerkt", entschuldigte sie sich.

Es waren immer die unauffälligen Durchschnittstypen, hinter denen die tiefsten Abgründe lauerten.

„Kein Problem, Inga. Du hast mir sehr geholfen." Das charakteristische Wiehern erklang. Kundschaft in Form zweier blonder Männer mit britischer Attitüde. Er nutzte die Gelegenheit und verabschiedete sich hastig.

Als er das *Blacksmith* verließ, beschleunigte er, rannte fast schon in Richtung seines Wagens. Nicht einmal eine Zigarette zündete er sich dabei an. Erst als er hinter dem Steuer seines alten VW Jetta saß, gestatte er sich durchzuschnaufen, steckte sich eine Kippe in den Mund. – Die er beinahe postwendend ausgespuckt hätte, als in den Radionachrichten ein Leichenfund in Spandau vermeldet und über einen Zusammenhang zur Soko Bambi spekuliert wurde.

In Spandau? Er schaute auf die Adresse des Lieferscheins. War seine neue Spur am Ende sprichwörtlich eine tote?

Seine aufgewühlte, an hysterische Euphorie grenzende Gemütsstimmung versetzte diese neue Wendung nur noch weiter in Wallung. Schnell checkte er einige Websites. Die ersten Berliner Boulevardmedien berichteten bereits. Ein Internetportal zeigte sogar ein unverpixeltes Foto des Opfers. „Henning R., Ehemann und Vater einer Tochter, wurde tot in seinem Haus gefunden", las er laut die Bildunterschrift. Er würde sich später näher mit ihm befassen.

Er tippte die Adresse in sein Smartphone. Das Navigationssystem startete. Mit vor Aufregung zitternden Händen steckte er den Schlüssel ins Zündschloss. Stotternd und widerstrebend wie ein alter Ackergaul, der für die Feldarbeit aus seinem Strohlager hochgejagt wurde, sprang der Motor an.

„Lass mich jetzt nicht im Stich, Schätzchen!", flehte Sören.

Der Wagen erhörte ihn.

Nie zuvor war ihm der Weg nach Spandau so weit vorgekommen. Gefühlt war der Bezirk für ihn, wie für viele andere Bewohner der östlich der Havel gelegenen Stadtteile, sowieso schon Teil von Brandenburg. Spandau, die schönste Stadt bei Berlin. Den Spruch hatte er irgendwann einmal aufgeschnappt und seither verinnerlicht.

Das Navi leitete ihn über die Heerstraße nach draußen. In Wilhelmstadt, kurz nach der Jordanischen Botschaft, bog er in Richtung Süden ab. Schlagartig verringerte sich die Verkehrsdichte. Die Route in Richtung Sacrow und Potsdam war nur mäßig befahren.

Als er das dörflich anmutende Kladow, den südwestlichsten Zipfel Berlins, komplett durchquert hatte, signalisierte ihm das Gerät mit nervös blinkenden Pfeilen, in eine kleine Straße abzubiegen, kaum mehr als einen Feldweg.

Er stellte den Wagen auf einem Waldparkplatz ab, der sich bereits auf Brandenburger Gemarkung befand.

Eine Wandertafel wies Spaziergängern den Weg zum Sacrower See. Er schlug die entgegengesetzte Richtung zum Havelufer ein.

Vom LKA weit und breit keine Spur. Stand der vermeldete Leichenfund womöglich doch nicht mit der Adresse in Verbindung?

Abgesehen von verhaltenem Vogelgezwitscher herrschte Stille. Zur Zeit der Teilung war diese Ecke nicht nur das Ende Berlins. Es war das Ende der westlichen, freien Welt. Nur wenige hundert Meter weiter verlief einst die Mauer.

Nach einigen hundert Metern, er befürchtete bereits, das Navi habe sich geirrt, tauchte, von einer Gruppe Blautannen eingerahmt, ein Gebäude auf, das Petersen bekannt vorkam. Doch woher nur?

Es war ein repräsentatives Landhaus. Erbaut wahrscheinlich um die Jahrhundertwende. Zu jener Zeit entdeckten reiche Berliner das westliche Flussufer als Sommerfrische. In Scharen zog es sie nach Kladow, wo die Bauern ihr Glück kaum fassen konnten und jubelnd für viel Geld ihr Land verkauften. Es kam zu einem regelrechten Boom. Die wenigen Filetstücke direkt an der Havel waren hart umkämpft. Zwar besaß auch die Nachbargemeinde Gatow Wasser und ländlichen Charme – dummerweise versickerten damals in deren Hinterland die stinkenden Abwässer der Metropole in den Rieselfeldern. Mit Sommerfrische war es da nicht weit her.

Das Déjà-vu hielt an. Plagte ihn wie eine Mücke in der Nacht. Spottete über ihn.

Er zündete sich eine Zigarette an und versank in fast meditativer Betrachtung des Gebäudes. Der verputzte Ziegelbau mit

Sandsteinteilen vermittelte mit seinem überdimensionierten Eingangsportal den Eindruck eines Burgtores, über dem ein Flügelrad einem Wappen gleich prangte. Gekrönt wurde das Gebäude durch eine Windfahne in Form eines preußischen Reichsadlers. Zahlreiche Erker und Giebel mit großen Fenstern lockerten das trutzige Erscheinungsbild auf.

Überraschenderweise war die Grundstücksgrenze nicht klar gekennzeichnet. Keine Mauer. Kein Zaun. Der verwilderte Garten ging nahtlos in den Wald über.

Alfred Kraus! Das Selfie gemeinsam mit Bambi, das auf der Kommode in der Seniorenresidenz *Abendröte* stand!

Das war jenes Gebäude im Hintergrund. Hatte ihn der Lieferschein tatsächlich zum bisher unbekannten Tatort geführt? Und hatte der verwirrte alte Mann, der so verzweifelt auf seinen längst verstorbenen Lebenspartner wartete, etwas mit den Morden zu tun?

Schwer vorstellbar.

Doch selbst die schlimmsten Monster und Verbrecher wurden eines Tages zu hilfsbedürftigen, Windeln vollpissenden Alten.

Wachsam näherte er sich dem Gebäude, inspizierte das Anwesen. Die Eingangstür war erwartungsgemäß verriegelt, die Fenster mit schweren Rollläden verbarrikadiert, das zweiflüglige Garagentor mit einem rostigen Vorhängeschloss gesichert.

Wieder bedrängte ihn ein wenig beachtetes, in der hintersten Ecke und der untersten Erinnerungsschublade abgelegtes Detail – ohne sich sofort zu offenbaren. Was übersah er? Was müsste ihm einfallen?

Wie ein wachsames Reh, das sich auf eine Waldlichtung wagte, schlich er um das Haus. Der hintere Teil des Grundstücks war stark abschüssig. Es gab ein großes Terrassenpodest, in das ein rechteckiger Pool eingelassen war. Grünes, morastiges Wasser, von einer feinen Eisschicht überzogen, stand darin. Von hier aus hatte man eine unverbaubare Sicht auf Havel, Wannsee und die Insel Schwanenwerder. Eine schmale, steile Eisentreppe führte das Steilufer hinab an einen Steg, der selbst aus reichlicher Entfernung wenig vertrauenerweckend aussah.

Ein kleines Bootshaus im skandinavischen Stil hatte die Jahre kaum besser überstanden und wirkte, als würde es beim zartesten Fingerschnippen in sich zusammenfallen.

Petersen erwog kurz, nach unten zu gehen, um es einer Inspektion zu unterziehen. Nur der Vollständigkeit halber. Doch im Gegensatz zum Grundstück war die Treppe mit einem mannshohen Tor versehen, ähnlich dem an der Garage mit einem Vorhängeschloss gesichert.

Und dann machte es klick. Wie selbstverständlich, als hätte diese Erkenntnis nur darauf gewartet, sich generös in den Vordergrund schieben zu dürfen, erschien das Bild des großen Schlüsselbunds in seinem Kopf, der zusammen mit dem Notebook aus Adils Rucksack gefallen war. Und den er in weiser Voraussicht extra hatte nachmachen lassen, bevor er das Original Steiner aushändigte. Konnte das sein?

Sören schalt sich selbst für seine Unkonzentriertheit. Und für seine Schusseligkeit: Der Schlüsselbund lag im Handschuhfach seines Wagens. Ihm blieb nichts anderes übrig, als zurückzulaufen und ihn zu holen.

Er nutzte den Weg für eine gedankliche Bestandsaufnahme. Instinktiv wanderte seine Hand dabei in die Gesäßtasche der Jeans, befühlte das Stück Papier. Seine Liste. Die Liste.

Alfred Kraus hatte sich bisher nicht darauf befunden. Auch, da es zu Mohammed keine direkte Verbindung gab, von der er wusste. Abgesehen davon war der alte Mann zu jener Zeit, in der das Folter-Video entstand, längst ein dementer Schatten seiner selbst. Dieser unumstößliche Fakt machte seine Involvierung in die Morde wenig wahrscheinlich. Trotzdem, dessen war Sören sicher, hatte er mit diesem Haus das entscheidende Puzzleteil gefunden.

Mit dem kühlen, schweren Schlüsselbund in der Hand kehrte er nach wenigen Minuten, vor Aufregung und seines schnellen Schrittes wegen außer Puste, zurück.

Er musste nur zwei der Schlüssel ausprobieren, bevor er den passenden für die Eingangstür fand.

Als er in die große Halle eintrat, empfing ihn kühle, abgestandene Staubluft. Von irgendwoher ertönte leises Rascheln.

Mäuse oder Ratten huschten, von seiner unerwarteten Ankunft aufgeschreckt, davon. Sofort fiel ihm die Unordnung auf. Die Türen des Garderobenschrankes standen offen. Doch er fand nur gähnende Leere darin. Abgesehen von einer Handvoll Kleiderbügel. Ein ähnliches Bild bot sich Sören in allen anderen Zimmern des Hauses – vom Erdgeschoss bis ins zweite Stockwerk. Irgendjemand hatte sich auf der Suche nach etwas ganz Bestimmtem durch sämtliche der Möbelstücke gewühlt. Die allerdings bereits zuvor ausgeräumt worden waren und nur nutzloses Zeug beherbergten. Wahrscheinlich war das veranlasst worden, als Kraus in die Seniorenresidenz zog.

Sogar die beiden Sofas im Wohnzimmer waren aufgeschlitzt. Ebenso wie die Matratzen der vier Schlafzimmer. Der flauschige Inhalt verteilte sich auf dem Boden und diente vermutlich inzwischen unzähligen Nagetieren als Nest.

Selbst die Bilder und Spiegel an den Wänden hatte man abgenommen und aus den Rahmen herausgerissen. In sämtlichen Badezimmern waren die Spülkästen der Klos aufgerissen.

Als er seinen Rundgang beendet hatte, kehrte er in die Eingangshalle zurück.

Nichtssagend. Durchschnittlich. So ließ sich der Einrichtungsstil des Hauses beschreiben, der damit im Gegensatz zum protzigen Gehabe der Fassade stand. Abgesehen von einigen antiken Highlights bestand das Mobiliar aus Möbelhausware der späten Neunziger, frühen Zweitausender. Alles war etwas in die Jahre gekommen. Es schien, als hätte Alfred Kraus irgendwann aufgehört, sich neue Dinge anzuschaffen. Ob das mit dem Tod seines Lebenspartners zusammenhing? Oder mit seiner beginnenden Demenz?

„Und, glauben wir nun, dass dieser senile, freundliche Herr etwas mit dem Mord an Mohammed zu tun hat?“, fragte er laut. Seine Stimme hallte im leeren Gebäude wider.

„Nein, das glauben wir nicht“, antwortete er sich selbst. Blieb die Frage, welche Rolle dieses Gebäude in der ganzen Sache spielte.

Der Tatort? Wer hatte das Haus auf den Kopf gestellt? Dieselbe Person, die auch Daumes Wohnung durchwühlte? Falls dem so war, was suchte derjenige?

Nach seiner kurzen Raucherpause nahm er sich die Kellerräume vor. In einer Werkstatt waren Schränke aufgerissen, Kisten ausgeleert worden. Säge, Nägel und Schraubenschlüssel lagen auf dem Boden herum.

Als Nächstes nahm er sich den mit Kiefernholz vertäfelten Hobbyraum vor. Eine Modelleisenbahnlandschaft füllte ihn zu großen Teilen aus. Ein alpenländisches Idyll bot den Hintergrund für eine Gleisstrecke. Zwei Tunnel lagen umgedreht auf dem Boden. Sören stellte sie andächtig an ihren Platz zurück.

Am Ende blieb nur die schwere, schwarze Brandschutztür, hinter der Petersen einen profanen Heizungskeller vermutete. Umso überraschter war er, dass er sie nicht öffnen konnte.

Ein kurzer Blick auf das moderne Sicherheitsschloss ließ ihn sofort den passenden Schlüssel an seinem Bund finden. Mit einem lauten Quietschen schwang die Metalltür auf.

Doch anstatt eines Heizkessels oder Öltanks offenbarte sich zunächst nur Dunkelheit. Jemand hatte das kleine, ebenerdige Kellerfenster verdunkelt. Ohne den Raum zu betreten, tastete Sören mit seiner Rechten suchend die Wand ab. Endlich bekam er den Kippschalter zu fassen. Quälend langsam sprang eine einsame Glühbirne flackernd an.

Ihr matter Schein warf ein gelbliches Licht auf einen großen, leeren Raum. Wände und Boden aus grauem Estrich. In der Mitte stand einsam ein Stuhl. *Der* Stuhl.

Sören hatte den Tatort gefunden.

Die Erkenntnis brauchte einen kurz Moment, bis sie sich in ihm festsetzte, bis er realisierte, was das bedeutete. Vorsichtig, widerwillig ehrfürchtig, als handele es sich um einen heiligen Schrein, betrat er den Raum. Im Gegensatz zum restlichen Haus herrschte eine, angesichts der abgründigen Dinge, die hier stattgefunden hatten, pervers anmutende Leere.

Der Stuhl in der Mitte. Direkt darüber die armselig an einem weißen Kabel herunterhängende Leuchte. An einem Garderobenständer in der Ecke hingen die vier ledernen Roben und die dazugehörigen Pestmasken. Ein Stativ mit Videokamera daneben. Vier geschwungene Schalenstühle aus grauem Plastik standen ordentlich nebeneinander aufgereiht an der Wand, auf Publikum wartend.

Plötzlich fiel jede Aufgeregtheit von ihm ab, wich einer tiefen, analytischen Ruhe. Mit dem scannenden Auge eines über die Jahren gestählten Profis durchleuchtete er die Szenerie. Detail für Detail wurde erfasst, analysiert und in Verbindung zu dem gesetzt, was er bereits wusste.

Er befand sich ohne jeden Zweifel am Tatort. Anzahl von Zuschauerstühlen und Roben deutete auf vier Täter hin. Obwohl auf dem Video nur zwei zu sehen waren. Plus einer hinter der Kamera. Der „Hohepriester". Außerdem war das Gebäude, ähnlich wie Daumes Wohnung, gründlich auf den Kopf gestellt worden. Wer steckte dahinter? Und was suchte derjenige? Handelt es sich bei dem Unbekannten zugleich um den Mörder von Daume? Und was trieb ihn an? Rache? Oder sollten mitwissende Komplizen aus dem Weg geräumt werden?

Nicht zuletzt: Steckte Alfred Kraus mit der Gruppe unter einer Decke? Er mochte zur Zeit des Mordes an Mohammad bereits dement im Seniorenheim festgesessen haben. Doch womöglich gab es diesen perversen Folterkreis schon wesentlich länger. Thors Aussage, wonach Bambi ihn viele Monate zuvor für eine Session gebucht hatte, fügte sich in diese Theorie. Er würde noch einmal bei der *Abendröte* vorbeischauen. Vielleicht konnte ihm der zuvorkommende Ismael vom Empfang weiterhelfen. Hätte Bambi den alten Kraus öfter zu längeren Ausflügen abgeholt oder in sein altes Wohnhaus gebracht, wäre das zumindest ein Indiz. Und vielleicht ließ sich unter den Habseligkeiten des Mannes noch etwas Brauchbares finden. Jetzt, im Lichte seines neugewonnenen Wissens.

Sören schlenderte erneut durch alle Kellerräume. Wie ein Spaziergänger, der durch eine Parklandschaft flanierte, ließ er die Szenerie ein weiteres Mal auf sich wirken. Ähnlich ging er in den beiden oberen Stockwerken vor. Langsam formte sich eine Vorstellung davon, was dieser zielgerichteten, allumfassenden Verwüstung zugrundlag: Aufregung. Panik. Hilflosigkeit. Ja, die Verzweiflung, die dieser Aktion innegewohnt haben musste, wurde für ihn, je länger er sich hier befand, beinahe körperlich spürbar.

Was immer gesucht worden war, Sören vermutete, es wurde nicht gefunden. Weder in Daumes Apartment noch hier. Es ging wahrscheinlich um etwas Belastendes. Oder eine Spur. Etwas, das, wenn die Polizei oder wer auch immer es fand, den kompletten Täterkreis enthüllte. Etwas in Daumes Besitz. Er war das verbindende Element beider Orte.

Sein zweiter Rundgang kam in der Empfangshalle zu Ende. Er legte den Kopf in den Nacken.

Sören hasste Räume, in denen die Decke so hoch über ihm schwebte. Seit Kindheitstagen bereitete ihm das stets das Gefühl zu schrumpfen. Ein Grund dafür, warum er nie in einem Altbau gewohnt hatte.

Ein ausgestopfter Hirschkopf mit seinem ausladenden Geweih, der über der Eingangstür hing, erregte seine Aufmerksamkeit. Mit leeren, toten Kulleraugen stierte der Zwölfender in das Haus hinein. Zu seinen Lebzeiten war das Tier sicherlich eine stattliche Erscheinung. Ob Kraus den König des Waldes persönlich erlegt hatte?

Petersens fortlaufender Gedankenfluss gefror zu Blitzeis.

Bambi!

Hatte Daume nicht selbst seinen Spitznamen zelebriert? Mit Bambi-Bildern auf seinem eigenen Facebook-Profil? Wenn er also etwas verstecken wollte … Nichts Großes. Nur ein Stück Papier. Einen Datenstick.

Sören starrte wie paralysiert auf den Hirschkopf über der Tür – dann stürmte er hinaus zur Garage. Wie erhofft, fand er dort eine Stehleiter, die er hektisch ins Haus schleppte. Eine Joggerin in zitronenfalter-gelbem Outfit passierte das Gebäude. Sie musterte ihn skeptisch. Doch er ignorierte sie. Selbst wenn die Frau sich durchrang und die 110 wählte, wäre er längst verschwunden, bis eine Streife sich hierher in den hinterletzten Winkel Berlins verirrte.

Trotz Stehleiter und Zehenspitzen erreichte er die Jagdtrophäe nur um Haaresbreite. Mit spitzen Fingern bekam er sie zu fassen. Mühsam wurde es, als er sie von der Wand nehmen wollte. Mehrere Haken hielten das schwere Teil. Er fluchte schnaufend. In der nächsten Sekunde krachte der Zwölfender zu Boden. Es fehlte nicht viel und eine Spitze des Geweihs hätte Sören das rechte Auge ausgestochen.

Der Hirschkopf überlebte den Sturz aus mehreren Meter Höhe überraschend unversehrt. Auf der Rückseite der hölzernen Tafel, an der das Präparat befestigt war, klebte ein schmaler, zusammengefalteter Plastikbeutel. Mit vor Aufregung zitternden Händen löste Sören ihn ab und griff hinein. Als Erstes zog er einen Durchschlag jenes Lieferscheins hervor, den er von Inga erhalten hatte. Dann ein Foto des toten Mohammed, gefesselt auf dem Stuhl sitzend. Auf die Rückseite ein Datum geschrieben. Nun würde man zumindest den exakten Sterbetag im Totenschein vermerken können. Und schließlich ein weiteres Foto.

Winkel und Qualität der Aufnahme ließen vermuten, dass sie heimlich gemacht worden war. Sie zeigte zwei Männer, die Roben noch tragend, die Masken allerdings abgenommen. Sie beugten sich über den offenkundig bereits toten Mohammed. Ihre Gesichter waren im Profil klar und deutlich zu erkennen. Einer von beiden war der Familienvater, dessen Leiche man vor wenigen Stunden in seinem Wohnhaus in Spandau entdeckt hatte. Damit bestätigten sich die von den Medien verbreiteten Spekulationen über einen Zusammenhang. Der zweite war ein älterer Herr mit herrischem Gesichtsausdruck und straffer Haltung. Eindeutig nicht Alfred Kraus. Trotzdem kam er Sören seltsam vertraut vor. Er bildete sich ein, ihn kennen zu müssen. Doch ihm wollte nicht einfallen, woher.

Mit den beiden Fotos und dem Durchschlag in der Hand, den Hirschkopf achtlos auf dem Boden liegen lassend, trat er in die klare, kalte Winterluft.

Er hatte offenkundig soeben Bambis Lebensversicherung gefunden. Wahrscheinlich hatte Daume seinen Komplizen misstraut. Vielleicht ahnte er gar, dass man ihm nach dem Leben trachtete. Oder, auch das lag im Bereich des Möglichen, er erpresste sie damit.

Das Versteck war jedenfalls gut gewählt. Frühestens nach dem Tod von Alfred Kraus, wenn man den verbliebenen Hausstand auflöste, wäre der Hirschkopf aller Wahrscheinlichkeit abgenommen und die Hinweise entdeckt worden. Hätte Daume dann allerdings noch gelebt, wäre ihm genug Zeit geblieben, sie zuvor verschwinden zu lasen. Als Kraus' Bevollmächtigter hatte er Zugang zum Haus.

Zugleich hing die Trophäe zu hoch, um einem ungeübten Auge bei einer Durchsuchungsaktion sofort aufzufallen. Die meisten Menschen unterschätzten, wie schwer es war, einen Raum wirklich akribisch und systematisch unter die Lupe zu nehmen, keine Kleinigkeit zu übersehen. Nicht umsonst leistete sich der Polizeiapparat eine Spurensicherung. Der alte Eisner konnte sich hier verausgaben. Ein ganzes Haus mit weitläufigem Grundstück. Das würde den Leiter der Spusi in einen wahren Rausch versetzen. Seine Akribie war ebenso berühmt wie berüchtigt. Eisner hatte dafür sogar einmal eine Auszeichnung erhalten. Die Ehrenmedaille für besondere Verdienste. Gemeinsam mit ihm selbst.

Es ging damals um ein wahres Massaker auf einem ehemaligen Brauereigelände in Köpenick. Zwölf Tote. Eine territoriale Auseinandersetzung der vietnamesischen Zigarettenmafia, die aus dem Ruder lief. Eisner und er wurden nach monatelangen Ermittlungen im Roten Rathaus … Erneut klickte es. Als hätte ihm sein Unterbewusstsein diese alte Geschichte nur ins Gedächtnis gebracht, um ihm auf die Sprünge zu helfen.

Er wusste jetzt, wer der Mann auf dem Foto war: Er hatte Sören die Medaille angeheftet. Es gab sogar ein gemeinsames Foto. Für die Presse. Und fürs Poesiealbum.

Petersen ahnte, wen er fragen musste, um zu erfahren, wo er ihn finden würde.

Viel zu früh setzte die Dämmerung ein. Obwohl der Winter auf die Zielgerade einbog, waren die Tage nach Constanzes Dafürhalten noch immer zu kurz, zu matt, zu kraftlos.

„Ich mache heute früher Schluss und geh dann mal." Alexander Brand stand in der halb geöffneten Bürotür. Ihr Assistent hielt einen großen Strauß Rosen in der Hand.

„In Ordnung. Einen schönen Abend!" Aus einem ersten Impuls heraus wollte sie fragen, für wen oder aus welchem Anlass die Blumen waren. Dann fiel es ihr wieder ein: Valentinstag.

„Den wünsche ich ebenso! Und nicht mehr so lange machen!", mahnte Brand beinahe väterlich. Kurz gönnte sie sich ein warmes Gefühl der Rührung. Er glaubte wahrhaftig, sich um sie kümmern zu müssen. Es war entzückend.

„Keine Sorge. Gleich ist Schluss! Hab auch noch etwas vor", log sie unverfroren – in dem Wissen, dass er sich niemals die Indiskretion einer Nachfrage gestatten würde.

„Bis morgen", flötete er lächelnd, die süßen Grübchen entblößend, und tänzelte gut gelaunt davon, dem Date mit seiner Verlobten entgegen.

Constanze Stark seufzte zufrieden. Sie hoffte, er war glücklich. Und würde es für immer bleiben. Von den dunkeln Abgründen des Lebens verschont. Sein sonniges Gemüt verdiente es, von Bestand zu sein.

Natürlich hatte sie kein Valentinstag-Date. Sie hatte grundsätzlich keine Dates. Niemals. Aber darüber empfand sie, auch an einem solch symbolhaft aufgeladenen Datum, keine Trauer. Nicht einmal Wehmut. Es war, wie es war. Und es war gut so.

Als sie die Tür aufgehen und Schritte im Flur hörte, vermutete Stark zunächst, Brand habe etwas vergessen. Umso überraschter war sie, als Sören Petersen vor ihr stand. Nur dank ihres jahrelangen Trainings zuckte sie nicht erschrocken zusammen.

Er sah noch mitgenommener aus als bei ihrem letzten Zusammentreffen. Und damals hatte sie ihn immerhin aus dem Knast geholt.

Er starrte sie mit ausdrucksloser Besessenheit an. Seine ganze Erscheinung hatte etwas äußerst Beunruhigendes an sich.

„Welch unerwarteter Besuch", stellte sie mit trockener Kühle fest.

Ob es ein Zufall war, dass ihr Assistent gerade gegangen war? Hatte er vor dem Haus gewartet und den richtigen Moment abgepasst?

Seltsamerweise verspürte sie angesichts seines unvermittelten Auftauchens keine sonderliche Überraschung. Sie hatte selbstverständlich mit Interesse die heutigen Meldungen zu dem Leichenfund in Spandau verfolgt und bereits entsprechende Telefonate geführt. Auch wenn sie bis dato hoffte, Petersen möge nach ihrem letzten Aufeinandertreffen die Finger von dem Fall lassen, sich neuen Aufträgen widmen, hatte Stark insgeheim geahnt, dass dem nicht so war.

Der Detektiv stand weiterhin schweigend und regungslos vor ihr. Ob dieses melodramatische Gehabe der Einschüchterung dienen sollte? Da war er an die Falsche geraten.

„Was kann ich für Sie tun?"

Zwei große Schritte. Bis zur Kante ihres Schreibtischs. Instinktiv erhob sich Stark, brachte sich auf Augenhöhe, alle Muskeln angespannt. Sie konnte seine Aggressivität, all die angestaute Wut, förmlich riechen. Krampfhaft zwang sie sich, nicht auf die oberste Schublade des Schreibtischs zu schielen, in der ihr Revolver lag.

Ruckartige streckte er ihr ein Foto entgegen.

Kurz stockte ihr Atem, als sie erkannte, wer darauf zu sehen war. Und in welcher Situation.

„Ist er das? Mein Auftraggeber … Ihr Klient?"

Ohne den Blick von dem Bild abwenden zu können, schüttelte sie zaghaft den Kopf.

„Ist er das?", blaffte Petersen erneut.

„Nein!", entgegnete Stark mit ruhiger, fester Stimme, die keinen Zweifel am Wahrheitsgehalt der Aussage zuließ.

„Dann erklären Sie es mir!"

„Ich wünschte, ich könnte es."

Sören entspannte sich etwas. Er glaubte ihr offensichtlich. Oder zumindest hielt er es für wahrscheinlicher, dass sie ihm die Wahrheit sagte und nicht log.

„Aber Sie erkennen ihn, oder?"

„Ich *erkenne* alle Männer auf diesem Bild."

„Na, immerhin. Bleibt die Frage, wie der ehemalige Innensenator von Berlin, Joseph Calben, gemeinsam mit einem zu Tode gefolterten, syrischen Flüchtling und einem heute brutal ermordet in seinem Haus aufgefundenen Familienvater auf ein gemeinsames Foto kommt."

„Woher haben Sie das?"

„Vom Tatort. Vom allerersten Tatort. Dort, wo diese ganze, grauenhafte Geschichte begann."

Sie nahm das Foto an sich, inspizierte es eingehend.

Sören zündete sich eine Kippe an, griff, in seltsamer Routine, die Porzellanschale aus dem Regal, die ihm bereits beim letzten Besuch als Aschenbecher gedient hatte.

„Eine Fälschung?", fragte sie.

„Möglich. Aber die Art, wie ich es fand, der Platz, an dem es deponiert war, sprechen dagegen."

Starks Hand wanderte wie automatisch in Richtung der Zigarettenpackung, die Petersen achtlos auf den Tisch geschmissen hatte. In letzter Sekunden hielt sie inne. „Ihre These?"

Er grunzte abfällig. „Ist das nicht klar ersichtlich? Der Senator war an der Folterung und Hinrichtung Mohammeds beteiligt. Oder zumindest zugegen."

„Wissen Sie, was Sie da sagen? Joseph Calben hat diesem Land lange gedient. Und seiner Partei ebenso. Er ist ein konservativer Vordenker. Ein Intellektueller. Die Ämter, die er innehatte, sind so zahlreich; es ist effektiver aufzuzählen, was er nicht war."

„Bisher haben Sie mir nichts gegeben, was meine Theorie ins Wanken bringen könnte. Ein mächtiger Politiker, der …"

Sie schüttelte beinahe verächtlich den Kopf. „Darum geht es nicht, Petersen! Ich traue Calben durchaus zu, ein Mörder zu sein. So wie ich es jedem Menschen grundsätzlich zutraue. Aber bedenken Sie, was es bedeutet, einen solchen Verdacht zu äußern. Die Auswirkungen, sollte sich dieser bestätigen, kämen einem Erdbeben gleich – und das, obwohl Calben nicht mehr in Amt und Würden ist."

„Ich habe nicht vor, damit zur Polizei zu gehen."

Sie schaute ihn überrascht an. „Sondern?“

„Ich werde ihm persönlich einen Besuch abstatten. Und Sie werden mir sagen, wo ich ihn finden kann.“

29

Sören erreichte Schwanenwerder am frühen Abend.

Es war bereits stockfinster.

Langsam ließ er den Jetta über die schmale Brücke, die einzige Verbindung der Insel zum Festland, rollen. Bedrückend dunkel zeichneten sich die Umrisse des Eilands vor dem Nachthimmel ab.

Menschen waren nicht unterwegs. Der letzte Wagen begegnete ihm am Abzweig zum Wannseebad. Er schien der Einzige weit und breit zu sein.

Baumkronen überspannten die Straße. Es war, als führe er, geleitet von Straßenlaternen, die kerzengleich die Dunkelheit spärlich erhellten, in eine finstere Kathedrale.

Obwohl er nun schon so viele Jahre in Berlin lebte, konnte er sich nicht erinnern, jemals einen Fuß auf Schwanenwerder gesetzt zu haben. Warum auch? Wer nicht hier wohnte oder jemanden besuchen wollte, hatte keinen Grund, dieses seltsame Eiland zu betreten.

Selbstredend kannte er die Geschichten, die Legenden. Und die Namen: Karstadt. Goldschmidt. Goebbels. Speer. Eisenhower. Springer. Sogar Brad Pitt habe hier eine Villa besessen, hieß es zumindest.

Sören hatte eine Kassette eingelegt. Joe Cocker. Greatest Hits. Das Tonband war seit Langem durchgenudelt und leierte furchtbar. Doch das machte nichts. Die vertraute Musik, das knisternde Rauschen der alten Lautsprecher beruhigte ihn. Ohne jede Eile bog er auf die einzige Straße ein, die einmal schlingenförmig über die Insel führte.

Es hatte Sören mehr als nur sanften Druck abverlangt, von Constanze Stark die offizielle Wohnadresse Joseph Calbens zu erhalten. Letztlich wusste er nicht, ob es die Sorge um das Leben des alten Mannes war oder um ihre eigene Reputation, die sie veranlasste zu kooperieren. Er machte ihr nämlich unmissverständlich klar, ihren Namen tief in diese schmutzige wie blutige Geschichte hineinzuziehen, sollte sie sich weigern.

„Wenn Sie mir nicht helfen, rufe ich das LKA an. Ich denke, das wollen wir beide eigentlich nicht", drohte er.

Damit traf Sören ihren wunden Punkt. Sie benötigte Zeit, um das Chaos aufzuräumen und sich dezent zurückzuziehen.

Außerdem blieb der ominöse Klient. Sören erwähnte es Stark gegenüber nicht, vor allem, um ihr Einlenken nicht zu riskieren, aber nach dem heutigen Tag würde kein Weg daran vorbeiführen, den Namen preiszugeben. Er glaubte ihr, dass es sich nicht um Calben handelte. Trotzdem musste die Identität endlich aufgedeckt werden. Und sei es nur, damit Sören wusste, wem er es verdankte, in diese Geschichte involviert worden zu sein. Doch er setzte Prioritäten. Jetzt ging es erst einmal darum, diesen Calben ausfindig zu machen – und im Zweifel zu beschützen.

Er hatte tatsächlich kurz erwogen, Steiner anzurufen. Doch alles in ihm sträubte sich dagegen. Er wollte zunächst selbst diese ganze Sache durchschauen, bevor er seinen Ex-Kollegen hinzuzog.

Das war er *ihm* schuldig. Mindestens das. Kurz flackerten Verzweiflung und Wut in Petersen auf angesichts des Verdachts, der sich in seinem Kopf manifestierte, langsam aus dem Dunkel des Unglaublichen, des Ungeheuerlichen herausschälte.

Es konnte einfach nicht so sein.

Es durfte einfach nicht so sein.

Die Straße nahm eine sanfte Biegung. Durchschnittliche Einfamilienhäuser wechselten sich mit feudalen Villen ab.

Sören schob all die unangenehmen Überlegungen beiseite.

Ein Schritt nach dem anderen, alter Junge! Zunächst musst du Calben finden. Licht ins Dunkle über den Mord an Mohammed bringen. Danach schauen wir weiter.

Als er die Hausnummer erreichte, die ihm Stark genannt hatte, stockte er kurz. Er hatte einen parkähnlichen, hochumzäunten Garten erwartet, in dessen Zentrum eine herrschaftliche Villa thronte. Jener von Alfred Kraus nicht unähnlich.

Stattdessen parkte er den VW Jetta vor einem großen, aber schlichten Wohnhaus aus den sechziger, frühen siebziger Jahren. Der dreistöckige Flachdachbau war einige Meter zurückgesetzt von der Straße. Durch ein Beet aus weißen Kieselsteinen und ein Spalier aus japanischen Schirmtannen führte ein Weg zu einem überdachten Eingangsbereich aus Glasverbundsteinen.

Einige der überdimensionierten Fenster waren beleuchtet. Calben schien zu Hause zu sein. Und hoffentlich am Leben.

Immerhin ist keine der Scheiben mit Blut bespritzt!

Einige Minuten saß Sören regungslos in seinem Wagen, die Hände am Steuer. Jetzt, da er hier war, fiel ihm auf, wie schlecht durchdacht sein ganzes Unterfangen war. Er hatte nie über diesen Punkt hinausgeplant.

Was nun, du alter Trottel? Willst du etwa aussteigen und klingeln?

Nach einigen Überlegungen beschloss er, genau das zu tun. Es war nicht die schlechteste Idee.

Ein gedrungener, breitschultriger Typ öffnete ihm. Er hatte eine grobporige, cremefarbene Haut. Eine kleine Narbe an der Lippe verriet eine wegoperierte Hasenscharte. Der weitgeöffnete Kragen des himmelblauen Hemds enthüllte den Ansatz eines Tattoos. Seine Augen waren so dunkel, Sören konnte im schwachen Schein der Außenbeleuchtung nicht sagen, wo die Iris aufhörte und die Pupille anfing. Freundliche Skepsis schlug ihm entgegen.

„Ja, bitte?“ Ein spanischer oder vielleicht auch portugiesischer Singsang lag in der Stimme.

„Ich würde gerne Herrn Calben sprechen.“

„Und Sie sind?“

„Petersen. Sören Petersen. Ich bin ein Freund von Mohammed.“

Ein Stirnrunzeln legte sich über das Gesicht. Offensichtlich sagte ihm der Name nichts.

„Gustavo, wer ist da?" Die krächzende Stimme eines alten Mannes drang aus dem Inneren des Hauses zu ihnen vor.

„Ein Herr Petersen. Er behauptete, ein Freund von einem gewissen Mohammed zu sein", rief Gustavo zurück, ohne Sören dabei aus dem Auge zu lassen. Unter dem enganliegenden Leinenstoff zuckten die angespannten Muskeln.

Keine Antwort.

„Soll ich ihn bitten, ein andermal wiederzukommen?"

„Nein! Nein, ich freue mich, ihn endlich persönlich kennenzulernen. Er soll reinkommen."

Sowohl Gustavo als auch Sören versuchten ihre Überraschung angesichts dieser Aussage voreinander zu verbergen. Allerdings relativ erfolglos.

„Dann darf ich?", fragte Petersen so selbstverständlich, wie es ihm möglich war. Sein Gegenüber vollführte eine einladende Handbewegung, verfrachtete ihn aber zunächst in ein weitläufiges Wohnzimmer, das den kompletten Stock einnahm.

Instinktiv suchte Sören nach Fluchtmöglichkeiten. Eine große verglaste Tür schien seine einzige Option. Allerdings konnte er angesichts der Dunkelheit nicht feststellen, ob sie nicht geradewegs auf einen Balkon und damit in eine Sackgasse führte.

Gustavo bat ihn übertrieben höflich, es sich auf einem der schwarzen Ledersofas gemütlich zu machen und sich kurz zu gedulden. Falls er es wünsche, dürfe er sich gerne an der Hausbar bedienen. Dann verschwand er in den Untiefen des Hauses.

Sören widerstand der Versuchung eines Gin Tonics ebenso wie sich, von den Anstrengungen der vergangenen Tage erschöpft, auf die Couch sinken zu lassen. Ersteres fiel ihm besonders schwer, denn er hatte unter der exquisiten Auswahl an Spirituosen einen Monkey 47 Distiller's Cut 2016 entdeckt. Eine echte Rarität.

Reiß dich zusammen! Du bist hier nicht zum Vergnügen!

Die mit edlen Tropfen bestückte Hausbar harmonierte perfekt mit der stilvollen Einrichtung. Sören hatte von Interieur wenig bis gar keine Ahnung. Gleichwohl war es sogar für sein unwissendes Auge erkennbar, dass hier jemand mit Geld und Geschmack wohnte.

Drei surreal anmutende, riesige Gemälde, eine Serie, dominierten die Wände. Sie zeigten ineinander verknotete Körper. Es war ihm weder möglich, sie einem eindeutigen Geschlecht zuzuordnen, noch vermochte er zu sagen, ob sie wie bei einem Unfall mit Gewalt ineinander gepresst worden waren oder es sich doch eher um einen freiwilligen, sexuellen Akt handeln sollte.

Der Stil erinnerte ihn an Dalí. Oder war es Picasso?

So oder so hatten die Darstellungen im Lichte dieser Ermittlungen etwas Obszönes.

Das Zimmer war für Sörens Empfinden zwanghaft sauber. In der Luft lag der angedeutete Duft von Scheuermilch und Desinfektionsmittel. Wie die Furchen eines Rechens auf einem frischen Grab hatten sich in den Teppich die Bahnen des Staubsaugers eingefräst. Die Glasplatte des perfekt parallel zu der Couch aufgestellten Tisches glänzte ebenso frisch poliert wie der barocke Spiegel, dem einzigen Gegenstand, der im zelebrierten Kontrast zum restlichen, modernen Interieur stand.

„Herr Calben ist dann so weit!"

Gustavos Stimme ließ Sören hochschrecken.

Schweigend führte er ihn eine Treppe hinunter. Erst jetzt wurde Petersen bewusst, dass das Gebäude an einen Hang gebaut lag und deutlich größer war, als es von der Straße aus den Anschein erweckte.

Am Ende eines langgezogenen Flures betraten sie schließlich ein matt erleuchtetes Zimmer, in dessen Zentrum ein großes Krankenbett stand. Darin lag ein zusammengeschrumpftes Häufchen Mensch.

Die grauen, ungesund fahlen Augen saßen tief in den Höhlen. Darunter tief schwarze Ringe. Knochige Skeletthände ruhten auf der weißen Bettdecke.

Der Alte hob sie kaum merklich an, als wollte er seinen Besucher mit einer Geste willkommen heißen, um dann zu bemerken, dass er dafür zu schwach war. „Guten Abend“, begrüßte er Sören mit schwacher Stimme.

Die Erscheinung hatte nichts mehr gemein mit jenem staatstragenden Herrn im Anzug, von dem Petersen einst die Ehrenmedaille angeheftet bekam, doch es war unverkennbar Joseph Calben.

Die gebrechlichen, kranken Überreste eines einst stolzen Lebens.

Als hätte er Sörens Gedanken erraten, richtete er seinen Oberkörper leicht auf. Hastig eilte Gustavo an seine Seite und stabilisierte ihn, legte ein weiteres, aufgebauschtes weißes Kissen hinter seinen Rücken.

„Danke, mein Lieber!“, krächzte Calben, wobei er bei jeder Bewegung das Gesicht schmerzvoll gequält verzog.

„Sie wollten mich also unbedingt sprechen.“ Es war eine Feststellung. Trotzdem hob er am Ende des Satzes die Stimme, als wäre es eine Frage.

„Ja, es geht um …“

„Ach, Gustavo, ich denke, das wäre es für heute.“

Sein Angestellter, der offensichtlich Butler, Pfleger, Leibwächter, vielleicht sogar Lust-Boy in einer Person vereinte, reagierte perplex. Seine Augen weiteten sich kaum merklich, dafür um so eindeutiger fragend.

„Es ist in Ordnung. Nimm dir für den Rest des Abends frei. Zieh mal wieder um die Häuser. All die Jungs in der Motzstraße haben dich sicher schon vermisst.“

„Aber ich …“

„Keine Widerrede! Und keine Sorge! Herr Petersen und ich haben einiges zu besprechen. Es ist okay.“ Calben lächelte, wobei sein von Krankheit und Tod entstelltes Gesicht aussah wie eine überzeichnete Wutfratze aus einem Manga-Comic.

„Wirklich! Es ist okay!“, wiederholte Calben. Diesmal mit Nachdruck in der Stimme. „Du kannst den Wagen nehmen. Tob dich aus! Lebe!“ Erneut ein aufmunterndes Lächeln, mit dem man einen ganzen Kindergarten in Angst und Schrecken hätte versetzen können.

„Wenn du meinst“, entgegnete Gustavo. Im Gehen warf er Sören einen eindringlichen Blick zu. Eine wortlose Warnung, von der sich dieser allerdings nicht beeindruckt zeigte.

„Viel Spaß beim Feiern! Und schließen Sie doch bitte die Tür, wenn Sie gehen.“

Gustavos Hand ballte sich zu einer Faust. Für den Bruchteil einer Sekunde schien es, als wollte er zum Schlag ausholen. Dann besann er sich eines Besseren und ging, ohne sich eine weitere Reaktion zu gestatten, wortlos hinaus.

„Ein guter Junge. Und so loyal. Er wäre für mein Finale eine so viel bessere Wahl gewesen als der Stricher. Dieser Mohammed.“ Ein Schulterzucken. „*Anyway*, wie ein ehemaliger Freund von mir sagen würde. Ein furchtbares Wort. Aber in diesem besonderen Fall so passend.“

Die kaltblütig beiläufige Erwähnung Mohammeds ließ Sören zusammenzucken. „Ich bin nicht gekommen, um mich mit Ihnen über Anglizismen auszutauschen.“

„Nein. Sicher nicht. Nimm doch Platz.“ Er deutete mit einem Nicken auf einen der Stühle neben dem Bett.

Petersen bleib demonstrativ stehen.

Calben seufzte in gespielter Fügung, wie es ein Vater gegenüber seinem Kind tat, wenn es einen gut gemeinten Rat aus Trotz nicht beherzigte. „Wollen wir uns nicht duzen? Wir sind uns so nahe. So intim. Da finde ich es mehr als angebracht …“

„Intim?“ Sören spie das Wort förmlich aus.

„O ja. Du und ich, wir teilen so viel. Eine Geschichte. Eine wirklich große Geschichte. Und nicht zuletzt ein Erlebnis und damit eine heilige Offenbarung, die heutzutage, insbesondere in Friedenszeiten, nicht vielen Menschen zuteilwird.“

„Ich habe keine Ahnung, von was Sie sprechen“, schnauzte der Detektiv. Ihm ging das pseudointellektuelle Geschwafel des Mannes zunehmend auf die Nerven. „Ich verspüre nicht die geringste Lust, mit Ihnen Scharade zu spielen. Ich bin einzig und allein hier, um die Wahrheit …“

„Die Wahrheit“, unterbrach Calben bedeutungsschwanger. „Ich bin mir sicher, du bildest dir ein, sie zu kennen, die Wahrheit. Aber egal, wie viel du glaubst, herausgefunden zu haben. Egal, wie viel du durch Andreas und Henning erfahren haben magst, es ist nur ein Bruchteil der ganzen Geschichte.“

Diese Bemerkung ließ Sören kurz innehalten. Der alte Mann sehnte sich danach, ihm alles zu erzählen. Er gierte nach einem offenen Ohr. Es brodelte förmlich in ihm. Ein Vulkan, der seinen Ausbruch herbeisehnte.

Er musste sich also lediglich am Riemen reißen, seine Wut und Verachtung hinunterschlucken und diesem widerlichen Wrack seine Aufmerksamkeit schenken.

Er zog sich einen Stuhl heran und setzte sich schweigend neben das Bett. Calben grinste selbstzufrieden. „Mich interessiert ungemein, wie du auf unsere Spur gekommen bist, was dich antreibt. Aber das kannst du mir später verraten. Nun bin ich erst einmal an der Reihe. Das Vorrecht des Alters.“

Mit zittriger Hand tastete er nach dem Trinkbecher auf dem Nachttisch. Obwohl es ihn sichtbar anstrengte, rührte sich Sören nicht.

Schließlich bekam Calben den Becher zu greifen. Er nahm einen kleinen Schluck, kaum genug, um seine trockenen, aufgesprungenen Lippen zu benetzen.

„Tatsächlich ist dieser Mohammed nur das Ende der Geschichte. Deshalb gestatte mir, etwa auszuholen, an den Anfang von allem zurückzugehen.“

„Tun Sie sich keinen Zwang an. Wenn es der Sache dient, können wir am Tag Ihrer Geburt beginnen.“

„O nein! Bitte! Jetzt enttäuschst du mich! Sei doch nicht so schrecklich klischeehaft! Du wirst in meiner Kindheit nicht den Schlüssel zum Verständnis meines Charakters finden. Keine überdominante Mutter. Kein Missbrauch. Keine Außenseiterstellung. Ich bin kein verkrüppelter Junge, der frühkindliche Schmerzen kompensiert, das Opfer, das andere zum Krüppel machen muss!“

„So habe ich das nicht gemeint. Das war lediglich bildlich gesprochen. Ich wollte damit sagen, egal, wie weit du ausholen willst, du hast meine uneingeschränkte Aufmerksamkeit“, heuchelte Sören hastig. Calbens enttäuschte Wut ließ ihn instinktiv freundlich werden. Er musste dieses Monster hätscheln, damit es ihm gab, was er wollte.

Der alte Mann musterte ihn kurz eindringlich, bevor er widerstrebend, mit einem verbleibenden Hauch eines Zweifels, fortfuhr. „Mir ist schleiferhaft, warum die Kombination aus Gewalt und Sex immerzu verteufelt wird. Das ist ganz natürlich und weit verbreitet. Die berüchtigte Gottesanbeterin oder die Schwarze Witwe sind nur zwei Beispiele von vielen."

Er schaute Sören gespannt, um Zustimmung heischend, an. Dieser nickte widerstrebend. Doch die stumme Beipflichtung befriedigte Calben nicht. Er machte keine Anstalten fortzufahren.

„Ich persönlich finde", wagte sich Petersen vorsichtig vor, „Schmerz und sexuelle Befriedigung dürfen durchaus miteinander einhergehen. Sadomasochismus ist ..."

„Nein, mein Lieber! Ich rede doch nicht von profanen SM-Spielchen! Da sind Schmerzen und Erniedrigung nur die Pseudo-Währung einer grotesken, streng regulierten Aufführung. Schmerz befriedigt die Subs, während der dominante Part seine Lust wiederum aus der Lust des Devoten bezieht. Das ist, als würdest du einen Palmengarten mit dem Dschungel des Kongobeckens vergleichen!"

Calben schien seinen Kommentar als beleidigende Unterstellung zu verstehen. Sören musste bedachter vorgehen. „Um was geht es dann? Klär mich bitte auf!"

Wieder wurde ihm ein zweifelnder Blick zuteil. Sören entsprach offenbar nicht den nebulösen Erwartungen seines Gegenübers.

Sei vorsichtig, alter Junge! Du bist kurz vorm Ziel! Jetzt nur nicht patzen! Reiß dich zusammen! Du bist ein Profi! Verhalte dich auch so!

„Bei SM geht es um Vertrauen. Mir geht es hingegen um die Angst", erklärte Calben trocken. „Das ist meine Währung: die pure Todesangst. Der Moment, wenn sie feststellen, dass du ihr Vertrauen missbrauchen wirst, wenn sie überwältigt werden vom nahenden Verlust ihres Lebens. Alle sind sie gleich, sie wehren sich, betteln, flehen, bäumen sich auf, rebellieren gegen dich. Ohne jede Chance. Doch dann, kurz vor dem unausweichlichen Ende, da trennt sich die Spreu vom Weizen. Die einen, die Kämpfer, sind bis zum letzten Atemzug nicht willens, sich dir zu überantworten. Die Schwachen jedoch, sie ergeben sich irgendwann ebenso dankbar wie feige ihrem Schicksal, nehmen den Tod als Gewissheit an."

Sören schauderte es. „Du sprichst von *ihnen*. Bedeutet das, ihr drei, Andreas, Henning und du, habt nicht nur … Es gab noch andere?"

„Wo denkst du hin! Nein, dieser Mohammed war *unser* Erster. Ich rede von mir. Ich, Joseph Calben, der Wolf von Schwanenwerder."

„Der Wolf von Schwanenwerder?", wiederholte Sören stumpf.

„Ja, so wird man mich nennen. So werde ich in die Geschichtsbücher eingehen, unsterblich werden. Und du hilfst mir dabei."

„Ich?" *Der Alte ist verrückt! Ein vollkommener Psychopath!*

„Ja, du wirst mein Biograf. Der Erzähler. Wenn du rausgehst in den Garten, dort am Ufer, wo drei große Weiden stehen, findest du fünf kleine Holzkreuze, zusammengebunden aus profanen Zweigen, im Erdboden stecken. Sie markieren ihre Gräber. Ein Schicksal alle zehn Jahre. Mehr habe ich mir nicht gegönnt. Und glaub mir, es war nicht einfach, mir dieses Vergnügen zu versagen. Aber ich bin kein Monster."

„Warum wurde Mohammed an einem anderen Ort beigesetzt?"

„Er ist der Erste einer neuen Zeit. Ich wollte ihn nicht hier bei mir wissen. Er passt nicht zu den anderen. Ich habe ihn nicht durch meine eigene Hand gerichtet."

„Du sagst, du seist kein Monster." Die Aussage zu wiederholen, kostete Sören Überwindung. Die Worte kamen schwer über seine Lippen. „Wie würdest du dich denn selbst beschreiben?"

„Mein Lieber, jeder Mensch kann unter den entsprechenden Bedingungen vollkommen unversehens einem Menschen das Leben entreißen. Das solltest gerade du doch wissen! Mütter, die zu Kindesmörderinnen werden. Kinder, die ihre Eltern mit dem Kopfkissen ersticken. Partner, die sich in Liebe lynchen. Ich hingegen, ich kontrolliere meinen Drang, mein Töten. Mit einer Ausnahme, das muss ich zugeben."

„Eine Ausnahme?"

Ohne darüber nachzudenken, kramte Sören mit zittrigen Händen sein Zigarettenpäckchen hervor.

„Ah! Das ewige Laster! Tu dir keinen Zwang an! Rauch ruhig! In meinem Zustand ist das sowieso einerlei."

Sören füllte einen Trinkbecher mit Wasser, um ihn als Aschenbecher zu nutzen, und steckte sich eine an.

„Danke!", sagte er nach einem ersten tiefen Zug ganz automatisch.

Calben lächelte. „Oh, wie das duftet! Nun denn, die Ausnahme. Meine Erweckung. Es ist schon ein Weilchen her. Damals war ich ein junger Mann. Und die Welt sah auf unsereins nicht mit freundlicher, akzeptierender Neugier. Eine dunkle Zeit. Zumindest in dieser Hinsicht. Die homosexuelle Szene in Berlin war damals etwas anders", er suchte kurz nach dem passenden Worten, „strukturiert als heute. Aber natürlich gab es uns. Und es gab reichlich Gelegenheiten. Meine damalige Gelegenheit, die wahrhaftig zu einer einmaligen, prägenden werden sollte, hieß Anthony. Ein Mischlingskind. Sein Vater GI. Seine Mutter eine dahergelaufene Näherin aus dem Wedding. Eine verlorene Seele. Aber von ausnahmsloser Schönheit. Schokobraune Haut. Kurze, krause Haare. Ich werde niemals den Ausdruck in seinen Augen vergessen, als er begriff, dass er dabei war, sein Leben auszuhauchen. Es war nicht geplant. Aber auch kein Unfall. Es lief lediglich aus dem Ruder. Und bis ich das erkannte, erkennen wollte, war es zu spät. Letztlich war es wohl nur konsequent. Eine Befreiung. Endlich begriff ich, was wahre, heilige Lust bedeutete. Eine Lust, die so oft verklärend in Sonetten und Balladen besungen wurde, aber die ich bis dato nicht hatte erlangen können."

Einerseits hoffte Sören, Calben möge weitererzählen, ihm jede Kleinigkeit gestehen. Zugleich verspürte er den unbändigen Drang, aus dem Raum zu gehen.

Reiß dich zusammen! Du bist Polizist! Einmal Bulle, immer Bulle!

„Wie auch immer. Die Details dieser Begebenheit sind nicht teilbar. Und sollen ein Mysterium bleiben. Sie gehören nur mir – und Anthony. Worte sind ohnehin zu profan, um dieses Erlebnis zu beschreiben. Diese Wucht, mit der mich der Tod erfasste, triumphieren ließ. Dabei, das muss man sagen, war der Tod nur notwendiges Beiwerk. Auf den Prozess des Sterbens kommt es an. Denn ohne das Sterben gibt es keinen Vertrauensbruch, keinen Verrat."

Calben verfiel in Schweigen. Über seine eben noch toten, grauen Augen legte sich ein entrückter Glanz.

„Wie ging es weiter? Nach Anthony?", zwang sich Sören zu fragen.

Es war, als würden seine Worte den alten Mann aus einer fremden Sphäre reißen. Er schüttelte kurz den Kopf. „Ich vergrub ihn. Sein Kreuz ist das ganze rechte. Am nächsten zum Haus."

Erneut verfiel er in nachdenkliches Schweigen. Zischend ließ Sören seine fertig gerauchte Kippe im Wasser versinken, verfolgte, wie sich kurz ein Kreis aus Asche um den bräunlichen Filter bildete, ehe die Rußpartikel langsam auf den Boden des Trinkbechers sanken.

Konzentrier dich! Verdammt, konzentrier dich!

„Es dauerte einige Wochen, bis ich mich von diesem Erlebnis erholte. Bis ich wirklich *begriff*", fuhr Calben fort. „Nicht verwunderlich, oder? Wen würde das nicht tief bewegen. Diese Erfahrung, was es heißt, einem Menschen, der dir komplett vertraut, das Leben zu nehmen. Ich dachte zunächst, das sei eine einmalige Sache gewesen. Ein Geschenk. Aber eben eines, das man nur einmal im Leben vergönnt war zu empfangen. Allerdings verblasst selbst die Erinnerung an eine derart unikale Erfahrung. Und je schwächer sie wurde, umso drängender keimte der Hunger in mir. Der Samen war gelegt. Und die Pflanze wuchs und gedieh gar prächtig. Ich wollte dieses Ereignis wiederholen, strebte danach, umso mehr ich erkannte, wie zahlreich die Möglichkeiten waren, die sich mir boten. Sie drängten sich förmlich auf."

Wieder tastete der alte Mann erschöpft nach dem Wasser. Diesmal reichte Sören es ihm.

„Danke, mein Lieber." Er nahm einen kleinen Schluck. „Ich stand kurz davor, in eine gefräßige Kreatur zu mutieren. Es waren wohl zu gleichen Teilen die meinem Charakter innewohnende Willensstärke und meine mir angediehene Erziehung, die mich einen anderen Weg beschreiten ließen. Ich erkannte die Notwendigkeit der Enthaltsamkeit. Ich durfte die Kontrolle nicht an mein animalisches Verlangen verlieren. Ich konnte nicht alle paar Wochen einen Berliner Jungen greifen. Das wäre selbst zur damaligen Zeit kaum verborgen geblieben, hätte Aufmerksamkeit erregt. Also beschloss ich, dieser Lust sehr dosiert zu frönen. Jeweils zu einem neuen Lebensjahrzehnt sollte es sein. Nicht mehr. Damals kam mir zugute, dass der nächste runde Geburtstag vor der Tür stand. Ansonsten hätte ich wohl kaum über mich selbst obsiegen können. So jedoch gelang es. Wenn auch nur mit Mühen. Und mit Ersatzbefriedigungen, die allerdings zunehmend einen schalen Nachgeschmack erhielten. Über die Dekaden wurden es fünf Geschenke an der Zahl. Und dann ... Ja, dann kam das Alter."

Wie auf ein Stichwort krümmte sich der graue Skelettkörper unter der Bettdecke zusammen. Calben stöhnte schmerzerfüllt.

„Alles in Ordnung?" Sören erhob sich, trat an das Bett. Die knochige Hand des Alten ergriff die seine. Er roch den fahlen, bitteren Atem. Übelkeit kroch seine Kehle empor.

Calbens Anfall ebbte wieder ab. „Es geht schon, mein Lieber. Wie gesagt, das Alter. Und seine Entourage: Schwäche und Krankheit. Eine widerliche Kamarilla. Halte dich so lange es geht von ihr fern!"

Sören entzog mit sanftem Druck der Hand die seine und ließ sich wieder auf den Stuhl sinken, zündete sich eine weitere Zigarette an. Der Rauch vertrieb den Duft des Sterbens. Er fühlte sich seltsam infiziert.

„Wie hießen die anderen? Wer waren sie?"

Calben lächelte, entzückt angesichts seines interessierten Nachfragens.

„Das tut nichts zu Sache. Du weißt von dem Ersten. Und von demjenigen, der der Letzte sein wird. Das muss genügen. Aber sei unbesorgt, du wirst meine Geschichte trotzdem erzählen können. Jedes Grab hat Beigaben. Ähnlich jenem, das gefunden wurde. Die Werkzeuge ihres Todes, aber auch die spärlichen Anekdoten des Lebens, die jene Männer bei sich trugen. Und ich habe Aufnahmen gemacht. Von allen außer Anthony. Zur Erinnerung. Ebenso wie dafür, mich über die Jahre der Abstinenz zu retten. Es gibt einen Schrank mit VHS-Kassetten im Keller."

Er lächelte träumerisch. „Manche Bänder sind etwas ausgeleiert. Überstrapaziert von den unzähligen Malen, die ich sie mir angeschaut habe."

„Hast du sie alle allein …"

„O ja. Es gab nur mich. Allerdings musste ich bei Nummer fünf erkennen, dass ich nicht länger in der Blüte meines Lebens stand. Die Säfte schossen kaum mehr stark genug. Es ist schließlich nicht nur der Akt als solcher, der gewisse Kräfte erfordert. Auch wenn es hier sicherlich geeignete, unterstützende Instrumente gibt. Die eigentliche Anstrengung beginnt erst danach. Unmöglich die Vorstellung, ich könnte als alter, gebrechlicher Mann ohne Hilfe einen Corpus Delicti beisetzen. Und das war nun einmal notwendig und geboten. Das hatten sie alle verdient!"

Wieder musste er sich einem Krampfanfall beugen, auch wenn er nicht so stark war wie der letzte. „Mir war klar, in zehn Jahren würde ich mein Werk nicht mehr verrichten können. Also begab ich mich auf die Suche. Weißt du, das Internet ist in dieser Hinsicht ein Geschenk gewesen. Ein Ozean der Möglichkeiten. Ich musste nur die Perlen im Treibgut der Verrückten finden. Und so zog der einsame Wolf los, um ein Rudel zu gründen."

Das Klingeln von Sörens Handy ließ wie ein lautes Trompeten den Redefluss versiegen.

Verdammt! Warum habe ich es nicht auf lautlos gestellt?

„Willst du nicht rangehen? Könnte wichtig sein", stellte Calben lakonisch fest. Es war offensichtlich, für ihn konnte es gar nichts Wichtigeres geben als ihr Gespräch. Ein geradezu grotesker Gedanke.

Constanze Stark ruft an.

„Der besorgte Ehemann?" Ein spöttisches Grinsen legte sich auf sein Gesicht, doch seine Augen musterten Sören dabei mit unverhohlener Neugier. „Wartet er zu Hause mit dem Abendbrot auf dich?"

Genauso gut hätte er fragen können, ob es jemanden gab, dem Sören am Herzen lag, der ihn vermisste, sich um sein Wohlbefinden sorgte.

Er drückte Starks Anruf weg und schaltete den Vibrationsalarm ein.

Der alte Mann nickte zufrieden. „Wo waren wir? Ach ja, das Internet. Welch segensreiche Erfindung. So fand ich sie. Meine Welpen. Drei an der Zahl."

„Drei?"

Calben nickte abwägend. „Zunächst ja. Allerdings erwies sich einer als unwürdig."

„Wer? Wie ist sein Name?"

Mit seiner erneuten, drängenden Zwischenfrage handelte er sich einen tadelnden Blick ein.

„Immer hübsch der Reihe nach. Die beiden, auf die es ankommt, hast du bereits gefunden. Andreas Daume und Henning Reiter. Derart unterschiedliche Charakter und Lebensläufe. Aber durchaus beeindruckend. Selbstredend mussten sie geführt werden. Sie waren so voller …" Wieder stockte er, suchte nach den passenden Worten.

Dieser Mann zelebriert seine Lebensbeichte. Er redet nicht einfach drauflos! Jede Silbe ist mit Bedacht gewählt!

„… Elan. Stück für Stück offenbarte ich mich ihnen. Es war so befreiend, jemandem von meinen Taten, meinen Erlebnissen zu berichten. Sie hatten niemals diese erleuchtende, absolute Lust erlebt. Sie dürsteten danach. Doch es brauchte Zeit. Und Vertrauen. Ich überstürzte nichts, schärfte ihnen ein, wie wichtig, überlebenswichtig, eine gute Vorbereitung war. Planung ist alles! Jawohl! Ich gab ihnen Aufgaben, trainierte sie."

Thors Erlebnisse in dem SM-Apartment musste eine dieser Aufgaben gewesen sein, schoss es Sören durch den Kopf. Langsam ergab alles einen Sinn. Die Puzzleteile fügten sich. Ein jedes wurde von Calben an den passenden Platz geführt. Es war gespenstisch. Und zugleich klammerte er sich an die Hoffnung, dass das letzte Steinchen in diesem Mosaik, jenes, welches er bereits zu kennen glaubte, durch die Erzählung des Alten widerlegt wurde.

„Dann wurde ein Freund, ein Bekannter von mir, schwer krank." Kurz schwang so etwas wie Empathie in der Stimme mit. Zum ersten Mal überhaupt. Sören schaute ihn irritiert an. Was hatte das mit den Morden zu tun?

„Er wohnte direkt dort drüben." Calben nickte in Richtung des Fensters. „Auf der anderen Havelseite. In einer wunderschönen alten Villa. Bei Tag kann man von hier aus den Dachgiebel sehen, wie er über die Baumkronen spitzt."

„Alfred Kraus!"

„Du kennst ihn?" Die Überraschung war unüberhörbar. In seinem ausgemergelten Gesicht spiegelte sich Respekt wider. Er schien beeindruckt.

„Eure Roben, die Masken; Daume hat sie an diese Adresse senden lassen."

„Ach, Bambi! Dieser Leichtsinn!", tadelte Calben. „Aber siehst du, was ich meine? Sie waren so jung, so unbesonnen. Sie ließen sich von ihrer Gier leiten. Nicht von Ratio. Nun, das spielt auch keine Rolle mehr, nicht wahr?"

Sören ließ die rhetorische Frage ohne Reaktion in der Luft hängen.

„Alfred und ich ... Wir kannten uns seit der Studentenzeit. Waren in einer Verbindung", führte Calben weiter aus. Ergänzte, als wäre das von Bedeutung: „Schlagend."

„Hat er auch ...?"

„Mademoiselle Krausi? Ach, was! Diese weibische Tunte wäre beim Anblick eines einzigen Blutstropfens in Ohnmacht gefallen. Oder er hätte sein Desinfektionsspray geholt, aus Angst davor, sich etwas einzufangen. Nein! Alfred war einfach nützlich. Oder besser: Sein bedauernswertes Schicksal war es.“ Calben lächelte verträumt. „Daume war nicht begeistert von meiner Idee, er solle sein Betreuer werden. Es wäre beinahe zu einem Zerwürfnis gekommen. Allerdings ließ ich ihm keine Wahl. Ja, das war eine wilde Zeit …“ Ein verträumtes Grimassen-Lächeln umspielte seine zerfledderten, aufgesprungenen Lippen. Ein Psycho-Killer schwelgte in Erinnerungen.

Sören konnte sich lebhaft vorstellen, wie wenig begeistert Daume reagierte, als er, anstatt Jungs zu foltern, sich um einen alten, dementen Mann kümmern musste.

„Dann beging Henning einen Fehler. Im Rausch prügelte er einen dahergelaufenen Stricher halb tot. Ich war es, der hinter ihm aufräumen musste. Wütend war ich. Diese slawische Hure musste ich mit Geld zum Schweigen bringen. Alles andere wäre zu riskant gewesen.“ Er stockte kurz. „Im Nachhinein war dieses Fiasko ein Glücksfall. Es verdeutlichte meinen Welpen, wie riskant unser Leben war. Wer weiß, ob mein Projekt andernfalls nicht gescheitert wäre. Aber das war ihnen eine Lehre. Ich zog Hennings Kopf aus der Schlinge – und Daume riss sich zusammen. Er ging zu meiner Überraschung förmlich auf in seiner Rolle.“

„Warum war Kraus so wichtig?“

„Ganz einfach, wir brauchten ungestörten Zugang zu seinem Haus. Es stand außer Frage, es hier durchzuziehen. So viele Besucher an einem Abend hätte meine neugierige Nachbarschaft auf den Plan gerufen. Zu auffällig. Außerdem hatte ich damals schon Gustavo. Und du hast ja selbst erlebt, wie hartnäckig er sein kann. Abgesehen davon fand ich, dass es eine neue Tradition brauchte. Dieses bescheidene Heim war mein Ort, mein Altarraum sozusagen. Es brauchte ein frisches, unverbrauchtes Ritual. Leider konnte ich mich nicht selbst zum Betreuer von Kraus ernennen lassen. Das wäre angesichts meines Alters und meiner damals schon diagnostizierten Krankheit niemals durchgekommen.“

„Deswegen Daume.“

„Er war Arzt. Er zelebrierte als Bambi bereits hingebungsvoll seinen eigenen Gutmenschen-Ruf. Perfekt. Wir hatten also unseren Ort. Unsere Rudelhöhle. Nun galt es, *ihn* zu finden. Das ist gar nicht so einfach. Sie können heutzutage nicht einfach losziehen und jemanden verschwinden lassen. Nicht, wenn Sie damit durchkommen wollen. Wir dachten zunächst an einen Erntehelfer aus Rumänien oder Ungarn. Jemand, der einfach nach der Spargelsaison plötzlich verschwand. Doch da war es schwer ranzukommen. Andreas kam auf die Idee, einen Flüchtling zu erwählen. Er hatte in seiner Praxis wohl einige dieser Jungs, die sich nebenbei ein Taschengeld als Stricher verdienten. Leider konnten wir nicht einen seiner Patienten nehmen. Diesen Fehler hatten meine Jungs schon bei diesem Callboy namens Thor begangen. Ich schärfte ihnen ein, es dürfe niemand sein, zu dem es eine offensichtliche Verbindung gab."

„Es war also Zufall, dass es Mohammed traf?"

„Mehr oder weniger. Er war zu jener Zeit regelmäßig in der Stricher-Szene rund um die Motzstraße unterwegs. Wie viele andere auch. Allerdings erfüllte er die Mindestanforderungen: Er war stark und gutaussehend. Strotzte nur so vor Männlichkeit und Testosteron. Wir wollten keine Schwuchtel. Er war ohne Angehörige nach Deutschland gekommen. Er hatte einen unsteten Lebenswandel. Ein fragiles soziales Netz. Und Drogenprobleme. Daume war unser Späher. Er fand ihn, klopfte ihn ab …" Calben zuckte mit den Achseln. „Den Rest der Geschichte kennst du."

Er sank erschöpft auf sein Kissen. Schweigend lauschten die beiden eine Zeit lang seinen schweren, rasselnden Atemzügen.

„Alles lief zunächst perfekt", nahm er den Faden wieder auf, als er zu Kräften gekommen war. Wenn auch stockend und unter größter Anstrengung. Seine Aussprache wurde zunehmend verwaschener. „Abgesehen vielleicht davon, dass einer meiner Welpen kurz vorher Skrupel angesichts seiner eigenen Skrupellosigkeit bekam. Ausgerechnet jener von ihnen, in den ich meine größten Hoffnungen setzte. Eine Enttäuschung."

Sören verzichtete darauf, ihn ein zweites Mal nach dem Namen zu fragen. Er hatte längst eine Ahnung davon, wer ihm außer Calben in diesem Punkt weiterhelfen konnte: Constanze Stark würde ihm dessen Identität sagen können. Ihr Klient, jener Mann, der seine Rechnungen zahlte.

„So waren wir nur noch zu dritt. Gleichwohl entfaltete es sich zu einem rauschenden Fest. Wem sage ich das. Du hast das Video gesehen."

„Doch dann tauchte Adil auf", wagte sich Petersen abrupt vor. Er wollte sich die Details darüber, wie sehr der Alte seine Rolle als Zeremonienmeister hinter der Kamera genossen haben mochte, ersparen.

Calben nickte. „Ich werde nie vergessen, wie mich Andreas aufgeregt im Sanatorium anrief. Obwohl das gegen jede unserer Sicherheitsabsprachen verstieß. Allerdings war es ihm kaum zu verdenken. Ich hätte wohl auch derart überreagiert. Seine Stimme überschlug sich förmlich, als er mir berichtete, er habe Mohammed gesehen. Lebend. Vor einer Bar in Schöneberg. Ich konnte es nicht glauben, dachte, er dreht durch. Er schickte mir Bilder, die er heimlich mit dem Handy gemacht hatte. Und tatsächlich: Da stand der Jüngling! In all seiner Pracht! Mir war selbstredend sofort klar, er war es nicht. Unmöglich! Doch die Ähnlichkeit bis ins letzte Detail war zu gravierend, um von einem Zufall, einer Laune der Natur sprechen zu können. Wir fanden schnell heraus, dass es sich um seinen Zwillingsbruder handelte. Von dessen Existenz wir nichts geahnt hatten. Das versetzte mein Rudel in Wallung. Wie Kinder nun mal sind. Sogar den verlorenen Sohn brachte diese Neuigkeit zurück. Auch wenn ich ihm seinen Verrat nicht verzeihen konnte. Sie träumten davon, das Ritual exakt zu wiederholen. Mit diesem Adil. Sozusagen ein zweites erstes Mal. Die Vorstellung versetzt sie in einen wahnhaften Rausch. Und ich muss zugeben, auch mich. Im Gegensatz zu ihnen hatte ich meine jahrzehntelange Erfahrung. Meine Grundsätze."

Bei seinen letzten Worten fuhr er hoch, stemmte sich trotz sichtbarer Schmerzen auf den Ellbogen ab. „Kontrolle ist alles! Das Risiko war einfach zu hoch." Er sank zurück auf das Kissen. „Sie hörten nicht auf mich. Sie waren mir entwachsen; keine Kinder mehr, sondern längst Teenager, die sich widersetzten, unbedingt ihren eigenen Weg gehen wollten. Erschwerend kam meine Krankheit hinzu. Ich war in das Sanatorium gegangen, um zu sterben. Die Ärzte gaben mir Wochen. Keine Monate. Sie irrten. Trotzdem ... Das Unheil nahm seinen Lauf."

„Was lief schief?", fragte Petersen. Zu spät stellte er fest, wie er sich mit dieser Wortwahl die Sichtweise seines Gegenübers zu eigen machte.

Die Frage belustigte den Alten. „Um ehrlich zu sein, hoffte ich, du kannst mir das verraten. Ich weiß nur, Daume schmiss sich an Adil ran, beschattete ihn, spionierte ihm nach, lud ihn schließlich zu sich ein. Er gab sich als normaler Freier aus. Doch der Junge war nicht so naiv, wie er tat. Eines Tages hatte ich eine Nachricht von Daume auf meiner Mailbox. Er war vollkommen panisch. Adil hatte ihn ausgeraubt. Sein Notebook mitgehen lassen. Auf dem sich, auch das gegen jede Absprache, eine Datei befand. Eben jenes Video, das jetzt die halbe Welt kennt. Da wusste ich, es war zu spät. Die Sache lief aus dem Ruder. Ich hatte die Kontrolle verloren. Zunächst resignierte ich. Es war mir alles zuwider. Ich hatte abgeschlossen. Mit allem. Doch irgendwann erkannte ich meine Chance."

„Deine Chance?"

„Darauf, doch noch einen Platz in der Geschichte zu ergattern, unsterblich zu werden. Wenn auch nicht so, wie ich es ursprünglich plante. Nicht als politischer Anführer von großem Format. Dafür aber als der legendäre Wolf von Schwanenwerder. In einem Atemzug mit Jack the Ripper genannt. Meinst du, sie werden im *Berlin Dungeon* eine Figur nach mir benennen? Oder einen Escape Room auf Grundlage meiner Taten aufbauen? Nicht, dass es ausschlaggebend wäre. Lediglich ein nettes Sahnehäubchen auf dem Berg aus Büchern, Analysen, Romanen, Zeitungsartikeln und Filmen, die sie mir widmen. Mir zu Ehren."

Der Mann war absolut verrückt! Sören schwante langsam, welche Rolle ihm wirklich in diesem absurden, blutrünstigen Bühnenstück zugedacht war. Er musste wieder an Calbens Worte zu Beginn ihres Gesprächs denken: Sein Biograf. Der Geschichtenerzähler.

„Jetzt schau nicht so überrumpelt. Ich habe schließlich selbst nicht mit dieser Wendung gerechnet. Zumindest bis heute Morgen. Erst als Hennings Leiche gefunden wurde, dämmerte mir, dass Adil nicht auf eigene Faust gehandelt hatte. Ich nahm an, er wollte seinen Bruder rächen. Auge um Auge. Zahn um Zahn. Aber dann wurde mir klar, es musste noch jemand anderes geben. Eine Erkenntnis, die mich kurz überrumpelte. Das gestehe ich freimütig ein. Dann offenbarte sich mir, welch einmalige Gelegenheit du darstellst."

„Ich?" Sören war zunehmend verwirrt. Wurde er langsam verrückt und konnte dem Alten nicht mehr folgen? Oder brabbelte der zunehmend wirres Zeugs?

„Natürlich! Du würdest diese Geschichte aufwerten. Deine Taten machen mich erst zu einem wirklichen Unikat. Du darfst nicht vergessen, es gibt unzählige Serienkiller. Das ist kein einfaches Geschäft. Der Markt um Aufmerksamkeit ist hart umkämpft. Ein erinnerungswürdiger Platz in der Geschichte will verdient sein. Dabei kommt es nicht unbedingt auf die Zahl der Opfer an. Jack the Ripper, dem zweifelsohne berühmtesten von uns dunklen Gesellen, werden gerade einmal fünf Morde zugeschrieben. Allesamt billige Straßennutten. Noch bemerkenswerter: Charles Manson hat nach heutigem Kenntnisstand keinem einzigen Menschen persönlich das Leben entrissen. Trotzdem, und das ist wirklich bemerkenswert, avancierte er zu einem popkulturellen Phänomen. Während hingegen Pedro Alonso López aus Kolumbien, der mindestens 350 Mädchen auf dem Gewissen hat, in manchen Wochen gleich drei oder vier, der Vergessenheit anheimfiel. Und dies, obwohl sein Wirken gerade einmal vier Jahrzehnte zurückliegt. Du siehst, es kommt viel mehr auf die Geschichte, den Mythos an, der einen umgibt. Die Aura des wahrhaft Bösen, des unfassbar Abgründigen."

Mit wahnhaftem Blick hielt er seinen fassungslosen Zuhörer gefangen. Dann schüttelte ein erneuter Schmerzanfall Calbens Körper. Krampfend und stöhnend krümmte er sich. Weißer, schaumiger Speichel trat aus seinem Mund. Diesmal blieb Sören ungerührt sitzen. Stumm und mitleidlos wartete er einfach ab.

Keuchend blieb der alte Mann in seinem Kissen liegen. Jede kleinste Bewegung kostete ihn inzwischen enorme Anstrengung. Unnachgiebig die Zimmerdecke fokussierend, fuhr er leise flüsternd fort. „Du bist ein wahrer Glücksfall. Ich dachte schon, ich müsste selbst meine Geschichte öffentlich machen. Schriftlich. Oder, um in der Tradition meiner Rituale zu bleiben, als aufgezeichnetes Videovermächtnis. Mir missfiel der Gedanke von Beginn an. Ich sah aber keine andere Möglichkeit. Doch du! Dich schickt der Himmel! Der dunkle Rächer! Jener einsame Ritter, der sich über das Gesetz erhebt und den Wolf von Schwanenwerder und sein ganzes Rudel zur Strecke bringt. Zugegeben, als mir heute Morgen, die Meldungen im Radio hörend, bewusst wurde, dass du weiterhin dort draußen bist, dein Werk vollendend, hätte ich nicht damit gerechnet, noch am selben Abend Besuch von dir zu bekommen. Umso schöner, dich nun hier zu haben. Wenn ich bedenke … Mir wird ganz warm ums Herz. Welch eine Geschichte! Welch ein Mythos! Wir werden unsterblich sein!"

Sören erhob sich. Jetzt, da die Worte ausgesprochen waren, die monströse Lebensbeichte zu einem Ende kam, kehrte langsam seine Selbstbeherrschung zurück. Es war nicht länger Calben, der ihm seine Sicht der Dinge offenbarte und diktierte, ihn in perplexe Ohnmacht versetzte mit seinen Unfassbarkeiten, die alles sprengten, womit er gerechnet hatte, als er sich hierher auf den Weg machte.

Langsam trat er an das Krankenbett heran, beugte sich über das lebende, auf Daunen gebettete Skelett, schob sich unbarmherzig in Calbens Sichtfeld. Er wollte ihn sein zufriedenes Grinsen sehen lassen. Seinen Triumph mit ihm teilen.

„Welch ein Wahnsinn! Welch eine Perversion!", zischte er leise. „Aber ich muss Sie enttäuschen. Sie sind einem Irrtum aufgesessen. Es gibt kein verdammtes *uns*. Ich bin nicht wie Sie. Ich bin kein Mörder. Ich bin nicht der Rächer, der Ihrem armseligen Leben ein Ende bereiten wird. Ich bin lediglich ein Privatdetektiv, der unversehens in diese ganze Sache hineingezogen wurde. Weder habe ich Andreas Daume auf dem Gewissen noch Henning Reiter."

Calben blinzelte irritiert. Er benötigte einige Sekunden, um diese Information zu verarbeiten, einzuordnen. Erneut bäumten sich seine Lebensgeister auf. Er hob den Kopf.

Angewidert wich Sören zurück. Dieser Mann war wirklich ein monströses Stehaufmännchen – selbst angesichts seines desolaten, sich rapide verschlechternden Zustands. Petersen war, als drifte der Alte seit seiner Ankunft immer mehr ab. Wurde er gerade Zeuge seines Sterbens?

„Du ... Du bist ...“ Calbens Stimme versagte. Er schloss die Augen, sammelte sich, mobilisierte alle verbliebenen Kräfte. „... der Schnüffler. Constanze Starks Mann.“

Sören gestattete sich ein überlegenes Grinsen. „Genau der bin ich.“

Erneut benötigte Calben einen Moment, um das Gesagte zu verarbeiten.

Endlich ist es mal andersrum, du verdammtes Arschloch!

„Welch Ironie des Schicksals! Welch fatale Fehleinschätzung meinerseits.“ Er krächzte abgehackt. Zu einem Lachen war er nicht mehr imstande.

„Das scheint Sie zu amüsieren.“

„Tatsächlich. Das tut es. Aber es mindert in keiner Weise die Erzählung, die ich anstrebe. Im Gegenteil.“

„Sie dachten, ich würde Sie töten?“

Calben nickte schwach, kaum wahrnehmbar. „Dies war meine Vermutung. Ich habe allerdings nicht die geringste Absicht gehabt, einen qualvollen,“ er stockte kurz, „einen noch qualvolleren Tod zu sterben, wie ich ihn sowieso schon vor mir habe. Auf keinen Fall wollte ich die gleiche Demütigung erfahren wie Henning oder Andreas. Daher habe ich vorgesorgt.“ Seine Pupillen wanderten nach rechts, zum Nachttisch. Erst jetzt fiel Sören die Tablettenschachtel auf. Er hatte sich bei seiner Ankunft von der Erregung, am Ziel zu sein, blenden lassen. Sein augenscheinlicher Erfolg und die Hybris darüber hatten ihn nachlässig werden lassen. Sein Auge fürs Detail war blind gewesen.

„Heilmittel oder Todesbringer sind diese Kügelchen. Es ist lediglich eine Frage der Dosierung“, bestätigte Calben seinen Verdacht. „Bald ist es vollbracht.“

Unschlüssig wanderte Sörens Blick zwischen den ausgedrückten Pillenverpackungen und dem alten Mann hin und her.

„Es ist zu spät. Du kannst nichts mehr für mich tun. Außer meine Geschichte zu erzählen. Und das wirst du. Ob du willst oder nicht."

Ohne auf diese düstere Prophezeiung einzugehen, fragte Sören: „Wer ist er? Wer ist der verlorene Sohn, wie Sie ihn nennen?"

„Sie meinen jenen, dem du es verdankst, hier zu sein?"

„Ja."

„Er hatte am meisten von uns zu verlieren. Und am meisten zu gewinnen. Er war mein Erbe. In jeder Hinsicht. Doch er hat mich, ebenso in jeder Hinsicht, enttäuscht."

„Sein Name." Sören konnte seine Ungeduld kaum verbergen. Er hatte genug von dem Geschwafel, der Überhöhung, der Perversion.

„Ich enthülle dir seine Identität, wenn du mir sagst, wer der Rächer ist. Du weißt es. Das sehe ich dir an."

„Ich habe zumindest einen Verdacht", bestätigte Sören vage, noch immer hoffend, falsch zu liegen.

„Sein Name ist Jan Bergmann." Die irritierte Unwissenheit auf Petersens Gesicht verblüffte und belustigte Calben. „Sagt dir der Name gar nichts?"

„Er sollte wohl. Helfen Sie mir auf die Sprünge."

„Er ist Politiker. Nicht unbedingt bedeutend, aber zumindest auch nicht gänzlich unwichtig. Er war mein Zögling. Seit vielen Jahren. Der Einzige, den ich nicht aus den Untiefen des Internets fischte, dem ich mich von Angesicht zu Angesicht offenbarte, wissend um unsere Gemeinsamkeiten, die heilige Verbindung und doch fürchtend, falsch zu liegen."

Kurz schien Calben wie weggetreten. Sören befürchtete schon, er wäre ohnmächtig geworden. Doch er hing nur Erinnerungen nach. „Jan ist die Enttäuschung meines Lebens. Nicht nur, weil er bei Mohammed in letzter Sekunden einen Rückzieher machte. Aber auch. Vielleicht sogar hauptsächlich. Er bekam Skrupel vor seiner eigenen Courage. War feige. Die anderen nahmen ihm das ebenfalls übel. Allerdings nicht so sehr wie ich. Er war dann auch die treibende Kraft dahinter, ein Revival mit Adil stattfinden zu lassen. Es ist also seine Schuld. Ein Jammer. Ich hatte drei Nachfolger gefunden. Sie wären bereit gewesen, ihren Weg zu gehen, jeder für sich. Einsame Wölfe, die mein Erbe weitergetragen hätten."

„Gibt es Beweise?"

„Beweise?"

„Dafür, dass dieser Bergmann in die ganze Sache involviert war. Davon wusste. Das Video kannte. Irgendetwas."

Calben schüttelte schwach den Kopf. Er murmelte etwas. Sören beugte sich nach vorne, um ihn zu verstehen.

„Nein. Auch in dieser Hinsicht verpflichtete ich meine Schüler, meine Kinder, zu akribischer Vorsicht. Bis auf das Video gibt es nicht den geringsten Hinweis. Keine Nachrichten auf registrierten Handys mit rückverfolgbaren Nummern. Keine Mails. Keine Fotos. Nichts. Jeder von uns verpflichtete sich hierauf. Sollte man einen schnappen, wären die anderen nicht in Gefahr. Hätte Daume in seinem Egotrip nicht am Ende seiner Aufnahme ohne Maske posiert, wir wären niemals aufgeflogen. Ich wusste nichts davon. Erst als das Video bei der Polizei landete."

„Aber Ihre Aussage? Ich könnte sie aufzeichnen. Jetzt sofort. Erleichtern sie Ihr Gewissen! Tun Sie jetzt unmittelbar vor Ihrem Ableben etwas Gutes! Bringen Sie den letzten Ihres Rudels, denjenigen, der Sie nach eigener Aussage verraten hat, hinter Gitter. Selbst wenn Bergmann nicht direkt an dem Mord beteiligt war, er würde …"

„Geben …" Calbens Stimme versagte. Sören gab ihm einen Schluck Wasser. Panik kroch in ihm empor. Mit dem Sterben des Alten sah er seine Felle davonschwimmen.

„Es hat keinen Sinn, mein Lieber. An Gott, den Himmel oder die Hölle glaube ich nicht. Und es schmälert nur meinen Platz in der Geschichte, wenn ich jetzt Reue zeige und dir helfe. Ein Wolf kann nicht bereuen, was in seiner Natur liegt zu tun."

Am liebsten hätte er den Skelettkörper so lange durchgeschüttelt, bis Calbens Geist zur Vernunft gekommen wäre.

Blitzartig, in nicht für möglich gehaltener Geschwindigkeit, griff die Hand des Sterbenden nach seinem Arm. Wie eine Klaue umklammerte er ihn.

„Wer ist der Rächer? Und warum? Was treibt ihn an?“

In seinen Augen flackerte Wissbegierde. Noch einmal, ein letztes Mal, drehte das Leben in ihm auf. Er mobilisierte alle verbliebenen Kräfte.

Sören schüttelte kaltherzig den Kopf.

„Du wirst es mir nicht erzählen.“

„Nein, das werde ich nicht“, bestätigte er.

„Du willst mich bestrafen.“

Er musste diese Vermutung nicht bestätigen.

Calben stöhnte. Diesmal allerdings nicht vor Schmerz oder Todesqualen, sondern vor verzweifelter Wut. Seine Fingernägel gruben sich schmerzvoll in Sörens Arm. Sören hatte Mühe, sich seiner zu entziehen, trat einige Schritte von dem Bett weg.

„Warum? Was bringt dir das?“, keifte der Alte.

Jetzt, da er nicht bekam, was er wollte, zeigte sich das Monster. Die Masken fielen. Hinter all seinem tadellosen Benehmen, seinem intellektuellen Habitus, der vornehmen Sprache und der gezierten Freundlichkeit tat sich der Abgrund auf. Der Hass. Die Dunkelheit.

„Sie sind kein Wolf. Sie sind eine Bestie“, stellte Sören kühl fest und wandte sich zum Gehen.

„Warte! Bitte!“ Die Stimme wurde flehentliche.

„Was?“

„Bleib! Egal, was du von mir denken magst, kein Mensch hat es verdient, allein zu sterben!“

Sören zögerte. Blieb stehen, musterte die ausgemergelte, schwächliche Gestalt in dem Berg aus Daunendecken und Kissen.

„Halt meine Hand, wenn der Tod mich holen kommt und mich auf seinen Schwingen davonträgt.“

Oh, wie ich deine Angst nachvollziehen kann! Es ist die vor meinem eigenen Schicksal, die sich in dir spiegelt! Alleine zu sterben. Ein furchtbares Ende.

„Bitte!“

Wortlos verließ Sören das Zimmer. Schloss die Tür hinter sich. Er glaubte, ein leise Schluchzen zu hören. Aber das konnte auch Einbildung sein.

Schleppenden Schrittes nahm er die Treppe nach oben. Jede Stufe Teil eines anstrengenden Gipfelsturms. Er kehrte in das klinisch reine Wohnzimmer zurück. Geradewegs ging er zur Hausbar und goss sich einen Gin Tonic ein, leerte das Glas in einem Zug.

Ein zweiter Drink. Diesmal ließ er sich Zeit. Starrte dabei aus dem großen Panoramafenster in die Dunkelheit und auf sein eigenes armseliges Spiegelbild. Dort draußen musste die Havel fließen. Das Wasser trug sicherlich Eisschollen. In der Ferne waren verschwommen im Dunst nächtlichen Nebels die Lichter des gegenüberliegenden Ufers auszumachen.

Er wartete eine Stunde, versagte sich allerdings einen dritten Gin Tonic. Dann kehrte er widerstrebend zu Calben zurück.

Absolute, tödliche Stille empfing ihn, als er das Zimmer betrat. Kein Röcheln und Rasseln. Kein Stöhnen oder Schluchzen.

Die graue Gestalt lag zusammengekrümmt auf dem Bett, wirkte unnatürlich verrenkt. Er hatte Erbrochenes am Kinn. Es würde Aufgabe der Gerichtsmediziner sein, herauszufinden, ob er an seiner eigenen Kotze erstickt war oder doch von den Pillen dahingerafft wurde.

Auch wenn es ihn Überwindung kostete, den toten Körper zu berühren, wollte er doch sichergehen.

Sören ergriff die schlaffe Hand, tastete nach einem Pulsschlag. Er fand nichts.

Erleichtert ließ er den Unterarm auf das Bett zurückfallen. Dann holte er sein Handy hervor. Es war an der Zeit. Er rief den Kontakt in seinem Adressbuch auf. Zu seiner Überraschung musste er es nur dreimal klingeln lassen, bevor abgehoben wurde.

„Ja?“

„Ich bin es.“

„Was willst du?“

„Ich bin bei Calben. Er ist tot."
Schweigen.
„Ich habe den Fall gelöst."
Weiterhin Schweigen. Doch die Leitung war nicht tot. Die Verbindung stand.
„Bleib, wo du bist."
„Okay."
„Und mach keine Dummheiten! Es dauert nicht lange."

30

Nach seinem Anruf ging Sören auf den Hof. Einen Drink in der rechten, eine Zigarette in der Linken.

Er brauchte frische Luft. Obwohl es bitterkalt war, fror es ihn nicht. Auf keinen Fall wollte er in das stickige Innere des Hauses zurückkehren. Nur Tod und dunkle Schatten lauerten dort. Er hoffte, Gustavo würde nicht unversehens auftauchen. Er konnte den Hausangestellten nicht abschätzen. War er genauso verrückt wie sein Dienstherr? Wie würde dieser loyale Wadenbeißer reagieren, wenn er Calben tot in seinem Bett vorfand? Oder war er am Ende eingeweiht und wusste bereits, dass der alte Mann sich selbst gerichtet hatte? Vielleicht war seine Weigerung zu gehen nur Schmierentheater. Andererseits hatte Calben davon schwadroniert, welch würdiges Opfer sein Angestellter darstellte. Wahrscheinlich ahnte Gustavo nicht, wie knapp er dem Tod entronnen war.

Fröstelnd stellte Sören den Kragen seiner Jacke hoch, leerte den Drink und stellte das Glas achtlos auf der Treppe ab. Er war angenehm angesäuselt. Gerade genug, um diesen Wahnsinn noch wahrzunehmen, aber nicht zu nahe an sich heranzulassen. Unvermittelt sehnte er sich nach der stickigen Schwüle Phnom Penhs zurück. Ein Plätzchen in einem lauschigen Garten. Ein Pool, in den er die schweißigen Füße halten konnte. Einen Fünf-Uhr-Cocktail. Er nahm sich vor, bald, nach dieser ganzen Sache, günstige Flüge herauszusuchen. Vielleicht gab es kurzfristig eine Verbindung, die er sich zwar angesichts seines Kontostandes nicht leisten, aber immerhin buchen konnte.

Aufmerksam ließ er seinen Blick über den Straßenzug wandern. Hinter Mauern, Zäunen und Hecken verschanzten sich die Gebäude in der unmittelbaren Nachbarschaft. Nur gelegentlich war das nervöse Flimmern eines Fernsehers zu erahnen. Ansonsten Finsternis. Und Stille. Inzwischen war es nach zweiundzwanzig Uhr.

„Hallo, Sören“, erklang plötzlich eine wohlvertraute Stimme aus der Dunkelheit hinter seinem Rücken. Er fuhr herum.

„Entschuldigung, ich wollte dich nicht erschrecken. Ich habe den Wagen um die Ecke geparkt. Bin die letzten Meter gelaufen, um die Nachbarn nicht unnötig aufzuschrecken.“ Ein kurzes, entwaffnendes Lächeln umspielte van Dijks Lippen.

„Richard!“ Sören trat einen Schritt zurück. „Bist du etwa allein? Wo bleibt die Kavallerie?“

„Die kommt gleich. War zufällig ums Eck.“

Eine offensichtliche Lüge. Van Dijks Talente als Pressesprecher kamen hier an ihre Grenzen. Sören konnte seinen Worten keinen Glauben schenken. Aber er verstand, was sein ehemaliger Kollege damit bezweckte. Er wollte ihm die Chance geben, sich gesichtswahrend davonzumachen, einfach zu verschwinden.

Nur zu gerne wollte er dieses Angebot annehmen. Doch sie beide waren in jeder Hinsicht zu weit gegangen, um einfach wegschleichen zu können.

„Warum?“ Eine tiefe Traurigkeit legte sich in Sörens Stimme. Das hier war anders als mit Calben. Es war persönlich.

„Ich habe ihn geliebt.“

Die Wucht der Schlichtheit, die diese Antwort barg, ließ Sören kurz wanken. Obgleich er es bereits vermutet hatte. Nicht etwa Bambi war der Retter, von dem Mohammed seinen Mitbewohnern aus der Flüchtlingsunterkunft erzählte, sondern Richard.

„Wie … Ich meine, wann …?“

„Bereits beim Zusammentreffen mit ihm im Krankenhaus. Er lag noch auf der Intensivstation, als ich ihn zum ersten Mal befragte. Mohammed erwachte kurz zuvor aus dem Koma. Er war schwach, ausgezehrt. Aber er hatte schon wieder sein verschmitztes Lächeln auf den Lippen und dieses Funkeln in den Augen. Ich war verliebt. Vom ersten Moment an."

„In einen Teenager? Zumindest behauptete er, das zu sein." Es war ein schwacher Einwand, obligatorisch erhoben. Ohne wirkliche Substanz.

„Denkst du etwa, ich hätte es mir leichtgemacht? Es war absolut unprofessionell. Ich habe mich dagegen gewehrt. Es geleugnet. Doch er … Ihm ging es genauso wie mir. Niemand hat sich um ihn geschert. Nicht wirklich zumindest. Auch du nicht. Du hast dich vollkommen auf Than konzentriert. Verständlicherweise. Also habe ich mich um ihn gekümmert. Und dann ist es irgendwann passiert. Wir küssten uns zum ersten Mal im Krankenhaus. Heimlich, hinter einer dieser spanischen Wände. Ich werde diesen Moment nie vergessen."

Richards Stimme zitterte. Eine Träne löste sich aus seinen feuchten, geröteten Augen. Instinktiv trat Sören einen Schritt vor. Er wollte ihn in den Arm nehmen, trösten. Ihm versprechen, alles werde gut. Gegen jede Vernunft.

Bleib bei dir! Leiste dir keine emotionale Befangenheit!

„Es geht schon, keine Sorge", sagte van Dijk, als hätte er seine Gedanken erraten. Hastig wischte er sich mit dem Handrücken über die Wange, schniefte entschlossen. „Es war die schönste Zeit meines Lebens. Wir waren so verliebt. Vielleicht habe ich dabei die Realität ausgeblendet, ignoriert. Aber verdammt, hatte ich es nicht verdient, endlich einmal glücklich zu sein?"

Er schaute Sören herausfordernd und verzweifelt zugleich an.

„Natürlich hast du das", bestätigte er sanft. Hoffend, seine Ruhe würde auf Richard übergehen. Er konnte so verdammt gut nachvollziehen, was er hörte. Mit Than war es ihm ähnlich ergangen. „Was geschah dann?", fragte er vorsichtig nach.

Richard schüttelte mit erschöpftem Lächeln den Kopf. „Ich habe ihm gesagt, er soll nicht mehr …" Es fiel ihm schwer, die Worte auszusprechen.

„Auf den Strich gehen?“

Ein Nicken. „Ich flehte ihn an, er könne alles von mir bekommen, was er brauche. Aber er wollte auf eigenen Beinen stehen. Wollte unabhängig sein. So war er.“

„Bist du eifersüchtig gewesen?“

„Wärst du es nicht? Bei Than?“, verteidigte sich Richard erbost.

„Möglicherweise. Wahrscheinlich. Ja.“

„Eben. Allerdings ließ ich es mir nicht anmerken. Es ging mir auch darum, ihn in Sicherheit zu wissen. Dir muss ich nicht sagen, was für ein raues Pflaster das da draußen ist. Wir beide haben das oft genug erlebt.“

Sören nickte.

„Und letztlich sollte ich recht behalten.“ Wieder zitterte seine Stimme, versagte ganz. Er ließ sich erschöpft auf die Steintreppe sinken. Dabei streiften seine Augen die offenstehende Tür.

„Ist Calben wirklich tot?“, fragte er unvermittelt.

„Ja.“

„Hast du ihn …?“

„Nein. Das hat der alte Knacker selbst erledigt.“

Kurz wirkte Richard hin und her gerissen, ob er hineingehen sollte.

„Was geschah dann?“, fragte Sören hastig. Er musste ihn ablenken, beruhigen. Diese ganze Sache konnte jederzeit aus dem Ruder laufen. Noch hatte er keinen echten Plan, was er zu tun gedachte. Je länger van Dijk erzählte, umso mehr Zeit blieb ihm, sich zu sammeln. Abgesehen davon gab es weiterhin einige offene Fragen. Auch wenn das Bild inzwischen nahezu komplett war. Erneut hoffte er, dass Gustavo nicht zurückkehrte. Oder ein Streifenwagen vorfuhr. Immerhin saßen sie hier wie auf dem Präsentierteller. Ewig würden sie nicht unbemerkt bleiben. Selbst wenn bisher keiner der Nachbarn von ihnen Notiz genommen zu haben schien.

„Mohammed verschwand. Von einem auf den anderen Tag. Einfach so. Ohne ein Wort. Er holte nicht einmal seine Sachen bei mir ab. Ich habe nach ihm gesucht. So diskret wie möglich. Schließlich wusste niemand von uns. Natürlich meldete sein Betreuer ihn alsbald auch offiziell als vermisst. Aber du kannst dir ja vorstellen, mit wie viel Elan die Kollegen bei der Sache ermittelten. Trotzdem rechnete ich fest damit, Fragen gestellt zu bekommen. Aber nichts dergleichen geschah. Es gab keine Spur zu mir. Keinen Beweis, dass es ein *Uns* überhaupt jemals gegeben hatte. Ich wusste nicht, ob ich erleichtert oder verzweifelt sein sollte über diese Erkenntnis." Er hielt inne und musterte Sören neugierig. „Wie bist du auf mich gekommen?"

„Manfred Krutscher", sagte Sören schlicht, als wäre der Name eine selbsterklärende Antwort.

„Dieser Hurensohn von Clubbesitzer?"

„Als ich bei ihm war, um ihn in die Mangel zu nehmen, sagte er etwas, was mir zu denken gab. Krutscher meinte, wenn ich ihn als Verdächtigen auf der Liste hätte, müsste ich mich selbst auch oben draufsetzen. Und Than. Und jeden anderen, der eine irgendwie geartete Verbindung zu Mohammed habe. Das hat mir die Augen geöffnet. Wir haben Mohammeds Leben auseinandergenommen. Das LKA, ebenso wie ich selbst. Aber wir fanden rein gar nichts. Zumindest dachten das alle. Wenn es also überhaupt eine Chance gab, den Fall aufzuklären, dann musste ich bei den Leuten ansetzen, von denen ich wusste, dass Mohammed mit ihnen Kontakt hatte."

„Du hast sogar deinen Ex-Mann, die große Liebe deines Lebens, verdächtigt?"

Er schwieg. Jetzt, da es ausgesprochen war, kam er sich entsetzlich schäbig vor.

„Ach, Sören, was ist nur aus uns geworden?"

So sehr es ihm widerstrebte, durch diese Feststellung von Richard mitvereinnahmt zu werden, so wenig wollte er ihm widersprechen. Im Gegenteil.

Ich könnte genauso gut jetzt dort sitzen, wo er sitzt. Wäre Than etwas Derartiges zugestoßen …

Sören schob die Vorstellung weit von sich. „Hinzu kamen dein Burn-out und deine Bitte um Versetzung. Beides fiel ziemlich genau mit dem Verschwinden Mohammeds zusammen."

„Ich war am Ende. Ich hatte keinen Bock mehr, mich jeden Tag aufs Neue in die Dunkelheit zu stürzen. Diesen ganzen Dreck an mir haften zu haben."

„Und schließlich Thans Erwähnung, Mohammed habe über mich und ihn Bescheid gewusst. Da wurde mir klar, er musste diese Information wohl von einem Polizisten haben. Allerdings konnte ich mir nicht vorstellen, dass du einen einfachen Zeugen über mein Privatleben informierst. Auch dein übermäßiges Engagement in diesem Fall, von dem mir Basimah berichtete. Ebenso deine Gereiztheit. Das alles zusammengenommen ..." Er seufzte. „Wenn alle wahrscheinlichen Optionen aus unterschiedlichsten Gründen verworfen werden müssen, bleiben am Ende nur die unwahrscheinlichen übrig. Und davon warst du die naheliegendste. Ich hatte bis zuletzt gehofft, mich zu irren. Ich hätte alles dafür gegeben, anstatt dich noch den großen Unbekannten zu finden. Selbst wenn ich diesen Fall nie gelöst hätte, wäre es mir lieber gewesen."

„Tut mir leid, dich enttäuschen zu müssen." Abrupt erhob sich Richard, wandte sich der Haustür zu.

„Warte!"

„Ich muss da rein! Ich muss sehen, ob es wirklich vorbei ist."

„Ich werde dich nicht aufhalten!", log Sören. „Ich habe allerdings noch einige Fragen."

„Du scheinst doch alles schon zu wissen."

„Wie hast du Daume gefunden?"

„Gar nicht. Das war Adil."

„Mohammeds Bruder?", fragte Sören unnötigerweise. Er musste das Gespräch am Laufen halten. Sobald Richard die Schwelle überschritt, das Haus betrat, bedeute das den Anfang einer Kettenreaktion, vor der Sören graute. Er hatte Angst vor dem, was folgen würde. Solange sie redeten, behielt er die Kontrolle.

Was musste jetzt getan werden? Welche Optionen hatte er? Und, vor allem, was war Richards Absicht? Ihre Vertrautheit konnte nicht darüber hinwegtäuschen: Sie standen auf unterschiedlichen Seiten. Und sie hatten sicherlich unterschiedliche

Vorstellungen davon, wie diese Sache nun weitergehen, wie sie enden sollte.

„Vor einigen Monaten, zu Beginn des Sommers, klingelte Adil plötzlich an meiner Tür. Ich hatte keine Ahnung von einem Bruder. Geschweige denn einem Zwilling."

„Das muss ein ziemlicher Schock gewesen sein."

„Mir war sofort klar, es war nicht Mohammed, der da vor mir stand. Sie mochten sich gespenstisch ähneln, waren allerdings grundverschieden."

„Er suchte seinen Bruder?"

„Ja. Mohammed hatte mir zwar nichts von Adil erzählt, aber ihm alles über mich." Kurz leuchteten Richards Augen auf, ein Lächeln umspielte seine Lippen. Durch Adil erfuhr er, wie sehr dessen Bruder ihn ebenfalls geliebt hatte. Eine Offenbarung, süß und beruhigend, deren wohlige Wonne allerdings zugleich schrecklich flüchtig war, barg sie doch zugleich die Erkenntnis in sich, dass sein Geliebter nicht einfach so gegangen war. Er hätte ihm oder Adil Bescheid gegeben. Richard schwante, etwas Furchtbares musste geschehen sein. Ein Unfall. Oder Schlimmeres.

„Kannst du dir vorstellen, wie ich mich fühlte? Ich hatte ihn aufgegeben, die Suche eingestellt. Ich glaubte, er habe mich verlassen und aus Feigheit nichts gesagt. Stattdessen ... Ich gewährte Adil Unterschlupf. Gemeinsam nahmen wir die Suche wieder auf."

„Adil trieb sich an den Orten rum, wo er seinen Bruder vermutete?"

Richard nickte. „Abend für Abend zog er los, schlug sich die Nächte im Stricher-Milieu um die Ohren. Er war kurz davor aufzugeben, da sprach ihn dieser Daume an, der vorgab, Mohammed zu kennen. Ich ließ seinen Namen durch unsere Datenbank laufen. Checkte sogar Interpol. Nichts. Kein Eintrag. Adil beschloss, an der Sache dranzubleiben. Er biss sich förmlich fest. Schließlich lud Daume ihn zu sich ein. Was genau an jenem Tag in dem Apartment geschah ... Ich weiß es nicht. Vielleicht hat es Adil mir berichtet. Aber ich kann mich nicht erinnern, denn er brachte Daumes Notebook mit. Und darauf war das Video."

Richard hielt inne. Er hing fest in jenen Stunden, die alles ins Rollen brachten. Der Beginn einer blutigen Kaskade, die auf Schwanenwerder ihr Ende finden sollte.

„Zu sehen, wie …" Sein herzzerreißendes Schluchzen durchzuckte die Nacht. „Ich befand mich wie in Trance, gefangen in einem Strudel. Ich war nicht mehr Herr meiner Sinne."

Er begann zu weinen. Und diesmal gab es kein Halten.

Sören legte tröstend den Arm um ihn. „Ich glaube dir. Du standest unter Schock. Daumes Hinrichtung, eine Affekthandlung." Er versuchte ihm diese Brücke zu bauen. Wohlwissend, derartige Argumente für den zweiten Mord an Henning Reiter nicht mehr anbringen zu können.

Richard stieß ihn von sich. „Nein! Ich wusste, was ich tue. Als mir klar wurde, dass ich diesen Daume und seine Helfershelfer zur Rechenschaft ziehen würde für das, was sie Mohammed angetan hatten, brachte es mir Erleichterung. Sie sollten, wenn auch nur im Ansatz, ähnlich leiden wie er, dasselbe durchmachen. Das war der Moment, an dem ich begann, wieder klar sehen und klar denken zu können."

Sören verkniff sich die Frage, warum er, als erfahrener Beamter, nicht zur Polizei ging. Zum einen wollte er die Ausflüchte nicht hören, die schablonenhaften Beschwerden über das mangelhafte Justizsystem und die teuren Anwälte, die selbst einen überführten Mörder freibekämen. Oder das Palaver über die luxuriösen Gefängnisse. Die typischen Entschuldigungen, die all jene anbrachten, die Selbstjustiz übten. Zum anderen befürchtete er, Richard mit dieser Frage weiter von sich wegzutreiben, das fragile Gerüst, auf dem sie mit wankenden Schritten gemeinsam balancierten, zum Einsturz zu bringen.

„Ich wusste, mir blieb wenig Zeit", fuhr van Dijk mit erstaunlich fester, konzentrierter Stimme fort. Es war, als verspürte er die beschriebene Klarheit erneut. „Daume würde seine Komplizen warnen. Mein Vorteil war, er kannte mich nicht. Er wusste nur von Mohammeds Bruder. Es musste jetzt schnell gehen. Ich ließ Adil Kontakt zu ihm aufnehmen. Ein Treffen wurde vereinbart. Zum Reden. Ich befürchtete, Daume würde sich nicht darauf einlassen. Doch er sah offensichtlich keine andere Möglichkeit."

„Er war panisch. Ihm stand das Wasser bis zum Hals. Zu deinem Glück erreichte er keinen seiner Mittäter. Ein Zufall, begünstigt durch die strengen Regeln zur Kontaktaufnahme, die sie sich gaben, damit zwischen ihnen keine Verbindung nachweisbar wurde", schlussfolgerte Sören.

Richard zuckte gleichgültig mit den Schultern. „Ich ging das Risiko ein. Und wurde belohnt", stellte er in kühlem Gleichmut fest. Sein Blick war starr und hart und berechnend. „Adil blieb bei mir in der Wohnung. Ich ging allein hin. Das Notebook nahm ich selbstredend, anders als verabredet, nicht mit. Dafür ein paar notdürftige Utensilien. Wobei ich für das, was ich vorhatte, erschreckend schlecht vorbereitet war. Das sollte Basimah später sofort richtig erkennen. Anders als dieser Vollidiot Steiner."

„Du hast ein Nachtsichtbrille getragen. Das würde ich nicht unbedingt schlecht vorbereitet nennen", entfuhr es Petersen.

Richard musterte ihn durchdringend. Und abschätzend. Sören bereute seine unbedarfte Äußerung sofort.

„Wie du selbst festgestellt hast, wäre es auch möglich gewesen, dass mich nicht nur Daume am vereinbarten Treffpunkt im Tiergarten erwartet. Ich wollte nicht ins offene Messer laufen. Und erst recht wollte ich es vermeiden, meine Dienstwaffe einsetzen zu müssen. Das Gerät borgte ich mir. Es war ein Anschauungsobjekt aus einer meiner Pressekonferenzen. Am nächsten Morgen legte ich es einfach zurück an seinen Platz. Ist niemandem aufgefallen."

Die Selbstzufriedenheit in seiner Stimme ließ Sören erschaudern. Das war kein Affekt mehr. Das war Vorsatz.

„Und nachdem mir Daume nach einer ersten Attacke entwischte, erwies es sich als nützlich. Bambi hatte gegen mich, seinen Jäger, keine Chance. Oh, du hättest dieses Arschloch winseln hören sollen. Er verriet mir alles. Ich musste ihn nicht sonderlich motivieren. Die Aussicht, am Leben bleiben zu dürfen, ließ ihn eine sehr lockere Zunge bekommen. Er sagte mir, wo sich Mohammeds Grab befand und wo der eigentliche Tatort. Er nannte mir die Namen der anderen. Und auch, dass er sich abgesichert und Hinweise versteckt hatte. Sowohl in seinem Apartment als in dem Haus an der Havel. Er traute seinen Komplizen nicht."

„Du hast sein Apartment und das Anwesen von Alfred Kraus durchsucht! Hat er dir den Schlüsselbund gegeben, den Adil verlor?"

„Exakt. Ich musste verhindern, dass Steiner und seine Leute erfuhren, wer noch alles mit drinnen steckte, bevor ich Gelegenheit erhielt, Rache zu nehmen."

„Und Mohammeds Bruder?"

„Ich hielt ihn da raus, ließ ihn lediglich nach den Hinweisen suchen. Leider erfolglos. Er wusste natürlich, was ich vorhatte. Aber ich wollte ihn nicht mit hineinziehen. Mohammed hätte das nicht gewollt."

Richard schüttelte traurig den Kopf. „Ich habe ihm gesagt, er solle sich bedeckt halten. Nicht mehr in die Motzstraße gehen oder zu der Stelle, an der sein Bruder laut Daume begraben lag. Doch er hörte nicht auf mich. Fing sogar davon an, den Leichnam ausbuddeln zu wollen!"

Er hielt kurz inne, senkte den Blick. „Du bist schuld an seinem Tod", presste er mit unterdrückter Wut hervor.

„Ich wünschte, ich könnte rückgängig machen, was an jenem Abend vor der *BdW* geschehen ist", besänftigte Sören ihn. In Wirklichkeit fand er Richards Anteil an Adils Schicksal wesentlich gravierender. Er hatte den Jungen in die ganze Sache hineingezogen.

„Schon gut. Ich habe ihn ja auch nicht beschützen können. Obwohl ich es versuchte. Er war genauso stur wie Mohammed. Das hatten die beiden dann doch gemeinsam", bestätigte Richard seine Gedanken. Jede Wut war aus seiner Mimik gewichen. Erneut traten ihm Tränen in die Augen. Er befand sich in einem emotionalen Ausnahmezustand. Die Frage war, wie lange dieser bedenkliche Zustand schon anhielt. Monate? Jahre?

Es fiel Sören schwer, jenen unberechenbaren, gebrochenen Mann, der vor ihm saß, mit dem Bild, das er in seinem Kopf hatte, in Einklang zu bringen: Der lustige und laute, stets gut gelaunte van Dijk mit seinem offenherzigen Tom-of-Finland-Lächeln war verschwunden. Aufgefressen von den Ereignissen der vergangenen Monate. Dahingerafft von Daume, Calben und Konsorten.

„Schlussendlich, so unsensibel und schrecklich sich das anhören mag, half mir Adils Tod, meinen Plan weiter in die Tat umzusetzen. Nachdem auch Henning glauben musste, Daumes Mörder sei gestorben, wagte er sich wieder aus der Deckung. Trotzdem dauerte es Wochen, bis er bereit war, sich mit mir zu treffen." Er lächelte kurz. „Du hättest sein schockiertes Gesicht sehen sollen, seine aufgerissenen Augen, als er realisierte, wer ich war."

Abrupt erhob sich Richard. „Zeit, es hinter mich zu bringen."

„Warte!"

„Nein, mein Lieber, genug jetzt. Ich muss den Bastard sehen! Um ehrlich zu sein, ich hätte nicht geglaubt, diese Chance überhaupt zu erhalten. Solange sich der Alte in diesem Sanatorium aufhielt, befand er sich außerhalb meiner Reichweite. Und seit er wieder in Berlin war, hatte er nonstop seinen seltsamen Hausdiener um sich herum. Ich befürchtete schon, er würde doch noch friedlich entschlafen. Dass er nun sein Leben selbst beendete, ist zwar nicht das, was ich vorgesehen hatte für ihn. Aber es muss reichen."

Er nahm die letzten Stufen zur Haustür. Sören folgte ihm hastig.

„Nein", hielt van Dijk ihn mit Entschiedenheit zurück. „Ich gehe allein."

„Aber …"

„Als dein Freund, ich versichere dir, ich werde nicht abhauen. Warte hier auf mich."

Alles in Sören widersetzte sich. Doch er hielt sich zurück. Richard hatte ihm damals geholfen, seine Karriere riskiert. Und nicht zuletzt: Es waren jene Ereignisse um Than und

Mohammed, die sie beide auf verschlungenen Wegen hierhergebracht hatten. Auf eine Insel in der Havel. In einer bitter kalten Winternacht. Alles hing auf absurde und tragische Weise zusammen. Da war es das Mindeste, was er tun konnte, seinem Kollegen und Freund diesen Gefallen zu erweisen, ihm zu vertrauen.

„Einverstanden. Du hast fünfzehn Minuten.“ Sörens Stimme ließ keinen Zweifel, er würde ihm nicht eine Sekunde länger geben.

Richard nickte, verschwand schweigend im fahlen Innern des Hauses. Die Tür ließ er weit offen. Ein Höllenschlund.

Erneut stellte sich Petersen die Frage, wie es nun weitergehen sollte. Mit der Rechten tastete er nach seinem Smartphone in der Hosentasche. Er war kurz davor, Steiner anzurufen. Die Sache drohte ihm über den Kopf zu wachsen. Richard wirkte auf ihn nicht mehr berechenbar. Und er selbst, nüchtern und analytisch betrachtet, ebenso wenig. Er war befangen. Erschwerend hinzu kam der Raubbau, dem er sich in den vergangenen Wochen ausgesetzt hatte. Er konnte sich kaum mehr auf den Beinen halten. Seine Hände zitterten. Es fiel seinen Augen zunehmend schwerer zu fokussieren.

Du bist nicht mehr Herr deiner Sinne und erst recht nicht mehr Herr der Lage, alter Junge!

Die Konsequenz aus dieser Selbstanalyse bestand darin, sich seine letzte Zigarette anzuzünden.

Nach exakt einer Viertelstunde tauchte Richards gebeugte Gestalt im Türrahmen auf. Er wirkte um Jahre gealtert. Erschöpft. Am Ende.

Da stehen wir also, zwei alte, auf Grund gelaufene Wracks. Ohne Schutz den Gezeiten und Winden ausgesetzt.

Er blickte ihn fragend an.

„Ich dachte, ich würde mich besser fühlen. Euphorisch. Doch jetzt, wo es wirklich vorbei ist, spüre ich“, Richard zögerte kurz, als horche er sich hinein, „absolut gar nichts.“

Vorsichtig näherte Sören sich ihm, wie einem verwundeten Tier, dem man helfen wollte, aber zugleich Angst haben musste, da nicht klar war, wie es reagierte.

Als er schließlich neben ihm stand, schaute ihn Richard aus geröteten Augen an und ließ sich gegen seine Schultern fallen. Wehklagendes Schluchzen erklang. Sören umschloss ihn erleichtert mit seinen Armen, drückte den Körper fest an den seinen.

„Alles wird gut. Alles wird gut", besänftigte er ihn und sich selbst. Eine offensichtliche Lüge, die er allzu gerne selbst glauben wollte.

Einige Minuten standen die beiden Männer so da. Schweigend. Stumm weinend.

„Lass uns gehen", schlug Sören flüsternd vor.

„Wohin soll ich jetzt noch gehen?"

„Erst einmal zu mir. Dort schläfst du dich aus. Kommst wieder zu Kräften. Und morgen ..." Er unterbrach sich. Unsicher, ob er wirklich weitersprechen sollte. „Morgen rufen wir einen Anwalt an. Dann schauen wir weiter."

Schleppenden Schrittes setzten sie sich in Bewegung.

„Ich werde für dich aussagen. Ich lass dich nicht hängen. Du bist damals für mich da gewesen. Es ist überfällig, mich zu revanchieren."

Sie waren beinahe an Sörens Wagen angekommen. Er hatte den Schlüssel schon hervorgeholt.

Woher Richard so plötzlich die Pistole hatte? Er konnte es nicht sagen. Die Vertrautheit zwischen ihnen hatte ihn eingelullt. Unaufmerksam werden lassen.

„Leg das verdammte Ding weg!"

Van Dijk reagierte nicht. Sein Blick war gesenkt. Die Waffe allerdings zeigte direkt auf Petersen.

„Mach es uns beiden nicht schwerer, als es sowieso schon ist." Seine emotionslose Stimme ließ Sören erschaudern. Es sprach pure Entschlossenheit draus. Instinktiv wich er einen Schritt zurück.

„Steig in den Wagen."

„Das werde ich nicht tun", entgegnete Petersen, nicht weniger entschlossen.

„Es ist zu deinem Besten."

„Das bezweifele ich."

„Dachtest du ernsthaft, wir würden morgen gemeinsam bei Steiner im Büro auftauchen und bei einem Kaffeekränzchen in aller Ruhe darüber plaudern, was geschehen ist?“

„Ich wollte …“

„Steig in den Wagen!“

„Und was dann? Setzt du dich neben mich, eine P1 auf meinen Schädel gerichtet, und zwingst mich, über die Grenze nach Polen zu fahren?“

Richard lächelte traurig. „Ich werde nicht mitkommen.“

Schlagartig verstand Sören. „Nein! Auf keinen Fall! Ich lass dich jetzt nicht im Stich! Hörst du!“

„Es war von Beginn an für mich klar, wie diese Sache endet. Wer sich selbst anmaßt, das Recht in seine Hand zu nehmen, der muss sich über die Folgen im Klaren sein. Ich übe Selbstjustiz in aller Konsequenz – mich eingeschlossen.“

„Es ist nicht vorbei!“ Sören spürte, wie er all seine letzten, verbliebenen Kräfte zusammenkratzte. Konnte er es riskieren, sich auf ihn zu stürzen und ihm die Pistole zu entreißen?

„Versuch es bitte nicht“, beantwortete Richard die unausgesprochene Frage, als hätte er Sörens Gedanken gelesen. Wahrscheinlich tat er das sogar. Schließlich waren sie beide in den Genuss einer vollumfänglichen Polizeiausbildung und vieler Jahre Diensterfahrung gekommen.

„Es ist nicht vorbei“, wiederholte Sören mantraartig. „Deine Aufgabe ist nicht erledigt. Wir müssen diesen Bergmann zur Strecke bringen. Er mag nicht direkt an Mohammeds Tod beteiligt gewesen sein. Aber er ist mitschuldig.“

„Das ist jetzt dein Job. Tu mir diesen Gefallen. Zumindest das schuldest du mir.“

„Ich kann dich hier nicht zurücklassen“, sagte Sören flehentlich.

„Du musst. Bitte, steig in den Wagen.“

„Ich kann nicht.“

Ein Seufzen. Aus den Untiefen seiner Seele kam es über Richards Lippen. „Weißt du noch, als wir uns vergangenen Herbst im Hafen zufällig über den Weg liefen? Im September. Du bist dort gewesen mit Mara Bella.“

Es schien eine Ewigkeit her zu sein. Ein anderes Leben. Eine andere Zeit.

„Es war der Tag vor dem Folsom-Wochenende", half ihm Richard auf die Sprünge. Langsam dämmerte Sören, auf was er hinauswollte.

„Es war der Abend, nachdem Daume im Tiergarten … Ich war so verzweifelt und einsam. Vollkommen überwältigt und auch schockiert von dem, was ich getan hatte. In meiner Wohnung hatte ich Angst, verrückt zu werden. Also ging ich aus, zwang mich, so zu tun, als könnte mein Leben einfach so weitergehen wie zuvor. Dabei war mir längst klar, wohin der Weg, den ich eingeschlagen hatte, führen würde."

„Heute wie damals gilt, nichts ist in Stein gemeißelt!"

Richard lächelte ihn ebenso gerührt wie nachsichtig an. „Ich wusste nicht, was für ein Optimist und Menschenfreund du sein kannst."

„Bitte, Richard! Du liegst mir am Herzen. Genauso wie Mara Bella. Ich habe nur etwas gebraucht, um das zu realisieren!"

„Das ist schön zu hören. Wie lieb von dir. An jenem Abend vor der Bar", er zuckte unsicher mit den Achseln, „vielleicht hat es da für den Bruchteil einer Sekunde wirklich noch eine Option gegeben. Eine Möglichkeit. Eine Weggabelung. Als wir uns zum Abschied umarmten. Ich war kurz davor, dir alles zu gestehen. Ich fühlte mich so geborgen. Doch dann … war der Moment vorbei. Jeder von uns ist seines Weges gegangen. Und jetzt, jetzt stehen wir hier. Glaube mir, ich wollte dich in diese Sache nicht hineinziehen."

„Dafür ist es zu spät. Du hast es allerdings in der Hand, wie ich aus dieser Sache wieder herauskomme", entgegnete Sören zitternd, mit der Verzweiflung eines Ertrinkenden.

Richard hörte ihm nicht zu, die Worte drangen nicht zu ihm durch. „Als wir uns kennenlernten. Im Dienst. Ich kann gar nicht mehr sagen, an welches Arschloch ich zu jener Zeit mein Herz vergeudete … Ich habe mir für eine kurze Zeit eingebildet, nichts sehnlicher gewünscht, als dass du meine Hand nimmst, mich mitziehst. Mich rettest. Es hat nicht sollen sein. Mir ist nicht einmal klar, warum."

Wie auf Kommando streckte ihm Sören seine Hand entgegen. „Nimm sie jetzt! Es ist nicht zu spät."

Ihre Blicke trafen sich. Hart. Unnachgiebig. Wild entschlossen. Sören wurde klar, er hatte verloren.

„Ich werde nicht weggehen! Ich werde dich hier nicht zurücklassen!", bekräftigte er noch einmal mit aller Verzweiflung. Mit aller ihm verbliebenen Kraft.

„Leb wohl!", antwortete Richard.

Dann endete es.

Der Schuss durchschlug die nächtliche Stille in beiläufiger Brutalität.

Van Dijks Körper sackte in sich zusammen.

Ein lautes, schrilles Fiepen erklang in Sörens Ohren. Er hörte sich schreien. Er hörte sich weinen. Er sah sich über den erschlafften Körper gebeugt, ihn schüttelnd, das entstellte Gesicht in den Händen haltend.

Blut rann ihm wärmend über die eiskalten Finger.

Dann erfasste sie beide ein gleißendes Licht.

Plötzlich stand ein Wagen neben ihm. Die Beifahrertür wurde aufgestoßen.

Hinter dem Steuer saß Constanze Stark. Im grellen Schein der Innenraumbeleuchtung, durch das Netz seiner Tränen, wirkte sie seltsam verzerrt. Ein Dämon, vom Himmel entsendet.

„Jetzt kommen Sie schon, verdammt! In ein paar Minuten wird es hier vor Polizei nur so wimmeln."

Er rührte sich nicht, ließ Richards leblosen Körper nicht los.

Wortlos stieg Constanze aus. Ohne jede Regung des Missfallens, dafür tiefste Entschlossenheit ausstrahlend, zerrte sie ihn auf die Beine. Mit einem Taschentuch wischte sie ihm einen feuchten Klumpen von der Wange. Es fühlte sich nicht nach Blut an. Er würgte.

„Reißen Sie sich zusammen!"

Trotz ihrer filigranen Gestalt unerwartet kraftvoll, bugsierte sie Sören in den Wagen.

„Mein Auto steht dort …"

„Darum kümmere ich mich später. Wir müssen Sie jetzt erst mal von hier wegbringen."

Constanze knallte die Tür zu, ging zügigen Schrittes um den Wagen, schwang sich auf den Fahrersitz. Jede ihrer Bewegungen war akkurat, aber ohne kopflose Eile. Leise schnurrend sprang der Motor an.

Sie gestattete sich einen inspizierenden Blick auf ihn, ehe das Licht in der Kabine ausging. „Sie riechen wie eine betrunkene Wildsau“, stellte sie mit einem angedeuteten Lächeln fest.

Er musste unwillkürlich grinsen. Dann übermannte ihn wieder die Wucht der Ereignisse.

„Ich werde Sie jetzt nach Hause fahren“, erklärt Stark. Der Wagen rollte los, wie von Geisterhand gezogen. „Hoffentlich kommen wir von dieser verfluchten Insel runter, bevor die Blaulichter anrücken.“

„Wollen Sie nicht wissen, was genau passiert ist?“

Sie ließ sich einige Straßenlaternen für eine Antwort Zeit. „Ich habe eine grobe Ahnung. Haben Sie jemanden getötet?“

„Nein“, seufzte Sören erschöpft. „Das war nicht notwendig.“

„Gut.“

In knappen Worten schilderte er ihr die Vorkommnisse. Doch mit jeder Silbe wurde seine Aussprache schleppender. Seine Zunge hob sich schwerer und schwerer. Die Augen fielen ihm immer wieder zu.

Über die Brücke kehrten sie aufs Festland zurück. In der Ferne blinkte der Nachthimmel in grellem Blau. Sirenen waren zu hören.

Der Wagen surrte leise und gleichmäßig. Stark summte. Es war die Melodie eines Kinderliedes.

Ihm fielen die Augen zu.

31

Er war wach. Von einer Sekunde auf die andere. Kein Flattern der Wimpern, kein träges Blinzeln, kein langsames Herausschälen aus einer Traumwelt in die Realität.

Sören war einfach wach – und wünschte, es nicht zu sein.

Er lag in seinem Bett. Das mit Blutflecken besprenkelte Hemd hing über dem Stuhl neben dem Kleiderschrank. Die Hose trug er allerdings noch. Ebenso Unterhemd und Socken.

Gräuliches Tageslicht fiel durch die Fenster. Die Heizung bollerte. Im Zimmer lag eine staubige Hitze.

Er schwitze. Seine Kehle war trocken, der Schädel dröhnte schmerzhaft. Kurzum, es hätte ein durchschnittlicher Morgen sein können, wäre die vergangene Nacht nicht gewesen.

Sören horchte in seine eigene Wohnung hinein. Doch außer dem obligatorischen Straßenlärm, der gedämpft hereingetragen wurde, hörte er nichts. Ob Stark noch da war?

Er hatte sie sicherlich nicht hereingebeten, konnte sich zugleich erinnern, wie sie ihn bis zur Haustür brachte. Hatte sie ihn stützen müssen? Schemenhaft zeichneten sich entsprechende Bilder in seinem Kopf ab. Die Vorstellung, er könnte sich vor ihr eine derartige Blöße gegeben haben, ekelte ihn förmlich an.

Er wollte sich übergeben, einfach alles auskotzen, die Toilettenspülung hinunterrauschen lassen – und vergessen. Stark. Van Dijk. Daume. Calben. Bergmann. Than. Und, zuallererst, sich selbst. Sören Petersen. Besser gesagt, der kümmerliche, erbärmliche Rest, der von ihm übrig war.

Sein Körper flehte um Alkohol und Koffein. Am besten beides auf einmal. Das eine, um wach zu werden, das andere, um zu dämpfen, den stechend-schmerzhaften Geruch dieser ganzen Scheiße erträglich werden zu lassen.

Er stemmte sich aus der Waagerechten. Sofort bestrafte ihn sein Körper für die unverhältnismäßige Anforderung mit feinen Nadelstichen direkt in seinen Hypothalamus. Er stöhnte.

Verkrustete, schwarzrote Flecken zierten den Saum der Jeans. Hastig streifte er die Hose aus, kickte sie unbeholfen in eine Ecke. Dann erhob er sich. Die wenigen Meter zur Tür waren anstrengend, ließen gleichwohl seinen Kreislauf stotternd auf Betriebstemperatur hochfahren.

Sören verließ das Schlafzimmer und spürte sofort, er war nicht allein. Er roch sie, hörte das melodische Klackern einer Notebook-Tastatur.

Stark saß am Küchentisch, starrte konzentriert auf den Bildschirm und tippte, hob kurz den Kopf, als er hereinkam.

„Guten Morgen, Herr Petersen."

Schweigend zwängte er sich an ihrem Stuhl vorbei zur Kaffeemaschine und zog einen doppelten Espresso. Er wollte ihr auf keinen Fall das Gefühl geben, willkommen zu sein.

„Ich habe mich häuslich eingerichtet. Ich hoffe, das geht in Ordnung", sagte sie übertrieben zuckersüß.

„Waren Sie die ganze Nacht hier?"

„Das erschien mir den Umständen entsprechend angebracht."

„Was Sie für angebracht halten, ist kein Maßstab. Nicht mehr. Das ist ab heute vorbei."

„Trinken Sie Ihren Kaffee. Sie müssen nüchtern werden."

„Das ist alles, was Sie zu sagen haben?", blaffte Sören und stürzte den Inhalt seiner Tasse in einem Zug hinunter.

„Ich rette gerade Ihren Hintern. Etwas mehr Dankbarkeit wäre angebracht." Sie legte eine ihrer typischen Kunstpausen ein. „Wenn auch offensichtlich zu viel verlangt."

Kurz erwog Sören, dass sie recht haben könnte. Es war bereits Morgen. Steiner musste sich längst einen Überblick am Tatort verschafft haben. Der alte VW Jetta konnte nicht unentdeckt geblieben sein. Trotzdem hatte noch kein Einsatzkommando bei ihm geklingelt. Er stand hier und trank Kaffee. Zugegeben, das war zumindest bemerkenswert.

Seine Wut auf Stark wog allerdings deutlich schwerer als diese Fragen aufwerfende Erkenntnis. „Sie retten, wenn überhaupt, Ihren eigenen Arsch. Aber diesmal lasse ich Sie nicht davonkommen. Ich werde Sie ans Messer liefern. Und diesen Bergmann gleich mit. Es ist vorbei. Jetzt ist niemand mehr sakrosankt."

„Ich kann Ihre Erbostheit nachvollziehen. Sie ist trotzdem unangebracht. Ich wurde genauso hinters Licht geführt wie Sie."

„Hätte ich von Beginn an gewusst, wer mein wahrer Auftraggeber ist …"

„… würden wir wohl heute alle beide genau am selben Punkt stehen", unterbrach sie ihn ärgerlich. Seine Uneinsichtigkeit reizte ihre Geduld aus. „Setzen Sie sich. Hören Sie mir zu. Für einige Minuten wenigstens."

„Warum sollte ich?"

„Mir fallen einige Gründe ein. Zuallererst der, dass ich seit heute Nacht Ihre Anwältin bin. Und Sie mich bitter nötig haben. Das beruht, so viel möchte ich eingestehen, auf Gegenseitigkeit."

Sören wollte in die Luft gehen. Sie anschreien. Zugleich begriff er, wie sehr er mit seinen Kräften haushalten musste. Es mochte vorbei sein. Doch die Sache war, in diesem Punkt kam er nicht umhin, ihr zuzustimmen, längst nicht ausgestanden.

Er begann die Küche nach Zigaretten abzusuchen, riss Schränke und Schubladen auf, in denen er gelegentlich für Notfälle Packungen deponierte. Panik stieg in ihm auf, als er keine fand.

Wortlos, mit schonungslos triumphierender Miene legte Stark ein Big Pack Marlboro auf den Küchentisch.

Sörens Stolz mochte groß sein, die Sucht brach ihn trotzdem. Er zog einen Stuhl heran, nahm ihr gegenüber Platz, steckte sich eine an.

Sie schob ihm den Rechner zu. „Lesen Sie."

„Was ist das?"

„Ihre Aussage, die Sie so – und zwar genau so, Wort für Wort – bei der Polizei machen werden."

Zunächst überflog er Text nur. Doch mit jeder Zeile wuchs seine Aufmerksamkeit. Was er las, war beeindruckend.

Steiner würde ihn für diese Einlassungen hassen. Er selbst hätte es zu seiner Zeit als Kommissar getan. Alle Fallstricke wurden umschifft, offene Fragen zufriedenstellend erklärt und jedes noch so kleine, strafrechtlich relevante und ihm nachweisbare Fehlverhalten ausgeräumt – oder zumindest in ein freundliches, jeden Richter gnädig stimmendes Licht gerückt. Es gab einige Beschönigungen, an den passenden Stellen Auslassungen – und wenige Unwahrheiten.

„Das ist verdammt gute Arbeit. Für eine blutsaugende Anwältin“, musste er anerkennend feststellen.

„Danke.“

„Ich werde es trotzdem nicht mittragen können“, wandte er sachlich, ohne jede Häme oder Zorn ein.

Sie hob kaum merklich die Augenbraue, musterte ihn durchdringend. Warum? Sie stellte die Frage nicht laut. Ihre Mimik genügte vollkommen.

„Dieser Politiker. Jan Bergmann.“

„Was ist mit ihm?“

„Sie erwähnen ihn mit keinem Wort.“

„Darum geht es also?“

„Um was sollte es sonst gehen?“

„Ich habe mir die halbe, nein, die ganze Nacht um die Ohren gehauen, um diesen Schlamassel aufzuräumen. Haben Sie überhaupt eine Ahnung, wie viele Telefonate ich führen, wie viele Gefallen ich einfordern musste? Ich stehe seit heute bei Menschen in der Schuld, von denen ich es mir nie hätte träumen lassen.“ Ihre Stirn legte sich in Falten; die Lippen, die ohnehin nicht wirkten, als wäre ihnen oft ein Lächeln vergönnt, gekräuselt.

Er genoss ihre Wut. Endlich einmal war nicht er es, der von ihnen beiden aufgebracht war. „Wie uneigennützig“, kommentierte er lakonisch.

„In diesen Kategorien zu denken, wird Sie nicht weiterbringen. Im Gegenteil. Wenn Sie Bergmann wirklich zur Rechenschaft ziehen wollen, bedarf es eines geschickteren Vorgehens. Vor allem müssen Sie mir vertrauen. Oder zumindest auf mich hören“, beschwor sie ihn zu seiner Verblüffung eindringlich.

„Warum sollte ich? Sie taten bisher alles, um Bergmann zu schützen.“

„Jetzt enttäuschen Sie mich. Haben Sie sich nie gefragt, wer das Folter-Video den Medien zugespielt haben könnte?“

„Sie?“, rief er überrumpelt.

„Ich gebe zu, anfangs war ich tatsächlich darum bemüht, Bergmanns Namen unter allen Umständen aus den Ermittlungen herauszuhalten. Doch mit jeder Enthüllung, mit jeder unerwarteten Wendung wuchs mein Misstrauen. Es war offensichtlich, er verschwieg etwas. Ein klarer Verstoß gegen meine Grundanforderung, die ich an alle Klienten stelle: absolute Ehrlichkeit. Ich muss wissen, auf was ich mich einlassen. Mir war klar, wäre Bergmann tatsächlich aktiv in die Mordfälle von Andreas Daume oder Mohammed Tamer verstrickt, hätte er mich kaum einen Privatdetektiv engagieren lassen, um die Aufklärung zu beschleunigen. Es ging ihm vielmehr darum, einen Wissensvorsprung zu erhalten. Abgesehen davon hatte er durch mein Engagement, sollte es brenzlig werden, einen tragenden Baustein in der Verteidigungsmauer. Er würde so belegen, dass er selbst proaktiv eine Aufklärung unterstützte."

„Zu diesen Schlüssen bin ich ebenfalls gekommen", stellte Sören unnötigerweise fest.

Stark schenkte ihm einen zweideutigen Blick, als nähme sie ihm das nicht ab und er behaupte das aus gekränktem Ermittler-Stolz. Ganz falsch lag sie damit nicht. Tatsächlich hatte er sich bisher nicht die Mühe gemacht, Bergmanns Agieren zu hinterfragen. Die Heftigkeit der auf ihn einstürzenden Ereignisse ließ ihm nicht die nötige Zeit zum Nachdenken.

„Wie auch immer", fuhr Stark fort. „Nach dem Tod Adils und Steiners Erklärung, der Fall Daume sei aufgeklärt, wandelte sich Bergmanns Verhalten komplett. Er schien gelöst, sorglos, geradezu befreit. Meine Zweifel wuchsen. Mit dem Wissen von heute ist klar, woher sein jäher Stimmungsumschwung kam. Musste er zuvor fürchten, ein unbekannter Rächer übe an Mohammeds Peinigern Vergeltung und könne über kurz oder lang auch vor seiner Tür stehen, war die Gefahr nun gebannt."

„Sie wollten ihn mit der Veröffentlichung aus der Reserve locken. Ihn an seine Leichen im Keller erinnern, in der Hoffnung, er würde nervös werden und Fehler begehen."

„Sehr gut", lobte Stark wie eine Lehrerin, die einen Erstklässler im Mathematikunterricht zu seinem logischen Denken beglückwünschte. „Leider hat es nicht funktioniert. Bergmanns Hybris ist zu groß. Er ist überzeugt, niemand kann ihm etwas. Erst recht jetzt, da alle seine Komplizen tot sind. Er hat sich verdammt gut abgesichert. Es gibt keine Beweise gegen ihn.“

„Nur Calbens Aussage“, stöhnte Sören, wissend, wie wertlos das war. Ein geschickter Verteidiger würde anführen, dass Bergmanns psychopathischer Mentor ihn aus reiner Rachsucht, in gekränkter, narzisstischer Eitelkeit ans Messer liefern wollte und daher wirre Hirngespinste verbreitete. „Es muss eine Möglichkeit geben, seine Verstrickung in den Fall zu beweisen.“

„Sie werden ihm nicht anhängen können, was er getan hat. Und wenn Sie sich entschließen sollten, seinen Namen gegen meine ausdrückliche Empfehlung beim LKA zu nennen, werde ich alles leugnen. Mein ganzes Geschäftsmodell basiert auf Vertrauen. Werde ich auch nur einmal in einem Gerichtssaal sitzen und gegen einen Klienten aussagen, ist es vorbei. Mein Ruf wäre ruiniert. Niemand würde mich mehr engagieren.“

Das vibrierende Summen ihres Smartphones unterbrach Starks Ausführungen. Sie blickte irritiert auf die angezeigte Rufnummer und nahm den Anruf entgegen. „Constanze Stark. Was kann ich für Sie tun?“

Während sie schweigend lauschte, stand ihr Mienenspiel still. Das blasse Gesicht wirkte wie eingefroren.

Sören trat mit einer Kippe im Mundwinkel ans Fenster. Die Weitsicht über den Nollendorfplatz beruhigte ihn. Er wollte Bergmann auf keinen Fall so davonkommen lassen. Stark mochte aus materiellem Egoismus davon absehen, den Politiker ans Messer zu liefern. Doch was hielt ihn auf? Er war bereits am Boden. Natürlich konnte sie, falls er sich ihren Wünschen widersetzte, mit ihren hochhackigen Schuhen auf ihm herumtrampeln und weitere Tiefschläge verpassen. Einen echten Unterschied machte das allerdings nicht mehr. Oder unterschätzte er in dieser Hinsicht ihren Einfluss? Genügte ihre Macht, um ihn tatschlich und absolut zu zerstören? Brächte sie es fertig, ihn ins Gefängnis zu bringen? Persönliche Freiheit und Prinzipientreue waren das Letzte, was ihm nach dem Verlust seiner Selbstachtung blieb. Sollte er nun gezwungen sein, eines davon zu opfern?

Stark legte auf. Sie wandte sich ihm mit so etwas wie Mitgefühl in den Augen zu. „Keine guten Nachrichten. Dieser Tänzer, Daumes Ex-Freund, um den Sie sich gekümmert haben … Er ist …"

„Nein!" Es war mehr ein Wimmern als ein Aufschrei.

Nicht Max! Nicht er auch noch.

„Er erlag heute seinen Verletzungen. Infolge des Suizidversuchs …"

Sie redete weiter.

Ihre Worte drangen nicht länger durch das dröhnende Rauschen in seinem Kopf. Er sah, wie sich ihre dünnen, blassen Lippen bewegten. Es war nicht wichtig, was sie sagte. Er wollte keine weiteren Heucheleien und Lügen und Halbwahrheiten hören. Er war es leid, eine ihrer Marionetten zu sein.

Warum Max? Hatte es in dieser Geschichte nicht schon genug unnötige Opfer gegeben? Wer würde noch alles in diesen Schlund gerissen werden? Gerne hätte Sören geweint. Doch sein Vorrat an Tränen war aufgebraucht. Nur schmerzende Leere, wo Trauer hätte sein sollen.

„Petersen? Hallo! Sind Sie noch da?"

Starks anschwellende Stimme ließ ihn aus der Apathie taumeln. Schwankend erhob er sich und ging zum Eisfach.

Wo ist der verdammte Wodka?

„Sie wollen jetzt ernsthaft trinken?", fragte sie scharf.

„Genau das möchte ich. Danach rufe ich Steiner an und mache reinen Tisch. Ich werde Bergmann ans Messer liefern. Und Sie gleich mit ihm!", zischte Sören und holte eine kalte Schnapsflasche hervor, die er sich, noch bevor sie anlaufen konnte, kurz auf Stirn und Wange legte.

„Sie sind eine Schlange! Nein, eine Spinne in einem Netz!"

Sie musterte ihn ungerührt, ohne auch nur daran zu denken, auf seine Beleidigungen zu reagieren.

Zitternd schraubte er den Verschluss ab und nahm einen kräftigen Schluck. Es brannte angenehm in seiner Kehle. Welche Wohltat! „Jeder, der sich Ihnen nähert, bereut es!"

„Dies trifft auf uns beide zu“, schoss Stark ungerührt zurück. „Reißen Sie sich zusammen! Hören Sie auf zu saufen! Zumindest bis heute Abend!“

Wütend riss sie ihm den Wodka aus der Hand. Er versuchte, sich ihrer zu erwehren. Erfolglos. Stattdessen schwankte er abermals. Kurz wurde ihm schwarz vor Augen.

Constanze knallte die Flasche auf die Küchenanrichte. „Schluss jetzt! Ich habe keine Zeit für solches Theater!“

Sie klappte ihr ledernes Mäppchen auf und holte ein kleines Stück Papier hervor. „Das hier ist ein Scheck. 30.000 Euro.“

„Sie wollen mich bestechen? Ernsthaft?“

„Machen Sie sich nicht lächerlich. Es ist ein Bonus. Immerhin haben Sie den Fall aufgeklärt. Das Geld ist an keine Bedingungen geknüpft.“

Er lächelte sie humorlos an. Pure, verblendete Verachtung stand ihm ins Gesicht geschrieben. „Schon klar! Sollte ich allerdings annehmen und zugleich Sie anschwärzen, Ihre Machenschaften mit diesem Bergmann offenlegen, könnte ich das Geld unmöglich behalten. Sonst würden Sie dafür sorgen, dass ich als Ihr bestochener Handlanger in den Fokus rücke.“

Stark seufzte genervt. Sie hatte genug von ihm und seiner störrischen Art. Energisch packte sie ihre über den halben Küchentisch verteilten Habseligkeiten zusammen, klappte das Notebook zu.

Der Scheck blieb demonstrativ liegen.

„Achtung, Leute! Abgang der Marionettenspielerin! Ihre Puppen haben sich die Fäden durchgeschnitten“, rief er ihr sarkastisch hinterher.

Ruckartig, gleich einer wild gewordenen Furie, drehte sie sich zu ihm um. Ihr Gesicht war schmerzhaft verzerrt vor Wut. „Oh, Sie dummer Einfaltspinsel!“, schrie Stark.

Sören zuckte erschrocken zusammen. Mit einem derartigen Ausbruch dieser stets kontrollierten Frau hatte er nicht gerechnet.

„Was glauben Sie eigentlich, wen Sie hier vor sich haben? Ein gefühlloses Monster ohne Gewissen und Mitleid? Auch ich habe meine Grenzen. Und Bergmann und Calben haben diese deutlich überschritten. Anstatt jedoch in blinden Aktionismus zu verfallen und um sich zu schlagen, wie es ein gewisser Sören Petersen, Privatdetektiv, zu tun pflegt, erlaube ich mir ein bisschen mehr Effizienz und Präzision."

Er setzte zu einer aufgebrachten Gegenrede an, doch sie ließ ihn nicht zu Wort kommen.

„Bergmann ist gerissen. Abgebrüht. Und von seiner Unantastbarkeit siegestrunken. Er glaubt, niemand könne ihm in *dieser* Sache etwas nachweisen. Und damit scheint er, Stand heute, richtigzuliegen. Das bedeutet allerdings nicht, dass ich ihn vergessen werde. Ich kümmere mich um ihn. Er wird seiner gerechten Strafe nicht entrinnen."

„Wie wollen Sie das anstellen?", fragte Sören ehrlich interessiert.

„Das werden Sie bei gegebener Zeit merken. Der Tag wird kommen …"

„Raus!", unterbrach er sie wütend. „Ich habe genug von Ihren Spielchen, Andeutungen, Heimlichkeiten."

Sie zuckte mit den Schultern, lächelte in eleganter, amüsierter Herablassung. „Funken Sie mir nicht dazwischen, Petersen. Es wäre in unser aller Interesse. Wenn Sie zur Besinnung gekommen sind, rufen Sie mich an. Aber lassen Sie sich nicht zu viel Zeit. Ich kann Ihren Freund Steiner nicht ewig hinhalten." Stolzen Hauptes, als hätte es ihren kurzen Wutausbruch nie gegeben, schritt sie von dannen. Die Wohnungstür war schon wieder im Zufallen begriffen, da schob Stark hinterher: „Und wenn nicht … Nun ja, die Konsequenzen müssen Sie in diesem Fall mit sich selbst ausmachen."

Laut knallte die Tür ins Schloss.

Abgang der Marionettenspielerin.

Nachdem Stark von dannen gezogen war, schenkte sich Sören einen Wodka ein. Und dann noch einen. Und noch einen.

Als er fürchtete, von den Wänden seiner Wohnung langsam bei lebendigem Leib erdrückt zu werden, flüchtete er in sein Büro.

Dort nahm seine Beklemmung nicht ab. Im Gegenteil. In der dicken, von kaltem Rauch geschwängerten Luft taumelte er von Hustenanfall zu Hustenanfall.

Kein Trost, nur böse Erinnerungen.

Kein Ort, um zu verweilen.

Sören türmte erneut. Raus auf die Straße. Die windige Kälte bot ihm Schutz, mahnte ihn, in Bewegung zu bleiben, ohne ihn zugleich irgendwohin treiben zu wollen.

Ein Blatt im Sturm. Mehr war er nicht an jenem Tag.

Er streunte durch Schöneberg und Charlottenburg. Den Ku'damm hinauf und hinunter; durch den Tiergarten, einen großen Bogen schlagend um jenen Ort, an dem man Bambis Leiche gefunden hatte. Wehret den Anfängen!

Der Wind kam von Osten. Also ging er stur weiter in diese Richtung, stemmt sich der Naturgewalt entgegen und landete auf dem Gendarmenmarkt. Blindlings steuerte er durch die Touristengruppe, die fleißig Fotos schoss, die Schönheit zu profanen Bits und Bytes auf ihren Digitalkameras und Smartphones degradierend.

Plötzlich, zum zweiten Mal innerhalb eines Tages, vermisste er Phnom Penh. Nicht die Stadt. Eher das damit verbundene Gefühl. Die schwüle Nachtluft, die er stets als drückend empfand. Der Geruch der Garküchen, der ihn manchmal zum Würgen brachte. Die freundlichen Menschen, deren Lächeln ihn verstörte, manchmal gar erboste.

Wie wäre sein Leben verlaufen, wäre er damals einfach in der Hauptstadt geblieben und nicht weiter nach Siem Reap gereist? Die Frage beschäftigte ihn einen ganzen Straßenzug lang. Kein Than. Keine Liebe. Kein Absturz?

Mohammed könnte sogar noch leben. Vielleicht hätte er den Jungen damals vor sich selbst gerettet, wenn er nicht auf Than fokussiert gewesen wäre. Und Richard …

Ich wünschte, Than wäre mir niemals über den Weg gelaufen.

„Belüg dich selbst nicht so schamlos!"

Er blicke überrascht auf. Kai tänzelte neben ihm her. Einen Joint rauchend. Der süßliche Geruch von Gras stieg Sören in die Nase. Erstaunlicherweise war seine Jugendliebe komplett nackt, als wäre er gerade dem von Sommer lau erwärmten Wassern der Nordsee entstiegen.

„Was willst du hier?", fuhr Sören ihn giftig an.

Ein Pärchen, das ihm auf den Gehweg entgegenkam, wechselte schnell die Straßenseite.

„Keine Ahnung, sag du es mir." Kai lächelte provozierend.

„Du bist tot. Vor Jahren gestorben. Hast mich damals alleingelassen. Jetzt brauch ich dich auch nicht mehr." Er starrte stur geradeaus, wohl wissend, seine Jugendliebe konnte nicht wirklich durch Berlin scharwenzeln. *Du wirst langsam verrückt! Reiß dich zusammen!*

„Mann, was ist nur mit dir los, Alter!"

Als Sören erneut vorsichtig nach rechts lugte, war Kai verschwunden.

Der Duft von Pot lag noch immer in der Luft. Doch das konnte auch die Gruppe von Teenagern sein, die sich unter Rauchschwaden verstohlen in einem Hauseingang herumdrückte.

Freilich lag Kai mit seiner Einschätzung richtig. Gegen nichts auf der Welt hätte er die gemeinsame Zeit mit Than eingetauscht. Nicht einmal gegen seinen Schmerz.

Das Gesicht seines Ex erschien vor Sörens geistigem Auge. Es lachte ihm neugierig entgegen. So hatte Than ihn bekommen. Wenn er lächelte, tat er das nicht nur mit seinen zarten, filigranen Lippen, sondern noch viel mehr mit seinen Augen. Oh, wie er sich nach diesem nur für ihn bestimmten Lächeln sehnte! Er wusste, er würde es nie wieder geschenkt bekommen. Zumindest nicht so wie früher. Das war sein Leiden. Das Danach-Leiden.

Seit dem Ende ihrer Beziehung lebte er in diesem Danach. Er wünschte sich so sehr, dieser Zustand möge endlich enden. Auf die eine oder noch lieber auf die andere Weise. Diese Sehnsucht besaß ihn. Machte ihn besessen. Vielleicht lag darin auch der Schlüssel für seinen unglaublichen Verdacht. Hätte sich dieser bewahrheitet, wäre es womöglich vorbei gewesen. Das Danach hätte enden können.

Hat mich dieser augenscheinliche Ausweg dazu gebracht zu glauben, Than, dieser wunderbarste aller Menschen, könne etwas mit den Morden zu tun haben?

Er brauchte Nachschub. Dringend. In einem Spätkauf holte er ein Six-Pack Bier.

Die Flaschen in ihrer Pappummantelung fest wie eine mit wertvollen Habseligkeiten vollgestopfte Handtasche unter den Arm geklemmt, machte sich Sören auf den Weg zu Thans Wohnung. Endlich gab es ein Ziel. Wenn auch eines mit vielen Unwägbarkeiten.

Wohin sollte er sonst gehen? Zu Hause erwartete ihn bestenfalls Steiner mit einer Truppe Beamter. Schlimmstenfalls die Leere. Das Danach.

Natürlich öffnete niemand die Tür, als er nach gefühlten Stunden den Plattenbau in der Linienstraße erreichte.

Also warten. Erschöpft von seinem Marsch ließ sich Sören auf die stechend kalten Steinstufen der Eingangstreppe sinken und begann zu trinken. Irgendwann zwischen Flasche zwei und drei dämmerte er weg.

„Täubchen! Aufwachen! Wach auf!" Mara Bellas Stimme schwebte durch eisigen Nebel.

Er stöhnte leise. Nicht aus Notwendigkeit, sondern eher mit der Intention, ihr zu zeigen, dass er sie wahrnahm.

„Was machst du nur für Sachen!", sagte sie sanft und streichelte über seine Wange. Er konnte ihr süßes, blumiges Parfüm riechen.

„Hoffentlich hat er keine Erfrierungen!", gesellte sich eine zweite Stimme dazu. Es war Than.

Than! Du liegst auf seiner Treppe, du Idiot!

Sören schlug die Augen auf und blickte in die kummervollen und zugleich erleichterten Gesichter jener zwei Menschen, die die einzigen auf der Welt waren, die er jetzt sehen wollte. Mühsam stemmte er sich hoch. Eine nicht leer getrunkene Flasche Bier rollte aufgeschreckt von seinem Schoß. Ihr Inhalt kleckerte über die Stufen.

Er wollte etwas sagen, ihnen versichern, es gehe ihm gut. Doch er fand keine Worte. Seine Stimme versagte ihren Dienst. Ob aus Scham angesichts der Situation und seines Zustands oder aus echtem Unvermögen vermochte er nicht zu beurteilen.

Dankbar ließ er sich von den beiden nach oben bringen.

„Eine heiße Dusche mit viel Seife wäre angebracht", befand Than, als sie in seinem Wohnungsflur standen.

„Ich kümmere mich!", erklärte Mara Bella und lotste den wortlosen Petersen in das kleine Badezimmer, zog ihn mehr ruppig als sanft aus und ließ dann heißes Wasser auf ihn niederregnen. Tropfen für Tropfen taute sein Körper auf.

Eine gute halbe Stunde später saß Sören an Thans Küchentisch.

Zum zweiten Mal innerhalb weniger Tage.

Einen Pott starken, schwarzen Kaffees trinkend, kehrte gemächlich seine Sprache zurück. Zunächst nur einzelne Worte. Schließlich ganze Sätze. Und dann, unter beständigem Schluchzen, war er endlich bereit zu reden.

Vieles von dem, was er ihnen erzählte, wussten sie bereits aus den Nachrichten. Oder von Steiner. Der Kommissar hatte sich auf seiner Suche nach Petersen auch bei den beiden gemeldet, mit Informationen allerdings gegeizt.

Anderes hingegen rief Kopfschütteln hervor oder ließ sie ernste, vielsagende Blicke wechseln. Er sparte nichts aus. Nicht seinen Schmerz. Nicht seine Trauer. Nicht seine Halluzinationen. Und auch nicht seinen Verdacht gegen Than.

Zum Schluss berichtete er von seinem Gespräch mit Stark, von ihren seltsamen Andeutungen in Bezug auf Bergmann. Und von dem Scheck. Dem Schweigegeld, wie er es nannte.

„Was willst du jetzt machen?", fragte sein Ex. Er wirkte noch immer ehrlich besorgt. Doch in seine Miene hatte sich auch Missmut geschlichen. Und tiefe Ratlosigkeit. Sören konnte es ihm angesichts all der Offenbarungen nicht verdenken.

„Ich habe keine Ahnung. Ich bin … irgendwie am Ende."

Mara Bella tätschelte liebevoll seine Hand, die sie die ganze Zeit über nicht losgelassen hatte. „Ich befürchte, dieser Fall war so etwas wie ein Schwarzer Schwan für dich."

„Ein Schwarzer Schwan?“ Thans Gereiztheit war nun unüberhörbar.

„So bezeichnete ein Börsenguru einmal ein Ereignis, das höchst selten und unwahrscheinlich ist, aber extremste Konsequenzen mit sich bringt.“

„Es bringt Sören wohl kaum weiter, wenn wir hier jetzt wild herumphilosophieren“, entgegnete Than und erhob sich gähnend. „Abgesehen davon, seid mir nicht böse, es ist spät, ich muss morgen im Gegensatz zu euch früh raus.“

Er schmatzte Mara Bella einen Kuss auf die hohe Stirn und tätschelte Sören über die Schulter. „Ich bin froh, dass du lebst.“

Er schaute sich kurz unschlüssig in der Küche um. „Ich leg mich aufs Ohr. Ihr könnt bleiben, solange ihr wollt. Zieht einfach die Tür zu. Ich ruf euch morgen an.“

„Gute Nacht, mein kleines Täubchen.“

„Gute Nacht.“ Er nickte ihnen beiden aufmunternd zu und beeilte sich dann, das Zimmer zu verlassen und räumliche Distanz zu dem eben Gehörten zu schaffen.

„Nimm es ihm nicht übel. Das war starker Tobak, den er sich gerade reinziehen musste“, flüsterte Mara Bella leise, als er weg war.

Sören lächelte müde. „Wie könnte ich.“

„Wir haben die halbe Stadt nach dir abgesucht, nachdem Steiner bei uns auflief.“

„Danke. Euch beiden“, hauchte Sören erschöpft und mit schlechtem Gewissen.

„Bist du noch imstande, meinen Rat zu ertragen?“, fragte sie mit hochgezogenen Augenbrauen und wild klimpernden, frivol langen Kunstwimpern, deren geschwungene Enden golden schimmerten.

„Nur her damit. Ich vermute, den habe ich mir redlich verdient.“

„Nimm das Geld. Sei skrupellos. Du musst nicht die Welt retten. Nicht heute. Nicht jetzt. Gerade musst du einfach nur dich selbst retten und vielleicht, ich wage es kaum auszusprechen, schaffst du es sogar, ein wenig Glück dabei zu finden. Was meinst du, mein armes, verletztes Täubchen?“

„Ich habe es nicht in der Hand, ob ich glücklich bin."

Sie lächelte mit spöttischer Nachsicht. „Nun, das sehen einige Menschen anders."

„Wer?"

„Ich würde sagen, allen voran die Autoren von diversen Ratgebern."

„Es gibt Bücher darüber, wie man es schafft, glücklich zu sein?", fragte er mit gespielter, übertriebener Ungläubigkeit.

„Ganze Regale, ach, was, ganze Bibliotheken voll, würde ich meinen. Allerdings genügt ein Sprichwort, wenn du mir diese abgedroschene Volkstümlichkeit verzeihen magst: Du selbst bist deines Glückes Schmied."

Nur zu gerne hätte Sören ihren Worten Glauben geschenkt.

Sören

Berlin von oben. Es war seltsam, wieder hier zu sein. Nach so vielen Monaten.

Seit jenem Tag, an dem es ihn in diese Stadt verschlagen hatte, war er nie zuvor so lange von ihr getrennt.

Er hatte es vermisst. Berlin konnte einen umarmen und auffressen. Oder umarmen und auf Schwingen in ungeahnte Höhen tragen. Oder beides zugleich. Wen die Stadt allerdings erst einmal in ihren liebevoll-grausamen Fängen hatte, den ließ sie freiwillig nicht wieder los.

Zügig ging der Pilot in den Sinkflug. Die Straßenzüge Pankows wurden größer und größer, immer mehr Details sichtbar. Autos, Bäume, schließlich sogar einzelne Menschen.

Ein leichtes Zittern ging durch die Kabine. Wenige Sekunden später setzte das Flugzeug mit einem Ruck auf, rollte über die Landebahn Tegels. Sören schloss kurz die Augen, wurde sich gewahr, zum letzten Mal auf diesem Weg hierher zurückzukehren. Bald würden die Türen des Flughafens für immer schließen. Der neue Airport stand in den Startlöchern. Ironie der Geschichte, dass das Projekt nach Jahren der Verschleppung, Pleiten und Skandale ausgerechnet dann fertig wurde, als der globale Reiseverkehr jäh zum Erliegen kam.

Die weltweite Pandemie machte auch vor Deutschland nicht Halt. Ob sich die Stadt sehr verändert hatte? Wie gelang es all den Paradiesvögeln und Überlebenskünstlern, den Abgehängten und Gestrandeten wohl, die vergangenen Monate zu überdauern? Waren sie noch hier? Gab es sie noch?

Sören wurde klamm. Selbstredend hatte er sich von Mara Bella auf den neuesten Stand bringen lassen. Die Clubs waren geschlossen. Immerhin durften die Bars und Restaurants wieder Gäste bewirten.

Einige hatten es nicht geschafft. Zahlreiche weitere Einrichtungen kämpften ums Überleben. Darunter auch die *BdW*. Der Gedanke, sein zweites Wohnzimmer könnte Opfer des Virus werden, ließ ihn schaudern.

Er selbst hatte das vergangene halbe Jahr dem Weltenlauf entrückt auf einem kleinen Eiland vor der Küste Kambodschas verbracht. In einer schlichten Holzhütte. Unter Palmen.

Than und Mara Bella war es im Februar in einem gemeinschaftlichen Kraftakt gelungen, ihn zu überzeugen, das Geld zu nehmen und abzuhauen. Mehr als nur widerstrebend ließ er sich auf den Deal mit Constanze Stark ein, machte seine Aussage bei der Polizei, ließ Steiners Wutanfall über sich ergehen und packte dann seine Sachen.

Als er an einem spätwinterlichen Freitagabend bei Schneeregen in den Flieger stieg, war er nicht sicher, ob er jemals zurückkommen würde.

Er war fertig mit Berlin. Mit diesem Leben. Mit sich selbst.

Vor allem Letzteres.

Nach einem kurzen Aufenthalt in Phnom Penh reiste er weiter nach Kampot. Dort setzte er mit einem Langboot über auf die Insel. Than besorgte ihm die Unterkunft. Er kannte die Familie, die den kleinen Homestay betrieb. Zehn windschiefe, bunt bemalte Hütten, die sich um eine Lagune gruppierten. Nur drei Stunden Strom am Tag. Kein Wifi.

Entkoppelt von der Welt lebte er dort. Nur für sich. Er schlief viel. Und aß noch mehr. Die rundliche Tante der Familie, eine stets lächelnde, ansonsten schweigende Frau namens Bun, kochte für ihn mit. Für 5000 Riel am Tag brachte sie ihm alle paar Stunden Reis, Suppen, scharfe Currys, köstlich zubereitete Fische und Krabben, frisches Obst.

Zwei Zigaretten am Tag gönnte er sich. Morgens und abends. Gelegentlich ein Bier.

Anfangs kreisten seine Gedanken noch um den Fall. Richard, Mohammed, der alte Calben und sogar Kai suchten ihn in seinen Träumen heim. Doch schneller als vermutet ließen sie von ihm ab. Das Rauschen der Palmen, wenn der Wind durch ihre Kronen fuhr, vertrieb die Geister der Vergangenheit. Sören Petersen kam endlich zur Ruhe.

Zum ersten Mal seit vielen Jahren.

Alles verlor an Bedeutung. Es war schlichtweg nicht mehr wichtig.

Er suchte keinen Kontakt zu den anderen Gästen, mied sie regelrecht. Die überwiegende Zahl blieb sowieso nur wenige Tage. Suchte doch einmal jemand das Gespräch, zeigte er sich reserviert und tat so, als spräche er kaum Englisch. An manchen Tagen konnte er die Worte, die er sagte, an einer Hand abzählen.

Der Einzige, zu dem er engeren Kontakt pflegte, war ein junger Bayer namens Thomas Obermaier. Der Mittdreißiger setzte sich eines Abends einfach neben Sören vor dessen Hütte, reichte ihm ein Bier und sagte: „Prost!“. Für eine halbe Stunde war es das einzige Wort seinerseits, während sie andächtig beobachteten, wie die Sonne im Meer versank.

Es stellte sich heraus, dass Thomas eigentlich Ingenieur war und in seinem früheren Leben Personenaufzüge konzipiert hatte. Jetzt bloggte er als Influencer über seine Reisen. Sören fand den Gedanken, quasi mit seinem persönlichen Tagebuch Geld zu verdienen, befremdlich. Dann lieber Bulle, schoss es ihm durch den Kopf. Allerdings fühlte es sich in diesem Moment, als nur das Grollen der Brandung die Dunkelheit erfüllte, erstmals seit seiner Kündigung undenkbar an, zum LKA zurückzukehren.

Thomas Obermaier verschwand einige Tage später wieder. Bleibender war für Sören die Erkenntnis aus jener Nacht. Er hatte abgeschlossen mit seiner Karriere bei der Polizei. Einfach so. War es nicht seltsam, mit welcher Wucht die Einfachheit eines Lebens unter Palmen alte Gewissheiten wegreißen konnte?

Zunächst bemerkte er, derart für sich und abgeschottet, nicht, wie einsam es um ihn herum wurde. Er registrierte freilich, ohne sich darum zu sorgen, dass das Kommen und Gehen der Touristen zum Erliegen kam. Die Boote brachten Menschen von der Insel, aber keine neuen mit.

Eines Tages war er dann der einzige verbliebene Gast auf dem Eiland. Er schob es auf das Ende der Hauptsaison und die langsam einsetzende Regenzeit. Bis ihn Kannitha, die älteste Tochter der Familie und diejenige, die das beste Englisch sprach, fragte, ob er wegen des Virus nicht ebenfalls in sein

Heimatland zurückkehren wolle. Er schaute sie einigermaßen perplex an. Sie konnte seine Unwissenheit kaum glauben, lachte verlegen und fasste für ihn zusammen, welches Unheil sich jenseits des Meeres zusammenbraute. Grenzen wurden geschlossen. Ausgangssperren verhängt. Der Flugverkehr eingestellt.

Kurz wallte Panik in ihm auf. Stand seine Vertreibung aus dem Paradies bevor? Er war nicht bereit dafür. Noch nicht!

Kannitha beruhigt ihn. Er könne bleiben. Sie kenne die richtigen Männer. Es war nur eine Frage des Geldes.

Sören lächelte glückselig. Geld war das Einzige, um das er sich derzeit nicht sorgen musste. Dafür hatte er schließlich einen verdammt hohen Preis gezahlt.

Er beauftragte sie, alles Notwendige in die Wege zu leiten. Trotzdem ließ er sich, nur um sicherzugehen, am darauffolgenden Tag für einige Stunden aufs Festland übersetzen, und suchte ein Internetcafé auf.

Sonderlich beunruhigt zeigte er sich allerdings nicht von dem, was er auf den Nachrichtenportalen lass. Sollte die Welt untergehen, er selbst war es ja bereits, dachte er fatalistisch.

In Erregung versetzte ihn hingegen eine Mail, die er in seinem überquellenden Postfach vorfand. Absenderin: Constanze Stark. Betreff: „Ich sagte doch, ich würde mich kümmern“.

Der Inhalt bestand aus einer Ansammlung von Links. Sie alle führten zu Artikeln über einen Skandal, der selbst im Angesicht der Pandemie das politische Berlin in den Grundfesten erschütterte.

Auf mehreren Rechnern des konservativen Shootingstars Jan Bergmann hatte man Dateien mit kinderpornografischen Inhalten sichergestellt. Der Beschuldigte beteuerte seine Unschuld, behauptete, Opfer einer Verschwörung zu sein. Niemand nahm es ihm ab. Sein Ehemann distanzierte sich öffentlich von ihm. Die Parteifreunde sowieso.

Mit einem zufriedenen Lächeln kehrte Sören an jenem Tag auf die Insel zurück. Stark hatte Wort gehalten. Bergmann würde bezahlen. Nicht für jene Dinge, derer er schuldig war, sondern für etwas, was er gar nicht begangen hatte. Die Vorstellung, wie dieses Arschloch daran verzweifelte, bereitete ihm teuflische Freude.

Kurz erwog Sören, eine Antwort zu verfassen, Stark zu diesem intriganten Schachzug zu beglückwünschen, ihr zu danken. Letztlich konnte er sich nicht dazu durchringen.

Die kommenden Monate verbrachte er in erholsamer Eintönigkeit. Nur er, das Meer, der Strand und die Palmen. Unbehelligt von den Behörden, dafür treu umsorgt von Kannitha und ihrem Clan, behütet wie ein Schatz. Ein kleines, profitables Geheimnis.

Er wurde kein Teil ihrer Familie. Allerdings Teil ihres Lebens. Bun, die tatsächlich stumm war und sich nur in Gebärdensprache auszudrücken vermochte, führte ihn über alle Verständigungsprobleme hinweg in die Geheimnisse der kambodschanischen Küche ein. In Kannithas fünfjährigem Sohn Phirun fand er einen Spielgefährten, der dankbar war für jede Lektion in Sachen Fußball und Englisch. Der Junge zeigte ihm seinerseits die schönsten Stellen, um zu tauchen, und nahm ihn mit, wenn er die Krabbennetze in Ufernähe leerte. Sören wagte sich vorzustellen, Than sei als kleines Kind genauso gewesen. Es waren jene Momente, in denen ihm schwer ums Herz wurde. Doch auch dieser Schmerz schwand langsam dahin, löste sich auf wie eine Handvoll Sand in einer Meeresströmung.

Und so war Sören nicht der Einzige, dem am Tag der Abreise die Tränen in den Augen standen.

Er sei jederzeit willkommen, sollte er jenseits des Meeres keinen Frieden finden, versicherte Kannitha. Sie fragte ihn in all den Monaten nicht, warum er hier war, was ihn antrieb, wovor er auf der Flucht war. Doch im Moment ihres Abschieds gab sie ihm subtil zu verstehen, dass sie ihn durchschaut hatte.

Keine vierundzwanzig Stunden später schloss ihn Mara Bella am Gate in die Arme. Sie trug einen Mundschutz mit Rosa-Winkel-Emblem. „Ach, mein verlorenes Täubchen, was habe ich dich vermisst“, schluchzte sie.

Er lächelte tapfer. Die Welt hatte ihn zurück.

Sie nahmen den Bus zurück nach Schöneberg. Wie ein kleiner Junge, der zum ersten Mal in der Fremde war, klebte Sörens Nase an der Fensterscheibe. Er konnte sich nicht losreißen von Berlin. Alles war schrecklich vertraut und zugleich anders, was nicht nur an den Gesichtsmasken lag, die gelegentlich in der Szenerie aufleuchteten wie kleine, verstörende Spotlights. Seltsamerweise hatte er sich in Asien an deren Anblick gewöhnt, nahm diese Gepflogenheit als kulturelle Normalität hin. Mit Berlin brachte er dies nicht in rechten Einklang.

„Werde ich meine Wohnung wiedererkennen?“, fragte er auf Höhe der Jungfernheide.

Mara Bella grinste schelmisch. „Mehr oder weniger. Ich habe mich allerdings häuslich eingerichtet.“

„Lass mich raten: Viel Stoff und Tüll, ein wenig Kitsch und jede Menge Blumen.“

„So in etwa.“

Ein kehliges Lachen entwich ihm. „Ich freu mich darauf, mit dir an meiner Seite.“

„Ich kann es kaum glauben“, antwortete sie. „Bist du dir wirklich sicher?“

„Und ob ich das bin“, entgegnete er ohne jedes Zögern aus tiefstem Herzen.

Als sich abgezeichnet hatte, dass er für einige Zeit verschwinden würde, war Mara Bella in sein Apartment gezogen. Ihre eigene Wohnung wurde, wie lange befürchtet, ein Opfer der Gentrifizierung. Es war von Beginn an klar, sollte Sören zurückkehren, würde sie trotzdem bleiben können. Ein Gedanke, den seine langjährige Freundin offensichtlich befremdlicher fand als er selbst.

„Sei beruhigt, meine Liebe, ich habe in den vergangenen Monaten mit einer kambodschanischen Großfamilie verbracht. Da werde ich eine glamouröse Diva, die in meinem Gästezimmer Hof hält, wohl kaum als problematisch empfinden.“

„Dein Wort in Göttins Ohr!“ Sie warf ihm einen sorgenvollen Blick zu, in dem sich schlechtes Gewissen widerspiegelte.

„Was musst du mir beichten?“, fragte er erwartungsvoll.

„Ich habe am Samstag zum Abendessen geladen. Die ganze Mischpoke."

„Das wird ein Fest!", befand er grimmig lächelnd, nahm ihre Hand und hauchte einen Kuss auf die Fingerspitzen.

„Nächster Halt: Hansaplatz", ertönte die metallene Stimme des Ansagesystems.

Einer spontanen Lust folgend, griff Sören seinen schweren Rucksack.

„Lass uns aussteigen."

„Hier? Warum?"

„Ich habe Kohldampf. Und dort gibt es den besten Döner der Stadt. Hat mir zumindest jemand mal gesagt."

„Wer?"

„Ein unglaublich entzückender Mann. In einem anderen Leben."

Er nannte wohlweislich nicht Kevins Namen, von dem er diesen Tipp bei ihrem ersten Zusammentreffen erhalten hatte. Er verspürte nicht die geringste Lust darauf, dass sie ihn mit dem neusten Klatsch und Tratsch über seine Ex-Affäre versorgte. Er wollte seine Rückkehr schließlich langsam angehen. Schritt für Schritt.

Der türkische Imbiss befand sich im oberirdischen Teil der U-Bahnstation. Er bestellte Kebap, Mara Bella ein Dürüm. Andächtig aßen sie ihr Mahl auf einer Bierbank in der Sonne.

„Wirklich hervorragend", stellte Mara Bella fest. Er nickte geistesabwesend. Die Gruppe am Nachbartisch fesselte seine Aufmerksamkeit. Drei Frauen und fünf Männer saßen, Bierflaschen vor sich, um einen der Tische. Sie waren das, was man gemeinhin als Alkis bezeichnete. Sie tranken, diskutierten mit schwergewichtigem Habitus über Nichtigkeiten und Nonsens, wetterten über die da oben und die da unten. Hassobjekt Nummer eins der Unterhaltung war Jan Bergmann, der Kinderschänder. Geifernd zogen sie über ihn her.

Sören wurde kurz warm ums Herz.

Zwischen ihnen saß ein junger Schwarzer, durchtrainiert, attraktiv. Vor allem im direkten Vergleich zu den eingefallenen Gesichtern um ihn herum, die allesamt weit vor der Zeit zu aufgedunsenen Ruinen geworden waren. In welcher Verbindung er wohl zu ihnen stand?

„Wie alt bist du, Jason?“, fragte eine Frau mit Rollator den Jungen.

„Zweiundzwanzig“, antwortet der Angesprochene artig.

„Ach, das perfekte Alter. Da steht man noch richtig im Saft.“

„Ja, das tut er!“, mischte sich einer der Männer ein. „Und jetzt ist Sommer. Die beste Zeit.“

„Sommer in Berlin!“, rief die Frau.

Die Gruppe lachte. Sören erschloss sich nicht, worüber.

Ein Obdachloser, der auf der anderen Seite des Platzes kauerte, äffte sie, von dem Lärm aufgeschreckt, nach. „Sommer in Berlin. Wann wird es mal wieder richtig Sommer in Berlin?“

„Halt die Fresse!“, schrie eine der Frauen aggressiv.

„O Berlin, du bist so wunderbar!“, seufzte Mara Bella angesichts des Schauspiels. „Ich nehme an, von derartigen Szenen bist du auf deiner kleinen Insel verschont geblieben.“

„Ich habe es vermisst“, stellte er lakonisch fest.

Nachdem sie fertig waren, stiegen sie in den nächsten Bus gen Nollendorfplatz. Wenig später schloss Sören zum ersten Mal seit Monaten die Tür seiner Wohnung auf.

Tatsächlich war Mara Bellas Wirken dezent und mehr als annehmbar. Auf dem Tisch standen weiße Lilien. Seine Lieblingsblumen. Eine Kreidetafel schmückte nun die Küchenwand. Darauf stand „Willkommen zurück“. Daneben war ein unförmiges Täubchen gezeichnet.

„Insgesamt überschaubarer als angenommen“, kommentierte Sören, während er die neuen violetten Vorhänge am Fenster inspizierte.

„Freut mich, dass es dir gefällt.“ Sie lachte glockenhell.

Es war früher Abend. Sören stand auf seinem Balkon, überblickte Schöneberg. Mara Bella trat zu ihm, zwei Gin Tonic in der Hand. Ihr langes, wallendes Kleid raschelte leise.

Schweigend stießen sie an.

„Warum bist du so plötzlich zurückgekommen? Anstatt einen der ersten regulären Linienflüge zu nehmen, wäre es doch ein Leichtes gewesen, noch ein bisschen auf deiner Insel die Seele baumeln zu lassen“, fragte sie, an ihrem Drink nippend, den Blick starr ins Nirgendwo gerichtet.

„Die Sehnsucht war es. Nicht mehr und nicht weniger“, antwortete er nach kurzer Bedenkzeit.

„Geht es dir besser?“

Sören nickte. „Die Frage ist, ob das einen Unterschied macht. Ob dadurch automatisch alles besser wird.“

„Bereit für eine meiner kleinen Lebensweisheiten? Eine Anekdote?“, fragte sie.

„Lass laufen, Mitbewohnerin.“

„Vor einigen Wochen, es war während des Lockdowns, hatte ich ein Date. Verbotenerweise! Es war herrlich aufregend.“

„Böses Mädchen!“

„Ja, das bin ich. Wie dem auch sei. Er war jung. Nicht zu jung. Mitteljung, würde ich meinen. Ein Manager. Für ein Pandemie-Krisentreffen in der Stadt. Wir haben nicht die tiefsinnigsten Gespräche geführt. Ich vermute, er war einfach mal scharf drauf, aus irgendwelchen perversen Gründen, mit einer abgehalfterten Transe zu ficken. Als wir jedoch nackt nebeneinander lagen …“

„Ich hoffe doch in deinem und nicht in meinem Bett!“, unterbrach er gespielt echauffiert.

„Was auch immer dir lieber ist, mein kleines Täubchen, such es dir aus. Aber unterbrich mich nicht mehr. Wie Gott uns schuf, lagen wir beieinander, als er unvermittelt etwas sehr Wahres sagte. Wir unterhielten uns darüber, wie verrückt diese Zeiten seien. Dieses angebliche *new normal*. Ich meinte, das alles bereitete mir durchaus Sorge. Da küsste er mich sanft und meinte, es werde nicht alles anders, und erst recht nicht alles besser. Aber manche Dinge änderten sich eben doch. Und davor Angst zu haben, sei müßig und sinnlos. Vielmehr sollte ich mich darauf konzentrieren, was ich daraus machen wollte.“

„Aus welchem Poesiealbum er diese Weisheit wohl geschöpft haben mag?“

Mara Bella kniff ihm verspielt in den Oberarm.

„Du hast damals kurz vor meinem Abflug zu mir gesagt, ich sollte zur Ruhe kommen, mich selbst finden und überlegen, für was es sich für mich zukünftig lohnen könnte, am Morgen aufzustehen und wieder glücklich zu sein", fuhr Sören fort.

„Das hört sich sehr nach mir an", stimmte Mara Bella zu.

„In der Einsamkeit habe ich mich gefragt, was ich wirklich vermisse. Du bist mir eingefallen. Und ein paar wenige andere Menschen. Berlin. Meine Arbeit."

„Zurück zur Bullerei?"

„Nein. Auf keinen Fall", entgegnete er ohne Zögern. „Aber, ich könnte als Privatdetektiv arbeiten. Eine kleine, eigene Detektei. Ich suche mir hier irgendwo im Kiez ein kleines Büro." Sören lächelte verschmitzt. „Was hältst du von der Idee? Meinst du, das würde funktionieren?"

Mara gluckste zufrieden. „Eine hervorragende Idee. Ich habe gehört, in der Potsdamer Straße stehen seit Monaten Geschäftsräume leer."

„Immer noch?" Er hatte den Mietvertrag für sein altes Büro mit seinem Weggang gekündigt.

„O ja. Der perfekte Ort für Sören Petersen. Privatdetektiv. Der Größte seiner Zunft seit Sherlock Homes. Und der schwulste. Ich habe schon den passenden Slogan: *Detektei S.P. – Wir decken alles auf.*"

Sie mussten beide lachen, als sie an die Anzeige dachten, die er auf ihr Drängen hin vor ziemlich genau einem Jahr geschaltet hatte.

Gemeinsam rauchten sie noch eine Zigarette und lauschten dem Kreischen der Mauersegler, die vor dem Panorama einer sich langsam herabsenkenden Abendsonne durch die Lüfte jagten. Schließlich brach Mara Bella zu ihrer Schicht in die *BdW* auf. Sören versprach nachzukommen. Auf einen Gin Tonic. Oder auch zwei. Er war in Stimmung. Im Unterschied zu früher würde er diesmal nicht trinken, um sein Leben erträglicher zu machen, sondern um auf sein Leben anzustoßen, auf seinen Plan, auf sein neues, altes Ziel, auf seine Rückkehr – in jeder erdenklichen Hinsicht.

Von tiefer, kitschiger Nostalgie erfüllt, beobachtete er, wie die Sonne ihre finalen Strahlen über den Himmel sandte, bevor sie mit einem stummen Zischen am Horizont versank.

Im letzten Licht des Tages kullerte eine kleine Träne über seine Wange.

Für Mohammed. Für Adil. Für Max. Für sich selbst.

Plötzlich musste er an Kevin denken. Ob er ihn anrufen sollte?

Sören kramte sein Smartphone hervor – entschied sich dann allerdings dagegen. Er würde es heute Abend einfach darauf ankommen lassen. Nur keine Eile. Wer konnte schon sagen, was diese Stadt für ihn bereithielt. Mit einem erleichterten Seufzer lehnte er sich weit über die Balkonbrüstung, folgte mit seinem Blick dem Verlauf der Straße.

Der Autoverkehr rauschte vertraut. Nur gelegentlich übertönt vom Knattern der U-Bahn. Eine Polizeisirene erklang. Irgendwo grölte eine Gruppe Jugendlicher. Berlin kämpfte sich ins Leben zurück.

Aus einer der Wohnungen unter ihm waren hämmernde Elektrobeats zu hören. Das hatte es vergangenes Jahr noch nicht gegeben. Ein neuer Nachbar?

Er beugte sich weiter nach vorne, konnte aber nicht ausmachen, wer die Musik angestellt hatte. Umso länger er sich auf den treibenden Rhythmus konzentrierte, umso mehr kam es ihm vor, als würde sich die Musik mit dem treibenden Sound der Stadt vermengen.

Berlin rief ihn, lockend und drohend zugleich. Er würde diesem Rufen bereitwillig nachkommen.

Hastig flutschte er in seine ausgelatschten Lieblingssneaker, griff in alter Gewohnheit nach Schlüssel, Geld, Zigaretten und Kaugummi. Wenige Sekunden später ließ er die Wohnungstür hinter sich laut krachend ins Schloss fallen und stürmte, zwei Stufen auf einmal nehmend, von einer rauschhaften Euphorie gepackt, die Treppen hinunter.

Mit pochendem Herzen, nach Luft schnappend, trat er hinaus in den lauen Sommerabend.

Die Stadt erwartete ihn.

Personenregister

Adil, Flüchtling, geboren in Syrien
Alexander Brand, Constanze Starks Assistent, Jurist
Alfred Kraus, Bewohner des Seniorenstifts *Abendröte*, demenzkrank
Andreas „Bambi" Daume, Sohn einer erfolgreichen Politikerin, wird vermisst
Basimah Schmidts, Polizeipsychologin beim LKA
Bella Winter, Ärztin an der Charité und Mitarbeiterin in einem Projekt für Pädophile
Constanze Stark, Anwältin und Politikberaterin; Sörens Auftraggeberin
Dagmar Wessel, Andreas Daumes Nachbarin
Gabriele Holzhausen, Berliner Boulevard-Journalistin
Gustavo, Hausangesteller bei Joseph Calben
Hannes „Gorbi" Roth, Politiker und Senatorin Zilles Lebensgefährte
Harald Eisner, Leiter der Spurensicherung
Henning Reiter, Familienvater aus Spandau
Herbert von Allstetten, Freund von Mara Bella, Spross einer verarmten Brandenburger Adelsfamilie, Jäger
Inga, Schneiderin in der Fetisch-Boutique *Blacksmith*
Isabelle, Maskenbildnerin am Theater, Freundin von Max und Thor
Ismael, Mitarbeiter im Seniorenstift *Abendröte*
Jan Bergmann, konservativer Politiker und Bundestagsabgeordneter, Klient von Constanze Stark
Jessica Olberich, Ehefrau eines Politikers
Joseph Calben, konservativer Politiker im Ruhestand, ehemaliger Förderer und Parteifreund Jan Bergmanns
Lena, Mitbewohnerin in der WG von Max
Kai, Sörens Jugendfreund und erste große Liebe
Kannitha, Hostel-Besitzerin in Kambodscha
Kevin Müller, Landschaftsgärtner, hat eine Affäre mit Sören Petersen

Manfred Krutscher, Berliner Clubbetreiber
Mara Bella, Barkeeperin in der *BdW*, gute Freundin Sörens
Maro, Krankenpfleger in einer Notaufnahme
Matthäus Fahn, ehemaliger Bundeswehrseelsorger, offen schwuler, populistischer Politiker
Maximilian „Max" Probst, Bambis Liebhaber, Tänzer
Mia Reiter, kleine Tochter von Sybille und Henning Reiter
Michael Oppermann, Lebenspartner von Matthäus Fahn
Michèle, Jan Bergmanns Assistentin
Mohammed Tamer, junger Stricher, geboren in Syrien
Patricia, Mitbewohnerin in der WG von Max
Pierre Gaston, Erbe eines Glücksspielimperiums; Lebenspartner des Politikers Jan Bergmann
Richard van Dijk, Ex-Kollege Sörens aus dem Drogendezernat, nach einem Burn-out in der Presseabteilung beim LKA
Rosemarie Zille, Politikerin und Senatorin, Mutter von Andreas Daume
Sören Petersen, Privatdetektiv und Ex-Kriminalhauptkommissar
Stephan Klein, Schatzmeister der konservativen Partei
Sybille Reiter, Hennings Ehefrau
Thanwa „Than" Soun, Sörens Ex-Mann
Thor, Tontechniker und Szene-DJ, Freund von Max und Isabelle
Tilda Grünstein, Landschaftsgärtnerin, Kevins Kollegin und „Freundin"
Ulf Hohmaier, Berliner Landespolitiker und Vorsitzender der Konservativen Partei
Urs Gebauer, Drogendealer und Student
Ute, beste Freundin von Rosemarie Zille
Volker Steiner, Leitender Ermittler beim LKA, Mordkommission
Wolfram Leitinger, Staatssekretär für Inneres, Bundestagsabgeordneter aus Bayern und Klient von Constanze Stark

Weitere Krimis aus unserer *quer criminal*-Reihe finden Sie (auch als eBook) unter www.querverlag.de